Frau Gisela herzlichst
Jürij A. Treguboff
Frankfurt/M, den 8. November
1988.

JURIJ A. TREGUBOFF

DER GROSSE EINSATZ

Jurij A. Treguboff

Der große Einsatz

Roman

Feuervogel-Verlag

Gestaltung von Buch und Umschlag durch den Verlag.
ISBN 3-921148-10-3

INHALTSVERZEICHNIS

AWERKIJ SEMJONOWITSCH GUSAREWITSCH UND NIKOLAJ GENRICHOWITSCH KWJATKOWSKIJ 9
DER BLAUE PAPAGEI 27
DER GROSSE EINSATZ 41
HINTER DEN KULISSEN DER THEATERWELT 61
DIE AKTIVITÄTEN DER WOHLTÄTIGKEITS-ORGANISATION 69
BONN 79
DER ZWEITE PATIENT 91
IM FREUDLOSEN LAND 99
WIEDER UNTER DEN MENSCHEN 117
PRÄLIMINARIEN 127
IM „FLIEDERSTRAUCH“ 137
ENTDECKUNGEN 147
NACHSPIEL 159
FRANKFURT 179
DIE WOHLTÄTIGKEIT WIRD UMFUNKTIONIERT . . . 205
UNERWARTETE PLÄNE 213
IM KAMPF ERLANGST DU DEIN RECHT 231
DAS TRÜBE WASSER KLÄRT SICH 249
DER SCHWARZE FREITAG 259
DIE RÜCKKEHR 277
FISCHER HAT WIEDER PECH 295
DIE LETZTEN EREIGNISSE 311

Anmerkungen 321

AWERKIJ SEMJONOWITSCH GUSAREWITSCH UND NIKOLAJ GENRICHOWITSCH KWJATKOWSKIJ

Es war erst halb elf, als Awerkij Semjonowitsch die dritte Bierflasche öffnete. Um ehrlich zu sein, er hatte nicht nur Bier getrunken, sondern auch einen schlechten Weinbrand, die Flasche zu neun Mark achtundneunzig, und jetzt waren Bier und Weinbrand in eine widernatürliche Reaktion getreten, oder, wie er als gebildeter Mann sich in Gedanken ausdrückte, in eine synchrone Diffusion. Er fühlte sich nicht betrunken im direkten Sinn dieses Wortes, spürte jedoch, daß der Alkohol ihn beherrschte und sein wirklicher Herr war. Sowie ihm dies bewußt wurde, kam ihm der Gedanke, daß er unter keinen Umständen länger in seiner Wohnung bleiben durfte, sondern unbedingt das Haus verlassen mußte. Es war nämlich so, daß er von einem Freund erwartet wurde, der übrigens auch zu denen gehörte, die sich des öfteren einen genehmigten. Er hieß Nikolaj Genrichowitsch Kwjatkowskij, ein russifizierter Pole, der sich als russischer Emigrant ausgab und für einen Geschäftsmann hielt, da er im Besitz des vorgeschriebenen Gewerbescheins für ambulanten Handel war und je nach der Saison von seinem mit Gummirädern versehenen Gemüsewagen Weintrauben, Äpfel, Birnen oder auch Ananas verkaufte.

Ab und zu hatte er unter der wenig hohen Qualität seiner Produkte zu leiden, und so zogen sich auch heute Sturmwolken an seinem kommerziellen Horizont zusammen. Es war ihm gelungen, hundert Kilo Ananas zu einem Schleuderpreis zu ergattern und er begann, sie eine nach der anderen zu verkaufen. Dieses Geschäft ging ihm flott von der Hand, das Malheur bestand jedoch darin, daß sich die Ananas allesamt als faul erwiesen. Nach etwa zwei Stunden erschien ein gutgekleideter Herr mit Bierbauch, der in einer Plastiktüte vorsichtig eine in vier Teile zerschnittene Ananas herbeitrug, die innen völlig verfault war. Sofort begann der Herr forte vivace das Gespräch, er habe zwei Mark vierzig bezahlt und wolle eine andere haben. Kwjatkowskij zog ein unschuldiges Gesicht, wie Mazepa vor Peter dem Großen nach der Denunziation durch Kotschubej, der Herr bestand jedoch darauf, auch Ananas Nr. 2

aufzuschneiden. Allmählich sammelte sich das Publikum, und eine Greisin, die soeben zwei Ananas erstanden hatte, kehrte zurück, um die Operation des Zerschneidens durch ihre Brille zu beäugen. Die zweite Ananas war ebenfalls faul! Die alte Dame verlangte, daß auch ihre Früchte angeschnitten würden - noch schlimmer!

„Welch eine Gaunerei!“ hieß es rundum. „Sie, mein Liebster, sind hier in einer Großstadt und anscheinend sind Sie noch nicht mal ein Deutscher!“

Kwjatkowskij war tatsächlich kein Deutscher, in ihm lebte dagegen die stellenweise noch anzutreffende slawische Pfiffigkeit. „Diese Ananas habe ich von dem Großhändler dort, gleich um die Ecke. Ich werde mich sofort beschweren und bitte Sie, einen Augenblick hier zu warten. Wer sein Geld zurückhaben will, kriegt es selbstverständlich zurück, schließlich sind wir alle Demokraten!“ Und gravitätisch, die Nase leicht gegen den Wind gehoben, marschierte Kwjatkowskij zu seinem nicht existierenden Großhändler. Der Gemüsewagen blieb verlassen zurück.

Dann tauchte ein solide wirkender Deutscher auf, offensichtlich ein Handwerker. „So einen Dreck wie diese Ananas habe ich noch nie gesehen! Wo ist der Verkäufer?“

„Abgezogen, er will sich beschweren, schließlich hat er sie ja irgendwo gekauft!“

„Sicher bei genau solch einem Gauner, wie er selbst einer ist! Wollen wir auf ihn warten! Er ist der widerlichste Halunke der gesamten EWG!“

Awerkij Semjonowitsch, der soeben aufgetaucht war und die Diskussion miterlebte, lugte vorsichtig um eine Ecke - um die andere Ecke schaute Kwjatkowskij. Gusarewitsch gab ihm ein Zeichen: Es wurde höchste Zeit, die Skier zu wachsen! Schließlich konnten auch andere kapieren, was Gusarewitsch verstanden hatte. Kwjatkowskij ging durch die nächste Eingangstür und befand sich in einem weiten Vestibül. Auf rosa geädertem, weißlichem Marmor leuchteten aufwendige schwarze, goldbeschriftete Schilder von Ärzten, Rechtsanwälten und Notaren. Das Vestibül strömte eine Atmosphäre solider Sicherheit und Ruhe aus.

Kwjatkowskij war noch nicht dazu gekommen, all die Pracht in sich aufzunehmen, als sich die Eingangstür erneut öffnete und ein Mann von etwa dreißig Jahren eintrat. Seine Kleidung war schlicht, aber zweifelsohne geschmackvoll und teuer, und zwar in Maßen. Sie bezeugte, daß er keineswegs danach trachtete, wie ein Fernsehheld oder Dressman zu wirken und als Freundin kaum ein Sternchen vom Film oder Fernsehen haben dürfte. „Hier sind Sie also!“ rief er fröhlich. „Ich habe von weitem beobachtet, wie Sie den Frankfurter Spießern eine faule Ananas nach der anderen angedreht haben. Geschickt, geschickt! Aber Sie haben einen Fehler gemacht, Sie sind zu lange am gleichen Ort geblieben und jemand hat es geschafft, nach Hause zu kommen und dort sozusagen den Deckel vom Grab herabzureißen, um in seinem Inneren nachzuschauen. Dort aber war es wie in der Heiligen Schrift: ‚*Von außen sehen sie schön aus, inwendig aber sind sie voller Totengebein und Unrat!*‘ Jetzt warten sie, daß Sie von Ihrem Großhändler zurückkehren. Wenn ich mich nicht irre, ist dieser Grossist nicht zu sehen. Eine kitzlige Lage, nicht wahr? Zu Ihrem Gemüsewagen können Sie natürlich nicht zurückkehren, jemand schreit schon nach der Polizei.“

„Was soll ich denn machen? Schließlich kann ich hier nicht übernachten! Ich will mal schauen, ob es einen anderen Ausgang gibt, das Haus blickt in eine Passage hinein.“

„Eine sehr kluge Überlegung! Das Malheur besteht jedoch darin, daß es nur einen Ausgang und einen Eingang gibt, nämlich diesen, durch den wir beide hier hereingekommen sind. Da Sie jedoch in einer schwierigen Lage sind, schlage ich vor, daß Sie zu mir heraufkommen. Ich bin Rechtsanwalt und Notar Doktor zu Obernabel und Kapott, hier ist mein Schild. Gehen wir, bevor jemand meinem Beispiel folgt und nachsieht, wo Sie verschwunden sind. Wenn es um ihr Geld geht, sind die Menschen sehr erfinderisch.“

„Und mein Gemüsewagen? Wenn man ihn wegfährt!“

„Das wird man schon nicht tun. Ihre Kunden werden ein bißchen schimpfen und dann nach Hause gehen. Hauptsache, Sie werden nicht entdeckt. Sagen Sie, sind Sie dort allein?“

„Verkaufen tu ich allein, da ist aber noch ein Freund von mir. Er heißt Gusarewitsch, ein russischer Emigrant. Er genießt ein bißchen und sagt immer, er müsse seine Bierchen schlürfen gehen. Er ist mittelgroß, hager, hat ein rosiges Gesicht, natürlich nicht, weil er tuberkulös ist.“

„Gut, ich werde ihn erkennen und ihm sagen, er soll warten, bis sich der Volkszorn gelegt hat und dann Ihren Gemüsewagen fortrollen. Jetzt aber gehen wir zu mir.“

Der Träger eines so originellen aristokratischen Namens wie Doktor zu Obernabel und Kapott drückte auf den Fahrstuhlknopf. Furchtsam betrat Kwjatkowskij die Wohnung seines neuen Bekannten. Der Teppich im Vorraum war zweifellos teuer und von vornehmer Färbung, so daß er keineswegs in die Welt hinausschrie: „Gebt meinem Herrn Kredit! Schließlich ist bereits an mir zu erkennen, wie vermögend er ist!" Ein riesiger Schrank, dessen Größe sich zu gewöhnlichen Schränken in dem gleichen Verhältnis verhielt wie ein Brontosaurus zu einem Seelöwen. Das ist ein Bücherschrank, bestimmte Kwjatkowskij sofort, da sich seinen Vorstellungen nach nichts anderes in diesem Ungeheuer verbergen konnte. Bücher waren jedoch nicht zu sehen und der Hausherr führte ihn bereits weiter. Sie durchschritten ein großes Gästezimmer und bogen dann links in ein Büro ein.

„Hier können Sie sich im Sessel etwas ausruhen, während ich zu Ihrem Freund laufe und nachschaue, wie es mit dem Ananaskonflikt steht. Der Bücherschrank steht zu Ihrer Verfügung."

Tatsächlich, hier stand ein zweiter, ebenfalls sehr großer Schrank mit mehreren Reihen Bücher hinter Glas. Kwjatkowskij blieb allein und dies erstaunte ihn sehr. Ein Mann, dessen Bekanntschaft er soeben erst gemacht hatte, ließ ihn in seiner Wohnung allein zurück! Ihm fiel ein, irgendwo gelesen zu haben, daß große Wohnungen einflußreicher und wohlhabender Leute niemals ganz ohne Beobachtung sind und daß dies besonders auf Menschen zutrifft, die in Beziehungen zu den finsteren Seiten des Lebens stehen, wie Rechtsanwälte, Richter, Polizeibeamte und andere. Er hatte auch über geräuschlos und geheimnisvoll notierende Tonbänder und versteckte Kameras gelesen, die jede Bewegung aufnehmen. Daher unterdrückte er sehr schnell einen ihn verlockenden Gedanken, wie er bei vielen Menschen leicht entsteht, wenn sie sich einbilden, gänzlich allein in der Wohnung eines reichen Mannes zu sein. Es war kein guter Gedanke und er wurde bereits in den zehn Geboten kategorisch verboten. Kwjatkowskij konnte allerdings nicht ahnen, daß er tatsächlich von zwei Männern durch ein unsichtbares Auge in einem der Bücher beobachtet wurde.

„Er sitzt ganz ruhig", sagte der eine, „und guckt nur interessiert nach allen Seiten. Ist es möglich, daß sich der Chef geirrt hat und er tatsächlich ein ehrlicher Bursche ist?"

„Wie jede Eigenschaft kann auch Ehrlichkeit nicht universell als in sich selbst geschlossen und ein für allemal dem Menschen eingegeben betrachtet werden. Wie alles Menschliche verändert sich auch die Ehrlichkeit. So hängt ihr Wert zum Beispiel davon ab, bei welchem Volk dieser Begriff existiert, um welche Epoche es sich handelt und anderem mehr. Heutzutage gibt es durchaus verschiedene Begriffe von Ehrlichkeit. So kann ein Mensch als Gelehrter durchaus ehrlich sein, aber keine Hemmungen haben, seine Frau zu betrügen, das heißt, als Gatte ist er unehrlich. Dieser Kwjatkowskij ist nicht zimperlich, er hat einen schwunghaften Handel mit faulem Obst aufgezogen, aber er will nicht in den Sachen des Mannes herumwühlen, der ihm geholfen hat, sich aus einer unangenehmen Situation herauszuwinden und ihn vertrauensselig in seine Wohnung gebracht hat. Gerade so einen brauchen wir! Er wird in dem Maße ehrlich sein, wie er vom Standpunkt unserer Interessen aus ehrlich sein muß, und unehrlich ebenfalls in genau dem Maße, wie dies für uns nötig ist."

„Ich meine, Sie haben recht." entgegnete der erste. „Schauen wir, was es weiter geben wird."

Es passierte jedoch gar nichts. Kwjatkowskij erhob sich und begann, die Bücher zu betrachten, deren Titel völlig unverständlich für ihn waren. So hatte zum Beispiel ein Pierre Teilhard de Chardin etwas offensichtlich sehr langweiliges geschrieben. Es gab noch viele andere, vermutlich ebenso langweilige Bücher. Einige hatten allerdings einen hübschen Einband. Noch nie hat Kwjatkowskij begreifen können, warum die Menschen Geld für Bücher verschleudern, obwohl sie für dieses Geld so viele weit sinnvollere Dinge erwerben könnten. Hier wurden seine Gedanken durch den erneut eintretenden Hausherrn unterbrochen.

„Ich sehe, Sie interessieren sich nicht nur für Ananas, sondern auch für Bücher, und das ist sehr gut. Zunächst eine angenehme Nachricht für Sie. Nachdem das Volk sich genügend ausgeschimpft hatte, begann es, sich zu verlaufen, obwohl einer meinte, es wäre nicht übel, dem Verkäufer seine eigenen faulen Ananas in die Kehle zu stopfen. Mit Ihrem Freund habe ich mich verständigt. Er wird Ihren Gemüsewagen in Kürze an einen sicheren Ort transportieren und das bedeutet, wir zwei können uns in aller Ruhe unterhalten. Sagen Sie bitte, hätten Sie nicht Lust, Ihren Beruf oder Ihre Beschäftigung zu wechseln?"

Erstaunt schaute Kwjatkowskij seinen neuen Bekannten an. „Ich verstehe Sie nicht ganz, ich habe gar keine kaufmännische Ausbildung und kann weder Stenografie noch Schreibmaschine schreiben. Ich kenne mich nur in Obst und Gemüse aus."

Bei diesen Worten lächelte sein Gegenüber unmerklich. „Was ich Ihnen anbiete, steht nicht in Beziehung zu irgendeiner kaufmännischen Tätigkeit. Sie verfügen, wie soll ich mich da delikat ausdrücken, über eine bestimmte Gewohnheit", Doktor zu Obernabel und Kapott hatte es bereits fertiggebracht, Gusarewitsch umständlich über Kwjatkowskij auszufragen, „die, wenn wir uns so ausdrücken wollen, bei manchen

Menschen gefährliche Formen annehmen kann. Wie jeder echte russische Mensch lieben Sie es, ein bißchen zu trinken. Das ist selbstverständlich Ihr verbrieftes Recht. Es gibt jedoch Menschen, die in dieser Beziehung völlig haltlos sind und der Allgemeinheit aufgrund ihrer gesellschaftlichen oder politischen Rolle großen Schaden zufügen, obwohl sie das gar nicht wollen und abgesehen von ihrer vermaledeiten Leidenschaft völlig harmlose und sogar gute Menschen sind. Wer von uns kennt nicht die fatalen Eigenschaften der grünen Schlange? Ich könnte sogar eine Reihe historischer Beispiele vorbringen, aber wollen wir nicht abschweifen.

Ich muß Ihnen sagen, daß sich eine einflußreiche Organisation gebildet hat mit dem Ziel, den Alkoholismus zu bekämpfen. Nein, der Staat hat nichts damit zu tun. Wenn der Staat mit derartigen Aktionen beginnt, ist es in der Regel schon viel zu spät. Außerdem befaßt er sich zumeist mit Menschen, die auf den untersten Stufen der sozialen Leiter stehen. Zweifellos ist es sehr traurig, wenn ein Handwerker zu trinken beginnt, seine Arbeit vernachlässigt, die Familie mißhandelt und zu allem Überfluß schließlich jemanden totschlägt. Das ist unbestritten sehr schlecht, aber unter solch einem Menschen leidet letzten Endes nur ein sehr kleiner Personenkreis.

Wenn ein Mann aber sein eigenes Unternehmen hat und eine bedeutende Stellung in der Gesellschaft bekleidet, so kann sich seine Leidenschaft für eine sehr große Zahl von Menschen als Katastrophe entpuppen. Glauben Sie mir, manch ein Krieg und manch eine Revolution wurden in betrunkenem Zustand entschieden - und gerade diese Auswirkungen sollen bekämpft werden. Wir bieten Ihnen an, an dieser Arbeit mitzuwirken. Glauben Sie aber bitte nicht, daß wir womöglich damit anfangen, Sie selbst in irgendein Sanatorium zu stecken, im Gegenteil, in Ihrer Lebensweise wird sich absolut nichts ändern, abgesehen davon, daß Sie bisher zu Ihrem eigenen Schaden getrunken haben und von nun an zu Ihrer und fremder Leute Nutzen trinken werden."

„Ich kann das noch immer nicht ganz begreifen."

„Oh, das ist ganz einfach! Wir sind der Meinung, wenn ein Mensch in puncto Alkohol haltlos ist, gibt es in seinem Seelenleben irgendwo einen Knacks. Demnach ist zunächst herauszufinden, wodurch dieser Knacks entstanden ist und anschließend sollten, wenn möglich, seine Ursachen beseitigt werden. Um hierzu in der Lage zu sein, müssen sehr enge Beziehungen zu der betreffenden Person bestehen, nur dann kann mit Erfolg gerechnet werden. Diejenigen, die auf offizieller Ebene den

Alkoholismus bekämpfen, sind in der Regel dazu nicht fähig und genau hier liegt die Ursache ihrer Mißerfolge.

Wir werden auf ganz andere Art und Weise vorgehen. Unser Beauftragter, das heißt Sie, sofern Sie einverstanden sind, wird mit den Patienten enge Bekanntschaft schließen, ihr Seelenleben in allen Einzelheiten sezieren, die Ergebnisse schriftlich festhalten, systematisieren und vorlegen. Erst dann werden Maßnahmen zur Bekämpfung der Leidenschaft des Patienten ergriffen. Das ist sozusagen die Theorie, und jetzt die Praxis. Sie werden bei uns angestellt und erhalten ein gutes Gehalt. Es ist nicht groß, aber durchaus akzeptabel. Wir werden Ihnen eine gute Wohnung mieten. Besonders sorgfältig müssen Sie Ihre Garderobe pflegen. Sämtliche Extraausgaben übernehmen selbstverständlich wir. Sie werden teure Restaurants und Bars besuchen, in denen die Patienten verkehren, mit ihnen Bekanntschaft schließen und zu Beginn die gleiche Lebensweise führen wie sie, das heißt, wenn nötig, werden Sie trinken und sogar viel trinken. Alles andere ist unsere Aufgabe. Ihre Aufgabe besteht lediglich darin, so ausführlich und umfassend wie möglich das Seelenleben dieser Leute zu dechiffrieren, andernfalls ist ein Kampf gegen die gefährliche Leidenschaft unmöglich."

„Aber mein Geschäft?"

„Darüber wollen wir lieber nicht reden - dieses Geschäft ist Ihrer unwürdig. Heute habe ich Ihnen geholfen, sich aus einer unangenehmen Situation herauszuwinden, morgen oder übermorgen werden Sie vielleicht mit den halbverfaulten Ananas verprügelt, die Ihnen drohenden gerichtlichen Verwicklungen will ich erst gar nicht erwähnen. Irgendwo habe ich gelesen, daß es bei einigen wilden Stämmen im Stillen Ozean als strengste Strafe gilt, den Deliquenten mit einem verfaulten Ferkel zu verprügeln. So etwas droht Ihnen bei uns natürlich nicht. Sie werden weit besser leben als bisher. Sie werden in der besten Gesellschaft verkehren, insoweit es heutzutage eine beste Gesellschaft gibt, und selbstverständlich droht Ihnen überhaupt keine Gefahr. Wir denken nicht daran, Sie mit solch heruntergekommenen Typen wie zum Beispiel Ihren Awerkij Semjonowitsch Gusarewitsch bekannt zu machen. Übrigens, was ist er für ein Mensch?"

„Er ist auch so ein bißchen . . ."

„Klar, sonst wäre er nicht Ihr Freund. Wovon lebt er?"

„Er repariert die Möbel bei verschiedenen russischen Emigrantenfamilien, aber er versteht nicht viel davon. Neulich hat er bei Freunden von mir Nägel in die Stühle geschlagen. Offenbar wußte er nicht, daß es in einem Stuhl keinen einzigen Nagel gibt. Das war aber erst das halbe Unglück. Vom Sitzen ist der Nagel rausgekrochen und hat die Hosen des Wirtschaftsprüfers zerrissen!"

„Ich sehe, mit den Stühlen Ihres Freundes steht es genauso wie mit Ihren Ananas, das macht aber nichts. Wollen wir sehen, vielleicht wird sich auch für Ihren Freund ein Job finden."

„Ich bin zwar einverstanden, fürchte jedoch, daß ich Sie enttäuschen werde. Das ist eine so ungewöhnliche Aufgabe!"

„Angst brauchen Sie nicht zu haben. Von Ihnen wird lediglich verlangt, daß Sie unsere Instruktionen genau ausführen. Also, abgemacht? Merken Sie sich bitte: Nach dem heutigen Gespräch hat Ihr Leben einen anderen Verlauf genommen. Nun bitte ich Sie um Ihre Anschrift und Telefonnummer, dann warten Sie die weitere Entwicklung ruhig ab. Den Gemüsewagen und Ihre Ananas können Sie ruhig vergessen!"

Während dieses Gesprächs betrachtete Nikolaj Genrichowitsch diesen auf ihn herabgefallenen Schutzengel ganz genau, wobei er sich jedoch nicht klarwerden konnte, ob der junge Mann tatsächlich ein Schutzengel war. Der Name allein war schon etwas wert: Rechtsanwalt und Notar Doktor zu Obernabel und Kapott! Gekleidet war er jedoch nicht in irgendeinen *Capote,* sondern sehr elegant in einem modernen Sakko von der Farbe einer reifen Piemontkirsche, in dunkelgrauen, glänzenden Hosen aus gutem Stoff, spitzen, teuren Halbschuhen, einem mattgrauen Hemd und dazu passendem Seidenschlips, auf dem ein goldener Fußball prangte. Alles war so gut aufeinander abgestimmt, daß man sich gar nicht vorstellen konnte, anders gekleidet zu sein. Sein Gesicht wirkte durchaus wohlgenährt, in Fett eingebettete spöttische, rötliche Augen blickten ihn an. Die Gestalt entsprach voll und ganz der weiträumigen, mit Bücherschränken vollgestopften Wohnung. Selbst der Teppich schien zu verlangen, daß gerade solch ein Hausherr über ihn schreitet. Als Kwjatkowskij bei diesem Gedanken angekommen war, erhob sich der Doktor und setzte seine Füße voreinander.

„Ist alles klar, lieber Kollege? Von dieser Minute an widmen Sie sich den unglücklichen Opfern der grünen Schlange. Hier haben Sie meine Visitenkarte, bitte erwarten Sie meine weiteren Nachrichten."

Als sich Nikolaj Genrichowitsch wieder auf der Straße befand, waren von seinem Gemüsewagen, den empörten Ananaskäufern und Awerkij Semjonowitsch nichts mehr zu sehen. So ging er heim und fand den beladenen Ananaswagen in dem Hof des alten Hauses in der Leipziger Straße, in dem er lebte. Nichts war gestohlen, nun, auf die Ananas hätte er verzichten können, aber die Gummireifen! Oben auf dem Wagen lagen die als Einwickelpapier verwendeten Zeitungen und in einem Ritz steckte ein Zettel:

„Alles in Ordnung, es hat keinen Skandal gegeben! G.“

Nikolaj Genrichowitsch rollte seinen Wagen in den kleinen Schuppen. Jetzt interessierten ihn die Ananas nicht mehr; er mußte genau durchdenken, was in den letzten zwei Stunden auf ihn zugekommen war. Er beschaute seine kleine Wohnung, genauer, es war nur ein einziges Zimmer, vier mal vier Meter groß. Wegen der Feuchtigkeit hatten sich die Tapeten bereits gefährlich aufgebläht. Über seine kleine elektrische Kochplatte, auf der er vom Frühstück bis zum Abendbrot alles kochte und briet, brauchte man schon gar nicht zu reden. Dieses heimtückische Erzeugnis der westlichen Technik dachte offensichtlich nur daran, wie es im unpassendsten Augenblick streiken könnte, genau wie ein hochanständiger Gewerkschaftsführer. Daher hatte er sie längst auf den Namen *Vetter* getauft. Es gab noch eine Toilette, die ab minus sechs Grad einfror, aber das passierte in Frankfurt nicht allzu oft. Die Wasserleitung fror bei minus sieben Grad zu. Voller Schreck dachte Nikolaj Genrichowitsch an den nächsten Winter. Augenblicklich aber brachte ihn etwas anderes in Verwirrung, anscheinend hatte für ihn ein neues Leben begonnen. Was aber war der eigentliche Auslöser dafür gewesen?

Er war noch nicht dazu gekommen, alles zu durchdenken, als es an der Tür klopfte. Sigmar Fischer trat ein, sein Nachbar, dem er ab und zu einige nicht verkauften Früchte schenkte. Nach dem heutigen Skandal traute er sich jedoch nicht, ihm ein paar Ananas zu geben, schließlich war Fischer seinesgleichen und ihn zu betrügen wäre schändlich.

„Hast du etwas Fleisch? Wenigstens ein ganz kleines Stückchen? Der Kater ist hungrig, Milch allein reicht doch nicht aus.“

„Ja, ich habe was da.“

Fischers Kater war ein verhältnismäßig junges Tier, das aus unbekannter Richtung eines Tages in ihren Hof gelaufen kam. Fischer vertrat die Ansicht, der Kater habe vor irgendeiner Katze die Flucht ergriffen, und für diese Annahme hatte er folgende Gründe:

Vor acht Jahren hatte ihn seine junge Frau verlassen und war zu ihrem Geliebten gezogen, einem Schornsteinfeger. Vorsorglich hatte sie jedoch einen Wechsel auf ihre gemeinsame Firma, ein kleines Kurzwarengeschäft, gezogen und der Wechsel mußte von ihm bezahlt werden. Danach aber blieb gar nichts mehr für ihn übrig. Außerdem konnte er aus Unwissenheit die Buchhaltung nicht weiterführen, das hatte seine Frau gemacht, und keineswegs schlecht.

Mit ihm aber ging es bergab. In seiner Jugend hatte er eine Schauspielschule absolviert und während des Krieges in einem Fronttheater gespielt. Es lief das Gerücht um, daß er sogar recht begabt gewesen sei. Nach Kriegsende aber schlug die Sense auf den Stein, schließlich war er Parteimitglied gewesen. So befaßte er sich mit den Kurzwaren, wurde jedoch noch immer bei kleineren Theateragenturen geführt. Er war bereit, den Schatten Hamlets darzustellen oder Spuren im Schnee - aber selbst solche Rollen vertraute ihm niemand mehr an. Damit das Maß voll wurde, rissen ihm die lieben Verwandten noch einen Happen aus dem Rachen und so blieb er allein zurück, ohne einen Pfennig Geld, wohl aber mit in Rußland abgefrorenen Zehen am rechten Fuß. Versicherungsmarken hatte er auch nie geklebt, denn nach dem Krieg hatte er ja sein eigenes Geschäft. Jetzt erhielt er eine geringe Beihilfe, von der Stadt oder einer anderen Behörde, wer soll sich in dem Dschungel der Bürokratie zurechtfinden. Am schlimmsten für ihn war jedoch die Einsamkeit. Vor zwei Jahren war der Kater aufgetaucht, grau, mit vertikalen, schwärzlich leuchtenden Streifen. Da Fischer eine Katastrophe mit einer Frau erlebt hatte, war er der Meinung, daß der Kater ähnliche Erfahrungen gemacht haben mußte, sonst wäre er ihm nicht zugelaufen. In ihm erblickte Fischer einen Kameraden im Unglück und nannte ihn von Kluck, zu Ehren des berühmten Generals. Von diesem Tage an teilte er alles mit dem Tier, was ihm das Schicksal bescherte, bis auf Bier und Schnaps.

Feinde hatten er und der Kater nicht, abgesehen von der alten Frau Motzberg, die in der Wohnung unter ihnen lebte und einen Dackel hatte, mit dem von Kluck - schließlich trug er nicht zufällig diesen Namen - im Zustand permanenter Kriegshandlungen lebte und nur in seltenen Fällen eine bis an die Zähne bewaffnete Neutralität bewahrte, was verständlich war, denn der Dackel stammte aus Frankreich. Wie sollte der Kater von Kluck in Frieden mit einer französischen Hündin leben? Für die alte Dame war der Kater gefährlich wie ein Tiger und Fischer wurde von ihr als Säufer und gottloser, heruntergekommener Penner bezeichnet. „Mir ist klar, warum kein Altersheim ihn aufnimmt", meckerte sie laut, „vor dem hat man nicht nur in einem Heim, sondern selbst in der Hölle Angst und der Kater ist fähig, Zerberus persönlich anzufallen!"

Während er ein großes Stück Fleisch abschnitt, dachte Nikolaj Genrichowitsch still für sich, wer wird deinen Kater durchfüttern, nachdem ich umgezogen bin. Wieder ertönte ein Klopfen und Awerkij Semjonowitsch trat ein.

,,Hör mal, wir kennen uns doch schon so lange und sind sogar befreundet, aber warum hast du mir nie gesagt, daß du solch wichtige Leute kennst wie diesen Doktor zu Obernabel und Sowieso? Du bist weg von deinem Wagen, nebenbei gesagt, einen fürchterlichen Dreck verkaufst du da, fünf, sechs Minuten vergingen, und da erschien ein elegant gekleideter Herr, wie der Besitzer eines Konfektionsgeschäftes sah er aus, und sagte, du wärst zu einem wichtigem Gespräch bei ihm. Meinen Namen wußte er und fing sofort an, mich auszufragen, über dich und auch über mich selbst. Dann bat er mich in deinem Namen, die Ananas wegzufahren, und zwar so, daß es zu keinem Skandal kommt, und wollte noch wissen, wo ich wohne. Ich war so perplex, daß ich ihm meine Adresse gegeben habe. Sag, hat der auch nichts mit der Polizei zu tun?"

,,Ich weiß nicht, ich habe seine Bekanntschaft fünf Minuten vor dir gemacht. Ich weiß nur, daß er Menschen für eine caritative Tätigkeit benötigt. Es sieht so aus, als ob er mich bereits angestellt hat und er wird wohl auch dich übernehmen. Wozu braucht er sonst deine Adresse?"

,,Wir sollen uns mit Wohltätigkeit befassen? Du willst wohl deine Ananas unter die Bettler verteilen?"

,,Warte, laß dir doch in Ruhe erzählen! Bitte, hört mir beide zu, vorausgesetzt, daß der Kater nicht inzwischen den Hungertod stirbt. Eure Meinung ist furchtbar wichtig für mich." Lange schwiegen Fischer und Gusarewitsch, nachdem Kwjatkowskij geendet hatte. ,,Ja!" sagten sie dann und schüttelten die Köpfe. Fischer legte das Fleisch für den Kater zur Seite und fügte hinzu: ,,Solch ein Glück hat man nur einmal in zwanzig Jahren!"

,,Wieso denn Glück?"

,,Was denn sonst?"

,,Und wenn nichts daraus wird? Vielleicht ist dieser Obernabel und Kapott ein Wirrkopf oder Schwätzer."

,,Dann werdet ihr eben wieder mit faulem Obst und zusammengeflickten Stühlen handeln!" Das war ein umwerfendes Argument, darauf konnten sie nichts erwidern.

*

Während diese Beratung über die sich auftuenden Perspektiven, faule Ananas und wacklige Stühle für immer hinter sich zu lassen, ihrem Ende zuging, saßen drei Mann in dem Büro mit dem riesigen Schrank und rauchten Zigarren. Vor Doktor zu Obernabel und Kapott lag auf der Schreibtischunterlage ein Blatt Papier, auf dem er methodisch und ordentlich einige Überlegungen niederlegte, die er soeben mit den beiden anderen besprochen hatte. Der eine war mittelgroß, ein zweifelsohne sehr hübscher junger Mann, mit dichten, sorgfältig gepflegten dunkelblonden Haaren, die bis zum weißen Kragen seines Seidenhemdes reichten, das anstelle der üblichen Krawatte von einer Art Jabot bedeckt war. Dies war die allerletzte Mode und sollte nach ihrem Schöpfer die Ungezwungenheit eines reichen, unabhängigen jungen Mannes mit dem liberalen Motto: *Ich trage, was ich will, heutzutage ist alles erlaubt!* verbinden. Der zweite Mann, an die vierzig oder schon darüber, wirkte ausgesprochen bieder und solide.

„Demnach haben wir alles besprochen", erklärte Doktor zu Obernabel und Kapott, indem er auf das Papier blickte. „Wir haben nichts mehr wiederzukäuen! Die Quintessenz ist - wir drei sind zu wenige. Wenn der Patient gefunden ist, muß er von zwei oder gar drei Leuten bearbeitet werden. Jetzt ist es modern geworden, daß die Bacchusanbeter an einer Stelle zu trinken beginnen und dann weiterziehen, in das zweite, dritte oder gar vierte Restaurant, um schließlich je nach der Stärke der Spiritusdämpfe entweder mit dem eigenen Wagen oder dem Taxi nach Hause zu fahren. Selbst wenn man gut mit jemandem bekannt ist, kann man sich nicht wie eine Klette an ihn hängen, so daß er sich gar nicht von einem befreien kann. Wenn jemand in ein anderes Restaurant oder in eine andere Bar will, kann ihm die eigene Gesellschaft nicht aufgedrängt werden. Das gehört zu den elementarsten Erfordernissen des Anstands und selbst eines Minimums an Erziehung. Nach unseren Interessen aber muß er dauernd am Haken stecken, und dementsprechend..."

„Demnach muß dort, wo er hingeht, ein anderer auf ihn warten und auf solch eine Weise mit ihm reden, daß er nicht daran zweifelt, es mit einem lustigen und ebenfalls trinkfesten Menschen zu tun zu haben. Stimmt das?"

„So, genauso muß es gehen, lieber Gaston, und wenn er in das dritte Restaurant geht, muß dort ein dritter Mann auf ihn warten. Deshalb will ich neue Leute anheuern. Es kann natürlich sein, daß er Nummer zwei einläd, ihn zu begleiten, aber das ist bereits eine andere Geschichte."

„Im Prinzip sind wir einverstanden, aber diese Herrschaften, diese Russen oder Polen Kwjatkowskij und Gusarewitsch, sie sind doch völlig bedeutungslose Typen!"

„Von unserem Standpunkt aus sind sie wertvollstes menschliches Material. Natürlich sind sie unbedeutend, aber Männer von größerem Format können wir nicht gebrauchen. Erstens sind sie teurer und dann, ihr Charakter! Bekanntlich sind Menschen mit Maßstab stets schwierig und wenn sie obendrein klug sind, werden sie sich sehr schnell zurechtfinden, wie der Hase läuft. Wir aber brauchen keine klugen, willensstarken und erst recht keine schöpferischen Mitarbeiter. Es reicht, daß sie Sinn für Alkohol haben und sich in den teuren Bars anständig benehmen können. Die Zunge muß gut arbeiten und vor allem müssen sie gut zuhören können."

„Nun, dann ist ja alles in Ordnung!"

„Für jeden von ihnen ist eine Personalakte anzulegen, die sorgfältig auf solch eine Weise zu führen ist, daß wir immer eine Waffe gegen sie haben, natürlich ohne solch einen Quatsch wie faule Ananas und verdorbene Stühle zu berücksichtigen, sondern ernsteres. Das ist eine Vorsichtsmaßnahme. Je vorsichtiger wir sind, um so besser. Wenn die beiden sich bewährt haben, werden wir auch andere heranziehen, das ist aber noch Zukunftsmusik. Vorläufig müssen wir die Frage entscheiden, wer sich mit diesen Adlern befassen soll?"

„Ich, wenn Sie damit einverstanden sind." sagte Günter Scholzmann. „Ich bin der Älteste von uns dreien und werde für sie vermutlich eine absolute Autorität darstellen."

„Genau, aber anfangen muß ich. Kwjatkowskij hat Telefon, morgen früh rufe ich ihn an und sage ihm, daß wir auch Gusarewitsch brauchen. Inzwischen haben die zwei natürlich alles miteinander besprochen. Sie aber, lieber Gaston, beschaffen für jeden eine Wohnung, ein Zimmer, Küche und Bad, mit vollem Komfort, soliden und sogar teuren Möbeln. Natürlich werden die Wohnungen von uns gemietet, zu Beginn müssen wir in die Kosten steigen. Ohne Kapital gibt es nichts und man kommt zu nichts. Jetzt etwas anderes, hier Patient Nummer 1, seine Akte!"

Der Doktor trat an den Bücherschrank und öffnete die obere Tür, die aus massivem, goldfunkelndem Holz bestand. Als sie aufschlug, waren hinter ihr keineswegs Bücher zu sehen, düstermatt schimmerte die graue Wand eines offensichtlich modernen Safes. Delikat wandten sich die beiden anderen ab, als der Hausherr mit Hilfe von für Laien unverständlichen Mechanismen eine sakrale Handlung vollzog. Geräuschlos öffnete sich der Rachen des stählernen Ungeheuers und in der Hand des Doktors erschien ein dicker Ordner.

„Über unseren Patienten haben wir eine Menge Kenntnisse, wir wissen aber noch lange nicht genug, um mit der Aktion zu beginnen. Also, Ernst Wilhelm Heinrich Preis, Jahrgang 1910, während des Krieges Oberzahlmeister, drei Jahre im Osten, in Rußland und in Rumänien. Aus dem dienstlichen Bereich sind keine Unkorrektheiten bekanntgeworden, das bedeutet, er ist sehr geschickt vorgegangen. Einen Oberzahlmeister ohne dunklen Fleck kann es nicht geben! 1945 ist er in amerikanische Gefangenschaft geraten, entlassen im September 1946. Im November desselben Jahres hat er Beatrice von Zungenwher geheiratet, Besitzerin eines mittleren Unternehmens, das sich mit der Herstellung von Fenstern, Türen, Rolläden, Vordächern und Markisen befaßt. Die Firma war gleich nach dem ersten Weltkrieg von dem Vater ihres ersten Mannes gegründet worden. Der Betrieb lief nicht schlecht bis zum zweiten Weltkrieg, als ihr Mann zur Armee eingezogen wurde und 1943 im Range eines Majors fiel. Während des Krieges war das Geschäft stark zurückgegangen und selbstverständlich ist nur für die Kriegsindustrie produziert worden. Nach Kriegsende lief es wieder an, aber das richtige Aufblühen begann erst, nachdem Beatrice von Zungenwher den soeben aus der Gefangenschaft zurückgekehrten Preis geheiratet hat, der, wenn man nach dieser Entwicklung urteilt, sich als überdurchschnittlicher Kaufmann und Organisator erwiesen hat.

Hier aber ist der Punkt, der für uns interessant sein könnte. Die Lebensweise von Preis fällt auf. Er arbeitet viel, vergißt jedoch auch die fröhlichen Seiten des Lebens nicht. Zusammen mit seiner Frau nimmt er regen Anteil am Nachtleben der Stadt. Sein Alkoholkonsum wird von Jahr zu Jahr größer. Außerdem unterhält er, wenn man sich so ausdrükken kann, nähere Beziehungen zu einer ganzen Reihe vermögender und keineswegs junger Frauen. Dies ist seiner Frau bekannt, die jedoch ein sehr in sich geschlossenes Leben führt. Folgende Punkte sind zu klären:

1. Woher hat Preis die großen Mittel für den schnellen Aufbau des Betriebs genommen?
2. Seine Gattin ist zwölf Jahre jünger als er und sehr hübsch, weshalb unternimmt sie nichts gegen seine Lebensweise?
3. Welche Ziele verfolgt Preis mit seinen zahlreichen weiblichen Bekanntschaften?

Er könnte zum Beispiel ein Mensch sein, den in geschlechtlicher Hinsicht nichts und niemand befriedigen kann und für den es zum Gesetz seines Lebens gehört, mit möglichst vielen Frauen etwas zu tun zu haben. Aber ein Großteil der Frauen, mit denen er sich befaßt, kann keineswegs als attraktiv bezeichnet werden. Dadurch entsteht die nächste Frage, ob er anstrebt, sich noch mehr zu bereichern, und wenn ja, auf legalem oder illegalem Wege? Das ist sozusagen der allgemeine Entwurf. Wir wissen außerdem, daß Preis keineswegs dumm ist und einen wenig geselligen Charakter hat, abgesehen von seinen Frauengeschichten und den Leuten, die mit ihm trinken. Gibt es Fragen?"

„Für den Anfang ist dieses Dokument recht vollständig, aber gibt es eine Erfolgsgarantie?"

„In unserem Fach kann es niemals Garantien geben, wir können nur von der größeren oder kleineren Wahrscheinlichkeit eines Erfolgs ausgehen. Die Größe dieser Chance wird von den Qualitäten jener Personen bestimmt, die sich mit Preis befassen. Lieber Günter Scholzmann, bisher kennt er nur Sie, aber es ist völlig unmöglich, daß er Nacht für Nacht mit Ihnen trinkt. Sie haben doch gesagt, er besucht gewöhnlich zwei Bars, den *Blauen Papagei* und den *Club Erste Nacht.*"

„Auch andere, die aber schon seltener."

„Das müßte genau festgestellt werden. Jetzt aber müssen wir dieses Projekt dem Günter übergeben."

„Gern, wer aber wird tagsüber observieren und die neuen Patienten fotografieren? Ganz ohne Schlaf kann ich doch nicht bleiben!" erklärte der so sehr bieder wirkende Herr.

„Bevor Gusarewitsch und Kwjatkowskij eingearbeitet sind, gibt es keine neuen Patienten. Morgen früh rufe ich ihn an und fahre dann zu ihm."

Awerkij Semjonowitsch saß bei Kwjatkowskij, um nicht wieder der Versuchung zu unterliegen, zur Flasche zu greifen, als das Telefon klingelte. Kwjatkowskij stürzte zum Apparat, tatsächlich, es war kein Traum - Doktor zu Obernabel und Kapott rief persönlich an, und dies genau im richtigen Moment, denn es wurde immer qualvoller, mit leerem Magen dazusitzen und zu warten, nachdem sie sich lediglich zwei Tassen Kaffee gegönnt hatten. Aus Verantwortungsgefühl vor dem historischen Augenblick hatten weder Kwjatkowskij noch Gusarewitsch gewagt, der grünen Schlange zu huldigen. Der Doktor fragte, ob er gleich kommen könne und wollte wissen, ob Kwjatkowskij inzwischen Gusarewitsch herbeiholen könne. Als er hörte, daß sie zusammen waren, bat er sie, auf ihn zu warten.

„Wissen Sie, wie man zu mir kommt?" fragte Kwjatkowskij.

„Ich werde Sie schon finden!"

Tatsächlich, zwanzig Minuten später war der Doktor bei ihnen und ein richtiges Wunderweben begann. Zunächst wiederholte Doktor zu

Obernabel und Kapott in groben Zügen, was er bereits am Vortage dargelegt hatte und erklärte ihnen die Aufgaben seiner Organisation. Später, als die zwei nur noch stumm zu nicken verstanden, drückte er ihnen die Hände und sagte, sie könnten sich bereits als seine Angestellten betrachten, das heißt, als Mitarbeiter jener Gesellschaft, die zum Kreuzzug gegen den Alkoholismus aufgerufen habe.

„Das sind aber alles nur Worte", fügte er hinzu, „nun zu den Taten. Es gibt bereits möblierte Wohnungen für Sie beide, die Sie so schnell wie möglich beziehen sollten. Ich nehme an, sehr viele Sachen haben Sie nicht, und Ihre Möbel...", aber die zwei wollten nicht über ihre Möbel sprechen, „ich meine, Ihre Möbel können Sie ohne besondere Trauer dem Sperrmüll überlassen. Wie sieht es bei Ihnen aus, Herr Gusarewitsch?" Aus dem verlegenem Blick des Angesprochenen konnte der Gast ableiten, daß auch er weder über einen Empire-Schreibtisch noch über Schränke aus schwarzer Eiche verfügte, wie sie seinerzeit die russischen Gutsbesitzernester schmückten. „Demnach ist nur noch zu klären, wohin Ihnen das Geld überwiesen werden soll. Sie müssen sich Postscheckkonten einrichten. Ich sage Ihnen ganz offen, zu Beginn werden Sie recht wenig erhalten, monatlich tausendfünfhundert Mark. Die Miete für die Wohnungen bezahlen wir, die Räume sind selbstverständlich voll möbliert. Jetzt aber kommen Sie mit mir, ich werde Sie meinem Gehilfen übergeben. Sie müssen anständig eingekleidet werden. Klären Sie bitte noch heute die Frage, wie schnell Sie Ihre Wohnungen auflösen können. Ich hoffe, daß Sie keine langfristigen Verträge unterschrieben haben und demnach nicht gezwungen sind, noch für ein halbes Jahr Miete zu bezahlen, nachdem Sie bereits heute oder morgen von hier verschwinden."

„Oh nein, wir bezahlen auch nur ganz wenig."

„Wunderbar, dann brauchen wir keine Zeit zu verlieren." Und schon saßen Kwjatkowskij und Gusarewitsch aufgrund der stürmischen Entwicklung leicht perplex geworden in dem eleganten Volvo und vergaßen völlig, daß sie ihren Kampf gegen die grüne Schlange bereits damit eingeleitet hatten, daß sie selbst trocken geblieben waren. Ihr neuer Chef machte sie mit einem ausgesprochen solide wirkenden Herrn um die vierzig bekannt. „Das ist mein Mitarbeiter, Herr Scholzmann. Er wird dafür sorgen, daß Sie heute abend gut gekleidet sind. Ich selbst erlaube mir unterdessen, mich zu verabschieden."

Geräuschlos rollte der Volvo davon. Der solide Herr begann überlegt zu wirken und führte sie zunächst in eine holzverkleidete finnische

Sauna. Die Wasserhähne glänzten und der Bademeister trug einen weißen, flauschigen Bart. Gusarewitsch, der trotz seiner bejammernswerten Lage keineswegs ein unwissender Tropf war, erinnerte sich infolge der Dampfschwaden an Pompeji und Herculaneum und raunte Kwjatkowskij etwas zu, der sich auch zu erinnern schien und meinte, er sei in großer Sorge, ob ein Aschenregen einsetze, schließlich seien in den letzten zwei Tagen schon viel zuviele wunderbare Dinge mit ihnen passiert!

„Als Aschenmumie will ich nicht da unten liegen!" protestierte er und rieb sich mit einem Frotteetuch ab.

Dann befanden sie sich schnell in einem unauffälligen, aber offensichtlich teuren Konfektionsgeschäft, in dem sie unter dem verständnisvollen Lächeln von zwei höflichen und rührigen jungen Leuten neu eingekleidet wurden. Als sie den Laden verließen, gab es die alten Kwjatkowskij und Gusarewitsch nicht mehr, statt ihrer waren zwei Herren von undefinierbarem Beruf vorhanden. Mit ziemlich dummem Gesichtsausdruck blieben sie vor einer großen Konditorei stehen.

„Und was jetzt?" fragte Kwjatkowskij verloren.

„Vorläufig in das Café, hier werden wir das weitere besprechen. Sie werden bereits heute abend mit Ihrer Arbeit beginnen. Noch eines, bitte, vergleichen Sie das, was Sie ab heute auf dem Dienstwege trinken, nicht mit dem, was Sie bisher genossen haben. Vergessen Sie Bier, Jägermeister und ähnlichen Dreck, damit Sie nicht jenen Säufern gleichen, die von solch einem Fusel erst rote Nasen mit blauen Adern und in zehn Jahren blaue Nasen mit roten Adern bekommen. Von heute an gibt es so etwas für Sie nicht mehr, und überhaupt, vergessen Sie Ihr bisheriges Leben. Ihnen wird eine große und verantwortungsvolle Aufgabe übertragen - der Kampf gegen den Alkoholismus!

Heute abend, so gegen acht, werde ich Sie in die Top Schickeria einführen, insoweit dieser Begriff heutzutage berechtigt erscheint, die sich in der Bar *Der blaue Papagei* trifft. Ich werde Ihnen zeigen, mit wem Sie Bekanntschaft schließen müssen. Die übrige Entwicklung wird Ihnen überlassen und hängt einzig und allein von Ihnen ab. Glauben Sie mir, wenn Sie sich als einigermaßen brauchbar erweisen, werden Sie nicht lange auf den tausendfünfhundert Mark sitzenbleiben. Jetzt nehmen Sie Ihre Kleiderpakete, laufen Sie nach Hause und liquidieren Sie Ihre schandbaren proletarischen Wohnungen. Um acht sind Sie aber bitte wieder hier, vor dieser Konditorei, ganz pünktlich, bitte!"

DER BLAUE PAPAGEI

Gegen halb neun betrat Ernst Wilhelm Heinrich Preis, ein schon seit langem nicht mehr junger Mann, die Bar *Der blaue Papagei.* Die Bar öffnete um acht und es waren erst wenige Gäste da, was ihm gefiel. Er liebte es nicht, sich auf den ersten besten Platz zu setzen, nur weil dieser gerade frei war. Er wollte sich umschauen und selbst ein Tischchen wählen, gewöhnlich in einer der Nischen, in denen gedämpftes Licht herrschte, das von kleinen Lampen herrührte, deren Schirme in den Farben exotischer Vögel glühten. Die Bar erweckte den Eindruck, als ob man sich in einem Dschungel befände. Eine gut gezeichnete Boa constrictor kroch mit halb geöffnetem Rachen die Wand entlang. Ihre Augen waren so geschickt dargestellt, daß sie grün schillerten und im Licht der Lampen wie lebendig zwinkerten. Offensichtlich kniff sie sie ironisch zusammen, schien sich über die Besucher lustig zu machen und dachte still für sich: „Gebt mir nur etwas Zeit und ihr alle werdet mir auf den Zahn geraten!"

Von Orchideen und anderen Blüten übersäte Lianen schlängelten sich an den Wänden, Ameisen oder Termiten krochen geschäftig herum und etwas höher, auf den Ästen, saßen Papageien und Kakadus wie ernstzunehmende Philosophieprofessoren, die Anstalten trafen, ihren Studenten eine Vorlesung zu halten. Offensichtlich sprachen diejenigen, deren roten Federn sich sträubten, lauthals über Karl Marx, denn wie kann ein moderner Philosoph ohne Marx auskommen? Um die Ecke eines Erkers, in dem eine kleine, aber gute Kapelle spielte, lugte ein glänzend schwarzer Panther mit einer Miene, die zum Ausdruck brachte, mein Fell ist viel schöner als eure Kammgarnanzüge, meine Herren! Um die andere Ecke schaute ein gutmütiges Krokodil. Noch höher, fast an der Decke, hopsten, liefen und schaukelten sich Affen unterschiedlicher Größen, die ihre veredelten und bereits leicht degenerierten Brüder genau observierten und dabei ihre sehr ordentlichen, wie nach verschiedenartigen Schablonen gezeichneten Glatzen begutachteten.

Dieses Bild war Preis völlig vertraut, er war nicht zum ersten Male hier. Dennoch zollte er der talentierten Ausstattung des Etablissements stets die angemessene Achtung. Heute hatten sich jedoch andere Gedanken seiner bemächtigt. So sehr er sich zurechtstauchen wollte, die Gedanken an die Vergangenheit, den Sinn seines Lebens und die Ziele der Gegenwart ließen sich nicht verdrängen.

Sein Leben ähnelte den sich kreuz und quer überdeckenden und zusammenfließenden Eisblumen an einem zugefrorenen Fenster. Er konnte nicht mal sagen, ob er ein guter oder weniger guter Mensch sei. Niemals hatte er das Böse angestrebt oder die Meinung vertreten, es sei unmöglich, das Leben zu durchleben, ohne Böses zu tun. Aber merkwürdigerweise rutschten ihm das Böse wie das Gute wie von selbst aus den Händen, wobei das Böse fast immer mit Lächerlichkeiten anfing, sich aufblähte und große Dimensionen erreichte, das Gute hingegen zusammenschrumpfte und sich in Nichts verwandelte, als ob es an Blutarmut und Unterernährung starb. Er war zu wenig Philosoph, um diese Erscheinungen systematisch zu durchdenken, fühlte jedoch, daß ihm auch der größte Denker kaum helfen könne. Dennoch war es ihm unmöglich, diese Gedanken zu verscheuchen, wenn sie gegen seinen Willen auf ihn zukamen.

Seine Jugend war lediglich interessant, weil sie mit dem aufkommenden Alter stets vielversprechend und verlockend erscheint, im wesentlichen unterschied sie sich jedoch nicht von der seiner Altersgenossen: Universität, Studium der Wirtschaftswissenschaften. Kaum war er fertig, kam der Krieg. Er wurde Oberzahlmeister und hatte eine durchaus ernste Auffassung von seinen Pflichten. Ein paarmal fing er wie ein feiner Radioempfänger die Wellen fremder Gedanken auf, wonach im Kriege leicht etwas hinzuzuverdienen sei. Versuchungen tauchten auf, verschwanden, erschienen erneut und nahmen gelegentlich sogar konkrete organisatorische Formen an. Er fühlte, daß er aus dem Dunklen heraus aufmerksam beobachtet und in die eine oder andere Kategorie eingeordnet wurde: *Was ist mit diesem Preis anzufangen?* Dann kamen von verschiedenen Seiten Drohungen und sogar Gefahren auf ihn zu, er war jedoch der Ansicht, daß dort, wo das Blut der Soldaten vergossen wird, Geschäftemacherei nicht möglich sei.

Ein paarmal wurde auch versucht, ihm ein Bein zu stellen, er hatte jedoch Glück mit seinen Vorgesetzten. Dann nahm der Krieg eine immer tragischere Wendung an, es war nicht mehr so klar wie zu seinem Beginn, was wohin gehörte. Die Werte veränderten ihre Bedeutung und über ganz Deutschland errichtete sich für alle einigermaßen klugen

Leute wie ein riesiges Fragezeichen das Problem, was nach der Niederlage geschehen würde. In diesem Augenblick lächelte ihm ein zweifelhaftes Glück. Er wurde in eine wichtige, wenn auch wenig sympathische Behörde versetzt. Hier vertraute man ihm einen großen Panzerschrank an, in dem die persönlichen Wertsachen solcher Mitarbeiter hinterlegt wurden, die für einige Zeit vom Horizont verschwinden mußten, manche sogar im Untergrund, im Rücken der feindlichen Armeen. Ihm als Mann mit tadellosem Leumund wurde sogar bedeutet, daß es sich um sehr große Werte handelte und im Verlauf der letzten Periode des Krieges führte er sich makellos auf.

Dann kam der 8. Mai. Nach den Kapitulationsbedingungen hätte er alles den Siegern übergeben müssen - und gerade das tat er nicht. Er nahm die Wertgegenstände an sich, fertigte eine Liste der Besitzer an und war ernsthaft davon überzeugt, daß er die Vermögenswerte den rechtmäßigen Eigentümern erstatten wird, sofern sie lebendig zurückkehren sollten. Er vernichtete alle Papiere, damit sie niemandem Schwierigkeiten bereiten konnten und vergrub die Gegenstände zusammen mit der Liste im Keller seines Hauses in einem Vorort von Hannover. Anschließend ging er ruhigen Herzens in die Gefangenschaft, kehrte jedoch bald wieder zurück.

Bei den Amerikanern war es ihm nicht schlecht ergangen, und sowie er sich wieder in Freiheit befand, entstand die Frage, wie übrigens bei Millionen anderer Deutscher, was nun? Kurz darauf machte er die Bekanntschaft seiner jetzigen Frau, der Witwe des gefallenen Majors von Zungenwher, aus einer alten westfälischen Adelsfamilie und Erbin eines seinerzeit blühenden, nach der Katastrophe jedoch ein klägliches Dasein führenden Betriebs. Es fehlte an Mitteln, er aber verfügte über eine Reihe verwertbarer Gegenstände, mit denen auf dem schwarzen Markt viel, sehr viel, anzufangen war.

Schnell fand er sich in den ungeschriebenen Gesetzen dieses Marktes zurecht und bald flossen ungeheure Mittel in die Firma seiner Frau, und dies zu einem Zeitpunkt, zu dem andere, ebenfalls angeschlagene Unternehmer von so etwas nur träumen konnten. Vom Marshallplan war noch nichts zu hören, um so mehr jedoch von der Währungsreform. Auf nicht ganz legalem Wege erhielt er eine Lizenz und schnell verringerte sich die Zahl der dem Panzerschrank entnommenen Gegenstände, der Betrieb seiner Frau dagegen entwickelte sich in genau dem gleichen Tempo. Auch diese Transaktion führte er zunächst korrekt durch. Er erstellte ein spezielles Verzeichnis, in dem er den einzelnen Objekten den in Friedenszeiten angenommenen Wert, den Wert in Dollar, sofern es in amerikanische Hände kam, und den Preis in der entwerteten Reichsmark gegenüberstellte. Ja, überlegte er, wenn ich den rechtmäßigen Besitzern ihr Eigentum auch nicht zurückgeben kann, da ich es verkauft habe, den Geldwert werde ich ihnen bestimmt erstatten. Das Unternehmen seiner Frau entwickelte sich schnell und wurde zu einem der ersten Repräsentanten des späteren Wirtschaftswunders.

„In dir habe ich nicht nur einen Menschen gefunden, der mich nicht weniger liebt als mein armer Oskar, du verstehst auch etwas von Geschäften!" Niemals stellte Beatrice die Frage nach der Herkunft der Gelder, die er je nach Bedarf der Firma zur Verfügung stellte. Hierfür war er ihr sehr dankbar, denn zu jener Zeit war es nicht modern, über seine Geldquellen zu reden. Dann kam die Währungsreform und das richtige Wirtschaftswunder setzte ein.

Jahre gingen dahin, das Leben normalisierte sich und wurde sogar luxuriös. Von den Eigentümern der im Panzerschrank deponierten Gegenstände erschien jedoch kein einziger. Er spürte jedoch, irgendwo existierten sie, nicht alle konnten zugrunde gegangen sein. Ihm kam der Gedanke, in einer Zeitung zu annoncieren, und zwar auf solch eine Weise, daß nur diejenigen die Anzeige verstünden, auf die sie gemünzt war, nicht aber solche, die sie nicht anging. Das wäre möglich, dachte er. Hier aber raunte ihm die Stimme eines inneren Wurmes zu: Weshalb diese Mühe, es ist längst alles vorbei, außerdem ist es gefährlich und viele werden sowieso nicht mehr leben. Weshalb sollte er die Schatten der Vergangenheit beschwören? So beruhigte er sich, wenn auch nicht ganz, im Gegenteil, von diesem Tage an wuchs in seinem Inneren die Unruhe und blähte sich auf, und abgesehen von dieser Unruhe wäre er mit seinem Leben ganz glücklich gewesen. Alles andere gelang ihm wie am Schnürchen. Er hatte bereits ein Auto, dann ein zweites, eine exklusive Wohnung - und hier bemerkte er, daß das Leben an seiner Nase vorbeizog.

„Wozu lebe ich eigentlich?" fragte er sich. Die alten Ideale, an die er wie so viele andere geglaubt hatte, waren im Rauch und Ruß des Krieges zerlaufen, sein Geld dagegen mehrte sich ununterbrochen. Geld aber ist kein Ideal und auch kein Ziel, Geld ist nur das Mittel, ein bestimmtes Ziel zu erreichen, aber was für eines? Mit Politik konnte und wollte er sich nicht befassen, zumal die Politiker im Nachkriegsdeutschland eine ziemlich klägliche Rolle spielten - vielleicht waren sie Vertreter eines souveränen Staates, eventuell aber auch nur beschränkt souverän. Die ehemaligen westlichen Gegner konnten Verbündete sein, aber ebensogut auch schlaue und despotische Betreuer. Was die Sowjets anging, war sowieso alles klar. Sie dachten nicht daran, von der Weltrevolution Abstand zu nehmen. Und seine Frau? Sie liebte ihn, sie war klug und hübsch und er wurde von vielen beneidet. Er hatte jedoch sehr schnell herausbekommen, daß sie nach wie vor ihren ersten Mann liebte. Wie aber stand sie zu ihm? Sie schätzte wahrhaft aristokratische Traditionen und gehörte zu jenen Charakteren, die, wenn sie jemanden zu lieben anfingen, dies für die Ewigkeit taten. Im Unterschied zu ihm war Beatrice kein Meister des Kompromisses, anscheinend traf das übrigens auch auf ihn nur bedingt zu, denn der einzige Kompromiß, den er mit seinem Gewissen geschlossen hatte, ließ ihm keine Ruhe. Plötzlich fiel ihm auf, daß er und seine Frau wohl Bekannte, aber keine Freunde haben.

„Wir sind in einer merkwürdigen Situation." sagte er einmal beim Abendbrot zu ihr. „Wieviele Bekannte haben wir, und mit keinem einzigen kann man sich über ein seriöses Thema unterhalten. Die Menschen soupieren bei uns, trinken guten Wein, hören gute Musik, erzählen Witze, lachen und geben zu verstehen, daß Probleme gleich welcher Art für sie nicht existieren."

„Das ist völlig normal für die Kreise, in denen wir verkehren, Ernst. Die Menschen arbeiten hart, verdienen viel Geld und wollen in der Gesellschaft von ernsten Fragen, die die Seele irgendwie belasten könnten, nicht berührt werden. Wozu auch? Es gibt auch so Probleme genug! Wie die Engländer sagen: ‚*Don't trouble troubles before the troubles trouble you!*' "

„Aber man kann doch nicht immer nur Quatsch reden!"

„In der Gesellschaft ist das nicht nur erlaubt, sondern sogar offiziell sanktioniert. In der Vergangenheit haben wir Deutschen uns viel zuviel mit allen möglichen Problemen abgegeben und das Resultat haben wir ja gesehen! Da ist es schon besser, ohne Probleme zu leben. Wohin hat uns denn das berühmte *Volk der Dichter und Denker* gebracht?"

Er hatte nicht widersprochen, wohl aber für sich gedacht, daß er so doch nicht leben könne. Danach ging er zum ersten Mal mit seiner Frau aus, um sich das Frankfurter Nachtleben anzusehen und später ging er auch allein. Er fing nicht gerade an, sich Freunde zu verschaffen, unterhielt sich jedoch gern mit genau solchen Teilnehmern am Nachtleben wie er selbst einer war. Oftmals hörte und erfuhr er viel interessantes, von dessen Existenz er zuvor gar keine Ahnung gehabt hatte. Einige offenbarten ihm ohne Scheu das, was sie für ihre Seele hielten, verlangten als Gegenleistung jedoch keineswegs irgendwelche Offenbarungen von ihm. Das erstaunte ihn und immer besser erlernte er die schwere Wissenschaft des Zuhörens.

Jahre gingen dahin, sein Geld vermehrte sich immer mehr. Übrigens ging er gar nicht mal so oft in die teuren Bars, vielleicht dreimal im Monat, aber er konnte schon nicht mehr aufhören, sie zu besuchen. Vor einem Monat hatte er mit Günter Scholzmann Bekanntschaft geschlossen, der bescheiden von sich gesagt hatte, er sei weder Fisch noch Fleisch, nur ein Privatgelehrter und der Gegenstand seiner Studien seien die Menschen.

„Was für ein Ziel verfolgen Sie damit, den Menschen zu studieren?" wollte Preis von ihm wissen.

„Das weiß ich selbst noch nicht, aber mir ist klar, nur durch das Studium des Menschen kann man zur Wahrheit kommen."

„Was für eine Wahrheit meinen Sie damit?"

„Auch das weiß ich nicht. Ich bin mir jedoch sicher, daß mein Weg richtig verläuft und ich über kurz oder lang direkt an der Wahrheit stehen werde."

„Das klingt recht erbaulich. Hier sind jedoch viel zuviele Menschen. Vielleicht wären Sie bereit, mich woandershin zu begleiten, hier ist es zu laut."

Sie machten sich auf den Weg zum *Blauen Papagei.* Es ging bereits auf Mitternacht zu. Die Stadt strahlte im öligen Glanz des Nachtregens. Plötzlich sah Preis auf der anderen Straßenseite seine Frau zusammen mit einem ihm unbekannten jungen Mann. Sie trug den neuen zweifarbigen Pelz, den er ihr selbst geschenkt hatte. Wie konnte sie hier in Begleitung eines fremden Mannes sein, wenn sie nach ihren eigenen Worten zu einer Freundin in einen ganz anderen Stadtteil gefahren war? Ihm wurde das Herz schwer, als ob sich dieses lustige Organ plötzlich mit Blei gefüllt hatte. Er verstand es jedoch, sich zu beherrschen und wandte nicht mal scharf seinen Kopf in ihre Richtung. Nach einigen Schritten bogen seine Frau und der Andere um die Ecke und er selbst betrat den *Blauen Papagei.* Dieses Restaurant gefiel ihm besonders durch seine abenteuerliche und originelle Ausmalung. Höflich erkundigte sich Scholzmann, ob er jemals in den Tropen gewesen war.

„Nein, in den Tropen bin ich nie gewesen." antwortete Preis. „Diese Ausstattung hier mit den wildwuchernden Pflanzen und den neugierigen Tieren lenken lediglich meine Gedanken ab, weg von der nassen und grauen Geschäftsstadt. Nun, wie wollen Sie den Sprung vom Menschen zur Wahrheit ausführen?" setzte er das Gespräch fort. ,,Ich habe immer gedacht, der Mensch sei ein Wesen, das von der Wahrheit recht weit entfernt sei. Wahrheit realisiert sich nur in den abstrakten Schöpfungen der menschlichen Gedanken, zum Beispiel in der abstrakten Gestalt des historisch niemals existent gewesenen Jesus Christus, den die Kirche nur deshalb zu einer Verkörperung der Wahrheit und zum Sohn Gottes machen konnte, eben weil er niemals existiert hat."

,,Sind Sie so sicher, daß er nicht gelebt hat?"

,,Davon bin ich vollkommen überzeugt. Den Sohn Gottes, das heißt, Gott selbst, kann ich mir in Menschengestalt überhaupt nicht vorstellen."

,,Aber es gibt doch auch sehr gute Menschen!"

,,Sicherlich, aber der Abstand zwischen dem besten Menschen der Welt und Jesus Christus ist doch unendlich groß."

Der exakte Verstand Scholzmanns registrierte genau jedes Wort, das Preis sagte, wonach es nicht gute oder schlechte Menschen, sondern lediglich begabte und unbegabte, kluge und dumme sowie willensstarke und willensschwache gibt und außerdem solche, die Glück im Leben haben. Demnach sei ein Mensch, der für gut gehalten wird, lediglich geschickter als andere oder hat mehr Glück gehabt. Das bedeutet, überlegte Scholzmann, daß du einen Flecken hast. Wer nicht an die Existenz guter Menschen glaubt, ist selbst nicht gut. Gerade das brauche ich und jetzt kommt es nur darauf an, festzustellen, in welchem Punkt du nicht gut bist.

Als sie heute den *Blauen Papagei* betraten, bemerkte Scholzmann sofort, daß alles programmgemäß verlaufen würde. Auf einem Hocker aus imitiertem Ebenholz mit ebenfalls unechten Perlmuttintarsien saß Kwjatkowskij an der Bar und war seinem Gesichtsausdruck nach in schwere und ungeheuer wichtige Gedanken vertieft.

,,Vielleicht setzen wir uns an die Bar und trinken einen Cognac, die haben hier einen Cognac, der in der ganzen Stadt berühmt ist!"

,,Ich habe nichts dagegen!" und beide setzten sich neben den von seinen Gedanken überwältigten Kwjatkowskij.

,,Sie behaupten demnach, daß es zwischen dem Menschen und Christus eine ungeheure Distanz gibt?"

,,Nicht nur zwischen dem Menschen und Christus, das gilt auch für Buddha, Mohammed, Luther und so weiter. Glauben Sie mir, das, was in dieser Welt als böse bezeichnet wird, ist nichts anderes als persönliches Pech. Stets haben die Sieger die Miasmen der Massen eingeatmet und hätten ohne diese Miasmen gar nicht existieren können. Der Pöbel dagegen hat in jedem Siegerhelden nur sich selbst im Idealzustand gesehen und sich stets von dem Besiegten abgewandt, wobei ihn durchaus nicht interessierte, ob dieser gut war oder nicht. Den in Unglück Geratenen meidet man wie die Pest, denn das Unglück ist durchaus anstekkend."

Kwjatkowskij bewegte sich auf seinem Barhocker und verzog die Lippen.

„Entschuldigen Sie bitte, wir haben Sie beim Nachdenken gestört. Gleich werden wir den zweiten kippen und uns dann an das Tischchen dort setzen."

„Aber nein, warum denn? Hier ist doch kein Lesesaal! Ich bin tatsächlich in Träumereien versunken und habe sogar vergessen, mir einen Cognac zu bestellen. Ihren letzten Satz habe ich jedoch gehört, wonach der in Unglück Geratene wie die Pest gemieden wird und da bin ich völlig einverstanden mit Ihnen. Ich bin oftmals in eine schwierige Lage geraten - bitte, mir auch einen Cognac! - und kann mich nur wundern, was für ein Chamäleon der Mensch ist! Nicht nur, daß man jemanden linksliegen läßt, vielmehr bildet sich um einen herum ein Vakuum, eine Leere."

„Sind Sie auch in der Kriegsgefangenschaft gewesen?"

„Nein, denen bin ich noch rechtzeitig durch die Finger geschlüpft. Sie müssen wissen, manchmal ist es gut, ein ganz kleiner Mann zu sein - und so einer bin ich auch geblieben."

Preis verstand, es wäre unpassend, den neuen Bekannten weiter auszufragen. Wenn sich jemand selbst als kleiner Mann bezeichnet, will er nicht, daß man bohrt, in welchem Maße er klein ist. Hier aber erschien der Cognac und das Gespräch wandte sich der am Bahnhof gesperrten Straße zu, was alle Möglichkeiten veränderte, sich im Zentrum Frankfurts fortzubewegen. Zu Scholzmanns größtem Entzücken nahm Preis angeregt an dem Gespräch teil, ob es richtig oder falsch war, den Straßenverkehr um den Bahnhof herum zu leiten, woraus seine beiden Gesprächspartner schlossen, daß er sich hervorragend in der Topographie Frankfurts auskannte und offensichtlich an der eigenen Person erfahren hat, welche Unannehmlichkeiten ein Autofahrer in einer verkehrsüberlasteten Stadt in Kauf nehmen muß. Kwjatkowskij erkundigte sich sogar höflich, ob er irgendwelche Beziehungen zur Stadtverwaltung habe, worauf Preis lächelnd erklärte, keineswegs, er sei Kaufmann und habe zusammen mit seiner Frau eine kleine Fabrik, und wieder einen Cognac bestellte, den vierten. Still für sich dachte Preis jedoch, daß er absichtlich mit diesem ihm fast unbekannten Manne schwätzt, um den bohrenden Gedanken an Beatrice loszuwerden. Dieser Gedanke ließ sich jedoch nicht verscheuchen.

*

Zur gleichen Zeit sprach seine Frau ebenso angeregt, aber keineswegs fröhlich, über ihn mit Bodo Sauer, einem jungen Anwalt, der sich selbst als Anfänger bezeichnete, obwohl er schon seit zwei Jahren eine eigene Praxis hatte.

„Aber meine Liebe!" zärtlich hielt er Beatrice die Hand. „Wie hat in deinem Kopf überhaupt der Gedanke entstehen können, diesen Ernst Preis zu heiraten? Hattest du denn völlig vergessen, wer du bist und wer dein verstorbener Gemahl gewesen war? Er ist doch kein Partner für dich! Ein Oberzahlmeister - sieh einer an! Erstens sind sie alle Diebe, zweitens Feiglinge und drittens, bar jeder Phantasie!"

„Bodo! Immerhin sprichst du von meinem Mann!"

„Gerade das zwingt mich, so offen wie möglich mit dir zu reden! Abgesehen davon bin ich dir nicht ganz fremd. Du sagst, er habe die Fabrik hochgepäppelt, indem er einige Male erhebliche Summen hineingesteckt hat. Woher hatte er denn das Geld? Mit diesen Finanzspritzen hat er doch schon vor der Währungsreform angefangen! Was soll diese Geheimniskrämerei? Außerdem begegnet er all deinen Fragen, wo er in der letzten Periode des Krieges Dienst getan hat, mit beharrlichem Schweigen. Gut, vielleicht ist er in der Partei gewesen, von meinem Standpunkt aus ist das kein Verbrechen. Vielleicht war er in der SS, auch dort gab es, wie überall, anständige und unanständige Kerle. Mir sind sogar SS- Männer bekannt, die dies keineswegs verheimlichen und sogar stolz auf ihre Vergangenheit sind, aber das ist schon Politik. Woher aber hatte er das Geld? Ich sage dir, vermutlich hat er in den letzten Kriegstagen etwas gemaust, Staatsgelder oder sonstiges fremdes Eigentum. Anders kann ich mir nicht erklären, woher er die Mittel haben könnte. Er ist doch in amerikanischer Gefangenschaft gewesen und hat schwerlich dort einen größeren Betrag bei einer Bank hinterlegen können. Zwei Monate, nachdem er zurückgekehrt ist, bist du seine Frau geworden, und in diesen zwei Monaten hat er das doch nicht zusammenraffen können! Demnach hat er etwas versteckt, als er der Gefangenschaft entgegensah. Warte ab, ich werde die Wahrheit noch herausbekommen!"

„Bodo, ich wünsche keinen Skandal! Er liebt mich aufrichtig und immerhin sind wir schon seit vielen Jahren zusammen."

„Nun, was die Liebe betrifft, da ist noch alles in der Schwebe. Weshalb geht er denn ständig in diese Kneipen?"

„Jeder hat seine Schwäche. Ja, in letzter Zeit trinkt er ziemlich viel und das beunruhigt mich. Er arbeitet jedoch auch sehr viel."

„Das bestreite ich nicht. Dennoch ist er kein Lebensgefährte für dich. Glaub mir, er liebt dich weit weniger als du denkst. Er steht weit unter mir - und ich liebe dich wirklich!"

„Gut, Bodo, ich will nicht mit dir streiten. Aber was nun?"

„Wir müssen ihn loswerden!"

„Hör auf, Bodo, du weißt nicht, was du sagst! Von solchen Dingen will ich nichts hören!"

„Was regst du dich denn auf? Du glaubst doch nicht, daß ich zu einem Verbrechen fähig bin? Du mußt dich von ihm scheiden lassen, und zwar so, daß er schuldig ist."

„Es klingt alles sehr einfach, Bodo, wenn ich dich anhöre. Daß er trinkt und wenig solide Bars besucht, ist mir bekannt, aber daß er mich betrügt?"

„Weshalb sonst geht er denn in die Bars? Hier gibt es doch keinen historischen Keller wie der von Luther und Wegener in Berlin, in dem E. T. A. Hoffmann, Ludwig Devrient und andere großen Geister und Talente ihre Nächte verbracht haben. Folglich sind dort die Weiber. Weißt du eigentlich, wie viele Männer ihre Frauen betrügen? Aber eine Frau wie dich zu betrügen!"

„Es kommt auch vor, daß Frauen ihre Männer betrügen."

„An deiner Stelle hätte ich schon vor zehn Jahren angefangen, ihn zu betrügen."

„Moment, was hast du jetzt vor?"

„Ich habe einen Plan, und was für einen!"

Beatrice entschloß sich, nicht weiter zu bohren. Es hätte sie sehr enttäuscht, wenn der Mann, dem sie das Privileg eingeräumt hatte, ihr Geliebter zu sein, einen wilden Quatsch von sich gäbe. Schon oft hatte sie sich gefragt, was sie zwang, ihren Mann zu betrügen, obwohl er sie zweifelsohne liebte. Nach und nach kristallisierte sich die Antwort heraus, er ähnelte ihrem ersten Mann viel zu wenig. Und Bodo? Was für ein Mensch war Bodo in letzter Konsequenz? Diese Frage konnte sie nicht beantworten. Er war ein begnadeter Rechtsanwalt mit Perspektiven, ein charmanter Plauderer und ein interessanter Liebhaber. Je älter sie wurde, um so mehr gewann in ihren Augen all das an Bedeutung, was in irgendeiner Beziehung zur Liebe stand. Schon vor langer Zeit hatte sie sich selbst davon zu überzeugen gewußt, daß der Sinn ihres Lebens darin bestand, das Geschäft ihres ersten Mannes weiterzuführen und auf die nötige Höhe zu bringen. Mit Hilfe von Preis war ihr das gelungen, aber zugleich war ihr klargeworden, daß die Firma eben doch nicht der einzige Zweck ihres Lebens sein konnte. Sie fühlte sehr wohl, ihr zweiter Mann verheimlichte etwas wichtiges vor ihr, angefangen bei irgendwelchen großen Geldbeträgen, aber da war noch mehr...

Nachdem sich Beatrice zu dem Gedanken durchgerungen hatte, daß Wirtschaftswunder, Geld und eine florierende Firma nicht den einzigen Sinn ihres Lebens ausmachen konnten, begann sie herumzuhetzen. Da aber tauchte wie von selbst Bodo Sauer auf, ein rassiger, gebildeter und sogar poesiebegabter Mann, was bei einem modernen Rechtsanwalt schon gänzlich sonderbar anmutete. Es blieb ihr nur, abzuwarten, was Bodo in nächster Zeit unternehmen würde. Beatrice fühlte, davon würde es abhängen, wie sie die Frage entscheidet, ob er Ernst Preis in ihrem Leben ersetzen wird oder nicht. Bodo aber küßte sie bereits in der dunklen Nische des Restaurants, seine Augen funkelten im Licht der Tischkerze wie Amethyste, die aus unerklärlichen Gründen lebendig geworden waren. Sie schauderte zusammen.

,,Bodo, meinem Mann habe ich das Märchen erzählt, ich wolle meine langjährige Freundin Camilla Boser besuchen, du weißt ja, sie hat den größten Blumenladen in ihrem Stadtteil. Es ist schon spät, womöglich ist er bereits nach Hause zurückgekehrt und auf den Gedanken gekommen, Camilla anzurufen. Ich habe sie zwar gewarnt. Sie ist klug und wird sich aus der Affaire ziehen können, aber dennoch muß ich nach Hause. Wenn du meinen Mann auch haßt, ein Dummkopf ist er nicht und weiß Gott, was er aushecken könnte."

*

Beatrice sorgte sich umsonst, ihr Mann dachte nicht daran, nach Hause zu gehen. Scholzmann hatte sich verabschiedet und das Gespräch mit Kwjatkowskij wurde interessant. Er hatte witzig, wenn auch ohne Wut, Preis bewiesen, daß bereits in den ersten Jahren nach dem Krieg sämtliche Schlüsselpositionen der westdeutschen Wirtschaft von geschäftstüchtigen Leuten besetzt worden waren und es jetzt für den kleinen Mann so gut wie unmöglich sei, eine Existenz zu gründen oder weiterzuentwickeln, wenn er nicht gerade ein Genie war, wobei er als selbstverständlich voraussetzte, daß er einigermaßen im Rahmen des Gesetzes bliebe.

„Ich aber bin keineswegs ein Genie, man hat mir nur ein bißchen ausbezahlt, weil ich gelitten hatte. Ich hungere natürlich nicht, aber seelisch kann ich das, was ich erlebt habe, nicht verarbeiten und weiß nicht mal, wozu ich überhaupt lebe. Und so besuche ich ab und zu solche Restaurants."

Ich verstehe dich sehr wohl, dachte Preis, auch ich weiß nicht, wozu ich lebe. Bisher habe ich gedacht, ich lebe für meine Frau und das Geschäft, wenn sich das bloß nicht als Irrtum erweist! Besonders deprimierend ist, daß ich unehrlich gehandelt und völlig umsonst die fremden Wertsachen verkauft habe. Interessant, wie mein neuer Bekannter an meiner Stelle gehandelt hätte. Man sieht, er ist kein einfacher Mann, ein russifizierter Pole, staatenlos und keineswegs dumm, außerdem hat er sich selbst als *kleiner Mann* bezeichnet. Ein Aufschneider ist er demnach nicht. Vermutlich hat er unter meinen Landsleuten gelitten, hier oder in Polen, wovon er mir delikaterweise nichts sagen will und bekam oder bekommt eine Entschädigung. Für heute ist es jedoch genug an Gesprächen, aber vielleicht sollten wir uns in einer Woche treffen und uns dann etwas ausführlicher unterhalten? Preis erhob sich. „Es ist schon recht spät, Herr Kwjatkowskij, ich bin mit dem Wagen und kann Sie nach Hause bringen. Wo wohnen Sie?"

„Es ist nicht weit, aber wozu diese Mühe?"

„Ich verstehe, Sie haben Angst, ich könnte nach dem Cognac die Widerstandskraft der jungen Straßenbäume unterschätzen. Ich kann Sie beruhigen, ich werde wie eine Schnecke fahren."

Es stellte sich heraus, daß Kwjatkowskijs Wohnung in einem neuen Haus war, in einem ruhigen Stadtteil, nicht weit vom Zentrum entfernt. „Möchten Sie einen Blick hineinwerfen, wie ich lebe?" fragte Kwjatkowskij verlegen.

Warum eigentlich nicht, dachte Preis, nach der Wohnung sieht man gleich, was für ein Mensch dort lebt. Ihn freute, daß die Wohnung bestätigte, was er über Kwjatkowskij dachte. Sie war klein, aber für eine Person völlig ausreichend, und keineswegs schlecht, sondern sogar geschmackvoll möbliert, nicht allzu teuer, aber auch nicht billig, ungewöhnlich sauber. Bestätigend schüttelte Preis seinen Kopf, drückte Kwjatkowskij die Hand und fuhr nach Hause. Zuvor aber verabredeten sie, sich in einigen Tagen gegen neun wieder im *Blauen Papagei* zu treffen.

Auf dem Nachhauseweg dachte Preis, welch glücklicher Mensch ist dieser Kwjatkowskij, hat wohl nicht den geringsten dunklen Flecken auf seinem Gewissen. Ja, er dürfte weniger Geld haben als ich, aber dafür hat er seelischen Frieden und Ruhe. Der Fabrikbesitzer Ernst Preis begann, über seine Frau nachzudenken und sofort wurde ihm finster zumute.

Seine Charakteristik Kwjatkowskijs war keineswegs ganz richtig, Frieden und seelische Ruhe lebten durchaus nicht in seiner Seele. Auch ihm hatte Preis gefallen, er war jedoch zu dem Schluß gekommen, daß er gar nicht mal so viel trinkt. Darüber zu urteilen, war es jetzt jedoch noch zu früh. Aus Erfahrung wußte Kwjatkowskij, daß alle Opfer der grünen Schlange gelegentlich eine heftige Abneigung gegen den Alkohol hatten, nach einiger Zeit lief jedoch alles wieder wie zuvor.

DER GROSSE EINSATZ

Wie sollte Preis ahnen, daß es in seiner Nähe einen Mann gab, der von sich selbst glaubte, nicht den geringsten Dreck am Stecken zu haben, und zwar aus dem einfachen Grund, weil ihm dies als völlig unmöglich erschien. Ihn interessierte als einziges das Geld, und zwar großes Geld, das seiner Ansicht nach allen Schmutz abwäscht, so daß von einer bestimmten Einkommensgröße an ein Mensch nicht mal zum Verbrecher werden konnte, denn ihn reinigte die alles durchglühende Flamme des Goldes. Nicht der klare Sternenhimmel, der Kant in solch ein Entzücken versetzt hatte, leuchtete über ihm, sondern die in menschliche Seelen gespritzten glitzernden Sterne des Goldes. Wie sollten die ewigen Sterne des Himmels mit dieser die ganze Welt verbrennenden Flamme schritthalten können? Jetzt stand er, der junge Rechtsanwalt Bodo Sauer, im Begriff, Millionär zu werden.

Seit einiger Zeit wurde geraunt, daß während der schon länger andauernden Verhandlungen drohende, sich gegenseitig bekämpfende Kräfte versuchten, von der Regierung Maßnahmen zu erpressen, deren Folgen unter Umständen sehr bedeutend waren und das Profil des Landes völlig verändern konnten. Gutinformierte Kreise wußten, daß die USA wegen ihrer Konkurrenz zur Bundesrepublik auf den Weltmärkten an einer Aufwertung der Mark interessiert waren, während sich die exportorientierten Kräfte in der Bundesrepublik dagegen wehrten, was auch für die Regierung galt, die sich von einem möglicherweise steigenden Export eine Verminderung der Arbeitslosigkeit versprach. Schon viel zu lange dauerte dieses Ringen. Sämtliche Mittel wurden angewandt, gelegentlich sogar recht unfaire, wie diplomatischer Druck, parteipolitische Erpressung und Versuche, den Gegner ideologisch zu knicken. Es wurde angedeutet, daß es sich auf die Sicherheitsgarantien des Landes auswirken könnte, wenn die Währung nicht modifiziert würde und vieles andere mehr. Es sah aber ganz so aus, als ob die Sense auf den Stein geraten war. Konservative und rechte Kreise fingen bereits an, stark Lärm zu schlagen.

„Immerhin sind wir eine eigenständige Nation und können uns nicht in allen wirtschaftlichen Fragen herumkommandieren lassen. Welch ein Trumpf für die Rechtsextremisten, wenn wir uns wieder mit eingezogenem Schwanz dem Washingtoner Diktat beugen?"

Hier aber platzte eine neue Bombe. Angeblich wollte die Regierung die Währung nicht nur nicht aufwerten, sondern in bisher nie dagewesenen Dimensionen abwerten. Solch eine Reaktion hatte niemand erwartet. Bodo Sauer pfiff sogar durch die Zähne, als er davon hörte. Er hatte solide Verbindungen zu verschiedenen Wirtschaftskreisen in Deutschland und im Ausland und begann in dieser Periode der Unsicherheit, schnell und energisch zu handeln, während auf den Vorstandsetagen erbittert gestritten und Angebote eingeholt wurden und sich sowohl hier als auch im Ausland eine Horde verschiedenartigster Agenten auf allen Stufen der Geschäftsleiter die Sohlen ablief, um festzustellen, was Wahrheit und was Lüge ist, und was letztendlich in den geheimnisvollen Kabinetts der Bundesbank entschieden worden war.

Schon seit langem arbeitete er mit einer Reihe amerikanischer Firmen zusammen, für seine Beratungen wurde er gut bezahlt und seine Autorität als erstklassiger Kenner des deutschen Business wuchs ständig. Besonders war er darauf bedacht, den Ruf zu wahren, ernsthaft und ehrlich zu sein. Daher sagte er offen, wenn er etwas nicht genau wußte, obwohl ihm dies unter Umständen schädlich sein konnte. Jetzt aber war er voll und ganz davon überzeugt, daß früher oder später die Mark doch aufgewertet würde. Noch hatten es die Deutschen nicht gelernt, ihre Schwänze nicht einzuziehen, wenn die Amerikaner etwas wünschten! Sie werden maulen, zischen und dann unter irgendeinem Vorwand die Mark doch aufwerten.

Er, Bodo Sauer, flog nach New York.

Ein deutscher Konzern aus Köln, dessen Umsatz in Milliarden gemessen wurde, benötigte für etwa 97 Millionen Mark technische Einrichtungen aus den USA, um sie später kombiniert mit eigenen Erzeugnissen gewinnbringend in den Nahen Osten zu verkaufen. Dieser bedeutende Konzern stand mit zwei nicht minder machtvollen Firmengruppen der USA in Verhandlungen, die etwa gleich groß und miteinander verfeindet waren. Die Verhandlungen waren bereits entschieden, der Kölner Konzern hatte den Auftrag an seinen amerikanischen Kollegen Lancaster & Strasmight vergeben, wobei die Amerikaner in Mark fakturieren sollten. Selbst die Details über Lieferung und Begleichung der Teilrechnungen waren ausgearbeitet und geklärt. Lieferung sollte in acht sofort zahlbaren Raten erfolgen. Alles schien in bester Ordnung zu sein und die Partner waren zufrieden.

Hier aber kamen die Gerüchte über eine Aufwertung oder gar eine Abwertung der Mark auf - und sofort flog Bodo Sauer nach den USA und überraschte mit seinem Besuch die ihm bekannten Manager von Smith & Ferry, Todfeind und Konkurrent von Lancaster & Strasmight, nicht minder mächtig, vielleicht sogar mächtiger, und in ihren Geschäftsmethoden nicht immer unbedingt korrekt. Über Smith & Ferry zirkulierten die verschiedenartigsten Gerüchte. Es war sogar von einer Kongreßkommission die Rede, die das Schicksal hoher Geldbeträge erforschen sollte, die wunderbaren Geschehens in die Taschen einflußreicher Persönlichkeiten in Regierungssphären fremder Staaten geflossen waren. Aber wann sagen die Menschen schon Gutes, wenn es um Millionen geht? Die Leitung von Smith & Ferry kannte den deutschen Rechtsanwalt Bodo Sauer recht gut, der glänzend englisch sprach und dessen Meinung immer ernst zu nehmen war.

Sowie sich Bodo Sauer Auge in Auge mit drei verantwortlichen Bossen von Smith & Ferry in dem geschmackvoll eingerichteten Konferenzraum befand, der alle Voraussetzungen erfüllte, damit kein Wort außerhalb der mit teurem exotischem Holz verkleideten Wände vernommen werden konnte, begann er: „Ich irre mich wohl nicht, meine Herren, wenn ich sage, daß sich der Ihnen bekannte Kölner Konzern fest entschlossen hat, den Auftrag über 97 Millionen Deutsche Mark an Ihren Konkurrenten Lancaster & Strasmight zu vergeben. Das stimmt doch?"

Die mächtigen Herren wußten, daß Bodo Sauer ein ernsthafter Mann war und es daher besser sei, sich ihm gegenüber nicht auf Finten einzulassen. Sie sagten zwar nichts, der Ausdruck ihrer Gesichter zeigte jedoch, daß ihr Gast leider recht hatte. Höflich verbeugte sich Bodo Sauer.

„Daher möchte ich Sie gern fragen, wie Sie es aufnehmen, wenn ich es fertigbrächte, daß der Auftrag bei Ihnen landet?"

„Das wäre ganz herrlich!" meinte einer. „Wir sind jedoch etwas skeptisch, immerhin hat die Konkurrenz den Auftrag bereits in der Tasche und wir können uns beim besten Willen nicht vorstellen, wie diese Situation geändert werden könnte."

„Das ist sehr schwierig, zugegeben, es gibt jedoch eine reale Möglichkeit." antwortete Bodo Sauer. „Sagen Sie bitte, könnte ich von Ihrer Seite mit einem gewissen Entgegenkommen rechnen, wenn Ihnen der Auftrag erteilt wird und dies sogar zu für Sie günstigeren Bedingungen?"

Diese entschlossen vorgetragene Bemerkung verblüffte die Manager.

„Wenn wir, zunächst theoretisch, über diese Möglichkeit reden wollen, können wir Ihnen ein Prozent von der Auftragshöhe zusagen. Aber bitte, entschuldigen Sie unsere Wißbegier, vielleicht dürften wir Einzelheiten erfahren? Wir können uns nicht vorstellen, wie ein derartiges Geschäft praktisch durchgeführt werden könnte."

„Das ist sehr einfach. Ich habe gute Verbindungen zu Regierungskreisen und ebenfalls zu verantwortlichen Stellen in der Deutschen Bundesbank, in der seit einiger Zeit sehr intensiv über die Aufwertung der deutschen Mark gesprochen wird."

„Diese Gerüchte sind auch bis zu uns durchgedrungen. Was aber haben wir damit zu schaffen?"

„Folgendes: Vielleicht haben Sie auch von einer eventuell möglichen Abwertung gehört, über die genauso intensiv gesprochen wird."

„Auch das ist uns bekannt, wir können aber schlecht daran glauben."

„Sehen Sie, das ist sehr gut! Ich möchte Ihnen nicht verheimlichen, daß auch ich nicht so recht an eine Abwertung der Mark glaube. Schwerlich wird die deutsche Regierung solch einen Schritt wagen."

„Wie aber wollen Sie der Konkurrenz diesen Auftrag entreißen?"

„Sehr einfach - ich nehme an, es wird mir gelingen, sie davon zu überzeugen, daß der zweite Fall unbedingt eintreten wird, so daß sich der Gewinn aus diesem Geschäft gewaltig verringert."

„Und das sollen sie Ihnen glauben?"

„Ja, genau das ist meine Aufgabe. Es wird mir gelingen, die Konkurrenz davon zu überzeugen, daß sie aus diesem Geschäft mit dem deutschen Konzern praktisch keinen Gewinn haben wird, im Gegenteil, vielleicht sogar Verlust."

„Dürfen wir erfahren, wie Sie das praktisch durchführen wollen?"

„Zunächst brauche ich Ihr Einverständnis und eine schriftliche Erklärung, wonach mir für den Fall, daß Smith & Ferry mit dem Kölner Konzern einen Vertrag über die Lieferung technischer Geräte im Wert von ca. DM 97 Millionen abschließt, a) ein Prozent des Auftragswerts und b) die Hälfte des Kursgewinns infolge der Aufwertung der Mark überwiesen wird. Ihre Konkurrenz wird selbstverständlich in diesem Schreiben nicht erwähnt, ebensowenig die Einzelheiten der Aktion, sonst könnte womöglich jemand auf unangenehme Gedanken hinsichtlich der Ausführung dieses Planes kommen. Die geschädigte Konkurrenz würde ohne Zweifel toben und Sie sämtlicher Todsünden beschuldigen, wie aktiver oder passiver Bestechung, unkorrekter Geschäftsführung oder noch schlimmerem und womöglich eine Pressekampagne eröffnen und die Regierung aufstöbern. Sämtliche Unannehmlichkeiten, die von der Konkurrenz ausgehen könnten, sind für Sie gar nicht vorhersehbar."

„Und wenn nichts dabei herauskommt?"

„Dann sind Sie in keiner schlechteren Lage als heute und haben höchstens die zehntausend Dollar verloren, die Sie mir heute für Spesen und kleinere Ausgaben auszahlen."

Die vier schwiegen recht lange. Dann holte einer seinen goldenen Kugelschreiber hervor und schrieb einen Scheck über zehntausend Dollar aus. Ebenso schweigsam nahm Bodo Sauer ihn in Empfang und verbeugte sich leicht. Derselbe Manager, der den Scheck ausgestellt hatte, drückte auf einen unter der Tischplatte verborgenen Knopf. Eine unglaublich sichere, beherrscht wirkende und elegante Sekretärin von mittleren Jahren trat ein.

„Mrs. Dorgeven, kann ich Ihnen einen kurzen Text diktieren?" sagte der Hochgewachsene und trat zu einem anderen Tisch am Ende des Zimmers. Den übrigen und auch Bodo Sauer war anzusehen, daß sie unter Anspannung all ihrer geistigen Kräfte die möglichen Dafür und Dawider abzuwägen versuchten, denn sie näherten sich einem Grenzbereich der Geschäftsethik, nach dessen Überschreiten es außerordentlich schwierig sein dürfte, etwas wiedergutzumachen. Die Sekretärin ging mit ihrem Stenoblock hinaus und der Hochgewachsene kehrte zum Tisch zurück.

„Sie werden gleich eine derartige Verpflichtungserklärung erhalten, wie gewünscht, ein Prozent des Auftragswerts und die Hälfte eines eventuell möglichen Kursgewinns, hervorgerufen durch die Aufwertung der Mark. Wir kennen uns jedoch lange genug und ich sage Ihnen ganz offen, dieses Geld werden Sie erst erhalten, nachdem der Auftrag in unserer Tasche liegt und die Mark aufgewertet worden ist."

„Ich habe mit nichts anderem gerechnet. Außerdem habe ich Ihnen gleich gesagt, daß es auch die Möglichkeit eines Mißerfolgs gibt. Mein Risiko ist aber größer als das Ihre, denn Sie können höchstens zehntausend Dollar verlieren. Das ist zwar auch Geld, für Sie jedoch sehr wenig Geld."

Geräuschlos und sich graziös wiegend trat die Sekretärin wieder ein und überreichte dem Hochgewachsenen eine lederne Postmappe. Er las den Text zweimal durch und gab die Mappe dann an die anderen weiter. Alle unterschrieben und überreichten dann Bodo Sauer das Papier.

Das war der Text, der ihm im Fall eines Erfolgs über eine Million bescheren konnte!

„Was gedenken Sie jetzt zu tun, Herr Sauer?"

„Da wir uns einig sind, werde ich nach Hause fliegen und sofort zu wirken beginnen." Bodo Sauer erhob sich, die drei sahen sich schweigend an und reichten ihrem Freund aus dem Land hinter dem großen Teich schweigend die Hand. Ruhig steckte Sauer die Verpflichtungserklärung von Smith & Ferry in sein kleines Köfferchen, verbeugte sich und ging hinaus.

„Was halten Sie von ihm?" wandte sich der Hochgewachsene an die beiden anderen. Er hatte sehr hübsche, kastanienbraune, kurz geschnittene Haare, nicht ein Silberfaden war an seinen Schläfen zu sehen, als ob er mit Hilfe seines Charakterkopfes die Binsenweisheit widerlegen wollte, wonach die Amerikaner früher ergrauen als andere Völker. Das hellste an ihm waren seine goldenen, mit Perlen versehenen Manschettenknöpfe und das dunkelste seine glänzenden Schuhe. Vielleicht gab es aber auch noch etwas weit Dunkleres an ihm, das für menschliche Augen unbemerkbar war. Wer sollte das wissen? Er war in der Tat ein sehr reicher Mann!

„Natürlich ist er ein Gauner!" entgegnete der Kleinere, und zwinkerte mit seinen rötlich-braunen Augen. „Aber es gibt zwei Kategorien von Gaunern: Die einen lassen sich erwischen, und die anderen nicht. Das Verhältnis zwischen ihnen beträgt etwa zwanzig zu eins. Arbeiten kann man nur mit der zweiten Gruppe und er gehört anscheinend zu ihr."

„Wie wollen Sie denn feststellen, in welche Kategorie jemand gehört?"

„Das ist schon eine richtige Kunst und es gibt viele Methoden. Die wissenschaftliche Psychologie kann einem natürlich nicht helfen. Man muß die Menschen kennen, aber ich glaube, wir drei können von uns sagen, daß wir uns in den Menschen zurechtfinden, wie schwer einer wiegt. Sonst wären wir nicht das, was wir sind!"

„Und die ehrlichen Menschen?" fragte der Dritte. Er war hager und blond, an die fünfzig, hatte rote Augenbrauen und trug eine Uhr in einem Onyxgehäuse ohne sichtbares Ziffernblatt, die aber wohl dennoch irgendwie die Zeit anzeigte. Weshalb sonst schmückte sie sein Handgelenk?

„Ehrliche Leute haben wir hier in den Staaten sehr viele. Da wir ein großes Land geworden sind, muß es viele geben, vielleicht gibt es sogar Heilige. Gute und ehrliche Menschen bilden jenes Edelmetall, aus dem die weniger ehrlichen und keineswegs guten Menschen im alltäglichen Geschäftsleben all das herstellen, was ihnen Reichtum und Macht verschafft. Wichtige Geschäftsentscheidungen können nicht von makellosen Menschen getroffen werden. Sie wollen fragen, warum das so ist?

Nun, das Leben selbst ist schließlich keine makellose Erscheinung. Das hängt mit unserer Tradition zusammen. Die Menschen, die den nordamerikanischen Kontinent besiedelt haben, waren sicherlich sehr tapfer und energisch, hinsichtlich ihrer Moral jedoch ebenso sicher nicht unbedingt einwandfrei."

„Das hängt auch von den bei uns herrschenden klimatischen Verhältnissen ab!" beendete der Große das Gespräch. Die drei erhoben sich, und jeder von ihnen dachte intensiv darüber nach, was jedes einzelne Wort von Bodo Sauer zu bedeuten hatte. Sie wußten, in etwa zwanzig Minuten wird ihnen der Text des Gesprächs vorgelegt, aber auch so war ihnen klar, daß sie sich so schnell wie möglich mit ihrem vertraulichen Büro in Bodo Sauers Heimatstadt in Verbindung setzen mußten, um zusätzliche Recherchen anzustellen.

Daß sie so reagieren würden, wußte Bodo Sauer selbst am besten. Er saß im Hotel und wartete auf das Taxi, das ihn zum Flughafen bringen sollte. Wieder und wieder hörte er das wie immer in seinem Köfferchen versteckte Tonbandgerät ab. Dieses Köfferchen konnte übrigens jederzeit geöffnet werden, ohne daß der stille Lauscher sichtbar wurde, durch die dünne Lederwand nahm er jedoch alles deutlich auf. Er mußte feststellen, ob er auch nicht zuviel gesagt oder etwas vergessen hatte. Nein, anscheinend nicht, die Kunst, logisch zu denken, hatte ihn auch bei diesem Gespräch nicht verlassen. Er hatte das Band bereits dreimal abgespielt und konnte sich nicht vorstellen, wo ihm ein Fehler unterlaufen sein könnte, den die drei gegen ihn ausspielen würden. Von seinen wirklichen Plänen konnten sie keine Ahnung haben, und in dem gleichen Köfferchen war in einem kleinen Portefeuille aus Saffianleder das unschätzbare Dokument, die versprochene Vergütung für den Fall, daß sich der Kölner Konzern doch entschließen würde, den Auftrag Smith & Ferry zu erteilen. Bis dahin war es jedoch noch sehr weit.

Plötzlich zuckte er zusammen - er war nahe daran, einen riesigen Fehler zu begehen, indem er nach Hause flog. Er mußte nicht zurückfliegen, sondern in Chicago die führenden Männer von Lancaster & Strasmight aufsuchen, um dort den Boden vorzubereiten, damit bei ihnen Zweifel entstünden, ob der geschäftliche Kontakt zu dem Kölner Konzern tatsächlich von Vorteil war, der trotz seiner eindrucksvollen Größe ein recht schwankendes Schiff sei. Außerdem mußte er sie auf den Gedanken bringen, daß die Mark abgewertet wird, und zwar erheblich. Seine exakten und klaren Überlegungen wurden von einem Anruf des Empfangs unterbrochen, das bestellte Taxi zum Flughafen war eingetroffen. Deutlich skandierend sprach Bodo Sauer ins Telefon: „Ich muß meine Pläne ändern und erst nach New Orleans fliegen. Sagen Sie bitte, besteht die Möglichkeit, den Flug nach Deutschland zu streichen und statt dessen einen Flug nach New Orleans zu buchen?"

„Ich werde es versuchen." antwortete eine ruhige, leicht heisere Stimme.

„Sagen Sie bitte dem Taxifahrer, er soll warten, bis diese Frage geklärt ist. Ich werde die Wartezeit bezahlen."

Bodo Sauer wußte, daß er beobachtet wurde und es völlig unmöglich war, direkt nach Chicago zu fliegen, wo sich die Hauptverwaltung von Lancaster & Strasmight befand. Die Herren von Smith & Ferry würden sofort dahinterkommen, daß er ein doppeltes Spiel treibt. Er mußte schmunzeln, zwei gleichermaßen mächtige, in ihren Methoden jedoch völlig verschiedene Firmen hatten ihren Sitz ausgerechnet in den beiden größten Städten der USA, wobei sich die leicht anrüchigen Smith & Ferry in New York und die vom Nimbus der Ehrbarkeit umgebenen Lancaster & Strasmight in der Verbrecherstadt Chicago befanden. Übrigens, woher sollte er wissen, ob Chicago tatsächlich eine Stadt des Verbrechens war, vermutlich sind das völlig falsche, schablonenhafte Vorstellungen, während in Wirklichkeit alles ganz anders war. Bodo Sauer konnte schlecht daran glauben, daß es irgendeiner amerikanischen Firma möglich sein könnte, ihre Geschäfte einwandfrei abzuwickeln. Menschen, die Ehrlichkeit und Korrektheit wirklich ernst nehmen, erreichen im Leben in der Regel sehr wenig. Das Telefon läutete.

„Mr. Sauer, Sie können nach New Orleans fliegen, wenn auch mit einer der kleineren Fluggesellschaften."

„Das hat nichts zu sagen. Und der Flug nach Deutschland?"

„Ist storniert worden."

„Ich danke Ihnen. Können Sie einen Anschlußflug von New Orleans nach Chicago buchen, bei möglichst wenig Aufenthalt?"

„Wieviel Zeit brauchen Sie für New Orleans?"

„Ich werde am Flughafen erwartet und kann daher kurzfristig weiterfliegen."

Bodo Sauer liebte das Fliegen nicht, obwohl er sehr oft im Flugzeug saß. Von dem unangenehmen Gefühl, in der Luft zu hängen, wollte er sich durch angestrengte Arbeit befreien und nochmals alles durchdenken. Während der Fahrt zum Flughafen wurde er verfolgt. Ihm fiel ein graugrüner Chevrolet auf und am Flughafen folgten ein blondgefärbtes, kurzbeiniges Männlein und eine sehr elegante Dame mexikanischen

Typs mit leuchtenden, märchenhaft mandelförmigen Augen seiner Spur. Das sind wohl die Leute von Smith & Ferry, überlegte er. In dem kleinen Flugzeug nach New Orleans bemerkte er jedoch nichts verdächtiges. Es war ihm gelungen, diesem Paar zu entwischen und im letzten Augenblick die Tickets zu erhalten. Auch in New Orleans war alles in Ordnung, wenn ihn auch die dortigen Preise leicht erschreckten. In Chicago veränderte er sein Aussehen leicht, darauf verstand er sich. Womöglich lauerte man ihm am Eingang von Lancaster & Strasmight auf, das war eine reale Gefahr. Er rief an, nannte sein Hotel und erklärte, aus bestimmten Gründen nicht zu ihnen kommen zu können. Man bat ihn zu warten. Jetzt hing alles davon ab, ob sich die großen Herren dazu bequemen würden, mit ihm zu reden. Er war dort jedoch gut bekannt. Es folgte ein Gegenanruf mit der Frage, warum er nicht zu ihnen kommen könne. Er antwortete, die Sache sei wichtig und er befürchte, beobachtet zu werden. Wenn jemand von seinem Besuch erfahre, könnte das für ihn und ebenso für Lancaster & Strasmight zu negativen Resultaten führen.

Ein langes Schweigen folgte, dann wurde ihm bedeutet, daß er in etwa einer Stunde mit dem Besuch von zwei Herren rechnen könne, und zwar Direktor Pearson und Mr. Bowman, der ihm ebenfalls bekannte Hauptaktionär der Gesellschaft. Das war bereits ein großer Erfolg - diese beiden waren die einflußreichsten Leute und gerade sie mußten überzeugt werden, daß die Zuverlässigkeit des Kölner Konzerns zweifelhaft ist und die Mark drastisch herabgesetzt werden würde. Es war bereits Abend und er entschloß sich, die Amerikaner in seinem Zimmer prachtvoll zu bewirten. Er bestellte ein luxuriöses Abendbrot mit echtem Kaviar aus Persien oder gar aus Rußland.

Die beiden Herren traten ein, begrüßten ihn herzlich, wenn auch ohne echte Freude, und richteten sich darauf ein, ihm zuzuhören. Er spielte die völlige Unschuld und Unwissenheit über die mit dem Kölner Konzern getroffenen Abmachungen und erwähnte mit der leidenschaftslosesten Miene der Welt, er halte es aufgrund seiner hervorragenden Beziehungen zu Lancaster & Strasmight und weil er weiß, daß sie Geschäfte mit deutschen Firmen machen, für seine Pflicht, die Herren zu warnen. Eine Reihe deutscher Firmen befände sich am Rande des Ruins - und unter ihnen erwähnte er auch den Kölner Konzern. Als zweites erklärte er, daß voraussichtlich eine drastische Abwertung der Mark zu erwarten sei. Die Gesichter seiner Gesprächspartner drückten völliges Unverständnis aus.

„Ich weiß, Sie wollen wissen, woher ich derartige Informationen habe, während alle Welt von einer eventuellen Aufwertung der Mark spricht. Ich nehme an, Ihnen ist bekannt, daß ich über sehr gute Verbindungen verfüge. Ich bin allerdings nicht hundertprozentig davon überzeugt, daß es tatsächlich zu einer Abwertung kommen wird." Aus den Gesichtern seiner Partner konnte er eine geschickt versteckte, aber dennoch offensichtliche Erleichterung herauslesen. „Zunächst muß ich Ihnen sagen, daß ich mit meinem heutigen Besuch keineswegs persönlichen Profit verfolge. Mir ist lediglich wichtig, daß ich weiterhin in guten Verbindungen zu Ihnen stehe, was sicherlich irgendwann auch für mich von Nutzen sein wird. Zweitens schlage ich vor, daß Sie mich praktisch überprüfen."

„Wie kann man überprüfen, ob ein paar Firmen pleite gehen werden oder nicht?" fragte der rundgesichtige Großaktionär Bowman und bedauerte sofort, soviel gesagt zu haben.

Bodo Sauer reagierte jedoch überhaupt nicht darauf.

„Wäre es denkbar, daß Sie eventuell auf Abruf so schnell wie möglich nach Bonn kommen könnten, nachdem Sie einen Anruf oder ein Telex von mir erhalten haben?"

„Gut, und was dann?"

„Ich würde versuchen, Sie mit bestimmten Leuten bekanntzumachen, so daß sämtliche Zweifel an der wackligen Situation der von mir erwähnten Firmen verschwinden, und auch an der geplanten Abwertung der Mark. Wenn Sie sich davon überzeugt haben, würde ich es jedoch gern sehen, eine entsprechende Vergütung von Ihnen zu erhalten, sagen wir mal, fünfzigtausend Dollar. Sofern ich mich geirrt haben sollte, brauchen Sie selbstverständlich nichts zu bezahlen."

Bowman biß in seine Unterlippe und bügelte vorsichtig mit der Hand seinen Schlips gerade. Der hagere Pearson aber, auf dessen eingefallener Brust eine bronzene Plakette prangte, warf sich in den Stuhl zurück und schloß die Augen.

„Gut, wir sind einverstanden. Sie sind ein kluger Mann, lieber Mr. Sauer. Da Sie an die Abwertung der Mark glauben, möchten Sie nicht in dieser Währung bezahlt werden. Wenn es so abläuft, wie Sie uns sagen, werden Sie das Geld erhalten. Wann fliegen Sie zurück?"

„Heute nicht mehr, ich muß mich ausschlafen."

„Ausgezeichnet, morgen früh kommen wir wieder zu Ihnen und bringen Ihnen eine schriftliche Bestätigung unserer Vereinbarung mit."

„Am besten lassen Sie sich im voraus zwei Plätze für einen Flug nach

Deutschland reservieren. Übrigens, ich weiß nicht, was ich Ihnen da im einzelnen empfehlen soll, auf jeden Fall müßten Sie es so organisieren, daß Sie nach Deutschland fliegen können, sobald ich mit Ihnen Kontakt aufgenommen habe.“

„Das ließe sich arrangieren, wenn Sie das unbedingt wünschen.“

„Ja, das tu ich, und wenn ich mich nicht irre, werden Sie sehr wenig verlieren. Sind Sie einverstanden? Gut, dann wollen wir dinieren!“

In der Nacht schlief Bodo Sauer ruhig und fest. Der erste Schritt zum Erfolg war getan, die Hauptschwierigkeiten lagen jedoch noch vor ihm. Smith & Ferry werden ihm nicht einen Pfennig zahlen, wenn sie den Auftrag nicht erhalten. Vielleicht sollte er sich ganz auf die andere Seite schlagen und versuchen, Lancaster & Strasmight um den Finger zu wickeln? Aber wozu? Sie hatten den Auftrag bereits in der Tasche und brauchten ihn, Bodo Sauer, nicht. Wenn er sie auch leicht eingeschüchtert hatte, es würde nicht einfach sein, sie dazu zu zwingen, die Lieferungen an den Kölner Konzern zu verweigern. Alle diese Gedanken und viele andere mehr krochen ihm in den Kopf, als er bereits im Flugzeug saß. Er war so sehr in seine Überlegungen vertieft, daß er nicht mal bemerkte, wie stark das Flugzeug schwankte. Vom Flughafen aus rief er Beatrice an, was beim Stand der heutigen Technik nicht ganz ungefährlich war, vielleicht wurde er abgehört. In seiner stillen, reich ausgestatteten Frankfurter Wohnung betrat er sofort sein Büro und zündete die kleine Tischlampe an, was ihn stets beruhigte und seine Gedanken anregte.

Den festen Punkt des archimedischen Hebels hatte er gefunden, und zwar in den Gerüchten über die Auf- oder Abwertung der Mark. Das war sein Trumpf! Ein ganz realer Trumpf, wie aber sollte er ihn ausspielen? Wo sollte der Hebel angesetzt werden, der zwar nicht die Welt umdrehen, wohl aber Lancaster & Strasmight den lukrativen Auftrag entwinden sollte? Ein wenig hatte er ihren Glauben an die Aufwertung der Mark bereits erschüttert, und auch den an die Zahlungskraft des deutschen Partners. Das war jedoch noch viel zu wenig. All sein Rednertalent und seine Autorität würden nicht ausreichen, sie zu zwingen, sich von diesem Business loszusagen. Hier begriff er, zunächst mußte er sich vergewissern, wie es um diese Gerüchte stand, welches das stärkere war und was in welchen Kreisen geglaubt wurde.

Er ging auf die Straße. An einem großen Zeitungsstand erwarb er zum Erstaunen der Verkäuferin etwa zwei Dutzend Zeitungen und Journale. Sofort stieß er auf den Leitartikel einer seriösen Zeitung, die den Fragen der Volkswirtschaft stets viel Platz einräumte. Klug und energisch verteidigte der Journalist eine eventuell mögliche Abwertung der Mark, das war gut. Es gab noch eine Reihe anderer Artikel, aus denen abzuleiten war, daß die Abwertung die einzige positive Möglichkeit war, um die gegenwärtige Situation zu überwinden. Er fand jedoch auch Stimmen, die eine Aufwertung verteidigten. Die Polemik war recht heiß entbrannt, von Tag zu Tag wurden die Gerüchte zahlreicher. Ihm wurde klar, wenn er selbst es auch unter keinen Umständen fertigbringen würde, Lancaster & Strasmight von einer Abwertung zu überzeugen, eine andere, gewichtigere Persönlichkeit konnte das schaffen - und zwar der Präsident der Bundesbank! Aber wie? Der Gedanke an Bestechung erschien ihm lächerlich, daran brauchte er erst gar nicht zu denken. Das Oberhaupt der Bundesbank verfügte über den schwer zu erschütternden Ruf, ehrlich, klug und unbestechlich zu sein. Und da er solch einen Charakter hatte, mußte ein anderer für ihn tätig werden!

Plötzlich stand der fertige Plan in seiner ganzen Größe vor ihm, wenn auch erst im Entwurf und noch völlig formlos. Den Faden der Ariadne hatte er jedoch gefunden und das Labyrinth erschien ihm nicht mehr unüberwindbar.

Zunächst mußte er sich möglichst umfassende Informationen über den Präsidenten beschaffen, mehrere Fotos, dann über seinen Stellvertreter, seine Frau, die Sekretärin, und - wenn er Glück hat - auch über seine Freundin, sofern eine solche existiert. Er griff bereits zum Telefonhörer und sprach einige Sekunden später mit der Bundesbank.

„Ich bin Journalist", erklärte er, „und vertrete die ‚*Wiener Nachrichten.*' Ich würde gern ein Interview mit dem Herrn Präsidenten führen, da so viele Gerüchte im Umlauf sind über Auf- oder Abwertung der Mark."

„Der Präsident ist nicht da." antwortete eine sympathische Frauenstimme. „Er ist in Paris, aber morgen früh um acht kommt er nach Bonn. Vermutlich wird er auf dem Flughafen Köln-Wahn eine Pressekonferenz geben. Sie werden vielleicht..."

Er dankte und notierte sich die Uhrzeit. Dann rief er die Presseabteilung der Bundesbank an, nannte den gleichen Namen, sagte, daß er einen großen Artikel über die Bundesbank und ihren Präsidenten vorbereite und dazu noch einige Daten und Informationen über die Person des Präsidenten benötige. Während er das sagte, entschloß er sich, den Herrn am anderen Ende der Leitung ein bißchen einzuölen und fügte hinzu: „Einer so hervorragenden Persönlichkeit!"

Diese Bemerkung stieß anscheinend auf Wohlgefallen, denn ein angenehmer Bariton antwortete: „Wir haben etliche Informationen über den Herrn Präsidenten. Ich empfehle Ihnen, sich näher mit unserer Broschüre *‚Die Bundesbank und ihr Präsident‘* zu befassen. Dort finden Sie auf vielen Seiten eine erschöpfende Biographie. Kann ich sie Ihnen zusenden?“

Er bedankte sich und erklärte, er würde sie selbst abholen. Sein dritter Anruf galt einem bekannten Frankfurter Detektivbüro. Dort heuerte er einen Mitarbeiter an. Sie einigten sich über das Honorar und Bodo Sauer erklärte, er wolle sich am nächsten Tag mit ihm treffen. Dann dachte er ein bißchen nach und rief eine zweite, schon ganz anders beleumdete Detektei an, stellte einen zweiten Agenten ein und gab ihm den Auftrag, nach Bonn zu fahren und so viele Einzelheiten wie möglich aus dem Leben des Bundesbankpräsidenten in Erfahrung zu bringen: Wo er wohnt, ob im eigenen Haus, wie es mit seiner Frau steht und so weiter, vor allem aber, wo er die Abende verbringt, ob er Restaurants und Bars besucht oder es vorzieht, zu Hause am Fernseher zu sitzen. Wenn er Restaurants besucht, wäre noch wichtig zu erfahren, was er dort ißt und trinkt und ob er womöglich zuviel Alkohol zu sich nimmt.

Dann wühlte er lange und ausdauernd in seinem Privatarchiv herum und fand endlich eine gute Fotografie des Präsidenten. Er betrachtete sie nachdenklich und notierte sich aus dem Telefonbuch die Anschriften und Telefonnummern von Theateragenturen. Er mußte sich an ein drittes Detektivbüro wenden und bat, ihm schnellstens weitere Anschriften von Theater-, Film- und Fernsehagenturen zu beschaffen, das heißt, von all denen, die mit Schauspielern handeln. Er erklärte sich mit der Gebühr einverstanden, obwohl sie ihm unangemessen erschien, betonte jedoch, daß er die gewünschten Informationen schleunigst erhalten wollte.

Er setzte eine Agenda über die noch offenen Punkte auf. Die von ihm aufgezogene Maschinerie begann zu arbeiten. Womit ihre Tätigkeit jedoch enden würde, war vollkommen ungewiß. Das Telefon läutete, Beatrice. Er berichtete ihr, was er für richtig hielt und daß er morgen beim ersten Tageslicht nach Bonn fahren wollte. Der morgige Tag konnte ihm sehr viel oder gar nichts geben, auf jeden Fall würde sich klären, ob es sich lohnte, weitere Anstrengungen zu unternehmen. Es gelang ihm, am Flughafen ein paar gute Aufnahmen von dem hohen Herrn zu machen. Auch die Detektivbüros hatten nicht schlecht gearbeitet. Die ganze Zeit wohnte er im Hotel, was eigentlich nicht notwendig war, denn er hatte ein eigenes Haus in einem der aristokratischen und ruhigen Stadtteile Bonns, entschloß sich aus bestimmten Erwägungen heraus jedoch, vorläufig nicht dort zu wohnen, um niemanden vorzeitig auf seine Spur zu bringen. Sein Mercedes lenkte ohnehin bereits alle Blicke auf sich.

Gegen Ende des zweiten Tages wußte er viel über den Bundesbankpräsidenten und erfuhr mit jeder Stunde mehr, am dritten Tag aber kehrte er nach Frankfurt zurück. Jetzt hing alles davon ab, ob es ihm gelang, einen Mann aufzutreiben, der dem Präsidenten so ähnlich war, daß er für zwei, drei Stunden seine Rolle spielen konnte. Bodo Sauer kannte bereits die beiden vornehmen Restaurants, die gelegentlich von der hohen Persönlichkeit besucht wurden. Er hatte sie aufgesucht und weitere Informationen gesammelt. Zu seiner Freude herrschte in beiden am Abend weich und einschmeichelnd gedämpftes, romantisches Licht, was Liebespärchen und all denen gefiel, die ohne unnötiges Aufsehen zu erregen, sich mit jemandem treffen oder in Ruhe eine Flasche Wein leeren wollten. Das Gerüst des Plans nahm allmählich Fleisch und Blut an. Ein Maskenbildner stand ebenfalls bereit.

Kaum war er aus Bonn zurückgekehrt, als er vier Kopien der am Flughafen gemachten Aufnahmen anfertigen ließ und unter die Agenten mit dem Hinweis verteilte, daß derjenige, der einen Schauspieler findet, der so aussieht wie das Original, eine Prämie von fünfhundert Mark erhält. Das wirkte sofort. Elf Personen wurden ausfindig gemacht, zwei davon waren nicht erreichbar, der dritte verschwunden, der vierte saß wegen Rauschgifthandels im Gefängnis. Es blieben somit nur noch sieben, und Bodo Sauer entschied, sich diese sieben selbst vorzunehmen. Drei von ihnen ähnelten dem Präsidenten am stärksten, als vorletzter stand Sigmar Fischer, 56 Jahre alt, auf der Liste. Obwohl Sonnabend war, fuhr Bodo Sauer zu der Theateragentur. Ihm wurde Fischers Lebenslauf unterbreitet, dort und dort hatte er die Schauspielschule besucht und später an einem Fronttheater gespielt. Seine Karte wies einen geheimnisvollen und für Fischer keineswegs schmeichelhaften Vermerk auf, den der Inhaber der Agentur vertraulich dechiffrierte: Fischer huldigt dem Gott Bacchus und hat nach dem Krieg lediglich auf Rummelplätzen gespielt. Telefon hat er nicht, seine Adresse lag jedoch vor.

„Ja", sagte der Agent, „er ähnelt zwar dem Foto, dennoch würde ich Ihnen abraten, aber Sie wissen das sicher besser!"

Sauer entschuldigte sich für die Störung, bedankte sich, zahlte und fuhr los. Der Stadtteil gehörte zu den ärmsten Frankfurts. Aus einem Fenster des ersten Stocks lugte eine alte Dame hervor, unter jedem Ellenbogen ein Kissen, links ein rotes und rechts ein grünes, und auf einem sandfarbenen Kissen saß ein nachdenklicher Dackel. Bodo Sauer wußte, vor den Blicken einer solchen Frau und selbst denen des Dackels blieb nichts verborgen. Daher verbeugte er sich höflich und lüftete den Hut.

„Entschuldigen Sie bitte, gnädige Frau, können Sie mir sagen, wo hier Herr Fischer wohnt?"

Die Alte zog ein finsteres Gesicht, presste ihre Lippen aufeinander und der Dackel antwortete mit: „Wau!"

Anscheinend stehen die Alte und der Hund in nicht gerade brillianten Beziehungen zu Fischer, stellte Bodo Sauer gleich fest und blickte die beiden fragend an. Die Alte verzog ihren Mund zu einem Herzchen und fragte giftig:

„Sind Sie zufällig von der Polizei?"

„Nein."

„Ach, wie schade! Diesen Säufer und Banditen hätte man längst zum Revier schleppen müssen! Aber was geht mich Fischer an, einen Kater hat er, ein abscheuliches Tier, so was ist in keinem Zoo zu finden. Dieser Kater hat die Seele einer Hyäne und sie wohnen über mir, im zweiten Stock, wie die Schweine."

„Ich danke Ihnen für Ihre liebenswürdige Information."

„Sind Sie vielleicht der Hausbesitzer?"

„Auch das nicht."

„Mein Gott, wie enttäuscht ich bin! Sonst hätten Sie ihm vielleicht kündigen können, denn noch vor zwei Tagen hat der Kater die dritte Stufe der Treppe mit der Toilette verwechselt. Passen Sie gut auf, wohin Sie Ihre Füße setzen!"

Wieder lüftete Bodo Sauer seinen Hut. Tatsächlich, es roch ein bißchen nach Katze. Auf einer Tür rechts war eine vergilbte Visitenkarte aufgeklebt: **Sigmar Fischer**. Er läutete. Augenblicklich sprang die Tür auf und Bodo Sauer machte einen Schritt zurück.

Vor ihm stand der Präsident der Bundesbank in einem Pullover von undefinierbarer Farbe und in gestreiften Hosen ohne Bügelfalte, wie Ofenrohre.

„Herr Fischer?" er verbeugte sich und erst jetzt wurde ihm bewußt, daß Fischer ihn erschreckt und erstaunt ansah. Tief im Zimmer miaute laut und kläglich der Kater. Die gegenseitige Erstarrung zerbrach.

„Ja, ich heiße Fischer. Bitte, treten Sie ein!"

Bodo Sauer betrat das Zimmer und stellte sofort fest, daß Fischer sehr wenig Geld hat. „Herr Fischer, Sie sind erstaunt, wer ich bin, woher ich von Ihrer Existenz weiß und was ich von Ihnen möchte. Zunächst das wesentliche, Ihre Anschrift habe ich von der Agentur Renz erhalten, man läßt Sie von dort grüßen. Jetzt über mich selbst, ich brauche einen guten Schauspieler für eine sehr verantwortungsvolle Rolle."

„Ich weiß wirklich nicht..."

„Entschuldigen Sie, daß ich unterbreche, ich bin weder ein Regisseur noch ein Theaterdirektor und weiß sehr wohl, daß Sie lange nicht gespielt haben. Ich habe mich auch noch nicht vorgestellt, ich heiße Bodo Sauer. Mir ist bekannt, daß Sie in der Partei gewesen sind und nach dem Krieg kein Glück gehabt haben. Welch eine Schweinerei, derart nachtragend zu sein! Das ist aber unwesentlich. Sagen Sie bitte, wären Sie damit einverstanden, für einige Stunden die Rolle eines anderen Menschen zu spielen?"

„Wie meinen Sie das, die Rolle eines anderen Menschen?"

„Ganz einfach, ob Sie bereit sind, einen anderen Mann zu verkörpern?"

„Wo denn? Im Theater, im Kino oder im Fernsehen?"

Bodo Sauer schüttelte seinen Kopf.

„Dann verstehe ich Sie nicht. Wo sonst kann man denn spielen? Aber vielleicht möchten Sie eine Tasse Kaffee?"

„Vielen Dank, nein. Ihre Frage ist völlig berechtigt, man kann jedoch auch unmittelbar im Leben Schauspieler sein."

Bodo Sauer kam nicht dazu, zu Ende zu reden. Ein lautes Miauen ertönte und ein großer, grau und braunschwarz getigerter Kater trat gemessenen Schrittes auf ihn zu. Mit unverhohlenem Mißtrauen begutachtete ihn das Tier, setzte sich dann in seine Nähe und fixierte ihn aufgeschreckt. Fischer wurde verlegen. „Das ist mein Kater, er heißt von Kluck. Sie müssen wissen, ich bin sehr einsam und Einsamkeit ist eine furchtbare Sache, er ist mein einziger Freund."

Aha, dachte der Besucher, der vierbeinige Verbrecher, der die Treppe mit der Toilette verwechselt! Laut sagte er: „Daß Sie die Tiere so lieben, ist sehr rührend. Erlauben Sie bitte, wären Sie damit einverstanden, in Kürze die Rolle eines anderen Menschen zu spielen? Ich bin zu Ihnen gekommen, weil Sie diesem Mann sehr ähnlich sind, sonst hätten wir uns niemals kennengelernt."

„Ich weiß nicht, das ist alles so sonderbar!"

„Ja, es ist eine merkwürdige und erstaunliche Geschichte, aber Sie werden nichts schlechtes begehen, wenn Sie sich für einige Stunden in eine andere Person verwandeln."

„Darf ich erfahren, wer dieser Mann ist? Ruhe!" Das letzte Wort bezog sich auf von Kluck, der es aus irgendeinem Grunde vorzog, wieder laut zu miauen. „Entschuldigen Sie, ich..."

„Das macht nichts, Katzen sind dazu da, um zu miauen. Sie wollen wissen, wessen Rolle Sie spielen sollen? Ihre Aufgabe wird darin bestehen, für ein paar Stunden die Rolle des Herrn Präsidenten der Bundesbank zu spielen, des Herrn..."

„Aber erlauben Sie, das ist doch keine Rolle und wie kann ich einen lebendigen Menschen darstellen? Es handelt sich wohl um eine Parodie auf unser Wirtschaftsleben? So was ist doch gesetzlich verboten! Sofort wird der Präsident Sie und mich verklagen und es wird zu einem bundesweiten Skandal kommen."

„Aber nein, Sie haben mich noch immer nicht verstanden. Sie werden ihn nicht im Theater spielen, sondern im Leben. Für einige Stunden werden Sie für ihn reden und wirken."

„Das ist doch Urkundenfälschung und Hochstapelei und wird streng bestraft!"

„Bevor Sie bestraft werden können, muß man Sie erst erwischen und das wird nicht passieren. Außerdem werden Sie für diese paar Stunden zweitausend Mark von mir erhalten."

Fischer wurde blaß und trat einen Schritt zurück.

„Was sagten Sie? Zweitausend Mark?"

„Genau, das ist eine königliche Bezahlung! Ihnen droht überhaupt keine Gefahr, aber Sie interessieren sich natürlich für den Text Ihrer Rolle. Wie ich Ihnen bereits sagte, werden Sie für einige Stunden die Rolle des Bundesbankpräsidenten spielen und dies in der Öffentlichkeit, in einem der beiden vornehmen Restaurants in Bonn, die der hohe Herr ab und zu besucht. Jetzt weiter, was werden Sie zu sagen haben? Sie werden in Begleitung Ihrer Sekretärin erscheinen und einen bestimmten Platz belegen. In beiden Restaurants herrscht bequemes Halbdunkel, und dann werden Sie mit Ihrer Sekretärin ein Gespräch führen, wie hart Sie in den letzten Tagen gearbeitet haben und wie abgespannt Sie sind, bis es Ihnen endlich gelungen ist, die Abwertung der Mark durchzusetzen."

„Wie kann ich so etwas sagen?"

„Sie können so etwas natürlich nicht sagen, aber für einige Stunden wird sich der gute Schauspieler Sigmar Fischer in den Präsidenten der Bundesbank verwandeln."

,,Ich kann nicht, ich will nicht und ich werde nicht!"

,,Lieber Herr Fischer, letzten Endes geht es nicht um Geld, ich bin kein Gauner und mache das nicht aus Profitgier. Uns beiden ist die ehrenvolle Rolle zugefallen, der Bundesrepublik Deutschland einen großen Dienst zu erweisen und womöglich sogar einem Krieg vorzubeugen."

,,Was soll das heißen? Ein Krieg, und ich... ich verstehe nicht!"

,,Gleich werde ich Ihnen die Hintergründe erläutern. Bereits seit Wochen ziehen sich Verhandlungen über den Wert der Mark in die Länge, mal will man aufwerten, mal abwerten und bis heute kennt niemand die Wahrheit, nämlich, was tatsächlich entschieden worden ist, vielleicht ist die Entscheidung aber auch noch nicht gefallen. Es gibt eine Reihe von Menschen, denen eine Aufwertung der Mark durchaus nicht paßt - das sind unsere östlichen Nachbarn. Sie befürchten, daß die amerikanischen Waren dann in weit größeren Mengen zu uns hereinströmen und die Bundesrepublik noch fester an die USA gekettet wird. Daher ist es notwendig, daß sich wenigstens für einen bestimmten Zeitraum das Gerücht verbreitet, nicht eine Aufwertung, sondern eine Abwertung der Mark sei beabsichtigt. Das soll so arrangiert werden, daß einige offizielle Vertreter des Ostens Ihr Gespräch mit der Sekretärin abhören und diese Informationen dann entsprechend weiterleiten. Das ist alles. Wenn man das so sagt, klingt es furchtbar einfach, doch in der Praxis ruht auf Ihnen und mir eine große Verantwortung."

,,Und wenn ich als Schwindler und Hochstapler festgenommen werde?"

,,Das wird nicht passieren. Diese Gefahr bestünde nur, wenn der richtige Präsident das Restaurant betritt und Ihnen von Angesicht zu Angesicht gegenübersteht. Dagegen aber sind Vorsichtsmaßnahmen getroffen."

,,Welche?"

,,Gott behüte Sie, etwas falsches zu denken! Der hohen Persönlichkeit droht nicht die geringste Gefahr. Vermutlich wird er niemals erfahren, daß jemand für ein paar Stunden seine Rolle gespielt hat, schlimmstenfalls, sofern Sie in flagranti erwischt werden, können Sie sich immer noch herauswinden und erklären, Sie wollten lediglich Ihrer Dame ein bißchen imponieren. Ich weiß, Sie sind nicht reich und mußten viele Ungerechtigkeiten erdulden. Glauben Sie mir, wenn alles so abläuft, wie meine Freunde und ich es wünschen, können Sie für Ihr weiteres Leben mit unserer Anerkennung rechnen."

Wieder ertönte ein langgezogenes Miauen des Katers. Bodo Sauer verfinsterte sich, ihm gefiel dieser Kater gar nicht. Aus Fischers Augen konnte er jedoch leichtes Schwanken herauslesen.

„Entscheiden Sie sich!" forderte er ihn mit weicher Stimme auf. „Sie werden es nicht bereuen."

„Ich weiß wirklich nicht."

„Was wollen Sie noch wissen? Sie fahren gleich mit mir. Wer lebt noch in der Wohnung, außer Ihnen?"

„Niemand, abgesehen von dem Kater."

„Nehmen Sie ihn mit! Haben Sie jemanden, dem Sie dieses liebe Tier für ein paar Tage anvertrauen können?"

„Meine besten Freunde sind in andere Wohnungen umgezogen, sie haben Glück mit der Arbeit gehabt. Ich muß ihre Anschriften erst raussuchen." Fischer hetzte im Zimmer herum und zog ein verschlissenes Notizbuch aus der Schublade seines Tisches, der an einem Ende von einer verwaschenen Tischdecke bedeckt war und an seinem anderen von einer Zeitung. „Hier, mein Freund Gusarewitsch..."

„Womit befaßt sich Ihr Freund?" fragte Sauer, als sie bereits in dem Mercedes saßen.

„Er ist Fachmann für Möbelreparaturen, hauptsächlich bei russischen Emigranten, die sind nicht so pingelig. Er selbst ist auch ein Russe. Er ist ein ganz wundervoller Mensch. Von Kluck liebt ihn auch, wie oft hat er ihm Fleisch gegeben, wenn ich nichts mehr hatte."

Anscheinend bin ich mit den zweitausend Mark viel zu schnell gewesen, überlegte Bodo Sauer. Wenn du noch nicht mal für deinen Lieblingskater Fleisch kaufen kannst, würdest du auch für tausend alles machen. Sie erreichten das Haus, in dem Gusarewitsch seit einigen Tagen wohnte. Das Haus jedenfalls ist anständig, dachte Bodo Sauer, und die Wohnung auch, nachdem der Hausherr sie hineingelassen hatte.

„Du besuchst mich, Sigmar, wunderbar, und von Kluck hast du auch mitgebracht!" Gusarewitsch war hell entzückt. Der Kater miaute laut. „Was schreist du denn? Du kennst mich doch! Gleich kriegst du ein Stück Leber." Hier bemerkte er den eleganten Bodo Sauer und wurde verlegen.

„Entschuldige, Kamerad Awerkij, ich bin geschäftlich hier. Es handelt sich darum, daß auch ich einen Job gefunden habe, genauer, er hat ihn für mich gefunden, Herr Sauer. Er braucht für ein paar Tage einen

Schauspieler und ich muß gleich mit ihm losfahren, aber nicht für lange...“

„Sagen wir, für höchstens zwei Wochen.“ ergänzte Bodo Sauer und fügte lächelnd hinzu. „Leider können wir diesen wunderbaren Kater nicht mitnehmen.“

„Was soll man da viel nachdenken, laß ihn doch bei mir. Willst du bei mir bleiben, von Kluck?“

Der kluge Kater ahnte anscheinend ungutes. Langgezogen und kläglich miaute er und umfaßte Fischers Hals mit seinen Pfoten wie ein Kind. Auf einmal war eine dicke Brieftasche in Bodo Sauers Händen. „Hier haben Sie fünfzig Mark, Herr Gusarewitsch, davon kaufen Sie Leber und Herz für den Kater. Das geht à conto Ihres Vorschusses, Herr Fischer!“ sagte er und lächelte ihn an. „Jetzt müssen wir weiter.“

„Wohin denn so eilig?“ Gusarewitsch hob erstaunt die Augenbrauen und nahm den Kater. „Vielleicht trinken wir eine Tasse Kaffee? Sie müssen wissen, ich habe erst vor kurzem Arbeit gefunden, in einer Wohltätigkeitsorganisation. Sag wenigstens, wohin ihr fährt, ich hoffe, nicht ins Ausland!“

„Nein, wir bleiben in Deutschland. Der Ort ist zunächst Betriebsgeheimnis, aber Sie werden Ihren Freund sehr schnell wiedersehen.“

Heiter lächelnd streckte Bodo Sauer Gusarewitsch die Hand entgegen. Er drückte sie kaum, denn er wollte den Kater nicht loslassen, dessen Augen immer größer und fragender wurden. Als letztes beim Hinausgehen sah Fischer die großen, malachitfarbenen bis smaragdenen traurigen Augen des Katers von Kluck, und die ebenfalls leicht verschleierten Augen von Gusarewitsch. Ihm wurde es kalt und leer in der Seele, er bedauerte sein Jawort und überdachte bereits die Möglichkeiten, wie er sich aus dieser Affaire ziehen konnte.

Aber ruhig und imposant rollte der Mercedes über die Autobahn in Richtung Bonn.

HINTER DEN KULISSEN DER THEATERWELT

Karl Albert Renz leitete seit elf Jahren eine kleine Theateragentur. Freunde und Feinde sagten gleichermaßen von ihm, daß er keine Sterne vom Himmel herunterholt und niemand behaupten könne, daß er das deutsche Bühnenleben stark fördere. Seine Schutzbefohlenen waren entweder überhaupt keine Schauspieler, vertraten jedoch die Meinung, von der Vorsehung zu diesem Beruf auserkoren worden zu sein und ihn über kurz oder lang auch ausüben zu können, oder solche, die in der Vergangenheit schauspielerten und sozusagen das „*Heimchen am Herde*" von Dickens oder die Spuren der Polen im Wald in der sowjetischen Oper „*Iwan Susanin*" darstellten. Um der Gerechtigkeit willen muß jedoch ergänzt werden, daß er auch einen richtigen Schauspieler führte, einen Fachmann für Diener, der beim Tragen der Koffer mit viel Gefühl „*Uff!*" seufzte, wobei seine Feinde hinzufügten, daß er dieses Wort so ausgezeichnet gelernt hat, weil er ewig Koffer, die von säumigen Schauspielern zurückgelassen wurden, zum Flohmarkt schleppen mußte. Aber was erzählen heutzutage die bösen Menschen nicht alles!

In seiner Kartothek gab es auch eine Reihe toter Seelen, denen nach ihrem Abmarsch in die bessere Welt der Herr in seiner unermeßlichen Güte sicherlich erlauben wird, ein wenig zu schauspielern, da sie keine schlechten Menschen waren und nur wenig Gelegenheit fanden, ihren Beruf auszuüben. Einer von diesen toten Seelen war Sigmar Fischer - und plötzlich interessierte man sich für ihn, suchte die Agentur Renz sogar am Wochenende auf und bezahlte sofort die Provision.

Karl Albert Renz war von Natur kein böser Mensch und freute sich darüber, daß der in seiner Kartei schon völlig verstaubte Fischer plötzlich aktiviert wurde. Merkwürdig war ein anderer Umstand, er hatte sofort bemerkt, daß dieser selbstbewußte, elegante und sich offensichtlich in höheren Kreisen bewegende Herr unbestimmten Alters keine unmittelbaren Beziehungen zu der Welt der Kunst haben dürfte. Warum brauchst du unbedingt einen Schauspieler, der aussieht wie ein anderer Mann, der übrigens, wenn man nach seinem Gesicht urteilt, keineswegs ein einfacher Mann ist? Fischer wurde für etwas anderes als eine Theaterrolle gebraucht, und da gab es viele Möglichkeiten. Vielleicht wird Fischer von der Polizei gesucht, aber dann hätte man andere Fragen gestellt. Der Theateragent konnte etwas zeichnen. In dem Zimmer war es ganz still. Helfer hatte er nicht, das Büro bestand nur aus ihm und dem Telefon. Er setzte sich hin, grübelte, schloß die Augen und im gleichen Augenblick stand das Foto vor ihm. Er machte eine kleine Skizze, die sowohl dem Foto als auch Fischer glich, tippte mit der Maschine einige Zeilen auf die Zeichnung und heftete sie an Fischers Karte. Er entschloß sich, später unter irgendeinem Vorwand Fischer aufzusuchen und ihn zu fragen, was aus ihm geworden sei.

Nein, entschied er plötzlich, schließlich gab es noch mehrere Theateragenturen. Er führte die gleiche Arbeit durch wie einige Tage zuvor das Detektivbüro und rief alle an. Es stellte sich heraus, daß der privilegiert aussehende Herr auch bei ihnen gewesen war und überall einen Schauspieler gesucht hatte, der wie der Mann auf dem Foto aussieht. Die Sache wurde interessant. Natürlich sagte er niemandem, daß der gesuchte Schauspieler gerade bei ihm gefunden worden war und welche Provision der Kunde gezahlt hatte.

Wie gesagt, Karl Albert Renz war kein böser Mensch. Er achtete das Gesetz, wenn auch nur in dem Maße, damit es seine strafende Hand nicht nach ihm ausstrecken konnte. Je länger er lebte, er war bereits sechsundvierzig Jahre alt, je mehr hatte er sich davon überzeugt, daß es nichts abstrakt Schlechtes gab, sondern nur das ganz konkret Böse, das heißt, etwas, wofür man bestraft werden kann. Er hatte eine Unmenge Böses gesehen, von albernen Bosartigkeiten und böser Dummheit bis zu Selbstbetrug, wenn sich Talentlosigkeiten für Genies hielten und Talente durch den Gang der Dinge gezwungen wurden, sich außerhalb ihrer Begabung zu betätigen. Er sah, jeder sägte den Ast ab, auf dem ein anderer saß, zumeist sogar ohne jeden Vorteil für sich selbst und oft genug zum eigenen Schaden wie auch zum Schaden anderer. Er sah das gnadenlose und verantwortungslose Experimentieren politischer Hasardeure, Schriftsteller, Journalisten und vieler anderer, denen die Menschen Gehör schenken, wobei oftmals selbst die Klügsten unter diesen Macht Besitzenden die tausendjährigen Gesetze des menschlichen Geschlechts wie kleine Kinder mit Füßen traten und über die ewigen Errungenschaften des menschlichen Geistes spotteten, von der Religion bis zur Kunst, und sich bei den schrecklichsten Katastrophen der menschlichen Gesellschaft wie unmündige Säuglinge benahmen, die in die Hände klatschen, wenn das Feuerchen brennt, das das Haus ihrer Eltern in Asche verwandelt. Er hatte so gut wie aufgehört, an das Gute zu glauben. Einer frommen Familie entstammte er nicht und dachte lediglich manchmal an eine längst verstorbene Tante, die wirklich gläubig war und oft zu ihm gesagt hatte: ,,Du kannst mit allem ringen, Karlchen, wenn du willst, nur mit Gott ringe nicht, denn derjenige, der mit Gott ringt, schadet sich selbst in dem gleichen Maße in dem er glaubt, Gott zu schaden. Der menschliche Wille kann dem Schöpfer des Weltalls keinen Widerstand leisten!"

Das waren merkwürdige Gedanken für eine einfache Hausfrau und sie hatten sich ihm gut eingeprägt. Noch besser wußte er, daß jedem Menschen einmal im Leben eine einzigartige Chance geboten wird und daß die wenigsten es verstehen, diese Chance richtig zu nutzen. Gewöhnlich merkt ein Mensch gar nicht, wenn ihm etwas von selbst in die Hände schwimmt oder er reagiert, wie er nicht reagieren sollte. Was ihn selbst, Karl Albert Renz, anging, so hatte er schon vor langer Zeit den Entschluß gefaßt, alle seine Gedanken darauf zu richten, diese einzigartige Chance nicht zwischen den Fingern hindurchschlüpfen zu lassen.

Er dachte nach, ob die Geschichte mit Fischer womöglich diese einzigartige Chance war und plötzlich wurde ihm klar, er mußte sofort zu Fischer gehen. Was aber sollte er ihm sagen? Zum Beispiel, ob sein Chef einen weiteren Schauspieler braucht, überlegte Karl Albert Renz bereits in seinem kleinen Volkswagen. Als er den Hof betrat, wurde ihm klar, daß der Säufer Fischer nur hier und nirgendwo sonst leben konnte. Aus dem ersten Stock schaute neugierig und scharf eine alte Frau heraus. Beide Ellenbogen hatte sie auf dicke Kissen gestützt und in der Tiefe ihres Zimmers kläffte ein Hundevieh. Da Renz niemals einen Hut trug, verbeugte er sich lediglich tief. ,,Können Sie mir bitte sagen, wo hier der Schauspieler Fischer wohnt?"

,,Ach, der ist bereits Schauspieler? Aber doch wohl noch nicht in Hollywood? Sie sind heute schon der zweite, der nach ihm fragt. Er wohnt über mir, aber Gott sei Dank ist er nicht zu Hause und seinen ekelhaften Kater hat er auch mitgenommen. So kann man wenigstens frische Luft schöpfen. Entschuldigen Sie bitte, vielleicht sind Sie selbst Schauspieler?"

,,Ich bin kein Schauspieler."

,,Gott sei Dank! Wenn man solche Schauspieler wie Fischer anschaut, braucht man sich nicht zu wundern, weshalb bei uns in Deutschland solch eine Kulturlosigkeit herrscht und die Jugend völlig zügellos geworden ist. Heute morgen ist ein anständig gekleideter Herr zu ihm gekommen. Ich hatte schon gehofft, daß er von der Polizei ist. Sie müssen wissen, von diesem Fischer können Sie alles erwarten! Dann ist der Mann mit ihm weggefahren. Ich war ein bißchen vor die Tür getreten, um frische Luft zu schnappen und habe gesehen, wie sie in einem Mercedes Benz weggefahren sind."

„Ist das schon lange her?" fragte ein nicht mehr junger, gutgekleideter Herr, der soeben aus dem Haus trat. Beleidigt kniff die auf ihren Kissen thronende Dame ihre Lippen zusammen. „Eine merkwürdige Frage, Herr Kwjatkowskij, schließlich sind Sie doch Fischers Busenfreund, wie siamesische Zwillinge seid ihr!"

„Wir sind zwar Freunde, aber wo könnte er jetzt sein? Seine Tür ist zugesperrt."

„Da bitte ich um Entschuldigung, wo sich Ihr Freund Fischer befindet, kann ich nicht wissen. Dieser Herr hat auch nach ihm gefragt. Gottlob hat er auch das Katzenvieh mitgenommen. Ich habe nie verstehen können, wie Sie ihm für dieses unanständige Tier Fleisch geben konnten. Es beschmutzt den Hof, die Treppe, seine Augen sind genau wie die von Hitler, Mäuse fängt es nicht und meine arme Polly..."

Kwjatkowskij wußte aus Erfahrung, derartige Tiraden schlugen in der Regel in heftige Jeremiaden über den Kater und seinen Besitzer um. Fragend fixierte er den neuen Besucher und verbeugte sich. „Ich heiße Kwjatkowskij und bin ein ehemaliger Nachbar von Herrn Fischer. Sie haben auch nach ihm gefragt?"

„Das ist sehr gut! Ich heiße Karl Albert Renz und bin sein Theateragent. Anscheinend habe ich ihn heute vermittelt, würde aber gern mit ihm selbst darüber sprechen."

„So? Merkwürdig! Sigmar hat mir immer gesagt, er sei völlig vergessen, wegen der Kunst. Wohin ist er denn gefahren, Frau Motzberg?"

„Wohin Ihr sogenannter Freund gefahren ist, kann ich nicht wissen, aber so dumm, wie Sie denken, bin ich doch nicht. Ich habe mir die Nummer des Mercedes notiert: BN F 311. Es ist anzunehmen, daß Ihr Freund Fischer sich nach Bonn abgesetzt hat."

Was für eine Frau, dachten die beiden Männer gleichzeitig. Renz zog ein umfangreiches Notizbuch hervor und trug sorgfältig die Nummer ein. Kwjatkowskij beobachtete ihn und machte dasselbe.

„Und der Kater?"

„Dieses abstoßende Vieh hat er Gott sei Dank mitgenommen - der Schöpfer hat unsere Gebete erhört. Hoffen wir, daß Ihr Freund und der Kater recht lange verreist bleiben!"

„Schämen Sie sich denn nicht, Frau Motzberg, so von Ihrem Nachbarn zu reden?"

„Nun, es gibt verschiedene Nachbarn. Sie müssen wissen, jeder hat sein eigenes Kreuz und mein Kreuz besteht aus Fischer und seinem Kater."

Renz und Kwjatkowskij sahen sich an. „Vielen Dank für die Auskunft, Frau Motzberg." sagte Kwjatkowskij. „Wenn Fischer nicht da ist, haben wir hier auch nichts mehr zu tun. Ihnen rate ich, Ihre Polly mit dem Kater auszusöhnen. Wir wünschen Ihnen einen angenehmen Abend."

Kühl neigte Frau Motzberg ihr Haupt und gab zu verstehen, daß selbst dieser Gruß bereits zuviel war für Freunde einer solchen Type wie Fischer, zumal wenn diese das ihr so verhaßte Katzenvieh in Schutz nehmen.

„Ich würde mich gern mit Ihnen unterhalten." sagte Renz, als sie aus dem Tor traten. „Sind Sie motorisiert?"

„Nein."

„Dann nehmen Sie in meinem VW Platz, fahren wir irgendwohin und trinken ein Glas Bier zusammen."

Kwjatkowskij war sich darüber klar, daß er nicht ablehnen konnte. Er hatte noch etwas Zeit bis zu der Stunde, in der er Preis im *Blauen Papagei* treffen sollte. Renz machte nicht den Eindruck, als ob er einen Unbekannten einläd, nur um nicht allein beim Bier zu sitzen und ihm irgendeinen Unsinn vorzuschwatzen.

„Wie Sie bereits gehört haben", gedankenverloren blickte Karl Albert Renz an die Decke, nachdem ihnen eingeschenkt worden war, „ich bin Theateragent, gehöre jedoch nicht zu den ganz großen, sonst würde ich mich mit solchen wie Fischer nicht befassen. Gestern morgen erschien jemand bei mir, der sich als *Gernett* vorstellte, mit zwei *t*, und eine Fotografie zeigte. So und so, er brauche einen Schauspieler, der so ausssieht, wie der auf dem Foto dargestellte Herr. Merkwürdig, dachte ich, aber vielleicht hat das was mit der Rolle zu tun. Ich begann, in meiner Kartei zu wühlen und fand den Fischer. Hat sich der Gernett die Anschrift notiert, anstandslos die Provision bezahlt und wollte wissen, was für ein Honorar Fischer verlangen würde. Ich antwortete, daß ich ihm das nicht sagen könne, da er schon lange nicht mehr auf den Brettern gestanden habe. Nun, dann wolle er mit ihm Kontakt aufnehmen. Er ging fort und ich habe mich sehr gefreut, wie immer, wenn einer meiner Hoffnungslosen was kriegt.

Heute morgen aber erschien noch einer, stellte sich als *Pfeifer* vor, mit einem *f*. Es erwies sich, daß er ebenfalls Fischer mieten wollte und zusätzliche Informationen über ihn brauchte. Nun, habe ich ihm gesagt, was ich von ihm wußte, und in delikater Form auch die grüne Schlange erwähnt. Auch der zweite hat gut gezahlt, für die erschöpfende Information, wie er sich ausdrückte. Eigentlich sollte ich mich freuen, mir erschien das ganze aber nicht astrein. Sie müssen wissen, mit den Jahren erarbeitet man sich eine bestimmte Methode. Beide, der erste, bescheidene, und auch der zweite, der gewichtiger und eleganter wirkte, hatten offensichtlich wenig mit dem Bühnenleben zu tun. Vielleicht wollten sie ihre Kräfte auf diesem Gebiet erproben, es gibt ja alles mögliche. Gewöhnlich sucht man die Schauspieler nach dem Typ der Rolle aus und nicht nach irgendwelchen Fotos, wobei der abgebildete Herr auch nicht wie ein Schauspieler aussah. Im Telefonbuch habe ich nachgesehen, da gibt es eine Reihe Pfeifers und mehrere Gernetts. Möglicherweise haben sie auch falsche Namen angegeben. So bin ich zu Fischer gegangen, aber es war zu spät. Und Sie, wenn ich fragen darf?"

„Ich bin ein alter Bekannter von Fischer und sogar mit ihm befreundet. Wir haben einige Jahre im gleichen Haus gelebt. Daß wir viel Geld haben, kann ich nicht gerade behaupten. Zu uns gehörte noch ein dritter, ein russischer Emigrant mit dem Namen Gusarewitsch. Ich selbst werde als staatenloser Russe geführt, obwohl ich polnischer Herkunft bin. Vor ein paar Tagen haben Gusarewitsch und ich einen guten Job bekommen und sind umgezogen. Wir sind jetzt Mitarbeiter einer Wohltätigkeitsgesellschaft, die dem Alkohol den Kampf angesagt hat."

„Das ist sehr ehrenwert und nützlich."

„Ja, der Meinung bin ich auch. Heute wollte ich meinen alten Herd besuchen und nachsehen, was der Fischer so im Alleingang treibt. Ich dachte sogar daran, ihn zu mir einzuladen. Er aber hat anscheinend auch unerwartet Glück gehabt - jedenfalls habe ich das zuerst gedacht. Jetzt haben Sie Zweifel in mir erweckt und ich würde gern nachforschen, wo er da schauspielert."

„Das möchte ich auch tun. Sie sind sein Freund und ich sein Agent und somit auch ein bißchen für ihn verantwortlich. Die Frage ist, wo wollen wir anfangen? Zum Glück hat sich die alte Hexe die Autonummer notiert und wir könnten versuchen zu erfahren, wer der Besitzer des Wagens ist."

„Das wird uns die Polizei nicht so einfach sagen."

„Ja, und da behaupten wir einfach, daß wir Schadensersatz verlangen."

„Von uns ist doch niemand zu Schaden gekommen!"

„Das stimmt zwar, aber einer von uns muß den Geschädigten spielen, Sie oder ich. Erklären wir, der Fahrer des Wagens sei unvorsichtig gefahren und hat Ihren Anzug mit Dreck bespritzt. Dann wird uns die Polizei auch Auskunft über den Fahrzeughalter geben und gerade das brauchen wir."

„Und was weiter?"

„Darüber zu reden, ist jetzt noch zu früh. Fahren wir doch erst mal zu mir und schauen nach, ob dort etwas vorliegt. Wenn das nicht der Fall ist, können wir unsere Schritte nach Bonn lenken. Können Sie ein paar Tage Urlaub bekommen?"

„Ich denke, daß ich freibekommen kann, heute abend jedoch noch nicht."

„Warum soll es denn unbedingt schon heute losgehen? Wir können auch morgen nach Bonn fahren. Noch eines, nehmen Sie einen alten Anzug mit und beschmutzen Sie ihn - das ist unser Corpus delicti. Hier ist mein Büro."

Das Büro entpuppte sich als gewöhnliche Wohnung, lediglich an der Tür war ein großes Kupferschild angebracht:

Karl Albert Renz

Internationaler Schauspielerdienst

Der Träger dieses Namens betrachtete seinen Gast leicht beunruhigt, denn oft genug hatten seine guten Bekannten beim Anblick des kupferblinkenden Schildes ihr Lachen kaum unterdrücken können, Kwjatkowskij aber trat ruhig ein. Im Büro gab es tatsächlich nichts neues, was zu erwarten gewesen war, denn wenn Karl Albert Renz nicht zu Hause war, hörte das Büro zu funktionieren auf. Lächelnd sagte Renz, da Kwjatkowskij kein Auto habe, können sie sich ruhig einen Cognac genehmigen. Dann verabredeten sie, daß ihm Kwjatkowskij am nächsten Morgen telefonisch Bescheid gibt, ab wann er frei sei und für wie lange.

Weshalb muß ich eigentlich mit ihm nach Bonn fahren, überlegte Kwjatkowskij auf dem Heimweg, was kann schon mit Fischer passiert sein? Kriegt er seine Rolle, spielt den Eiszapfen in *Schneewittchen* und verdient etwas hinzu. Eigentlich müßte ich mich für ihn freuen - weshalb aber regt sich der Agent so auf? Umsonst wird er sich doch nicht aufregen und deshalb muß ich wohl doch mit ihm zusammen nach Bonn fahren.

Zunächst aber galt es, sich auf die Visite im Blauen Papagei vorzubereiten, was darin bestand, daß er umfangreiche Instruktionen durchzuarbeiten hatte, aus denen zu ersehen war, wie das Vertrauen des Patienten - das war die offizielle Bezeichnung - am besten erreicht und seine Offenherzigkeit hervorgerufen werden konnten. Scholzmann hatte ihm diese Anweisungen im Auftrag von Doktor zu Obernabel und Kapott übergeben und empfohlen, sie sich genau einzuschärfen. Tatsächlich, er fand eine Reihe interessanter Hinweise. Offensichtlich war dieses Dokument von einem guten Psychologen aufgesetzt worden, der zugleich ein hervorragend erzogener Weltmann war. Heute sollte er sich zum zweiten Mal mit Preis treffen und morgen, gegen Mittag, mußte er Scholzmann eine genaue Aufzeichnung seines Gesprächs übergeben. Bei dieser Gelegenheit konnte er auch um einige freie Tage bitten.

DIE AKTIVITÄTEN DER WOHLTÄTIGKEITSORGANISATION

Der *Blaue Papagei* war fast leer, auch Preis war noch nicht da. Kwjatkowskij überlegte, unter welchem Vorwand er ein paar freie Tage erbitten konnte. Außerdem hatte er bisher völlig vergessen zu fragen, wie die offizielle Seite des Arbeitsverhältnisses geregelt wird, Krankenkasse und Altersrente. Als Obsthändler, das heißt, als selbständiger Unternehmer, war er auf freiwilliger Basis versichert gewesen, jetzt aber galt er als Angestellter. Auch hatte ihm bisher niemand gesagt, wieviele Arbeitsstunden pro Woche er zu leisten hatte. Kwjatkowskij spürte, wie der so unerwartet vom Himmel auf ihn herabgefallene Segen viel von seinem Glanz verlor. Gerade als er seine wenig erfreulichen Gedanken zu analysieren begann, trat Preis ein, erblickte ihn sofort und winkte ihm bereits von der Tür aus zu wie einem alten Freund.

„Ich freue mich sehr, Sie zu sehen!" sagte er und drückte ihm die Hand. „An der vertikalen Falte auf Ihrer Stirn erkenne ich, daß Sie intensiv nachgedacht haben. Das ist eine rein männliche Beschäftigung, speziell für einsame Herren. Ich kann Ihnen jedoch versichern, in diesen Tagen habe ich sicherlich nicht weniger als Sie nachgedacht, vor allem, wer ich eigentlich bin, und dies, obwohl ich keineswegs einsam bin und eine zwar nicht mehr ganz junge, aber kluge und hübsche Frau habe." Hoffentlich ist sie nicht zu klug, denn eine zu kluge Frau kann sehr schnell gefährlich werden, dachte er für sich. „Ich konnte mich jedoch zu keinem Ergebnis durchringen. Ich lade Sie ein, trinken wir zunächst eine Flasche Wein, später werden wir sehen."

„Was beunruhigt Sie denn so? Sofern ich Sie bei unserer ersten Begegnung richtig verstanden habe, sind Sie ein wohlhabender Mann, was heutzutage sehr wichtig ist, und Sie sind auch in Ihrem Familienleben glücklich. Ich aber habe niemanden, bis auf meine Freunde Gusarewitsch und Fischer. Der eine ist ein Russe und der andere hat einen Kater, das heißt, im Grunde genommen sind die zwei ebenfalls allein."

„Nun, man kann ein ganzes Nest von Verwandten um sich herum haben und dennoch einsam sein."

„Ja, das stimmt, wenn die Verwandten Sie nicht verstehen wollen oder schlecht zu Ihnen stehen."

„Das ist noch nicht einmal nötig, es reicht völlig, wenn man nicht gegenüber allen Menschen, die einem nahestehen, offenherzig sein kann. Dies ist immer dann der Fall, wenn es im Leben einen Punkt gibt, der vom Standpunkt des geliebten Menschen nicht ganz korrekt erscheinen könnte."

„Was geht so was denn die Verwandten an? Es reicht doch, wenn man sie liebt und ihnen hilft, sofern sich eine Gelegenheit dazu bietet."

„Gerade das ist der springende Punkt! Oftmals fühlt sich ein Mensch erniedrigt, dem man gutes getan hat, so wie es erniedrigend erscheint, ein Almosen anzunehmen. Außerdem glaubt jemand, der geistig nicht feinfühlig genug und obendrein argwöhnisch ist, stets, daß er erniedrigt und begönnert wird. Zur Illustration lassen Sie sich eine Episode aus dem Leben eines Mannes erzählen, ohne die Namen zu nennen, sozusagen. Nanu, die Flasche ist ja bereits leer! Das ging aber schnell! Wollen wir eine zweite?"

Nachdem die zweite Flasche erschienen war, zog Preis seine Stirn in Falten und begann: „Ergänzend muß ich Ihnen sagen, daß so ein segenüberhäufter Verwandter oder sonstwie nahestehender Mensch oftmals nur darauf lauert, einem eins auszuwischen, um sich damit in seinen eigenen Augen für die angeblich erlittene Erniedrigung zu rächen."

„Ich hoffe doch sehr, daß es nicht viele solche Menschen gibt!"

„Sehr viele - aber hören Sie zu! Ein junger Mann gerät in die Armee, nicht gerade in die vordersten Linien, er ist lediglich in der Verwaltung der gut organisierten ehemaligen deutschen Armee tätig. Dort hat er es mit Menschen und mit Geldern zu tun. Auf seine Art war dieser Mann sogar ehrlich. Er akzeptierte die Ideale, an die man nach dem damaligen Stand der Dinge zu glauben hatte. Aber Gott, oder, falls Ihnen dieses Wort nicht gefällt, das Schicksal oder die Vorsehung, wie sich seinerzeit eine in schwindelnder Höhe thronende Person auszudrücken pflegte, die Vorsehung wollte Deutschlands Sieg nicht. Kurz vor dem Ende, als sich die klugen Leute längst darüber klarwaren, wohin sich die Sache wenden wird, erhielt dieser junge Mann von seiner Behörde eine verantwortungsvolle Aufgabe. Ihm wurden Wertsachen anvertraut, Gold, Juwelen und ähnliches, die Mitarbeitern dieser unangenehmen, in Kriegszeiten jedoch notwendigen Behörde gehörten. Diese Kameraden kämpften mit dem Feind an jener unsichtbaren und grausamen Front, die für ein ungeübtes Auge unsichtbar bleibt, aber nichtsdestotrotz oftmals großen Einfluß auf den sichtbaren offenen Kampf hat, in einer Atmosphäre voller Lügen, Heimtücke, Provokationen und Grausamkeiten, in der alle menschlichen und göttlichen Gesetze mit Füßen getreten werden. Leider existiert dieses Klima überall dort, wo gerungen wird. Die Katastrophe des Jahres 1945 überraschte ihn gerade auf diesem Posten.

Was sollte unser Mann tun, der nicht mal genügend Zeit hatte, in Ruhe nachzudenken? Die im Panzerschrank befindlichen Wertsachen den Siegern übergeben? Bekanntlich haben sich die deutschen Streitkräfte, nachdem sie die Waffen gestreckt hatten, mit all ihren materiellen Werten ergeben, von Flugzeugen und schwerer Artillerie bis hin zu dem Inhalt eben dieses Panzerschranks. Ja, formell hätte er so handeln müssen, aber genau das hat er nicht getan! Die Sieger bekamen den leeren Panzerschrank, Gold und Juwelen aber nahm er an sich.

Nicht nur die Objekte selbst nahm er, sondern auch die Liste der Eigentümer, und er war fest entschlossen, die Kostbarkeiten ihren Besitzern zurückzugeben, sobald sie zurückkehrten. Die Zeit verging, niemand erschien und zunächst zaghaft, später jedoch ohne Schwanken wurden alle diese Werte der Fabrik zugeschustert, für die seine Frau und er verantwortlich zeichneten und schnell entwickelte sich dieses Unternehmen. Die Jahre vergingen, nach und nach stellte sich heraus, einige der ursprünglichen Eigentümer lebten doch und hätten das Geld sehr gut gebrauchen können, fanden sich jedoch nicht in der verwickelten Frage zurecht, was aus ihrem Besitz geworden war, den sie seinerzeit den Behörden anvertraut hatten.

Der einzige Mensch, der ihnen hätte helfen können, war eben jener Mann, zumindest hätte er einigen helfen können, tat es jedoch nicht. Wem gegenüber bin ich eigentlich verpflichtet, fragte er sich, längst sind sie davon überzeugt, daß alles verlorengegangen ist, sollen sie das auch weiterhin glauben. In der Welt gibt es jedoch ungeschriebene Gesetze des menschlichen Geistes, wie zum Beispiel das Gewissen. So mußte dieser Mann feststellen, daß sich ein ihm sehr nahestehender Mensch in seinem Verhalten ihm gegenüber leicht verändert hat und dies führt er darauf zurück, daß sich diese zweite Person niemals hat erklären können, aus welchen Quellen bereits lange vor der Währungsreform ein Mann, der soeben erst aus der Gefangenschaft gekommen war, sich derart große Gelder hat verschaffen können. Wollen wir uns so ausdrücken, diese zweite Person hatte eine sehr hohe Meinung von den sittlichen Qualitäten unseres Mannes, bezweifelte nach den geheimnisvollen Geldspritzen jedoch, ob sie es tatsächlich mit einem Ritter ohne Furcht und Tadel zu tun habe. Und so ist der erste Schatten auf das Verhältnis dieser zwei zueinander gefallen.

Was sagen Sie zu dieser Geschichte? Sie ist doch recht einprägsam, oder etwa nicht?"

„Ja, interessant ist sie, und ich bedaure, kein Schriftsteller zu sein, sondern nur ein leicht neugieriger Mensch. Bitte, erlauben Sie mir, einige Fragen an Sie zu richten?"

„Ja, bitte."

„Vor allem, wie nahe stehen sich diese beiden Menschen? Denkbar wären Mutter, Vater, Frau, Bruder oder Schwester, also Personen, die vom Standpunkt verwandtschaftlicher Beziehungen einem zwar am nächsten sind, uns von ihrem Wesen her jedoch völlig gleichgültig sein können, mit anderen Worten, ihre Meinung braucht uns im Grunde genommen überhaupt nicht zu interessieren."

„Nein, die erste Person, von der ich gesprochen habe, liebt den Menschen innig, in dessen Beziehungen zu ihm sich ein Riß aufgetan hat. Der Verlust seiner Achtung und Liebe wäre ein nicht wiedergutzumachendes Unglück."

„Wenn es so steht, gibt es meiner Ansicht nach nur eine einzige Möglichkeit, sämtliche Zweifel zu zerstreuen, und zwar offen diese Frage..."

Preis schüttelte verneinend den Kopf. „Und wenn das undurchführbar ist?"

„Dann weiß ich wirklich nicht..."

Auch ich weiß es nicht, überlegte Preis, aber ich muß unbedingt Beatrice' Zweifel zerstreuen. Immerhin stammt sie aus einer alten Familie und ihr erster Mann ist seinem Wesen und seiner Berufung nach ein wirklicher Offizier gewesen. Ein Offizier ist ein Mensch, der in sittlicher Hinsicht so hoch steht, daß ihm die Untergebenen das Recht einräumen, sie, wenn es nötig sein sollte, selbst in den Tod zu schicken. Sie mißt auch mich mit seinem Maßstab. Sie liebt mich, was aber hat ihre Lüge vom letzten Donnerstag zu bedeuten, als sie anstatt zu ihrer Freundin zu gehen, dieser Blumenfrau, mit einem fremden jungen Mann in der Nacht herumgelaufen ist?

Preis spürte, wie es in seinem Inneren kühl wurde, genau wie einige Tage zuvor. In einem Zug trank er sein Glas Wein leer, dann ein zweites. Ihm wurde leicht schwindelig zumute, und danach fühlte er sich etwas leichter. Die Konturen der zwei vor ihm stehenden Probleme - die

Unterschlagung und das eigenartige Verhalten seiner Frau - verloren ihre Schärfe und traten in den Hintergrund. Hier fiel ihm auf, daß sein Schweigen peinlich wurde und auf den neben ihm sitzenden Kwjatkowskij seltsam wirken mußte.

,,Entschuldigen Sie bitte mein finsteres Schweigen, Herr Kwjatkowskij, aber ich bin wirklich in einer schwierigen Lage und bitte Sie sehr, über die Probleme nachzudenken, die ich soeben umrissen habe."

Daran brauchst du nicht zu zweifeln, dachte Kwjatkowskij für sich, schnell hast du angefangen, dich zu offenbaren, das macht der Wein. Preis wirkte, als ob er sein Antlitz mit Hilfe warmer Kompressen einer Straffung unterzogen hätte, seine Haut war schwammig und gerötet. In seinen Augen leuchteten schon nicht mehr die Gedanken, wie schlecht poliertes Perlmutt blinkten sie und wurden durch nichts von innen erleuchtet. Daß Augen Spiegel der Seele sein sollen, war schwer vorstellbar, wenn man in sie hineinblickte. Es gibt übrigens Menschen, die behaupten, daß Augen niemals etwas ausdrücken, und schon gar nicht die Seele widerspiegeln, wie sich das die faulenzenden Poeten ausgedacht hatten. Währenddessen überlegte Preis, daß er am nächsten Tag zu Frau Kirchner gehen müsse, einer reizenden, gutsituierten alten Dame, und es ihm vielleicht gelingen könnte, etwas Geld von ihr loszueisen, damit er mit seinen übriggebliebenen Kameraden in Kontakt treten konnte, um ihnen den Verlust zu erstatten, ohne daß er Beatrice um finanzielle Hilfe angehen mußte. Dann würde alles gut werden!

,,Wollen wir noch einen Cognac trinken?" wandte er sich an sein aufgeplustertes Visavis, bei dem plötzlich fünf komisch wirkende Kreise auf dem Kinn erschienen, als ob sich Kwjatkowskij in eine rotgefleckte Hyäne verwandelt hätte. Stumm nickte die Hyäne. Preis lachte laut auf, so daß sich ein grauhaariger Herr, an dem buschige Augenbrauen und goldblitzende Manschettenknöpfe auffielen, vorwurfsvoll umblickte - so komisch war es, den harmlosen, zutraulichen Kwjatkowskij, der so gut zuhören konnte, mit einem Raubtier zu vergleichen.

Wie konnte Preis ahnen, wie sehr sich sein Vergleich der Wahrheit näherte!

,,Für heute haben wir genug. Ich wußte gar nicht, welch angenehmer Gesprächspartner Sie sind. Wollen wir uns in einigen Tagen wieder treffen. Heute werde ich Sie nicht nach Hause bringen, wir werden ein Taxi nehmen müssen..." schwerfällig erhob sich Preis von seinem Stuhl, lächelte über etwas, was nur ihm allein verständlich war, und steckte dem herbeiflitzenden Kellner einen Briefumschlag zu, in dem anscheinend weit mehr steckte, als Wein und Cognac ausmachten, da der Kellner erstaunt die Augenbrauen hob und sich dann erfreut verbeugte.

„Mein Lieber!“sagte Preis unsicher. „Dank brauche ich nicht, aber rufen Sie bitte ein Taxi. Heute bin ich Gott sei Dank ohne Auto.“

„Ein sympathischer Herr!“stellte einer der Kellner fest, nachdem Preis und Kwjatkowskij, beide nicht mehr ganz sicher auf ihren Beinen, hinausgegangen waren. „Der zweite, der bezahlt hat, ist ein besserer Herr, trinkt nur ein bißchen zuviel, der andere aber, der sich immer einladen läßt, der taugt nichts. Vielleicht ist er ein Untergebener, dem der Chef seine Seele ausschüttet. In diesen Dingen kenne ich mich aus, es geht mich aber nichts an.“

„Können wir uns in fünf Tagen wieder treffen?“ fragte Kwjatkowskij leicht konfus.

„In fünf Tagen? Sicher, warum nicht? Schreiben Sie mir auf diesen Zettel: Kwjatkowskij am Freitag, gleicher Ort und gleiche Zeit. Also, fahren wir...“

Allein im Taxi geblieben und zu Hause versuchte Preis immer wieder zu berechnen, wie groß seine Chance war, von der Kirchner Geld zu erhalten. Mal erschien ihm diese Chance sehr groß, dann wieder winzig klein. Endlich verstand er, daß sein Kopf nach Wein und Cognac nicht mehr klar arbeitete. Mit diesem Gedanken schlummerte er ein. Seine Frau schlief bereits fest und hörte nicht, wie er nach Hause kam, vielleicht tat sie aber auch nur so.

Kwjatkowskij dagegen war in einer ganz anderen Lage. Er war gut trainiert, große Mengen Alkohol zu vertragen, und setzte sich trotz leichten Schädelbrummens und einer unangenehm aufgeblähten Schwere im Magen hinter den Schreibtisch, auf dem eine kleine Schreibmaschine stand, die ihm zusammen mit dem Mobiliar zur Verfügung gestellt worden war. Mit krausgezogener Stirn und dem denkbar miesesten Gefühl notierte er jedes Wort und gab sich die größte Mühe, nicht eine Nuance auszulassen.

„Wir wissen ja, wer dieser Mann war!“ murmelte er beim Entkleiden. Er erwachte spät und las sofort seine Notizen vom Vorabend nochmals durch. Er erinnerte sich an eine Reihe weiterer Details und setzte den Bericht erneut auf. Als er damit fertig war, rief er Scholzmann an, der ihn bat, diese Unterlagen gleich herzubringen. Zum zweiten Mal suchte Kwjatkowskij die Wohnung auf, die er ein paar Tage zuvor noch als Obsthändler betreten hatte. Scholzmann ließ ihn die Aufzeichnungen laut vorlesen, dann fragte er: „Haben Sie auch nichts vergessen?"

„Nein, ich glaube nicht. Ich habe noch in der Nacht die ersten Notizen erstellt und sie heute früh ergänzt."

„Ausgezeichnet! Wann werden Sie sich wieder mit ihm treffen?"

„Am Freitag. Ich habe eine kleine Bitte an Sie, könnte ich bis dahin beurlaubt werden?"

„Sie möchten Urlaub? Aber selbstverständlich, warum nicht, wenn Sie sich erst am Freitag wieder mit ihm treffen. Sie sind doch nicht etwa krank geworden?"

„Nein, ich muß nur für ein paar Tage nach Bonn fahren. Das hängt noch mit meiner früheren kaufmännischen Tätigkeit zusammen."

Als er die letzten Worte hörte, lächelte Scholzmann still in sich hinein. Eine schöne Tätigkeit, dachte er, laut sagte er jedoch: „Fahren Sie ruhig nach Bonn, Hauptsache, Sie verpassen ihn am Freitag nicht. Geben Sie mir aber bitte telefonisch durch, wo wir Sie erreichen können. Und somit erfolgreiche Abwicklung Ihrer Geschäfte!"

Glücklich ging Kwjatkowskij fort und rief von der nächsten Zelle aus den Theateragenten Renz an. „Ich habe soeben ein paar Tage Urlaub erhalten, genauer, Freitagabend muß ich wieder im Dienst sein."

„Wo sind Sie jetzt?"

„Ich rufe von einer Telefonzelle aus an."

„Dann schnappen Sie die nötigsten Utensilien und kommen Sie schnell zu mir. Es ist keine Zeit zu verlieren! Nehmen Sie auch den Anzug mit, Sie erinnern sich, wir haben von Schadensersatz gesprochen. Den Anzug werden wir an Ort und Stelle mit Dreck vollschmieren."

„Ja, ja!" schrie Kwjatkowskij in den Hörer, obwohl er die Version mit dem Anzug völlig vergessen hatte. Wie sollte er sich nach seinem Gespräch mit Preis auch an so etwas erinnern! Übrigens, diesem Gespräch räumte nicht nur er eine große Bedeutung ein. Der bescheidene Volkswagen rollte mit ihm und Renz bereits gegen Bonn, als seine Niederschrift, über die Scholzmann und Doktor zu Obernabel und Kapott ihre Köpfe beugten, noch immer aufmerksam analysiert wurde.

„Ich kann mich nur wundern, da trifft er erst zweimal mit ihm zusammen und gleich solch eine Beichte."

„Sind Sie überzeugt, daß dieser Bericht in irgendeiner Beziehung zu Preis selbst steht? Vielleicht ist er nichts anderes als ein literarischer Erguß?"

„Das wäre denkbar, wenn Preis kein deutscher Kaufmann, sondern ein russischer Intellektueller wäre, wie ich sie nach Tolstoj und Dostojewskij kenne. Übrigens, ich rate Ihnen sehr, die russische Literatur zu lesen, eine sehr große Literatur! Da er aber ein deutscher Geschäftsmann ist, ist die von ihm erzählte Geschichte des Mannes, der sich nach Kriegsende ihm dienstlich anvertraute Wertgegenstände angeeignet hat, seine eigene Geschichte. Er hat sie nur ein bißchen vor Kwjatkowskij getarnt, was ja verständlich ist. Uns ist nun klar, woher er sein Geld hat."

„Sind Sie überzeugt, daß wir uns nicht irren?"

„Zu fünfundsiebzig Prozent! Selbstverständlich ist diese eine Beichte nicht ausreichend. Wann wird sich Kwjatkowskij wieder mit ihm treffen?"

„Am Freitag."

„Sehr gut, und wie verhält er sich sonst?"

„Anscheinend ist er mit seiner neuen Situation sehr zufrieden und stellt keine weiteren Ansprüche. Er hat lediglich darum gebeten, bis Freitagabend beurlaubt zu werden, um seine ehemaligen kommerziellen Angelegenheiten in Ordnung zu bringen, jedenfalls hat er sich so ausgedrückt."

Doktor zu Obernabel und Kapott lachte leise. „Nicht übel! Seinen Straßenhandel mit faulem Obst nimmt er offensichtlich völlig ernst. Ich hoffe, daß Sie ihm Urlaub gewährt und ihm auch nicht wegen seiner bedeutenden Geschäftstätigkeit widersprochen haben?"

„Selbstverständlich nicht."

„Hervorragend! Wollen wir nun ein Exposé zusammenstellen. Übrigens, um Gusarewitsch nicht zu vergessen, meine Karoline hat die Bekanntschaft eines Herrn Koschin gemacht. Er ist Russe, an die fünfzig, aber er gehört nicht zu diesen kläglichen Idealisten, die ihr Vaterland von den Bolschewisten retten wollen, es jedoch nicht mal verstehen, ihre eigenen Schuhe zu putzen und nur mit Ach und Krach ihr tägliches Brot verdienen. Mir erscheint zweifelhaft, ob Menschen, die es nicht mal zu einem eigenen Auto bringen, fähig sind, ihrem Vaterland irgendwie nützlich zu sein. Koschin ist ganz anders. Zunächst, sie hat seine Bekanntschaft in einem chinesischen Restaurant gemacht, zweitens, er fährt einen hochkarätigen italienischen Wagen, und drittens wohnt er in einer sehr guten Gegend außerhalb Frankfurts und wird mindestens tausend Mark Miete für seine Wohnung bezahlen. Sein Hobby sind die Ikonen. Meine Karoline ist in helle Begeisterung ausgebrochen und hat mir erzählt: ‚Zum ersten Mal in meinem Leben bin ich einem echt russischen Aristokraten begegnet!'

Und ich: ‚Warum soll denn ausgerechnet dieser Koschin ein echt russischer Aristokrat sein?'

Sie: ‚Ein einziger Blick auf ihn und du würdest solch eine Frage nicht stellen! Wie er dich anschaut, das ist schon ein Wunder, er blickt durchdringend, tief, sieht durch dich hindurch, ganz weit weg, bis nach Sibirien. Eine bodenlose russische Schwärze und Tiefe liegt in seinen Augen. Das ist die russische Seele! Da hörst du, wie der Wodka gluckst! So ein Mittelding zwischen Dostojewskij und Iwan Rebrow. Vielleicht ist Koschin sogar ein Großfürst. Er trinkt nur die besten Sachen, alten Whiskey, und später hat er einen furchtbar teuren Krimsekt besorgt und mich eingeladen. Plötzlich begann er zu weinen:

‚Tödlich schmerzt meine Seele in mir!' hat er gesagt. ‚In ihr erhebt sich unsere sibirische Steppentraurigkeit und ein unheilbringender Sonnenuntergang beleuchtet meine seelischen Leiden. Belastet bin ich durch schwere Sünden, Sie aber...' dabei hat er mich angeblickt. ‚Sie sind rein wie Bergkristall!'

‚Wie? Schwere Sünden belasten ihn? Hat er sich so ausgedrückt? Das klingt interessant! Wovon lebt er und bezahlt seinen Alkoholkonsum? Hat er davon etwas gesagt?'

‚Oh Gott!' rief meine Karoline. ‚Wie prosaisch du bist! Ist es nicht völlig egal, wovon er lebt? Er ist so gekleidet, wie es nicht besser sein könnte, fährt einen großen Wagen, ißt und trinkt nur das teuerste!'

Ich bin sogar eifersüchtig geworden, womöglich ist sie auf den Großfürsten scharf, ich brauche sie aber vorläufig noch. Sie ist eine ausgezeichnete Sekretärin und versteht es, den Mund zu halten. Auf einem anderen Gebiet ist sie noch besser. Nun, sie haben im *Tien-tsin* Bekanntschaft geschlossen und wir müssen Gusarewitsch dorthin schikken. Den gelbgesichtigen Kellnern hat sie entlockt, daß er dort recht häufig verkehrt. Sollen sie morgen zusammen losziehen. Ich habe so ein Gefühl, daß der Großfürst für uns nicht weniger interessant sein wird als Preis, und wenn nicht, müssen wir ihn eben als Verlust abschreiben. Sie müssen wissen, Aristokraten sind sehr wertvoll, die haben vor dem kleinsten Skandal eine furchtbare Angst."

„Gleich rufe ich Gusarewitsch an und gehe dann zu ihm."

„Tun Sie das, mein Lieber, und wenn sich Gusarewitsch als ebenso hervorragend wie Kwjatkowskij erweist, haben wir mit beiden sehr viel Glück gehabt."

Scholzmann nahm den Telefonhörer ab und begann zu wählen. „Ich freue mich, daß Sie zu Hause sind, Herr Gusarewitsch, gleich werde ich zu Ihnen kommen. Wir haben ein weiteres Opfer des Alkohols entdeckt, einen Landsmann von Ihnen. Warten Sie bitte auf mich. Merkwürdig!" das bezog sich nicht mehr auf Gusarewitsch.

„Was ist merkwürdig?"

„Bei Gusarewitsch schreit eine Katze."

„Worüber soll man sich da wundern? Es ist sogar gut, wenn ein Mensch die Tiere liebt. In der Regel versteht er es dann auch, mit Menschen gut auszukommen. Sie machen heute abend Karoline und Gusarewitsch miteinander bekannt und sagen Sie der Karoline, sie soll sich wenigstens anfangs etwas zurückhalten und nicht gleich mit ihm flirten, schließlich ist er genau solch ein Angestellter bei uns wie sie. Seitdem ich mich mit ihr befasse, hebt sie die Nase so hoch, daß das Regenwasser nicht mehr abfließen kann. Also, bei Gusarewitsch soll sie etwas vorsichtiger sein, von einem Russen ist stets unerwartetes zu befürchten."

Nachdem Scholzmann fortgefahren war, wanderte Doktor zu Obernabel und Kapott lange nachdenklich durch sein Büro. Ab und zu rieb er zerstreut den Ärmel seines Sakkos, das die Farbe einer überreifen Piemont-Kirsche aufwies und ausgezeichnet zu seinen dunkelgrauen Hosen paßte, deren Stoff von glänzend hellen Fünkchen durchsetzt war, Fünkchen in der Farbe des Schnurrbarts eines jungen Seelöwen, wie sich sein Schneidermeister ausgedrückt hatte (immerhin hatte die Kombination tausendzweihundert Mark gekostet!). Die Sache ging gut voran. Preis steckte sozusagen bereits am Haken. Es war lediglich noch festzustellen, in welchem Amt er sich gegen Kriegsende produziert hatte und dies konnte er am besten über den Veteranenverein erfahren... und über eine bestimmte Bonner Behörde, in der ein guter Freund von ihm saß, der ihm einmal streng vertraulich erklärt hatte, daß bei ihm alle großen und kleinen Sünden der Vergangenheit registriert würden. Nein, nicht unbedingt, um zu strafen oder zu rächen, sondern um nicht eines Tages von der eigenen Vergangenheit überrumpelt zu werden.

Ja, entschied er, das ist ein zuverlässiger Weg und wählte die ihm vertraute Bonner Telefonnummer an.

BONN

Es dämmerte bereits, als sich Renz und Kwjatkowskij Bonn näherten. Der Tag war wundervoll sommerlich gewesen, hinter den filigranfeinen Masten und Spinngeweben der Überlandleitungen, die die Nähe der großen Städte des westfälischen Industriegebiets anzeigten, ging die Sonne unter. Der Volkswagen fuhr nicht zu schnell, Renz hatte keine Eile. Ruhig und umständlich sprachen sie alle Punkte durch. Die Version des in Frankfurt bespritzten Anzugs wurde beibehalten. Kurz vor Siegburg hatten sie die Autobahn in Richtung Westen verlassen. Allmählich wurde der smaragdene Himmel dunkler, die ersten Laternen flammten auf, bald flimmerten gemütlich und fröhlich überall die Sternchen verlockend heimtückischer und gefährlicher Feuer. Als sie schon in der Stadt waren, verminderte Renz auf einmal die Geschwindigkeit.

„Passen Sie genau auf, wir müssen in einer stillen Ecke eine dreckige Pfütze finden, in die wir Ihren Anzug tauchen können. Bis morgen muß er wieder trocken sein, wenn wir behaupten wollen, daß uns der Mercedes in Frankfurt bespritzt hat."

Lange fuhren sie durch stille Straßen und trafen auf keine Pfützen, obwohl es am Tag zuvor ununterbrochen gegossen hatte. „Vielleicht machen wir ihn unter der Wasserleitung naß?" schlug Kwjatkowskij schüchtern vor.

„Und woher sollen wir den Dreck nehmen? Ah, da ist, was wir brauchen!" Sie fuhren gerade in einen kleinen Park hinein und entdeckten seitlich der Hauptallee eine prächtige Pfütze, die jeder Bengel zwischen drei und zwölf hocherfreut begrüßt hätte. Renz stoppte den Volkswagen. „Da ist sie, die liebliche! Ziehen Sie Ihren Anzug hervor!"

Verdrießlich zog Kwjatkowskij den Anzug aus dem Koffer. „Er ist nicht übel, ohne Löcher!"

„Was soll das heißen? Ohne Löcher? Wir geben ihn für neu aus!"

„Ich trage ihn ja erst seit sieben Jahren, eine magische Zahl!"

„Nun baden Sie endlich Ihren magischen Anzug in der Pfütze, und zwar gründlich!" Kwjatkowskij und Renz stiegen aus. Die Lippen kläglich zusammengekniffen schleifte Kwjatkowskij den Anzug durch die Pfütze.

,,Mein Gott, was machen Sie denn da?" wurden sie von einer kleinen, alten Frau gestört, die in einem dunklen Mantel aus gutem Stoff, aber leicht altmodischem Schnitt, die Allee entlang kam. ,,Daß man kleine Kinder badet, ist mir bekannt, aber einen Anzug!"

,,Wir sind Schauspieler", erklärte Renz, ,,und brauchen einen schmutzigen Anzug für das Theater, für die Ermordung Hamlets."

,,Ach so!" die alte Dame strahlte auf. ,,Ich dachte schon, Sie hätten ein bißchen über den Durst getrunken."

,,Schnell weg!" zischte Renz. ,,Das Publikum sammelt sich bereits. Womöglich bekommen sie heraus, daß Hamlet nicht in einem modernen Anzug herumgelaufen ist." Der nasse und schmutzige Anzug wurde im Wagen auf einem Plastiksack vom Roten Kreuz ausgebreitet. ,,Jetzt müssen wir ein einfaches Hotel ausfindig machen und morgen werden wir auskundschaften, wer sich hinter dem Bonner Mercedes mit der Nummer F 311 verbirgt. Interessant!"

,,Sie sind zu Schaden gekommen?" fragend schaute der Polizeibeamte Kwjatkowskij an. ,,Wie ist das denn passiert?"

,,Bitte, sehen Sie sich meinen Anzug an! Als ich in Frankfurt die Leipziger Straße überquerte, hat mich der Wagen beinah überfahren. Da sind keine Ampeln, da gehen alle so rüber, und ich habe es gerade noch geschafft, zur Seite zu springen. Schauen Sie sich den Anzug an!"

,,Und ich bin Zeuge." ergänzte Renz. ,,Eine Schweinerei! Herr Kwjatkowskij verdient nicht viel und der Anzug war fast neu. Zum Glück haben wir die Nummer des Wagens notieren können. Diese Mercedesfahrer glauben, ihnen sei alles erlaubt! In der Demokratie ist ein Volkswagen genausoviel wert wie ein Mercedes, und ein einfacher Arbeiter soviel wie ein Graf! Hier die Nummer: BN-F-311. Wir hätten gern gewußt, wer der Fahrzeughalter ist. Sie müssen wissen, niemand möchte gern zum Krüppel gefahren werden."

,,Mit anderen Worten, Sie wollen Schadensersatz verlangen und Anzeige wegen verkehrswidrigen Verhaltens des Fahrzeughalters erstatten, da er durch unvorsichtiges und zu schnelles Fahren Ihr Leben und Ihre Gesundheit gefährdet hat?"

,,Genau, aber wir kennen seinen Namen nicht."

,,Da können wir Ihnen helfen. Die Formalitäten müssen Sie jedoch in Frankfurt abwickeln, wo Sie den Schaden erlitten haben. Wir werden auch unser Protokoll nach Frankfurt leiten." Der Beamte holte einen

Kollegen herbei, den er familiär *Pumi* nannte und schließlich erhielten Sie einen Zettel, dessen Text vorher ins Protokoll eingetragen wurde. „Der Fahrzeughalter ist Rechtsanwalt Friedrich Maria Bodo Sauer, Bonn, ...straße. Das ist alles, glaube ich."

Höflich bedankten sich die beiden und gingen fort. „Wir fahren dort sofort hin, selbstverständlich nicht auf Besuch. Wollen wir uns erst anschauen, wie er wohnt, wie sein Lebensstandard ist. Das ist sehr wichtig. Dann beobachten wir das Haus. Ich kann durchaus nicht begreifen, zu welchem Zweck sich ein Bonner Anwalt den versoffenen Schauspieler Fischer aus Frankfurt holt."

„Vielleicht ist er Vorsitzender einer sozialen Einrichtung und braucht ihn zum Beispiel für eine Faschingsveranstaltung bei Senioren."

„Seit wann gibt es im Sommer Karneval? Glauben Sie denn, in Bonn gibt es keine Theateragenturen? Und wozu braucht er einen Schauspieler, der aussieht wie ein anderer Mann?"

Die Straße, in der Rechtsanwalt Friedrich Maria Bodo Sauer wohnte, erwies sich als klein und still und lag in einem vornehmen Stadtteil. Er bewohnte ein Einfamilienhaus. Ob es ihm gehörte, war nicht auszumachen. Es zählte nicht zum Typ der teuersten, hatte aber sicherlich einen guten Wert. Weder im Hause noch in der Nähe war eine Bewegung zu bemerken, lediglich ein buckliger, schwarzgekleideter Mann ging vorüber. Das mißfiel Kwjatkowskij, er mochte die Buckligen nicht und sah in jedem einzelnen ein Symbol für Haß und Fluch.

„Was nun, Herr Renz?"

„Jetzt müssen wir warten, lieber Kwjatkowskij, irgendwann wird jemand dieses Haus betreten oder verlassen. Ich sehe Ihnen an, das gefällt Ihnen nicht. Vergessen Sie aber bitte nicht, Sie sind Fischers Freund und erweisen ihm vielleicht einen sehr großen Dienst, indem Sie diese unangenehme Aufgabe übernehmen. Wollen wir ein bißchen zur Seite fahren, hier haben Sie einen Fernstecher und einen Fotoapparat."

„Mein Gott, was er für ein langes Rohr hat!"

„Das ist ein Teleobjektiv. Nehmen Sie bitte hier Platz. Sie beobachten das Haus und ich besorge uns was zu essen und zu trinken, natürlich keinen Alkohol, schließlich sind wir im Dienst. Von jedem Lebewesen, das Sie erblicken, machen Sie eine Aufnahme, vor allem von den Autos. Ich stelle Ihnen das Teleobjektiv sofort ein. Seien Sie nicht geizig, Sie können ruhig ein paar Fotos zuviel machen. Nach jeder Aufnahme müssen Sie hier drehen und drücken müssen Sie auf diesen

Knopf. Das ist ganz einfach. Ich bin in einer halben Stunde zurück. Niemand wird Sie etwas fragen, hier ist erlaubt zu parken."

Kwjatkowskij blieb allein. Er fühlte den qualvollen Trieb zu trinken. Nur wenige Passanten kamen vorbei. Einige betrachteten ihn gleichgültig, andere warfen einen interessierten Blick auf seinen Fotoapparat mit dem Teleobjektiv. Wie sollte er auch ahnen, daß der Wagen von dem Augenblick an, als er in diese Straße fuhr, von zwei Männern beobachtet wurde.

Am anderen Ende der Straße, dort, wo die Häuser schon bescheidener waren, fielen an einem zweistöckigen Haus zwei Vögel auf, deren Hälse miteinander verschlungen waren. Im Dachgeschoß über den beiden Vögeln Greif standen zwei Männer neben einem auf einem Stativ befestigten Fernrohr und einem Fotoapparat mit einem eigenartig geformten Teleobjektiv. Beide Männer waren noch jung, ihre Gesichter wirkten energisch, wenn auch leicht müde. Im gleichen Zimmer standen zwei Betten, eines im wilhelminischen Stil aus Holz und neben ihm ein modernes metallglänzendes Feldbett. Auf einem großen Tisch standen zwei Schreibmaschinen und lagen einige literarische Zeitschriften und Bücher in poetischer Unordnung herum.

„Anscheinend sind wir nicht die einzigen, die sich für Sauers Villa interessieren." sagte derjenige, der durch das Fernrohr blickte und fügte nach einigen Sekunden Schweigen hinzu. „Schau, schon seit einer halben Stunde steht da ein Volkswagen mit Frankfurter Nummer, F BW 1092. Es waren zwei, einer ist weggegangen und der andere sitzt da mit einem Teleobjektiv. Sie scheinen recht unerfahren zu sein und wirken gespannt und aufmerksam. Wer könnte das sein?"

„Vielleicht Journalisten?"

„Wohl kaum, wenn man uns richtig informiert hat, und wir haben keinen Grund, daran zu zweifeln, ist der Rechtsanwalt Bodo Sauer keineswegs an Publicity interessiert. Er gehört zu jenem Typ Geschäftemacher, die alles auf die leise Tour erledigen. Hauptsache, es gibt keinen Lärm! Da kommt auch der erste mit einer Tüte zurück, das sieht nach Proviant aus. Somit haben sie sich entschlossen, noch lange in ihrem miesen VW zu sitzen. Mach mal das Fenster auf, wollen wir ein paar Aufnahmen machen und dem Chef schicken. Ich kann mir unmöglich vorstellen, von wem das ausgehen könnte, aber offenbar interessiert sich noch jemand für ihn und das macht die Sache komplizierter."

Die Zeit verging, drei Stunden waren bereits vorbei und nichts geschah. Längst hatten sie alles aufgegessen. Renz hatte sich als nicht knauserig erwiesen und sogar Lachs mitgebracht. Schweigend sahen sie sich an und trafen bereits Anstalten, einen winzigen Becher Cognac zu kippen, als Renz plötzlich den Fotoapparat hob - vor dem Eingang fuhr ein Taxi vor. Die Kamera klickte, dann noch einmal.

„Schauen Sie durch den Fernstecher!“ Kwjatkowskij sah, wie eine anscheinend nicht mehr junge Dame in einem tabakfarbenen Kostüm aus dem Taxi kletterte, schnell dem Fahrer etwas gab und das Gartentor passierte. Noch drei Aufnahmen machte Renz, dann war die Dame außer Sichtweite. „Da! Seit drei Stunden die erste Unterbrechung! Ich hätte gern gewußt, wann die zweite folgt.“

„Eine elegante ältere Dame!“ sagte einer der beiden in dem Dachgeschoß über den verschlungenen Greifenhälsen. „Sie ist hier bei uns!“ und klopfte auf seinen Fotoapparat.

„Und die beiden im Volkswagen?“

„Wirken wie angewachsen, anscheinend haben sie sie auch fixiert.“

„Das können wir ihnen nicht verbieten. Wollen wir weiter warten.“

„Mein Gott, Beatrice, Liebste, endlich bist du da! Ich hoffe, dein Preis hat nichts gemerkt. Warum guckst du so erschreckt?“ Als ob er die Angst aus ihren Augen fortwischen wollte, küßte Bodo Sauer sie zärtlich und vorsichtig erst auf das rechte Auge, dann auf das linke.

„Bodo, ich habe solch eine Angst!“

„Wovor denn? Du hast ihm doch die Einladung des Modesalons gezeigt! Sie ist echt und die Geschäftsführerin weiß Bescheid, falls er dort anrufen sollte.“

„Und wenn er nach mir fragt?“

„Dann bist du im Hotel.“

„Bodo, das ist alles sehr schön und gut, aber irgendwie komisch. Du mußt wissen, ich fühle, daß sich in seinem Verhältnis zu mir etwas verändert hat. Wir Frauen spüren so etwas immer, so leicht sind wir nicht zu betrügen. Er hat irgendwie komisch gelächelt und mir einen interessanten Zeitvertreib gewünscht. Er würde sich freuen, wenn ich mir etwas schönes kaufe, ein Sommerkleid zum Beispiel.“

„Dann ist ja alles in Ordnung!“

„Nein, Bodo, nichts ist in Ordnung! Er ist klüger als wir beide denken. Fahren wir schnell ins Hotel, eigentlich müßte ich längst dort sein.“

„Ich bringe dich hin und mache dich mit diesem dummen Fischer bekannt, es ist keine Minute zu verlieren. Weißt du, mit ihm haben wir Schwein gehabt, er ist dem Bundesbankpräsidenten wie aus dem Gesicht geschnitten. Ein Säufer ist er auch und ein talentloser Schauspieler, aber ein paar Tage brauchen wir ihn. Sei bitte nett zu ihm, du bist schließlich seine Sekretärin. Vom Alter und Aussehen ähnelst du der echten Sekretärin sogar ein bißchen, du mußt dich aber umziehen. Schau dir diese Fotos an, das ist sie, die du für ein paar Stunden darstellen wirst."

Mit gemischten Gefühlen blickte Beatrice auf das große Foto einer Dame ihres Alters und ihrer Statur, jedoch mit einem strengeren und willensstarken Gesicht. „Die Frisur ist ganz anders." meinte sie zweifelnd. „Ich trage niemals solche Kostüme, meine sind mehr tailliert."

„Da habe ich vorgesorgt, so ein Kostüm liegt parat und mit der Frisur wirst du selbst fertigwerden können."

„Oh, Bodo, wie schrecklich ist alles, wie weit bin ich gekommen? Was machst du bloß mit mir? Aber ich liebe dich!"

„Auch ich liebe dich, das ist jedoch zu wenig. Jetzt müssen wir alle unsere Kräfte anstrengen, damit es wie geplant abläuft. Wollen wir aufzählen, was bereits getan und was in welcher Reihenfolge noch zu erledigen ist:

1. Der Mann, der die Rolle des Präsidenten spielen soll, ist gefunden, das ist Fischer.
2. Die Sekretärin haben wir auch, das bist du.
3. Der Fahrer, der ihn bringt und wegfährt, bin ich.
4. Die Zeit, zu der er in der Regel sein Stammlokal aufsucht, kennen wir auch. Von unserem Standpunkt ist einundzwanzig Uhr dreißig am günstigsten. Der Besitzer des Lokals erhält zwanzigtausend, um nichts zu bemerken. Vom Standpunkt des Gesetzes ist er nicht verpflichtet zu erkennen, daß der Präsident irgendwie anders ist als gewohnt.
5. Passende Kleidung für Fischer habe ich gefunden, sie ähnelt der des Originals sehr, vor allem die Schuhe.
6. Für das Make-up habe ich auch gesorgt. Ich kenne einen ausgezeichneten Maskenbildner. Er hätte längst im Theater oder Film Karriere machen können, aber er ist ein sonderbarer Mensch, bucklig, und seinem Gesicht nach könnte er alle möglichen düsteren Typen darstellen. Er kleidet sich stets ganz in schwarz. Erschrick bitte nicht vor ihm. In seinem Fach ist er genial, das wirst du übrigens auch selbst feststellen.

So, das ist anscheinend alles und jetzt schnell ins Hotel zu Fischer. Denk daran, was ich dir gesagt habe. Wir brauchen ihn, ohne ihn wird es nicht klappen."

„Da sind sie!" wieder zielte Renz mit dem Teleobjektiv, es klickte zwei-, dreimal. „Da ist auch der Mercedes, der Ihnen den Anzug verdorben hat, er kommt aus der Garage. Haben Sie bemerkt, wieviele Personen in ihm sind?"

„Zwei, eine Dame und ein Herr."

„War die Dame jung?"

„In mittleren Jahren, sehr hübsch, eventuell die von vorhin."

„Fahren wir hinterher!"

„Jetzt steht außer Zweifel, daß Sauer beobachtet wird. Der Mercedes zieht los und unser Volkswagen hinter ihm her. Los, gib per Telefon die Richtung an und vergiß nicht, den VW zu erwähnen. Interessant, wohin diese Karawane fährt. Der Radfahrer soll ihren Spuren folgen."

Anfangs schwieg Sauer, plötzlich verfinsterte sich sein Gesicht. Immer öfter blickte er aufmerksam in den Rückspiegel, dann zischte er durch die Zähne: „Wir werden beobachtet, ein VW, die Nummer ist nicht zu erkennen."

„Mein Gott, das ist mein Mann! Er hat alles erraten, er weiß alles! Und du wolltest nicht glauben, daß wir ihn nicht unterschätzen dürfen!"

„Beatrice, bitte, verlier nicht die Nerven! Auch wenn er dich beobachtet, was kann er dir übelnehmen? Du hast doch alle Trümpfe in der Hand! Da ist das Hotel. Der VW hat abgedreht, vermutlich ist das sowieso Quatsch. Hauptsache, sei nett Fischer gegenüber."

Als Bodo Sauer und Beatrice den Raum betraten, saß Fischer nachdenklich in einem Sessel vor dem Fenster. Wieder war Sauer über seine Ähnlichkeit mit dem Bundesbankpräsidenten verblüfft. Fischer erhob sich sofort und blickte sie nachdenklich und aufmerksam an, als ob er fragen wollte, was auf ihn zukommen würde.

„Hier, liebste Beatrice, ich bitte, unseren fabelhaften Schauspieler, Herrn Fischer, sehr zu lieben und zu schätzen. Schließen Sie miteinander Bekanntschaft und vergessen Sie keine Sekunde, daß Sie Präsident der Bundesbank sind und du, Beatrice, seine Sekretärin. Ich aber muß Sie kurz allein lassen." Freundlich lächelnd ging Bodo Sauer hinaus. Einige Sekunden besahen sich Beatrice und Fischer schweigend, plötzlich schien es, als ob Fischer sich an etwas erinnerte. Er zuckte zusammen und zeigte stumm auf den Stuhl. Kühl nickte ihm Beatrice zu und setzte sich. Seit der ersten Sekunde, als sie den proletarischen Namen Fischer hörte, haßte sie den Träger dieses Namens und entschloß sich, Bodos Instruktionen zwar peinlichst genau auszuführen und nett zu ihm zu sein, aber auf solch eine Weise, daß er unbedingt spüren mußte, daß sie zwar Geschäftspartner sind, ein menschlicher Kontakt zwischen ihnen jedoch unmöglich war. Wie sehr er dem Bundesbankpräsidenten ähnelt, dieser Gauner, dieser heruntergekommener Kerl und kläglicher Mime. Sie betrachtete ihn erstaunt. Fischer hatte ruhige, graublaue Augen, die verlegen und leicht erschreckt auf sie herabblickten. Das Schweigen wurde peinlich. Geziert lächelte Beatrice.

„Sie also sind der Wundermann, der wie ein Zwilling des Bundesbankpräsidenten aussieht? Als mir Herr Sauer von Ihnen berichtete, habe ich ihm nicht recht glauben können, jetzt aber sehe ich, daß er recht hat. Solch eine Ähnlichkeit ist geradezu erstaunlich! Ich spiele Ihre Sekretärin, und geb's Gott, daß ich nur zur Hälfte so aussehe wie die echte."

„Ich habe das Foto dieser Dame gesehen und glaube, daß Sie ihr ähnlich sind."

Wieder entstand Schweigen. Fischers Aussehen und seine Worte wirkten keineswegs abstoßend, vermutlich war er kein Gauner und Abenteurer von Beruf, sondern lediglich verarmt und aus diesem Grunde zu vielem fähig. Es ist doch bekannt, wie die kleinen Schauspieler leben!

„Haben Sie lange nicht mehr gespielt, Herr Fischer?"

„Ja, schon lange nicht mehr, und wenn man die Sache ernsthaft betrachtet, bin ich ein schlechter Schauspieler und kann daher gar keine Ansprüche stellen, weder an das Schicksal, noch an die Menschen. Den Bundesbankpräsidenten zu spielen, ist meine erste Rolle nach langer Zeit und ich wäre auch niemals darauf eingegangen, wenn diese Aktion nicht so wichtig wäre und solch eine große politische Bedeutung hätte."

Beatrice konnte sich diese politische Bedeutung zwar nicht recht vorstellen, begriff jedoch sofort, daß Bodo auch hier eine geniale Finte angewandt hatte. In diesem Punkt weiter zu bohren, wäre ungeschickt und könnte der ganzen Sache schaden. Daher lächelte sie Fischer lediglich aufmunternd und leicht maliziös an. „Mein Freund, Herr Sauer, der auch Ihr Freund ist, hat mich gebeten, den Ablauf unseres Vorhabens mit Ihnen zu besprechen. Hier, schauen Sie sich das an!" Sie entnahm ihrer aufwendigen Handtasche zwei Hefte und gab eines davon an Fischer weiter. „Machen Sie sich bitte damit vertraut, das sind unsere Rollen. Vorläufig besteht unsere Aufgabe darin, den Text zu lesen und auswendig zu lernen, das heißt, unser Gespräch im Restaurant. Die Unterredung zwischen dem Bundesbankpräsidenten und seiner Sekretärin muß schlicht und einfach sein, so wie jedes Gespräch zwischen

Vorgesetzten und Untergebenen, die sich vertrauen und gegenseitig achten, jedoch nicht in intimen Beziehungen zueinander stehen. Wir dürfen nicht vergessen, daß wir in der Gesellschaft einen tadellosen Leumund genießen. Vertiefen wir uns in die Lektüre und später werde ich für Sie und mich etwas zu essen bestellen. Das geht selbstverständlich auf unsere Rechnung, denn Sie sind unser Gast."

Fischer antwortete nicht, nachdenklich schaute er Beatrice an. Noch nie in seinem Leben war er mit einer derart eleganten und schönen Frau unter vier Augen gewesen. Er vertiefte sich in das Studium des Heftes, in dem alles sehr genau beschrieben war. Er sollte lange Zeit in einem teuren Restaurant sitzen und guten Wein trinken. Ihm wurde sogar vorgeschrieben, wo und wie er zu sitzen habe. Dem Text waren Pläne der beiden infrage kommenden Restaurants beigefügt, in denen die Plätze für ihn und die Sekretärin rot markiert waren. Nach und nach packte ihn der Text. Wenn ihm etwas nicht klar war, bat er unbefangen Beatrice, ihm die Bedeutung der einen oder anderen Anweisung zu erläutern. Manchmal konnte ihm auch diese elegante Frau nicht helfen und verwies auf Herrn Sauer. Fischer nickte ruhig und gutmütig dazu und las weiter. Auch Beatrice vertiefte sich in den Text, den sie ebenfalls zum ersten Mal sah und für den Bodo die halbe Nacht geopfert hatte. Jetzt stellte sich heraus, daß es noch einige Unklarheiten gab. Verstohlen beobachtete sie Fischer und registrierte erstaunt, daß sein Gesicht sogar eine gewisse Würde zeigte. Ich interessiere mich für diesen kleinen Gauner weit mehr als unbedingt notwendig, rief sie sich zur Ordnung, er ist ein kleiner, käuflicher Halunke, das ist alles. Hoffentlich kehrt Bodo bald zurück.

So schnell konnte Bodo Sauer sich jedoch nicht mit ihr befassen. Er entwickelte eine geradezu napoleonische Energie. Kurz nachdem er das Hotel verlassen hatte, betrat er einen anderen Gasthof, in dem er ebenfalls ein Zimmer gemietet hatte, und wählte ohne eine Sekunde zu verlieren Lancaster & Strasmight in Chicago an. Gleichzeitig sandte er Telegramme an Bowman und Direktor Pearson, der Text war der gleiche:

„*Ihre sofortige Anwesenheit in Bonn ist unerläßlich. Jede Stunde Verzögerung kann nicht wiedergutzumachende Schwierigkeiten mit sich bringen. Sauer.*"

Vorläufig gelang es ihm nicht, eine Telefonverbindung zu den USA herzustellen. So rief er Beatrice an, die ihm berichtete, daß sie und Fischer ihre Rollen studieren. „Fischer nimmt seine Aufgabe sehr ernst", sagte sie, „er bemüht sich besonders intensiv, seine Art, sich zu geben, der entsprechenden Person anzupassen, das heißt, wie er spricht, geht, lacht und so weiter."

„Und wie klappt es?"

„Nicht schlecht, meine ich."

Erleichtert atmete Bodo Sauer auf und fügte hinzu: „Quäl ihn nicht zu sehr. Wenn er müde wird, soll er schlafen gehen. Bestell ihm was zu trinken und trink auch ein bißchen zusammen mit ihm, oder noch besser, gib ihm unbemerkt ein Schlafmittel, sonst gehen ihm womöglich die Nerven durch und er läuft uns davon. Er darf aber nichts davon merken."

„Wann werde ich dich sehen, Bodo?"

„Das kann ich noch nicht sagen. Ich habe noch keine Antwort aus Chicago und solange ich nicht weiß, ob sie tatsächlich fliegen, muß ich hier sitzen bleiben. Daß sie bloß nicht zu spät kommen, wenn bereits alles in den Zeitungen steht!"

Gegen elf Uhr nachts versuchte er nochmals zu telefonieren, nach seinen Berechnungen mußte sich um diese Zeit in Chicago der Arbeitstag dem Ende neigen. Diesmal hatte er Glück, nach einigen Minuten Wartezeit wurde er mit Pearson verbunden. „Ihre Telegramme haben wir erhalten, morgen früh fliegen wir ab und sind siebzehn Uhr fünfzig Ortszeit in Bonn. Wir werden zu viert sein, Bowman, ich und zwei andere. Sagen Sie bitte, gibt es überhaupt Erfolgschancen?"

„Zweifellos, aber bitte, verzögern Sie die Abreise nicht. Sie wissen, wo ich Sie erwarte. Jetzt hängt alles von Ihrer Schnelligkeit ab."

Hinter dem Ozean wurde der Hörer aufgelegt. Wieviel Zeit hatte er eigentlich? Jetzt war Dienstag, gegen Mitternacht, und morgen, am Mittwoch, gegen achtzehn Uhr kamen sie an. Bis sie sich mit mir treffen können, nachdem sie sich ausgeruht haben, wird es zwanzig Uhr sein. Demnach kann am Mittwoch nichts mehr geschehen, wohl aber am Donnerstag, sonst ist es wie vom Schiff auf den Ball. Donnerstag ist der entscheidende Tag, an diesem Tag werde ich alles auf eine Karte setzen. Gegen zwanzig Uhr müßte die Aktion beginnen und spätestens um Mitternacht beendet sein. Den Freitag hatte er der Verwischung der Spuren zu widmen. Was am Sonnabend geschehen müßte, war noch fraglich. Er dachte alle Punkte noch einmal durch, studierte seine Notizen, unterstrich rot, was ihm fragwürdig erschien und begriff plötzlich, daß er sofort schlafen gehen mußte, wenn er am nächsten Tag völlig gerüstet sein wollte.

Er schlief den festen Schlaf eines zwar stark ermüdeten, von seinem Ich jedoch völlig überzeugten Mannes. Noch beim Einschlafen drehte sich in seinem Kopf der Gedanke, daß es irgendwo eine Schwachstelle, eine ernste Gefahr gab, einen unsichtbaren Faktor, der alles verderben konnte. Diesen Faktor konnte er sich jedoch nicht vorstellen. Was Fischer, Beatrice und die Amerikaner angingen, war alles in Ordnung. Der Bucklige aber, der sich ewig in schwarz kleidende Hans Gersdorf, hoffentlich macht ihm der keinen Strich durch die Rechnung! Aber warum sollte er ihm eigentlich nicht vertrauen? Schließlich war er als besonders zuverlässig empfohlen worden.

Mit diesem Gedanken schlief Bodo Sauer endgültig ein. Ihm träumte, daß er über etwas geht, das wie Wüstensand knirscht, aber nicht unbedingt eine Wüste sein mußte. Er fühlte, um jeden Preis mußte er weitergehen, denn dort, in der Ferne, würde gerade das auf ihn warten, was er sein Leben lang erstrebt. Zu sehen war dieses Etwas jedoch nicht, er konnte nur einen schwarzen Fleck erkennen und dieser Fleck war ein Mensch mit einem Buckel. Gegen seinen Willen ging er hinter dem Buckligen her, der ihn, wie er spürte, zu einem unguten Ort führte, aber ihm fiel nicht ein, was er zu tun hatte, um nicht mehr hinter ihm hergehen zu müssen. Dann verschwand diese Vision und zurück blieb lediglich das Gefühl von etwas nicht Wiedergutzumachendem, Drükkendem...

DER ZWEITE PATIENT

Als Scholzmann die Wohnung von Gusarewitsch betrat, hielt dieser tatsächlich einen großen, hübschen Kater auf dem Arm. Das kluge Tier blickte mit seinen rätselhaft rauchigen Augen auf den Gast, als ob es ihn fragen wollte, was er eigentlich hier tue.

„Woher haben Sie die Katze?" fragte Scholzmann fröhlich.

„Das ist der Kater meines Freundes Fischer, wir haben zusammen in dem alten Haus gelebt. Er ist jetzt für ein paar Tage verreist."

„Ach so, na, das ist ja auch nicht so wichtig. Wichtig ist folgendes: Da hat sich ein Landsmann von Ihnen eingestellt, und was für einer!"

„Ein Landsmann?"

„Ja, vielleicht kennen Sie ihn sogar. Er heißt Leonid Koschin, und der bei euch Russen übliche Vatersname ist Petrowitsch."

„Nein, ich habe nie von ihm gehört. Wo lebt er, hier in Frankfurt?"

„Das ist schwer zu beantworten. Seine Bekanntschaft hat Frau Karoline Löw, die Sekretärin unseres Chefs, in dem teuersten chinesischen Restaurant in Frankfurt gemacht, im *Tien-tsin*, und sie ist hellbegeistert zurückgekehrt. Er sei ein richtiger russischer Aristokrat, sagte sie, trinkt nur das beste! So können nur russische Fürsten trinken und genauso benimmt er sich auch. Wenn er den Pokal an seine Lippen führt, steigen ihm die Tränen hoch und seine Augen werden in ihrer Qual ganz dunkel. Hierzu erklärt er, seine Seele spreche mit Gott! Er muß unbedingt vor dem Teufel Alkohol gerettet werden, sagt die Karoline, und zwar deshalb, weil wir dadurch vielleicht den zukünftigen russischen Zaren retten. So haben wir dieses Problem mit dem Chef besprochen, lieber Gusarewitsch, und da er ein Landsmann von Ihnen ist, sind Sie der gegebene Mann. Gegen neun wird sich die Karoline - Sie haben sie ja schon einmal gesehen - vor dem *Tien-tsin* mit Ihnen treffen und da dürfen Sie nicht versagen. Versuchen Sie vor allem, festzustellen, warum er trinkt, was seine bodenlose slawische Seele so sehr betrübt und warum er versucht, diese Trübseligkeit mit Hilfe des Alkohols zu erhellen."

„Ich bin immer bereit, einem Menschen zu helfen, um so mehr wenn es sich um einen Landsmann handelt. Sie müssen jedoch wissen, den Deutschen das Trinken abzugewöhnen, ist schon schwierig genug, bei einem Russen wird das noch weit schwieriger sein. Dennoch werde ich es versuchen."

„Haben Sie die Instruktionen durchgearbeitet?"

„Ich habe sie sogar auswendig gelernt."

„Aufgepaßt, Herr Gusarewitsch, dieser Koschin ist ein Aristokrat und nicht irgendwer! Gott hüte Sie davor, sich mit dem Finger an die Nase heranzuschleichen oder sich am Rücken zu kratzen. Auch die chinesischen Kellner sind auf ihre Art Aristokraten. Blamieren Sie auch die Karoline nicht und beweisen Sie, daß jeder Russe ein Aristokrat sein kann. Bestellen Sie lieber wenige, aber teure Gerichte und womöglich auch extravagante, wie Langusten mit gedünsteten Oliven. Ja, was soll ich Ihnen noch weitere Ratschläge geben! Seien Sie auf der Hut, heute schlagen Sie Ihre erste Schlacht. Denken Sie auch nicht daran, sich die Nase mit Hilfe beider Hände zu putzen oder wie ein Elefant zu trompeten!" Hier bemerkte Scholzmann, daß er sich bereits zu sehr in eine Gouvernante verwandelt hatte und schloß: „Nun, ist alles klar?"

„Ich weiß nicht!" meinte am Abend die aufgetakelte Karoline. „Daß Gusarewitsch nur nicht alles verdirbt! Selbst nach russischen Begriffen macht man einen Typ, der Nägel in fremde Stühle haut, nicht mit einem Aristokraten bekannt. Aber Sie und den Chef kann man ja nicht niederreden!"

Als Gusarewitsch auf die Karoline losmarschierte, betrachtete sie ihn kritisch. „Na, ja, es geht, aber fuchteln Sie beim Gespräch nicht mit den Händen in der Luft herum und gehen Sie als erster ins Restaurant. Die Dame geht nie zuerst hinein."

Wie zum Spott befand sich erst am anderen Ende des Restaurants ein freier Tisch. Als er durch den großen Raum marschierte, wußte Gusarewitsch nicht, ob er die Arme schwenken durfte, kleine oder große Schritte machen sollte und sich nach allen Seiten umblicken konnte.

„Vorläufig ist der Aristokrat noch nicht zu sehen." flüsterte Karoline nach einem kurzen Blick über den Raum. „Ich habe ihn übrigens an der Bar kennengelernt. Bestellen wir erst mal was und dann werfen wir dort einen Blick hinein."

Gusarewitsch fühlte sich ausgesprochen unbehaglich. Bestimmt fragen sich alle, dachte er, wie ein Mann wie ich zu solch einer Schönheit kommt, und tatsächlich wurden sie flüchtig von zwei Herren in mittleren Jahren betrachtet.

,,Die Dunkelblonde kenne ich." sagte der eine. ,,Eine sehr entgegenkommende Person! Wenn die Brieftasche in Ordnung ist, lehnt sie niemanden ab. Später habe ich gehört, daß sie sich bei einem Rechtsanwalt fest eingenistet hat, aber wenn sich ein anständiger Anwalt mit ihr befaßt, bin ich Bundeskanzler!" Damit war das Gespräch beendet.

Plötzlich weiteten sich Karolines Augen. ,,Da ist er! Drehen Sie sich nicht um, Sie kennen ihn ja gar nicht!"

Vorsichtig und mit leidender Miene trat ein Mann von etwa fünfzig Jahren zwischen die Tische. Er trug ein modisches silbergraues Jackett und eine enorm große silbrige, bordeauxrot gepunktete Krawatte. An seinem Revers steckte eine goldene Nadel mit einem Gusarewitsch unbekannten Stein in Form eines ägyptischen Skarabäus oder eines ähnlichen Tieres. Seine schulterlangen, zu Locken gedrehten Haare wirkten sauber und ordentlich, sein Gesicht war blaß, von jener rosigen Blässe, als ob eine durchsichtige Alabastermaske die Haut überspannte. Seine Augen aber waren traurig und durchdringend auf einen nur ihm allein sichtbaren Horizont hinter den von chinesischen Schnitzereien bedeckten Wänden gerichtet.

,,Sehen Sie, die Augen sind schon was wert!" raunte die Karoline. ,,Solche Augen gibt es bei uns in Deutschland nicht, die werden nur in den unermeßlichen russischen Weiten geboren. Was für Pupillen, wie Körner von Malossol-Kaviar!"

Kaum hatte sie diesen Satz beendet, als sich die Malossol-Körner ihr bereits zuwandten. Auf dem leidenden Antlitz erschien ein Lächeln des Verstehens und Bedauerns und schon schritt der neue Gast auf sie zu.

,,Mein liebes Fräulein Löw, wie glücklich bin ich, Ihnen wieder zu begegnen, aber vielleicht störe ich Sie, Sie sind doch in Gesellschaft?" Und der Neuankömmling legte seine Hände zu einem Boot zusammen, in das er Karolines gepflegte, mit glänzendroten Fingernägeln versehene Hand aufnahm. Als ob er in der Kirche den Segen des Priesters empfängt, dachte Gusarewitsch. Als die aufgeschwemmten, leicht fettglänzenden roten Lippen ihre Hand berührten, wurde Karoline aus Begeisterung puterrot.

,,Lieber Herr von Koschin, wie freue ich mich, Sie zu treffen! Wie wunderbar! Bitte, setzen Sie sich doch zu uns, vorausgesetzt, daß Sie nicht erwartet werden. Gestatten Sie, ich habe eine Überraschung für Sie, lieber Herr von Koschin, hier, ein Landsmann, Herr Gusarewisch."

Kaum hatte Gusarewitsch mit einer nicht ganz sicheren Bewegung seine

Hand ausgestreckt, als sie bereits von allen Seiten von einer aufgeschwemmten, weichen Masse umschlossen wurde und sich zugleich zwei zerstreute, von einem eigenartig glänzenden Flor bedeckten Augen auf ihn richteten. ,,Wie wunderbar, Herr Gusarewitsch, wie angenehm, ich, ein leidgeprüfter russischer Mensch komme in ein chinesisches Restaurant und stoße dort auf einen Landsmann. Sagen Sie bitte, stammen Sie aus Weißrußland oder Litauen? Ich habe irgendwo gelesen, daß es dort Grafen mit diesem Namen gegeben hat."

Awerkij Semjonowitsch fühlte sich recht unbehaglich und der Verdacht, er könne gräflicher Abstammung sein, verwirrte ihn vollkommen. ,,Nein, ich glaube nicht. Ich habe mich aber wenig mit der Vergangenheit meiner Familie befaßt, vielleicht irre ich mich auch, aus Unwissenheit."

,,Diese Lücke kann allerdings ausgefüllt werden. Liebes Fräulein Löw, gestatten Sie mir, in Ihrer Gesellschaft zu bleiben und Sie durch meine Anwesenheit zu bestrafen?"

,,Um Gottes Willen, Herr von Koschin, ich bin hocherfreut, welch eine Ehre!"

,,Ich bitte Sie, für mich ist es eine große Ehre, mit Ihnen, als bester Vertreterin der deutschen Intelligenz zu sprechen und mit einem Landsmann, der genauso leidgeprüft ist wie ich. Erlauben Sie, zu welchem Leben sind wir hier im Westen verdammt? Hier ist alles so kalt, so leer und seelenlos. Hier ist niemand fähig, unsere erleuchteten russischen Seelen zu begreifen. Wieviele Russen gibt es hier, die ihre Bindungen vergessen haben. Aber wollen wir etwas bestellen, Sie sind selbstverständlich meine Gäste."

Heftig trat Karoline Gusarewitsch gegen das Bein. Er zuckte zusammen, begriff aber sofort: ,,Gestatten Sie, Herr von Koschin, eher sind Sie mein Gast. Ich kann nicht zulassen, daß Sie bestellen, gebe aber zu, daß Ihre Erfahrung ungleich größer ist als meine und bitte Sie daher sehr, mir bei der Auswahl des Menus behilflich zu sein. Besprechen wir, was wir essen wollen!"

,,Weshalb muß man so etwas unbedingt besprechen? Welch schreckliches Wort, überall soll sich der Verstand einschalten! Wollen wir entsprechend unserer geistigen Inspiration etwas aussuchen, wählen wir, was Gott uns zuraunt." Und mit einer großartigen Geste klappte Koschin die von goldenen chinesischen Schriftzeichen dekorierte Ledermappe mit der Speisekarte auf. Ehrfürchtig schwiegen Gusarewitsch und die Karoline. Wehleidig atmete Koschin aus, als ob er zum Ausdruck bringen wollte, wie sehr ihn die Notwendigkeit der Wahl quäle und wie unbehaglich er sich fühle, da ein Mann wie er nicht geschaffen war, um sich mit derart niedrigen Beschäftigungen zu befassen. Aber wer außer ihm hätte sich in der chinesischen Küche zurechtfinden können? Schließlich nannte er Gusarewitsch völlig nichtssagende Namen. Karolines graublauen Augen leuchteten auf und sie hauchte: „Wundervoll!"

Gusarewitsch nickte nur schweigend mit dem Kopf. Er konnte überhaupt nicht begreifen, welch herrlichen Leckerbissen Koschin ausgesucht hatte. Nie zuvor hatte er derartige Namen gehört oder vergleichbares gegessen und wurde sofort von ungeheurer Hochachtung gegenüber der chinesischen Küche durchdrungen. Ein schlitzäugiger Kellner, ob er tatsächlich ein Chinese war, wußte nur Gott allein, rannte bereits mit der Bestellung los.

„Sie sind also ein Russe! Welch ein Glück, einen Landsmann zu treffen. Gehen Sie auch in die russische Kirche?"

„Ja, aber selten. Wenn immer ich komme, singen sie *Christ ist erstanden!*"

„Ich bringe es nicht fertig, die russische Kirche zu besuchen. Wissen Sie, unsere Geistlichkeit steht nicht auf der nötigen Höhe und ich bin längst über sie hinausgewachsen, genau wie meine Kameraden. Sie müssen wissen, ich bin ein Patriot und Mitglied einer hervorragenden kämpferischen antikommunistischen Organisation, der mächtigsten und ältesten Emigrantenorganisation überhaupt. Wir sind die einzigen, die ernsthaft mit dem Kommunismus ringen und wie hetzen sie alle gegen uns! Sicher, niemand braucht Helden. Der sich zersetzende, indifferente, passive und dem Materialismus verfallene Westen begreift uns nicht und auch innerhalb unserer Organisation werde ich oft mißverstanden. Ich möchte dies alles jetzt auf deutsch wiederholen, damit auch unsere wundervolle Karoline - Sie gestatten mir doch, Sie so zu nennen - auf dem laufenden ist. Sagen Sie, Herr Gusarewitsch, haben Sie Beziehungen zur Politik?"

„Aber nein, wie sollte ich? Politik verlangt großes Wissen, Charakter, Willensstärke, Klugheit, sogar Tapferkeit und Idealismus, ich aber bin nur ein kleiner Mann!"

„Darf ich so indiskret sein und fragen, womit Sie sich befassen?"

Gusarewitsch wollte bereits anfangen, von den zerbrochenen Möbeln zu reden, biß sich jedoch rechtzeitig auf die Zunge. Was konnte er sagen? Sollte er einem Patienten, einem Trinker, erklären, daß er Mitarbeiter einer Gesellschaft ist, die sich die Bekämpfung der Trunksucht zum Ziel gesetzt hat? Das war unmöglich und so meinte er lediglich, er sei in einer Wohltätigkeitsorganisation angestellt und bekomme ein gutes Gehalt. Die Bemerkung über das Gehalt entrutschte ihm eigentlich ohne sein Wollen und er wußte auch nicht genau, ob er seine Arbeitgeber tatsächlich als Wohltätigkeitsgesellschaft bezeichnen konnte. Seine Worte verfehlten ihre Wirkung jedoch nicht. Die traurigen, scharfen Pupillen, schwarz wie Malossol-Kaviar, zielten wieder auf die Decke.

„Ja, ich sehe, Sie sind ein wunderbarer Idealist, ich aber bin sündig, wenn auch nicht fremd dem Glauben und der Liebe. De facto bin ich Führer der Organisation, die ich bereits erwähnt habe. Wissen Sie, was sich hinter diesen Worten verbirgt? Was es bedeutet, Führer einer politischen Emigrantenorganisation zu sein? In erster Linie heißt das, Geld herbeizuschaffen. Schon unser großer Lyriker Lermontow hat gesagt: *‚Ich sah, daß Mammon ist der König dieser Welt, und beugte mich vor ihm!‘* Wenn irgendwo alles vom Geld abhängt, so trifft das gerade auf die Politik zu. Ohne Geld sind wir hilflos wie ein Paralytiker, der an seinen Stuhl gefesselt ist. Sie sollen wissen, daß man physisch vollkommen gesund und dennoch geistig gelähmt sein kann und gerade davor habe ich am meisten Angst. Wissen Sie, was es bedeutet, geistig paralysiert zu sein? Das heißt, man ist unfähig, Geld zu besorgen und es gibt nur einen einzigen Ort auf Erden, an dem russische Emigranten Geld für ihre Politik erhalten können, und das sind die USA. Es gibt natürlich auch solche, die sich dafür zu fein vorkommen. Sie seien keine amerikanischen Söldner, sagen sie. Das ist sehr edelmütig und dumm zugleich. Eine wirklich durchgeistigte Persönlichkeit braucht sich nicht zu fürchten, von jemandem Geld anzunehmen, wenn dieses Geld für eine gute Sache verwendet wird. Und daß dies der Fall ist, wird von mir garantiert! Aber, mein Gott, wieviele Dummköpfe haben wir, die das nicht verstehen können! Ich habe heute einen Redekollaps, wollen wir lieber Wein bestellen. Mein liebes Fräulein Löw, vielleicht möchten Sie einen Vorschlag machen?“

„Aber nein, es ist schon besser, wenn Sie das für mich und Herrn Gusarewitsch tun!“

„Nun, wenn das Resultat einer demokratischen Volksbefragung mich bevollmächtigt, muß ich diese Pflicht erfüllen. Ich schlage diesen Mosel vor, er ist auch nicht teuer, nur achtundvierzig Mark die Flasche.“

Karoline machte eine Geste, die helle Begeisterung ausdrückte und schaute dabei streng auf Gusarewitsch, dessen Unterkiefer wie auf Kugellagern nach unten herabgesunken war.

„Ja!" fuhr Koschin fort. „So ist es heutzutage, in dieser schrecklichen Zeit, in der die Menschen nicht begreifen wollen, daß nur das Teuerste im Grunde genommen das Edelste und Billigste ist. Schauen Sie, da kommt bereits der Kellner! Wissen Sie, warum ich hierher komme? Weil die Chinesen, dieses große Volk, noch die Kultur des Dienstes am Menschen beibehalten haben, während es bei uns hier im Westen immer nur um Geld geht, Geld und Geld. Hast du Geld, kriegst du eine Schönheit als Frau und eine Villa, noch mehr Geld, und es regnet Ernennungen und Titel. Ich aber, oh nein, ich bin nicht so! Sie müssen wissen, unsere Organisation befaßt sich auch mit konspirativer Tätigkeit in Rußland. Auch ich bin illegal dort gewesen. Sie wissen, mit welchen Gefahren das verbunden ist, aber für mein Vaterland bin ich zu vielem fähig, abgesehen davon gibt man uns andernfalls auch kein Geld. Hätten Sie nicht Lust, uns beizutreten, Herr Gusarewitsch?"

Gusarewitsch wollte schon loskrähen, er sei kein Politiker und verstünde nichts von Politik, aber wieder trat ihm Karoline gegen das Schienbein. „Ja", erklärte er wenig überzeugend, „es ist eine große Ehre, gegen die Bolschewisten zu kämpfen. Ich weiß jedoch viel zu wenig!"

„Es ist gut, wenn Sie das ehrlich zugeben. Wissen Sie, diejenigen, die dort im Untergrund arbeiten, sind richtige Helden. Jetzt gehöre ich nicht mehr zu ihnen, das geht nicht, meine Aufgabe ist ausschließlich verstandesmäßiger Art und niemals darf sich derjenige, der in einer Organisation den Mittelpunkt des Gehirns bildet, einer direkten Gefahr aussetzen. Solch ein Mensch ist unersetzlich und viel zu wertvoll, um sein Leben aufs Spiel zu setzen. Aha, hier kommt der Wein und nun wollen wir uns laben. Auf Ihr Wohl, meine lieben Freunde und - wie ich hoffe - künftigen Mitstreiter im Kampf gegen den Bolschewismus!"

Koschin hob seinen Pokal, trank ihn zu drei Vierteln aus und stocherte anschließend gequält lächelnd mit seiner Gabel in irgendwelchen furchtbar teuren Spezialitäten herum. Gusarewitsch ergriff ebenfalls Messer und Gabel, wobei er das Aussehen eines Chirurgen annahm, der sich gezwungen sieht, seinen einzigen Sohn zu operieren. Das Gericht hatte einen eigenartigen Geschmack, es war scharf und süßlich zugleich, wie lebendig knirschte es unter den Zähnen. Gusarewitsch erinnerte sich, daß die Chinesen Gerichte aus kleinen, unappetitlichen Tieren besonders lieben. Das gefiel ihm weniger und so wühlte er verstohlen mit seiner Gabel auf dem Teller herum. Der Wein sagte ihm jedoch zu und bald erschien die zweite Flasche. Danach wurden drei kleine grüne Gläschen mit einer süßen, starken Substanz serviert, dann nochmals und Gusarewitsch fühlte, wie seine Umgebung ihre natürliche Form zu verlieren begann.

Der russische Fürst, wie Gusarewitsch ihn in Gedanken nannte, benahm sich eigenartig. Ob seine Augen groß oder klein waren, ölig oder klar, war nicht festzustellen. Pathetisch berichtete er von den Leiden des russischen Volkes im Laufe der letzten tausend Jahre, wobei er jeden Satz mit einem tiefen Seufzer und einem Handkuß für Karoline beendete, die dann ebenfalls aufseufzte und plötzlich Tränen in den Augen hatte. Um nicht ungerecht zu sein, muß erwähnt werden, daß der Fürst nach jedem Handkuß für Karoline regelmäßig eine Hand von Gusarwitsch ergriff und sie streichelte. Plötzlich hob er seine Augen in noch höhere Regionen und zitierte: ,,Nun, meine Lieben, eröffne ich Ihnen meine Seele!“ Daraufhin ergoß sich über seine beiden interessierten Zuhörer eine Sinfonie aus Worten, die seine, Koschins, Leiden, Enttäuschungen und betrogenen Hoffnungen und als deren Ursache die Härte und Rücksichtslosigkeit der Menschen ausführlich schilderte. Selbst der bereits stark angeheiterte Gusarewitsch dachte, mein Gott, was hat dieser Märtyrer und Leidensträger erdulden müssen! Eigentlich müßte man ihm Kirchenchorale singen! So weit kam es jedoch nicht. Plötzlich schluckte Karoline auf und warf äußerst nonchalant ein Bein über das andere, so daß ihr ohnehin viel zu kurzer Rock hochrutschte. Fürst Koschin legte seine Hand weit über ihrem Knie auf den glitschigen, glänzenden Strumpf, wobei er sich komisch vorspreizte.

Gusarewitsch verstand, es wurde höchste Zeit, nach Hause zu gehen und schlug Alarm. Eine lange Streiterei begann, wer bezahlen durfte, wobei Fürst Koschin in einem Anfall von geheiligter russischer Freigebigkeit und in Übereinstimmung mit der breit angelegten russischen Natur heftig mit seiner Brieftasche in der Luft herumfuchtelte, aber irgendwie ergab es sich doch, daß Gusarewitsch bezahlte. Auf der Straße ereiferte sich der Fürst, wann sie sich wieder treffen könnten. Endlich einigten sie sich auf einen Termin und Fürst Koschin notierte sich sogar das Datum in seinen Taschenkalender. Er war ohne Auto und führte die leicht schwankende Karoline zu einem Taxistand. Gusarewitsch sah sich gezwungen, seine Wohnung ohne Hilfsmittel anzusteuern und dachte die ganze Zeit daran, wie ihn Fischers Kater empfangen würde. Von Kluck aber schlief zusammengerollt auf der Chaiselongue.

IM FREUDLOSEN LAND

Wie schon oft schaute Aristarch Trofimowitsch Jermolow in die Tiefe, er sah nach unten, dorthin, von wo sich ein roter Widerschein zu ihm hinauf in die graue Halbfinsternis erhob. Er stand genau auf halbem Wege zwischen diesen beiden Elementen, denn über ihm herrschte die gleiche graue Halbfinsternis uneingeschränkt. Er überlegte sorgfältig, was er Isokrates noch fragen konnte, aber es gab nicht mehr viel zu fragen. Er entfernte sich von den hohen, starren Felsen, durch die er den Weg nach außen nicht hatte finden können. Isokrates sah ihm zu und sagte dann: „Bitte, hierher, nach rechts, diesen Pfad entlang."

„Wohin gehen wir?"

„Nirgendshin, wenn man damit eine Ortsbezeichnung oder bestimmte Richtung meint, hier denkt man nicht an Norden oder Süden, Osten oder Westen. Wie wären auch Himmelsrichtungen möglich, wenn es keinen Sonnenaufgang und Sonnenuntergang gibt und sogar die Sonne selbst nicht vorhanden ist. Hier gehen wir nur von und zu jemandem, andere Möglichkeiten gibt es nicht. Sie blicken sich immer um, seien Sie unbesorgt, den Weg zu der Stelle, an der Sie hier eingetreten sind, werden Sie immer finden, niemals jedoch den Weg zurück, dorthin, von wo Sie kommen. Bevor wir uns begegnet sind, habe ich einige hervorragenden Persönlichkeiten an einem Feuer zurückgelassen. Sie stammen aus verschiedenen Epochen, es dürfte interessant für Sie sein, sich mit ihnen zu unterhalten - und umgekehrt. Auf der Erde haben Sie vielleicht nicht eine so große Rolle gespielt wie viele von uns. Hier, in diesem Reich, sind Sie jedoch die eindeutig größte Rarität und ich denke, alle werden hell begeistert sein, Ihre Bekanntschaft zu machen. Ich habe Ihnen bereits gesagt, daß sich hier jeder Mann analog zu seinem Geisteszustand aus der Zeit seines Lebens fühlt. Diejenigen, die dort oben große, erhabene Taten vollbracht haben, fühlen sich hier ganz anders als solche, bei denen das nicht der Fall gewesen ist oder jene, die sich unwürdig aufgeführt haben. Dort unten aber, wo das rote Licht erglüht, ist der Platz für all jene, die den

Willen der Götter verspotteten und ihre Befehle nicht befolgt haben." Hierbei zeigte Isokrates ruhig und würdevoll in die Tiefe.

„Versuchen sie denn nicht, zu Ihnen zu gelangen?"

„Dieser Gedanke kommt ihnen gar nicht in den Sinn, so wie ihnen auf Erden nicht der Gedanke kam, ein würdigeres Leben zu führen. Wenn sie sich hier dazu durchringen könnten, sich zu uns zu erheben, hätten sie ihr Aidos auch gewahrt, als sie noch lebten. So aber sanken sie unter ihren Kydos und die Nemesis traf sie auf der Erde und hier für immer. Wir können jederzeit zu ihnen, wenn wir wollen, aber ich versichere Ihnen, das ist recht unangenehm."

„Wieso denn?"

„Sie stellen mir eine merkwürdige Frage, wie sie außer Ihnen niemand hätte stellen können. Niemandem ist es angenehm, unter seinen Kydos zu steigen, und dies nur der Neugier wegen, die zudem nur schlecht befriedigt wird. Wir sind da!"

Sie passierten einen engen Gang zwischen zwei großen Felsblöcken und traten auf eine kleine, völlig ebene Lichtung, auf der ein Feuer brannte. Etwa zwölf Menschen saßen oder lagen halb hingestreckt auf der Erde. In gewisser Weise ähnelte ihre Kleidung der von Isokrates, aber jeder dieser Männer zeigte eine besondere Note, die ihn von allen anderen unterschied.

Aristarch Trofimowitsch blieb stehen und verbeugte sich leicht. Alle sahen ihn an, aber niemand beantwortete seinen Gruß. Isokrates trat vor. Auf dem Hintergrund des Feuers wirkte seine Gestalt dünn, durchsichtig und dunkel. Sein Mantel trennte ihn von Aristarch Trofimowitsch, wie ein Theatervorhang die hell erleuchtete Bühne von dem dunklen Zuschauerraum trennt. Aristarch Trofimowitsch überlegte, vermutlich haben die Helden der griechischen Dramen genauso ausgesehen wie Isokrates. Er wurde unangenehm von dem Gedanken überrascht, daß er selbst vielleicht Held eines ungeheuren Dramas war, wie es in groben Umrissen sein Freund Isokrates skizziert hatte, der mit ausholenden Gesten bereits auf ihn und einen der am Feuer sitzenden Männer zeigte.

„Hier, mein lieber Freund und Kamerad Peisistratos, das ist er, von dem ich dir berichtet habe. Ich denke, sein Aussehen und seine Kleidung zerstreuen alle Zweifel an der Wahrhaftigkeit meiner Worte."

Der Sitzende war ein Mann von etwa sechzig Jahren. Er trug ein langes, dunkelrotes Kleid, das an den Seiten von blauen bis violetten Stickereien geschmückt war. Die grauen Haare hingen bis zu den Schultern und wurden von einem Netz aus goldenem oder kupfernem Draht bedeckt. Seine unnatürlich und ebenmäßig hervortretende Brust zeigte, daß er unter der dunkelroten Pracht einen Panzer trug. Der Mann rückte leicht zur Seite und zeigte auf den Platz neben ihm.

„Jetzt bin auch ich überzeugt, daß du nicht Opfer jenes Schwindels geworden bist, dem wir hier bisweilen erliegen, wenn wir unsere Gedanken zu sehr auf das richten, was dort oben gewesen war. Derjenige, der in sich die Kraft trägt, zwischen oben und unten eine Grenze zu ziehen, kann niemals betrogen werden. Sie also sind der junge Mann, der entgegen den seit undenklichen Zeiten herrschenden Gesetzen in das Schattenreich geraten ist, wie es falsch und beleidigend dort oben genannt wird, und Sie sind ein lebendiger Mensch. Darf ich fragen, wo Ihr Vaterland ist?"

„Mein Vaterland ist Rußland."

„Von solch einem Land oder Volk habe ich nie gehört. In welcher Himmelsrichtung liegt Ihr Vaterland von Athen aus gesehen?"

„Ungefähr nach Nordosten."

„Demnach liegt es irgendwo hinter Makedonien?"

„Nein, viel weiter, weit hinter dem großen Fluß."

„Hinter dem Ister? Dort leben doch klägliche Barbaren, halb Mensch, halb Tier."

„Zu Ihrer Zeit haben sie dort gelebt, Hegemon Peisistratos, doch vergessen Sie nicht, daß seit dem Tage Ihres Eintritts in dieses Reich fast fünfundzwanzig Jahrhunderte verflossen sind. Als Staatsmann wissen Sie doch, daß sich in einem derart langen Zeitraum viel verändern kann, und so haben sich Ihre halbvermenschlichten Tiere in sonderbare, aber anscheinend keineswegs schlechte Menschen verwandelt."

„Nun, sagen wir, er war weniger ein Staatsmann als ein Feind der Demokratie und Freiheit, der Tyrann Peisistratos. Allerdings ist er ein sehr kluger und begnadeter Mann, was ich auch voll anerkenne." warf ein breitschultriger, beleibter Mann ein, der ein grobes, ausdrucksvolles Gesicht hatte. Er war in einen braunen Umhang gekleidet, mit dem er den unteren Teil seines Gesichts sorgfältig vor den versengenden Flammen schützte.

„Fangt bloß nicht an, euch zu zanken, wir wollen unseren Gast nicht erschrecken!" unterbrach ihn Isokrates ernst und nachdenklich. „Wieviele Jahrhunderte kenne ich dich, Kleisthenes, und noch immer kann ich nicht begreifen, wieso es dir als Oberhaupt des aristokratischen Geschlechts der Alkmeoniden, des reichsten in ganz Athen, unbedingt nötig erschien, über Nacht Haß auf Tyrannen und Aristokraten zu entdecken, nach Delphi zu emigrieren und sich von dort aus mit Intrigen gegen Hippias zu befassen, bekanntlich ohne besonders großen Erfolg. Das ist auch verständlich, denn die in unserem Athen gebliebenen aristokratischen Familien, die Medontiden, Paioniden und andere, haben deinem demokratischen Fimmel nicht vertraut. Zumindest wird dein politisches Programm auf diese Weise von unserem großen Historiker Herodot analysiert, mit dem Sie", hier wandte er sich wieder an Aristarch Trofimowitsch, ,,wenn Sie wünschen, ebenfalls Bekanntschaft schließen können. Übrigens, wenn du mir nicht glaubst, können wir ihn selbst fragen. Wo ist er?"

,,Er ist nach links gegangen, zu dem Feuer, an dem sich heute die Philosophen aus der Periode unseres Verfalls und unserer Schande versammeln, die die meisten der hier Anwesenden überhaupt nicht gekannt haben. Lediglich ich habe einiges von diesem Alptraum gesehen und gefühlt. Unser Kydos wird uns kaum erlauben, uns mit ihnen zu unterhalten, Sie aber, unser junger und neuster Freund von oben, Sie dürfen selbstverständlich auch mit ihnen Bekanntschaft schließen."

,,Übrigens, wie kann ich wissen, was Ihr Kydos von Ihnen verlangt, mir scheint jedoch, Sie müssen über ganz besondere Arete verfügen, da Sie so jung sind." sagte ein hochgewachsener magerer Mann in einem dunklen Mantel. Sein ausgetrockneter Kopf erinnerte an einen alten, erfahrenen Geier, der viel erlebt hat. Er saß neben Kleisthenes und ergänzte sofort: ,,Ich muß Kleisthenes unter meinen Schutz nehmen. Vielleicht ähnelt er einem Tyrannen, er ist jedoch niemals ein Tyrann gewesen. Was ist das überhaupt für ein sinnloses Wort! Wir alle wissen doch, daß sich der Pöbel nicht selbst regieren kann. Habt ihr denn keine guten Tyrannen gehabt, die weit mehr für das Volk getan haben als die demokratischen Schwätzer?"

Aristarch Trofimowitsch spürte die schwere Hand von Isokrates auf seiner Schulter. ,,Das ist Hesiod, seinen Namen, der so freudig zusammen mit Homer genannt wird, kennen Sie sicherlich. Er ist ein Denker, sein Verstand arbeitet schwerfällig und langsam, wie gut zusammengefügte Mühlsteine. Zeus, der Donnergott, ist der Herr der Wahrheit und alles Gute entströmt der Gerechtigkeit, der Sinn des Lebens der Menschen liegt in Arbeit, da die Götter vor den Erfolg den Schweiß gesetzt haben. Das hat er in seinem Poem ‚*Taten und Tage*' dargelegt, denn er ist auch ein Poet. Und wissen Sie, warum er dieses Poem geschrieben hat? Sein eigener Bruder Perses, ein Dummkopf und Faulenzer, der das

Leben eines Parasiten geführt hat und ihn um seine Erbschaft bringen wollte, hat ihn angehaucht, dieses Poem zu schreiben. Man kann vor Neid platzen, weil dieser Lump gerade seiner Niedertracht wegen für die Nachkommenschaft unsterblich geworden ist. Er ist übrigens auch hier, wollen Sie seine Bekanntschaft machen?"

„Ja, sicherlich, das kann ich auch..."

„Nun, im Moment ist das nicht so wichtig, Sie werden noch weit bedeutendere Persönlichkeiten kennenlernen. In diesem Poem hat unser Freund Hesiod bewiesen, daß er ein wirklicher Poet ist, indem er seine persönliche Tragödie und die seiner Familie zu einer Universaltragödie aller Griechen gemacht hat. Die Ungerechtigkeit hat er als das größte Laster der Menschen bezeichnet. Er hat lange vor mir gelebt und nicht viel später als Homer, der in allen Fragen der Dichtkunst eine unübertroffene Autorität für ihn gewesen ist. Übrigens, zu seiner Zeit konnte man gar nicht anders schreiben. Homer und Hesiod - das sind die beiden Pole, an denen sich nicht nur die Poesie, sondern unser gesamtes Leben auf zwei verschiedenen Ebenen widerspiegelt. Homer und Hesiod - das ist unser Leben selbst. Bei Homer kann man sich kaum zurechtfinden, wo die Götter enden und die Menschen anfangen. Sollen mir die Unsterblichen verzeihen! Da sie mich jedoch an diesen Platz verwiesen haben, brauche ich nicht zuviel Rücksicht auf sie zu nehmen. Für mich ist zwischen Pallas Athene und Ares einerseits und Achilles und Odysseus auf der anderen Seite so gut wie kein Unterschied. Allerdings, Achilles und Odysseus sind hier, die ewigen Götter dagegen auf dem Olymp, dennoch ist der Unterschied nicht sehr wesentlich. Ganz anders ist es bei unserem hier anwesenden Freund Hesiod. Seine Menschen bearbeiteten zähe und fleißig die Erde und gingen nicht wie die Helden Homers lediglich in ihren Panzern spazieren und schwangen ihre Schwerter, wie man zu meiner Zeit geschrieben hat. Nein, jemand muß auch für die Ernährung der Menschheit sorgen!"

„Noch immer befaßt du dich mit Poesie, Isokrates, hast aber vergessen, unserem neuen Freund zu sagen, daß durchaus nicht alle Griechen glaubten, die Psyche würde sich nach dem Tod in das Reich des Hades begeben, wo wir nur blasse Schatten unserer selbst seien. Deine Helden sind zum Beispiel keine hilflosen Schatten, so wie wir, die nur in Erinnerung an ihre früheren Taten leben und miteinander verkehren können. Auch haben wir all die Gegenstände zur Verfügung, die mit uns beerdigt worden sind, so hast du dein teures Schwert, das du im Leben so sehr geliebt hast. Meine blöden Verwandten konnten sich jedoch zu dem Gedanken durchringen, mir meine Schriften mit ins Grab zu legen. Dabei haben sie, als ich noch lebte, immer betont, wie sehr sie mich lieben. Unsere Helden aber sind von den Göttern in das Elysion entrückt worden, auf die Insel der seligen Seelen, wo sie ihre volle Körperlichkeit behalten haben und ihr Leben fortsetzen."

„Ich kann mich nicht entsinnen, daß zu meiner Zeit so etwas geschehen ist."

„Ich kann mich nicht nur nicht erinnern, ich glaube auch nicht an so etwas!"

„Na, na, du bist doch ein Philosoph, Demokrit, woran glauben überhaupt die Philosophen?"

„Philosophen glauben an das, woran ihr Verstand sie zu glauben zwingt!" antwortete ein anderer als Demokrit. Aristarch Trofimowitsch saß nicht weit von ihm entfernt und betrachtete ihn, der niemanden anblickte. Er war ein Mann von unbestimmbarem Alter, eher alt als jung, seine Kleidung schien im Licht des Feuers braun zu sein und war mit dunklen Streifen versehen, die entfernt an die Furchen eines gepflügten Feldes erinnerten. Alle Streifen liefen in einem Punkt zusammen, nämlich den Augen, die durch die zuckenden Flammen und die anderen Menschen hindurchblickten, als ob sie alles umfingen, die Nähe und die Ferne, die Natur, die ganze Welt.

„Ja, wir müssen glauben, was unser Verstand uns vorsagt." wiederholte er. „Denn nur der menschliche Verstand ist fähig, die Natur zu begreifen. Wißt ihr, meine Freunde, was das Prinzip der ganzen Welt ausmacht und hierdurch in Einheit mit der Natur steht? Dieses grenzenlose Ewige und seinem Wesen nach Unzerstörbare ist einheitlich mit dem Göttlichen, es ist jener geheimnisvolle Apeiron, unter dem ich, Anaximander, nicht etwa die in der Empirie existierenden materiellen Substanzen begreife, da sie alle endlich sind, sondern das Unbegreifliche und all das, was nur im Begreifen als Wesenheit der Welt erfaßt werden kann. Außerdem möchte ich hinzufügen, daß die Erde die Form eines Zylinders hat, frei im Raume hängt und gerade von den gleichen Entfernungen zu den Enden der Welt im Gleichgewicht gehalten wird. Auch unsere irdischen Tiere lebten am Anfang im Wasser, als sich die Erde noch in flüssigem Zustand befand, und der Mensch selbst ist ein fischartiges Wesen gewesen. Auch vergeßt nicht, meine Freunde, alles Seiende muß wieder in dem verschwinden, aus dem es entstanden ist. So wurde es bestimmt und alles Seiende muß für die Unwahrheit bezahlen, die es in die Zeitordnung hineingebracht hat."

Er schwieg, auch die übrigen blieben stumm. Es erschien Aristarch Trofimowitsch ungeheuerlich, sich damit einverstanden zu erklären, daß jede Individualität bereits eine Schuld sei, den Abfall vom Urgrund bedeute und als Strafe hierfür in den Schoß der Weltseele zurückkehren müsse. Alle diese Männer, die um dieses Feuer saßen, waren Irre, aber wie genial in ihrem Irresein! Sie hatten sich die Namen großer Persönlichkeiten zugelegt - und plötzlich verspürte Aristarch Trofimowitsch Angst. Er konnte doch nicht so ganz glauben, daß sie verrückt waren. Und wenn sie recht hatten und er tatsächlich für ewige Zeiten in den Hades geraten war? Er kam nicht dazu, diesen ungeheuerlichen Gedanken zu Ende zu denken. Vor dem türkisfarbenen Rauch des Feuers begann wieder derjenige zu reden, den Isokrates als Demokrit bezeichnet hatte. Er war ein durchaus würdiger Greis, obwohl Würde allein nicht ausreichte, um den Eindruck seines Antlitzes erschöpfend zu umreißen. Er wirkte ruhig und zeigte jene Erhabenheit, die ein Mensch vorweist, dem bewußt ist, daß er sein Leben nicht umsonst gelebt hat. Schwerlich würde er mehr tun, als bisher von ihm geleistet, wenn er sein Leben noch einmal von vorne hätte anfangen müssen. Er lächelte heiter und kindlich, die Flammen vergoldeten seine silbrigen Haare. Plötzlich machte er mit der Hand eine dämpfende Geste, als ob er um Aufmerksamkeit bitten wollte. Aristarch Trofimowitsch begriff, er hatte zuzuhören, denn das, was jetzt gesagt wurde, würde niemals ein anderer Mensch hören.

,,Vielen von euch habe ich oftmals meine Gedanken dargelegt, so oft, wie ihr es gewünscht habt, und ich habe sie in voller Übereinstimmung mit dem erläutert, was ich oben hinterlassen habe. Ich weiß nicht, welches Schicksal meinen Werken im Laufe der verflossenen Jahrhunderte zuteil geworden ist, aber ich weiß, was ein Mensch auf einem Papyrus niedergeschrieben hat, wird niemals endgültig verschwinden und dafür bin ich meinem Schicksal sehr dankbar. Meinem Charakter entsprechend habe ich zu erklären versucht, was jene Welt darstellt, in der wir leben. Zu beurteilen, inwieweit mir das gelungen ist, ist Sache der anderen. Ich aber werde nicht müde zu wiederholen: Ich habe geschrieben und ausgesprochen, woran ich geglaubt habe und ich habe geglaubt, daß die Natur der Welt, die ich erklären wollte, aus drei Elementen besteht:

Aus dem leeren Raum, den materiellen Teilchen und der Anziehungskraft.

Diese drei Elemente bilden den gesamten Kosmos und außerhalb dieses Kosmos gibt es nichts und kann es nichts geben, auch eine Zweckursache gibt es nicht. Lediglich die Ananke herrscht, die mechanische Ursächlichkeit. Die Materie als solche besteht aus unspaltbaren Atomen, den letzten Einheiten, die unteilbar und empfindungslos sind, über keine Eigenschaften verfügen und sich nur in Größe und Form sowie gegenseitiger Anordnung und Lage unterscheiden. Alles, die gesamte irdische Welt ist ein Resultat der ungleichmäßigen Verteilung der Atome, alle Veränderungen geschehen als Folge von Druck oder Stoß eben dieser Atome, deren Zahl unendlich ist, die Bewegung aber geschieht ewiglich. Ohne Anfang und ohne Ende fallen die Atome in den Weltraum und ihre Bewegungen bilden die von uns empfundene Welt."

„Und was ist die menschliche Seele deiner Vorstellung nach, Demokrit?" fragte jemand, den die Flammen fast vor Aristarch Trofimowitsch verdeckten.

„Auch die menschliche Seele besteht aus Atomen, wie alles Seiende, und zwar aus den winzigsten und feinsten Atomen, die sich leicht verändern, ich möchte sagen, aus feurigen Atomen."

„Worin soll deiner Meinung nach die Ursache dieses ewigen Fallens und der Bewegungen der Atome im Kosmos bestehen?"

„Das ist eine sinnlose Frage, genauso sinnlos wie die Frage, warum der Löwe Fleisch frißt. Die Bewegung - der Fall der Atome im Kosmos - sie ist uns gegeben als etwas, was es immer gab und immer geben wird. Das ist alles."

„Wie empfinden wir demnach die Welt?"

„Das ist noch einfacher: Einzelne Gruppen von Atomen trennen sich von ihrem Gegenstand und dringen in unsere Empfindungsorgane, oder, wenn du willst, in unsere Gefühlsorgane ein. Sofern du fähig bist, mich richtig zu begreifen, kann ich dir sagen, nur unserer Meinung nach gibt es süß und bitter, warm und kalt und die Farben, da es in Wirklichkeit lediglich die Atome und den leeren Raum gibt. Ich will noch hinzufügen, für die wahre Ethik bedeutet die Sinnenlust das gleiche wie die Empfindungen unseres Verstandes für das wahre Wissen. Nicht von äußeren Dingen hängen Glück und Unglück ab, sondern von dem Dämon in unserer Brust. Die Götter haben dem Menschen nur Gutes gegeben, unsere eigene Unvernunft aber verwandelt dieses Gute in Schlechtes. Die wahre Glückseligkeit besteht in der Genügsamkeit, in der Reinheit der Taten und der Gesinnung, in der Gestaltung des Geistes, der im Glück ein Juwel ist, im Unglück ein Zufluchtsort, vor allem aber in dem Zustand der frohen Heiterkeit eines ruhigen Geistes, den ich mit der Meeresstille der Seele vergleiche. Ich möchte hinzufügen, es macht unglücklicher, das Ungute zu tun, als unter ihm zu leiden. Es genügt bei weitem nicht, das Böse zu vermeiden, man darf auch nichts Böses wünschen und muß sich vor sich selbst mehr schämen als vor den anderen. Jede Unwahrheit ist zu meiden, wobei es unwichtig ist, ob jeder oder niemand von ihr weiß. Ich schließe, in Wirklichkeit wissen wir gar nichts, da die Wahrheit in der Tiefe ruht und die Welt der Atome nicht existenter ist als das Nichts, oder, wenn ihr wollt, meine Realitäten, die Atome und die Leere, können überhaupt nicht begriffen werden."

Der Sprecher schwieg, seine Miene war ebenso ruhig und hoheitsvoll wie bei seinen ersten Worten. Die Flammen des Feuers schwankten und spielten, und erst jetzt bemerkte Aristarch Trofimowitsch erstaunt, daß es völlig geräuschlos brannte und niemand Holz nachlegte, es wärmte und rauchte jedoch wie jedes andere Feuer.

Von der anderen Seite des Feuers erhob sich ein breitschultriger, erhaben wirkender Mann. Seine Haare waren graumeliert und kurz. Sein trauriges, hoheitsvolles Aussehen versetzte Aristarch Trofimowitsch in Erstaunen. Dem Gesichtsausdruck nach war jeden Augenblick zu erwarten, daß seinen Augen zahllose Tränen entfließen. Alle Köpfe wandten sich in seine Richtung und hoben sich ihm entgegen.

„Das ist Heraklit!" raunte Isokrates. „Haben Sie von ihm gehört?" Aristarch Trofimowitsch nickte bejahend.

Heraklit betrachtete die Sitzenden, als ob er sie zählen wollte, lächelte traurig und sagte ruhig: „Gelobt seien die Götter! Alles in allem vierzehn Schatten, wenn es einhundert wären, hätte ich mich kaum entschlossen zu reden. Je mehr Zuhörer, um so schlechter. Ich verachte die Masse und habe Angst vor ihr, je zahlreicher sie ist, um so dümmer. Die Menge läßt sich von den Volkssängern mitreißen, ohne zu wissen, daß die meisten von ihnen schlecht sind und nur eine Minderheit gut ist. Da liegen sie dann herum, vollgefressen wie das liebe Vieh! Viel Wissen bildet den Geist nicht, sonst hätte es Hesiod, Pythagoras, Xenophanes und Hekataios weise gemacht."

„Ich bitte, nicht persönlich zu werden." warf Hesiod finster ein.

Heraklit schenkte ihm jedoch keine Aufmerksamkeit. „Was Homer und Archilochos anbelangt, sie verdienten es reichlich, ausgepeitscht zu werden. Meine eigene Philosophie aber ist nur durch die paar Worte *‚Ich habe mich selbst gesucht!'* zu charakterisieren und ich rechne keineswegs mit Verständnis. Die Hunde bellen jeden an, den sie nicht kennen und der Pöbel stürzt sich auf alles, was ihm neu erscheint. Obwohl immer existent, haben die Menschen für den Logos sehr wenig Verständnis, weder, bevor sie von ihm gehört haben, noch hinterher. Die Zeit ist einem spielenden Kinde gleichzusetzen, das Steine auf einem Brett bewegt. Das Wesen der Seele kannst du nicht finden, auch wenn du alle Wege abschreitest, so tief ist es. Die Ethik des Menschen ist auch sein Dämon. Das gemischte Getränk zersetzt sich, wenn es nicht geschüttelt wird. Wir steigen in denselben Fluß hinab und auch nicht hinab, wir sind es und wir sind es nicht, denn niemand vermag, zweimal in den gleichen Strom zu steigen. Die Dinge betrügen uns, wenn sie uns als wirklich seiend erscheinen. Der Eindruck des Seienden entsteht, wenn zwei gegensätzliche Kräfte im Gleichgewicht sind. Jedes Ereignis ist ein Resultat der Selbstentzweiung und Wiederversöhnung, der Krieg ist der Vater aller Dinge, der Streit der Pulsschlag der Welt. Die Menge sucht Belehrung bei Hesiod, er, meint sie, wisse am meisten, er, der nicht mal Tag und Nacht kennt, da er nicht weiß, daß beide eins sind. Die Nacht gebiert den Tag, der Tag die Nacht, demnach ist die Nacht latenter Tag, der Tag potentielle Nacht."

Aristarch Trofimowitsch schaute auf Hesiod, der aufgeplustert in finsterer Unbeweglichkeit dasaß. Wie wird ihm zumute sein, dachte er, wenn er sich dies die ganze Ewigkeit anhören muß?

„Aus dem Toten wird das Lebendige, aus dem Lebendigen das Tote." folgerte Heraklit weiter. „Aus dem Wachsein Traum und aus Traum Wachsein, und dies geschieht ebenso mit Sommer und Winter, Hunger und Sättigung, Anstrengung und Ausruhen, Gesundheit und Krankheit, Jugend und Alter. Aus dem gegensätzlichen Paar des Männlichen und des Weiblichen entsteht das Leben, aus dem Gegensatz der Vokale und Konsonanten die Sprache, aus hohen und tiefen Tönen die Melodie. Diese Harmonie durchdringt alles. Demjenigen, der widerspricht und meint, diese Harmonie könne nicht von uns empfunden werden, werde ich mit einem Orakel aus Delphi antworten:

Die unsichtbare Harmonie ist machtvoller als jene, die sich uns offenbart. Vor der Gottheit ist alles in gleichem Maße herrlich, gut und gerecht. Nur die Menschen halten eines für ungerecht und anderes für gerecht. Diese Welt, die immer war und immer sein wird, ist das ewig lebendige Feuer, das sich maßvoll entzündet und im gleichen Maße wieder erlischt."

Er endete, alle, die rund um das geräuschlos und hell brennende Feuer saßen, schwiegen und schauten auf eben dieses Feuer, das nach den

Worten Heraklits die die Welt erwärmende Seele bilden sollte, den alles erleuchtenden Weltgeist.

Aristarch Trofimowitsch begriff, wenn dieser eigenartige Verrückte mit solch einer prophetischen Überzeugungskraft sagte, daß alles Feuer sei, meinte er damit, alles ist lebendig. Wieder ertappte er sich bei dem Gedanken, daß er immer weniger daran glaubte, tatsächlich in die Gesellschaft von Irren geraten zu sein. Hinter diesem Gedanken bewegte sich die Angst und sie wuchs immer stärker. Wo war er? Bevor er diesen Gedanken zu Ende denken konnte, legte sich weich und zart eine Hand auf seine Schulter. Das helle Licht blendete ihn, er kniff seine Augen zu und sah, neben ihm saß ein Mann, den er zuvor nicht bemerkt hatte. Auch er war alt und grau, sein Antlitz wirkte edel und ruhig. „Hat Sie sehr erschreckt, was Sie eben gehört haben, junger Mann?"

„Erschreckt gerade nicht, aber alles, was hier geschieht, trägt eine eigenartige Schattierung."

„Sie fühlen sich hier noch nicht zuhause, aber mit der Zeit werden Sie sich eingewöhnen, wie wir alle. Falls Ihnen nicht gefallen hat, was Heraklit sagt, der Anbeter des feurigen Geistes, so kann ich Ihnen kundtun, daß er sich irrt. Ich, Parmenides, muß Ihnen sagen, mir ist völlig egal, von wo ich ausgehe, da ich immer wieder und wieder zu demselben zurückkehren werde. Dieser Grundgedanke, wonach alles wieder zurückkehrt, ist die Einheit, die Einheit, Ewigkeit und Unveränderlichkeit des Existierenden. Nur er allein hat weder Anfang noch Ende. Sein Inhalt ist alles zur selben Zeit. Man kann nicht sagen, es war oder es wird sein, man kann nur sagen, das ist jetzt. Die uns umringende Natur bestätigt diese Behauptung zwar nicht. Sie zeigt im Gegenteil nichts anderes als die Vielfältigkeit des Entstehens, des Vergehens, der Veränderung. Demnach ist die Natur im Unrecht und das, was wir Werden nennen, ist eine Illusion, denn das Seiende kann nicht entstehen. Es entsteht nicht aus dem Seienden, denn das ist es ja selbst, noch aus dem Nichtseienden, denn das Nichtseiende ist an und für sich nichts. Es kann auch nicht aufhören zu existieren, denn dann wird es zu seinem eigenen nicht existierenden Gegensatz. Es kann ebenfalls nicht unendlich sein, denn dann wäre es niemals vollkommen vollendet und demnach unvollständig. Das Seiende ist eine Kugel, die sich in gleichem Maße nach allen Richtungen erstreckt, völlig ebenmäßig gebaut ist, rund und in sich selbst geschlossen, denn nur das garantiert ihr Ewigkeit. Dieses absolute Sein kann nur durch das reine Denken erfaßt werden, da das Denken und das Objekt des Denkens identisch sind. So sieht es aus, junger Mann, demnach, bitte, erschrecken Sie nicht! Ich habe etwa zur gleichen Zeit gelebt wie Heraklit. Jetzt aber, nachdem wir uns in genügendem Maße ausgesprochen haben - und wie oft haben wir das schon getan und werden es noch tun - sind wir sehr begierig, auch Ihre Geschichte zu erfahren, die vermutlich die merkwürdigste sein wird, seitdem wir hier sind. Isokrates hat uns von Ihnen erzählt, es ist jedoch etwas ganz anderes, ob man über jemanden redet oder ob dieser Jemand selbst spricht."

„Wieviel Zeit geben Sie mir?"

„Hier gibt es keine Zeit, Sie können reden, solange Sie wünschen. Sie werden selbst spüren, wann Sie haltmachen müssen. Wir schränken Sie in keiner Weise ein, hier beschränkt niemand jemanden. Wir alle befinden uns die ganze Ewigkeit hier und was kann innerhalb der Ewigkeit begrenzt werden?"

Ja, dachte Aristarch Trofimowitsch, jetzt werde ich sprechen, wie Gott es mir eingibt. Er redete lange, ihm schien, viel zu lange, aber niemand unterbrach ihn. Er wiederholte seine Worte an Isokrates und erwähnte noch einige Einzelheiten, bis ihm die innere Stimme sagte, es ist genug. Tiefes Schweigen, Isokrates unterbrach es zuerst.

„Nun, meine lieben Freunde, ist meine Information richtig gewesen?" Keine Antwort. „Ich überlege, wie wir unserem neuen Freund helfen können, denn er ist in einem wesentlichen Punkt verschieden von uns - er lebt! Obwohl er hier ist, muß sein Schicksal sich von dem unsrigen völlig unterscheiden. Wie ungeheuerlich es klingen mag, nach seiner Erzählung existieren die Götter doch, wenn auch einige unter uns nicht an sie glauben, denn er hat sie gesehen. Sie befinden sich zwar in einem kläglichen Zustand, das allein rechtfertigt jedoch nicht die Leugnung ihrer Existenz. Hades, der von uns allen so gehaßt wird, hat ihn selbst zu uns gebracht. Das Verhalten von Artemis ist jedoch irgendwie sonderbar, und noch eigenartiger ist Ihr eigener Gott der Liebe, der Sie nicht beschützt hat. Dennoch, wie soll es weitergehen?"

Plötzlich veränderten sich die Augen aller. Die Feuerflamme loderte höher, und seitlich hinter Aristarch Trofimowitsch stand unbeweglich ein Mann. Sein Gesicht wirkte in gleichem Maße ungewöhnlich wie bei den übrigen, aber irgendwie ganz anders. Er war häßlich und runzlig wie ein ausgetrockneter Apfel, aber seine Augen brannten wie dunkelblaue Saphire. In ihnen leuchtete ein erhabener und tiefgründiger Gedanke, der so stark und klar zu sein schien, daß man glauben konnte, mit diesem Menschen nicht einmal reden zu müssen: Es genügte bereits, in diese das häßliche Antlitz erleuchtenden Augen zu blicken, um selbst weise zu werden. Auf seinen breiten Backenknochen brannten die dunklen Schatten des Feuers.

,,Das ist Solon, aus dem Königsgeschlecht der Medontiden. Er beehrt uns nicht oft mit seiner Gesellschaft. Daß er hergekommen ist, zeigt uns, welch große Bedeutung Ihrem Erscheinen und Ihrer Anwesenheit an unserem Feuer beigemessen wird. Er ist der größte Weise und mir dünkt, gerade er wird Ihre vielen Fragen beantworten können. Alle, die hier versammelt sind, sind mächtige und kraftvolle Geister, weise ist jedoch nur er allein. Sein Heimarmene bedeutet, im Leben weise zu sein und das ist er auch gewesen und seine Weisheit hat er auch hier voll und ganz behalten. Ich denke, von all den zahllosen Schatten wird gerade er Ihre für uns unverständliche Lage am besten begreifen. Wenn es Ihre Moira sein sollte, bei uns zu sein, verstehe ich, warum selbst Ihre Beschützerin Artemis nichts an Ihrem Schicksal ändern konnte. Es gibt jedoch auch anderes, von dem zu sprechen für uns schrecklich und selbst hier von niemandem geliebt wird. Haben Sie jemals das Wort ,*Hypermoron*' gehört?"

,,Nein, ich glaube nicht."

,,Es ist furchtbarer und stärker als das Schicksal, stärker als die Vorherbestimmung, gleichermaßen furchtbar und bestaunenswert, die größte Schuld und das größte Verdienst. Vielleicht stehen Sie dem ganz nahe, aber das wird er Ihnen vermutlich viel leichter erklären." Isokrates zeigte auf Solon. ,,Ich bedaure noch heute, daß er viel zu früh gestorben ist, noch bevor das Schicksal Griechenlands in die Hände des großen Philipp gelegt wurde. Zusammen hätten sie es geschafft, unsere von Bürgerzänkereien, Kriegen und allem möglichen Ungemach zerquälte Halbinsel wieder in ein irdisches Paradies zu verwandeln. Das war unsere degenerierte Demokratie!" Isokrates erhob sich und winkte mit der Hand ab. ,,Wir hatten viel zuviele Diebe!"

Aristarch Trofimowitsch erhob sich ebenfalls und machte wieder eine allgemeine Verbeugung, auch diesmal wurde sie von niemandem beachtet. Dann drehte er sich um und schaute den an, der Solon genannt wurde und nun eine schlichte, einladende Geste machte und vom Feuer fortging. Aristarch Trofimowitsch folgte ihm. Lange schwiegen sie. Überall waren Menschen, sehr viele Menschen. Feuer brannten, gelegentlich waren Herde aufgestellt und Pferde wieherten. Sie gingen in eine Aristarch Trofimowitsch unbekannte Richtung, dies rief jedoch keine Unruhe bei ihm hervor. Er wußte, er war erst den zweiten Tag hier und würde, wenn nötig, immer den Weg zu dem Lagerfeuer zurückfinden, an dem er mit Isokrates und seinen Freunden gesprochen hatte.

„Kennen Sie alle gut, die rund um das Feuer saßen?" fragte er ohne eigentlichen Grund den Mann mit dem ihm von der Schulbank her vertrauten Namen."

„Ja, sehr gut. In der Vergangenheit sind sie hervorragende Menschen gewesen. Oben habe ich allerdings nur einen einzigen von ihnen gekannt, Peisistratos, und dies in jungen Jahren. Er war ein so hoffnungsvoller junger Mann. Niemand hat sich vorstellen können, daß gerade er unser erster Tyrann werden könnte. Der Gerechtigkeit halber muß jedoch gesagt werden, daß er eine Reihe hervorragender Maßnahmen getroffen und keineswegs ein ganz schlechter Mensch gewesen ist. Leider hat sich das von mir eingeführte System des politischen Gleichgewichts der Parteien auf die Dauer nicht bewährt. Das ist jetzt jedoch überhaupt nicht wichtig, wichtig ist Ihr Schicksal, das in seiner Art einzigartig ist. Ich habe nicht weit von Ihnen gesessen, als Sie Ihre Lebensgeschichte erzählt haben. Das Leben da oben hat sich während der vergangenen fünfundzwanzig oder sechsundzwanzig Jahrhunderte, das heißt, seit der Zeit, zu der Ihre Zuhörer die Welt der Lebenden verlassen haben, so erstaunlich und für uns unbegreiflich entwickelt, daß nur eines klar geschlossen werden kann - Sie haben uns die Wahrheit gesagt, denn so lügen kann niemand. Niemand wäre fähig, so etwas zusammenzudichten, weder Homer noch sein edler Schatten Hesiod, und überhaupt, niemand auf der Welt. Es besteht kein Zweifel daran, daß Sie leben und entgegen den allgemeinen Gesetzen zu uns geraten sind. Ich weiß nicht, was mit Ihnen, Ihren Freunden und Ihren Feinden geschehen ist, ob Sie die von den Göttern gesandte Ate getroffen hat oder Ihre Aisa gestört worden ist, eines ist jedoch klar, Sie sind ein lebendiger Mensch. Ich will Ihnen noch mehr sagen, Sie sind der einzige, der in letzter Zeit lebendig zu uns geraten ist. Für ein derart außergewöhnliches Schicksal sind hier besondere Regeln aufgestellt worden. Ich fasse mich kurz, auch als Lebender habe ich überflüssige Worte nicht geliebt und jetzt schon gar nicht. Sie können dieses Reich der Toten zu jeder Stunde verlassen."

„Aber Isokrates, mein erster Freund hier, hat mir erklärt, dies sei unmöglich und ich müsse für ewige Zeiten hier bleiben."

„Ihr Freund Isokrates, der übrigens auch mein Freund ist, verfügt über einen großen und starken Verstand. Sein Verstand ist jedoch nur auf das Irdische gerichtet. Auch in der Politik haben wir verschiedene Wege beschritten. Ich habe mich bemüht, in Athen die dekadent gewordene Monarchie durch eine lebensfähige Demokratie zu ersetzen, er aber versuchte, die degenerierte Demokratie von dem neu aufgehenden Stern des Makedoniers Philipp abzulösen. Ich weiß sehr gut, daß es noch eine Welt gibt, die hinter unserer physischen Welt steht. Davon hat mir Aristoteles erzählt, der sogar ein Buch über diese andere Welt geschrieben hat. Daher kann ich Ihnen sagen, nach den Gesetzen dieser anderen Welt können Sie von hier fortgehen und nach oben zurückkehren, in Ihre eigene Zeit. Ich höre Ihre schweigende Frage - wie dies erreicht werden könne und werde sie Ihnen beantworten. Bevor wir jedoch zum handeln übergehen, muß ich Sie warnen: Sie werden es niemals schaffen, in jene Umgebung zurückzukehren, die menschliche Umgebung, aus der Sie zu uns gekommen sind."

„Entschuldigen Sie, aber ich verstehe nicht recht."

„Wie ich Ihnen bereits gesagt habe, können Sie dieses Schattenreich verlassen, wie es sehr selten auch vor Ihnen verlassen werden konnte. Aber wenn ein lebendiger Mensch versehentlich zu uns geraten ist, kann ein Verstorbener doch nicht in den glücklichen Kreis seiner Freunde zurückgebracht werden: Da bin ich wieder, die Götter haben sich geirrt, ich bin wieder lebendig geworden und nun wollen wir das Leben genießen! Aber irgendwohin muß man doch solch einen Menschen stecken, wenn er nicht mehr im Hades sein will! Es gibt zwar noch das Elysion, die Insel der seligen Seelen, wie wir uns ausdrücken, dorthin kann aber nicht jeder Dahergelaufene kommen - bitte, seien Sie nicht beleidigt - sondern nur ein Held.

Es ist Ihnen erlaubt, in die Welt Ihrer Zeit zurückzukehren, nicht aber an den Ort, an dem Sie zuvor gelebt haben. Sie haben mir als Heimatstadt irgendein Frankfurt in einer hyperboreischen Gegend genannt. Eine drohende Gewalt hat Sie aus Ihrem normalen Frankfurter Leben herausgerissen und Sie können nicht dorthin zurückkehren, weder zu Ihren Freunden, noch zu Ihrer Familie, den Menschen, die Sie liebten und haßten oder die von Ihnen geliebt und gehaßt wurden. Sie werden in eine ganz andere Umgebung geraten, zu anderen Menschen, die Ihnen völlig fremd sind und nichts mit Ihrem ersten Leben gemein haben. Zwischen Ihrem neuen und Ihrem vergangenen Leben wird es eine unüberwindbare Mauer geben und keine Ihrer Anstrengungen wird Ihnen helfen, sie zu durchbrechen. In Ihrem neuen Leben werden Sie wie ein Gespenst über die Erde schreiten, wenn Sie Ihrer Umgebung auch als genau solch ein Mensch wie alle anderen erscheinen. Sollten Sie dort oben von einem Unglück betroffen werden und sterben, werden Sie sich augenblicklich wieder bei uns befinden, und zwar genau zu der gleichen Stunde, in der Sie uns verlassen haben, denn hier gibt es keine Zeit. Zeit gibt es nur dort! Auch für diejenigen, die entgegen den göttlichen Gesetzen und den Gesetzen des Schicksals versehentlich zu uns geraten sind, gibt es die Zeit nicht. Denken Sie aber bitte nicht, daß Sie dabei etwas gewinnen. Die Zeit dort und die Zeit hier, das sind ganz verschiedene Begriffe. Dort wird die Zeit für Sie genauso ablaufen wie für die übrigen Menschen, hier aber bleibt sie für Sie in der gleichen Sekunde stehen, in der Sie uns verlassen haben."

„Und wenn ich dort ins Gefängnis gerate oder ins Lager?"

„Dann werden Sie wie jeder andere Sterbliche zehn Jahre oder eine andere Frist absitzen und erst im Augenblick Ihres Todes zu uns zurückkehren oder dann, wenn Sie dies selbst wünschen. Auf welche Weise dies möglich ist, wußten alle, die in der gleichen Lage waren wie Sie. Soweit ich informiert bin, ist bisher jedoch nicht ein einziger freiwillig zu uns zurückgekehrt."

„Was werde ich oben machen müssen?"

„Was immer Sie wünschen! Ihnen stehen alle Wege offen, alle, bis auf den in Ihr früheres Leben. Sie können sogar Schätze von hier mitnehmen. Wir haben hier viele Schätze und brauchen sie nicht, nur als Erinnerungen. Oben können Sie zu Ihrem eigenen Vergnügen leben, Sie können Gutes oder Böses tun, auf Ihr Schicksal hier unten wird das gar keine Auswirkung haben. Über Sie ist das Urteil bereits gefällt - als lebender Mensch sind Sie in das Reich der Schatten versetzt worden und werden sich ewig hier befinden." Oh nein, dachte Aristarch Trofimowitsch für sich, keineswegs. „In der Stunde, zu der Sie zu uns geraten sind, hat sich für Sie alles umgedreht. Ihre reale Welt ist hier, im Reich der Schatten, und unter den Lebenden werden Sie ein Gespenst sein, wenn das auch niemand bemerken wird."

„Kann ich zum Beispiel jemanden lieben und heiraten?"

„Wie Sie wollen! Auch die von Ihnen geliebte Frau wird nichts bemerken. Wenn Sie jedoch nach Ihrem Tode endgültig wieder hier sind, wird man Sie niemals mehr nach oben lassen und dann sind Sie in alle Ewigkeit uns gleichgestellt, das heißt, Ihre Privilegien hören auf zu existieren, Privilegien, die nur demjenigen verliehen werden, der sich unverständlicherweise als Lebender bei uns im Schattenreich eingefunden hat."

„Wenn es so ist, möchte ich mich sofort auf den Weg machen.“

„Ich stehe zu Diensten, kommen Sie! Nein, Sie gehen falsch, der Durchgang durch die Felsen, der Weg, den Hades Sie geführt hat, ist Ihnen versperrt. Bitte, mir nach!“

Zwar stimmte Aristarch Trofimowitsch dem weisen Solon in Gedanken wieder nicht zu, aber was sollte er tun? Sie gingen einen unausgetretenen, schmalen Pfad entlang und stießen auf die vordere Wand eines Gebäudes mit zwei Fenstern, vor dem ein Herd aus ungeschliffenen Steinen aufgebaut war, in dem ein kleines Feuer brannte. Neben dem Feuer saß eine Frau von mittleren Jahren. Sie hatte auffallend stechende Augen, trug einen hellen Umhang und unter ihm ein weißes Kleid, das von einem breiten Ledergurt zusammengehalten wurde, den silberne, geometrische Ornamente zierten.

„Wen bringst du mir, Solon, ein junges Bürschchen in einer eigenartigen Kleidung oder trägt er Lumpen?“ Dann schaute ihn die Frau scharf an. „Ich begreife, ein Lebender, endlich wieder einer, und er will natürlich nach oben. Das läßt sich machen, schließlich habe ich nicht umsonst mein Leben in Delphi verbracht und war dort das Orakel, und zwar eines der besten. Natürlich habe auch ich mich geirrt, jetzt aber irre ich mich nicht.“

„Ich sehe, du begreifst genauso schnell wie früher, edle und heilige Zynthia. Dieser junge Mann befindet sich erst seit zwei Tagen unter uns und will uns bereits verlassen. Man kann ihn aber nicht ohne etwas nach oben schicken. Ich nehme an, du hast noch Gold oder Silber?“

„Sogar recht viel, und geizig bin ich niemals gewesen. Als ich begraben wurde, hat man nicht geknausert und mir viel mit auf den Weg gegeben. Es wäre noch mehr gewesen, wenn nicht dieser brummige Priester - selbst nach siebenundzwanzig Jahrhunderten will ich seinen Namen nicht aussprechen - wenn dieser alte Geizhals nicht die Hälfte an sich genommen hätte. Sieh an, unserem Phöbus hat er gedient, geizig war er aber wie ein Bettler. Hierin hat sich sein klägliches Noos offenbart, er hat es fertiggebracht, eine tote Pythia zu bestehlen! Aber nicht mal das hat er richtig gekonnt! Wieviel soll ich Ihnen mitgeben, junger Mann, viel oder wenig?“

„Gib ihm eher etwas mehr mit, er ist ein guter und bescheidener Mann und hat einen wundervollen Thymos.“

„Ja, ich sehe! Lehre mich bitte nicht prophezeien, wenn du auch weise bist! Wenn Sie wünschen, junger Mann, können Sie sich jetzt auf den Weg machen.“

Die Frau stand auf und öffnete eine große, kupferbeschlagene Truhe. ,,Da haben Sie!" Sie reichte ihm einen mit einem Lederriemen fest zugebundenen Ledersack, so groß wie der Kopf eines einjährigen Kindes. ,,Hier ist das Gold. Andere hatten zwar mehr, wobei ich von Krösus, Alkibiades, Lysander, Alexander und allen möglichen schwerreichen Barbaren schon gar nicht reden will, dies hier ist aber auch nicht wenig. Sie brauchen sich nicht bei mir zu bedanken, wir werden uns noch sehen. Niemand geht für lange Zeit von hier fort und solche, die überhaupt nicht zurückkehren, gibt es nicht. Setzen Sie sich auf diesen Schemel und trinken Sie das. Hier, in dieser winzigen bronzenen Amphore ist der gleiche Trank. Sie brauchen da oben nur ein wenig davon zu kosten und sogleich sind Sie wieder hier. Diese Amphore bekommen alle mit, die von hier zu Besuch nach oben gehen, bisher hat jedoch noch niemand daraus getrunken. Bitte, nehmen Sie Platz. Sitzen Sie gut?"

Die Frau reichte ihm einen kleinen Zinnbecher mit einem dunklen Getränk. Aristarch Trofimowitsch blickte auf Solon, dessen Augen unergründlich blau strahlten und bodenlos tief wurden. ,,Auf baldiges Wiedersehen, junger Mann!" rief er und lächelte gütig und verständnisvoll. ,,Seien Sie weise dort oben!"

Die Flüssigkeit in dem Becher war schwer und hatte einen an nichts erinnernden, angenehmen Geschmack. Sie wird aus mir unbekannten Kräutern bestehen, dachte Aristarch Trofimowitsch, und dies war das letzte, was er dachte und empfand.

WIEDER UNTER DEN MENSCHEN

„Hier ist kein Schlafsaal, junger Mann! Hallo, aufwachen! Sie könnten sich auch erkälten, Sie sind viel zu leicht gekleidet!" Aristarch Trofimowitsch fühlte, wie jemand rücksichtslos an seiner Schulter zerrte. Allmählich erhob sich sein Bewußtsein aus bodenloser Tiefe an die Oberfläche. Um ihn bebten kleine Erschütterungen, ein endloser Zug streckte sich den Bahnsteig entlang, ein gewöhnlicher irdischer Eisenbahnzug, sah er deutlich. Er saß auf einer Bank, über ihn beugte sich ein Bahnbeamter in blauer Uniform und Dienstmütze und berührte ihn leicht an der Schulter. „Ist das vielleicht Ihr D-Zug von München nach Hamburg? Nein? Sehr gut! Wohin wollen Sie eigentlich fahren?"

„Nach Frankfurt, nein, nicht nach Frankfurt. Ich bin sehr müde, mir fallen die Augen zu. Gibt es in der Nähe ein Hotel?"

„Hier in Bonn? Jede Menge! Von den teuersten für alle möglichen klauenden Minister über gemäßigte für solche, die nicht klauen, bis zu ganz billigen für ausländische Pfadfinder. Sind Sie jemals Pfadfinder gewesen?"

„Nein, nie. Das heißt, ich bin in Bonn, aber welch eigenartiger Traum!" Aristarch Trofimowitsch erhob sich.

„Hier, vergessen Sie Ihr Ledersäckchen nicht! Gold ist da natürlich nicht drin, aber man kann es trotzdem stehlen. Was haben Sie da für ein hübsches Fläschchen?" Freundlich lächelte der Eisenbahner. „Sicherlich haben Sie das in einem Souvenirladen erworben, anscheinend sind dort gelegentlich auch elegante Dinge zu finden und nicht nur Kitsch für die Amerikaner. Dann gute Nacht, in einem Hotel haben Sie es angenehmer als hier auf der Bank."

Als Aristarch Trofimowitsch den Bahnhof verließ, sah er sofort, daß er tatsächlich in Bonn war. Er bog nach rechts, passierte eine große Baustelle, ein viel zu hell erleuchtetes Möbelgeschäft und begann, sich nach einem Hotel umzublicken. Das Hotel muß ich doch bezahlen, tauchte plötzlich ein Gedanke in ihm auf. Er fühlte nach seiner

Innentasche, die Brieftasche war an ihrem Platz. Was war eigentlich geschehen? Oh, er erinnerte sich sehr gut!

Ein Anruf von Herta Heidel, ihre schlanken Beine in dem glänzenden, erregend quietschenden Leder, sein Referat in dem luxuriösen Freudenhaus, dem vielleicht übelsten Ort von ganz Frankfurt, die aufgedonnerten und wie Paradiesvögel aufgeputzten Frauen, so daß er den Faden seines Referats beinah verlor, so stark rauschte es in seinem Kopf. Artemis, kalt und herrisch, der gemeinsame Flug nach Athen, die Zugfahrt gen Norden, der liebdienernde und sich windende Fahrer, die furchtbaren Hunde im Gasthof, die herrlichen Rappen. Weshalb aber wurde Artemis immer kühler und abweisender? Der weiße Torbogen, schon standen sie auf der von goldenem Licht überfluteten Terrasse und verschmitzt lächelte der silberlockige Mann. Ein dunkelgesichtiger, herkulisch gebauter Mann trat auf ihn zu und führte ihn in einen Gang zwischen hohen Felsen.

Unwillkürlich zuckte Aristarch Trofimowitsch zusammen. Der rote Widerschein aus der Tiefe, der rauchige Himmel über ihm, sofern es ein Himmel war, der auf unerklärliche Weise verschwundene Durchgang durch die Felsen, die festen, wie aus der Ewigkeit zu ihm herblickenden Augen seines ersten Bekannten an diesem Ort, der sich als Isokrates legitimierte, das Feuer.

Erfreut atmete Aristarch Trofimowitsch auf. Ja, er war seelisch krank gewesen. In Griechenland ist er krank geworden und zu den Irren geraten, die dort unter freiem Himmel gehalten werden. Vielleicht ist das gar nicht mal so dumm, dachte er, frische Luft tut immer gut, wenn mit den Nerven etwas nicht stimmt. Das Feuer, an dem diese Verrückten saßen, die sich die Namen großer Geister zugelegt hatten, ihre genial-wahnsinnigen Reden, der Arzt namens Solon der Weise und die alte Ärztin, die ihm von dem delphischen Orakel erzählt und eine eigenartige Flüssigkeit zu trinken gegeben hatte. Ja, jetzt war ihm klar, man hatte ihm ein Schlafmittel gegeben und dann mit der nächsten Maschine nach Deutschland geflogen, in die Hauptstadt, nach Bonn. Hier aber hat man ihn befreit, denn er war nicht mehr krank.

Es begann zu tropfen. Vor ihm war ein mittelgroßes Hotel, er trat ein. Am Empfang saß ein breitschultriger, älterer Mann mit langen, silbrigen Haaren, der ihn entfernt an den majestätischen dort auf der Terrasse erinnerte.

„Haben Sie ein Einzelzimmer frei?“ fragte Aristarch Trofimowitsch.

„Ja, wie lange werden Sie es brauchen?“

„Zwei, drei Tage."

„Darf ich bitten, das Anmeldeformular auszufüllen." Vor Aristarch Trofimowitsch lag der gelbe Anmeldezettel. Er füllte ihn aus und fischte alles aus der Seitentasche seines Jacketts, was in ihr lag: Paß und Brieftasche. Er nahm das Ledersäckchen und das Fläschchen und betrat den Fahrstuhl. Ein merkwürdiger Gast, dachte der Weißhaarige, hat keinen Koffer.

Während der Fahrstuhl mit ihm emporschwebte, fühlte sich Aristarch Trofimowitsch ausgesprochen niedergeschlagen - er erinnerte sich an seinen Flug nach Athen, wo die ihm unverständlichen Abenteuer angefangen hatten. Er zog seine Brieftasche hervor, in ihr lagen tausendsiebenhundertfünfzig Mark, das war genau der Betrag, den er in den letzten Tagen vor seinem Flug mit Artemis nach Athen verdient hatte... und vor der dann eingetretenen Geistesverwirrung, ergänzte er unwillkürlich. Ja, sicher, dachte er, und gleich wurde ihm fröhlicher zumute, worüber er sich selbst wunderte. Die Menschen befürchten am meisten, verrückt zu werden, ich aber freue mich, weil ich einige Tage lang geistesverwirrt gewesen bin. Das kann nur bedeuten, daß mir etwas anderes, weit schlimmeres als Wahnsinn, eine größere Angst einflößt. Sofort sah er das sich weit hinziehende Tal ohne Horizont vor sich, den roten Widerschein aus der Tiefe und den rauchiggrauen Himmel. Wie er den Gang durch die undurchdringlichen Felsen gesucht hatte, ohne ihn zu finden und plötzlich Isokrates erblickte und das keine Nahrung benötigende, gleichmäßig brennende und wärmende Lagerfeuer.

Jetzt aber war er als geheilt entlassen. Er trat an den Tisch, auf dem ein Stoß Papiere lag. Er entfaltete ein Blatt nach dem anderen, es war der Text seines Referats, das er bei den Frauen von Herta Heidel gehalten hatte. Das, wonach er suchte, fehlte, er fand keinen Entlassungsschein aus einer Heil- und Pflegeanstalt, weder in deutsch noch in griechisch. Wieder änderte sich seine Stimmung und er fühlte sich erneut düsterer. Ich muß schlafen gehen, entschied er, sonst werde ich mir noch Gott weiß welche Gedanken ausdenken.

Als er am nächsten Morgen erwachte, konnte er lange nicht begreifen, wo er sich befand - der Flug durch die Wolkenfetzen, das hellbrennende Feuer, der Bonner Bahnhof. Hinter dem Fenster ertönte prosaisches Autohupen. Was war eigentlich in dem Ledersäckchen? Ohne Schwierigkeiten löste er den Lederriemen, das Säckchen war randvoll mit Goldmünzen gefüllt! Eine davon nahm er heraus. Sie war von unregelmäßiger Form, zeigte halbverwitterte griechische Buchstaben und auf der anderen Seite ein ebenfalls stark abgegriffenes Gesicht. Wird nicht wenig wert sein, überlegte er, vor ein paar Jahren habe ich solche Münzen im Britischen Museum gesehen.

Aristarch Trofimowitsch ging zum Frühstücksraum, einige offensichtlich wohlsituierten Bürger saßen bereits dort. An einem Seitentischchen hockte ein Mann von mittleren Jahren, bucklig, schwarz gekleidet. Sein Gesicht wirkte ausdrucksvoll und willensstark, viel, sehr viel war darin zu lesen. Dieser Bucklige hatte in seinem Leben viel erlebt, sah Aristarch Trofimowitsch sofort, und nicht nur das Leid, das sein Buckel mit sich brachte. Vermutlich hat auch er einen Blick in jene fremde Welt geworfen, aus der er selbst erst vor kurzem auf so wunderbare und unverständliche Weise herausgerissen worden war. Vielleicht konnte ihm dieser unbekannte, sicherlich unglückliche Mensch irgendwie helfen, seine Fragen zu klären. Aristarch Trofimowitsch wandte sich an seinen Nachbarn und fragte höflich lächelnd: ,,Entschuldigen Sie bitte die Störung, aber kennen Sie sich zufällig in Bonn aus?" Die dichten Augenbrauen des Buckligen krochen empor. ,,Ich habe gehofft, daß Sie sich hier auskennen und mir einen Juwelier empfehlen können, dem man vertrauen kann. Die Juweliere sind nämlich alle solche Gauner! Ich habe eine sehr alte Goldmünze, vermutlich aus der Antike, bin jedoch nicht hundertprozentig davon überzeugt. Ich würde sie gern verkaufen, kenne hier jedoch keinen Juwelier."

Interessiert betrachtete ihn der bucklige Nachbar. ,,Sie sind doch kein Grieche, und anscheinend auch kein Deutscher!"

,,Nein, ich bin Russe und wohne in Frankfurt."

,,Ach so, dann sind Sie russischer Emigrant und haben irgendwelche Wertgegenstände aus Rußland gerettet, oder besser, Ihre Eltern haben sie gerettet, denn Sie sind noch viel zu jung."

,,Ja, so ungefähr verhält es sich."

,,Dürfte ich mir Ihre Münze vielleicht ansehen? In solchen Dingen kenne ich mich ein bißchen aus. Seit meiner Jugend befasse ich mich mit Numismatik, bin jedoch kein Gelehrter oder Experte. Vom Standpunkt der Wissenschaft ist die Numismatik lediglich eine Hilfsdisziplin für den Historiker, aber sie ist sehr interessant."

,,Ah, das freut mich sehr, welch glücklicher Zufall! Würden Sie bitte einen Augenblick warten, ich werde sie gleich holen."

,,Gern, vorläufig habe ich noch etwas Zeit. Ich bitte Sie jedoch, mir die Münze nicht hier zu zeigen, ich liebe es nicht, Aufsehen zu erregen. Kommen Sie zu mir, auf Nummer 82."

Sein Zimmer fand Aristarch Trofimowitsch bereits in schönster Ordnung vor: Das Bett war gemacht, das kleine Säckchen und das Fläschchen standen auf ihrem Platz im oberen Regal des Wandschranks. Er nahm die gleiche Münze, die er eine Stunde zuvor betrachtet hatte und ging zu seinem neuen Bekannten, der zu seinem Erstaunen ohne Jackett in einem weißen Hemd vor einem großen Koffer oder Reisenecessaire aus gutem, aber schon recht lädiertem Leder saß, das mit Tuben, Flakons, Fläschchen aus Glas und Nickel und runden Puderdöschen vollgepfropft war. Der Bucklige bemerkte seinen erstaunten Blick und erklärte: „Von Beruf bin ich Maskenbildner, wie man in Künstlerkreisen sagt. Wenn es Arbeit gibt, verdiene ich nicht schlecht. Bitte setzen Sie sich, wo ist Ihr Schatz?"

Aristarch Trofimowitsch nahm die Münze aus seinem Geldbeutel. Lange besah sie der Bucklige, dann zündete er eine Lampe an, obwohl es im Zimmer hell war und drehte sie zwischen den Fingern, wobei er sie gründlich von allen Seiten beschaute. „Erstaunlich, daß Sie so etwas besitzen. Genau kann ich es Ihnen nicht sagen, aber ich denke, es ist eine griechische Münze aus dem zweiten oder dritten Jahrhundert, ein Fachmann wird Ihnen natürlich mehr sagen können. Zweifelsohne ist sie aus Gold. Ich habe übrigens vergessen, mich vorzustellen, mein Name ist Gersdorf, ein echt deutscher Name, und wie gesagt, von Beruf bin ich Maskenbildner. Wie ist denn Ihr russischer Name?"

„Ja, er ist völlig russisch, Aristarch Trofimowitsch Jermolow."

„Was soll ich noch hinzufügen? Die Münze dürfte echt und sehr wertvoll sein. Ich denke, jedes Museum wird sie Ihnen abnehmen, aber, wie gesagt, ein endgültiges Urteil kann ich nicht fällen, dazu braucht man einen echten Fachmann. Damit Sie aber wissen, daß ich Ihnen nichts vormache, sage ich Ihnen, daß ich im Zusammenhang mit meiner Münzsammlung in der zweiten Hälfte des Krieges eine echte Tragödie erlebt habe. Ich habe damals auf einer ganz bestimmten Dienststelle gearbeitet. Wegen des Buckels hat man mich natürlich nicht an die Front genommen, meine Fähigkeiten als Maskenbildner waren jedoch sehr gefragt. Wissen Sie, es gab Menschen, die sich aus bestimmten Gründen gezwungen sahen, ihr Äußeres zu verändern. In der Regel sind diese Leute mit einer äußerst gefährlichen Mission im Rücken der feindlichen Heere betraut worden. Bevor sie fortgingen, haben sie ihre persönlichen Wertsachen bei uns in der Dienststelle hinterlegt und auch ich habe diese Unvorsichtigkeit begangen und dort den Schmuck meiner verstorbenen Schwester, sie war eine vermögende Frau, und meine Münzsammlung, die einen beträchtlichen Wert hatte, deponiert. Kurz vor Toresschluß habe ich schon niemanden mehr geschminkt und wurde zum Volkssturm eingezogen, kam in Gefangenschaft und als ich zurückkehrte, habe ich weder die Behörde noch den Safe mit den Juwelen und der Münzsammlung vorgefunden und auch nicht denjenigen, der ihn betreut hat. Ich habe zwar Recherchen angestellt, die aber ohne Resultat geblieben sind. So habe ich wieder bei Null anfangen müssen. Und Sie?"

„Ich bin schon aufgrund meines Alters nicht im Krieg gewesen, dennoch habe ich seit frühester Jugend vom Unglück getrunken. Von Beruf bin ich Lektor."

„Aha, sind Sie bei einem Verlag beschäftigt?"

„Nein, in einem Verlag bin ich nicht tätig, obwohl ich schreibe. Ich habe einen Roman mit dem Titel: ‚*Wie sie das Feuer entzündeten*' verfaßt und jetzt liegt das Manuskript bei einem Verleger. Ich weiß aber nicht, was dabei herauskommt, womöglich wollen sie was ändern. Es ist aber noch zu früh, darüber zu reden und außerdem wenig interessant für Sie."

„Was ist schon neu daran, das ist der übliche Verlegerdespotismus. Bleiben Sie lange in Bonn, in diesem Hotel?"

„Nur ein paar Tage."

„Heute ist Mittwoch, ich werde auch ein paar Tage hier bleiben und demnach werden wir uns noch sehen. Wissen Sie, mich interessiert sehr, was die Fachleute über Ihre Münze sagen. Lassen Sie sich aber nicht übers Ohr hauen, lassen Sie sich nicht betrügen! Das Volk hier und besonders die Juweliere sind so ein bißchen..."

Tatsächlich, wir haben ja heute Mittwoch, dachte Aristarch Trofimowitsch, er hatte völlig vergessen, die Wochentage zu registrieren.

Freundlich winkte ihm sein neuer Bekannter mit der Hand zu und meinte: „Kommen Sie zu mir, wann immer Sie wollen!"

Aristarch Trofimowitsch dankte und ging hinaus. Jetzt konnte er sich bereits in allen Einzelheiten an die vergangenen Tage erinnern. Ja, heute ist Mittwoch, das Referat bei den extravaganten Damen ist am Sonnabend gewesen, eine Nacht im Hotel, der Flug nach Athen und die Zugfahrt gen Norden, das war am Sonntag, die Übernachtung im Gasthaus, in dem die schrecklichen Hunde waren und der Ritt in die Berge zusammen mit Artemis, die sich so kalt und feindselig ihm gegenüber gezeigt hat. Das war demnach am Montag und zu diesem Zeitpunkt hatten auch die Halluzinationen angefangen, nein, schon früher. Wieder dachte er an den dunkelgesichtigen Mann, die undurchdringlichen Felsen, den rauchiggrauen Himmel, den roten Widerschein aus der Tiefe und das Geräusch zahlloser menschlicher Stimmen. Isokrates, dieser Verrückte mit einem altgriechischen Namen, seine Uhr, die weiterlief, ohne daß er sie aufziehen mußte. Nach seiner Uhr war das am Dienstag gewesen: Das Lagerfeuer, das Ledersäckchen und das kleine Fläschchen, der Bonner Bahnhof, auf dem man ihn wachgerüttelt hatte, eine Nacht im Hotel - demnach war heute Mittwoch!

Moment, dachte er, gleich werde ich diesen Alptraum abschütteln und meine Wirtin in Frankfurt anrufen. Er meldete sich beim Empfang und gab die Frankfurter Telefonnummer an. Lange geschah nichts, endlich schrillte das Telefon: „Im Augenblick ist es unmöglich, eine Verbindung nach Frankfurt herzustellen, dort ist beim Bau der Stadtbahn eine Leitung beschädigt worden, so daß Ihr Stadtteil nicht erreicht werden kann. Vermutlich ist gegen Abend alles wieder in Ordnung."

Aristarch Trofimowitsch seufzte und verließ sein Zimmer. Diesmal saß am Empfang ein junger, hagerer, zappelig wirkender Mann mit schlau glänzenden Augen.

„Ich habe ziemlich viel Geld bei mir und möchte es nicht dauernd mit mir herumschleppen, kann ich es bei Ihnen hinterlegen?"

„Ja, sicher." fragend schaute ihn der Zappelige an. In seinem Schlips stak eine goldene Nadel in Form eines Affenköpfchens.

„Tausend Mark."

Nachdem er das Geld gegen Quittung hinterlegt hatte, verließ Aristarch Trofimowitsch das Hotel. Er mußte sich zumindest einen Koffer kaufen und die notwendigsten Utensilien, er hatte ja nicht mal eine Zahnbürste bei sich. In den Hotels wird so etwas registriert. An wen erinnert mich eigentlich dieser Zappelige? Er kaufte sich einen kleinen Koffer, ein paar Hemden, Rasierzeug, ein kleines Necessaire, etwas Wäsche, einen Pyjama sowie einen Regenmantel mittlerer Preislage und brachte alles ins Hotel. Freundlich lächelte der Zappelige ihm zu. Sein Verhältnis zu Aristarch Trofimowitsch hatte sich sofort geändert, nachdem er gesehen hatte, daß sein Gast Geld hat. Jetzt mußte er versuchen, sich wegen der Münze Klarheit zu verschaffen.

Aristarch Trofimowitsch kannte Deutschland gut und liebte dieses Land sehr. Jetzt aber, nachdem er aus der Irrenanstalt entlassen worden war, wobei er sich an Flug und Fahrt jedoch nicht erinnern konnte, empfand er, daß er in ein ganz anderes Bonn geraten war als das, was er früher schon ein paarmal besucht hatte. Er erkannte die Straßen und

Häuser, den Bundestag, die Zentralen der Parteien und die vielen Behörden. Höflich gaben ihm die Passanten den Weg frei und dennoch war alles irgendwie anders. Im Telefonbuch fand er die Gesellschaft der Numismatiker und ging zu ihr. Auf sein Klingeln ertönten schwere Schritte, ein hoher, breitschultriger Mann mit sehnigen Arbeiterhänden öffnete die Tür. Mit solchen Händen schwingt man einen Hammer, dachte Aristarch Trofimowitsch. Fragend schaute ihn der Mann an.

„Könnte ich bitte jemanden aus der Gesellschaft der Numismatiker sprechen?"

„Ja, da sind Sie hier richtig. Heute ist aber außer mir niemand da. Wir versammeln uns jeden Donnerstag, an den anderen Tagen hat lediglich jemand von neun bis fünf Telefondienst. Heute bin ich dran, ich bin der Vizevorsitzender."

„Ich möchte Sie gern um Rat fragen. Ich habe eine alte griechische Goldmünze und hätte gern gewußt, welch einen Wert sie hat."

„Kann ich sie sehen? Haben Sie die Münze bei sich?" Aristarch Trofimowitsch öffnete seine Geldbörse und legte die Münze auf eine große, stark zerkratzte Schreibtischunterlage. „Darf ich mich vorstellen, Aderkas, ehemaliger Bergmann, vorzeitig pensioniert. Die Grube hatte mich stark mitgenommen. Aha, da ist ja Ihre Münze. Aber das ist ja phantastisch! Darf ich fragen, woher Sie sie haben?"

„Ich bin russischer Emigrant, mein Name ist Jermolow."

„Aha, dann brauchen Sie nichts hinzuzufügen, das ist also ein Familienschatz! Könnte aus dem dritten Jahrhundert vor Christi sein, es gibt nicht viele solcher Münzen. Ich glaube, ein paar sind im Britischen Museum und im Vatikan. Vielleicht kommen Sie morgen wieder zu uns, dann sind wir alle zusammen. Das ist ein sehr interessantes Objekt, es wird einen guten Wert haben." Fragend schaute der Bergmann Aristarch Trofimowitsch an.

„Ich werde unbedingt kommen!" Wieder drückte Aristarch Trofimowitsch die schwere Hand des ehemaligen Bergmanns und dachte für sich, solch eine Hand ist für den Hammer wie geschaffen. Ziellos streunte er in der Stadt herum und konnte dabei das Gefühl nicht loswerden, daß alles irgendwie anders war als früher. Er aß in einem kleinen, gemütlichen Restaurant zwischen spanischen Wänden, auf denen Paradiesvögel abgebildet waren, dann ging er in ein Café, trank ein Glas Tee und aß ein Stück Kuchen. Er entschloß sich, am nächsten Tag gegen Abend nach Frankfurt zurückzufahren.

Als er ins Hotel zurückkehrte, dämmerte es bereits. Der Silberlockige begrüßte ihn wie einen alten Bekannten und trotz der frühen Stunde saß Gersdorf bereits in dem kleinen Restaurant beim Abendbrot. Als er Aristarch Trofimowitsch erblickte, lächelte er ihm freundlich zu und zeigte mit den Augen auf den freien Stuhl neben ihm. „Morgen habe ich einen schweren Tag.“ sagte er und kaute mühselig. „Deshalb muß ich mich gut stärken. Auch Ihnen rate ich, Wiener Schnitzel zu bestellen. Es wundert einen, daß es so etwas in Bonn überhaupt gibt. Was macht Ihre Goldmünze?“

„Ich bin bei den Numismatikern gewesen, habe aber nur einen von ihnen angetroffen. Morgen findet dort eine Versammlung statt und ich gehe hin, dann ist das richtige Münzenkonzil versammelt.“

Gersdorf lachte leise, aber keineswegs heiter. „Na, hoffentlich kommen nicht alle möglichen Gauner zu diesem Konzil zusammen, aber das werden Sie schon beurteilen können.“

Aristarch Trofimowitsch bestellte ebenfalls ein Wiener Schnitzel. Das Gespräch mit Gersdorf klappte aber irgendwie nicht, da er offensichtlich mit wenig fröhlichen Gedanken beschäftigt war. Nach dem Abendbrot verabschiedete er sich schnell. Sie vereinbarten, sich zum Frühstück wieder zu treffen. Aristarch Trofimowitsch ging in sein Zimmer, fest entschlossen, die Ereignisse nochmals genau zu durchdenken, aber er konnte nichts erkennen, was seine anormale Lage aufklären würde. Er notierte alles, was ihm wichtig erschien, das Referat bei Herta Heidel und seine Folgen. Jetzt war Mittwoch, acht Uhr abends, er war in Bonn und bei ihm waren auf unerklärliche Weise ein Ledersäckchen mit antiken Goldmünzen und ein mit einem Lederkorken fest verschlossener Bronzeflakon unbekannten Inhalts aufgetaucht. Er wohnte in einem Mittelklassehotel und hatte als ersten Bekannten den buckligen Maskenbildner Gersdorf gefunden. Er erinnerte sich plötzlich an das rührende russische Sprichwort *Der Morgen ist klüger als der Abend,* und entschloß sich, schlafen zu gehen. Der Schlaf wird mich stärken, dachte Aristarch Trofimowitsch, und legte sich zu Bett.

Als er erwachte, war es schon spät. Er fühlte sich wunderbar ausgeschlafen, frisch und aufgekratzt. Da es nur bis zehn Uhr Frühstück gab, machte er sich schnell fertig und ging in den Frühstücksraum. Gersdorf schob gerade seinen Teller beiseite. „Aha, unser Numismatiker!“ lachte er fröhlich. „Nun, was ist, gehen Sie heute zu ihnen?“

„Ja, sicher!“

„Können Sie mir Ihren Schatz noch einmal zeigen?“ Längst war der Tisch abgeräumt, als sie noch immer die halbverwischten Zeichen auf der Münze betrachteten, ihren Sinn jedoch nicht ergründen konnten. ,,Nein!" erklärte Gersdorf. ,,Wir können es nicht entziffern. Es ist bald Mittag, flitzen Sie zu Ihren Numismatikern."

Ein elegant gekleideter junger Mann trat mit ruhigen, energischen Bewegungen an ihren Tisch. ,,Aha, hier haben Sie sich versteckt, lieber Gersdorf, völlig richtig, daß Sie sich stärken. Ich muß Sie sprechen." Unauffällig schielte der Neuankömmling auf Aristarch Trofimowitsch, der sich sofort erhob. ,,Aber nein!" kühl und hochmütig lächelte er. ,,Bitte, bleiben Sie ruhig sitzen. Ich möchte weder Sie noch Herrn Gersdorf stören. Vielleicht haben Sie geschäftlich miteinander zu tun?"

,,Aber nein, wir sind schon lange fertig. Das Frühstück hier ist sehr reichhaltig, hier hat man noch Gewissen! Das ist mein neuer Bekannter, seit gestern früh, ein russischer Emigrant, Herr von Jermolow, oder tragen Sie vielleicht kein *von?*"

,,Natürlich nicht!"

,,Dann soll man es auch nicht verwenden. Herr Jermolow interessiert sich für Münzen und hat eine griechische Goldmünze, die mit Sicherheit aus der Zeit vor Christi Geburt stammt."

,,Interessant!" der Neue lächelte etwas gewinnender. ,,Vielleicht kann man einen Blick auf diese Münze werfen, wenn das möglich ist."

,,Bittesehr!"

,,Ja, sie ist wirklich sehr alt. Das sehe selbst ich, obwohl ich nicht viel davon verstehe. Die Münze müssen Sie gut aufbewahren und nicht aus der Hand geben."

,,Verzeihung", unterbrach Gersdorf, ,,ich habe Sie noch nicht vorgestellt, Herr Sauer, Rechtsanwalt."

,,Sehr angenehm." Aristarch Trofimowitsch wußte noch immer nicht, ob er sich wieder setzen oder fortgehen sollte. Hier aber erhob sich Gersdorf und lächelte verschmitzt. ,,Morgen oder übermorgen werden wir uns noch sehen. Mich interessiert ganz schrecklich, was die Numismatiker sagen. Jetzt aber werde ich von den Anwälten fortgeschleppt."

PRÄLIMINARIEN

Im Fahrstuhl verschwand das gleichgültige und fröhliche Lächeln von Bodo Sauers Gesicht. „Sind Sie verrückt geworden, Gersdorf? Wie können Sie diesem Russen, den Sie erst seit ein paar Stunden kennen, meinen Namen und Beruf nennen! Weiß Gott, was für ein Typ das ist! Er hat zwar ein offenes und ehrliches Gesicht, aber dennoch, welch eine Unvorsichtigkeit. Meine Zunge ist mein Feind!"

„Er ist doch völlig harmlos. Aus irgendwelchen geschäftlichen Gründen ist er hier und fährt in ein paar Tagen wieder zurück nach Frankfurt. Er interessiert sich nur für seinen Schatz, diese Münze."

„Dennoch, lieber Gersdorf, gewöhnen Sie sich an, nur das zu reden, was unbedingt nötig ist. Aber wollen wir uns nicht verzanken, dazu haben wir keine Zeit. Bitte, passen Sie genau auf! Wir beide fahren jetzt zu Fischer und da müssen Sie sich selbst übertreffen. Zweitausend Mark sind nicht wenig, aber ich weiß, daß Sie ein echter Künstler sind. Ziehen Sie bitte diesen Mantel an und setzen Sie auch den Hut auf, nehmen Sie die Brille. Wie Sie sehen, habe auch ich mich ein bißchen verändert."

Erst bei diesen Worten fiel Gersdorf auf, daß Sauer zwar wie immer sehr gut, diesmal aber auf besondere Art gut gekleidet war und eine bläuliche Brille auf der Nase trug, die sein Gesicht völlig veränderte. Sie gingen recht lange zu Fuß, bogen ein paarmal um die Ecken, dann hielt Sauer ein Taxi an. „Eine kleine konspirative Vorsichtsmaßnahme!" sagte er zu Gersdorf. „Das schadet nie und hier ist auch das Hotel!"

Sauer klopfte an eine Zimmertür. Offensichtlich ein verabredetes Zeichen, erkannte Gersdorf sogleich. Der Schlüssel auf der anderen Seite drehte sich. Aha, dachte Gersdorf, als sie eintraten, die zwei muß ich betreuen. Auch ohne seine Kunst war Fischer dem Bundesbankpräsidenten sehr ähnlich. Sie drückten sich die Hand. Stets schenkte Gersdorf dem Händedruck eines unbekannten Menschen große Bedeutung. Fischer wirkte ruhig und machte offenbar nicht den geringsten Versuch, mit Hilfe seines Händedrucks etwas auszusagen. Nicht schlecht, dachte Gersdorf, und küßte Beatrice die Hand, wobei sofort eine warnende

Sehne in ihm zu beben begann. Bodo Sauer lächelte, breitete seine Arme aus, als ob er sie umarmen wollte und erklärte: ,,Liebe Freunde, nachdem sich alle kennen, können Sie sich vielleicht fünf Minuten unterhalten, dann aber müssen wir ans Werk gehen. Wir müssen zwar nicht hetzen, aber dennoch..."

Gersdorf lächelte und öffnete sein Köfferchen. ,,Erlauben Sie mir, Sie genau anzusehen und mit den Fotos der Originale zu vergleichen. Sie, Herr Fischer, sehen dem Präsidenten ähnlicher als die gnädige Frau seiner Sekretärin, aber auch Ihnen werde ich solch eine Maske machen, daß nur ein sehr guter Bekannter aus nächster Nähe den Betrug bemerken wird."

,,Bitte, Herr Gersdorf, es ist doch nur eine Maskerade!"

,,Meinetwegen!" und Gersdorf betrachtete die beiden von allen Seiten wie ein echter Künstler und drehte sogar einige Kreise um sie herum. Die ganze Zeit dachte Beatrice qualvoll, wem ähnelt dieser Gersdorf nur, welch widerliches Gesicht, wo habe ich das schon einmal gesehen? Ja, in einem Kinderbuch, bei Wilhelm Busch, da wird so ein Mörder beschrieben: Jakob Niedermeier, den man einen Kopf kürzer machen wollte, wegen des Buckels jedoch nicht henken konnte. Sie zuckte zusammen, als Gersdorf ihr nonchalant zunickte. ,,Gleich sind Sie dran, liebe Beatrice, zunächst muß ich mich jedoch mit Objekt Nummer eins, Herrn Fischer, befassen."

Wieso bin ich für ihn eine liebe Beatrice, dachte sie ärgerlich, aber Gersdorf schenkte ihr keine Beachtung. ,,Herr Fischer, bitte machen Sie sich bis zum Gürtel frei und setzen sich dann auf diesen Stuhl. Unsere Dame und Herrn Sauer darf ich bitten, den Raum zu verlassen. Ich muß mich ganz auf meine Arbeit konzentrieren können. Um die Militärsprache zu gebrauchen, ich muß das Operationsfeld frei haben. Wenn ich fertig bin, werde ich Sie wieder hereinbitten."

Bodo Sauer und Beatrice sahen sich an und gingen wortlos hinaus. ,,Soll er in Ruhe arbeiten. Auf seinem Gebiet ist er ein großer Künstler. Gehen wir durch, ob wir etwas übersehen haben. Zunächst, die Amerikaner sind hier und ich werde sie in den *Fliederstrauch* bringen."

,,Wohin?"

,,In den *Fliederstrauch,* so heißt das Restaurant, in dem der hohe Herr am meisten verkehrt. Das andere heißt *Kölner Stuben,* es ist im Moment aber nicht interessant für uns. Gegen acht bringe ich die Amerikaner in den *Fliederstrauch.* Natürlich werde ich etwas anders aussehen als sonst. Mit dem Wirt habe ich mich über den Tisch geeinigt, an dem sie sitzen werden. Zweitens, zwischen einundzwanzig Uhr und einundzwanzig Uhr dreißig hole ich dich und Fischer. Wie steht es mit euren Rollen? Habt ihr sie gut einstudiert?"

,,Ich denke, dieser Punkt ist in Ordnung. Ich bin erstaunt, wie begabt Fischer ist."

,,Und wie ist er sonst? Ist er nervös?"

,,Nein, im Gegenteil, er wirkt ausgesprochen ruhig."

,,Nun weiter, die Kleidung stimmt, die Masken sind in Bearbeitung."

In diesem Augenblick betrachtete der bucklige Gersdorf abwechselnd die Fotos des Originals und Fischer und zelebrierte seine Kunst. Anders war seine Tätigkeit nicht zu bezeichnen. Immer wieder trat er zurück, nahm Maß, kniff die Augen zusammen, klebte etwas an, schüttelte den Kopf und schabte es wieder ab, rieb eine Tinktur an, pinselte und zeichnete, mixte den Grundton, schnalzte mit der Zunge, blickte an die Decke und dann wieder auf die Fotos, betrachtete Fischer von allen Seiten und alles zusammen wirkte so komisch und widernatürlich, daß Fischer auf den Gedanken kam, Gersdorf mache sich über ihn lustig, so wie alle über den armen Sancho Pansa auf seiner Insel gelacht hatten. Aber alles auf der Welt hat ein Ende, schließlich lächelte Gersdorf und sagte: ,,Fini! Jetzt können Sie aufstehen, sich die Hände waschen, auch den Oberkörper, wenn Sie wollen, bespritzen Sie aber das Gesicht nicht. Dann ziehen Sie sich an."

Für eine Minute ging Gersdorf hinaus und kehrte mit Bodo Sauer und Beatrice zurück, nachdem er Fischer gebeten hatte, sich mit dem Rükken zur Tür zu stellen. Einige Sekunden vergingen schweigend, dann klatschte Gersdorf in die Hände und rief: ,,Drehen Sie sich um, Herr Fischer!"

Fischer wandte sich um und sah auf den Gesichtern von Bodo Sauer und Beatrice solch ein Erstaunen, wie er es sich nicht hatte vorstellen können. Beatrice trat sogar einen Schritt zurück.

,,Nun, habe ich zuviel versprochen?" triumphierte Gersdorf.

Bodo Sauer fing sich zuerst. ,,Das ist ein Chef d'oeuvre! Er ist dem Präsidenten wie aus dem Gesicht geschnitten! Sie haben alle meine Erwartungen übertroffen, Maestro! Haben Sie sich überhaupt schon mal im Spiegel gesehen, Herr Fischer?" und er drehte Fischer zum Spiegelschrank. Fischer erstarrte, ihn sah das Gesicht an, das er so oft auf den Fotos gesehen hatte, das Gesicht des Präsidenten der Bundesbank. Bodo Sauer versuchte erst gar nicht zu verbergen, wie erschüttert er war, worüber Gersdorf nur sanft lächelte.

„Jetzt möchte ich Herrn Sauer und Herrn Fischer bitten, sich einige Zeit ins Nebenzimmer zurückzuziehen, und Sie, gnädige Frau, bitte nehmen Sie den Platz Ihres Kollegen Fischer ein."

Schweigend setzte sich Beatrice auf den Stuhl. Ungeniert begutachtete Gersdorf ihr Gesicht, dann sagte er: „Ja, es ist mir klar! Gestatten Sie, daß ich Ihr Gesicht in diese Richtung wende?" und mit seinen Fingern berührte er ihre Schläfe. Beatrice zuckte zusammen. Was er für widerliche Finger hat, wie eine Spinne, dachte sie, hoffentlich geht alles schnell vorüber! Gersdorf öffnete bereits seine Flakons und etwas berührte weich und fett ihre Wange. Wieder zuckte Beatrice zusammen.

Stunden waren vergangen, längst hatte Gersdorf seine Arbeit beendet. Bodo Sauer blickte nachdenklich auf Fischer und Beatrice. Immer wieder überlegte er, wo die Klippe war, an der seine Pläne scheitern könnten. Er dachte nach, wog die Gefahren ab und konnte nichts entdecken. Vermutlich hatten schon andere Männer diese Ansicht vertreten, Politiker und Generäle, weit größere als er, auch sie glaubten, alle Möglichkeiten vorausgesehen, berechnet und erfaßt zu haben, während sich im entscheidenden Augenblick herausstellte, daß gerade der wichigste Punkt übersehen worden war.

Es wurde Zeit, die Amerikaner abzuholen.

„Lieber Gersdorf!" sagte er einschmeichelnd. „Bitte, warten Sie hier, bis ich zurückkehre, um den Herrn Präsident und seine Sekretärin abzuholen. Ich bitte Sie, nach Beendigung der Aktion die Beteiligten so schnell wie möglich abzuschminken. Den Scheck für Sie habe ich bereits ausgeschrieben."

In diesem Augenblick erinnerte sich Bodo Sauer an den Volkswagen, der ihm gefolgt war. Vielleicht war das die Klippe, an der alles zerschellen konnte? Während des gestrigen Tages und in den letzten Stunden hatte er sich jedoch nicht in seinem eigenen Wagen fortbewegt und konnte sich auch nicht entsinnen, den verdächtigen VW noch einmal gesehen zu haben. Alles Unsinn, beruhigte er sich.

Es war jedoch keineswegs Unsinn und unserem Theateragenten Karl Albert Renz und seinem Handlanger Kwjatkowskij kam es auch nicht so vor. Sie wohnten ebenfalls in einem Hotel, einem der billigsten, saßen jetzt in dem von ihnen gemieteten Zimmer und unterhielten sich. Es war ihnen gelungen, über den Rechtsanwalt Sauer einige Informationen in Erfahrung zu bringen, aber dieses Wissen wirkte irgendwie nichtssagend. Sie konnten keine konkreten Schlüsse daraus ziehen und vor allem nicht erraten, weshalb es für einen Anwalt notwendig gewesen sein könnte, Fischer anzuheuern und - was sie vermuteten - nach Bonn zu bringen, wo sie Sauer und die ihn begleitende elegante Dame aus den Augen verloren hatten.

,,Wissen Sie was?" schlug Renz vor. ,,Das Wetter ist so herrlich, wollen wir ein bißchen in Bonn herumlaufen, vielleicht entdecken wir was. Greifen wir Sauer in offenem Sturm an, gehen in seine Villa und sagen, wir müßten Fischer unbedingt sprechen, ich hätte noch ein Engagement für ihn. Was halten Sie davon?"

,,Das können wir versuchen."

Kwjatkowskij und Renz verließen das Hotel. Das Wetter war wirklich wunderbar und diese Meinung teilte offenbar auch ein bescheiden wirkender junger Mann, der schon recht lange vor dem Hotel auf- und abgegangen war. Als sie hinaustraten, blickte er zunächst leicht zerstreut nach allen Seiten, dann folgte er ihnen. Lange spazierten sie herum, betrachteten sich die Geschäfte und stritten sogar spaßeshalber, ob es sich lohnen würde, in einen völlig unanständigen Film zu gehen. Sie lachten und fuhren zum Haus des Rechtsanwalts Sauer. Es dämmerte bereits. Eine ältere Wirtschafterin oder Dame in ähnlicher Position öffnete und fragte höflich, was die Herrschaften wünschen. Sie erklärten, den Anwalt in einer persönlichen Angelegenheit sprechen zu wollen. Die Wirtschafterin behauptete mit der unschuldigsten Miene der Welt, Herr Sauer sei verreist und werde frühestens am nächsten Abend zurückkommen. Wohin er gereist sei, könne sie leider nicht sagen. Es war zwecklos, weiter zu bohren.

,,Gehen wir zurück ins Zentrum der Stadt, vielleicht wird uns der Zufall helfen."

Von einer Gaststätte aus rief der bescheidene junge Mann jemanden an. ,,Die beiden haben Sauers Haus aufgesucht."

,,Folgen Sie ihnen weiter und verlieren Sie sie nicht aus den Augen." ertönte der klare Befehl. Dann rief derjenige, der diesen Befehl erteilt hatte, eine andere Stelle an und sagte: ,,Die Ihnen bekannte Person hat soeben in Verkleidung das Hotel verlassen, unser Mann folgt ihm."

Aus dem Telefonhörer brummte die Antwort: ,,Sehr gut, beobachten Sie ihn weiter, aber so, daß er nichts merkt."

,,Selbstverständlich."

Anfangs merkte Bodo Sauer tatsächlich nichts. Das Hotel, in dem sich die Amerikaner befanden, war während der wilhelminischen Zeit in jenem einfachen und bescheidenen Stil erbaut worden, der von Fachleuten Biedermeier getauft wurde, innen war es jedoch sehr elegant und hochmodern. Der Portier meldete ihn an und zeigte dann auf den Fahrstuhl. In dem mit einem flauschigen Teppich ausgelegten Korridor öffnete sich eine Tür und das Gesicht Bowmans lugte hervor. Er machte eine einladende Geste. Als Bodo Sauer eintrat, erhoben sich drei Herren aus ihren Sesseln. Pearson, dünn, sogar hager, und weitaus eleganter als in Chicago, obwohl die bronzene Medaille fehlte. Welch ein Kontrast zu diesem mondgesichtigen Bowman, dachte Bodo Sauer. Der Dritte war noch ganz jung, etwa fünfundzwanzig bis siebenundzwanzig Jahre alt, breitschultrig, schlank und vermutlich ein guter Sportler.

„Einer unserer kaufmännischen Direktoren, Mr. Teak." stellte Bowman ihn vor. „Und das ist unser technischer Direktor, Mr. Scatter." Bowman zeigte auf einen Mann von etwa sechzig Jahren, der breite Backenknochen in einem willensstarken, energischen, dunklen Gesicht hatte. Der ist kein Anglosachse, dachte Sauer, eher ein Eskimo. Bowman fuhr fort: „Beide vergehen vor Neugier, Sie kennenzulernen und haben uns während des Fluges wissen lassen, dies sei sicherlich der interessanteste Europatrip ihres Lebens."

Die beiden lächelten Sauer verbindlich an.

„Ich werde mir die größte Mühe geben, niemanden zu enttäuschen." erklärte er und drückte ihnen fest die Hand. „Mr. Bowman und Mr. Pearson haben Ihnen den Kern unseres Gesprächs in Chicago sicherlich wiedergegeben. Ich darf das wesentliche dennoch in ein paar Sätzen wiederholen. Ihre Firma hat sich bereiterklärt, mir fünfzigtausend Dollar zu bezahlen, wenn es mir gelingt, der Leitung Ihres Hauses nachzuweisen, daß die Deutsche Mark erheblich abgewertet wird. Außerdem habe ich Sie auf mögliche finanzielle Schwierigkeiten bei einigen westdeutschen Firmen hingewiesen."

Bei diesen Worten lächelte Bowman verständnisvoll. „Was für ein Schlauberger Sie sind, Mr. Sauer. Welch ein Glück, daß es in Hitlers Umgebung nur wenige Männer wie Sie gab, sonst hätte er den Krieg sicherlich gewonnen. Auf irgendeine Weise haben Sie erfahren, daß wir ein bedeutendes Geschäft mit einer deutschen Firma abgeschlossen haben, den Namen möchten wir hier nicht nennen, und jetzt wollen Sie uns weismachen, daß dieses Unternehmen nicht vertrauenswürdig ist. Wir wollen nicht miteinander Verstecken spielen."

„Wenn es so steht, bleibt mir nichts anderes übrig, als mich mit Ihnen einverstanden zu erklären."

„Sehr gut!" fuhr Bowman fort. „Aufrichtigkeit ist immer gut! Vorstellen kann ich mir jedoch nicht, wie es Ihnen gelingen sollte, uns zu überzeugen und weshalb Sie uns in solch einer Eile nach Deutschland gerufen haben."

„Darauf werde ich Ihnen ebenfalls ehrlich und ausführlich antworten. In etwa einer Stunde werden Sie vier sich gemeinsam mit mir in ein Bonner Luxusrestaurant begeben. Dort habe ich einen Tisch bestellt und wir werden ausgezeichnet soupieren. Sie werden guten Rheinwein kredenzt bekommen, vielleicht bevorzugt jemand von Ihnen auch einen leichten Mosel, aber das können wir an Ort und Stelle klären."

„Entschuldigen Sie bitte, jetzt scheine ich an der Reihe zu sein, Sie unterbrechen zu müssen." sagte Pearson. „Es ist natürlich sehr liebenswürdig von Ihnen, uns hier in ein gutes Restaurant zu führen. Zum Unterschied von Mark Twain liebe ich die deutschen Weine sehr, aber nicht deshalb sind wir hier."

„Natürlich nicht, der wesentliche Punkt ist, daß das von uns aufzusuchende Restaurant *Der Fliederstrauch* eines jener Restaurants ist, in denen der Präsident der Deutschen Bundesbank bevorzugt verkehrt, wenn er in Bonn ist, und mir ist gelungen, in Erfahrung zu bringen, daß sich der hohe Herr heute abend dort aufhalten wird."

„Wie können Sie so etwas erfahren? Kennen Sie diesen Herrn so gut?"

„Um die Wahrheit zu sagen, ich bin keineswegs mit ihm bekannt und er weiß nichts von meiner Existenz. Dagegen kenne ich seine Sekretärin recht gut und habe von ihr erfahren, daß er vermutlich heute abend dort sein wird."

„Gut, nehmen wir an, er speist im gleichen Restaurant wie wir. Aber was haben wir davon, selbst wenn er neben uns sitzen sollte?"

„Sie haben es fast erraten, Mr. Pearson, Sie werden so nah neben diesem Herrn sitzen, daß Sie das Gespräch zwischen ihm und seiner Sekretärin mithören können. Vielleicht wird das, was er sagt, für Sie und die anderen Herren und in erster Linie für den hochgeschätzten Konzern Lancaster & Strasmight von höchstem Interesse sein."

„Ich bitte nochmals um Entschuldigung. Bisher sind Ihre Antworten logisch und überzeugend gewesen. Ich kann mir jedoch nicht vorstellen, daß sich der Bundesbankpräsident und seine Sekretärin in einem öffentlichen Restaurant ausgerechnet über die Auf- oder Abwertung der Mark und in Schwierigkeiten geratene deutsche Industrieunternehmen unterhalten werden, und erst recht nicht über die deutsche Firma, die uns am meisten interessiert."

„Genauso wird es sich verhalten!"

„Wie ist das möglich? Wie haben Sie das erreichen können?"

„Diese Frage muß ich damit beantworten, daß die traurige Tatsache der Umerziehung des deutschen Volks nach dem zweiten Weltkrieg die Moral unseres Landes sehr reduziert hat und außerdem der Einfluß des Geldes stärker geworden ist. Glauben Sie mir, es gibt sehr viele käufliche Menschen."

„Das zu akzeptieren, sind wir bereit. Sie werden uns aber nicht erzählen wollen, daß es Ihnen gelungen ist zu erreichen, daß sich der Herr Bundesbankpräsident in der Öffentlichkeit über Themen ausläßt, die Weltwirtschaftsbedeutung haben und von ihm als tiefste Geheimnisse behandelt werden müßten. Nach unseren Informationen, und wir haben keine schlechteren Quellen als Sie, genießt er einen tadellosen Leumund. Niemand von uns wird Ihnen glauben, daß Sie ihn bestechen konnten."

„Das habe ich auch nicht behauptet. Ich teile übrigens Ihre Meinung, daß er ein ehrenhafter Mensch ist. Dies trifft jedoch nicht auf seine Sekretärin zu."

„Was wollen Sie damit sagen?"

„Es ist mir gegen entsprechendes Entgelt gelungen, die Sekretärin des Bundesbankpräsidenten dazu zu bewegen, ihn in ein Gespräch zu ziehen, das gerade die Themen berührt, für die wir uns besonders interessieren."

„Glauben Sie, daß es ihr gelingt?"

„Ich denke schon. Sie wissen jedoch so gut wie ich, daß es in diesen Dingen keine Garantien gibt. Wenn Sie nichts erfahren, was für Sie von Wichtigkeit ist, werden Ihre Verluste dennoch nur gering sein, und wie Sie wissen ist jedes Business mit Risiken verbunden. Glauben Sie mir, ich setze weit mehr aufs Spiel."

Das Schweigen wurde erst durch Bowman unterbrochen. „Gehen wir davon aus, daß wir Ihnen die Theorie glauben, wie aber sieht es in der Praxis aus? Wie sollen wir festhalten, was gesprochen wird? Schließlich kann man nicht das Ohr zu einer Muschel formen und an Ort und Stelle anfangen, mitzustenografieren, zumal sich die Herrschaften vermutlich auf deutsch unterhalten und nicht unseretwegen anfangen, in englisch zu parlieren."

„Sie haben recht, das ist ein Problem und ich verstehe, daß Sie den Text des Gesprächs in Chicago vorlegen müssen. In meiner Aktentasche wird sich ein kleines, aber sehr effizientes Tonband befinden, eine Spezialanfertigung. Die Sekretärin wird das Mikrofon zu sich hinüberschieben, was gar nicht mal so schwer ist. Wir sind lediglich durch eine kunstvoll geschnitzte Täfelung aus Palisanderholz von dem Tisch des Herrn Präsidenten getrennt, hinter ihr sind die Gesichter nur schwer zu erkennen, die Geräusche und Gespräche jedoch leicht zu verfolgen. Die Zwischenwand hat unten einen Hohlraum, durch den ich das Mikrofon mit den Füßen zu der Sekretärin stoße. Wenn der deutsche Text auf Tonband vorliegt, wird es kein Problem sein, ihn ins Englische zu übertragen. Ich selbst werde Ihnen noch heute abend die englische Fassung präsentieren können. Abgesehen davon werden Sie sicherlich in Chicago über gute Übersetzer verfügen, innerhalb Ihrer Firma oder extern. Aber vielleicht ist auch von Ihnen jemand der deutschen Sprache mächtig?"

Mr. Teak nickte zustimmend, nachdem er Bowman zuvor einen fragenden Blick zugeworfen hatte.

„Meinen Sie, daß die Sekretärin es schaffen wird?" fragte Pearson und gab damit zu erkennen, daß er das Problem der Übersetzung für so gut wie gelöst hielt.

„Ich denke, ja. Sie braucht nichts weiter zu tun, als mit ihrem Fuß das Mikrofon näher an ihren Gesprächspartner zu schieben. Das ist alles!"

„Dann braucht man auch nicht mehr zu zögern!" warf Mr. Teak plötzlich ein. „Das klingt alles sehr romantisch und abenteuerlich. Als Sie herkamen, sagten Sie, daß wir uns in etwa einer Stunde in dieses Restaurant begeben müßten und jetzt ist es bald acht."

„Wir fahren sofort los. Meine Herren, ich muß Sie jedoch bitten, mich im Restaurant nicht mit meinem Namen anzusprechen. Sobald wir angekommen sind, bestellen Sie eine leichte, gute Speise, das lieben alle Restaurants. Ich werde Ihnen zunächst nur Ihre Plätze zeigen und dann wieder fortgehen. Ich muß die Bewegungen des hohen Herrn beobachten und für den Fall eines Mißerfolgs schnell nachsehen, ob er womöglich in das andere Restaurant gegangen ist. Wenn ja, läßt sich vielleicht auch dort etwas arrangieren. Schlimmstenfalls wird alles auf einen der nächsten Tage verschoben."

„Was soll das heißen? Schließlich können wir keine zwei Wochen hier bleiben?"

„Das wird auch nicht nötig sein! Entweder klärt es sich innerhalb der nächsten drei, vier Tage oder es passiert überhaupt nichts."

„Gut, nehmen wir an, es läuft wunschgemäß ab, wie sind unsere nächsten Schritte?"

„Ich denke, die Herrschaften sind bereit. Ich werde jetzt ein Taxi rufen und wir fahren in den *Fliederstrauch.*" Bodo Sauer sprach mit dem Empfang, alle erhoben sich. „Sie können ruhig noch Platz nehmen, das Taxi wird erst in etwa zehn Minuten eintreffen."

Alle schwiegen, offensichtlich begriffen sie, daß der Plan in seine entscheidende Phase eingetreten war und rechneten still für sich aus, was aus der Sache werden könnte. Ebenso schweigsam saßen sie in dem Taxi, das sich nur langsam vorwärtswürgte, und niemand bemerkte, daß ihnen in einiger Entfernung ein bescheiden gekleideter Radfahrer folgte, der sich dauernd erschreckt nach allen Seiten umblickte und vor allem vor den schweren Wagen Angst zu haben schien, als ob er dachte: „Einen armem Radfahrer wie mich beachtet ihr überhaupt nicht, jeden Augenblick kann ich unter die Räder geraten! Das bitte ich mir aber aus, meine Herren, schließlich bin auch ich ein Mensch!"

Trotz seiner Ängste folgte er dem Taxi hartnäckig und als es vor den schön gewundenen Leuchtbuchstaben *Der Fliederstrauch* stehenblieb, stieg er ebenfalls vom Rad.

IM „FLIEDERSTRAUCH“

Seit Gründung vor sechzehn Jahren herrschte in dem Restaurant *Der Fliederstrauch* eine ganz besondere Atmosphäre. Der Inhaber dieses ehrenwerten Etablissements, Bernhard Schlick, hatte bereits am ersten Tage entschieden, niemals mit den Gesetzen in Konflikt geraten zu wollen. Das Gesetz ist mir heilig, sagte er sich, Moral aber, gleich welcher Art, ist etwas ganz anderes. Diese negative Auffassung durfte jedoch nicht erahnt werden. Die Räume waren auf solch eine Weise ausgestattet, daß der Gedanke, etwas könne nicht stimmen, niemandem in den Kopf kommen konnte. Das recht große Restaurant war in hervorragend verarbeitetem Palisander gehalten. Die Tische für zwei, vier und sechs Gäste standen in kleinen Nischen, die durch Palisanderwände getrennt wurden, auf denen verschiedene Variationen des Flieders dargestellt waren, Knospen, halbgeöffnete und vollständig ausgeschlagene Blüten. Die Tische standen in drei Reihen und auf jedem glühte eine Lampe im Stil alter Petroleumleuchten. Auf einem von unechten Fliederbäumen flankiertem Podium spielte eine ausgezeichnete Vier-Mann-Kapelle im Frack. Sie bevorzugte klassische Werke, die jedoch nicht so klassisch waren, um langweilig zu wirken. Geräuschlos bewegten sich die befrackten Kellner, junge, hervorragend ausgebildete Männer, über die kostbaren Teppiche.

Die Küche war ebenfalls ausgezeichnet und die Preise lagen auf dem höchsten Niveau. Der Stil des Hauses war auf die High Society des Bonner Bürgertums berechnet, auf die hohe Ministerialbürokratie und bedeutende ausländische Besucher. Es war ratsam, vorher einen Tisch zu bestellen, gelegentlich blieben jedoch auch Tische frei. Wer in einer Nische saß, konnte nur die Konturen der anderen Gäste sehen und ihre gedämpften Stimmen hören. Übrigens, die Aura des Restaurants war so, daß kein einziger Besucher daran denken konnte, sich für die Gespräche an den Nachbartischen zu interessieren, mit einer Ausnahme, der Hausherr wußte stets alles, was unter seinem Dach geschah und seine Augen und Ohren blieben niemals ohne Beschäftigung.

So registrierte er auch heute, vierzehn Minuten nach zwanzig Uhr, daß fünf Herren eintraten. Höflich verbeugte sich am Eingang ein befrackter junger Mann vor den einem Taxi entsteigenden Personen und öffnete die unauffällige Eingangstür. Der erste, ein junger Mann mit aufmerksamen Augen, steckte dem Befrackten auf der Stelle zehn Mark zu, was sofort weitere tiefe Verbeugungen hervorrief, wobei er zugleich wie zufällig auf einen Klingelknopf neben der Tür drückte. Diese Klingel läutete an drei Stellen, in der Küche, in dem Büro von Bernhard Schlick und hinter der Theke, wo er sich gewöhnlich aufhielt. Noch war sie nicht zum Stillstand gekommen, als er den neuen Gästen bereits entgegenlief.

„Ich begrüße Sie im *Fliederstrauch*", sagte er mit einem ungemein breiten Lächeln und verbeugte sich. „Bittesehr, darf ich Sie zu Ihrem Tisch führen?"

Bodo Sauer machte eine auffordernde Geste. „Mein lieber Herr Wirt, darf ich Ihnen meine und Ihre lieben Gäste sozusagen von Hand zu Hand übergeben, ich muß noch einmal kurz fort. Sie wissen doch, in unserer Wirtschaftswunderzeit hat man auch am Abend keine Ruhe. Ich bitte, die Herrschaften zu hegen und zu pflegen. Beweisen Sie unseren amerikanischen Freunden, daß hier nicht schlechter gespeist wird als hinter dem Ozean. Ich gehe selbstverständlich davon aus, daß Ihre Küche jeden zufriedenstellen kann, was auch auf Ihre Weine zutrifft." Bodo Sauer legte dem Wirt seine Hände auf beide Schultern, wobei er ihn anflehte, alles erdenkliche für seine Gäste zu tun. Bernhard Schlick verwandelte sich in ein einziges Entzücken. Den amerikanischen Gästen gefiel diese Geste sehr, denn wenn ein Mann wie der Rechtsanwalt Bodo Sauer den Besitzer eines Restaurants umarmte, war das ein Beweis für die Umwandlung Deutschlands in eine echte Demokratie.

Schnell ging Bodo Sauer fort, wobei er dem jungen Mann am Eingang fröhlich zuwinkte. Draußen hatte es sich stark abgekühlt. Ruhig ging er die Straße herab und betrachtete die Schaufenster. Bald erspähte er den bescheidenen Radfahrer und für eine Sekunde verfinsterte sich sein Gesicht. Er zeigte seine Unruhe nicht, bog aber plötzlich um eine Ecke und schritt schnell zu einer Omnibushaltestelle, an der gerade ein Bus hielt. Er sprang auf und lächelte still über das erstaunte und verloren wirkende Gesicht des herbeigeeilten Radfahrers. An der nächsten Haltestelle sprang er hinaus, amüsierte sich darüber, daß er noch nicht mal bezahlt hatte, erreichte einen kleinen Platz und nahm ein Taxi. Ihm war sonnenklar, daß er verfolgt wurde, aber von wem? Das war wichtig! Vielleicht steckte Lancaster & Strasmight dahinter oder Smith & Ferry?

Alles war möglich und immerhin spielte er ein gefährliches Spiel. Andererseits konnte er angesichts des Gewinns auch ein Risiko auf sich nehmen.

Vor dem Hotel bemerkte er nichts verdächtiges. Als er eintrat, sah er sofort, Fischer und Beatrice hatten nicht viel miteinander gesprochen, beide hatten ihre Texte geübt. Etwas stimmte jedoch nicht. Er sah Fischer an, ihm fehlte die Brille, der doppelte Bogen einer dünnen Metallfassung. Dabei hatte er noch vorgestern solch eine Brille erworben. Wie hat er sie nur vergessen können! Hoffentlich paßte sie. Er ging in sein Zimmer und brachte sie zweifelnd herbei. Jetzt wurde die Ähnlichkeit noch verblüffender. Dann bat er die zwei, ihm die Szene im Restaurant vorzuspielen. Zu seinem Erstaunen war Fischer tatsächlich eins mit seiner Rolle geworden und stellte den Präsidenten ruhig, sicher und mit Gefühl für die eigene Würde dar. Ja, genauso mußte sich eine hochgestellte Persönlichkeit benehmen! Bodo Sauer ertappte sich bei dem Gedanken, daß er sich nicht vorstellen konnte, wie man sich in Gesellschaft anders bewegen könne. Dann schwiegen beide und schauten ihn an.

„Ausgezeichnet!" lobte Bodo Sauer. „Meiner Meinung nach geht es gar nicht besser. Erinnern Sie sich auch an die Speisen und Getränke, die er gewöhnlich bestellt?"

Fischer und Beatrice zählen die Gerichte und Weine auf, auch das war demnach in Ordnung. Die entscheidende Stunde war herangerückt. Aber die Verfolgung? Das machte ihn ein bißchen nervös. Sein Instinkt raunte ihm zu, daß das weder die Polizei noch der Verfassungsschutz waren, wer aber konnte das sein? Jetzt hing alles von seinen Nerven ab und denen der beiden Akteure. Sie mußten in den *Fliederstrauch* fahren.

Er ließ ein Taxi rufen. Bevor sie das Zimmer verließen, bat er Fischer, sich einen Mantel anzuziehen und einen Hut aufzusetzen und gab ihm auch eine rauchigblaue Brille. Beatrice erhielt ein modernes, seidenes Kopftuch. So waren ihre Gesichter kaum zu erkennen. Vom Taxi aus fixierte Bodo Sauer aufmerksam, was rund um das Hotel geschah, ihm fiel jedoch nichts auf.

Dennoch wurde er beobachtet, und zwar von einer kleinen Pension aus, die dem Hotel schräg gegenüberlag. Beobachtet wurde er von jener Person, die von einer ihr übergeordneten Stelle den Auftrag erhalten hatte, ihn auf solch eine Weise im Auge zu behalten, daß er nichts bemerkt. Der Posten sah, wie drei Personen das Hotel verließen, zwei Männer und eine Frau. Zwei waren ihm unbekannt, der Dritte aber konnte nach Figur und Gang Bodo Sauer sein, wenn auch anders gekleidet als sonst und sein Gesicht selbst durch den starken Fernstecher nur schlecht zu erkennen war. Der Beobachter war sich nicht recht schlüssig, was er unternehmen sollte. Das Taxi fuhr fort.

Anscheinend beobachtet uns niemand, dachte Bodo Sauer erleichtert, als sie vor dem *Fliederstrauch* stehenblieben. ,,So!" sagte er zu Fischer und Beatrice. ,,Mantel und Hut lassen Sie hier und nehmen Sie bitte an dem für Sie bestellten Tisch Platz. Denken Sie daran, wer Sie sind! In einer halben Stunde werde ich ebenfalls im Restaurant sein, aber Sie kennen mich nicht. Bis ich eintreffe, können Sie sich über Belanglosigkeiten unterhalten und Wein bestellen."

Ruhig und unpersönlich lächelnd bewegten sich Fischer und Beatrice in das Innere des Restaurants. Schnell fuhr das Taxi mit Bodo Sauer weiter. Der junge Mann am Eingang öffnete die Tür mit genau solch einer geschickten Verbeugung wie vor Bodo Sauer und seinen Gästen, nahm zehn Mark Trinkgeld in Empfang und drückte virtuos auf die Klingel. Direkt vor der Tür in den Saal wurden sie von Bernhard Schlick empfangen, der Beatrice unter tiefen Verbeugungen mit *,,Gnädigste"* ansprach und Fischer *,,Herr Präsident"* nannte. Er machte eine einladende Bewegung mit der Hand und führte sie weiter. An einem Tisch für zwei Personen machte sich bereits ein würdevoller junger Kellner zu schaffen. Fischer und Beatrice nahmen Platz. Hinter der Palisanderwand waren gedämpfte englische Worte zu hören und die Silhouetten einiger Herren zu sehen. Der Präsident der Bundesbank und seine Sekretärin interessierten sich jedoch nicht dafür. Blitzartig lagen die Speisekarten in herrlichen Lederhüllen vor ihnen, sie zeigten in Golddruck einen von einem Helm beschatteten Küraß, von dem sich zwei Fliederdolden herabließen.

,,Da sind sie!"sagte Scatter leise zu Pearson. ,,Wollen wir zuhören."

,,Was ist mit dem Tonband?"

,,Bringt Sauer in einigen Minuten, inzwischen bestellen wir etwas."

In diesem Augenblick entstieg Bodo Sauer am Bahnhof dem Taxi, steckte dem Fahrer zwanzig Mark zu und bat ihn, ein paar Minuten auf ihn zu warten. Er schloß Mantel, Hut, Brille und Tuch in ein Schließfach ein und als der fröhlich gewordene Fahrer wieder vor dem *Fliederstrauch* stoppte - er hatte immerhin zwölf Mark Trinkgeld erhalten - stellte sich heraus, daß diese Operation nur vierunddreißig Minuten beansprucht hatte.

Im Restaurant war es wie geplant: Fischer und Beatrice saßen auf ihren

Plätzen und neben ihnen die Amerikaner, getrennt durch die Palisanderwand. Als Bodo Sauer an den beiden vorbeiging, verzog er keine Miene und nahm mit sanftem Lächeln direkt neben der Trennwand Platz, neben Mr. Teak. Nach einigen Minuten erschien ein wunderbares Gericht mit mehreren Saucen und Salaten. Es begann eine lange Konversation auf englisch, wie diesem geheimnisvollen deutschen Fisch zu Leibe gerückt werden könnte. Als Ureinwohner erteilte Sauer lächelnd seine Ratschläge und öffnete unbemerkt seine Tasche. Ein kleines Mikrofon erschien und verschwand in dem Hohlraum zwischen der Palisanderwand und dem Fußboden, dann kroch die Strippe in die gleiche Richtung. Das bedeutete, auf der anderen Seite der Palisanderwand hatte sich Beatrice eingeschaltet. Fischer warf ihr einen Blick zu.

„Ja, meine Liebe!" begann er ruhig. „Sie als meine Sekretärin gehören zu meinen engsten Mitarbeitern und ich sage Ihnen ganz offen, daß ich großes Glück mit Ihnen gehabt habe. Ich kann mich nicht entsinnen, zuvor eine ähnlich hervorragende Mitarbeiterin gehabt zu haben, auch früher nicht, als ich noch nicht Bundesbankpräsident gewesen bin. Aber was soll ich Ihnen da alle möglichen Komplimente machen, wie oft haben Sie sie schon gehört, und wieviele Unannehmlichkeiten müssen Sie an meiner Seite auf sich nehmen, Unannehmlichkeiten, die von mir abhängen, aber auch solche, die unabhängig von mir auf uns zukommen. Offiziell bin ich einer der ersten Männer der Bundesrepublik, vor Unannehmlichkeiten und Überraschungen bin ich aber genausowenig gefeit wie der Inhaber einer Kleinstfirma. Der Haken liegt jedoch darin, daß meine Unannehmlichkeiten sachlich gesehen einen weit größeren Umfang haben als die eines Privatunternehmers und denen der Minister durchaus gleichgestellt sind. Nicht selten geben die politischen Parteien zu verstehen, durch die Presse oder sonst irgendwie, daß sie es gerne sähen, wenn die Bundesbank dieses oder jenes täte, und zwar meistens das, was aufgrund einer Reihe verschiedenster Überlegungen gerade nicht gemacht werden sollte. Wie aber soll man das den Politikern klarmachen?

Die Regierung ist jedenfalls nicht abgeneigt, das eine oder andere Problem auf die Bundesbank abzuschieben, selbst aus dem Ausland werden Wünsche und Forderungen angemeldet. Überhaupt, alles kann man gar nicht aufzählen, und Sie haben mit mir zusammen zu leiden. Sie erhalten zwar ein blendendes Gehalt, aber dennoch habe ich Ihnen gegenüber kein ruhiges Gewissen und möchte mich wenigstens heute ein wenig revanchieren, indem ich Sie in dieses Restaurant führe, so daß Sie sich etwas zerstreuen können. Das benötigen wir beide schließlich sehr, nach dem, was wir hinter uns haben und was uns in den nächsten Tagen erwartet. Mit Ihnen kann ich ja, zumal Sie sowieso sehr viel wissen, offen reden. Im Laufe der letzten Wochen ist eine erbitterte Polemik in der Fachpresse und den übrigen Massenmedien über das Schicksal der Mark entbrannt. Das Ausland sehnt eine Aufwertung herbei und drückt auf alle Knöpfe. Über welche Kanäle nicht alles versucht wird, dieses Ziel zu erreichen, das, wie in den letzten Tagen festgestellt werden konnte, nicht in unserem Interesse sein kann, das heißt, nicht im Interesse unserer Wirtschaft. Allmählich begreift das auch die Regierung, und die Amerikaner, unsere mächtigen Verbündeten, rasen und toben. Dennoch haben wir uns entschlossen, ausgehend von der Betrachtung, daß der Export unbedingt gefördert werden muß, entgegen den allgemeinen Erwartungen einen politisch durchaus riskanten Schritt zu wagen und die Mark abzuwerten, und zwar erheblich. Ich kann Ihnen sagen, bisher hat noch niemand seine Währung in vergleichbarem Maße abgewertet. Das Geschrei und die Empörung werden natürlich ungeheuerlich sein, besonders bei den Amerikanern, aber was soll man tun, immerhin sind wir ein unabhängiger Staat!"

„Wären Sie nicht mein Vorgesetzter und Präsident der Bundesbank, würde ich Ihnen nicht glauben." sagte Beatrice.

„Das ist logisch! Ich habe selbst bis zu dem Augenblick, in dem die Entscheidung gefällt wurde, meine Zweifel gehabt und das soll viel heißen! Aber trinken Sie Ihren Wein aus, wir wollen nachbestellen. Hier werden wir glücklicherweise von niemandem gehört und meiner Meinung nach ist es viel ungefährlicher, sich hier zu unterhalten als in meinem Büro. Obwohl meine Mitarbeiter streng durchleuchtet wurden, weiß niemand, ob sich der eine oder andere vielleicht doch als Verräter entpuppt und dann wird eine Entscheidung möglicherweise zu früh bekannt. Für einen Geheimnisträger ist die Technik auf bestimmten Gebieten viel zu weit fortgeschritten. Es werden zwar alle möglichen Vorsichtsmaßnahmen getroffen, sogar äußerst scharfsinnige, eine Garantie gibt es jedoch nicht und wird es niemals geben können."

„Als Sie sagten, daß man sich hier ungefährdet unterhalten kann, jedenfalls offener als bei uns in Frankfurt, haben Sie mir die Lösung eines Problems ungemein erleichtert. Etwa zwei Stunden, bevor wir uns getroffen haben, erreichte uns ein interessantes Dokument. Endlich hat Doktor Gutmann abgeliefert, womit er sich bereits seit über zwei Wochen befaßt, nämlich eine mehr oder weniger vollständige Aufstellung von Firmen, die bei den Banken größere Kreditwünsche anmelden, jedoch nur zögernd bedient werden, da ihre wirtschaftliche Situation unsicher ist. Kurz, Doktor Gutmann hat in seiner Liste solche Firmen erfaßt, die an der Schwelle des Bankrotts stehen und deren weitere Existenz nur unter Gewährung bedeutender Kredite aufrechterhalten werden kann. Meiner Meinung nach analysiert er die Situation durchaus gerecht, wenn er behauptet, daß eine Firma, die aus eigenem Verschulden in eine schwierige Lage geraten ist und deren Leitung ihre Unfähigkeit, diesen Schwierigkeiten zu begegen, bewiesen hat, nicht auf Sanierung durch den Staat hoffen könne. Doktor Gutmann ist der Meinung, daß auch wir eine gewisse Verantwortung tragen und die Geldinstitute darauf hinweisen müssen, daß sich die Bundesbank keineswegs verpflichtet fühlt, für sie die Kastanien aus dem Feuer zu holen."

„Sie erschrecken mich. Ist seine Liste sehr umfangreich?"

„Etwa zwei Dutzend Namen. Ich muß hinzufügen, daß es sich selbstverständlich nur um volkswirtschaftlich bedeutende Unternehmen handelt, deren jährlicher Umsatz mindestens fünfhundert Millionen beträgt."

„Erwähnt er auch ausländische Firmen?"

„Nein, er führt nur deutsche Unternehmen auf."

„Wissen Sie, ich vergehe vor Neugier! Doktor Gutmann ist ein Mann, auf den man sich verlassen kann. Schade, daß Sie dieses Papier nicht bei sich haben."

„Ich habe es bei mir, aber ist es denkbar, daß Sie sich hier, wo Sie sich zerstreuen und ausruhen wollten, mit Geschäften befassen? Ich habe sogar ein schlechtes Gewissen."

„Glauben Sie mir, wenn ich hier bin, will ich nur eines, nicht nachdenken, gut essen und trinken und darauf habe ich wirklich ein Recht. Ich wollte mich auch bei Ihnen für Ihre schwere und aufopfernde Arbeit irgendwie revanchieren. Dennoch bitte ich Sie, mich mit diesem Schriftstück vertraut zu machen."

„Wenn Sie sich unbedingt quälen wollen, muß ich wohl Ihren Wunsch respektieren."

Bodo Sauer und die Amerikaner hörten, wie Fischer hinter der Palisanderwand still lachte. Alle fünf spitzten die Ohren. Der Verschluß einer Damenhandtasche knackte, es raschelte, vermutlich wurde ein Stück Papier entfaltet. Dann las eine ruhige weibliche Stimme etwas vor, weder laut noch besonders leise. Zuerst nannte sie die genaue Firma und gab eine kurze Charakteristik des Betriebes, dann folgten Hinweise, wann die schlechte Entwicklung eingesetzt hatte, ein Bericht über die allgemeine Lage der Branche und zum Abschluß die Begründung, warum gerade dieses Unternehmen nicht als lebensfähig angesehen werden konnte sowie eine Analyse der Überlegungen, die zu diesem Ergebnis geführt hatten. Abgeschlossen wurde der Bericht mit der Bemerkung, daß er lediglich ein Exposé aus einer längeren Ausarbeitung sei und dem endgültigen Ergebnis vorgreife.

Bodo Sauer spitzte die Ohren noch mehr, die Amerikaner machten das gleiche. Plötzlich verengten sich die Augen Scatters, der ihm gegenübersaß, zu kleinen Schlitzen - hinter der Palisanderwand war der Name des Kölner Konzerns gefallen. Bodo Sauer hob die Augen und atmete erleichtert auf. Teak aber legte seine Hand auf Sauers Jackett, als ob er ihm bedeuten wollte, nun sei ja alles gut. Tatsächlich, Bodo Sauer konnte zufrieden sein, alles war plangemäß verlaufen. Die beiden hinter der Palisanderwand hatten ihre Aufgabe glänzend gelöst. Ruhig las Beatrice weitere Namen vor. Manchmal unterbrach Fischer sie sachlich oder bat, einige Angaben zu wiederholen. Einmal sagte er auch, daß er über diese Firma so gut wie gar nichts wisse.

„Ich darf wohl annehmen", Bodo Sauer blickte seine hinter dem großen Teich lebenden Freunde fragend an, „jetzt können wir uns ein paar Flaschen von dem besten Rheinwein kommen lassen."

„Ja, unbedingt!" stimmte der fröhlich gewordene Bowman zu und zischte durch die Zähne. „Welch ein Eklat! Was haben sie uns alles erzählt! Wenn man ihnen zuhört, klingt es, als ob ihre Lage besser sei als die von General Motors!"

Still für sich dachte Bodo Sauer, es wird Zeit, an den Rückzug zu denken. Das monotone Lesen hörte auf, jetzt entstand das Problem, wie er unbemerkt das Mikrofon wieder in seine Tasche ziehen konnte.

*

Zerstreut ging Aristarch Trofimowitsch im Zentrum Bonns umher, ziel- und planlos. Geschlagene zwei Stunden hatte er bei den Numismatikern verbracht, die ihn um Erlaubnis baten, seinen Schatz zu fotografieren und auch einen Gipsabdruck machten, seine Frage nach dem Wert jedoch ausweichend beantworteten: Wegen der großen Seltenheit des Objektes sei es schwierig, etwas zu sagen. Man bat ihn um seine Adresse, er gab ihnen seine Frankfurter Anschrift. Gegen vier speiste er im Hotel, Gersdorf war nicht da. Dann ging er wieder spazieren und aus Langerweile ins Kino, in einen ganz blöden Film, an der Kasse saß jedoch eine großartige Frau in einem Kleid, das an die Federn der schönsten und dümmsten Vögel der Welt erinnerte. Als er das Kino verließ, war es bereits dunkel. Ganz Bonn erstrahlte im Licht der Leuchtreklamen und ihm wurde komisch bei dem Gedanken zumute, daß in diesen Stunden vermutlich selbst die ernsten und geschäftigen deutschen Politiker ihren Zoll an das Irdische abführten.

Er ging an der grauen Mauer eines großen Hauses entlang. Aus welcher Epoche es stammte, konnte er nicht feststellen, und las die lilafarbenen Buchstaben *Der Fliederstrauch* in kunstvoller Rundschrift. An der ebenfalls grauen, unauffälligen Tür stand ein breitschultriger junger Mann im Frack. Warum soll ich da nicht eintreten, überlegte Aristarch Trofimowitsch, sie werden mich zwar ein wenig zur Ader lassen, aber ich bin ja allein, und so ging er auf den jungen Mann zu. „Darf ich erfahren", der junge Mann beugte sich höflich zu ihm, „kann ich hier zu Abend essen?"

„Haben Sie einen Tisch bestellt?"

„Nein, ich bin erst ein paar Tage hier und möchte mir gern etwas interessantes ansehen."

„Da sind Sie bei uns gerade richtig! Leider ist es schwierig, wenn kein Tisch reserviert worden ist, aber ich glaube, wir haben noch Platz und Sie sind ja allein. Aber bitte, nehmen Sie es nicht übel, wenn Sie nach ein paar Minuten wieder durch diese Tür hinausgehen müssen."

„Natürlich nicht."

Wieviel Trinkgeld muß man hier geben, überlegte Aristarch Trofimowitsch, und gab ihm fünf Mark. Wieder verbeugte sich der junge Mann und öffnete die Tür. Der Raum wirkte ausgespochen gediegen und geschmackvoll. Eine hübsche, aber keineswegs vulgäre Garderobiere nahm seinen Regenmantel in Empfang und reichte ihm eine Metallnummer. Er gab ihr eine Mark, sie gab zu verstehen, daß dies zwar nicht nötig sei, nahm die Mark dennoch an und zeigte auf eine andere Tür. Dort wurde er von einem kleinen Mann empfangen. Als er hörte, daß Aristarch Trofimowitsch keinen Tisch bestellt hatte, hob er erstaunt die Augenbrauen und bat ihn, einen Moment zu warten. Er kehrte jedoch sehr schnell zurück und erklärte, er habe einen Zwei-Personen-Tisch für ihn. Verlegen nahm Aristarch Trofimowitsch Platz.

Das Restaurant war in dunkelbraunem, ihm unbekanntem Holz gehalten und zeigte überall kunstvolle Schnitzereien. Gedämpft leuchteten die Tischlampen in unterschiedlichen Farbnuancen: rotbraun, grünblau, gelbgrün. Ihr Licht war weich und angenehm. In der Tiefe spielte eine kleine Kapelle ein bekanntes Werk von Mozart. Ihm wurde die aufwendige Speisekarte so geschickt und geräuschlos vorgelegt, als ob sie von selbst erschien. Aristarch Trofimowitsch bestellte sich Pastetchen und ein Glas Wein, der teuer, aber wirklich hervorragend war, und dann begann er, sich umzublicken.

Ihm gegenüber auf der anderen Seite des etwa drei Meter breiten Ganges saßen ein älterer, grauhaariger Herr mit einem klugen, willensstarken Gesicht und eine nicht mehr junge, hübsche Dame, die ihm langsam und deutlich etwas vorlas. Ein paar Bruchstücke gelangten an sein Ohr, es ging um irgendwelche Firmen und Kredite, demnach ein langweiliges Thema. Die Musik gefiel Aristarch Trofimowitsch sehr, wenn er sich auch nicht sonderlich bemühte, der Kapelle zuzuhören. Die Pastetchen zerschmolzen im Munde und der Wein kitzelte kühl den Gaumen. Welch angenehmes Gefühl, dachte er, in solch einem Restaurant zu sitzen, wenn ihn die Preise auch leicht erschreckten - die Größenordnung des *Fliederstrauchs* war ihm bisher unbekannt - aber er hatte ja genügend Geld bei sich. Die Dame gegenüber las noch immer monoton und mit guter Diktion, manchmal stockte sie, wechselte ein paar Worte mit dem graumelierten Herrn und dann brachte man ihnen einen kleinen, verschlossenen Silberbehälter.

Langsam schläferte die Musik Aristarch Trofimowitsch ein und das rote, gedämpfte Licht erinnerte ihn immer stärker an den roten Widerschein, den er gesehen hatte, als er krank war. Die Stimmen hinter der hölzernen Trennwand ähnelten der aus diesem roten Licht emporströmenden uferlosen Stimmenflut. Plötzlich wurde ihm sehr traurig und ängstlich zumute, womöglich kehrte die Krankheit zurück. Er aß zu Ende und hatte kaum seine Hand erhoben, als der Kellner bereits an seinem Tischchen stand. Er zahlte, gab zehn Mark Trinkgeld, was den unerschütterlichen Ober offensichtlich in Erstaunen versetzte, sagte ihm, der wohl nie etwas anderes hörte, ein paar Komplimente, zog seinen Regenmantel an und ging hinaus, wobei er dem jungen Mann am Eingang wieder fünf Mark gab.

Ein komischer Typ, dachte der, bescheiden gekleidet, tiefliegende Augen, wirkt gedankenverloren und traurig, ist zu Fuß, aber dennoch freigebig. Hier fährt manch einer mit dem Mercedes vor, gibt dir aber keine zehn Mark, ein sympathischer Sonderling.

ENTDECKUNGEN

Schnell ging Aristarch Trofimowitsch eine große Straße entlang, dann bog er um eine Ecke. Er fühlte sich noch nicht satt: wie jedes gute Gericht in einem guten Restaurant hatten die Pastetchen lediglich seinen Appetit angeregt. Ich muß noch etwas essen, entschied er, wenn ich schon in Bonn bin, der Hauptstadt eines zumindest in der Erinnerung großen Staates. Da ist ja noch ein Restaurant, gehört offensichtlich auch zu den besseren, ein solider Namen, *Kölner Stuben,* auf russisch *Kelnskije Appartamenti* - klingt irgendwie komisch! Er trat ein. Diesmal empfing ihn ein grauhaariger Mann im Smoking und schaute ihn fragend an, ohne ein Wort zu sagen.

„Ist Ihre Küche noch offen?“ fragte Aristarch Trofimowitsch. „Ich hätte gern zu Abend gegessen.“

Erstaunt und sogar gekränkt schaute ihn der Grauhaarige an, als ob er sagen wollte, was Sie für eine komische Frage stellen, wissen Sie überhaupt, wo Sie sind? „Bitte, hier, durch diesen Gang!“

Der Gang war etwa fünf Meter lang, links war die Garderobe, an der ein älterer Mann saß und sich mit einem jüngeren unterhielt, der Aristarch Trofimowitsch aufmerksam musterte. Rechts zwei Türen mit einem großen *H* und *D,* eine dritte Tür aus dickem Glas, wie in gotischen Kathedralen, öffnete sich vor ihm. Der Hauptsaal des Restaurants, sofern er dies war, war viel kleiner als im *Fliederstrauch.* Eine schlanke Kellnerin in einem schwarzen Kleid zeigte in die Tiefe. Angenehmes grünliches Zwielicht herrschte. Er ging in die ihm gewiesene Richtung - und blieb plötzlich wie ein Meilenstein stehen. Ich werde wieder wahnsinnig, schoß es ihm durch den Kopf, so etwas gibt es doch nicht!

Am Gang, zwei Meter von ihm entfernt, saß genau der gleiche etwa fünfzigjährige Herr in einem genoppten Anzug, den er ein paar Minuten zuvor im *Fliederstrauch* gesehen hatte! Diesmal war er in Begleitung von drei Herren mittleren Alters. Es geht wieder los, dachte Aristarch Trofimowitsch und trat einen Schritt näher. In der gleichen Sekunde stellte sich einer der beiden Herren, der korpulent und breitschultrig war, zwischen ihn und den grauhaarigen Herrn. Ein, zwei Sekunden blickten sie sich in die Augen, dann erhob sich noch einer, trat an Aristarch Trofimowitsch heran und fragte ruhig: ,,Wünschen Sie etwas von uns?"

,,Nein, bitte entschuldigen Sie, daß ich vor Ihnen stehengeblieben bin, aber ich habe mich sehr erschrocken."

,,Wieso denn? Ihr Verhalten ist etwas eigenartig, selbst nach modernen Maßstäben. Sie kommen in ein Restaurant und bleiben zwei Schritt vor Ihnen unbekannten Menschen unbeweglich stehen!"

,,Ich bitte um Entschuldigung, aber mich hat eine unglaubliche Ähnlichkeit in Erstaunen versetzt."

,,Ich denke, Sie haben niemanden von uns je zuvor gesehen?"

,,Ja, das stimmt, Sie sind mir unbekannt, aber diesen Herrn, den Grauhaarigen mit der metallglänzenden Brille, habe ich vor etwa zehn, fünfzehn Minuten bereits in einem anderen Restaurant gesehen."

,,Darf ich fragen, wo?"

,,Ich war vorher im *Fliederstrauch,* nicht weit von hier."

Die vor Aristarch Trofimowitsch stehenden Männer schauten sich schweigend an. ,,Wie sagten Sie, im *Fliederstrauch?*"

,,Ja, eben bin ich dort gewesen, und es hat mich sehr erschreckt, hier dasselbe Gesicht zu erblicken, und dabei gehe ich ziemlich schnell."

,,Darf ich Sie bitten, für einige Minuten an unserem Tisch Platz zu nehmen?" forderte ihn der Graumelierte auf. ,,Sie scheinen allein zu sein?"

,,Ja, gern." Aristarch Trofimowitsch nahm Platz. Kluge, graue Augen blickten ihn leicht spöttisch und wachsam an, wirkten jedoch keineswegs herausfordernd oder gar feindlich. ,,Sie sagten, Sie haben mich vor ein paar Minuten im *Fliederstrauch* gesehen? Stimmt das?"

,,Ja, und Sie wurden von einer Dame begleitet."

,,Darf ich fragen, wer Sie sind?"

,,Ich heiße Aristarch Jermolow?"

,,Jermolow, das klingt russisch oder sind Sie vielleicht Bulgare?"

,,Nein, ich bin russischer Emigrant und lebe in Frankfurt. Ich bin seit vorgestern abend hier in Bonn, wollte etwas essen und kam in den *Fliederstrauch.*"

,,Was haben Sie denn dort bestellt?"

,,Ich habe sehr delikate Pastetchen gegessen und ein Glas Wein dazu getrunken."

„Und dann sind Sie hierhergekommen, hat es Ihnen denn dort nicht gefallen?"

„Mir hat es sehr gefallen, aber offen gesagt, dort war es ein bißchen teuer und so bin ich hungrig geblieben."

„Das klingt logisch. Sie sagen, daß Sie mich dort gesehen haben?"

„Ja."

„Aber ich bin schon seit mehr als einer Stunde hier!"

„Ja, und gerade, daß Sie hier sind, hat mich so in Erstaunen versetzt. Ich bitte sehr um Entschuldigung."

„Sie brauchen sich nicht zu entschuldigen, vor allem nicht im voraus. Darf ich Sie bitten, meine Freunde und mich in den *Fliederstrauch* zu begleiten?"

„Selbstverständlich, dazu bin ich ja verpflichtet, nachdem ich Ihnen solch eine Geschichte erzählt habe."

Der Grauhaarige erhob sich. „Lieber Sprunker, seien Sie so freundlich und zahlen Sie für uns, dann kommen Sie ebenfalls in den *Fliederstrauch*. Da bin ich aber gespannt!"

Wer ist dieser grauhaarige Herr, dachte Aristarch Trofimowitsch, einen Namen hat er nicht genannt. Ein Minister ist er nicht, vielleicht Abgeordneter im Bundestag oder Bundesrat, anscheinend ein wichtiger Mann, alle schauen ihn interessiert an. Sie schritten nach draußen, voran derjenige, der sich als erster zwischen ihn und den Grauhaarigen gestellt hatte, dann der Grauhaarige und er, und hinter ihnen zwei andere, die sich flüsternd unterhielten. Das sind wohl Sekretäre oder Sicherheitsbeamte, überlegte Aristarch Trofimowitsch. Ein großer und vermutlich sehr teurer Wagen stand am Bürgersteig. Der Grauhaarige öffnete selbst die hintere Tür. „Darf ich bitten!" Aristarch Trofimowitsch nahm Platz, genau wie die übrigen, und zwei Minuten später glitt der Wagen die gewundene Inschrift *Der Fliederstrauch* entlang. Ruhig stiegen sie aus, derselbe breitschultrige junge Mann im Frack stand an der Tür, die er sofort öffnete. Aus seinem Gesicht war jedoch zu lesen, daß er blitzschnell versuchte, etwas zu begreifen, aber nicht fähig dazu war. Ein Mann in einem dunklen Anzug kam ihnen bereits entgegengelaufen.

„Ich habe die Ehre, Sie zu begrüßen, Herr Präsident! Wieder sind Sie hier, bei mir! Eine so große Auswahl an Menüs haben wir lange nicht mehr gehabt!"

„Herr Schlick!" unterbrach ihn der Grauhaarige ruhig. „Kann ich mich ein paar Minuten in Ruhe mit Ihnen unterhalten?"

„Aber natürlich, ich stehe immer zu Ihrer Verfügung."

„Es handelt sich um folgendes: Vor ein paar Minuten betrat dieser Herr die *Kölner Stuben,* in denen ich mich mit meinen Freunden befand und blieb wie angewurzelt vor mir stehen. Auf unsere erstaunten Fragen erklärte er, er habe mich zehn oder fünfzehn Minuten zuvor hier bei Ihnen gesehen, zusammen mit einer Dame, und sei sehr erstaunt, mich ein zweites Mal zu treffen, was er sich nicht erklären konnte."

„Stimmt haargenau, Herr Präsident, Sie sind mit einer Dame hier gewesen und waren etwa anderthalb Stunden mein Gast. Ich bin immer stolz auf Ihren Besuch, Sie haben..."

„Gestatten Sie, daß ich unterbreche. Sie haben mich selbst gesehen, Herr Schlick?"

„Sicher, und mein ausgezeichneter Alex Hasenstumpf hat Sie bedient, er ist einer meiner besten."

„Könnten Sie ihn herbeiholen? Ich hätte ihn gern selbst gefragt."

„Bitte, Elisabeth, holen Sie den Hasenstumpf schnell her!"

Die Garderobiere rannte los. Hasenstumpf erschien, und sowie er über die Schwelle trat, stand auf seinem Gesicht solch ein Erstaunen, daß man ihn gar nicht erst zu fragen brauchte. Trotz seiner ausgezeichneten Schulung und der großen Disziplin eines gutbezahlten Kellners senkte sich sein Unterkiefer herab, als er den Präsident der Bundesbank zum zweiten Mal erblickte.

„Herr Hasenstumpf, Sie haben den Herrn Präsidenten doch erst vor kurzem bedient?"

„Ja, sicher."

„Und ich bin in Begleitung einer Dame gewesen?"

„Ja, gewiß, sie war etwa vierzig Jahre alt, sehr elegant."

„Wo habe ich gesessen?"

„Darf ich bitten, mir zu folgen?" Hasenstumpf wirkte jetzt völlig verblüfft. Wieder betraten sie die Aristarch Trofimowitsch bereits bekannten Räumlichkeiten, in denen weiches, gedämpftes Licht verschiedenfarbiger Lampen vorherrschte.

„Hier, an diesem Zweiertisch, Herr Präsident, er ist auch jetzt noch nicht besetzt."

„Diesen Herrn haben Sie auch gesehen?"

„Ich habe ihn allerdings nicht bedient. Er hat Ihnen genau gegenüber auf der anderen Seite des Ganges gesessen und wurde vom Kollegen Welenius bedient."

„Wie lange bin ich hier gewesen?"

„Etwa anderthalb Stunden oder etwas länger, Sie haben Ihr Lieblingsgericht bestellt und Wein."

„Wunderbare Geschehnisse! Was ist da bloß passiert? Vielleicht haben Sie gehört, was gesprochen wurde?"

„Nein, natürlich nicht, Herr Präsident, es gehört nicht zu unseren Obliegenheiten, die Gespräche unserer Gäste zu hören, wenn man auch ab und zu Bruchstücke auffängt. Ich habe lediglich bemerkt, daß Ihnen die Dame lange Zeit etwas von einem Stück Papier vorgelesen hat, es waren mehrere Seiten, und Sie haben aufmerksam zugehört."

„Was ist danach mit mir und diesem Herrn passiert?"

„Dieser Herr ist viel später gekommen als Sie, er war uns aufgefallen, weil er gutes Trinkgeld gegeben hat."

„Wieviel?" fragte der unauffällig hinzugetretene Sprunker.

„Zehn Mark, als er Wein und Essen bezahlte."

„Und was habe ich getan?"

„Sie haben ebenfalls gezahlt und sind fortgegangen, zusammen mit Ihrer Dame, etwa zehn Minuten nach ihm."

Aristarch Trofimowitsch schwieg und hörte zu. Das Gesicht des Grauhaarigen wurde finster. Ernst und aufgeschreckt schauten seine Begleiter drein. „Vielen Dank, Herr Schlick. Wir kennen uns seit über zwei Jahren und ich bin oft Ihr Gast. Ich kann mir zwar nicht vorstellen, wer es nötig gehabt haben sollte, mich bei Ihnen zu imitieren und welche Absichten er damit verfolgt hat, kann aufgrund meiner verantwortungsvollen Position jedoch kaum etwas gutes annehmen. Ich bitte Sie daher, von diesem Vorfall und diesem Gespräch niemandem etwas zu erzählen."

„Selbstverständlich, Herr Präsident, ich werde die Verschwiegenheit in Person sein. Sie kennen mich doch!"

„Auch ich bitte Sie darum." Sprunker zeigte seinen Ausweis. „Sie wissen, was das bedeutet?"

„Ich bitte um Entschuldigung, stimmt etwas nicht?"

„Da sind einige Komplikationen aufgetreten, Herr Schlick, das geht aber nur mich und diese Herren etwas an. Sie haben nichts damit zu tun, ich bitte Sie lediglich um Ihr Schweigen."

„Jetzt muß man nur noch erfahren", ergänzte Sprunker, „wohin er sich mit seiner Dame begeben hat."

Der breitschultrige junge Mann vor dem Eingang bestätigte die Freigebigkeit von Aristarch Trofimowitsch und ergänzte, daß er zu Fuß fortgegangen war und ihm höflich eine gute Nacht gewünscht hatte. Der

Präsident und die hübsche Dame waren mit dem Taxi weggefahren, die Nummer hatte er sich nicht gemerkt.

„Das zwingt uns, eine Filigranarbeit durchzuführen und sämtliche Bonner Taxifahrer zu befragen, und das sind nicht wenige." bedauerte Sprunker. „Eine andere Möglichkeit haben wir leider nicht."

Hier bemerkten sie, daß einige Schritte vor ihnen ein unscheinbarer, bescheiden, ja, sogar ärmlich gekleideter Mann mit einem Fahrrad stehenblieb. Er war spitznasig und hatte ein noch nicht altes, aber stark verlebtes Gesicht. Unentschlossen schaute das Männlein sie an und wußte anscheinend nicht recht, ob es herantreten sollte oder nicht. Dann bewegte es sich entschieden vorwärts, wobei es das Fahrrad neben sich her schob und wandte sich ohne Umschweife an den grauhaarigen Herrn. „Ich würde mich gern mit Ihnen über eine bestimmte Angelegenheit unterhalten."

„Mit mir? Wissen Sie denn, wer ich bin?"

„Ja, sicher, Sie sind der Präsident der Bundesbank. Ich habe Sie oftmals in der Tagesschau gesehen."

„Darf ich fragen, mit wem ich die Ehre habe, mich zu unterhalten?"

„Mein Name ist Meisterbrunner, Privatdetektiv."

Bei dem letzten Wort schnalzte Sprunker mit der Zunge und auf seinem Gesicht war solch eine Empörung zu lesen, gemischt mit Verachtung, daß dem bescheidenen Radfahrer eigentlich nichts anderes übrigblieb, als in die Erde zu versinken. Das tat er jedoch nicht, sondern blickte den Präsidenten der Bundesbank fragend an, der inzwischen völlig richtig entschieden hatte, daß er sich in solch einer Lage befand, in der er sich auch ein Gespräch mit einem schlechtgekleideten Privatdetektiv auf einem Fahrrad erlauben konnte. Daher sagte er schlicht: „Wir fahren jetzt langsam in mein Hotel, es ist nicht weit, *Hotel Europa.* Sie, Herr Meisterbrunner, fahren mit dem Fahrrad hinter uns her."

Im Auto blickte Sprunker den Präsidenten erschreckt und flehend an. „Seien Sie bitte nicht böse, lieber Sprunker", beruhigte ihn der Präsident, „Sie haben mir schon viele Dienste erwiesen und in Ihrer Nähe fühle ich mich stets sicher. Normalerweise wäre mir nie in den Sinn gekommen, mich mit einem Radfahrer von der Straße zu unterhalten, aber der heutige Tag verläuft etwas ungewöhnlich und mir scheint, daß wir von unserem neuen Bekannten interessante Fakten erfahren können. Sollte sich das als Unsinn erweisen, werden wir das Gespräch sehr schnell beenden."

„Ich meine, dieser Fahrradtyp will Ihnen lediglich zehn Mark abbetteln!" sagte der junge Mann, von dem Aristarch Trofimowitsch bei seinem Eintritt in die *Kölner Stuben* so unangenehm fixiert worden war.

„Sollte das der Fall sein, ist es mir auch um zwanzig Mark nicht zu schade. Er ist bescheiden gekleidet, offenbar geht es ihm nicht besonders gut. Wir werden sehen... was macht er denn?"

„Er fährt eifrig hinter uns her."

„Bitte, fahren Sie etwas langsamer, er muß doch in die Pedalen treten!"

„Da ist das Hotel, wir sind gerade rechtzeitig eingetroffen, der Regen setzt ein."

Es war kühler geworden und ein dünner Regen begann zu tropfen. „Wollen wir einen Augenblick auf unseren Radfahrer warten, da ist er ja schon!" Der Spitznasige atmete schwer und glättete seine verwuschelten Haare. „Wohin mit Ihrem Fahrrad?" Aus dem spiegelglasblitzenden Eingang trat ein schlanker, eleganter junger Mann ins Freie. „Ich würde mich gern mit diesem Herrn unterhalten. Wäre es möglich, sein Fahrrad inzwischen irgendwo unterzustellen, für eine Stunde etwa?"

„Gestatten Sie, daß ich es mitnehme. Wenn Sie es brauchen, fragen Sie bitte am Empfang." sagte der junge Mann und dachte still für sich, anscheinend steht uns wirklich eine Wirtschaftskrise bevor, wenn der Präsident der Bundesbank mit irgendwelchen Proleten verkehrt, die mit dem Fahrrad vor Luxushotels vorfahren. Immer passiert was bei uns, das kann ich heute abend meiner Frau erzählen.

Der Präsident der Bundesbank betrat den Fahrstuhl, wobei ihn zwei Herren seines persönlichen Schutzes, sein Sekretär, sein alter Freund Rechtsanwalt Nelke und Aristarch Trofimowitsch begleiteten, als letzter schlüpfte sachlich Privatdetektiv Meisterbrunner hinein. Sie betraten ein großes Zimmer und der Präsident bat seine Gäste höflich, Platz zu nehmen. „Vielleicht möchte jemand etwas trinken?"

„Ich möchte Ihnen keine Mühe machen", sagte Meisterbrunner, „aber meine Kehle ist ganz trocken."

„Das macht keine Mühe. Was wünschen Sie denn?"

„Ich hätte gern eine Cola."

„Und ich Limonade." fügte Sprunker hinzu. Hinter einem Vorhang stand ein kleiner Kühlschrank voller Flaschen, sogar Champagner war durch die offenstehende Tür auszumachen. Nachdem die dunkelrubinfarbene Flüssigkeit in seinem Glas zischte, begann Privatdetektiv Meisterbrunner ruhig und sachlich seinen Bericht. Er wußte offensichtlich, dies war die beste Methode, die Zuhörer zu erhöhter Aufmerksamkeit zu zwingen.

,,Meinen Namen habe ich Ihnen genannt und auch meine derzeitige Beschäftigung. Ich gehöre nicht zu den bedeutenden Größen in meinem Beruf, habe aber einige Erfolge zu verbuchen, andernfalls wären mir nicht verschiedene Observierungsaufträge übertragen worden, was übrigens völlig legal ist. Heute sollte ich eine bestimmte Person beobachten..."

,,Wen? Darf man das erfahren?" Sprunker hob den Kopf von seinem Glas.

,,Das ist Berufsgeheimnis, außerdem steht diese Person in keinen Beziehungen zu jemandem von Ihnen, zumindest habe ich das gedacht, bevor sich heute einige unvorhersehbare Ereignisse ergaben. Also, diese Person ist in Begleitung von vier Herren per Taxi von einem Hotel abgefahren..."

,,Wie hieß das Hotel?" ließ sich wieder Sprunkers Stimme vernehmen.

,,Auch darüber zu reden bin ich nicht befugt. Dem Aussehen nach waren diese Herren Ausländer. Sie fuhren zum Restaurant *Der Fliederstrauch* und traten dort ein, das war gegen acht Uhr. Einer der Herren, und zwar der, für den ich mich interessierte, verließ das Restaurant jedoch sehr schnell wieder und ging zu Fuß fort. Ich bin ihm gefolgt, wurde vermutlich bemerkt und es gelang ihm, mir zu entschlüpfen. Nachdem ich die Spur verloren hatte, kehrte ich zum *Fliederstrauch* zurück und bezog dort Posten, so für alle Fälle, wenn auch nicht sehr nah. Das Restaurant wurde von verschiedenen Leuten betreten und verlassen, die Zeit verging und ich wußte überhaupt nicht, was ich weiter unternehmen sollte. Mehr als eine Stunde verging und wieder stoppte ein Taxi vor dem Eingang. Ich habe einen guten Fernstecher und eine der Gestalten erschien mir bekannt. Ich stellte mein Rad ab, zog die Mütze ins Gesicht und ging auf den Eingang zu, dabei habe ich das Taxi fast berührt. Auf der Straße waren viele Leute. Die Neuankömmlinge stiegen sehr langsam aus und legten zugleich ihre Kleidung ab. Es waren drei, eine Dame und zwei Herren. Die Dame ließ Mantel und Kopftuch im Taxi zurück, der Herr Mantel und Hut sowie eine große dunkle Brille, die er in der Innentasche des Mantels verstaute. Da erkannte ich ihn - das waren Sie, Herr Präsident, oder zumindest jemand, der Ihnen sehr ähnlich ist. Zusammen mit der Dame betraten Sie das Restaurant, der dritte aber, nämlich derjenige, den ich zu beobachten hatte, fuhr mit dem Taxi wieder fort."

,,Wer hat Ihnen diese Beobachtung aufgetragen?" offensichtlich wandte Sprunker die Überrumpelungstaktik an.

„Das ist unwesentlich. Mein Fahrrad war weit und ich konnte ihn nicht verfolgen. So habe ich mich auf meine alte Position zurückgezogen. Nach etwa einer halben Stunde kam er mit dem Taxi zurück, allein, und betrat ebenfalls das Restaurant. Eine Stunde später, oder etwas darüber, kamen Sie mit der Dame heraus und sind mit einem Taxi fortgefahren, die Nummer habe ich mir notiert. Ich blieb weiter auf meinem Posten, um zu klären, was die mich interessierende Person unternehmen würde, und dann sah ich, wie Sie zusammen mit diesen Herrschaften angefahren kamen, nochmals das Restaurant betraten, aber sehr schnell wieder ins Freie kamen. Ihren Gesichtern konnte ich entnehmen, daß etwas nicht stimmte und als ich Sie näher betrachtete, wurde mir klar, daß Sie der richtige Präsident der Bundesbank sind und nicht der andere. Daher habe ich mir erlaubt, Ihnen zu berichten, was ich gesehen habe, das ist alles."

„Ich bin Ihnen für Ihre Offenherzigkeit sehr dankbar. Dieser Herr hat ebenfalls das Phänomen meines Doppelgängers beobachtet. Kurz, ich wollte mir diesen Mann anschauen, aber wir kamen zu spät. Jetzt steht jedoch außer Zweifel, daß diese Begebenheit eine Tatsache ist. Vielleicht sind Sie so freundlich und werden den Herrschaften, die für die Gewährleistung meiner Sicherheit verantwortlich sind, die Nummer des Taxis nennen."

„Hier, bitte, das ist sie, hier oben . . ." Meisterbrunner zeigte einen schmuddeligen Zettel.

„Vielleicht haben Sie etwas vergessen oder möchten dem Herrn Präsidenten noch etwas sagen?" zweifelnd blickte Sprunker Meisterbrunner an. „Darf ich Sie bitten, mir Ihre Ausweispapiere vorzulegen."

„Hier ist mein Paß, und das ist die Zulassung als Privatdetektiv."

„Ich stelle im Augenblick keine weiteren Forderungen an Sie. Dankbarkeit allein ist jedoch zuwenig. Darf ich Ihnen für dieses Gespräch zweihundert Mark aushändigen, nein, eine Quittung brauche ich nicht. Haben Sie Ihre Adresse hinterlassen? Gut! Ich kann mir beim besten Willen nicht vorstellen, was sich aus dieser Geschichte ergeben könnte, vielleicht werden Sie Zeuge sein müssen. Falls Sie irgendwelche Unannehmlichkeiten haben sollten, werde ich Ihnen helfen, soweit mir dies möglich ist."

Meisterbrunner erhob sich, Aristarch Trofimowitsch und die übrigen folgten ihm.

„Ich schlage vor, einige von uns fahren zurück zum *Fliederstrauch* und schauen nach, für welche geheimnisvolle Person sich Herr Meisterbrunner interessiert."

„Was mich angeht, ich bin einverstanden." erklärte Meisterbrunner ruhig. „Da jetzt bereits als erwiesen gelten kann, daß der Mann, den ich zu beobachten hatte, zusammen mit einem Doppelgänger des Herrn Präsidenten in dem Restaurant erschienen ist, wäre es sicherlich nützlich, einige Fragen an ihn zu richten. Es ist ja auch noch nicht spät."

„Einverstanden, ich glaube jedoch, für mich wird es nicht ganz geheuer sein, dieses Restaurant heute nochmals zu betreten. Einstweilen wollen wir jedoch nichts dramatisieren. Ich denke, diese Aufgabe kann von Herrn Sprunker und seinem Kollegen, Herrn Meisterbrunner, übernommen werden. Wir übrigen werden inzwischen noch einiges besprechen müssen. Sie, Herr Sprunker, bitte ich, mich anzurufen, wie spät es auch sei, falls Sie diese geheimnisvolle Persönlichkeit angetroffen oder etwas in Erfahrung gebracht haben."

„Selbstverständlich, Herr Präsident, ich vergehe ja selbst vor Neugier!"

„Ich auch, und Sie, glaube ich, ebenfalls?" lächelnd schaute der Präsident auf Aristarch Trofimowitsch. „Seien Sie ehrlich", fügte er hinzu, nachdem Sprunker und zwei weitere Männer hinausgegangen waren, „meinetwegen sind Sie halb hungrig geblieben. Sie sagten, daß Sie aus Frankfurt kommen. Wo sind Sie denn abgestiegen?"

„Im Gasthof *Der schwarze Graf*, ich wollte hier Informationen über einen wertvollen Gegenstand einholen."

„Wenn Sie ein wertvolles Stück verkaufen wollen, seien Sie bloß vorsichtig!"

„Es handelt sich weniger um eine Kostbarkeit als um eine Seltenheit für ein Museum. Ich habe eine altgriechische Goldmünze."

„Ja, so etwas ist heutzutage selten. Es wäre interessant, wenn ich sie mir gelegentlich ansehen könnte. Jetzt müssen Sie in Ihr Hotel zurückkehren, natürlich wird mein Chauffeur Sie hinbringen. Hier haben Sie die Telefonnummer dieses Hotels. Wenn Ihnen noch etwas in den Sinn kommt, rufen Sie mich an, ich bleibe noch einige Tage hier. Bitte, entschuldigen Sie, daß ich Ihnen so viel von Ihrer Zeit gestohlen habe, aber wir, Sie und ich, sind in eine komische Geschichte geraten und niemand kann wissen, was dabei herauskommen wird."

Aristarch Trofimowitsch drückte die weiche, ruhige Hand der hohen Persönlichkeit, dann die des Sekretärs und des schweigsamen Anwalts. Er stellte sofort fest, daß jeder einen ganz anderen Händedruck hatte. Das Appartement erinnerte ihn irgendwie an die Wohnstätte der Pythia. Auf diesen Gedanken brachte ihn der stilisierte Kamin, der einem altgriechischen Herd glich und sogar griechische Ornamente trug. Das gefiel ihm schon gar nicht! Als er im Auto saß, fühlte er, wie eine unüberwindbare bleierne Müdigkeit auf ihn zukam. Mühsam erreichte er sein Zimmer, kleidete sich mit letzter Kraft aus und schlief sofort ein, wie ein Toter.

Der ebenfalls stark ermüdete und bleich gewordene Präsident der Bundesbank beendete soeben sein Telefonat mit Sprunker. ,,Im Restaurant war niemand mehr? Ja, sicher, es war viel Zeit vergangen. Dafür haben Sie mit Hilfe der Polizei das Taxi gefunden und der Chauffeur hat per Funk das Fahrziel meines Doppelgängers genannt? Ja, ich notiere, Hotel *Stuttgarter Hof.* Vielen Dank! Für heute ist es natürlich zu spät, aber morgen, beim ersten Sonnenlicht, gehen wir dorthin. Und wenn sie verschwinden? Das Hotel wird polizeilich beobachtet, sehr gut. Auch über diesen Privatdetektiv haben Sie was erfahren, nichts anrüchiges, das ist ebenfalls nicht übel. Gute Nacht!"

Danach war dieser turbulente Tag für den Präsidenten der Bundesbank und die Herren seiner Umgebung beendet, wenn es auch noch eine ganze Reihe unbekannter Faktoren gab.

*

Bodo Sauer befand sich in einer ähnlichen Lage. Alles war wie am Schnürchen gelaufen. Das heimtückische Mikrofon konnte unbemerkt wieder in die Aktentasche gesteckt werden und offensichtlich standen die Herren von Lancaster & Strasmight stark unter dem Eindruck des mitgehörten Gesprächs. Fischer und Beatrice hatten den *Fliederstrauch* im richtigen Moment verlassen und er war bereits dabei, die praktische Bedeutung des Gesprächs mit den Yankees zu besprechen, als Bowman ihn plötzlich am Ärmel faßte. ,,Schauen Sie, Ihre hochgestellte Persönlichkeit ist zurückgekommen, ohne die Sekretärin, zusammen mit einigen Herren."

Bodo Sauer fühlte, wie ihm ein kalter Schauer den Rücken herabrieselte. Das paßte nicht in sein Programm! Er sah sofort, diesmal war es das Original und die Herren um ihm herum wirkten wie Polizeibeamte. Der hohe Herr unterhielt sich mit dem liebedienerisch umherflitzenden Schlick. Dies bedeutete, der Präsident hatte etwas erfahren. Jetzt hing alles davon ab, wie klug sich Schlick aufführen würde, aber er wußte aus Erfahrung, daß Schlick seinen Verstand in Proportion zu dem ihm zugeleiteten Geld anspannen würde - und er hatte gut gezahlt. Dann gingen alle fort.

,,Ich weiß nicht, warum er wiedergekommen ist." erklärte er möglichst gleichgültig. ,,Wir werden aber wohl nichts mehr von ihm erfahren. Wie stehen Sie zu meinem Vorschlag, daß wir in Ihr Hotel zurückfahren sollten, um uns alles in Ruhe noch einmal anzuhören."

„Ja", sagte Pearson, „dagegen habe ich nichts. Wollen wir zahlen. Für heute haben wir unangenehme Neuigkeiten genug gehört, wenn wir auch wie die Könige gespeist haben. Wollen wir noch einmal alles überdenken." Pearson zog seine Brieftasche heraus, auf der in Goldprägung ein Schloß in spanischem Stil aus seinem heimatlichen Kalifornien dargestellt war. Bodo Sauer machte eine abwehrende Geste.

„Nein, bitte, ich zahle! Wenn Sie irgendwo für mich bezahlen wollen, dann nur in Chicago." und er winkte den Ober herbei.

NACHSPIEL

Tief in der Nacht entschieden die müde gewordenen vier Amerikaner und Bodo Sauer, daß weitere Beratungen über das mitgeschnittene Gespräch zwecklos seien - alles war klar. Jetzt konnte nur noch ein unvorstellbarer Zufall dazu führen, daß die Mark aufgewertet würde, weit schlimmer war jedoch der drohende Zusammenbruch des Kölner Konzerns.

,,Meine Herren, ich bitte, mir zu verzeihen, daß ich Ihnen derart unangenehme Fakten unterbreitet habe. Glauben Sie mir, es wäre mir angenehmer gewesen, Sie nicht enttäuschen zu müssen."

,,Wir sind weit davon entfernt, Sie irgendwie anzuklagen. Es ist erstaunlich, wie Ihnen alles gelungen ist. Sobald wir zuhause sind, werden wir Ihnen den versprochenen Betrag überweisen."

,,Nein, bitte überweisen Sie mir diesen Betrag erst dann, wenn sämtliche Tatsachen bestätigt worden sind. Noch ist die Mark nicht abgewertet und die Herren aus Köln haben ihren Bankrott ebenfalls noch nicht erklärt. Wenn diese beiden Ereignisse eingetreten sind, liegt der Fall anders. Jetzt aber wollen wir schlafen, auch Geschäftsleute müssen bekanntlich einmal schlafen. Wann fliegen Sie zurück?"

,,Morgen, gegen elf."

Anscheinend ist mir der Coup gelungen, überlegte Bodo Sauer, als er im Bett lag und die letzte Donnerstagszigarette rauchte, obwohl bereits Freitag war. Hoffentlich werden im Laufe der nächsten Tage keine wesentlichen Beschlüsse in der Bundesbank gefaßt. Er rief den Empfang an und bat, um sechs geweckt zu werden. Am Freitag mußte er die Spuren verwischen, noch lange war nicht jede Gefahr beseitigt. Er hatte keine Ruhe, er mußte Beatrice anrufen und fragen, wie es mit Fischer und Gersdorf stand. Als er sich anschickte, sie anzuwählen, beendeten Gersdorf und Beatrice gerade ein zufällig begonnenes Gespräch, das für beide von großer Bedeutung sein sollte.

In ihrem Hotel wurden Fischer und Beatrice von dem lächelnden Gersdorf empfangen, als ob er zeigen wollte, daß er sie als sein rechtmäßiges Eigentum betrachtete. „Ich sehe Ihnen an, die Aktion ist erfolgreich verlaufen." sagte er. „Nach den Instruktionen des Chefs muß ich sofort die Spuren liquidieren, wenn es mir auch leid tut. Man könnte vielleicht ein Foto machen, aber das geht nicht. Herrn Fischer hatte ich zuerst präpariert, mit ihm werden wir auch anfangen." Die Prozedur des Abschminkens verlief schnell. „Mir blutet das Herz, wenn ich mein eigenes Kunstwerk vernichte. Fertig! Laufen Sie in Ihr Zimmer, Freund Fischer, und gehen Sie schlafen. Ich sehe, daß Ihnen die Augen zufallen. Jetzt werde ich mich mit Ihnen befassen, meine Gnädigste!"

Beatrice war ebenfalls furchtbar müde. Sie fühlte, daß Gersdorf ein wahrer Künstler war und das söhnte sie einigermaßen mit seinem Äußeren aus. Daher entschloß sie sich, ihm ein paar gnädige Worte zu sagen. „Sind Sie erst nach dem Krieg Maskenbildner geworden, Herr Gersdorf?"

„Nein, ich habe diesen Beruf bereits kurz vor Kriegsanfang erlernt und ihn auch während des Krieges ausgeübt."

„Wie denn?" Beatrice lächelte. „Haben Sie womöglich wenig heroisch aussehende Generäle in Mars verwandelt?"

„Aber nein, das wäre auch eine ziemlich harmlose Beschäftigung gewesen. Ich habe damals in einer Behörde gedient, in der gelegentlich das Äußere von Menschen verändert werden mußte, die an einer unsichtbaren, aber sehr gefährlichen Front bei uns sowie im Rücken der Feinde gekämpft haben, wobei das letztere selbstverständlich mit weit größeren Gefahren verbunden war. In einer derart unsympathischen Dienststelle habe ich arbeiten müssen, da ich wegen des Ballastes am Rücken nicht zur Front genommen wurde. Aber auch ich habe stark gelitten. Als die Massenluftangriffe losgingen, bot man mir an, meine privaten Wertsachen in dem Safe dieses Amtes sicher unterzubringen, was ich leider auch getan habe."

„Wieso denn leider?"

„Weil dazu eigentlich gar keine Notwendigkeit bestand. Dort haben diejenigen, die außerhalb Deutschlands in den feindlichen oder neutralen Ländern verschwanden, ihre Wertsachen hinterlegt und für sie war das auch die beste Möglichkeit, ihr Eigentum zu sichern. Ich aber habe auch alles abgegeben. Uns wurde erklärt, wir würden alles zurückbekommen, ganz gleich, wie der Krieg ausginge. Entgegengenommen hat seinerzeit alles ein Kamerad Ernst. Nach seinem Familiennamen habe ich damals aus Dummheit nicht gefragt. Auf der

Quittung steht nur ein unleserlicher Krakel, aus dem lediglich der Anfangsbuchstabe *P* zu erkennen ist, aber es gibt viele Deutsche, deren Namen mit *P* beginnt."

„Was sagten Sie, sein Vorname war Ernst und der Nachname begann mit einem *P*?"

„Ja, Ernst P., groß, blond, durchaus sympathisch, Oberzahlmeister oder so was ähnliches ist er gewesen. Aber das ist heute nicht wichtig. Nach Kriegsende haben die Alliierten alle Mitarbeiter dieser Behörde, derer sie habhaft werden konnten, vor Gericht gestellt, aber selbst von ihrem Standpunkt aus war es kein Verbrechen, dort Maskenbildner zu sein. Dennoch sind etwa anderthalb Jahre vergangen, bis sich bei mir alles wieder eingerenkt hatte. Ich habe wieder von ganz unten anfangen müssen, bis die Theater und Kabaretts da waren und später das Kino, aber ich bin nicht der einzige Maskenbildner."

„Haben Sie niemals versucht zu erfahren, wie das Schicksal der anderen gewesen ist, die dort gearbeitet haben, Herr Gersdorf?"

„Sicher, zumal diese Dienststelle trotz ihrer Bedeutung recht klein war. Viele sind zugrunde gegangen, der Rest hat sich bei uns und im Ausland versteckt. Nur einem einzigen bin ich begegnet, aber der hatte sich nicht mit so harmlosen Dingen befaßt. Auch bei ihm war alles futsch. Er hat ebenfalls versucht, herauszukriegen, wo seine Wertsachen geblieben sind. Ihm wurde erklärt, daß nach der Kapitulation alles den Alliierten in die Hände gefallen sei, vielleicht sogar den Russen. So wird es wohl gewesen sein. Ich kann mir nicht vorstellen, wie bei einer derartigen Katastrophe das Vermögen von Privatleuten hätte gerettet werden können. So, Sie sind fertig, liebe Beatrice! Entschuldigen Sie bitte, daß ich Sie so familiär anspreche, aber das gehört zur Konspiration. Ich sehe, Sie sind wahrscheinlich noch müder als Ihr Kollege und auch Ihnen rate ich, schleunigst schlafen zu gehen. Darf ich mich verabschieden und Ihnen weiterhin alles Gute wünschen? Ich hoffe, Sie nicht zu sehr gequält zu haben. Darf ich mir erlauben, nach einem Taxi zu telefonieren? Es ist bereits tiefe Nacht."

Beatrice antwortete nicht, und Gersdorf sah auf ihrem Gesicht jenen merkwürdigen Ausdruck, den ein Mensch annimmt, der immerzu etwas erwartet und gleichzeitig hofft, das, worauf er wartet, würde niemals eintreffen - und nun war es doch soweit. Gersdorf verbeugte sich, Beatrice antwortete mit einem Lächeln, an dem nur die Ecken ihres Mundes beteiligt waren, und so ging er hinaus. Sobald die Tür hinter ihm zuschlug, setzte sie sich auf den Stuhl, auf dem Gersdorf sie abgeschminkt hatte.

Jetzt war alles herausgekommen! Sie dachte, genau wie sie mußte sich der

Kapitän der *Titanic* gefühlt haben, als er die Fahrt des Schiffes nicht verlangsamte, obwohl er wußte, daß es in jenen Breitengraden unter Wasser Eisberge gab, und darauf baute, daß gerade er und sein Schiff verschont blieben und sie sind nicht verschont worden. So ergeht es auch mir! Jetzt war ihr klar, was für ein Mensch ihr zweiter Gatte war. Sie stockte in Gedanken, ja, was war er denn? Er hat eine unehrliche Handlung begangen, als Oberzahlmeister wurden ihm Wertsachen seiner Kameraden anvertraut und er hat sie einfach an sich genommen, so wie sich ein Taschendieb eine fremde Geldbörse aneignet. So also ist ihr zweiter Mann! Er, ein Gauner, ist an die Stelle ihres Oskar von Zungenwher getreten, der zu den besten Vertretern der preussischen Militärtradition gehört hatte und tatsächlich ein Offizier war, großgeschrieben. Oberzahlmeister Ernst Preis aber hat sich an dem Eigentum seiner Kameraden vergriffen und mit diesen Mitteln seine Firma finanziert - und die deine, ergänzte eine innere Stimme.

Das Telefon läutete, eine heisere, gleichgültige Stimme sagte: „Ein Gespräch aus Frankfurt für Sie."

Sie hörte ein Knacken und dann die Stimme von Ernst. „Beatrice, endlich erreiche ich dich! Ich habe sogar ein bißchen Angst, daß du zuviel eingekauft hast. Was machst du so, meine Liebe?"

Beatrice fühlte kalten Jähzorn in sich aufsteigen, antwortete aber ruhig: „Morgen fahre ich zurück. Ich habe nur ein einziges Stück erworben, irgendwie waren sie mir zuwider, diese Modesalons!"

Ja, dachte Preis für sich, dies umsomehr, da du in keinem einzigen Modegeschäft gewesen bist. Laut sagte er: „Gut, ich erwarte dich morgen."

Beatrice legte den Hörer auf. Von Fischer hatte sie sich bereits verabschiedet. Wer hätte gedacht, daß ein Schmierenkomödiant wie er derart talentiert ist! Nach dem Gespräch mit Gersdorf war für sie alles einfacher geworden. Ihr Mann war ein Gauner und somit hatte sie, die ihn betrog, jetzt alle Trümpfe in der Hand. Das beruhigte sie sehr. Ihr war klar, daß in kürzester Zeit eine konstruktive Lösung gefunden werden mußte. Ich werde schon was finden, entschied sie, da ist Bodo schon besser mit seinen vielleicht zweifelhaften, aber immerhin bedeutenden Manipulationen. Der Zug nach Frankfurt fuhr sieben Uhr zwanzig, sie konnte noch ein paar Stunden schlafen. Interessant, wie Ernst diesen Vorfall darstellt, ob er lügt und versucht, sich irgendwie herauszuwinden, vielleicht tut er aber nicht mal das. Beatrice schlief viel ruhiger als in der vergangenen Nacht.

Um sechs wurde sie geweckt. Sie fühlte sich ausgeschlafen, aber das Gewicht eines kalten, bösen Drucks, der sich im Laufe der letzten anderthalb Monate wie Satz an der Oberfläche ihrer Seele angesammelt hatte, blieb. Sie zog sich an, frühstückte schnell und bezahlte. Das Taxi kam angefahren und war bereits am Bahnhof, noch bevor sie sich bequem hinsetzen konnte.

*

Zwei Minuten später traf ein zweites Taxi ein, in dem der bereits zu dieser frühen Stunde elegant gekleidete Fürst Koschin erschien, in einem blauen Seidenblazer mit goldenen Knöpfen, auf denen Wappen mit Fürstenkronen abgebildet waren - vielleicht sein eigenes Wappen, hatte seinerzeit Karoline Löw entzückt ihrem Chef, Doktor zu Obernabel und Kapott, berichtet und von Koschin als einzigartigem Vertreter der russischen Aristokratie geschwärmt. Koschins Gesicht drückte ein Gemisch von Leid und Abneigung aus, untermauert von heftigem Ekel. Es war nichts zu machen - als viel zu schlau hatte sich der Winkeladvokat Bodo Sauer erwiesen, grollte er, aber wir sind schon mit ganz anderen fertiggeworden, fügte er in Gedanken hinzu.

Vor einigen Tagen hatte er über einen Bevollmächtigten der New Yorker Firma Smith & Ferry, die er seit langem kannte und denen er schon öfters einen Dienst erwiesen hatte, den Auftrag erhalten, nachzuforschen, was der Rechtsanwalt Bodo Sauer in Frankfurt und Bonn so treibe. Womit hat unsereiner sich schon befassen müssen, dachte er widerwillig, aber weil dort einige recht freigebige Burschen saßen, konnte er mit einem schönen Happen für seine antikommunistische Tätigkeit rechnen. Bevor seinerzeit ernsthafte Kontakte mit ihm aufgenommen wurden, mußte er sich allerdings zweimal von einem Lügendetektor überprüfen lassen. Ein paarmal hatte er Smith & Ferry über zu erwartende Unannehmlichkeiten informiert, die möglicherweise von Vertretern des Staates und einer selbst in den USA unangenehmen Dienststelle ausgehen konnten, nachdem die maßlosen Kaufleute dieser Firmengruppe nicht ganz offiziell Waren an die UdSSR geliefert hatten, die unter Embargo standen.

Koschin war informiert, wann Sauer, der ihm bisher unbekannt war, aus den USA zurückkehrend in Deutschland erwartet werden konnte. Er hatte seine Leute mobilisiert und beauftragte sie, die Villa Sauers zu beobachten, deren Anschrift herauszufinden sich als keineswegs schwierig erwiesen hatte. Schon am dritten Tag begannen die überraschungen. Es stellte sich heraus, daß sich noch andere für Sauer interessierten. An der ungeschickten Art der Beschattung sah er, daß die Konkurrenz vermutlich unbedeutend und demnach ungefährlich sein dürfte, jedoch wurde die Angelegenheit dadurch erheblich komplizierter.

Plötzlich wohnte Sauer in einem Hotel und nicht in seinem eigenen Haus. Um das Hotel von einer kleinen Pension schräg gegenüber zu beobachten, stellte er einen vierten Mann auf, dem der deutsche Radfahrer Meisterbrunner zugeordnet wurde, wie Koschin ihn verächtlich nannte und auch nicht besonders gut bezahlte. Diesmal hatte sich Meisterbrunner mit seinem Rad jedoch als unschätzbar erwiesen. Tief in der Nacht rief er Koschin an - was eigentlich nicht ganz korrekt war - und berichtete, daß sich Bodo Sauer in dem und dem Hotel befände, er, Herr von Koschin, müsse jedoch sehr vorsichtig sein, da das Hotel vermutlich von der Polizei beobachtet würde. Das gefiel Koschin schon weniger. Er fuhr zu dem Hotel, der Radfahrer war nicht da, aber in der Nähe des Eingangs saßen zwei Subjekte in ihrem Auto und es war nicht zu erkennen, was sie dort eigentlich zu tun hatten. Die Polizei! Koschin holte einen seiner Leute herbei und mietete sich selbst in dem Hotel ein, wobei er erklärte, daß er es am nächsten Morgen sehr früh verlassen müsse.

„Aber nicht früher als der erste andere Gast." sagte er.

„Das ist um sechs Uhr fünfzehn."

„Diese Zeit gilt auch für mich." erklärte Koschin mit seinem charmantesten Lächeln und der Portier seufzte erleichtert auf. Koschin nahm zu seinem Mann Kontakt auf und befahl ihm, zu dieser Stunde ein Taxi vor dem Hotel bereitzustellen. Meisterbrunner hatte Sauer und die Dame genau beschrieben und tatsächlich, sechs Uhr fünfundvierzig trat die Dame allein, ohne Bodo Sauer, aus der Hoteltür. Jetzt stand er neben ihr auf dem Bahnhof. Keine fünf Minuten vergingen, als auch Bodo Sauer erschien. Koschin brauchte sich nicht zu verstecken, die beiden kannten ihn nicht. Übrigens, lange konnte er sie nicht beobachten, die zwei nahmen den Intercity nach Frankfurt.

Jetzt konnte er zunächst einen Schlußstrich ziehen. Dem Pärchen nach Frankfurt zu folgen, wäre sinnlos. In ein paar Tagen würde er sowieso in dieser Stadt sein, in der ihm lediglich Karoline Löw attraktiv erschien, die ihn anbetete. Dennoch war etwas nicht in Ordnung mit ihr, spürte er durch die Begeisterung hindurch, die ihm diese attraktive Frau entgegenbrachte. Macht nichts, entschied er, bald wird sich alles klären. Was hat bloß dieser andere mit ihr zu schaffen, der sie begleitet hat, dieser Gusarow oder Gusarewskij? Vermutlich war er ein Freund des Hauses, dachte er, und schwerlich für ihn, Koschin, irgendwie interessant. Er mußte seinen Bericht über Bodo Sauer abfassen und an Smith & Ferry weiterleiten. Zunächst aber hatte er seine Mitarbeiter zusammenzutrommeln. Nachdem Koschin eine Reihe Zeitungen erstanden hatte, fuhr er per Taxi in sein Stabsquartier, wie er sich ausdrückte. Dort telefonierte er lange Zeit und bald trafen nacheinander alle bei ihm ein, die Bodo Sauer beschatten sollten. An dem zuckenden rechten Augenlid ihres Chefs erkannten sie, daß der Fürst mit den Resultaten keineswegs zufrieden war. Es war gelungen, Bodo Sauer zu verfolgen, der nicht in seiner eigenen Villa, sondern in einem Hotel wohnte. Während der letzten beiden Tage hatte er eine beneidenswerte Energie entwickelt, er traf sich mit den unterschiedlichsten Leuten, besuchte Restaurants, wechselte die Hotels - der Sinn seiner Aktivitäten blieb jedoch unverständlich.

,,Vielleicht können Sie etwas erraten?" fragte er Meisterbrunner, der dem Objekt am nächsten gewesen war, wie es im Berufsjargon hieß.

,,Nein, im Augenblick kann ich noch nichts sagen, mir fehlen noch einige Glieder in der Kette." lautete die kalte Antwort.

,,Dann, meine Herren", Koschin machte eine majestätische Geste, ,,lade ich Sie trotz der frühen Stunde in eine Konditorei ein. Wollen wir eine Tasse Kaffee oder Tee trinken und ein gutes Stück Kuchen dazu essen." Es war völlig klar, daß Koschin seine Untergebenen auch ohne diese Bemerkung nur mit dem besten Kuchen bewirtet hätte! ,,Vielleicht werden wir uns noch etwas ausdenken oder in Erinnerung bringen."

Als sie sich einem Café näherten, blieb plötzlich einer der beiden jungen Leute stehen, die Kwjatkowskij und Renz aus der Dachwohnung über den verschlungenen Greifenhälsen beobachtet hatten. ,,Schau mal!" leicht stieß er seinen neben ihm gehenden Kollegen an. ,,Da steht ja unser Volkswagen!"

,,Was für ein Volkswagen?"

,,Na, bis du was kapierst! Der VW der beiden, die ebenfalls die Villa Sauers beobachtet und fotografiert haben. Bleib mal hier stehen und achte auf ihn, vielleicht sind sie auch in dem Café. Das wäre ein Glück!"

Mit wenigen Schritten erreichte der erste junge Mann Koschin und zwinkerte ihm zu. Für eine Sekunde zog Koschin ein erstauntes Gesicht. Als sie das Café betraten, zeigte er bereits wieder die hoheitsvolle Maske eines in unserer schrecklichen Zeit unverstandenen Aristokraten. Sie nahmen Platz. Das Café war nicht groß und in der Tiefe waren zwei Männer zu sehen, die die Beobachter der Villa Sauers sein konnten. Alle bestellten Kaffee, mit Ausnahme Koschins, der Tee vorzog. Sowie die Kellnerin fort war, blickte er streng den jungen Mann an, der energisch, jetzt aber leicht abgespannt wirkte.

„Sie wollen wissen, warum ich Peters am Eingang postiert habe? Nun, weil hinter der Ecke genau der gleiche VW steht, von dem aus Sauers Villa beobachtet worden ist."

„Ich weiß, das haben Sie mir ja schon gesagt."

„Das ist aber noch nicht alles! Ich meine, die zwei sitzen dort, hinter Ihrem Rücken, jedenfalls bin ich zu fünfundsiebzig Prozent sicher, daß sie es sind."

„Interessant, und wie sollten wir jetzt vorgehen?"

„Offiziell sehen sie nicht aus, kaum werden sie von der Polizei oder einem Nachrichtendienst sein, Abwehr oder so. Ich denke, man kann es riskieren, sie offen zu fragen, was sie da eigentlich getan und weshalb sie fotografiert haben. So und so, wir sind mit Rechtsanwalt Bodo Sauer befreundet. Das müßten Sie aber am besten selbst tun, Boß."

Koschin verfinsterte sich, er liebte es nicht, an die Oberfläche des trüben Wassers emporzutauchen, wie er sich ausdrückte, aber diese einzigartige Chance gab sich ihm von selbst in die Hände. „Sind Sie sicher, daß es diese zwei sind?"

„So gut wie sicher!"

„Dann ans Werk!" Langsam und gewichtig erhob sich Koschin und winkte dem so gut beobachtenden jungen Mann mit den Augen, worauf dieser ihm folgte. Sie traten an das Tischchen, an dem die beiden Herren saßen. „Wenn es möglich ist, würde ich mich gern mit den Herrschaften unterhalten."

Renz und Kwjatkowskij sahen sich an, dann blickte Renz erstaunt auf den eleganten, älteren Herrn vor seinem Caféhaustisch. Plötzlich begriff er, diese Konditorei war offensichtlich Treffpunkt verschiedener kommerzieller Kreise. „Bitte, gern, wenn Sie jedoch annehmen, daß wir in irgendeiner Beziehung zur Bonner Geschäftswelt stehen, ist das ein Irrtum. Wir sind keine Kaufleute und völlig uninteressant für Sie, falls Sie selbst Kaufmann sind. Aber vielleicht nehmen Sie Platz, Sie können sich einen Stuhl vom Nachbartisch holen."

Koschin verbeugte sich mit der Miene des Ministers einer Großmacht, den man aufgefordert hat, an einem Essen in einem Obdachlosenasyl teilzunehmen und setzte sich, ihm folgte sein Adjutant. „Darf ich mich vorstellen", begann er, „von Koschin, und das ist mein junger Freund, Herr Rütlinger." Danach machte er eine gravitätische Geste, als ob er seine Gegenüber schweigend fragen wollte, und mit wem habe ich die Ehre? Kwjatkowskij zupfte es an der Zunge, sich ein *von* zuzulegen, was übrigens gar nicht so übel klang, dennoch murmelte er seinen gewohnten Namen, und wie sein Echo stellte sich auch Renz vor. Koschin zog eine noch gewichtigere Miene.

,,Nachdem wir miteinander bekannt sind, kann man zur Tat schreiten. Meine Herren, vor ein paar Tagen, genauer, am Dienstag, wurde festgestellt, daß die Villa meines guten Freundes, des Rechtsanwalts Bodo Sauer, beobachtet wird. Nicht weit vom Hause entfernt stand ein VW mit der Nummer F BW 1092 und in ihm befanden sich zwei Personen, die auch fotografiert haben." Hier machte Koschin eine effektvolle Pause. Renz und Kwjatkowskij lief es kalt den Rücken hinunter, und indem Koschin seiner Stimme einen weiteren Grad Strenge verlieh, fügte er hinzu: ,,Nun, mein Freund und ich hätten gern in Erfahrung gebracht, wodurch dieses große Interesse bei Ihnen hervorgerufen wurde, denn Sie beide sind es gewesen, die mit dem Teleobjektiv in dem VW gesessen haben. Nun, was interessiert Sie an der Villa meines Freundes Bodo Sauer?" Berechnend sprach Koschin so familiär, um seine nahe Bekanntschaft mit dem Anwalt zu unterstreichen.

Es war jedoch nicht so einfach, Renz und Kwjatkowskij um den Finger zu wickeln. Sie stellten sofort fest, daß ihre Besucher nicht von der Polizei kamen, der Name *Koschin* sowie das *von* hatten Kwjatkowskij gezeigt, daß er es zumindest mit einem halben Landsmann zu tun hatte. Er war schon früher russischen Emigranten begegnet und reihte Koschin gleich in die Kategorie jener ein, die Karriere machten mit Hilfe ihres klangvollen, von den Vorfahren ererbten Namens, dessen früheren Träger tatsächlich im Verlauf vieler Jahrhunderte auf den Schlachtfeldern und in Friedenszeiten das russische Imperium aufgebaut hatten. Das wäre an sich nicht so schlimm, aber welche Beziehungen bestanden zwischen diesem Aristokraten und dem Rechtsanwalt Sauer?

Koschin fuhr bedeutungsvoll fort: ,,Bitte, nehmen Sie es uns nicht übel, wenn wir als Freunde und Beauftragte des Rechtsanwalts Sauer ein paar Erklärungen von Ihnen erbitten." Er schwieg und zog ein fragendes Gesicht, wobei er Kwjatkowskij anblickte, den er anscheinend für den wichtigeren hielt.

Statt dessen aber sprach Renz. ,,Zunächst, meine Herren, möchte ich Ihnen deutlich sagen, daß es nicht verboten ist, in seinem eigenen Wagen auf der Straße zu stehen und das Gesetz auch nicht untersagt hat, irgendetwas oder irgendjemanden zu fotografieren. Zweitens sind wir überhaupt nicht an der Villa dieses Herrn Sauer interessiert, sondern lediglich an seinem Auto, einem Mercedes. Wollen Sie den Grund wissen? Herr Sauer hat sich in Frankfurt nicht ganz korrekt verhalten - Sie haben ja schon gesehen, daß wir aus Frankfurt kommen - und beinah diesen Herrn überfahren und seinen Anzug hat er völlig verdorben. Wir sind hier, um Ersatz für den ihm zugefügten Schaden zu fordern."

Der lügt wie die *Prawda,* dachte Koschin und fragte laut: ,,Das soll der Grund dafür sein, daß Sie die Villa des Herrn Sauer beobachtet haben?"

,,Ja, von der Polizei haben wir die Anschrift Sauers erfahren, die Nummer des Mercedes hatten wir uns noch in Frankfurt notiert, und dann haben wir den Wagen fotografiert. Den verdorbenen Anzug können wir Ihnen sogar zeigen."

Sie schwiegen. Alles Lüge, dachte Koschin, was soll das, ein verdorbener Anzug? Ihm wurde jedoch allmählich klar, daß er mit diesem Paar nicht so ohne weiteres fertigwerden konnte. Der erste Angriff war abgeschlagen. ,,In diesem Fall", erklärte er nachdrücklich, ,,müssen Sie damit rechnen, daß Herr Sauer die Polizei in Kenntnis setzt."

,,Auch wir werden unser Recht verlangen, mit Hilfe der Gerichte. Ich nehme an, jetzt können wir dieses Gespräch für abgeschlossen halten."

Koschin erhob sich würdevoll, bemerkte jedoch, daß Kwjatkowskij etwas auf einen kleinen Zettel schrieb. Renz erhob sich ebenfalls und verbeugte sich schweigend. Auch Kwjatkowskij stand auf. Er rückte den Stuhl hinter Koschin weg. Anscheinend hast du doch eine Kinderstube gehabt, dachte Koschin, und schloß sich wieder seinen Mitarbeitern an, die sie neugierig beobachtet hatten. Besonders aufmerksam hatte Meisterbrunner diese Szene fixiert. Renz und Kwjatkowskij zahlten bereits, offensichtlich bereiteten sie den Rückzug vor, bevor ein weiterer Zwischenfall passieren konnte. ,,Vielleicht sollte man sie irgendwie einschüchtern?" fragte Meisterbrunner halblaut, als sich die beiden bereits dem Ausgang näherten.

,,Wie Sie mich durch Ihre Fragen quälen, oh mein Gott! Die sind durch nichts einzuschüchtern. Der erste Versuch, sie zu kapern, ist mißlungen. Auch das sind Wölfe, die Pulver gerochen haben. Schade! Nun, wollen wir unser weiteres Vorgehen besprechen." Koschin senkte seine Hand in die Seitentasche. Es raschelte leise. Was knistert immer für ein Dreck in meinen Taschen, dachte er und zog einen kleinen Zettel hervor. Er entfaltete ihn und las:

„Rufen Sie mich in Frankfurt an oder besuchen Sie mich. Vermutlich können Sie von mir erfahren, was Sie interessiert.

Kwjatkowskij.“

Telefonnummer und Straßenname folgten. Nicht übel, dachte Koschin, vielleicht ist das die ersehnte Vorwärtsbewegung. Morgen werde ich nach Frankfurt fahren. Während der weiteren Beratung war er ziemlich zerstreut und wurde offensichtlich von einem zudringlichen Gedanken gequält. Er dachte für sich, mein Gott, wie lange soll ich, Fürst Koschin, gezwungen sein, mich mit allen möglichen Gaunern abzugeben, mit sittlich angeknacksten Menschen und Abenteurern? Wenn ich auch gut dafür bezahlt werde, welch eine Schmach für mich, einen echten Aristokraten!

*

Zur gleichen Zeit neigte sich nicht weit von der Konditorei eine ganz andere Besprechung dem Ende zu, bei der anwesend zu sein Koschin sehr gelegen wäre. Am Morgen, gegen acht Uhr, hatten fünf Mann das Hotel *Stuttgarter Hof* betreten, in dem Koschin erst vor kurzer Zeit sein Stabsquartier aufgeschlagen hatte und wo jetzt außer Fischer niemand mehr war. Diese fünf Mann waren der Präsident der Bundesbank, Sprunker, der Sekretär Holske, Rechtsanwalt Nelke und Sprunkers Gehilfe. Der Portier am Empfang, durch eine derartige Invasion zu so früher Stunde in arge Verlegenheit gebracht, wurde noch verwirrter, als ihm Sprunker mit vielsagendem Gesichtsausdruck seinen Dienstausweis wies, den der Portier in unserer unruhigen Zeit leider nicht zum ersten Mal erblickte. Schweigend zeigte Sprunker auf den Präsidenten und fragte: „Bei Ihnen wohnt ein Mann, der diesem Herrn ähnlich ist. Ist es nicht so?“

Der Portier zuckte zusammen. „Ja, dritter Stock, Zimmer 38.“

„Vielen Dank. Bitte, melden Sie uns nicht an.“

Als Sprunker an der Doppeltür anklopfte, ertönte es von innen: „Bitte, kommen Sie herein, es ist nicht abgeschlossen.“ Sprunker trat zuerst ein, ihm folgten der Präsident, dann Nelke und mit ehrfurchtsvoll hochgezogenen Augenbrauen der Sekretär, schließlich Sprunkers Kollege, nachdem er in den Korridor zurückgeschaut hatte. Sprunker machte drei Schritte auf den in der Mitte des Zimmers stehenden Mann zu und blieb stehen. Seine Hand glitt über seine Augen, als ob er einen aufdringlichen Gedanken verscheuchen wollte. Er drehte sich um, wie um sich zu vergewissern, daß der Bundesbankpräsident tatsächlich hinter ihm und nicht vor ihm steht. Die Tür schloß sich. Alle schauten den

Mann an, der genau den gleichen Anzug trug wie der Präsident und die gleiche Brille. Auf seinem Gesicht war nicht die geringste Verlegenheit zu erkennen, im Gegenteil, mit einer ruhigen Geste bot er seinen Besuchern schweigend Platz an und setzte sich selbst zuletzt.

„Das ist ja phantastisch!" sagte Nelke und starrte mit aufgesperrten Augen auf Fischer. Diese Bemerkung zerstörte das allgemeine Schweigen.

Ruhig fragte der Präsident: „Darf ich Ihren Namen erfahren?"

Worauf Fischer ebenso ruhig und sogar würdevoll antwortete: „Mein Name ist Fischer, Sigmar Fischer, aus Frankfurt, sechsundfünfzig Jahre alt. In Frankfurt wohne ich in der Leipziger Straße Nummer..."

Eine Minute schwiegen alle.

„Ich darf annehmen, Herr Fischer, daß Sie sich einigermaßen darüber im klaren sind, weshalb wir zu Ihnen kommen?"

„Ja, Sie wollen mich fragen, was mich dazu bewogen hat, für einige Stunden die Rolle des Herrn Bundesbankpräsidenten zu spielen."

„Richtig! Gut, daß Sie so schnell und schön begreifen! Meine Freunde und ich sowie diese beiden Herren als Vertreter offizieller Stellen, denen die Gewährleistung meiner Sicherheit anvertraut ist, würden es gerne sehen, daß Sie uns ausführlich in chronologischer Reihenfolge alle Ereignisse schildern, die Sie bewogen haben, mich einige Stunden lang in der Öffentlichkeit zu imitieren. Ich hoffe, Sie sind sich voll und ganz bewußt, daß Ihr Auftritt nicht ganz korrekt gewesen ist."

„Ja, am besten berichte ich der Reihe nach. Meinen Namen kennen Sie, von Beruf bin ich Schauspieler, wenn auch von kleinstem Maßstab. Während des Krieges habe ich an einem Fronttheater gespielt und bin auch in der Partei gewesen, was einem heutzutage bekanntlich sehr schadet. Was sollte ich also tun? Nach Kriegsende mußte ich ganz von vorne anfangen, ich habe aber kein Glück gehabt. Ich habe geheiratet und zusammen mit meiner Frau ein kleines Kurzwarengeschäft aufgemacht. Vor acht Jahren hat meine Frau mich verlassen und sich dabei nicht gerade edel aufgeführt. Das Geschäft mußte aufgegeben werden, als Schauspieler wollte mich niemand haben. Sie wissen doch, wie schwer so etwas heutzutage ist. Besondere Ansprüche habe ich übrigens auch nicht gestellt. Meine Verwandten haben sich, ich will nicht bosartig sein, eben wie Verwandte benommen. Mich schnell fortbewegen kann ich nicht, in Rußland habe ich mir einen Fuß abgefroren. Ich wurde als Kriegsinvalide anerkannt und bekomme eine kleine Rente, die kaum für ein bescheidenes Leben reicht. Ich sage Ihnen offen, daß ich es nicht ablehne, wenn sich die Gelegenheit ergibt, mir etwas hinter die Binde zu gießen.

Vor ein paar Tagen traten Ereignisse ein, die mich aus meinem bescheidenem, aber durchaus normalem Leben herausgerissen haben. Zu mir kam jemand, der sich als Herr Sauer vorstellte. Meine Adresse hatte er von der Theateragentur Renz erhalten, wo ich noch immer in den Listen geführt werde. Er bot mir eine Rolle an. Auf meine Frage, ob im Kino, im Theater oder im Fernsehen, antwortete er, daß etwas ganz anderes von mir verlangt würde. Ich sollte im Leben für einige Stunden die Rolle eines anderen Mannes spielen. Auf meine Frage, wen, erklärte mir Herr Sauer, daß ich den Präsidenten der Bundesbank spielen soll, nämlich Sie. Dafür bot er mir zweitausend Mark und das ist für mich sehr viel Geld. Dennoch habe ich zunächst abgelehnt und Herrn Sauer darauf hingewiesen, daß solche Sachen strafbar sind."

„Aber schließlich haben Sie sich doch in schönster Weise einverstanden erklärt und sich sogar als sehr begabt erwiesen." warf Sprunker schief lächelnd ein.

„Ja, schließlich war ich doch einverstanden, und dies aus folgenden Gründen: Herr Sauer sagte mir, mein Auftritt würde nicht unbedeutende politische Folgen haben und vielleicht sogar einen Krieg verhindern. Das habe ich ihm geglaubt. Ich hatte keinen Grund, ihm nicht zu glauben, daß eine Aufwertung der Mark, über die in letzter Zeit so viel geredet wird, der Sowjetregierung nicht gefällt, da sie einen noch größeren Zufluß amerikanischen Kapitals nach Westdeutschland befürchtet, und daher unsere Regierung stark unter Druck setzen könnte. Das einzige Mittel, diesem Ultimatum zu begegnen, sei, so sagte er, wenigstens für einige Zeit das Gerücht zu verbreiten, die Mark würde nicht aufgewertet, sondern, im Gegenteil, stark abgewertet, was den Amerikanern weniger, den Herren aus Moskau jedoch sehr gefallen würde. Meine erstaunte Frage, warum Sie das im Auftrag der Regierung nicht selbst tun, beantwortete mir Sauer damit, daß Sie als offizielle Persönlichkeit nichts äußern dürften, was nicht Tatsache sei. Er hat mir sogar einige technischen Einzelheiten dargelegt, wonach während des Gesprächs..."

„Entschuldigen Sie, des Gesprächs mit wem?"

„Zwischen mir und der Dame, die die Rolle Ihrer Sekretärin gespielt hat. Dieses Gespräch sollte von einigen offiziellen Vertretern des Ostens mitgehört werden."

„Danach würde also die Mark ab- und nicht aufgewertet?"

„Ja, genau."
„Haben Sie diese Herren aus dem Osten gesehen?"
„Ich habe gehört, daß hinter der dünnen Trennwand im *Fliederstrauch* einige Herren saßen, die eine fremde Sprache benutzten."
„Sind Sie überzeugt, daß es russisch gewesen ist?"
„Das kann ich nicht behaupten."
„Herr Präsident, darf ich einige Fragen stellen?"
„Bittesehr, Herr Sprunker."
„Wer war die Dame, die die Rolle der Sekretärin gespielt hat?"
„Ich habe sie einen Tag vor diesen Ereignissen zum ersten Mal gesehen und weiß nur, daß sie Beatrice heißt."
„Wenn wir uns nicht irren, mußten Sie für Ihre Rolle geschminkt werden. Auch so sehen Sie dem Präsidenten ähnlich, im *Fliederstrauch* wirkten Sie jedoch wie sein Zwillingsbruder."
„Der Maskenbildner wurde mir als Herr Gersdorf oder so ähnlich vorgestellt. Er hat keinen besonders sympathischen Eindruck auf mich gemacht, ein kleiner, buckliger Mann."
Bei diesen Worten zuckte der Sekretär Holske leicht zusammen.
„Wer hat an dieser Aktion noch teilgenommen?"
„Das weiß ich nicht, abgesehen von Sauer, der Dame und dem Maskenbildner habe ich niemanden gesehen."
„Glauben Sie, daß es weitere Beteiligte gegeben hat?"
„Das ist denkbar."
„Haben Sie denn keinen Verdacht geschöpft, es könnte vielleicht ganz anders sein und durchaus nicht so, wie Herr Sauer es Ihnen dargestellt hat?'
„Man kann immer betrogen werden! Sein Angebot war so ungewöhnlich und die auf mir ruhende Verantwortung erschien mir so groß, daß ich trotz der Einsicht, mein Verhalten könnte unkorrekt sein, nicht ablehnen konnte. Außerdem, das Geld - zweitausend Mark sind für mich sehr viel!"
Sprunker und der Präsident sahen sich an.
„Herr Fischer, eigentlich müßten Sie festgenommen werden, aber dazu ist immer noch Zeit. So könnten wir zum Beispiel annehmen, daß eine Entführung des Herrn Präsidenten mit anschließender Erpressung vorbereitet wurde. Das Gesetz verbietet, sich einen anderen Namen zuzulegen. Ihr Name ist Sigmar Fischer, sechsundfünfzig Jahre alt, aus Frankfurt, für einige Stunden haben Sie sich jedoch als Präsident der Bundesbank ausgegeben. Es ist völlig ungewiß, was Sie noch anrichten

würden, wenn Sie nicht zufällig in flagranti erwischt worden wären. Bitte warten Sie einen Augenblick zusammen mit diesen Herren ruhig in ihrem Zimmer, während der Herr Präsident und ich kurz draußen etwas besprechen, sofern Sie damit einverstanden sind." wandte sich Sprunker an den Präsidenten.

„Bitte, lieber Sprunker!" kaum merklich lächelte der Präsident und erhob sich. „Auch ich bitte, hier auf unsere Rückkehr zu warten."

Nachdem Sprunker und der hohe Herr das Zimmer verlassen hatten, herrschte allgemeines Schweigen. Verstohlen beobachteten sie sich gegenseitig. Ruhig blickte Fischer auf seine ungebetenen Gäste, die es vermieden, ihn direkt anzuschauen. In Gedanken lächelte er, so also benehmen sich anständige Leute, wenn sie gezwungen sind, das Zimmer mit einem Verbrecher zu teilen. In einem kleinen Salon dem Treppenabsatz gegenüber berieten sich der Präsident und Sprunker.

„Was halten Sie von Fischer?" fragte der Präsident, nachdem sie Platz genommen hatten.

„Um ehrlich zu sein, ich habe einen weit schlechteren Eindruck erwartet." antwortete Sprunker. „Selbstverständlich ist er kein Berufsverbrecher oder heilloser Abenteurer. Ich möchte sogar annehmen, daß er nie zuvor mit dem Gesetz in Konflikt geraten ist. Anscheinend verheimlicht er nichts. Er benimmt sich genauso, wie sich jemand in seiner Lage verhalten muß. Vom Standpunkt des Gesetzes ist seine Schuld nicht mal so groß. Was können wir ihm anlasten? So gut wie gar nichts - offiziell gesehen. Er hat sich gekleidet wie Sie und sich von einem Maskenbildner schminken lassen, so daß er Ihnen noch ähnlicher wurde. Das Gesetz verbietet so etwas jedoch nicht. Wenn er falsche Papiere angefertigt und sie in Ihrem Namen vorgelegt hätte, das wäre etwas anderes, oder sich jemandem mit Ihrem Namen vorgestellt hätte. So aber hat er nur den gleichen Anzug wie Sie getragen, sich Ihr Gesicht schminken lassen und sich in ein Restaurant gesetzt. Er hätte ja auch alles abstreiten können, als wir zu ihm kamen. Was geht es euch an, wem ich ähnlich bin? Ich bin Sigmar Fischer! Was hätten wir ihm antworten können? Für einen Hochstapler wäre solch ein Verhalten normal.

Fischer führt sich jedoch ganz anders auf, er verheimlicht nichts. Jetzt entsteht die Frage, wie wir uns weiter verhalten sollen. Ich muß Ihnen offen sagen, das Abenteuer mit Fischer beunruhigt mich am wenigsten, wenn auch ein Geschäftemacher namens Sauer dahintersteckt, den wir selbstverständlich auch ausfindig machen werden. Ich kann Ihnen genau sagen, wie er reagiert. Er wird alles abstreiten: Ich weiß nichts und will nichts wissen! Wie hätte ich irgendeinen Fischer dazu überreden können, den Präsidenten zu spielen? Wenn wir eine Gegenüberstellung machen, nun, einer gibt alles zu und der andere behauptet, es sei erlogen, schließlich haben sie keinen schriftlichen Vertrag geschlossen. Das aber nur nebenbei. Mich beunruhigt etwas anderes, Herr Präsident. Sie wissen, es gibt konkrete Anzeichen, wonach ein Attentat auf Sie vorbereitet werden könnte."

„Lieber Sprunker, Sie glauben doch nicht, dieser Doppelgänger hat etwas mit einem möglicherweise gegen mich gerichteten Anschlag zu tun?"

„Nein, diese Maskerade dürfte ausschließlich kommerzielle Zwecke verfolgen. Da sich das Gespräch um Ab- oder Aufwertung der Mark gedreht hat, riecht es stark nach Spekulation. Ich kann mich natürlich auch irren. Womöglich mischt tatsächlich der Osten mit, die Herren Kommunisten sind doch allgegenwärtig! Meine direkte Aufgabe besteht jedoch darin, Anschläge auf Ihre Gesundheit und Ihr Leben abzuwehren, und wissen Sie, mir ist da ein Gedanke gekommen, vielleicht gefällt er auch Ihnen. Warum soll Fischer nicht weiterhin gelegentlich Ihre Rolle spielen?"

„Wie meinen Sie das? Schwerlich wird er hinter meinem Frankfurter Schreibtisch sitzen können!"

„Nein, natürlich nicht!" Sprunker lachte leise. „Sonst würde er die Mark plötzlich um die Hälfte abwerten oder ähnliche Späßchen machen. Aber warum sollte er Sie nicht - mit Ihrer Erlaubnis - gelegentlich weiterhin in der Öffentlichkeit vertreten, sofern sich das irgendwie einrichten ließe."

„Meinen Sie, daß er damit einverstanden sein könnte?"

„Wenn er gut bezahlt wird, sicherlich. Wir müssen ihm natürlich offen sagen, daß diese Vertretung durchaus mit Gefahr verbunden sein könnte. Er habe sich Ihnen gegenüber nicht korrekt verhalten, wir könnten uns jedoch in seine Lage versetzen und stellen keine Ansprüche an ihn, würden es jedoch gerne sehen, wenn er uns einen Dienst erwiese."

„Das ist nicht ganz fair, lieber Sprunker, schließlich bedeutet es, daß ein anderer an meiner Stelle bedroht wird!"

„Fischer ist Ihnen gegenüber schuldig! Wir machen ihm lediglich den Vorschlag, gegen gutes Geld in besonderen Fällen nochmals Ihre Rolle zu spielen. Viele Filmschauspieler und Politiker haben ein Double, und was die Wichtigkeit Ihrer Aufgabe angeht, so ist sie keineswegs geringer als die eines Ministers. Wenn Fischer nicht will, kann er ja ablehnen. Das Honorar sollte jedoch sehr generös sein! Für den Anfang könnte man ihm vielleicht zwanzigtausend bezahlen, zum Glück sind Sie ein vermögender Mann, Herr Präsident. Außerdem denke ich, daß Ihnen ein Teil des Betrages, wenn auch nicht alles, über einen Spezialfonds erstattet werden könnte."

„Mir geht es nicht um das Geld, lieber Sprunker, ich würde ihm auch dreißigtausend aus meiner eigenen Tasche zahlen, wenn er tatsächlich einen Teil der Gefahr auf sich nimmt. Aber ich sähe es sehr ungern, wenn ein anderer meinetwegen zu Schaden kommt."

„Aber Herr Präsident! Bitte ziehen Sie doch in Betracht, welche Folgen es mit sich bringen würde, wenn Ihnen etwas zustößt, wenn man Sie entführt und als Geisel nimmt! Außerdem kann er ja auch ablehnen. Ihm wird lediglich die Möglichkeit geboten, gegen gutes Geld seine Schuld Ihnen gegenüber abzutragen." Sprunker schwieg.

„Reden wir mit ihm, aber selbstverständlich ohne Zeugen." Der Präsident und Sprunker kehrten zu den übrigen zurück. Dort herrschte angespanntes Schweigen. Fischer wirkte ruhig und zeigte sogar einen Anflug von leichter Heiterkeit. „Liebe Freunde, wir haben uns erlaubt, die entstandene Situation zu beraten. Bitte, nehmen Sie uns nicht übel, daß wir Sie so lange allein gelassen haben. Wir sind zu dem Schluß gekommen, daß es noch zu früh ist, Maßnahmen gegen Herrn Fischer zu ergreifen. Selbstverständlich ist das Verhalten von Herrn Fischer nicht in Ordung gewesen, aber er hat aus idealistischer Überzeugung gehandelt. Somit ist vorläufig nichts zu unternehmen. Da es so steht, halte ich es nicht mehr für nötig, meine beiden Freunde Nelke und Holske weiter zu beanspruchen. Heute abend steht uns genügend Zeit zur Verfügung, um die Ereignisse vom Standpunkt der Justiz, aber auch vom menschlichen Standpunkt aus zu besprechen und dabei werden Sie, Herr Holske, mir ganz besonders nützlich sein."

Bei diesen Worten erhob sich Holske vom seinem Stuhl und deutete eine leichte, feierliche Verbeugung an. Dann stand auch Nelke auf, beide schauten den Präsidenten fragend an.

„Meine Freunde, ich bitte Sie, zurück in unser Hotel zu gehen. Heute abend werden wir alle Details besprechen. Herr Sprunker und ich werden uns noch ein wenig mit Herrn Fischer unterhalten."

„Komisch, der Chef will irgendwelche Verhandlungen ohne uns

führen." bemerkte Holske beleidigt, als sie im Korridor waren. „Verstehen Sie das?"

Der Präsident wandte sich bereits an Fischer: „Ich möchte Ihnen offiziell erklären, daß wir beschlossen haben, die Angelegenheit nicht an die große Glocke zu hängen, das heißt, wir werden die Behörden aus dem Spiel lassen. Dies gilt jedoch nur für den Fall, daß Sie uns Ihrerseits behilflich sind, wobei selbstverständlich nichts unmögliches von Ihnen verlangt wird. Einige Stunden lang haben Sie mich glänzend dargestellt, ohne vorher meine Erlaubnis dazu einzuholen. Wären Sie damit einverstanden, diese Rolle auch mit meiner Erlaubnis, ja, auf meinen ausdrücklichen Wunsch zu spielen?"

„Wie soll ich das verstehen? Wollen Sie damit sagen, daß Herr Sauer letzten Endes auf Ihre Anweisung hin gehandelt hat?"

„Nein, keineswegs, von dieser Aktion habe ich nichts gewußt und hätte höchstwahrscheinlich ohne einen glücklichen Zufall niemals von ihr erfahren. Sie haben uns gesagt, Herr Sauer habe Ihnen für Ihre nicht ganz korrekte Verhaltensweise zweitausend Mark geboten und wir wollen hoffen, daß er Sie nicht betrügt. Jetzt stellen wir Ihnen die Frage, ob Sie damit einverstanden wären, mich ganz offiziell mit meiner Erlaubnis darzustellen, und dies für weit mehr Geld, sagen wir, für zwanzigtausend, zehntausend als Anzahlung und dann zehntausend pro Monat."

Fischer war völlig verblüfft und brachte durch seine Mimik und Gestik zum Ausdruck, daß er so etwas keineswegs erwartet hatte! „Ich bitte um Entschuldigung, passiert hier vielleicht wieder ein Irrtum? Sie selbst und auch dieser Herr haben mir soeben erklärt, daß ich unkorrekt gehandelt habe. Jetzt aber schlagen Sie mir selbst vor, Ihre Rolle zu spielen. Das hat doch etwas zu bedeuten! Darf ich Sie fragen, wozu das nötig ist? Sie glauben doch nicht ernsthaft, daß ich Sie bei allen möglichen internationalen Konferenzen doubeln kann?"

„Natürlich nicht, so einfach und harmlos ist es nicht, das hätte Ihnen schon das hohe Honorar sagen müssen, das wir Ihnen bieten. Kurz, es gibt Menschen, die mir nach dem Leben trachten. Meine Stellung muß zwangsweise dazu führen, daß ich mächtige Feinde habe, meinetwegen im Zusammenhang mit derselben Auf- oder Abwertung der Mark. Ich möchte Sie bitten, diese Gefahr gegen gutes Geld mit mir zu teilen."

„Wie soll das technisch verwirklicht werden? Ich sehe Ihnen zwar ähnlich, aber ohne Schminke..."

„Zunächst benötigen wir lediglich Ihr prinzipielles Jawort!"

„Da ich bei Ihnen gewissermaßen in der Schuld stehe, halte ich es für meine Pflicht, auf Ihr Angebot einzugehen. Ich hätte jedoch gerne gewußt, wie groß die Gefahr tatsächlich ist."

,,Vorläufig wissen wir das selbst nicht und hoffen selbstverständlich, daß weder Ihnen noch mir allzu große Gefahren drohen. Da Sie sich einverstanden erklärt haben, schlage ich vor, daß Sie dieses Hotel verlassen und zu mir in das Hotel *Europa* übersiedeln, und zwar so schnell wie möglich. Gleich werden wir per Telefon ein Zimmer für Sie bestellen."

,,Wir bitten Sie jedoch sehr, dieses Zimmer erst dann zu verlassen, wenn Sie einen Anzug angezogen haben, der dem des Herrn Präsidenten nicht so ähnlich ist." ergänzte Sprunker und lächelte hintergründig. ,,In etwa vierundzwanzig Stunden fangen Sie an, Ihre Rolle zu spielen. Sie werden auch einen Hut und eine dunkle Brille erhalten. Noch eine Frage, besteht vielleicht die Möglichkeit, an den Maskenbildner heranzukommen? Sie sagten, er sei bucklig?"

,,Über ihn weiß ich nichts, abgesehen davon, daß er anscheinend recht talentiert ist."

,,Das glauben wir Ihnen gern. Jetzt werden wir Sie verlassen. In einer halben Stunde sind Sie entsprechend umgezogen und verschwinden ebenfalls von hier - irgendwie scheint Ihnen die Luft dieses Hotels nicht zu bekommen! Herr Fischer, können wir uns darauf verlassen, daß Sie uns in das Hotel *Europa* folgen?"

,,Ich werde mein Wort auf jeden Fall halten."

,,Dann erwarten Sie in Ihrer neuen Stellung weitere Nachrichten von uns, Sie werden nicht lange warten müssen."

Der Präsident und Sprunker gingen hinaus. Lange stand Fischer schweigend in der Mitte des Zimmers. In seinem Leben war wieder ein neuer, rasender Sprung ins Ungewisse erfolgt. Da hatte er entgegen Sauers Anweisungen mit der Rückkehr nach Frankfurt getrödelt und jetzt stand er bereits im Dienst des Präsidenten der Bundesbank. Zwanzigtausend Mark hatte man ihm geboten, und dann jeden Monat zehntausend... solche Beträge kannte Fischer bisher nur aus Zeitungen und Romanen.

Er seufzte und begann, sich umzuziehen und seine wenigen Habseligkeiten zusammenzupacken. Am Empfang stellte sich heraus, daß sein Zimmer bereits bezahlt war. Nachdem er ein paar hundert Schritt zu Fuß gegangen war, sprach er einen älteren Polizisten an, der traurig das Schaufenster eines luxuriösen Modegeschäftes betrachtete und vermutlich in Gedanken ausrechnete, ob er es sich leisten konnte, Frau und

Tochter herzubringen. Höflich erläuterte ihm der Polizist den Weg zum Hotel *Europa* und zeigte in die Gegenrichtung. So ist mein ganzes Leben, dachte Fischer traurig, immer gehe ich irgendwohin, und dann stellt sich heraus, daß ich in die entgegengesetzte Richtung hätte laufen müssen!

FRANKFURT

Jetzt fahre ich zurück nach Frankfurt, entschied Aristarch Trofimowitsch, was ich für ein Glück gehabt habe! Er erinnerte sich an sein Gespräch vom Vorabend mit dem Präsidenten der Bundesbank, der ihn zu sich ins Hotel gebeten hatte.

„Lieber Herr Jermolow, noch immer kann ich mich nicht an Ihren Namen gewöhnen, ich will mich kurz fassen. Ohne Ihr Engagement wäre ich wohl niemals dahintergekommen, daß ein paar hundert Meter von mir entfernt ein anderer meine Rolle spielt. Darf ich fragen, welche Zukunftspläne Sie verfolgen? Ich meine, Sie hätten gesagt, daß Sie aus Frankfurt kommen?"

„Ja."

„Mein Büro ist ebenfalls in Frankfurt. Darf ich fragen, sind Sie irgendwo angestellt und mit Ihrer Tätigkeit zufrieden?"

„Ich habe einen interessanten Beruf, ich halte populärwissenschaftliche Vorträge über verschiedene Probleme des europäischen Ostens, vornehmlich über Rußland."

„Aha, welche Themen berühren Sie denn?"

„Vor allem befasse ich mich mit der russischen Geschichte, aber auch mit der orthodoxen Kirche und der jetzigen politischen Lage im Osten Europas."

„Und was ist Ihr eigentlicher Beruf?"

„Ich bin Lehrer für Russisch und Deutsch."

„Sind Sie mit Ihrer Tätigkeit als Dozent zufrieden?"

„Ich muß offen sagen, daß sie mir eine große moralische Befriedigung verschafft. Ich verdiene zwar nicht viel, aber zu einem bescheidenen Leben reicht es."

„Wären Sie eventuell bereit, umzusatteln? Die Zahl der in der Bundesbank eingehenden russischen Papiere wächst ständig. Selbstverständlich haben wir Dolmetscher und Übersetzer, sogar sehr gute. Ich nehme jedoch an, daß auch Sie eine gute Position bei uns erhalten könnten, zum Beispiel in meiner eigenen Kanzlei. Dazu brauchen Sie nicht umzuziehen und wenn Sie partout Ihre Vorträge halten wollen, ließe sich das sicherlich auch arrangieren. Sie referieren wohl nicht jeden Tag?"

„Nein, lediglich fünf- bis achtmal im Monat."

„Dann rate ich Ihnen, auf meinen Vorschlag einzugehen. Sie haben mir einen guten Dienst erwiesen und mein volles Vertrauen gewonnen."

„Demnach bleibt mir nur, mich bei Ihnen zu bedanken. Ich bin jedoch keineswegs sicher, daß ich Sie nicht enttäuschen werde, denn dieses Betätigungsfeld ist mir doch recht wenig bekannt. Ich plane, morgen nach Frankfurt zurückzufahren."

Aristarch Trofimowitsch verließ sein Hotel. Unterwegs schaute er flüchtig nach, ob das Goldstück noch immer in seiner Geldbörse war. Ja, es war an seinem Platz, für die Numismatiker interessierte er sich jedoch nicht mehr, jetzt hatte er sich mit anderen Dingen zu befassen. Das Angebot des Präsidenten sah nach Protektion aus. Es wäre wunderbar, in Frankfurt bei der Bundesbank zu arbeiten, bei dem Gedanken an Frankfurt wurde ihm jedoch eigentümlich unruhig zumute.

Am Bahnhof stellte sich heraus, daß der nächste Zug nach Frankfurt in siebenundvierzig Minuten fährt. Erschreckt blickte Aristarch Trofimowitsch auf die Bank, auf der er zu sich gekommen war. Er kaufte sich eine dicke Illustrierte, deren Titelseite auf einen Artikel über das antike Griechenland hinwies. Er schlug ihn auf, der Bericht begann mit einer Abbildung von Zeus. So sieht er ja gar nicht aus, dachte Aristarch Trofimowitsch, der Mann auf der Terrasse war ganz anders. Auch Artemis war abgebildet, schlank, biegsam, auf der Schulter einen Bogen, mit der Linken hielt sie zwei große Hunde an starken Riemen. Um sich von den unangenehmen Gedanken zu lösen, überlegte er, ob er dem Präsidenten sämtliche Details über seine Besuche im *Fliederstrauch* und in den *Kölner Stuben* gesagt hatte, ja, anscheinend hatte er nichts übersehen.

„Hilf wenigstens du mir, Artemis!" sagte er laut. Der gleiche Beamte wie vor einigen Tagen ging an ihm vorbei, das gelbe Band seiner Schirmmütze trug die Inschrift *Information.* Ihm wurde kalt ums Herz. Es fiel ihm ein, daß er sich noch keine Fahrkarte gekauft hatte. „Bitte eine Karte erster Klasse nach Frankfurt, nein, nur Hinfahrt!" sagte er und ging auf den Bahnsteig hinaus. Jede Minute mußte der Zug einlaufen. Wie lange hatte er mit der Illustrierten in der Hand geträumt! Genau wie vor einigen Tagen, als er sich plötzlich in Bonn wiederfand.

Der Schnellzug von Essen nach Frankfurt erstreckte sich den Bahnsteig erschütternd von seinem einen Ende bis zu dem anderen. Aristarch

Trofimowitsch betrat den Wagen erster Klasse und nahm in einem Nichtraucherabteil Platz. Sofort bemächtigte sich seiner völlige Ruhe, in ein paar Stunden ist er in Frankfurt und dort wird sich alles klären. Sanft erbebte der Wagen, wie bei Zügen mit Elektrolok, und bewegte sich kaum merklich, genauer, langsam entschwand der lichterglänzende Bahnhof. Auf Aristarch Trofimowitsch fiel ein Schatten, er hob den Kopf - in der Tür stand Gersdorf, schwarz gekleidet, und lächelte.

„Jetzt habe ich Sie!" lachte er. „Sie bewegen sich auf Ihr geliebtes Frankfurt zu und ich ebenfalls. Wie steht es mit Ihrer Münze?"

„Volle Klarheit habe ich noch immer nicht. Irgendwie will niemand das entscheidende Wort sprechen. Ich hoffe, wenigstens in Frankfurt einen konkreten Hinweis zu bekommen und dann werde ich mir überlegen, ob ich sie verkaufe oder lieber behalte. Aber warum stehen Sie in der Tür, bitte, nehmen Sie Platz!"

„Sie müssen wissen, lieber Zimmernachbar, irgendwie haben Sie mir schrecklich gefallen und nicht zufällig versehen die Menschen uns Buckligen mit nichtalltäglichen Fähigkeiten. Vermutlich wird unsere physische Häßlichkeit und die damit verbundene Entsagung der irdischen Freuden vom Schicksal oder sonst jemandem durch etwas anderes ersetzt. Sagen Sie bitte, glauben Sie an Gott?"

„Ja."

„Ich nicht! Für mich ist der Glaube an Gott in eine Menge anderer Glaubensbekenntnisse zerfallen. Wissen Sie, wenn man ein lebendiges Wesen in Teile zerschneidet, jeden Teil für sich analysiert und sie dann alle wieder zu einem lebendigen Wesen zusammenfügen will, so mißlingt das gewöhnlich. So ist es auch bei mir. Ich kann nicht alles, woran ich glaube, zu einem Glauben an Gott zusammenfügen. Mit Ihnen aber stimmt etwas nicht - Sie müssen ein irgendwie ganz außergewöhnlicher Mensch sein und sind womöglich sogar einzigartig. Ich würde sagen, die Menschheit teilt sich in Sie und in alle übrigen Menschen."

„Wieso das? Ich fühle mich als gewöhnlicher Mensch, und daß ich leide, genau wie die übrigen Menschen, ist mir völlig klar."

„Sie leiden, weil Sie wie jeder Mensch Körper und Seele haben, aber Sie leiden nicht wie die anderen, etwas trennt Sie von allen übrigen. Sagen Sie, haben Sie vielleicht in letzter Zeit außergewöhnliche Erlebnisse gehabt, solche, die Sie sich nicht erklären konnten? Verstehen Sie mich recht, wenn eine Tante in Australien stirbt und Ihnen ein paar Milliönchen vermacht, ist das zwar außergewöhnlich, aber keineswegs unerklärlich, wenn so etwas auch selten genug geschieht. Nein, ich denke an etwas, das mit Hilfe des Verstandes nicht begriffen werden konnte."

Merkwürdig, dachte Aristarch Trofimowitsch, er scheint etwas zu ahnen, vielleicht sollte ich mit ihm über meine Zweifel und meinen Wahnsinn reden? Nein, dann hält er mich für verrückt! Vielleicht aber findet gerade er das fehlende Glied, so daß mir alles klar wird, er hat kluge Augen. Was riskiere ich eigentlich, wenn ich ihm erzähle, wie ich verrückt geworden bin? Womit soll ich anfangen, ja, mit Artemis.

Sowie dieser Gedanke in ihm aufkam, veränderte sich etwas in dem Leib des dröhnend rasenden Zuges. Der Wagen erbebte wie von einem kleinen Schüttelfrost, weit vorne kreischte jemand, der Waggon hob sich empor, schwankte sinnlos nach links, dann nach rechts. Aristarch Trofimowitsch wurde an die weiche Wand geschleudert, tat sich jedoch kaum weh. Aus dem Korridor erklang Frauengeschrei, sein neuer Bonner Koffer flog herab, Gersdorfs schwarzer Koffer folgte ihm und das Licht erlosch. Hinter der Wand ein drohender Schlag, so laut, daß Aristarch Trofimowitsch für eine Sekunde taub wurde. Der Wagen kroch merkwürdig gebeugt nach links unten und erstarrte in einem Winkel von dreißig Grad. Aus der Ferne wurde die Stille von wildem Geschrei zerrissen. Gersdorf lag auf dem Fußboden, klein, gekrümmt und kläglich. Im trüben Abenddämmerlicht wirkte sein Buckel riesig groß.

„Was ist mit Ihnen?" Aristarch Trofimowitsch beugte sich über ihn und spürte dabei einen starken Schmerz in der rechten Schulter. Gersdorf antwortete nicht. Ich brauche Wasser, überlegte Aristarch Trofimowitsch, erhob sich von den Knien, fiel jedoch sofort auf den verschobenen Sitz ihm gegenüber. Die in allen Richtungen von Rissen durchzogene Tür hatte sich sinnlos verbogen und bewegte sich nicht vom Fleck. So also sieht ein Zugunglück aus, dachte er, anscheinend hat es uns stark erwischt. Durch das Fenster blickte er in die abendliche Trübsal. Er konnte den dunklen Riesenklotz des vorderen Wagens erkennen, der vom Bahnkörper hinabgeworfen war und mit seinem vorderen Teil in einem kleinen, lichten Teich steckte. Die übrigen Waggons waren nicht zu erkennen. Ein Mann mit einem roten Fleck auf dem Kopf kroch um den Teich. Zwei Stimmen riefen sich etwas zu, eine männliche und eine weibliche, sie riefen um Hilfe, ihre Worte wurden von anderen Stimmen verschlungen, die von überall her ertönten, von nah und fern.

Was sollte er mit Gersdorf machen? Er hob ihn auf, das Gesicht des Buckligen war weiß und erinnerte ihn an jemanden, der ihm unangenehm war. Er legte ihn mit dem Kopf nach oben auf den schiefen Sitz, Gersdorf rutschte jedoch wieder herab, der Winkel war zu groß. Aristarch Trofimowitsch wurde es dunkel vor den Augen. Das entstellte Coupé verzog sich und wurde oval, auf Gersdorfs Kopf erschienen kleine, drollige Hörner. Wie lustig er aussieht, wie ein Satyr! Als er wieder zu sich kam, hörte er von allen Seiten Stimmen. Wieder lugte er durch das Fenster. Die Tür des vorderen Waggons, den sein Wagen aufgespießt hatte, war herausgebrochen und Menschen in grauen Uniformen trugen jemanden hinaus. Direkt unter seinem Fenster legten sie ein dünnes Mädchen auf eine Bahre. Das Mädchen trug ein zerrissenes gelbes Kleid mit orangenfarbenen Blumen und eine dicke Halskette, vielleicht waren die Blumen aber auch von ganz anderer Farbe. Es war bereits dunkel, und während er das dachte, flammten überall große und kleine Scheinwerfer auf. Gersdorf öffnete seine Augen und fragte schwer atmend: ,,Was ist denn passiert?"

,,Wir scheinen verunglückt zu sein. Wie fühlen Sie sich?"

,,Nicht schlecht, nur die Brust schmerzt stark. Haben Sie mal nachgeschaut, wie es in den anderen Abteilen aussieht?"

Jetzt erklangen Stimmen rund um ihren Wagen, ein tiefer Baß rief: ,,Lehnt die beiden Leitern hier an, schaut auch im Wasser nach, ob da jemand liegt!" Vom anderen Ende des emporgehobenen Waggons schrie eine junge Stimme, die von hellen Metallschlägen begleitet wurde: ,,Gleich ist es aufgeschweißt!"

Aristarch Trofimowitsch versuchte nochmals, die verklemmte Tür zu öffnen, konnte jedoch lediglich ihren unteren Teil nach oben ziehen. Er packte ihn und begann, die Tür langsam herauszuwinden. Schweigend schaute ihm Gersdorf zu. Endlich hob sich der untere Teil der Tür, auf den Knien konnte er sich in den Korridor hinausquetschen und stieß sich dabei schmerzhaft die Musikantenstelle am Ellenbogen. Auf dem Boden floß ein dünnes Rinnsal. Auch der Korridor war schief, an seinem anderen Ende weinte schluckend eine Frau, zu sehen war sie jedoch nicht. Einen Meter von Aristarch Trofimowitsch entfernt lag eine schlanke, elegant gekleidete grauhaarige Frau, auf ihrem Kopf waren zwei große Blutklumpen geronnen. Ich muß sie umdrehen, entschied er, mit dem Kopf nach oben. Mit einer Hand ergriff er den Messinggriff des aufgeplatzten Fensters, mit der anderen hob er die alte Frau an. Sie war warm. Trotz ihrer Magerkeit erwies sie sich unvermutet schwer, oder er selbst war schwächer geworden. Endlich fand er den gesuchten Stützpunkt, drehte die Frau zuerst auf den Rücken und dann hob er ihren Kopf. In dem hochgeschobenen Teil des Wagens zischte es seit geraumer Zeit, plötzlich brach blendend blaues Licht in den Korridor. Aristarch Trofimowitsch begriff, der Wagen wurde aufgeschweißt. Das Zischen verstummte und das blaue Licht erlosch, statt dessen flammte eine helle Taschenlampe auf. Schwer auftretend und sich mit seinen Händen in dicken Handschuhen an allen möglichen Kanten klammernd, erschien von oben ein Mann, der eine helle Taschenlampe auf der Brust trug und beugte sich über die alte Frau. Dann schaute er Aristarch Trofimowitsch an. „Sind Sie verletzt?"

„Ich glaube nicht, habe mich nur stark gestoßen."

„Bei der Frau hier sieht es schlimmer aus. Wenn es geht, schieben Sie sie an den Beinen nach oben. Ist noch jemand in diesem Abteil?"

„In meinem Abteil ist noch ein Verletzter."

„Wir kommen gleich wieder! Rainer, he, pack sie unter den Armen. Hier, an diesem Ende sind noch zwei, dort drüben sind auch noch ein paar, erste Klasse."

Für eine Sekunde erschienen im Licht der Laterne zwei Hände ohne Handschuhe und die ohnmächtige Alte verschwand in der Dunkelheit. Nach ein paar Minuten kehrte der erste Mann wieder zurück. Er trug eine Uniform, wie Aristarch Trofimowitsch jetzt sah. Die Füße voran kroch Aristarch Trofimowitsch zurück in das Abteil, der rechte Arm und die Schulter schmerzten jetzt stärker.

„Gestatten Sie, Ihnen zu helfen, hier rauszukriechen?"sagte er zu Gersdorf. „Hilfe ist bereits da!"

Es stellte sich heraus, daß es gar nicht so einfach war, den buckligen Gersdorf durch den Schlitz zu schieben. Endlich gelang es, die Tür noch ein kleines Stückchen anzuheben und vom Korridor griffen die dicken Handschuhe nach Gersdorf. Hinter ihm kroch auch Aristarch Trofimowitsch aus der Öffnung. Aus einem bodenlosen Abgrund ragte eine Metall-Leiter empor und tief unten brannten orangenfarbene Fackeln im abendlichen Nebel. In ihrem roten Widerschein waren zahllose Menschen zu sehen. Er zuckte zusammen, wurde er wieder verrückt?

„Sind Sie verletzt?" fragte ihn ein hagerer, grauhaariger Rotkreuzmann.

„Ich weiß nicht, lediglich die rechte Schulter und der Arm schmerzen."

„Gleich bringen wir Sie in ein Krankenhaus. Können Sie gehen?" Sie stützten ihn vorsichtig unter den Armen und führten ihn zu den orangenroten Fackeln, hinter denen viele menschliche Gesichter wogten und unverständlich präludierende Stimmen zu hören waren. Er wurde in einen Wagen gelegt. Vorsichtig wendete der hellrote Krankenwagen auf einer nassen, schotterbedeckten Straße und fuhr dann scharf an. Wieder wurde er von Ohnmacht oder einer Art Dämmerzustand übermannt. Menschen in weißen Kitteln holten ihn aus dem Krankenwagen, führten ihn fort, zogen ihn aus und tasteten ihn ab. Dann fragte ihn jemand aus. Schließlich schlief er ein, fest und ohne Träume.

Als er erwachte, konnte er lange nicht begreifen, wo er sich befand. Das Zimmer war klein, hell, zwei Meter von ihm entfernt hatte sich ein grauhaariger Mann halb aus seinem Bett erhoben und blickte ihn fragend an. ,,Na, sind Sie aufgewacht, lieber Kollege im Unglück?" fragte er endlich und lächelte.

Wie alt wird er sein, dachte Aristarch Trofimowitsch, vermutlich sehr, sehr alt. Der Mann bewegte sich und unter dem weißen Ärmel seines Hemdes lugte ein blautätowierter Anker hervor. Ein Seemann, entschied Aristarch Trofimowitsch und fragte: ,,Sagen Sie bitte, wo sind wir hier?"

,,Sie befinden sich in Bonn, der Hauptstadt der Bundesrepublik Deutschland, genauer, in der chirurgischen Abteilung des Stadtkrankenhauses. Sie sind gestern abend gegen elf gebracht worden und Sie waren nicht der einzige. Sie sind doch in das Zugunglück geraten, nicht weit von Remagen. Wie fühlen Sie sich?"

,,Nicht schlecht, nur die rechte Schulter schmerzt ziemlich stark."

,,Machen Sie mal eine Bewegung, heben Sie die Arme hoch... der Ellenbogen bewegt sich, anscheinend haben Sie nichts gebrochen."

,,Dennoch tut es weh!"

,,Sie haben Schwein gehabt! Vier Tote, neunzehn Schwerverletzte, es steht schon alles in der Zeitung. Sie fallen wohl in die Kategorie der Leichtverletzten. Ich bin ein alter Seemann, Offizier der Handelsmarine, und habe was mit der Leber. Ich habe ein Häuschen direkt am Meer, bei Cuxhaven, dort lebe ich still und friedlich. Hier im Rheinland habe ich nur eine Schwester und einen Neffen, der bei der Polizei ist."

Hier öffnete sich die Tür und der Chefarzt trat ein, begleitet von einer medizinischen Persönlichkeit zweiten Ranges und zwei Schwestern. Sein Blick war derart klug und durchgeistigt und sein weißer Bart so ehrwürdig, daß sich von selbst die Frage erhob, ob er gewöhnliche Sterbliche überhaupt heilen könne. Der Bart brachte Aristarch Trofimowitsch in arge Verlegenheit - wieder schwommen Gedanken an seinen Wahnsinn an die Oberfläche, hatte er doch von einem antiken weißbärtigen Arzt gehört. Aber Gott sei Dank war er nicht in einer Irrenanstalt, und der Chefarzt trat bereits an ihn heran. „Wie fühlen Sie sich, junger Mann? Können Sie sich überhaupt an gestern erinnern?"

„Ja, ich wollte nach Frankfurt fahren und da ist dieser Unfall passiert. Ich glaube, die Besinnung habe ich nicht verloren."

„Na, schwingen Sie sich nicht gleich aufs hohe Roß! Schließlich waren Sie halb ohnmächtig, als Sie zu uns kamen. Kommen Sie gleich zu mir, ins Arztzimmer. Wo schmerzt es denn?"

„Im rechten Arm und der rechten Schulter."

„Da werden wir gleich nachsehen. Wo haben Sie Verwandte?"

„Ich bin allein, ich komme aus Frankfurt."

„Sehr gut!" energisch die Arme schwenkend ging der Chef hinaus und sein weißer medizinischer Fuchsschwanz folgte ihm.

„Sie können froh sein!" meinte der Seemann. „Sie haben nichts ernstes, gleich werden Sie sich selbst vergewissern können."

Als Aristarch Trofimowitsch das Arztzimmer betrat, saß dort noch ein zweiter Arzt mit dünnem Ziegenbart und riesiger Hornbrille, so daß er wie ein Uhu wirkte. Der Uhu und der Chefarzt blickten ihn an.

„Entblößen Sie sich bis zum Gürtel." sagte der Chef. „Reißen Sie Ihre Arme auseinander, so weit Sie können. Stehen Sie bitte gerade. Ja, die rechte Armkugel scheint aus der Pfanne gesprungen zu sein, das müssen wir röntgen. Sehen Sie, Herr Kollege?"

„Ja!" bestätigte der Uhu säuerlich. „Sind Sie ausgerutscht?"

„Aber nein, Doktor Dubois, er war in dem verunglückten Zug."

„Ach so!" meinte der Uhu, als ob er nicht begriff, was er mit einem Zugunglück zu tun hatte.

„Entschuldigen Sie bitte", fragte Aristarch Trofimowitsch, „ich bin mit einem Herrn Gersdorf zusammen im Abteil gewesen, er ist bucklig. Wie geht es ihm? Ist er auch hier?"

„Das werde ich prüfen lassen und Ihnen Bescheid geben. Schwester, begleiten Sie den Herrn bitte zum Röntgen."

Im Warteraum vor der Röntgenabteilung saßen an die dreißig Personen. Als er fast an der Reihe war, mußte er zum Mittagessen gehen. Das Essen war wenig schmackhaft und nur lauwarm. Eine Schwester bemerkte seinen fragenden Blick. „Bei uns wird aus irgendwelchen Erwägungen alles frühmorgens fertiggekocht und dann warmgehalten. Ich weiß nicht, warum man das so macht, das spart wohl Personal. Die Küche entspricht zwar dem modernsten Stand der Technik, aber die Liebe fehlt."

„Wie, lieben sollen wir die Kranken auch?" lachte eine aus einem Zimmer herausgetretene hübsche, blonde Schwester, die den letzten Satz mitgehört hatte. „Es reicht völlig aus, wenn man sich korrekt benimmt! Vielleicht erwartest du sogar eine Portion Idealismus?"

„Selbstverständlich!" entgegnete die erste Schwester, und sie trennten sich.

Gegen Abend mußte er wieder vor der Röntgenabteilung warten, endlich waren unter großen Schmerzen die Aufnahmen gemacht. „Morgen sieht sie sich der Doktor an und wird entscheiden, was zu tun ist."

Es stellte sich heraus, daß Gersdorf zwar im gleichen Krankenhaus, aber in einem Nebengebäude lag. Er schien ebenfalls nur leicht verletzt zu sein. Hehe, dachte Aristarch Trofimowitsch, als er bereits im Bett lag, schon die zweite Nacht bin ich hier, und was ist mit Frankfurt?

*

Während es Aristarch Trofimowitsch noch immer nicht gelungen war, Frankfurt zu erreichen, waren Bodo Sauer und Beatrice dort bereits energisch tätig. Nachdem sie im Raucherabteil erster Klasse Platz genommen hatten, sahen sie sich zunächst lange schweigend an. Jeder war in seinen eigenen Gedanken versunken. Endlich fragte Beatrice. „Was meinst du, Bodo, ist alles programmgemäß abgelaufen?"

„Ich denke, es ist glänzend über die Bühne gegangen. Die Vertreter von Lancaster & Strasmight sind von allem überzeugt. Jetzt hängt es nur davon ab, ob sie genug Zeit haben, ihren Vertrag mit den Kölner Herren zu kündigen."

„Und wenn sie uns nicht glauben und schlicht eine Akontozahlung von den Kölnern verlangen?"

„Vergiß bitte nicht, daß sich die Kölner keiner Schuld bewußt sind. Sie werden sicherlich eine Finte wittern und sich zumindest nicht sofort einverstanden erklären. Vermutlich ist das das entscheidende Signal für die Amis, den Vertrag zu kündigen und dann werden sich die erbosten Landsleute in die Arme von Smith & Ferry werfen."

„Bodo, mit deinem Munde kann man Honig schlecken!"

„Einige Risikofaktoren sind allerdings noch vorhanden." zärtlich umarmte Bodo Beatrice und küßte sie, nicht ohne zuvor auf die Glastür zum Korridor geschielt zu haben.

„Wie ich dich liebe, Bodo, mein Gott, und wie zuwider mir mein Jetziger ist! Aber du weißt ja noch gar nichts!"

„Was soll ich denn wissen?"

„Das, was ich jetzt weiß, nämlich, woher Preis gleich nach dem Krieg das große Geld hatte. Seine Kameraden haben ihm ihre persönlichen Wertsachen anvertraut, bevor sie als Agenten in feindliche Länder oder hinter die feindlichen Armeen gegangen sind und er hat diese Kostbarkeiten nach Kriegsende einfach in die eigene Tasche gesteckt, anstatt sie zurückzugeben."

„Woher weißt du das?"

„Von deinem Genie, dem Maskenbildner Gersdorf. Er hat mir selbst erzählt, daß er bei dieser Dienststelle, vermutlich irgendwo in der Abwehr, die Gesichter derer verändert hat, die hinter die Front gegangen sind. Bei seiner Kunstfertigkeit kann ich ihm das durchaus glauben. Er sagte mir, diese Wertsachen habe ein Oberzahlmeister Ernst P. in Empfang genommen. Den Familiennamen wußte er nicht, hat meinen Mann jedoch recht genau beschrieben."

„Und was willst du jetzt unternehmen?"

„Das weiß ich noch nicht. Ich fürchte, er ist dahintergekommen, wie wenig ich mich für die Modesalons interessiert habe. Wir sind doch beobachtet worden!"

Oh ja, dachte Bodo Sauer für sich, laut sagte er: „Paß auf, jetzt haben wir alle Trümpfe in der Hand! Wenn er dir sagt oder auch nur andeutet, daß du zu einem ganz anderen Zweck nach Bonn gefahren bist, sag ihm offen, du weißt, was er so sehr bemüht, vor dir zu verbergen und versuch, die Beziehungen zu klären. Vergiß nicht, es ist kein Kapitalverbrechen, den Ehemann zu betrügen, wohl aber, sich fremdes Eigentum anzueignen! Wenn er den Naiven zu spielen versucht und so tut, als ob er gar nichts begreift, dann sag ihm, daß du einen Zeugen kennst. Ich denke, mit Hilfe des Buckligen wirst du noch andere finden können. Deshalb steure direkt auf die Scheidung zu. Du hast mir doch nie glauben wollen, daß dieser Typ deiner nicht würdig ist!"

„Ja, jetzt sehe ich das selbst!" Beatrice ergriff plötzlich seine Hand und preßte sie an ihre Wange. „Bodo, liebst du mich wirklich sehr? Wirst du mich heiraten?"

Erneut schielte Bodo Sauer auf die Glastür, im Korridor war jedoch alles leer, so seufzte er tief auf und umarmte sie. „Beatrice, mein Mädchen, zweifelst du daran? Jede andere könnte ich betrügen, dich jedoch niemals, solch eine Schönheit bist du und so klug!"

„Ich bin aber viel älter als du!"

„Das spielt heutzutage gar keine Rolle! Wichtig ist der Mensch und nicht sein Alter! Eine Frau wie du kann jeden Mann glücklich machen. Ich sage dir noch mehr..." und weitschweifig ließ sich Bodo Sauer darüber aus, wie es heutzutage im allgemeinen mit den Beziehungen zwischen Mann und Frau steht, die endlich von allen religiösen, familiären und sonstigen traditionellen Vorurteilen befreit werden konnten. Der Zug lief und lief, sie hatten bereits Mainz passiert und noch immer schärfte er Beatrice ein, wie sie sich ihrem Mann gegenüber verhalten sollte, um sämtliche Trümpfe in der Hand zu behalten.

Am Bahnhof trennten sie sich. Beatrice nahm ein Taxi und fuhr nach Hause. Ernst war nicht da, er war noch im Betrieb. Sie beschloß, das wesentliche, alles entscheidende Gespräch mußte heute stattfinden, jede Verzögerung würde zu noch größeren Unannehmlichkeiten führen. Gegen sechs Uhr kam Ernst, begrüßte sie ruhig, küßte sie jedoch nicht und stellte auch keine Fragen. Die Hände in den Hosentaschen vergraben, ging er schweigend im Zimmer auf und ab.

„Du erwartest von mir wohl irgendwelche Erklärungen oder Deklarationen über mein Verhalten dir gegenüber, nicht wahr? Das kann ja nicht anders sein! Ja, ich bin verpflichtet, dir einige Erklärungen abzugeben, aber auch du bist verpflichtet, meine Zweifel in gewissen Punkten zu zerstreuen. Du willst wissen, was in letzter Zeit passiert und warum wir uns de facto als Mann und Frau auseinandergelebt haben? Ich sage dir, die Wurzel liegt in meiner völligen Unkenntnis darüber, was für ein Mensch du bist."

„Wann hat das bei dir angefangen? Wir sind doch schon lange verheiratet und sogar sehr glücklich gewesen. Ich liebe dich und auch du hast mich geliebt. Was ist in den letzten Monaten passiert?"

„Ernst, ich will nicht die Schlaue spielen! Du weißt, was für ein Mensch mein erster Mann gewesen ist, er war Offizier, großgeschrieben. Seine politischen Ansichten wollen wir nicht verurteilen, wenn das heutzutage auch große Mode ist, das wäre jetzt albern und dumm. Er lebt nicht mehr, er ist für die Ideale gestorben, denen er gedient hat. Ja, er hatte Ideale und in seinen Beziehungen zu mir hat es keine dunklen Regionen gegeben, alles war völlig klar. In meinen Beziehungen zu dir ist jedoch keineswegs alles klar. Frage Nummer eins: Aus welchen Quellen stammten jene Mittel, die du fast vom ersten Tag unserer Ehe an in die Firma meines Mannes gesteckt hast?"

Preis blickte seine Frau an. Sie beobachtete ihn ruhig und feindselig. Er begriff, zu lügen oder sich irgendwie herauszuwinden war sinnlos, hier konnte nur die ungeschminkte Wahrheit helfen. Jetzt war der Augenblick gekommen, in dem sie alles erfahren mußte. „Die Gelder, die ich, wie du dich so schön ausgedrückt hast, in die Firma deines

Mannes gesteckt habe, stammten aus dem Verkauf verschiedener Wertgegenstände."

„Was waren das für Wertsachen?"

„Gegen Kriegsende sind sie mir von Angehörigen jener Dienststelle anvertraut worden, in der ich als Oberzahlmeister tätig gewesen bin."

„Mit anderen Worten, du hast fremdes Eigentum an dich genommen?"

„Ja, und ich konnte auch nicht anders handeln."

„Wieso?"

„Nachdem der Krieg zu Ende gegangen war, hätte nach den Regeln der Kapitulation das Eigentum dieser Leute den Siegern übergeben werden müssen, das heißt, den Sowjets, da sich die Hauptverwaltung unserer Dienststelle in Berlin befand."

„Das hast du demnach nicht getan."

„Genau, gerade das habe ich nicht getan! Ich habe diese Gegenstände zusammen mit einem Verzeichnis ihrer Eigentümer versteckt und bin selbst in die Gefangenschaft gegangen. Nachdem ich zurückgekehrt war, gelang es mir nicht, auch nur einen dieser Leute ausfindig zu machen und so habe ich nach und nach alle Sachen verkauft und das Geld je nach Bedarf in unseren gemeinsamen Betrieb eingebracht. Du hast mich doch niemals gefragt, woher diese Mittel stammen!"

„Selbstverständlich nicht, wie hätte ich auch daran denken können, daß mein Mann zu so etwas fähig wäre!"

„Laß mich bitte zu Ende reden! Ich habe ganz genau Buch geführt, welchen Betrag ich wann für jeden einzelnen Gegenstand erhalten habe, ob in Dollar oder in Mark und wem dieses Geld eigentlich gehören müßte und werde diese Beträge selbstverständlich zurückzahlen, sobald die rechtmäßigen Eigentümer auftauchen."

„Hast du denn alles unternommen, um diese Menschen ausfindig zu machen?"

„Nein, ich sage dir offen, in den letzten Jahren habe ich in dieser Richtung nichts mehr unternommen."

„Und das nennst du ehrlich?"

„Das zu beurteilen, überlasse ich dir. Bist du nicht der Ansicht, daß es jetzt an mir ist, einige Fragen an dich zu richten? Zunächst, wer ist mein Konkurrent, mit dem du dich triffst, und ob du ihn liebst?"

„Ja, ich habe einen guten Bekannten und ich liebe ihn, und wenn du wissen willst, warum ich ihn liebe und nicht dich, sage ich dir, daß du meinem ersten Mann viel zuwenig gleichst. Damit beginnt allerdings meine Schuld - ich hätte dich niemals heiraten dürfen!"

,,Aber du hast mich geheiratet und wir haben nicht schlecht miteinander gelebt! Selbst die Tatsache, daß sich die Firma jetzt in sehr gutem Zustand befindet, ist nicht zuletzt auch ein klein wenig mein Verdienst."

,,Ja, sicher, jetzt spielt das aber gar keine Rolle mehr. Unser gemeinsames Leben ist beendet. Je schneller wir uns trennen, um so besser!"

,,Gut, Beatrice, mit Gewalt kann ich dich nicht halten, mit Gewalt wird einem bekanntlich ein anderer nicht wieder gut. Warum aber sagst du mir das erst heute? Nur deshalb, weil ich weiß, daß du mich belogen hast? Zum Beispiel bist du keineswegs nach Bonn gefahren, um da eine Modenschau zu besuchen, sondern bist mit ihm zusammengewesen. Ich würde gern seinen Namen erfahren."

,,Den Namen werde ich dir sagen. Er ist ein bekannter Rechtsanwalt und heißt Sauer."

Schlecht, überlegte Preis, Rechtsanwälte sind gewiefte Hunde, ruhig fragte er: ,,Das bedeutet demnach Scheidung?"

,,Ja, und ich glaube, das ist der beste Weg, für mich ebenso wie für dich."

,,Noch eine Frage bitte, wie steht es mit unserem gemeinsamen Vermögen, zum Beispiel dem Geld, das ich in die Firma gesteckt habe. Du wirst mir beistimmen, wenn ich erkläre, daß ich nach wie vor beabsichtige, dieses Geld den rechtmäßigen Eigentümern der Wertsachen zurückzugeben."

,,Ja, sicher, und einen deiner ehemaligen Kameraden habe ich sogar kennengelernt. Er war es, der mir alles erzählt hat. Ich werde dir seine Anschrift geben, er stammt aus Frankfurt. Jetzt aber denke ich, haben wir nichts mehr zu besprechen. Nach diesem Gespräch sind wir lediglich noch Geschäftspartner, und auch das nur bis zu der Minute, zu der ich dir alles ausbezahlt habe, was dir zusteht."

Wie einfach das ist, dachte Preis, da bist du verheiratet, lebst jahrelang mit deiner Frau zusammen, Kinder haben wir zwar nicht. Da haben wir in der Nachkriegszeit gemeinsam eine Firma aufgebaut und auf einmal taucht irgendein Winkeladvokat auf und hebt dich aus dem Sattel. Er war jedoch vollkommen ruhig. Diese verfluchten Wertsachen, wen hat Beatrice nur ausfindig gemacht? Wie naiv er doch ist, selbstverständlich hat nicht sie einen ehemaligen Angehörigen seiner Dienststelle gefunden, sondern ihr Rechtsanwalt Sauer. Er mußte sich erkundigen, was das für ein Mensch war. Nun, wenn das Familienglück zusammengebrochen ist, dann ist es eben kaputt... Er ging zur Tür.

,,Du brauchst dich nicht aufzuregen, ich werde sofort Schritte unternehmen, um mir eine neue Wohnung zu suchen, das übrige sollten wir über die Anwälte durchboxen.“

Nachdem Ernst hinausgegangen war, setzte sich Beatrice auf die Chaiselongue. Während des Gesprächs hatten sie sich kalt und feindselig gegenübergestanden. Sie fühlte sich nicht ganz befriedigt, es war viel einfacher gewesen, als sie erwartet hatte. Ernst hatte nichts geleugnet und in stolzer Verachtung - hierdurch fühlte sie sich enttäuscht, sie hätte es vorgezogen, wenn er sich als niederträchtiger erwiesen hätte - die I-Punkte gesetzt. Ein neuer Abschnitt ihres Lebens hatte angefangen, ohne Ernst, dafür mit Bodo.

Ernst Preis war bereits auf dem Weg zu einem ihm bekannten Wohnungsmakler und dann, ja, was für ein Tag war denn heute? Er hatte sich doch mit Kwjatkowskij verabredet. Erleichtert atmete er auf. Ein Seelengespräch mit diesem Menschen, der so gut zuzuhören verstand, würde ihm heute sehr gelegen kommen.

*

Kwjatkowskij, von dem Preis annahm, daß er lediglich gut zuzuhören verstünde, konnte in Wirklichkeit auch vortrefflich reden. Er saß Koschin in einer kleinen Weinstube gegenüber, in der jedoch auch Bier, Kaffee, Tee und sonstige Getränke, nach denen die Seele verlangte, ausgeschenkt wurden.

Kaum war er leicht enttäuscht zusammen mit Renz nach Frankfurt zurückgekehrt, als er ohne sich auszuruhen Scholzmann anrief und sich aus dem Urlaub zurückmeldete, wobei er betonte, daß er sich wie vereinbart am Abend mit Preis treffen würde. Scholzmann dankte für seinen Anruf, er hoffe, es sei Kwjatkowskij gelungen, seine kommerziellen Angelegenheiten in Ordnung zu bringen. Obwohl seine Stimme todernst klang, fühlte sich Kwjatkowskij bei dieser Bemerkung unbehaglich - vor seinem geistigen Auge erschienen die faulen Ananasfrüchte! Aber das war bereits Geschichte. Er aß zu Mittag, duschte, zog sich um und überlegte, in welche Reinigung er den beschmutzten Anzug bringen könnte. Da läutete das Telefon, aus der Muschel ertönte: ,,Von Koschin.“

Aha, er hat meinen Zettel gefunden und ist in Aktion getreten! Kwjatkowskij bedankte sich höflich für den Anruf und verabredete sich mit Koschin in dem kleinen Restaurant. Was werde ich diesem aufgeblasenen Russen erzählen, überlegte er, schließlich konnte er das Märchen von dem bespritzten Anzug nicht wiederholen. Nein, zunächst mußte er erfahren, in welchen Beziehungen Koschin zu Sauer stand und wie hoch das Honorar war, mit dem er rechnen konnte. Am Abend aber hatte er seine dienstlichen Pflichten zu wahren und den Fabrikanten Ernst Preis zu bearbeiten.

Koschin und Kwjatkowskij saßen sich bereits einige Minuten gegenüber.

„Ihre Notiz habe ich sofort nach unserem Gespräch in Bonn in meiner Tasche entdeckt und muß sagen, daß Sie recht ungewöhnliche Informationsmethoden verwenden, andererseits fordert gerade die Originalität Ihres Verhaltens die Neugier heraus. Wenn ich mich nicht irre, haben Sie mir etwas zu offenbaren, was Ihnen wichtig erscheint."

„Das kann ich noch nicht positiv bestätigen. In Bonn haben Sie sich als Freund des Rechtsanwalts Sauer vorgestellt. Sagen Sie bitte, dürfte ich erfahren, wie gut Ihnen dieser Herr bekannt ist und ob Sie über seine Geschäfte informiert sind? Mir und meinem Freund, den Sie ebenfalls im Café gesehen haben, erschien es eher, daß Sie es aus irgendwelchen Gründen ebenfalls für nötig hielten, die Villa Sauers zu beobachten. Sonst hätten Sie uns nicht bemerken können."

Koschin zog ein finsteres Gesicht und hob wichtigtuerisch seine Augenbrauen empor. „Ja, Sie haben recht, mich interessiert jedoch weit mehr die Frage, wodurch Ihre Aufmerksamkeit hervorgerufen wurde."

„Ihre Frage ist richtig, vorab möchte ich jedoch einen anderen Punkt klären. Sagen Sie bitte, mit welcher Vergütung darf ich rechnen, wenn ich Ihnen das sage, was Sie nicht wissen, selbstverständlich über den Anwalt Sauer selbst und nicht irgendeinen Quatsch, etwa in dem Sinne, eine Blondine ginge etwas zu häufig vor der Villa Sauers spazieren."

„Ich gebe Ihnen das Ehrenwort eines Edelmannes der russischen Krone, daß Sie tausend Mark erhalten, wenn Ihre Nachricht für mich auch nur den kleinsten Wert haben sollte. Sollte jedoch ein Irrtum vorliegen, werden Sie zweihundert Mark erhalten."

Kwjatkowskij begann zu kalkulieren. Nicht viel, dachte er, aber ein Tausender liegt auch nicht auf der Straße! „Sie kennen meinen Namen. Ich wohne in Frankfurt und bin bei einer privaten Gesellschaft beschäftigt, die sich zum Ziel gesetzt hat, den Alkoholismus zu bekämpfen. Dort, wo ich zuvor gelebt habe, hatte ich einen guten Bekannten, er ist sogar mein Freund und heißt Fischer. Von Beruf ist er Schauspieler. Allerdings hat er in den letzten Jahren sehr wenig gespielt. Er bekommt eine kleine Rente oder womöglich Sozialhilfe. Nachdem ich eine neue Wohnung bezogen hatte, wollte ich ihn besuchen, aber er war nicht zu Hause. Es stellte sich heraus, daß er fortgefahren war, zumindest erzählte uns das eine alte Frau, die ebenfalls dort wohnt. Vor dem Hause traf ich mit seinem Theateragenten zusammen, Herrn Renz. Wir haben uns einander vorgestellt, dann kam heraus, daß Renz sich Sorgen wegen Fischer macht. Ich fragte ihn nach dem Grund, schließlich sei es doch gut, wenn ein Mann in seinem langjährigen Beruf Arbeit findet. Ja, meinte Renz, zuerst habe er auch so gedacht, dann aber seien ihm Zweifel gekommen. Die Leute, die ihn angeheuert hatten, haben sich irgendwie ungewöhnlich verhalten. Sie suchten jemanden, der genauso aussieht, wie ein Mann auf einer Fotografie, die sie ihm zeigten. Renz gab ihnen die Anschrift des unglücklichen Fischers und sie zogen ab.

Der Mann, der das Foto vorgelegt hatte, wirkte nicht wie jemand vom Film oder Theater und schien auch keine Beziehungen zu diesem Milieu zu haben, wie ein Polizist sah er auch nicht aus. Bezahlt hatte er gut. Vielleicht steckt etwas dahinter und so hatte Renz sich entschlossen, Fischer aufzusuchen und dabei ist er mir begegnet. Die alte Dame, übrigens eine unsympathische Person, hatte sich die Nummer des Autos gemerkt, mit dem Fischer fortgefahren war, eine Bonner Nummer. Wir gerieten noch mehr ins Staunen, weshalb holt man sich für Bonn ausgerechnet den kleinen Frankfurter Schauspieler Fischer? So sind wir nach Bonn gefahren und erfuhren, daß der Wagen dem Rechtsanwalt Sauer gehört. Wir haben seine Anschrift erhalten und entschlossen uns, sein Haus zu beobachten."

„Kam es Ihnen nicht in den Sinn, schlicht zu ihm zu gehen und ihn zu fragen, was mit Fischer ist?"

„Das haben wir später getan, zunächst aber haben wir das Haus beobachtet und auch einige Aufnahmen gemacht."

„Wie ist das Resultat Ihrer Observierung ausgefallen?"

„Nach einiger Zeit kam eine elegante Dame mittleren Alters mit dem Taxi angefahren, wir haben sie aufgenommen."

„Einen Augenblick!" Koschin stoppte Kwjatkowskij und wühlte für einige Sekunden in seinem umfangreichen Portefeuille. „War das diese Dame, in diesem Taxi?"

Kwjatkowskij erkannte sie sofort, die Aufnahme war sehr gut. „Ja, das ist sie."

„Und was geschah dann?"

„Dann fuhr der Mercedes mit dem Rechtsanwalt Sauer und der Dame aus der Garage, er fuhr zum Zentrum der Stadt und wir sind ihm gefolgt."

„Warum denken Sie, daß Sauer den Wagen gefahren hat?"

„Es war sein Mercedes und er kam aus der Garage seines Hauses."

„Wie weit haben Sie ihn verfolgt?"

„Bis zum Hotel *Stuttgarter Hof.*"

„Aha, und dann?"

„Es ist uns nicht gelungen, mehr zu erfahren. Später haben Sie uns in dem Café angesprochen und daraus habe ich geschlossen, daß auch Sie sich für den Rechtsanwalt Sauer interessieren. Daher habe ich mir diesen kleinen Trick erlaubt."

„Sie haben sich nicht geirrt. Weiß Ihr Kollege, dieser Theateragent, vielleicht mehr als Sie?"

„Das glaube ich nicht. Er kann nicht mehr wissen, denn wir sind die ganze Zeit zusammengewesen."

„Verzeihen Sie, daß ich Ihnen diese Frage gestellt habe und ich bitte Sie, mich nicht falsch zu verstehen. Die tausend Mark sind Ihnen bereits sicher. Sie werden dieses Geld erhalten - das ist das Wort eines russischen Edelmannes! Haben Sie etwas dagegen, wenn wir jetzt zu Fischer fahren? Ich würde gern von ihm erfahren, wozu Sauer ihn gebraucht hat."

„Warum nicht? Fahren wir los!"

Fischer war nicht zuhause, lediglich die alte Frau Motzberg stand wie immer zusammen mit ihrer Polly auf ihrem Beobachtungsposten. Koschin erfuhr lediglich von Fischers Abwesenheit und des Katers Existenz, den die Alte als das scheußlichste Tier bezeichnete, das Gott je geschaffen habe. Nach diesen Worten mußte Koschin trotz seiner aristokratischen Vorurteile irgendeinem Kwjatkowskij gegenüber seiner Charakteristik der Dackeldame zustimmen und entschied still für sich, wenn Fischer nicht in Frankfurt war, konnte er nur in Bonn sein und somit hatte er hier nichts mehr zu bestellen. Er zog seinen goldenen Kugelschreiber hervor, auf dem eine Wassernixe oder womöglich eine spanische Gallionsfigur eingraviert war und stellte feierlich einen Scheck über tausend Mark aus.

„Hier, das ist für Ihre Dienste. Ich bitte Sie sehr, Fischers Haus zu beobachten und mich telefonisch zu informieren, sobald er auftaucht. Selbstverständlich werden die Spesen von mir übernommen, auch für Sie wird es an Honorar nicht fehlen." Die letzten Worte sagte Koschin bereits in seinem italienischen Luxuswagen zu Kwjatkowskij, der ihm lange dankbar die Hand schüttelte.

Nachdem sie sich verabschiedet hatten, begutachtete Kwjatkowskij lange den Scheck, strich zärtlich mit der Hand über ihn und steckte ihn sorgfältig weg. Er mußte sich auf seine Begegnung mit Preis vorbereiten.

*

Koschin war bereit, sofort nach Bonn zu rasen, um Fischer dort zu suchen, als ihm der Gedanke kam, was heute für ein Tag sei. Er schaute in seinem Notizbuch nach, richtig, heute abend hatte er sich mit der so aufregend auf ihn wirkenden Karoline Löw verabredet und diesem, wie hieß er nur? An sie hatte er ebenfalls ein kleines Anliegen. Wie hieß bloß dieser Landsmann, dieser Parvenu? Konnte er überhaupt ermessen, welch ungeheure Distanz ihn von dem erblichen Adeligen Koschin trennte? Als ob ich der Bewohner eines anderen Planeten bin, dachte Koschin, nach Bonn werde ich auch morgen fahren können, zunächst die Karoline...

Der Haken bestand darin, daß Koschin neben seinen sonstigen Talenten auch über die Begabung verfügte, seinen Mitmenschen einzureden, Geld bei einer bestimmten, berufsmäßig Kredite vergebenden Person aufzunehmen, die jedoch keineswegs ein Bankier war und ihm für jeden neuen Klienten, den er von den ungeheuren Vorteilen einer derartigen Transaktion überzeugt hatte, eine gut bemessene Provision zahlte. Sollte sich der Kreditnehmer später aus eigener Schuld außerstande fühlen, die geborgte Summe zurückzugeben, brachte es Koschin in den meisten Fällen fertig, ihm eine lukrative Position zu verschaffen, wodurch die Begleichung der Schulden sichergestellt wurde, und er agierte stets nach der gleichen Methode.

Nachdem Koschin die Bekanntschaft einer Person weiblichen Geschlechts gemacht hatte, die seiner Aufmerksamkeit würdig war, setzte er sie davon in Kenntnis, daß sie, gerade sie und keine andere, in seinem Herzen einen ganz besonderen Platz belege, einen derart besonderen und außergewöhnlichen, daß er fest und für immer besetzt sei. Aus diesem Grunde vertrete er die Meinung, daß ihre Verbindung für ewige Zeiten besiegelt werden müsse. Bevor dies eintreten könne, gäbe es jedoch eine kleine Schwierigkeit von gänzlich plebejischer und alberner Art - ihm würden lediglich so zwischen zwanzig- und dreißigtausend Mark fehlen. Er wüßte sehr wohl, wo er sich dieses Geld besorgen könne, die Prozente seien zwar etwas hoch, aber was bedeute dies schon im Verhältnis zu ihrer künftigen gemeinsamen Familienglückseligkeit. Diesen Vortrag hielt er in der Regel vor einem sehr jungen und mit den Gepflogenheiten des Lebens wenig vertrautem Wesen.

Nachdem der Kredit aufgenommen und das geliebte Wesen, das einen so felsenfesten Platz im Herzen Koschins einnahm, mit soliden Schulden belastet war, schob der Initiator den entscheidenden Schritt der Bündnisschließung unter allen möglichen Vorwänden immer weiter hinaus, der hochprozentig belastete Kredit mußte jedoch zurückgezahlt werden, so ist nun mal unsere unvollständige Welt beschaffen. Dies erwies sich zumeist als unmöglich, denn Koschin sorgte energisch dafür, daß das Geld schnell im Nirwana verschwand, während er dem schuldenbeladenen Wesen im richtigen Augenblick mit dem Ausdruck eines leidgeprüften Aristokraten, der es für seine Pflicht hält, einem notleidenden Nächsten zu helfen, sein nicht alltägliches Angebot unterbreitete.

Manchmal verlief dieser Prozeß sehr kompliziert und stürmisch, gelegentlich aber auch leicht, und in der Regel befand sich das geliebte Wesen sehr schnell in einer Lage, die den Forderungen der Moral zwar nicht unbedingt entsprach, jedoch viel Geld einspielte, so daß der aufgenommene Kredit über kurz oder lang zurückgezahlt werden konnte, wobei die leichtfertige Kreditnehmerin bis zu dem Augenblick keineswegs schlecht lebte, wie sie in der ihr von Koschin angebotenen Position viel verdienen konnte. Später, wenn die so erfolgreich tätige Dame gealtert und keineswegs mehr schön war, ein ruiniertes Nervensystem und eine zerrüttete Gesundheit besaß, konnte sie selbst über ihr eigenes Schicksal entscheiden. Die übrigen Beteiligten waren in der Regel jedoch zumeist recht zufrieden.

Für heute abend traf Fürst Koschin Anstalten, die ersten Angelruten für Karoline Löw auszulegen. Während er in seinem Zimmer in einem Hotel der Luxusklasse seine Toilette beendete, wog er alle Für und Wider ab und kam zu dem Schluß, daß er gegen einen starken, aber keineswegs unbesiegbaren Gegner marschierte.

In Koschin steckte jedoch auch etwas ganz anderes. Er interessierte sich ernsthaft für Ikonen und manchmal vergoß er sogar Tränen, wenn er sie betrachtete. Ja, dachte er, die Ikonenmalerei ist eine aristokratische Kunst, nicht so wie Böcklin, der ein Maler des triumphierenden Spießertums gewesen war. In den Heiligenbildern sieht man das Leid, und wahre Kunst gibt es nur dort, wo Leid sichtbar wird, ich aber leide mein Leben lang! Demnach muß es auch in mir eine poetische Ader geben, die mit Hilfe aller Mittel weiterentwickelt werden muß. Dabei wird mir Fistulskij helfen, ich muß ihn nur wieder herschaffen und vor den Arbeitstisch setzen. Der Ikonenmaler Fistulskij war eng mit der grünen Schlange befreundet, die ihn in den Ringen ihrer Umarmungen keineswegs weniger fest hielt als eine afrikanische Boa constrictor einen leichtfertigen Missionar. Macht nichts, dachte Koschin, ich werde schon mit der grünen Schlange fertigwerden, und bestieg selbstzufrieden sein Auto, wobei er überlegte, womit er seinen Angriff am besten einleiten könnte. Dabei stellte sich heraus, daß die Maske des leidgeprüften Aristokraten vermutlich unwiderstehlich wirken würde - aber stimmte das auch?

Leonid Petrowitsch Koschin war Russe und im Besitz aller Plus- und Minuseigenschaften dieses zweifelsohne machtvollen Volkes. Als Organisator unterlag er selbstverständlich den Deutschen, unter denen er lebte und mit denen sein eigenes Volk seit eh und je durch geheimnisvolle Bande verbunden war. Wenn die großen Errungenschaften des deutschen Volkes in erdrückender Mehrzahl Folgen seines genialen organisatorischen Talents sowie jener geistigen und materiellen Faktoren waren, die ihm auf seinem Weg zu irgendeinem Ziel geschenkt worden waren - wobei übrigens keinem Volk gegeben ist, dieses Ziel klar zu erkennen - so waren sämtlichen großen Leistungen des russischen Volkes in gleichem Maße und unter Zugrundelegung der gleichen Faktoren das Resultat genialer Improvisationen. Koschin, als ein sehr typischer Vertreter seines Volkes, verließ sich stets auf sein Improvisationstalent. So hatte er auch heute auf dem Weg ins Restaurant *Tien-Tsin* keinen bestimmten Plan, sondern lediglich eine verworrene Vorstellung von dem, was er zu sagen und zu tun hatte. Er kam früh an, stellte seinen Wagen ab und schielte auf einige ihm verdächtig erscheinenden jungen Leute in Lederjacken. Womöglich würde sein Auto zusammen mit den Lederjacken von selbst fortfahren! Er seufzte tief und angeekelt und betrat verzerrt lächelnd das Restaurant. Er wählte ein kleines Tischchen für vier Personen und bestellte einen teuren chinesischen Likör. Lange mußte er warten und ärgerte sich bereits. Vielleicht lassen sie mich sitzen und kommen gar nicht, von einem russischen Parvenu und einer hübschen Frau kann man jederzeit Schweinereien erwarten!

Schließlich erschienen sie doch. Zunächst betrat Gusarewitsch den Saal und verbeugte sich bereits an der Tür. Wie ein Leibeigener vor seinem Herrn, dachte Koschin, wie sollte er auch mir gegenüber nicht von tiefster Achtung durchdrungen sein! Auf dem Gesicht Karolines war ein derart überirdischer Glanz zuhause, als ob an dem Tischchen unter den chinesischen Miniaturen nicht Leonid Petrowitsch Koschin, sondern der sich für die chinesische Küche interessierende Heilige Georg selber saß, auf einem der Bilder war sogar sein Drachen zu erkennen. Koschin erhob sich sofort, gab seinem Gesicht den Ausdruck von Leid, kombiniert mit Begeisterung, und streckte beide Hände aus.

„Meine allerliebste Frau Löw, der Schöpfer hat mein Flehen und meine Träume erhört! Wir sehen uns wieder! Sie, Herr Gusarow, Sie blühen noch immer unter dem Himmelszelt?" Nach dieser Tirade verlor der in Gusarow umgetaufte Gusarewitsch völlig die Fassung, atmete tief ein und überlegte krampfhaft, ob er Koschin verbessern solle, entschloß sich jedoch, eine abwartende Position zu beziehen. Koschin agierte dagegen durchaus zielstrebig und kontinuierlich. „Liebe Karoline, sagt Ihnen mein Äußeres gar nichts?"

Karolines Augen wurden vollkommen rund. „Sie erwarten ein Kompliment?"

„Mein Gott! Was für Komplimente brauche ich schon! Ich brauche den lebensspendenden Quell Ihrer zarten Seele, die so zart ist wie die Saiten einer Äolsharfe, damit ich, der ich in die Finsternis nichtirdischer Leiden getaucht bin, begriffen und geschätzt werden kann, Sie wissen, so wie Göttinnen die gewöhnlichen Sterblichen einschätzen." Hier schwieg Koschin und vertiefte sich in die Speisekarte. Karoline und Gusarewitsch wagten kaum zu atmen, so sehr wurden sie von ehrfürchtigem Schauder gepackt. „Nun, meine lieben Freunde, wollen wir etwas bestellen, etwas, was unser und vor allem unserer lieben Karoline würdig ist, die sich festen Schrittes auf den Weg gemacht hat, meine leidende Seele zu heilen. Also, ich schlage vor..." und er nannte eine Reihe völlig unverständlicher Namen. „Da das Fischgerichte sind, werden wir Weißwein dazu trinken, außerdem bin ich immerhin ein weißer Russe. Sind Sie dagegen, Herr Gusarow?"

Verneinend schüttelte Gusarewitsch seinen Kopf. Endlich war das Abendbrot beendet und zum Erstaunen seiner Tischgefährten erhob sich Koschin. „Meine lieben Freunde, heute muß ich Sie etwas früher verlassen, aber verglichen mit unserer letzten Begegnung sind wir heute in einer weit besseren Lage. Ich habe mein Auto da und werde Sie, Herr Gusarow, wohlbehalten nach Hause bringen." Vorsichtig und unter Zuhilfenahme von zwei Fingern fischte er seine Brieftasche hervor, die in Golddruck die Glücksgöttin Fortuna zeigte. Blitzschnell schaute Karoline Gusarewitsch an, der sofort etwas hastig seine eigene Brieftasche ans Tageslicht beförderte.

„Nein!" Koschin hob seine Augen gen Himmel. „Geben Sie sich keine Mühe, Sie können mich nicht erniedrigen! Heute bezahle ich.

Stecken Sie Ihre Geldbörse weg, sie kann der Konkurrenz mit meiner sowieso nicht standhalten. Glauben Sie mir, einem Koschin sind materielle Werte leicht ersetzbar, nicht jedoch der seelische Frieden."

Mit einem weichen Ruck blieb der italienische Wagen vor dem Haus stehen, in dem Gusarewitsch wohnte. Knifflich drückte Koschin ihm zärtlich mit zwei Fingern die Hand, und ebenso weich entführte der Wagen Koschin und die Karoline.

„Wir fahren zu mir ins Hotel - bitte, erschrecken Sie nicht, weder Ihrer Seele noch Ihrem göttlichen Körper droht die geringste Gefahr. Dort gibt es eine gemütliche Bar. Sagen Sie bitte, wie gut kennen Sie diesen Gusarow und was bedeutet er für Sie?"

„Entschuldigen Sie, Herr von Koschin, er ist ein Angestellter meines Chefs, wir arbeiten in der gleichen Organisation. Ich bin gar nicht mal so eng mit ihm befreundet."

„Mein Gott, wie gut das ist! Wie ich mich gefürchtet habe, einen Konkurrenten zu haben, aber nein, bei einer Frau wie Sie kann mir irgendein Gusarow kein Konkurrent sein!"

„Gusarewitsch, Herr von Koschin, Gusarewitsch!"

„Meinethalben auch Gusarewitsch, ist das nicht völlig egal? Gehen wir in die Bar und trinken ein Gläschen zusammen. Sind Sie einverstanden?"

Koschin bestellte ein Getränk von dunkelroter Farbe. Im Halbdunkeln der fast leeren Bar flimmerten die Augen Karolines wie geschmolzene Karneole. In ihrem Kopf herrschte ein starkes Rauschen. Sie tranken noch ein Gläschen, die Flüssigkeit war süß und scharf, und aus dem Munde Koschins ergossen sich stille und gesegnete Worte. Übrigens, was den Kern der Sache anging, waren diese Worte keineswegs gesegnet, sie erschienen der Karoline jedoch so und in einem Punkt hatte sie recht. Viele Männer hatten ihr Liebeserklärungen gemacht, aber noch nie hatte jemand so zu ihr gesprochen wie Koschin, und in ihrem Bewußtsein stand die ungeheuerliche, sie gleichzeitig erdrückende und erhebende Tatsache: Fürst Koschin macht mir eine Liebeserklärung! Karoline wußte sehr wohl, daß sie hübsch war, sogar sehr hübsch, von so etwas hatte sie jedoch nie zu träumen gewagt. Sie, Karoline Löw, Sekretärin, und ein russischer Aristokrat! Das war Grund genug, verrückt zu werden. Seine Worte aber gurgelten wie ein flottes Frühlingsbächlein, dem genau bewußt war, wohin es zu fließen hat.

„Meine liebe Karoline!" Koschins Stimme war leise und einschmeichelnd, schien jedoch die ganze Bar auszufüllen. „Sie müssen wissen, was mir in meinen Augen als schwerste Sünde erscheint." Er stoppte und machte mit der Hand eine Geste, die er Napoleon abgeguckt zu haben schien, als dieser ausrief: *„Das ist die Sonne von Austerlitz!"*

Karoline blickte verängstigt und hauchte leise: „Was?"

„In meinen Augen ist Unaufrichtigkeit und Verschlagenheit die schwerste Sünde. Ich selbst leide an vielen Lastern, nicht aber an diesen beiden und das werde ich Ihnen gleich beweisen. Mein Herz ist übervoll von der höchsten Liebe zu Ihnen! Das ist kein leerer Satz und keine rhetorische Übung, das ist eine Tatsache!"

In einem Zug leerte Karoline ihr Glas, schwankte leicht auf ihrem Hocker und verkrallte sich mit ihren beringten Fingern an der Tischkante. „Herr von Koschin!"

„Für Sie bin ich kein *Herr* mehr, durch geheimnisvolle Bande sind wir verbunden. Hallo, bitte noch zwei Gläser von diesem wundervollen Zeug! Jetzt werden wir auf du trinken, pardon, auf Sie, verdammt, ich habe mich versprochen - der Teufel kneift mich in die Zunge - natürlich trinken wir auf du!" Nachdem sie die Gläser geleert hatten, begann Karoline plötzlich zu weinen, umarmte Koschin und küßte ihn. Koschin aber erstarrte mit gegen das Empyreum erhobenen Augen.

„Mein Kind, unser Bündnis soll ewig sein! Du bleibst natürlich in diesem Hotel, gleich werde ich für ein Zimmer sorgen und morgen früh besprechen wir eine wichtige Angelegenheit. Jetzt stehen wir uns ganz nahe und ich habe sehr viel Glück gehabt, mein Mädchen! Denkst du denn, ich hätte es so einfach gewagt, dir zu sagen, daß ich dich liebe? Nein, niemals hätte ich mich erdreistet, diese Worte auszusprechen, wenn ich nicht seit gestern wüßte, daß meine Existenz von einem soliden materiellen Fundament untermauert ist. Man hat mir einen günstigen Kredit über sechzigtausend Mark angeboten. Ich bin aber auch so ein betuchter Mann und habe lediglich einen Vertrag über dreißigtausend abgeschlossen, die zweite Hälfte werde ich einem anderen offerieren. Und weißt du, wem?" Koschins Augen leuchteten begeistert auf. „Die zweite Hälfte wirst du erhalten, mein Mädchen. Ich will, daß unsere Liebe völlig gleichberechtigt ist. Wenn ich einen günstigen Kredit über dreißigtausend erhalten habe, darf meine Karoline nicht weniger bekommen. Wie stünde es denn sonst mit der Gleichberechtigung zwischen Mann und Frau?"

„Mein Liebster, mein wunderbarer Leonid!" flüsterte Karoline und schmiegte ihren Kopf an den mit lilafarbenen Tränen bestickten Schlips Koschins.

Spät in der Nacht benahm sich Koschin wie ein echter Gentleman. Er nahm Karoline unter den Arm, geleitete sie bis zur Tür ihres Zimmers, küßte ihr die Hand und ging in sein eigenes Zimmer, nachdem er ihr gute Nacht gewünscht hatte. Der Raum drehte sich vor Karolines Augen, ihr war übel. Ihr kläglicher physischer Zustand wurde jedoch von der sie durchflutenden Begeisterung zurückgedrängt. In ihrem Kopf hatte sich fest der erhebende Gedanke festgekrallt, Fürst Koschin liebt mich! Mit diesem Gedanken schlief sie ein. Sie erwachte spät, der Kopf schmerzte, sie duschte kalt und fühlte sich frischer. Sie fing gerade an, sich anzuziehen, als das Telefon läutete. Die zärtliche Stimme des Fürsten ertönte: „Wie geht es meinem Mädchen?"

„Wie kann es deinem Schnuckelpuckelchen schon gehen?"

„Und das Köpfchen schmerzt nicht zu stark?"

„Nur ein bißchen, aber ich bin ja so glücklich, so glücklich!"

„Noch glücklicher bin ich, mein Mädelchen. Aber wir dürfen das Geschäft nicht vergessen. Du erinnerst dich an unser gestriges Gespräch?"

Sofort fielen Karoline irgendwelche dreißig- oder sechzigtausend Mark ein, die der Fürst fifty-fifty mit ihr teilen wollte. „Natürlich, mein Liebster, bald haben wir Geld!"

„Wie ich mich freue, daß mein Mädchen so klug ist und alles so schnell begreift! Wann kannst du auf mein Zimmer kommen, damit wir das in Ordnung bringen?"

Hastig zog sich Karoline Löw an und ging zu Fürst Koschin, ihrem Bräutigam. Im Korridor blickte sie aus dem Fenster. Auf den Straßen war starker Verkehr, Autos und Menschen erschienen ihr jedoch gleichermaßen klein, mucklig und jeder Aufmerksamkeit unwürdig. Es war doch kein Spaß - bald ist sie Gattin des russischen Aristokraten Fürst von Koschin! Hier erinnerte sie sich, daß auch Bruno, das war der Vorname ihres Chefs, ihr ein bißchen nahestand und nicht mal so schlecht gewesen war. Sie fing schon an, von ihm in der Vergangenheit zu denken und reihte ihn unter die zahlreichen Männer ein, die sie vor ihm gekannt hatte und die in ihren Augen jetzt nichts anderes waren als Gespenster der Vergangenheit. Woher sollte sie wissen, daß die Vergangenheit genau die gleiche Realität darstellt wie die Gegenwart und es am schwierigsten ist, gegen Gespenster zu kämpfen? Noch nie hatte sie sich durch solche Überlegungen das Leben kompliziert gemacht. Soll der Herr Doktor zu Obernabel und Kapott gegen die Alkoholiker kämpfen soviel er will, sie stand jetzt über diesen Dingen und hatte gar kein Verhältnis mehr zu diesem Problem.

Als sie sich gegen Abend in seligem Zustand von Koschin trennte und nach Hause fuhr, konnte sie nicht ahnen, daß ihr Bräutigam keineswegs ebenso glücklich war wie sie. Kaum hatte sich die Tür hinter ihr geschlossen, als der begeisterte Ausdruck von Koschins Gesicht verschwand.

„Nun, Gott sei Dank, sie ist fort!" murmelte er durch die Zähne. „Mein Gott, welch eine Belastung für die Nerven! Die Frau ist verliebt wie eine Katze!"

Jetzt wirkte er abgespannt und gealtert, das Ding aber hatte er gedreht! Zu sehr günstigen Bedingungen hatte Karoline Löw einen Kredit über dreißigtausend Mark aufgenommen - günstig für die Person, mit der er zusammenarbeitete und für ihn selbst! Jetzt blieb nur, die weitere Entwicklung abzuwarten und vorsichtig eine zweite Schlinge auszulegen. Mit zusammengezogenen Augenbrauen rechnete Koschin seinen Gewinn aus.

Jetzt mußte er nach Bonn fahren und Fischer herbeischaffen. Koschin fühlte, er war an einen interessanten Fall geraten, während er in der Dunkelheit herumgetastet hatte, weit interessanter als der Kredit für die doofe Karoline. Anschließend, nach seiner Rückkehr aus Bonn, konnte er sich mit Fistulskij befassen.

Wie merkwürdig es anmuten mochte, Koschin war tatsächlich ein Bewunderer und Kenner der Ikonenmalerei, wenn auch nicht auf dem Niveau eines Kondakow oder Grabar, aber immerhin, er fand sich auf diesem Gebiet zurecht und in ihm lebte das Gefühl für Schönes und Erhabenes. Wenn Koschin sich in die Welt der Ikonenmalerei versenkte, wurde er ein anderer Mensch. In seiner Leidenschaft für die Ikonen gab es keinen einzigen habgierigen oder eitlen Gedanken: Für einen kurzen Augenblick wurde der Abenteurer, Gauner und Glücksritter Leonid Petrowitsch Koschin tatsächlich so, wie er vor den Menschen erscheinen wollte.

DIE WOHLTÄTIGKEIT WIRD UMFUNKTIONIERT

Ernst Wilhelm Heinrich Preis konnte sich nicht vorstellen, welche Tracht anzulegen die Zukunft ihm aufzwingen würde. Das Familienleben war zerstört. Mindestens zwei Personen außer seiner Frau wußten, daß er sich unehrenhaft verhalten hatte - und was drei wissen, würden in Kürze noch mehr erfahren. Wem konnte er jetzt noch vertrauen? Da erinnerte er sich an den *Blauen Papagei* und seine Verabredung mit Kwjatkowskij, diesem Mann, der so gut zuzuhören verstand und alles begriff. Vielleicht konnte er ihm einen Rat geben! Preis war der Ansicht, daß eine Situation niemals auswegslos ist, die Menschen verstünden lediglich nicht, den Ausweg zu finden. Es wäre denkbar, daß ihm gerade der schüchterne und ruhige Kwjatkowskij eine Hilfe sein könnte. Er wurde zusehends fröhlicher und zog sich an. Im *Blauen Papagei* blickte er sich um. Wie immer am Wochenende war viel Volk zu sehen, Kwjatkowskij fehlte jedoch. Preis verfinsterte sich und die an die Wand gemalte Schlange schien ihn mit ihrer gespalteten Zunge zu necken. Sie zwinkerte und raunte ihm zu: „Siehst du, dein Kwjatkowskij wird gar nicht kommen!"

Die Schlange hatte diesen Satz noch nicht vollständig ausgesprochen, als Kwjatkowskij eintrat, Preis anlächelte und sich verbeugte. Ihm schien es, daß Preis sich verändert hatte, sein Gesicht war hagerer und finsterer geworden. Vielleicht irrte er sich auch, schließlich war er selbst müde und abgespannt. Die Bonner Affäre hatte ihm zwar viel Geld eingebracht, konnte unter Umständen aber auch eine unangenehme Wendung annehmen. Mit den Augen zeigte Preis auf sein Tischchen und Kwjatkowskij nahm Platz. Eine halbe Minute schwiegen sie, plötzlich sah ihn Preis zu seinem Erstaunen direkt an und sagte lächelnd: „Ich habe so ein Gefühl, als ob ich heute an der Reihe wäre, Ihnen zuzuhören."

Ich spiele meine Rolle schlecht, dachte Kwjatkowskij, er mußte jedoch etwas sagen und meinte: „Was glauben Sie, wie weit muß Ihrer Ansicht nach die Freundschaft zu einem Mann gehen, den man seit vielen Jahren kennt?"

„Wenn Sie ein echter Freund von ihm sind, gibt es meiner Ansicht nach überhaupt keine Einschränkungen. Welchen Wert hat schon eine begrenzte Freundschaft?"

„Ich habe einen Freund, er heißt Fischer, ein Schauspieler, und er hat viel Pech im Leben gehabt. Vor ein paar Tagen hat ihn ein Rechtsanwalt mit dem Namen Sauer nach Bonn geholt."

Preis zuckte zusammen. „Wie sagten Sie, Rechtsanwalt Sauer? Nein, den kenne ich nicht."

„Ich habe vorher auch nie von ihm gehört und weiß nur, daß er meinen Freund Fischer angeheuert hat, damit er irgendeine Rolle spielt. Aber irgendwie bin ich beunruhigt. Daher möchte ich Sie fragen, ob es eine Möglichkeit gibt, über diesen Anwalt etwas zu erfahren."

„Nun, es gibt die Berufsvereinigungen, zum Beispiel die Anwaltskammer. Ich kann mir übrigens keinen Anwalt vorstellen, über den man nicht mehr oder minder genaue Informationen zusammentragen könnte. Mir ist jedoch ein Fall bekannt, in dem es jemandem trotz aller Mühe nicht gelungen ist, die Leute ausfindig zu machen, die er finden wollte. Was aber diesen Anwalt angeht... Erinnern Sie sich, was ich Ihnen vor ein paar Tagen von einem keineswegs dummen jungen Mann erzählt habe - er war übrigens auch kein schlechter Kerl - dem während des Krieges in dienstlicher Funktion private Wertsachen seiner Kameraden zur Aufbewahrung anvertraut wurden, die er nach Kriegsende beinah gegen seinen Willen für sich verbraucht hat? Er wurde sozusagen durch die Verhältnisse dazu getrieben, sich nicht ganz korrekt zu verhalten."

„Ja, ich weiß."

„Nun, er hatte also diese Kostbarkeiten im eigenen Interesse realisiert, bevor er die eigentlichen Besitzer ausfindig machen konnte. Jetzt erzähle ich Ihnen die weitere Entwicklung dieser Geschichte. Alles wäre gut gegangen, wenn nicht der Zufall dazwischengepfuscht hätte. Irgendein Philosoph - welcher, kann ich mich nicht entsinnen - hat einmal gesagt, daß im Leben alles von Zufällen abhängt, hauptsächlich von den unangenehmen. So ist es auch diesem Mann ergangen, gerade bei ihm ist solch eine Katastrophe eingetreten. Der Frau gelang es, die Wahrheit zu erfahren, und dies, obwohl sie sich zuvor niemals für die Herkunft des Geldes interessiert hatte. Ich muß hinzufügen, daß die Frau einer adeligen Familie entstammt, und zwar jenem Adel, in dem eher ein Mord als ein Verstoß gegen die Ehre verziehen wird. Ihr nächster Schritt war der Schrei nach Scheidung, plötzlich ist das Eheleben wie eine Seifenblase geplatzt. Ich möchte gern ein paar Fragen an Sie richten, zunächst, ob

Sie diesen Mann verurteilen, und zweitens, wie würden Sie an seiner Stelle handeln, nachdem diese Katastrophe eingetreten ist?"

Kwjatkowskij versank in Nachdenken. Seine Vorstellungen nahmen klare Formen an - das also bedrückte und peinigte Preis! Dieser Mann, der sich wie ein Grandseigneur aufführte, war ein Gauner, der seine Kameraden übers Ohr gehauen und seinen materiellen Wohlstand und Familiensegen auf Diebstahl aufgebaut hatte. Das durfte er ihm natürlich nicht sagen, aber was sollte er sagen? ,,Sie haben mir eine sehr interessante Geschichte erzählt, das vorige Mal den Anfang und jetzt den Schluß, sofern dies der Schluß ist. Meine Erfahrungen mit Frauen sind ziemlich unbedeutend, ja, spielt Erfahrung überhaupt eine Rolle? Mir dünkt, wenn eine Frau aufhört, einen Mann zu lieben, kann sie durch kein äußeres Mittel gezwungen werden, ihn aufs neue zu lieben. Wenn sie die Scheidung verlangt, was soll man tun? Man kann ihr natürlich formelle Schwierigkeiten in den Weg legen, das würde die Lage aber weiter verschlechtern. Was haben Sie denn?" Erstaunt stockte Kwjatkowskij.

Preis lächelte traurig. ,,Ich habe Sie so sehr mit meinen Problemen überfallen, daß wir sogar vergessen haben, daß wir hier in einem Restaurant sind und etwas trinken müssen." Sie tranken ein Glas Cognac, dann noch eines und schwiegen lange. Schließlich begann Preis von neuem: ,,Das Unglück besteht darin, der Mann liebt seine Frau, und wenn er sich unkorrekt verhalten hat, dann nur für sie. Als Alleinstehender hätte er diesen Schritt niemals gemacht. Aber dennoch, was nun?"

,,Meiner Ansicht nach sollte der Mann die Ruhe bewahren. Was geschehen ist, ist geschehen. Ich sage Ihnen ganz offen, wenn eine Frau auf diese Weise mit mir umhergesprungen wäre, hätte sie im gleichen Augenblick aufgehört, für mich zu existieren."

,,Aber der Mann ist doch schuldig!"

,,Was ist das denn für eine Liebe? Jeder kann einen Helden lieben! Jeder liebt einen Lohengrin mit seinen Schwanenfedern!" Hier stockte Kwjatkowskij erschreckt. Er wußte nicht genau, wer Lohengrin war und in welchen Beziehungen er zu den Schwänen stand. Preis widersprach jedoch nicht und lachte auch nicht, demnach hatte er keine besondere Dummheit gesagt. ,,Nein, einen einfachen Mann sollst du lieben, mit all seinen Schwächen!"

Hier hob Preis seinen Kopf. ,,Das begreife ich! Ja, das wäre eine Frau! Einen Richard Löwenherz muß jede Frau lieben, einen König und Helden mit Muskeln und Geld. Das ist eine schlechte Liebe!" Preis lachte unfroh und leise. „Sie haben eine phantastische Logik, lieber Kwjatkowskij, und ich freue mich sehr, Ihre Bekanntschaft gemacht zu haben. Ich werde mich bemühen, Ihrem Rat Folge zu leisten und Ihnen beizustimmen, daß eine Frau, die stets behauptet hat, ihren Mann zu lieben und ihn nach Feststellung der ersten dunklen Flecken auf seiner weißen Weste, wie man sich so ausdrückt, verläßt, ihn vermutlich niemals geliebt hat und seiner Liebe unwürdig ist. Das sagt der Verstand, was aber sagt das Gefühl?"

„Ich weiß nicht, ich bin kein Philosoph und mir ist sogar die Grenze zwischen diesen beiden menschlichen Qualitäten nicht ganz klar, für mich ist alles dasselbe. Entweder, du nimmst mich so, wie ich bin, oder der Teufel soll dich holen!"

Langes Schweigen breitete sich aus. Preis überdachte jedes Wort, das Kwjatkowskij gesagt hatte. Das war doch die Stimme des Volkes, die Stimme eines einfachen Mannes! Dennoch fühle ich mich nicht ganz ruhig. Ja, Beatrice, du mit deinen aristokratischen Allüren, sag, würde dein erster Mann billigen, wie du dich mir gegenüber verhältst? Aber soll es schon so bleiben, wie es ist. Vielleicht zum ersten Mal in seinem Leben spürte Preis die Berührung von etwas, das als Schicksal bezeichnet werden konnte und der menschlichen Raffinesse nicht unterstand. Ihm verging auf einmal die Lust, weiter zu trinken. Er schaute auf Kwjatkowskij, der ebenfalls in Gedanken vertieft dasaß.

„Ich danke Ihnen sehr, daß Sie mich angehört haben, jetzt ist mir vieles klar. Wollen wir uns für heute trennen und in einer Woche wieder treffen. Sind Sie damit einverstanden? Nein, bezahlen tu selbstverständlich ich, schließlich habe ich Sie den ganzen Abend wie eine Zitrone ausgepreßt. Wohin darf ich Sie bringen?"

„Vielen Dank, mit Ihrer Erlaubnis werde ich noch ein wenig bleiben."

„Welch Egoisten wir Menschen doch sind! Aus irgendeinem Grunde habe ich mir eingebildet, wenn ich nach Hause gehen möchte, müßten Sie das auch tun."

Nachdenklich drückte Preis Kwjatkowskij die Hand, der still für sich dachte, fünf Minuten nach dir gehe ich ebenfalls. Das also zwingt dich zu trinken, das unreine Gewissen! Welch ein Erfolg, der Doktor wird zufrieden sein!

Nachdem Kwjatkowskij zu Hause angelangt war, notierte er sorgfältig jedes Wort, las seine Notizen durch, wurde nachdenklich und las sie nochmals. In seinem Kopf tauchte ein unguter Gedanke auf. Stimmte es, sollte Preis wirklich vom Alkohol gerettet werden? Wer braucht ihn denn? Wer war eigentlich dieser Doktor und woher nimmt er die Mittel, um einen Stab von Leuten zu unterhalten, um irgendwelche Menschen vor dem Suff zu bewahren? Diese Mittel hat ihm doch jemand gegeben! So, wie der Doktor lebt, hat er mindestens fünftausend im Monat. Vielleicht der Staat? Kaum, entschied er. Selbst wenn er sehr reich wäre, würde er, Kwjatkowskij, keine derart hohen Mittel zur Verfügung stellen, um Subjekte á la Preis zu retten, die erst ihre Kameraden bestehlen und dann saufen, um das Gewissen einzuschläfern. Wie würde er sich verhalten, ja wie? Das war doch sonnenklar! Wenn du solch ein Lump bist, hätte er Preis zu verstehen gegeben, dann sollst du zahlen. Aber ihn vor dem Alkohol retten? Wieder besah sich Kwjatkowskij seine Notizen, ja, handelt es sich denn tatsächlich um eine Gesellschaft zur Errettung von Alkoholikern?

Kwjatkowskij schlug sich auf die Stirn - wie konnte er so dumm und naiv sein! Es lag doch klar auf der Hand, was Doktor zu Obernabel und Kapott anstrebte. Eine Erpresserorganisation hatte ihn angeheuert. Preis hat doch Geld! Demnach war alles klar! Er selbst war das unterste Glied dieser Organisation, Scholzmann stand über ihm, über Scholzmann der Doktor und niemand wußte, wer über dem Doktor stand. Jetzt tauchte die nächste Frage auf, was sollte er tun? Kwjatkowskij antwortete sich selbst, nichts, abwarten, vielleicht ergab sich für ihn ein Weg zum Rückzug. Er wußte, es gab Verbrecherorganisationen, die scheidende Mitglieder als Verräter ansahen und mit dem Tode bestraften. Ja, vorläufig mußte er abwarten und durfte niemandem ein Wort sagen, nicht mal zu Gusarewitsch. Da hatte er eine interessante Entdekkung gemacht!

Kwjatkowskij legte sich zu Bett, aber lange kam der Schlaf nicht. Schwere Gedanken bewegten ihn im Dahindämmern, sie wurden drükkender und das Gefühl der Angst nahm zu. Dann schlief er ein. Seiner Gewohnheit entsprechend las er seine Notizen vom Abend morgens nochmals durch und machte sogar einige Ergänzungen. Er rief Scholzmann an, Spitzbaum meldete sich. ,,Wir sind sehr begierig!" rief er fröhlich. ,,Kamerad Scholzmann hat Sie mir übergeben."

Wie bei seinem ersten Bericht mußte er zunächst den Text langsam vorlesen, sich die ruhige Frage anhören, ob er etwas vergessen habe, worauf er schweigend den Kopf schüttelte.

,,Sehr gut!" sagte Spitzbaum und fügte hinzu. ,,Haben Sie ein Bank- oder Postscheckkonto, auf das wir Ihr Gehalt überweisen können, Sie sind doch schon seit zwei Wochen bei uns."

„Ich habe ein Postscheckkonto."

„Ausgezeichnet! In der Krankenkasse sind Sie vorher nicht gewesen und Invalidenbeiträge haben Sie auch nicht abgeführt? Das werden wir jetzt für Sie nachholen. Selbstverständlich erhalten Sie eine Gehaltsabrechnung, wie in jeder soliden Firma, so daß Sie sehen können, welche Beträge wohin gezahlt wurden." Dann lächelte Spitzbaum. „Wohin werden Sie sich jetzt begeben?"

„Ich möchte nach Hause und mich, ehrlich gesagt, ein bißchen hinhauen, gestern ist ein schwieriger Tag gewesen, und dann die Reise..."

„Ja, legen Sie sich hin und passen Sie gut auf sich auf. Wenn in Ihrem Rapport Unklarheiten sein sollten, rufen wir Sie an."

Erst werde ich mich ausschlafen und dann bei Fischer vorsprechen, vielleicht ist er wieder da, dachte Kwjatkowskij, aber von Fischer war keine Spur zu sehen. Inzwischen fand im Büro von Doktor zu Obernabel und Kapott eine Generalbesprechung statt. „Ich bin sogar erschüttert!" der Doktor spreizte die Hände. „Kwjatkowskij ist zweifelsohne ein Talent. Ich habe inzwischen Nachforschungen angestellt. Wie wir vermutet haben, ist die Geschichte der einbehaltenen und später auf eigene Rechnung verwerteten Kostbarkeiten die eigene Geschichte unseres Patienten. Er hat sich fremdes Eigentum angeeignet und weiß jetzt nicht, wie er sich herauswinden soll, wir aber werden ihm dabei helfen!"

„Wieso?"

„Wir treten im Namen der Personen auf, die er übers Ohr gehauen hat und werden uns dabei durchaus korrekt verhalten. Zwei habe ich bereits ausfindig gemacht. Wenn er nicht über ausreichend flüssige Mittel verfügt, werden wir ihm Kredit gewähren, mit den entsprechenden Prozenten selbstverständlich. Vergessen Sie bitte nicht, daß er eine Firma leitet, die viel abwirft."

„Erlauben Sie, der Betrieb gehört doch seiner Frau!"

„Das spielt gar keine Rolle. Seine Frau stammt aus einer guten Familie und dürfte am wenigsten an einem Skandal interessiert sein. Ich bin Anwalt und vertrete die Interessengemeinschaft der durch ihn zu Schaden Gekommenen. Dann werden wir ihn sehr höflich und sachlich bitten, alles zu erstatten, was ihm nicht gehört."

„Und wenn er ablehnt?"

„Dann müssen wir ein bißchen Druck ausüben."

„Glauben Sie, daß es legale Möglichkeiten dazu gibt? Wir dürften ihn kaum gerichtlich verklagen können!"

„Nein, aber wir können zum Beispiel mit einem Prozeß oder der Presse drohen. Wichtig ist nicht das Verfahren selbst, sondern der Lärm, der entsteht. Entlarvungen in der Presse könnten seiner Firma durchaus schaden. Wenn er sich als bockig erweisen sollte, gibt es immer noch seine Frau. Außerdem habe ich noch einen weiteren Trumpf. In der uns bekannten Behörde sagte man mir, daß dort noch ein anderer über Preis Auskunft eingeholt hat, ein Kollege, der Rechtsanwalt Bodo Sauer aus Bonn. Den Namen habe ich schon mal gehört. Er wird ganz unterschiedlich beurteilt. Ich habe mich zwar näher nach ihm erkundigt, aber kein klares Bild erhalten. In einem Punkt bestehen jedoch keine Zweifel, der Umfang seiner Geschäfte ist weit größer als der meine, er hat mich um etliche Nasenlängen überholt. Mir ist schleierhaft, weshalb er sich für Preis interessiert."

„Vielleicht gehört er zu den Geschädigten?"

„Danach sieht es eigentlich nicht aus, er scheint ein vermögender Mann zu sein. Sollte er zu den Opfern gehören, wird er vermutlich Rache üben wollen. Genau das will ich klären."

„Wie denn?"

„Morgen fahre ich nach Bonn und versuche, ihn zu sprechen, selbstverständlich ohne Voranmeldung, damit er mir nicht ausweicht, ohne mich anzuhören. Ich werde ihn ohne jede Schlaumeierei fragen, weshalb er sich für Ernst Preis interessiert."

„Und wenn er fragt, weshalb Sie an ihm interessiert sind?"

„Dann erkläre ich ihm, ich sei ein Kollege und vertrete die Interessen der durch Preis zu Schaden Gekommenen. Wenn sich herausstellen sollte, daß er selbst ebenfalls derartige Personen vertritt, werden wir uns absprechen und unsere Einflußsphären abzirkeln. Soll sich Kwjatkowskij vorläufig ruhig weiter mit Preis treffen, vielleicht bringt er noch mehr in Erfahrung, was unsere Arbeit erleichtert. Selbstverständlich muß er vom Horizont verschwinden, sobald wir uns direkt mit Preis befassen, sonst wird ihm Preis unter Umständen die Visage plattklopfen. Nun, etwas anderes, in welchem Stadium befindet sich das Projekt Koschin?"

„Ihre Karoline hat völlig den Kopf verloren, an Ihrer Stelle wäre ich sehr eifersüchtig!"

„Na, hören Sie mal, schließlich kann man nicht auf jeder Hochzeit tanzen! Wenn man auf alle eifersüchtig sein sollte, geht man vor die Hunde. Liegt der Bericht von Gusarewitsch bereits vor?"

„Er hat ihn heute gebracht. Bei ihm ist es ein bißchen schwächer als bei Kwjatkowskij, aber nicht schlecht. Es scheint, daß sich der Fürst, sofern er einer ist, an der Politik gesundstößt, genauer, an russischer Emigrantenpolitik. Kurz, er befaßt sich damit, auf irgendeine Weise von den Amerikanern Geld für den Kampf gegen den Kommunismus zu erhalten und dürfte einen beträchtlichen Prozentsatz davon in die eigene Tasche leiten, als eiserne Reserve sozusagen, so wie zu Wilhelms Zeiten für den Kriegsfall immer drei Milliarden unantastbar im Juliusturm gelegen haben, oder vielleicht bildet er sich ein, daß die Bolschewisten in seiner Tasche sitzen."

„Aha, das ist was! Wir müssen über Gusarewitsch erfahren, was für eine Organisation das ist, ob das gewöhnliche Emigrantengeschwätz oder eine ernstere Angelegenheit, und das wichtigste, in welchem Maße sie den Herren in Moskau gefährlich erscheint. Wenn sie dort als reale Gefahr betrachtet werden sollte, dürfte sich für uns in Zukunft ein breitgefächertes Betätigungsfeld eröffnen. Was ist mit Koschin selbst? Gibt er sich als Leiter und Kopf aus? Das muß auch geklärt werden. Man wird uns nicht übel bezahlen, wenn wir den Führer einer russischen Kampforganisation als Gauner entlarven. Darüber müssen wir nachdenken. Zunächst aber muß ich nach Bonn. Wollen wir sehen, was dabei herausspringt."

UNERWARTETE PLÄNE

In Bonn ging zu der Stunde, als Doktor zu Obernabel und Kapott diese Stadt betrat und ernstlich über eine Bleibe nachdachte, ein gutgekleideter junger Mann die stillen Alleen entlang. Manchmal blieb er nachdenklich stehen, anscheinend verstand er etwas von Botanik, interessiert betrachtete er die Bäume und Sträucher - und noch aufmerksamer die wenigen Passanten. Endlich blieb er stehen, schaute auf die Uhr und setzte sich auf eine zwischen zwei Faulbeerbäumen versteckte Bank, auf der bereits jemand saß, der eine Zeitung in der Hand hielt.

„Sind Sie allein?" wurde er gefragt. „Sind alle Vorsichtsmaßnahmen getroffen?"

„Selbstverständlich." antwortete der junge Mann.

„Dann wollen wir alles auf einen Nenner bringen, Genosse Holske." erwiderte der Sitzende, wobei er das Wort *Genosse* betonte und damit zu verstehen gab, daß er Holske für seinesgleichen hielt. „Entscheidende Maßnahmen werden von uns verlangt. Die Tätigkeit Ihres Chefs auf bestimmten Gebieten der internationalen Finanzbeziehungen mißfällt uns sehr, besonders, seit ihm gelungen ist, bei der Bundesregierung die Gewährung von Krediten an einen afrikanischen Staat durchzusetzen, der ohne diese Kredite und nachdem die Amerikaner ihre Unterstützung verweigert hatten, gezwungen gewesen wäre, sich um finanzielle und technische Hilfe an uns zu wenden. Wir hatten fest damit gerechnet, die Möglichkeit zu erhalten, dort Stützpunkte zu errichten, die dank der geographischen Lage dieses Staates im Falle eines militärischen Konflikts eine bedeutende Rolle hätten spielen können. Sie wissen natürlich, von welchem Staat ich spreche."

Holske nickte schweigend.

„Man ist zu der Überzeugung gelangt, daß der Präsident der Bundesbank eines der wenigen Finanzgenies der Menschheit ist und wir bedauern von ganzer Seele, daß er nicht auf unserer Seite steht. Da dies jedoch nicht der Fall und er im Gegenteil in diesem Land tätig ist, sind wir keineswegs daran interessiert, daß seine von niemandem angezweifelten

Talente von unseren Todfeinden ausgenutzt werden, womit ich die westdeutschen Kapitalisten meine. Sie sind auf dieses Gespräch vorbereitet - die logische Schlußfolgerung heißt, dieser Herr ist uns im Wege und eine hohe Instanz wünscht, daß er so schnell wie möglich für immer verschwindet. Bitte, mißverstehen Sie mich nicht, die Zeit der Entführungen ist vorbei, eine Entführung wäre auch schwer zu realisieren. Aber Sie sind unser Mann, Sie haben bestimmte Verpflichtungen übernommen, Sie bezeichnen sich selbst als Marxist-Leninist und außerdem werden Sie gut bezahlt. Ich wiederhole, dieser Herr muß beseitigt werden, aber so, daß auf uns nicht der geringste Schatten eines Verdachts fallen kann. In allen Himmelsrichtungen muß man nach den Drahtziehern suchen - bloß nicht bei uns. Was Sie betrifft, Sie setzen sich nach Ausführung Ihres Auftrags zu uns ab, und zwar nicht erst dann, wenn Sie von den Schlägen irgendwelcher Obrigkeiten bedroht werden, sondern bereits bei der geringsten Andeutung einer derartigen Bedrohung. Vergessen Sie nicht, der Feind darf niemals unterschätzt werden und die Bundesrepublik Deutschland verfügt über hervorragend arbeitende Organe. So, das wäre ziemlich alles. Jetzt möchte ich mir gern Ihre Vorschläge anhören und auch, was Sie bisher konkret ausgeführt haben."

„Die Partei kennt mich seit vielen Jahren als einen Mann, der treu den wissenschaftlichen Erkenntnissen von Marx und Engels dient, und natürlich auch Ihrem genialen Lenin, der diese Erkenntisse verwirklicht hat. Bis zu dieser Stunde habe ich Ihnen nicht wenige Dienste geleistet, das ist jedoch nicht das Problem. Die Schwierigkeit liegt nicht darin, wie die Sie störende Person beseitigt werden kann, sondern, dies so auszuführen, daß der Verdacht auf ganz bestimmte andere Kreise fällt.

Wenn ein Mensch ermordet wird, stellen sich Gesellschaft und Polizei stets zuerst die Frage, wer an seinem Tod interessiert sein könnte. Diese Frage stellt sich auch der Lautsprecher unserer Gesellschaft, nämlich die Presse, die auf der einen Seite hinter dem Schwanz der Massen herhinkt, andererseits aber selbst die Stimmungen dieser Massen formt. Beantwortet wird diese Frage zumeist auf ganz bestimmte Weise: Wer am Tod dieser Person interessiert ist, der ist ihr Mörder! Natürlich kann man auf die Presse Einfluß ausüben, wie auf alles, schließlich ist auch sie käuflich oder beleuchtet sowieso alles vom ideologischen Standpunkt aus. Außerdem existieren Zeitungen und Zeitschriften, die zwar im direkten Sinne dieses Wortes nicht käuflich sind, jedoch sämtliche Ereignisse von einem ganz bestimmten Standpunkt aus darstellen und dadurch, häufig sogar unbewußt, den Interessen der verschiedensten Leute und Organisationen dienlich sind, großen und kleinen, solchen, deren Macht sich über den ganzen Erdball erstreckt und anderen, die völlig unbedeutende Rollen spielen. Ich sage Ihnen, diese Arbeit muß von solchen Personen ausgeführt werden, die in gar keine politische Ecke gestellt werden können."

„Gibt es solche Leute überhaupt?"

„Sicher, ich denke an die Anarchisten."

„Gott behüte! Von den modernen deutschen Anarchisten ist ganz leicht eine Brücke zu uns zu schlagen. Alle halten sich für Marxisten-Leninisten, bezeichnen sich pathetisch als Kampfgruppen roter Partisanen und unterirdische Armeen, viele sind mit den entsprechenden Organisationen im Nahen Osten verbunden. Sie wissen ja, wovon ich rede. Es wird keineswegs schwierig sein zu erraten, woher der Wind weht."

„Einverstanden, zum Glück gibt es jedoch auch in den Kreisen der Anarchisten Menschen, die beim besten Willen nirgendwohin eingeordnet werden können. Im zaristischen Rußland wurden sie Einzelgänger-Anarchisten genannt. Diesen Typ gibt es auch bei uns, wenn er auch ganz anders ist als zur Zarenzeit. Charakteristisch für solche Anarchisten ist, daß sie überhaupt keine Autoritäten anerkennen und nur ihre eigene Meinung für richtig erachten und sonst gar nichts. Diese Menschen glauben, über einen eisernen Willen zu verfügen und dies ist vermutlich auch der Fall. Dennoch kann man unter bestimmten Voraussetzungen sehr leicht auf sie einwirken, denn in diesem Milieu sind auch solche mit unausgeglichenem Seelenleben, kurz, seelisch Kranke."

„Darf ich die konkrete Frage an Sie richten, ob Ihnen derartige Personen bekannt sind?"

„Ja, drei, ein Mann und zwei Frauen, alle sind sehr jung."

„Sie kennen alle drei?"

„Ja, am besten kenne ich den Anführer dieser Gruppe, sofern man in diesem Fall von Führung sprechen kann. Er kennt mich natürlich unter einem anderen Namen und dort habe ich auch ein anderes Aussehen."

„Wie soll ich das verstehen?"

„Ganz einfach, ich kleide mich anders. Außerdem kenne ich für solche Fälle einen ausgezeichneten Maskenbildner, der kann einen so verändern, daß man vom leiblichen Bruder nicht erkannt wird." Während Holske das sagte, lächelte er in Gedanken und fügte für sich hinzu, er ist sogar so gut, daß ihm aufgetragen worden ist, irgendeinen Abenteurer zum Bundesbankpräsidenten zu schminken. Das braucht aber vorläufig niemand zu wissen. Gersdorf kann mir noch sehr nützlich sein!

„Sehr gut! Sie wollen damit sagen, daß diese Anarchisten aussagen müssen, Sie nie gesehen zu haben, falls ein Verdacht auf Sie fallen sollte und Sie diesen Personen gegenübergestellt würden?"

„Ja, genau."

„Und was das übrige angeht, Sie wissen, wir haben nicht viel Zeit!"

„Auch das ist mir bekannt. Nachdem Sie mir den Auftrag übergaben, habe ich sofort nachgedacht, wie die Tatsache, daß ich eine Vertrauensperson dieses Herrn bin, am besten ausgenutzt werden könnte. Sie wissen, den Posten seines Sekretärs bekleide ich bereits seit anderthalb Jahren, als Mitglied unserer Partei fungiere ich jedoch weit länger. Immer habe ich meine Aufträge erfolgreich ausgeführt, obwohl mir vergleichbares hinsichtlich der politischen Bedeutung und Gefährlichkeit noch nie aufgetragen wurde. Die Interessen der Partei stehen über allem! Der Auftrag soll ausgeführt werden, und er wird es auch!"

„Sehr gut! Darf ich dennoch fragen, von welchem Typ diese Menschen sind. Mir scheint, Sie haben sie noch nicht erschöpfend charakterisiert."

„Diese Lücke kann ich ausfüllen! Oberhaupt dieser Gruppe ist Klaus Morchan, dreiundzwanzig Jahre alt, aus guter Familie. Sein Vater ist ein hoher Beamter im Bundespostministerium, die Mutter eine vermögende Frau, sie hat ein Haus in Hamburg. Anscheinend hat diesem jungen Mann die sorglose und privilegierte Existenz seiner Eltern nicht viel genutzt. Der Vater, persönlich kenne ich ihn nicht, habe aber nachgeforscht, ist der Typ des deutschen Beamten, pünktlich, korrekt, ehrlich, ein guter Kenner seines Fachs, er ist sogar gebildet und liest viel. Wenn man sich so ausdrücken kann, alle seine Organe funktionieren wundervoll, mit Ausnahme des Herzens. Niemals hat er sich mit seinem Sohn von Mensch zu Mensch beschäftigt, sondern lediglich als Erziehungsberechtigter und das ist ein großer Unterschied! Seine väterlichen Pflichten hat er erfüllt, gab dem Sohn die Möglichkeit, das Gymnasium zu absolvieren, dann steckte er ihn auf die Uni, damit er Jura studiert. Kurz, dieser ehrenwerte Postbeamte hat seinem Sohn alles geboten, alles, außer dem notwendigen Quantum an Liebe und Herzenswärme, ohne das eine richtige Familie nicht möglich ist. Seine Mutter aber ist eine Frau, deren Horizont von den sogenannten gesellschaftlichen Verpflichtungen voll und ganz ausgefüllt wird. Sie hat ihr eigenes, recht bedeutendes Vermögen, das ihr gestattet, sich materiellen und seelischen Luxus zu leisten, wobei der seelische Luxus darin besteht, daß sie sich für eine große Kennerin der linken Strömungen in der Kunst hält, und der materielle in teuren Reisen, Badekuren, Besuchen teurer Restaurants und der Pflege kostspieliger Freundschaften. Alles in allem ist sie eine anständige Frau, aber heutzutage geht Anständigkeit leider allzu oft Hand in Hand mit seelischer Kälte, und eben diese Kälte hat der kleine Klaus von Kindesbeinen an gefühlt. So fing er an, sich nach Freunden umzusehen, für die er nicht nur ein Junge aus guter Familie war, sondern ein Mensch mit eigenständiger Persönlichkeit."

„Und diese Freunde hat er unter den Anarchisten gefunden?"

„Genauer, zunächst in linken Kreisen. Sie wissen, worin unsere Kraft liegt, für uns ist der Mensch wichtig! Wir wissen, ein Mensch wird unser, wenn der Marxismus-Leninismus seine Seele vollständig durchtränkt hat, denn derjenige, der Herr der menschlichen Seele ist, ist Herr des ganzen Menschen. Zum Glück haben unsere Feinde dies noch nicht begriffen. So wurde der kleine Klaus Marxist. Er ist jedoch weiter gegangen, viel zu sehr haßt er seine Familie und sein Milieu, sein Haß sprengt alle Rahmen. Er erkennt überhaupt keine Wahrheit an, abgesehen davon, daß die Wahrheit in der Zerstörung liegt und sie allein das Neue schaffen kann. Wenn man sich mit ihm unterhält und ihn anblickt, bemerkt man in seinen Augen einen eigenartigen Ausdruck, als ob er sähe, wie rundum alles zusammenbricht und verbrennt, die Wände zu Staub zerfallen, die Brücken einstürzen, die Städte brennen und Bomben platzen, die die verfluchte spießbürgerliche, erbarmungslose und kalte Welt in Fetzen reißen, eine Welt, in der es für einen Menschen mit Herz und Seele keinen Platz gibt. Aus den Trümmern der alten Welt erhebt sich jedoch wie Venus aus dem Meeresschaum eine neue, herrliche Welt, in der menschlicher Geist alles, die Materie jedoch nichts ist, eine Welt, in der es keine Gesellschaft gibt, lediglich Persönlichkeiten, die nach Wahrheit und Licht streben."

„Entschuldigen Sie, lieber Holske, sind Sie tatsächlich überzeugt, daß er in solchen Vorstellungen lebt und glaubt, nur durch Zerstörung zur Wahrheit zu kommen?"

„Daran kann gar kein Zweifel bestehen. Darüber hinaus hassen er und seine Freunde gerade diejenigen, die an der Spitze dieser Gesellschaft stehen, und wir können nicht bestreiten, daß mein hochverehrter Chef eine wichtige Person ist. Für Morchan und seine Freunde steht das spezifische Gewicht einer negativen Persönlichkeit in proportionalem

Verhältnis zu ihrer gesellschaftlichen Stellung. Ein General ist immer schlimmer als ein Oberst, ein Oberst schlimmer als ein Hauptmann, der Minister schlimmer als sein Staatssekretär und so fort. Je höher jemand auf der sozialen Leiter geklettert ist, um so schlechter ist er vom Standpunkt solcher Leute wie Morchan und seiner Gruppe und um so schneller muß solch ein Mensch vernichtet werden. Vor allem haßt er Führungskräfte auf dem Gebiet der Volkswirtschaft, sie sind seiner Meinung nach die ersten Feinde, denn sie schaffen die materielle Basis des Kapitalismus."

„Sind Sie überzeugt, daß er einverstanden sein wird?"

„Völlig! Es hängt nur noch von der Organisation ab und Organisation ist gleichbedeutend mit Geld!"

„Darauf bin ich vorbereitet." Holskes Gesprächspartner zog einen umfangreichen Briefumschlag hervor. „Sie brauchen nicht nachzuzählen, wie verabredet. Versteht Ihr Anarchist mit Waffen umzugehen? Und seine Freunde? Wann, glauben Sie, wird der Plan ausgeführt werden können?"

„Kurzfristig, in ein paar Tagen."

„Das muß ich Ihnen glauben. Bisher sind Sie immer auf der nötigen Höhe gewesen! Ich zweifle nicht daran, daß dies auch jetzt der Fall ist. Mir scheint, wir haben alles besprochen, oder haben Sie noch Fragen?"

Wieder entstand Schweigen.

„Nein, keine Fragen, alles ist klar. In den vergangenen Wochen haben wir eine große Arbeit vollbracht, sämtliche Punkte erwogen und die möglichen Varianten durchdacht, erfolgreiche genau wie weniger erfolgreiche."

„Dann handeln Sie! Ich stelle nur eine einzige Bedingung, die jedoch ganz kategorisch: Lieber soll es nicht klappen, das ist immer noch besser, als wenn herauskommt, wer dahintersteckt. Wir leben nicht mehr in der Stalinära! Das ist mir von höchster Instanz klar und deutlich aufgetragen worden!"

Der Mann mit der Zeitung erhob sich und ging die Allee hinab, ohne sich zu verabschieden. Ein paar Minuten später stand auch Holske auf und ging in die entgegengesetzte Richtung. Jetzt mußte er Gersdorf aufsuchen. Gut, daß er mich nicht in der Nähe des Präsidenten gesehen hat, kicherte Holske in sich hinein, der hätte geguckt, wenn wir ihn mit Fischer zusammen geschnappt hätten!

Ein merkwürdiger Mensch war Joachim Hans Holske. Er stammte aus einer guten Familie, seine Eltern hatten gut für ihn gesorgt. Sein Vater, der Professor, war ein Mann von linksliberalen Ansichten. Im Jahr 1935 emigrierte er nach Schweden, wo er sich weiterhin pädagogisch betätigte und nicht mal so schlecht verdiente. Er war Historiker und trotz seiner linksliberalen Tendenzen ein begeisterter Verehrer Friedrichs des Großen. Als ihm im Jahr 1945 kurz vor Kriegsende ein Sohn geboren wurde, nannte er ihn zu Ehren des berühmten Husarengenerals von Zieten Joachim Hans und kehrte sehr schnell nach Westdeutschland zurück. Hier hatte er aber irgendwie Pech. Er verfügte nicht über die notwendigen Fähigkeiten, um sich bei der Prügelei um die Erbschaft der Nationalsozialisten seinen Weg durchzuboxen. Er erhielt zwar wieder eine Professur, aber sie war irgendwie zweitklassig. Vielleicht gefiel den Herren seine Leidenschaft für die preußische Geschichte nicht, vielleicht störte sie sonst etwas, wer sollte das wissen?

Der heranwachsende Joachim Hans aber, ein kluger, nervöser und sensibler Junge, sah, fühlte und begriff alles. Als er älter wurde, registrierte er sämtliche Ungerechtigkeiten und Nadelstiche, die sein Vater erdulden mußte, und die zumeist von Neidern stammten, die selbst Bedeutungslosigkeiten waren. Nachdem er erfolgreich das Abitur gebaut hatte, ging er zur Hochschule, wobei seine ehrgeizige Mutter darauf bestand, daß er inmitten des voll erblühten Wirtschaftswunders auf der privilegiertesten Universität Westdeutschlands studiert. Das war ein fataler Fehler! Die Nachkriegsjahre des Hungers und der Erniedrigungen entschwanden ins Nirwana und überall drängte sich der triumphierende Spießer nach vorne, der Wirtschaftswundermann. Familie Holske gehörte leider nicht zu diesen Kreisen, und der junge Joachim Hans, der sich von einem sensiblen Knaben zu einem ehrgeizigen jungen Mann entwickelt hatte, gelangte immer mehr zu der Überzeugung, daß es in diesem Staat nicht mal den Anschein von Gerechtigkeit gibt, wenn es seinem Vater trotz seiner Verdienste vor der Demokratie nicht gelang, in der Bundesrepublik Karriere zu machen. In dem bannfluchbelegten Osten lagen die Dinge dagegen ganz anders: Derjenige, der dem Kommunismus nach Recht und Gewissen diente, erhielt stets den wohlverdienten Lohn. Auf der Universität fühlte er sich bei seinem überspitzten Gerechtigkeitsgefühl stets auf mindere Rollen verwiesen, die ersten Plätze wurden von Söhnen und Töchtern der Schöpfer des Wirtschaftswunders mit Beschlag belegt. Nach und nach ergriff die Jagd hinter dem Geld auch die Welt der Professoren, aus der die edlen Ideale der Vergangenheit immer mehr verschwanden. Als er zu allem Übel von dem Mädchen, das er liebte, verlassen wurde und sie unter bosartigem

Spott ausgerechnet zu einem Kommilitonen mit dicker Geldbörse lief, wurde ihm klar, daß die Welt, in der er lebte, unwürdig war, weiterhin zu existieren.

Um diese Zeit fuhr er zum ersten Mal nach Ostberlin. Was dort geschah, ist mit dem dunklen Schleier der Unkenntnis bedeckt, aber er kehrte als anderer Mensch zurück und verspürte nunmehr gar keine Verpflichtungen gegenüber der Bundesrepublik. Nach dem Rat von drüben wurde er Mitglied der SPD. Er beendete die Universität als Jurist und spürte dauernd, wie eine unsichtbare Hand ihn ständig vorwärtsschubste. Eines Tages sah er sich als Sekretär des Bundesbankpräsidenten.

Die ihn dirigierende Hand verlangte jedoch auch Leistungen und in der Verzückung seiner verbitterten Seele fühlte er, daß er mit jedem Schlag, den er der Bundesrepublik versetzte, für die höchste Gerechtigkeit eintrat, wie sie im Osten verwirklicht wurde. Längst hatte er sich angewöhnt, seine Taten zu kontrollieren, indem er sich fragte, wie Lenin, Karl Liebknecht und Rosa Luxemburg reagiert hätten. Jetzt war ihm zum ersten Mal ein wirklich großer und mit Blutvergießen verbundener Auftrag übertragen worden, der einen Umbruch für sein Leben bedeuten konnte. Er hatte sich auf vorderster Frontlinie in das Ringen eingeschaltet!

Holske schritt schneller aus, methodisch und nüchtern begann sein Gehirn zu kalkulieren.

*

Nicht weit von Holske entfernt lag Aristarch Trofimowitsch bereits den dritten Tag im Krankenhaus und konnte seine Gedanken nicht systematisieren. Er war in ein anderes Zimmer verlegt worden und sollte am nächsten Tag entlassen werden. Wie schon oft überdachte er still für sich in chronologischer Reihenfolge sämtliche Ereignisse. Im wesentlichen kreisten seine Gedanken jedoch nur um einen Punkt, es wollte ihm nicht gelingen, sein heimatliches Frankfurt zu erreichen. Die Ursache kannte er nicht, oder wollte sie nicht wahrhaben, gegen seinen Willen lebten die Wahnvorstellungen aus der Zeit seiner geistigen Umnachtung erneut in ihm auf:

Der Durchgang zwischen den dunkelroten Felsen, der dunkle, drohend wirkende Mann, Artemis, abwehrend und kalt wie Eis, das graue Halbdunkel über ihm und in der Tiefe der rötliche Widerschein, die genialen Geisteskranken am Feuer. Blau wie Saphire waren die Augen des Arztes, der sich Solon nannte. Was hatte er gegen Ende seiner Delirien zu ihm gesagt:

„Immer werden Sie den Weg zu den Felsen finden, durch die Sie hier eintraten, niemals jedoch den Weg zurück, nach dort, von wo Sie zu uns gekommen sind." Nein, das war noch nicht alles! ,,Unbegreiflicherweise sind Sie als lebendiger Mensch hier bei uns und haben daher das Privileg, die Welt der Lebenden erneut zu betreten." Ja, so hatte er gesprochen. ,,Jederzeit können Sie dieses Reich der Toten verlassen." Und dann hatte er hinzugefügt: ,,Sie werden aber niemals dorthin zurückkehren, wo Sie früher gelebt haben, nicht zu Ihren Freunden und Ihrer Familie, nicht zu den Menschen, die Sie geliebt oder gehaßt haben. Auf der Erde werden Sie in eine ganz andere Umgebung geraten, zu ganz anderen Menschen, die Ihnen völlig fremd sind und nicht das geringste mit Ihrem ersten Leben zu tun haben, mit dem Leben, das Sie führten, bevor Sie zu uns gerieten, in das Reich der Schatten. Zwischen Ihrem ersten und Ihrem zweiten Leben wird eine unübersteigbare Mauer sein und keine Anstrengung wird Ihnen helfen, sie zu durchbrechen."

Das war es - wieder schlich der Wahnsinn an ihn heran! Von neuem verspürte Aristarch Trofimowitsch eine unangenehme innere Kälte. Versuch doch mal, Frankfurt zu erreichen, spöttelte es tief in ihm, dort, wo die Kühle hauste. Ich werde hinfahren, auch wenn vorläufig Widerstände aufgetaucht sind, so etwas gibt es ja. Widerstände sind dazu da, überwunden zu werden und ich werde sie überwinden! Schau, schau, vorläufig hast du nichts überwunden, erklang es wieder in ihm.

Aristarch Trofimowitsch ging den alten Seemann besuchen, der sich sehr freute, weil Aristarch Trofimowitsch sich besser fühlte. ,,Wenn Sie entlassen werden, ist ja alles in Ordnung und bald sind Sie wieder in Frankfurt." sagte er.

,,Kann man hier irgendwo anrufen?"

,,Im Korridor sind Telefonzellen, von dort können Sie selbst Japan anläuten, das kostet nur ein bißchen! Wegen der Telefonate habe ich mich in meiner Jugend mit meiner Braut verkracht. Ich war in Cuxhaven und sie in Königsberg, ich sollte sie jeden Tag anrufen, aber da kann man ja Pleite gehen!"

Ich wäre froh, wenn ich nach Frankfurt durchkommen könnte, dachte Aristarch Trofimowitsch qualvoll. Die Telefonzellen waren besetzt. Eine Tür öffnete sich und das Gesicht eines alten Herrn im Bademantel erschien. ,,Wie gefällt Ihnen das! Seit einer halben Stunde versuche ich, Frankfurt zu erreichen und es klappt nicht. Eben habe ich die Post angerufen und wissen Sie, was die sagen? Die Frankfurter sind verrückt geworden, die Telefonweiber haben sich zu einem Streik entschlossen und einen Hauptschalter besetzt. Sie lassen kein Gespräch durch, um unserer genialen Bonner Regierung eins auszuwischen! Das reinste Tollhaus! Da haben sie irgendwelche Automaten oder Computer ausgeschaltet, und ich habe eine unaufschiebbare Sache! Wohin wollen Sie denn anrufen?"

„Ebenfalls nach Frankfurt."

„Das brauchen Sie gar nicht erst versuchen. Vielleicht gelingt es morgen, sie zu überreden oder auszusperren. Ja, da schauen Sie! Das ist unsere geliebte Demokratie! Diesen Frauen muß man den Po versohlen! Vor lauter Sex sind sie völlig verrückt geworden!" Der aufgebrachte Herr wickelte sich in seinen Bademantel und rannte fort, wobei er schwer röchelte und Flüche brummte. Laß ich das, entschied Aristarch Trofimowitsch, bald werde ich glauben müssen, was mir der blauäugige Solon in meinen Delirien gesagt hat. Dann rufe ich eben den Präsidenten der Bundesbank an, in welchem Hotel war er bloß abgestiegen? Hier erinnerte er sich an seinen Koffer mit dem Ledersäckchen und dem Fläschchen. Vielleicht ist er bei dem Unfall kaputtgegangen? Nein, dachte er, wenn er nicht gestohlen ist, muß er irgendwo sein. Das war eine neue Sorge! Das Kärtchen mit der Adresse des Hotels stak jedoch in seinem Jackett. Er rief an, eine ruhige, ihm bekannt vorkommende Stimme erbat seinen Namen und fragte, in welcher Angelegenheit er den Präsidenten sprechen wolle.

„Ich heiße Jermolow. Der Präsident hat mir gestattet, ihn anzurufen, wenn ich etwas benötige."

„Wie bitte? Jermolow? Von wo rufen Sie an, aus Frankfurt?"

„Nein, ich bin immer noch in Bonn."

„Aber Sie wollten doch schon vor ein paar Tagen nach Frankfurt fahren? Übrigens, Sprunker ist am Apparat."

„Ich wollte es nicht nur, ich bin sogar abgereist, habe aber Pech gehabt. Ich bin in ein Zugunglück geraten, vielleicht haben Sie davon gelesen, vor drei Tagen bei Remagen, und jetzt liege ich im Städtischen Krankenhaus. Hallo?" ihm schien, als ob auf der anderen Seite niemand mehr war. „Hallo, hallo!"

„Herr Jermolow?" erklang eine andere, dunklere und ruhigere Stimme. „Sie wollen mich sprechen? Was habe ich eben von Sprunker gehört, Sie sind in dem Zug gewesen, der bei Remagen entgleist ist und liegen im Krankenhaus? Was ist denn mit Ihnen? Nichts ernstes, hoffe ich? Es gab Tote und Schwerverletzte. Wie geht es Ihnen?"

„Ich bin nur leicht verletzt, an der Schulter. Morgen wollen sie mich entlassen."

„Da freue ich mich für Sie! Überstürzen Sie aber nichts und bleiben Sie lieber noch ein paar Tage im Bett. Sobald Sie entlassen sind, kommen Sie zu mir ins Hotel. Ich werde entsprechende Anweisungen erlassen und seien Sie bitte nicht enttäuscht, wenn ich selbst nicht da sein sollte. Ich habe zwei Briefe in russischer Sprache erhalten, vielleicht können Sie sie mir übersetzen. Da haben Sie gleich Arbeit! Ich werde noch ein paar Tage in Bonn bleiben müssen. Demnach genieren Sie sich nicht und kommen sofort zu mir, sobald Sie das Krankenhaus hinter sich haben. Falls Sie dort noch länger bleiben sollten, werde ich jemanden zu Ihnen schicken, der Ihnen die Briefe bringt, vielleicht Sprunker. Ich bitte Sie jedoch, vorläufig mit niemandem darüber zu sprechen. Es gibt viel zuviele Neugierige, die zu gern in Erfahrung bringen wollen, was für russische Briefe bei mir eintreffen. Aber das verstehen Sie ja! Bis morgen also, und weiterhin gute Besserung!"

Aristarch Trofimowitsch bedankte sich. Ein angenehmer Herr, dachte er, mit dem kann man anscheinend gut zusammenarbeiten. Kaum war er wieder auf seiner Station, als ihn bereits vor der Tür eine Schwester ansprach. „Da wartet ein Herr auf Sie, von der Polizei."

Was hatte das zu bedeuten? Tatsächlich, dem Arztzimmer schräg gegenüber saß ein junger Mann und scherzte mit einer Schwester. Sowie Aristarch Trofimowitsch erschien, zeigte die Schwester mit den Augen auf ihn und der junge Mann erhob sich. „Herr Jermolow?" fragte er. wobei er die letzte Silbe betonte.

„Ja, das bin ich."

„Sie gehören doch zu den Leuten, die am Sonnabend bei dem Zugunglück bei Remagen zu Schaden gekommen sind?"

„Ja."

„Wenn ich Sie so ansehe, freut mich sehr, daß Sie nicht schwer verletzt worden sind. Die Schwester sagte, daß Sie morgen bereits entlassen werden. Darum handelt es sich aber nicht. Sagen Sie, ist in dem zerstörten Waggon etwas zurückgeblieben, was Ihnen gehört?"

„Ja, ich habe meinen Koffer eingebüßt. Man sagte mir, ich sei halb ohnmächtig aus dem Zug getragen worden."

„Demnach hatten Sie nur einen Koffer... können Sie ihn beschreiben? Bisher haben wir zwei Tote noch nicht identifiziert und wissen auch von einigen Koffern und sonstigen Gegenständen nicht, wem sie gehören."

„Der Koffer ist noch ganz neu, ich habe ihn erst vor ein paar Tagen gekauft, aus Leder, hellbraun, etwa so groß... den Schlüssel habe ich bei mir."

„Ja, so einen haben wir noch! Sobald Sie entlassen sind, können Sie ihn abholen, er scheint nicht beschädigt zu sein." Der junge Mann vermerkte etwas in seinem Notizbuch, gab Aristarch Trofimowitsch einen Zettel mit einer Anschrift, verabschiedete sich höflich und ging fort, nachdem er erläutert hatte, mit welcher Omnibuslinie der Aufbewahrungsort des Koffers erreicht werden konnte.

Aristarch Trofimowitsch kam es nicht in den Kopf, nochmals seine Frankfurter Wirtin anzurufen, er verspürte Angst. Jeder mißlungene Versuch unterstrich, was er nicht glauben wollte. Jetzt gehe ich schlafen, entschied er, sobald ich entlassen bin, hole ich den Koffer ab, dann zum Präsidenten, und dann wollen wir sehen, ob ich nicht doch Frankfurt erreichen kann. Mit diesem Gedanken schlief er ein.

Am Morgen wurde er von der hellen Frühsonne geweckt. In den letzten Sekunden vor dem Erwachen war ihm, als ob er wieder das goldene, weiche Licht über der Terrasse sähe, der ihn ängstigende dunkelgesichtige Mann fehlte jedoch. Er erwachte endgültig - und fand sich in einem Zimmer des Bonner Städtischen Krankenhauses. Den Geräuschen auf dem Korridor nach wurde das Frühstück bereits serviert. Die Schulter tat kaum noch weh. Als er jedoch zum Arzt gerufen wurde und mit einer schnelleren Bewegung den Arm hob, um das Hemd auszuziehen, spürte er einen scharfen Schnitt im Schultergelenk. Im Arztzimmer saßen der Uhu und als weitere medizinische Kapazität ein recht beleibter Äskulap. In der Tasche seines Kittels steckte ein halbes Dutzend verschiedenfarbener Stifte. „Ah, Herr Jermolow aus dem D-Zug!" Der Wohlbeleibte ließ ihn einige Bewegungen ausführen, mal mit einem Arm, dann mit beiden, was stark an schwedische Gymnastik erinnerte, und begutachtete kritisch seine Schultern. „Ja", meinte er dann. „ganz symmetrisch sind sie noch nicht, die rechte Schulter ist höher als die linke, aber Sie brauchen nicht länger im Krankenhaus zu bleiben. Wir werden Ihnen Krankengymnastik verschreiben und dann laufen Sie nach Hause!"

Als Aristarch Trofimowitsch in sein Zimmer zurückkehrte, fand er dort einen Zettel von Gersdorf mit der Bitte, ihn im Hotel *Der schwarze Graf* anzurufen, er sei soeben entlassen worden. Es vergingen aber noch zwei Stunden, bis sich Aristarch Trofimowitsch vor der großen Tür des Städtischen Krankenhauses auf der Straße befand. Das Haus wirkte sauber und ordentlich, hatte eine Menge Fenster, erinnerte aber irgendwie an einen sorgfältig behauenen Grabstein aus grauem Granit. Seinen Koffer erhielt er ohne Schwierigkeiten. Er wurde nach dem Inhalt gefragt, beschrieb die Wäsche, erwähnte das prall gefüllte Ledersäckchen und den Bronzeflakon. Dann schloß er auf, man warf einen flüchtigen Blick ins Innere, belächelte das Säckchen und das Fläschchen und bat ihn, zwei Formulare zu unterschreiben.

Der Wind kehrt auf seine Kreise zurück, überlegte Aristarch Trofimowitsch. Der Tag war sonnig, hell und warm. Anscheinend war er im Krankenhaus nicht ausreichend ernährt worden, denn er fühlte, wie ihm vor Hunger übel wurde. Die Leiter der Krankenhäuser teilten wohl die Ansicht, daß es den Sieg des Geistes über die Materie bedeutet, wenn der Gürtel ein bißchen enger geschnallt wird. Wozu soll man die Kranken gut füttern, sie sind sowieso Parasiten! Wie alle hungrigen Menschen vertrat Aristarch Trofimowitsch jedoch eine abweichende Ansicht und bestellte sich ein großes Steak mit zwei Saucen und einigen aus dem Gemüsegarten stammenden Pflanzen wie knusprigen Kartoffeln und mit gelbgrüner Sauce beschmierten aromatischen Mohrrübensternchen, die zusätzlich von einem roten Saft durchtränkt waren, der wie rubinfarbene Tränen von der Gabel herabtropfte, mit einem Wort, es gab etwas zu essen! Nachmittags rief er Gersdorf an.

„Ich erwarte Sie!" schrie Gersdorf. „Was macht Ihre Münze? Wir sind beide von den Toten auferstanden und müssen uns treffen. Ich bin ein bißchen stärker durchgerüttelt worden als Sie. Kommen Sie wieder zurück in dieses Hotel?"

„Das weiß ich noch nicht." erklärte Aristarch Trofimowitsch, der sich an den Präsidenten erinnerte. „Sind Sie heute gegen acht im Hotel?"

„Das nehme ich an. Gleich muß ich zu einem Kunden gehen, am Abend würde ich mich jedoch sehr freuen!"

Jetzt zum Präsidenten! Kann ich den Koffer mitnehmen? Ja, sicher, schließlich komme ich direkt aus dem Krankenhaus. Sprunker und Nelke empfingen ihn höflich, ja, sogar herzlich und baten ihn, etwas zu warten. Einige Minuten später holten sie ihn ab und führten ihn zum Präsidenten, der ihn wie bei der ersten Begegnung lächelnd anschaute. „Guten Tag, Herr Jermolow, so treffen wir uns wieder! Sie haben es nicht geschafft, nach Frankfurt zu kommen! Mir geht es ähnlich. Ich muß noch einige Entscheidungen treffen und dafür in der Hauptstadt bleiben, in der Nähe der Regierung. Das ist für Sie aber höchst uninteressant und langweilig, wichtig ist dagegen folgendes: Ich möchte Sie bereits ab heute als Mitglied meiner Kanzlei betrachten. Bis die Formalitäten geregelt sind, werden Sie Ihr Gehalt auf Stundenbasis erhalten. Ich bitte Sie, sich zunächst mit diesen beiden Briefen vertraut zu machen. Wo wohnen Sie, noch im gleichen Hotel?"

„Nein, das habe ich verlassen, als ich nach Frankfurt fahren wollte und jetzt, nachdem ich aus dem Krankenhaus komme, wohne ich noch nirgends."

„Dann ziehen Sie am besten zu uns, in dieses Hotel. Lieber Sprunker, darf ich Sie bitten, ein Zimmer für Herrn Jermolow zu mieten. In meinen Augen sind Sie ein wahrer Märtyrer, ich übrigens auch seit gestern, nachdem Holske mich um eine Woche Urlaub gebeten hat. Das ist zwar sein gutes Recht, aber er hat sich eine unglückliche Zeit ausgesucht. Sie wissen doch, welche Ereignisse vor der Tür stehen, außerdem die Geschichte mit dem Doppelgänger. Aber wer weiß, vielleicht ist die Situation in einer Woche noch komplizierter."

„Das Zimmer werde ich gleich mieten."

„Nur für ein paar Tage, dann sehen wir weiter. Jetzt wollen wir feststellen, wie es mit Ihren Russischkenntnissen steht. Bitte, schauen Sie sich diese Briefe an."

Aristarch Trofimowitsch begann mit dem umfangreicheren Brief. Es handelte sich um ein offizielles Schreiben aus Leningrad, in dem eine staatliche Finanzbehörde nach einer langen Einleitung höflich anfragte, ob im Herbst des Jahres der Austausch von Delegationen zur gegenseitigen Information und für ein besseres Verständnis der verschiedenen Standpunkte in der Geld- und Devisenpolitik der beiden Länder möglich sei. Ausgedehnte Lobpreisungen des hohen Lebensstandards der Bundesrepublik folgten, der nach Meinung der Absender Resultat der weitsichtigen Finanzpolitik der Regierung und der Bundesbank sei. Den Brief kann ich übersetzen, stellte Aristarch Trofimowitsch gleich fest.

Dann nahm er sich das andere Schreiben vor. Dieses Dokument war von ganz anderer Art. Papier und Umschlag waren eindeutig sowjetischer Herkunft, der Brief war jedoch in Westberlin abgestempelt und hatte folgenden Inhalt:

„Sehr geehrter Herr Präsident der Deutschen Bundesbank!

Sie werden über diesen Brief erstaunt sein, ich bitte jedoch, ihn ernsthaft zu prüfen. Ich bin Russe und arbeite in den Sicherheitsorganen, bekleide aber keinen hohen Posten. Dennoch hat mir meine dienstliche Stellung die Möglichkeit verschafft, eine Sie interessierende Entwicklung zu erfahren. Nach Meinung unserer Regierung werden Sie für einen der gefährlichsten Gegner der Sowjetunion auf wirtschaftlichem Sektor gehalten. Sie ist der Ansicht, daß wir erst dann eine Chance haben,

Westdeutschland zu kommunisieren, wenn die Wirtschaft Ihres Landes hoffnungslos unterhöhlt ist, so, wie die schwierige wirtschaftliche Lage Italiens und Frankreichs zu einem stürmischen Anwachsen der dortigen kommunistischen Parteien geführt hat. Wenn sich die Wirtschaft Westdeutschlands vorläufig noch in gutem Zustand befindet, ist das hauptsächlich Ihr Verdienst - und vom Standpunkt unserer Regierung ein Verbrechen an der Sache der Arbeiterklasse. Sie werden als einer der gefährlichsten Feinde der Weltrevolution angesehen. Daher wurde beschlossen, Sie von der politischen Szene verschwinden zu lassen, was für den Juni, spätestens Anfang Juli, geplant ist.

Sie werden sich fragen, was mich gezwungen hat, Sie vor der Ihnen drohenden Gefahr zu warnen. Die Ursache liegt in einer Wendung, die in mir passiert ist. Ich bin gläubig geworden und zu der Überzeugung gelangt, daß Mord stets als höchstes Verbrechen eingestuft werden muß. Außerdem glaube ich nicht mehr, daß der Kommunismus der ganzen Menschheit Segen bringen wird.

Ich unterschreibe den Brief nicht, da er immer in falsche Hände geraten kann. Bitte, reagieren Sie und treffen Maßnahmen für Ihre Sicherheit. Ich hoffe, daß Gott mir hilft, Ihren Untergang zu verhindern."

Tatsächlich, der Brief trug keine Unterschrift. Aristarch Trofimowitsch begann zu übersetzen und war gerade fertig, als sich die Tür öffnete und der Präsident, Sprunker und ein niedliches, stupsnasiges junges Fräulein eintraten.

„Unser neuer Mitarbeiter, Herr Jermolow, er ist Übersetzer für Russisch. Frau Hatje, meine provisorische Sekretärin in Bonn, ausgeliehen vom Finanzministerium. Herr Jermolow, diese Dame steht auch Ihnen zur Verfügung. Ich sehe, Sie sind bereits eifrig bei der Arbeit."

„Herr Präsident, ich würde Sie gern ein paar Minuten unter vier Augen sprechen. Ist das möglich?"

„Frau Hatje, Herr Sprunker, bitte warten Sie einen Augenblick im anderen Raum." Fragend schaute der Präsident Aristarch Trofimowitsch an.

„Einen der beiden Briefe habe ich übersetzt, den kürzeren, und ich meine, er ist der wichtigere. Ich würde es ungern sehen, wenn sich jemand vor Ihnen mit seinem Inhalt vertraut macht."

„Lesen Sie ihn vor!"

Langsam und abschnittsweise las Aristarch Trofimowitsch seine Übersetzung vor. Ruhig und nachdenklich hörte der Präsident zu, lediglich auf seiner Stirn bildete sich eine unangenehme Verdickung, die sein

Gesicht stark veränderte. Nachdem Aristarch Trofimowitsch geendet hatte, schwieg er zunächst einige Sekunden und meinte dann: „Ich danke Ihnen, daß Sie mich diesen Text zunächst allein wissen ließen, das war richtig, er geht nur mich und Sprunker an. Warten Sie bitte einen Augenblick." Der Präsident öffnete die Tür. „Herr Sprunker, darf ich Sie bitten, für einen Augenblick zu mir zu kommen! Hier, dieser Brief betrifft Sie genauso wie mich. Herr Jermolow, darf ich bitten, ihn noch einmal vorzulesen."

„Darf ich Ihnen einige Fragen stellen?" Sprunker saß auf seinem Stuhl wie ein sprungbereites Tier.

„Bitte, deshalb habe ich Sie ja gerufen."

„Wann ist der Brief eingetroffen?"

„Gestern morgen, meine Sekretärin hat ihn mir aus Frankfurt nachgeschickt. Die beiden russischen Briefe waren bereits geöffnet, dazu ist sie befugt."

„Versteht Ihre Sekretärin Russisch?"

„Nein."

„Wer hat diese Briefe noch gesehen?"

„Niemand außer mir, Herrn Jermolow und Ihnen."

„Von Ihnen, Herr Jermolow, hätte ich gern gewußt, welchen Eindruck dieses Schreiben auf Sie macht und was in dem zweiten Brief steht."

„Ich bin noch nicht dazu gekommen, ihn genau zu übersetzen, sein Inhalt ist mir jedoch klar. Er steht in keiner Beziehung zu dem ersten Schreiben. Da geht es um den Austausch von Delegationen im Herbst dieses Jahres."

„Zu welchem Zweck?"

„Um ein besseres Verständnis zu fördern."

„Und wie wirkt dieser erste Brief auf Sie? Ist er von jemandem, der die russische Sprache beherrscht oder will womöglich ein Deutscher, der ein bißchen russisch kann, den Herrn Präsidenten aus politischen Gründen etwas einschüchtern?"

„Ich habe schon oft Schriftstücke aus der Sowjetunion gesehen. Dieser Brief ist anscheinend auf Papier von dort geschrieben. Der Text wurde zweifellos von einem Sowjetmenschen aufgesetzt und erscheint mir durchaus glaubwürdig. Ich kann mich natürlich auch irren."

Sprunker und der Präsident sahen sich an. „Herr Präsident, darf ich Herrn Jermolow in Ihrem Namen bitten, auch das zweite Schriftstück zu übersetzen?"

Aristarch Trofimowitsch verstand, sie wollten ohne ihn miteinander reden. Er erhob sich, nahm den Brief und ging in das andere Zimmer. Freundlich nickte ihm der Präsident zu.

„Wie steht es mit Ihren Übersetzungen?" fragte die stupsnasige Sekretärin.

„Ich habe soeben den Auftrag erhalten, auch das zweite Schriftstück zu übersetzen. Am besten diktiere ich es Ihnen gleich in die Maschine."

„Können Sie das denn?"

„Ja, sicher!"

Sprunker wandte sich bereits an den Präsidenten. „Ihr Jermolow gefällt mir immer besser, Herr Präsident, er hat sofort kapiert, daß er mit solch einem Brief direkt zu Ihnen gehen muß."

„Ja, und daß wir ohne ihn etwas besprechen wollen."

„Das ist die verflixte Frage! Ich neige auch zu der Ansicht, daß der Brief ernstgenommen werden muß. Gestatten Sie mir, daß ich ihn zur Analyse weitergebe, um sämtliche Zweifel auszuräumen. Außerdem muß die Wachmannschaft verstärkt werden. Wir haben bereits die zweite Hälfte Juni, Lesche und ich sind nicht genug. Haben Sie eine Waffe, Herr Präsident?"

„Ich habe eine Pistole auf Waffenschein, aber sie ist in Frankfurt."

„Wie leichtsinnig! Nelke hat auch keine Waffe, außerdem kann er nicht immer in Ihrer Nähe sein, und Holske hat Urlaub. Ich werde sofort Maßnahmen einleiten und meine Vorgesetzten informieren. Sie gehen bitte vorläufig nirgendwohin und lassen keine Fremden in das Zimmer. Bitte, sagen Sie Jermolow, daß er über diesen Brief schweigen muß, nicht mal zu der sympathischen Frau Hatje darf er darüber reden. Bitten Sie ihn unter einem Vorwand, das Hotel nicht zu verlassen. Lesche hat ihm hier ja schon ein Zimmer besorgt. Reden Sie, wenn möglich, noch ein bißchen mit ihm, wir müssen ihn besser kennenlernen. Letzten Endes kann man für niemanden bürgen!"

„Bitte lassen Sie die Zügel nicht fahren, lieber Sprunker, schließlich hat er diesen Brief übersetzt. Er hätte ja auch lügen oder den Text verdrehen können."

„Sind Sie überzeugt, daß er das nicht getan hat? Schließlich hat unsere Bekanntschaft recht eigenartig begonnen! Dennoch muß ich jetzt fortrennen. Seien Sie bloß vorsichtig, um Gottes Willen! Über Jermolow werde ich noch genauere Auskünfte einholen."

Nachdem Sprunker hinausgegangen war, ging der hohe Herr lange über die Teppiche hin und her. Von allen Seiten bedrängten ihn die verschiedenartigsten Probleme. Von Tag zu Tag konnte er grünes Licht für die Aufwertung der Mark erhalten, schon viel zu lange dauerte das Zögern. Das Ende der Intrigen war nicht abzusehen. Die Nerven der Verantwortlichen in Regierungs- und Wirtschaftskreisen waren äußerst gespannt. Die Unentschlossenheit in dieser Frage hatte mittlerweile dazu geführt, daß Gerüchte über eine mögliche Abwertung der Mark aufgetaucht waren. Dadurch wurde ein idealer Nährboden für Spekulanten geschaffen, von den Aktivitäten der wirtschaftlichen Halbwelt ganz zu schweigen. Vermutlich stand auch der Plan, ihn zu beseitigen, der nun greifbare Formen angenommen hatte, mit den unterschiedlichen Gerüchten in Verbindung.

Aus dem Nebenzimmer war das leise Hämmern der elektrischen Schreibmaschine zu hören. Heute ist Donnerstag, dachte er, vielleicht ist es möglich, noch den einen oder anderen telefonisch zu erreichen. Er mußte klarstellen, daß jedes weitere Hinausschieben gefährlich und verantwortungslos sei. Ich denke, Holske wäre der gleichen Meinung - und tatsächlich war Holske ebenfalls für entscheidende Maßnahmen, jedoch waren sie solcherart, wie sie sich der Präsident der Bundesbank bei seinem allem Anschein nach treuergebenen Sekretär niemals hätte vorstellen können.

IM KAMPF ERLANGST DU DEIN RECHT

Wenn der Bundesbankpräsident seinen Sekretär Holske jetzt getroffen hätte, würde er sicherlich nicht weniger staunen als seinerzeit Jermolow, nachdem er aus dem *Fliederstrauch* in die *Kölner Stuben* hinübergewechselt war.

In einer kleinen Wohnung unweit des Rheins rollten die weiteren Ereignisse ab. Gersdorf war soeben mit seiner Arbeit fertig geworden und Holske hatte sich von einem schmächtigen, blonden Mann mit grünlichen Augen in einem hageren, ovalen Gesicht und blutleeren, aufeinandergepreßten Lippen in einen dunkelblonden Mann mit dichtem Haar, mäßig gebräuntem Gesicht, abenteuerlustigem Schnurrbart und einem altmodischen Kneifer an einem goldenen oder vergoldeten Kettchen verwandelt, das unsichtbar hinter dem Ohr befestigt war. Kritisch begutachtete ihn Gersdorf von allen Seiten. Wieder war ihm ein Chef d'oeuvre gelungen! Dieser Doktor Herst aus Wien, Mitarbeiter der Interpol, wie er sich vorgestellt hatte, sah sich selbst nicht mehr ähnlich. Gersdorf bezweifelte allerdings, ob ihm dieser kaltblütige, zurückhaltende und wenig sympathische Mann über sich selbst die Wahrheit berichtet hatte. Gesprochen hatte er übrigens gar nicht so viel, aber gut gezahlt. Gersdorf verfügte über feinen Instinkt und gute Menschenkenntnis. Nach dem Zugunglück fühlte er sich jedoch noch nicht wieder auf der nötigen Höhe und fand es merkwürdig, daß dieser Doktor ihn so sehr brauchte, daß er ihn selbst im Krankenhaus gefunden und überredet hatte, das Hospital vorzeitig zu verlassen.

„Ich bin fertig, Herr Doktor." erklärte er. „Niemand wird Sie erkennen. Ich darf annehmen, keiner könnte Ihnen eine bessere Maske anpassen."

„Dann nehmen Sie mir bitte dieses Laken ab. Wollen wir ins Bad gehen."

Lange begutachtete sich *Dr. Herst* kritisch vor dem Spiegel, dann sagte er anerkennend: „Ja, sehr gut, ich werde Sie aber morgen auch noch brauchen und vielleicht auch übermorgen. Kommen Sie bitte morgen früh um acht, um die Maske zu korrigieren. Ich bitte Sie, diese Aufträge streng vertraulich zu behandeln, aber das ist ja selbstverständlich."

Gersdorf begriff, er wurde nicht mehr gebraucht. Den Umschlag mit einigen Hundertmarkscheinen steckte er in die Innentasche seines Jacketts. In den letzten Tagen kehrten alle seine Gedanken irgendwie zu Jermolow zurück, diesem eigenartigen Russen. Wie erstaunt und erschreckt er ausgesehen hatte, als sie im Zug hin- und hergeschleudert wurden. Was danach passiert war, wußte er nicht. Er kam erst im Krankenhaus wieder zu sich, weil ihn Erstickungsanfälle quälten und sein Rücken schmerzte. Als er trotz der Bedenken des Arztes auf eigenen Wunsch entlassen wurde, hinterlegte er einen Zettel für Jermolow und für heute abend waren sie verabredet. Ja, Jermolow mit seiner antiken Goldmünze war kein Dutzendmensch, was an ihm jedoch so außergewöhnlich war, konnte sich Gersdorf nicht erklären.

Der verwandelte Holske ging sorglos im Licht des sonnigen Junitages spazieren. Ein paarmal wechselte er die Taxis in verschiedenen Richtungen und fuhr eine geschlagene Stunde in mehreren Omnibussen herum, offensichtlich besah er sich die Stadt. Endlich betrat er den Eingang eines großen, altmodischen Hauses und stieg zum dritten Stock empor. Er drückte auf den Klingelknopf, zweimal lang, zweimal kurz, dreimal lang, und wartete. Zwei Minuten vergingen, hinter dem Spion bewegte sich etwas und eine Frauenstimme fragte: „Zu wem wollen Sie?"

„Ich brauche den Weißen, für den achten und neunten bin ich mit ihm verabredet."

Eine halbe Minute verging, dann öffnete sich die Tür. Das dünne Figürchen eines jungen Mädchens in eleganten dunkelblauen Hosen trat in die Tiefe eines halbdunklen Korridors zurück, in ihrer Hand war ein kleiner, dunkler Gegenstand. Holske trat ein, schloß die Tür hinter sich und sagte beleidigt. „Haben Sie sich wenigstens jetzt davon überzeugt, daß ich nicht von der Polizei bin?"

„Daran haben wir auch zu Anfang nicht gezweifelt, Genosse Schuster, aber Vorsicht ist besser als Nachsicht." sagte ein großer, schlanker, junger Mann. Er hatte ein rundes, glattrasiertes Gesicht und helle, schüttere Haare, die ihm bis zu den Schultern reichten. Seine Augen, deren Farbe in dem dunklen Korridor nicht definiert werden konnte, blickten angespannt und wachsam, als ob sie sagen wollten, ich weiß etwas, was du nicht weißt und niemals wirst du mir mein Geheimnis stehlen. Aber erleben wirst du es! Das Mädchen in den eleganten Hosen drehte sich um und sagte ruhig: „Gehen wir da hinein, da ist es heller!"

Das Mädchen war einen Kopf kleiner als der junge Mann und ausgesprochen schick angezogen. Zu der dunkelblauen Hose mit sorgfältiger Bügelfalte trug es ein flottes Jäckchen über einer durchsichtigen, offenherzigen rosa Bluse. Im Zimmer wurden sie von einem zweiten Mädchen empfangen, das den völligen Gegensatz zu dem ersten bildete. Es hatte ein hageres, asketisches Gesicht, sehr lange, dunkle Haare, trug ein Hemd von brauner Farbe und enge, mehrmals gestopfte und völlig verwaschene Jeans. Über die Schultern hatte es einen dicken Pullover geworfen. Die Art der Kleidung schien auszudrücken: *Wenn man in unserer merkwürdigen Zeit schon nicht ganz nackt herumlaufen kann, ziehe ich meinethalben etwas an, was aber, geht niemanden etwas an und überhaupt, ich spucke auf euch alle!* Als Holske das Zimmer betrat, machte es eine schnelle Bewegung, dennoch bemerkte er, was es in die Tasche steckte.

„So sieht es aus, Genosse Schuster!" begann das zweite Mädchen. „Sie zitieren uns sogar Lenin, wonach die Bolschewisten gegen den individuellen Terror sind, den Massenterror jedoch, den proletarischen Terror, befürworten. Angeblich soll der Terror die Anhänger abstoßen und auf der Gegenseite Fanatismus züchten und deshalb nieder mit ihm! Ihrer Meinung nach müssen wir unseren westdeutschen Kapitalisten die Köpfchen streicheln und ebenso dem hinter ihnen stehenden Monopolkapital. Sie aber streicheln uns gar nicht! Sie haben doch gelesen, wie die Herren Kapitalisten mit uns umspringen. Schon wieder haben sie drei von uns zu Isolationshaft verdonnert. Dort wird sogar in der Nacht das Licht nicht ausgemacht. Einem haben sie mittags angebrannten Schweinebraten angeboten, und Sie nehmen sie noch in Schutz! Wissen Sie, wie man das nennt? Das sind Foltern, richtige Foltern, so wie sie im Mittelalter von den Herren Pfaffen bei der Inquisition angewendet wurden. Nur mit dem Munde sind diese Herren für Barmherzigkeit und Liebe, in Wirklichkeit braucht man ihnen nur zu nahe zu kommen..."

„Warte, Erna!" unterbrach die Kleine. „Stürz dich doch nicht gleich wie eine Tigerin auf Peter, er ist doch unser Freund und genau solch ein kämpferischer Marxist wie wir und Mitglied unserer kleinen Kampfarmee."

„Es gibt verschiedene Marxisten und wenn 1917 in Rußland die Revolution gesiegt hat, dann nur deshalb, weil die Bolschewisten gehandelt haben und nicht nur geschwatzt wie unsere linken Intellektuellen. Ja, erst wird gedacht und beraten, dann alles abgewogen und begriffen, siebenmal soll man messen und dann abschneiden - all das haben wir schon vor vielen Jahren gehört. Das ist nichts anderes als schwachnerviges intellektuelles Geschwätz! Nicht die Intellektuellen und Philosophen machen Revolution, sondern die Soldaten. Soldat sein heißt zu schießen. Wie der große Mao gesagt hat, die Wahrheit liegt vor den Läufen der Gewehre!"

„Mir scheint, du bringst da etwas durcheinander!"

„Wenn ich die Worte auch durcheinanderbringe, die Fakten stimmen! Daher wollen wir, Klaus, Gerda und ich - wenn sie mich auch dauernd anzischt - wissen, wie lange Sie uns noch in diesem Loch zu halten beabsichtigen. Wir wollten eine Bank besuchen, Sie waren dagegen. Ich gebe zwar zu, daß Sie uns mit Geld versorgen, aber schließlich können wir nicht ewig hier stecken und auf etwas warten, was vielleicht niemals eintritt. Wir wollen handeln! Die Pause hier hat jedoch auch Vorteile, wir haben in der anarchistischen Kampfliteratur gelesen und sind zu dem Schluß gekommen, daß wir so handeln müssen, wie Lenin gesagt hat: ‚*Plündert das Geplünderte!*' So müssen wir Anarachisten reden - Kugel um Kugel, Schlag um Schlag. Nicht wie in der Bibel Auge um Auge und Zahn um Zahn, oh nein, für einen Zahn müssen wir den Kiefer zerschmettern und für ein Auge den ganzen Kopf! Die Kapitalisten und die Bourgoisie nehmen keine Rücksicht."

„Man sollte aber auch nicht unbesonnen sein!"

„Weißt du, Gerda, seitdem du deine eleganten Hosen angezogen hast, fängst du an, dich zu verbürgerlichen. Du und Klaus, ihr liebt mir alle möglichen Delikatessen zu sehr, Lachs und teure Wurst. Bald frißt ihr Kaviar, wie die Neureichen, und gerade damit beginnt die Zersetzung."

„Du hast doch selbst gestern Lachs gegessen!"

„Warum denn nicht, wenn du ihn gekauft hast! Wir sind doch gleichberechtigt!"

„Demnach verbürgerlichst auch du dich!"

„Aber ich bin mir wenigstens bewußt, was getan werden muß und was nicht!"

„Na, weißt du, es ist kein großer Unterschied, wenn sich ein Mörder bewußt ist, daß er nicht morden darf und dennoch dem Opfer die Kehle durchschneidet."

„Den Kapitalisten und Volksfeinden müssen die Kehlen durchgeschnitten werden!" Mit funkelnden Augen standen sich die drei gegenüber. Erna war blaß geworden, ihre entschlossen zusammengepressten Lippen zuckten.

„Dieser Streit ist gegenstandslos." erklärte Holske ruhig. „Die Zeit der Ruhe und des Abwartens ist vorbei, jetzt wird gehandelt. Ihr erinnert euch an unser letztes Gespräch. Wenn ich euch so lange ohne Tätigkeit hier gehalten habe, so deshalb, weil die Frage, in welche Richtung der Hauptschlag fallen soll, noch nicht entschieden war, jetzt aber ist diese Entscheidung gefallen. Das Bürgertum sieht seine einzige Chance, die Revolution im Zaume zu halten, darin, den verblendeten werktätigen Massen andauernd das Blühen der kapitalistischen Gesellschaft zu demonstrieren, die sogenannte freie Marktwirtschaft und das sogenannte Wirtschaftswunder. Wie überall ist unsere deutsche Intelligenz weder Fisch noch Fleisch. In ihren Reihen gibt es zwar genug Menschen, die radikalen Veränderungen aus Dummheit oder intellektueller Verblendung oder gar aus Opportunismus holdgesinnt sind. Für höhere Söhne und Töchter ist Revolution eine Art spannendes Spiel oder Sport. Wie interessant wir sind, wir machen Revolution! Aber auch sie tragen ihr Scherflein zu unserer Sache bei. Die Basis wird sich jedoch erst dann ausbreiten, wenn es kein Wirtschaftswunder mehr gibt, wenn sich der materielle Wohlstand verringert. Demnach sind unsere Hauptfeinde diejenigen, die diese wirtschaftliche Blüte fördern, genauer, die Führungskräfte der deutschen Wirtschaft." Holske schwieg.

„Gibt es nicht zuviel von denen?" fragte Morchan.

„Ja, das ist eine vernünftige Frage und darüber müssen wir diskutieren. Die kapitalistische Schlange muß am Kopf getroffen oder in Ruhe gelassen werden."

„Nun gut!" Morchan lächelte fein. „Wer gehört denn Ihrer Ansicht nach zu diesem kapitalistischen Haupt? Mit wem sollen wir anfangen?"

„Es gibt einen Mann, dessen Einfluß auf die westdeutsche Wirtschaft außerordentlich groß ist. Daher muß gerade er als erster von der Szene verschwinden. Erraten Sie, von wem ich rede? Ich meine den Präsidenten der Bundesbank!"

„Der Bundesbankpräsident? Nicht schlecht! Er ist ein großer kapitalistischer Hai, aber warum gerade er? Warum sollen wir mit ihm anfangen, wenn es weit abstoßendere gibt als ihn?" Die Augen von Erna Veitzel glitzerten jetzt, als ob dunkle Eisenstücke durch glänzenden Nickel ersetzt worden waren.

„Weil er und seine Bande die Aufwertung der Mark vorbereiten, unter der wiederum das einfache Volk leidet, während die Kapitalisten gewinnen, in erster Linie die amerikanischen."

„Davon wird schon lange gesprochen." interessiert hob Gerda

Schmidtmann ihren Kopf. ,,Du meinst, Schuster, der Präsident der Bundesbank ist der Lump, der zuerst hingerichtet werden muß? Stimmt das, Peter?"

Das Ding läuft, dachte Holske für sich, sie nennen mich schon beim Vornamen. Laut sagte er: ,,Ja, gerade er, er ist einer der gefährlichsten! Außerdem besitze ich Informationen, wonach er in den Regierungskreisen versucht, strengere Maßnahmen gegen die revolutionären Kämpfer durchzusetzen, die er als Kriminelle bezeichnet, als Verbrecher, Mörder und moralisch zersetzte..."

Holske kam nicht dazu, den Satz zu beenden, in Ernas Händen war plötzlich eine schwere automatische Pistole. ,,Dieser Schweinehund, dieses Stinktier und kapitalistische Reptil! Ihm reicht nicht, vom Schweiße des Volkes zu schlecken, nein, mit Arbeiterblut vollsaugen will er sich! Ermorden werde ich dieses Vieh!" Sie wurde ganz bleich.

Gerda Schmidtmann sprang auf. ,,Erna, steck die Pistole weg! Gleich wirst du mich oder Peter abknallen und keineswegs den Bundesbankpräsidenten! Du bist doch keine Hollywooder Wildwestheldin! Glaub mir, auch deine Stunde wird einmal schlagen!"

Erna zuckte zusammen und betrachtete sie erstaunt. ,,Was habe ich gesagt? Ach ja, meiner Ansicht nach braucht man gar nicht so lange nachzudenken. Wenn uns dieser Kapitalist wie Wanzen zerdrücken will, dann soll er lieber selbst zerdrückt werden. Es gibt sowieso viel zuviele von ihnen. Wir sind eine kleine Armee, der Befehl ist erteilt, jetzt muß ein Plan ausgearbeitet werden. Peter ist wohl schon genauer informiert."

,,Los, Peter, fang an!" forderte ihn Gerda ruhig auf. ,,Warum stehen wir eigentlich? Setzen wir uns!"

,,Dürfte ich um ein Blatt Papier bitten?" fragte Holske verdrießlich. ,,Im Augenblick wohnt der Bundesbankpräsident im Hotel *Europa*, einem der teuersten Bonner Hotels. Dort steigt internationales Publikum mit prallgefüllter Brieftasche ab. Man kann ein Zimmer oder eine Suite mieten, der Präsident hat eine Suite, bestehend aus drei Zimmern und Bad. Hier ist der Plan. Er wohnt im dritten Stock, dort steigt er immer ab. Die Tür zum Korridor wird nicht zugeschlossen. Der Korridor ist mit weichem Teppichboden ausgelegt, so daß keine Schritte zu hören sind. Im gleichen Stockwerk, rechts von der Treppe, sehen Sie, hier, auf dem Plan, sind drei weitere Appartements, eines oder auch zwei sind zumeist leer, so daß selten jemand auf dem Korridor anzutreffen ist. Etagenkellner gibt es nicht, von der Hotelleitung werden die

Appartements nicht besonders beobachtet. Dem Präsidenten sind zwei Polizisten zugeteilt, einer heißt Sprunker, er ist recht energisch und keineswegs dumm, der andere, Lesche, ist etwas jünger und vermutlich weniger erfahren. Weitere Polizisten gibt es meines Wissens nicht, auch nicht in der Nähe des Hotels. Eventuell beobachtet man das Hotel aus der Ferne, dazu kann ich aber nichts sagen.

Wie sieht es mit seinem Gefolge aus? Da sind zunächst die beiden Polizisten, dann wird ihm zeitweilig eine recht wendige Sekretärin zugeordnet, eine Frau Hatje. Wenn er sie braucht, ist sie von neun bis fünf im Hotel. Dann gibt es noch einen Herrn Nelke, er ist Anwalt und eine Vertrauensperson des Präsidenten. Das sind alle, demnach zusammen mit dem Präsidenten vier Personen oder fünf, falls Frau Hatje da sein sollte. Soweit mir bekannt, ist abgesehen von den Polizisten niemand bewaffnet. So steht es mit den feindlichen Kräften. Nun müssen wir einen Plan für die Kampfaktion selbst ausarbeiten. Zunächst möchte ich eure Vorschläge hören, vor allem, soll man in das Hotel eindringen oder besser versuchen, ihn auf der Straße zu schnappen?"

„Zählen wir erst mal auf, was wir haben." Gerda schaute Erna an. „Wir beide haben je eine schwere Pistole und einen Browning, Klaus hat eine Maschinenpistole und eine Luger."

„Nicht übel! Ich bin auch gut versorgt."

„Ich stelle mir das so vor: Wir dringen in das Hotel ein, machen die Bullen und den Präsidenten fertig, greifen ein paar Geiseln auf, womöglich diese Hatje, und..."

„Und dann?"

„Dann zum Flugplatz! Ich weiß, wo man uns aufnimmt."

„Und wenn sie uns nicht aufnehmen?"

„Wir können auch umgebracht werden, so ist nun mal unser Beruf! Womit rechnest du denn, Klaus, etwa mit einer sechsspännigen goldenen Kutsche? Wir kämpfen doch für die Arbeiterklasse! Ich hasse diese Kapitalisten, meinethalben können sie mich ruhig abknallen. Wenn wenigstens ein Dutzend von ihnen mitgeht, habe ich mein Leben nicht umsonst gelebt und nehme ein paar dieser verfetteten Kapitalisten und Spießer mit ins Grab!"

„Wir stürmen demnach das Hotel?"

„Und wann?"

„Übermorgen, morgen kläre ich, wann der Präsident im Hotel ist. Ich wiederhole nochmals, wie es ablaufen soll. Wenn er im Hotel ist, werdet ihr zwei Zimmer mieten, ein Doppelzimmer für die Mädchen und ein

Einzelzimmer für Klaus. Das Hotel ist teuer und dort sind immer Zimmer frei. Ich werde euch beobachten. Etwa fünfzehn Minuten später rufe ich euch an und ihr antwortet, es ist alles in Ordnung, das heißt, ihr seid zu der Aktion bereit. Ich werde das Auto nicht weit vom Eingang abstellen, den Platz dafür habe ich mir bereits angesehen. Dort ist zwar Parkverbot, aber bis man sich zurechtfindet, ist schon alles erledigt. Ihr werdet mich vom Hotel aus beobachten. Wenn ich den Wagen abgestellt habe, lasse ich den Motor weiterlaufen. Fünf Minuten später fangt ihr an, dann mit den Geiseln zu mir und zum Flughafen!"

Holske sah die drei der Reihe nach an, niemand wiedersprach ihm. „Unser Trumpf ist die Schnelligkeit, zaudern dürfen wir nicht! Wir sind Revolutionssoldaten und brauchen diese kapitalistischen Mörder nicht zu schonen. Seit Generationen saugen sie das Arbeiterblut! Ja, bitte, überprüft gründlich eure Waffen, vor allem die Stoßbolzen der Pistolen. Wenn sie versagen, kann die ganze Aktion schieflaufen. Legt euch auch früh schlafen, damit die Nerven in Ordnung sind. Jeder von euch erhält eine größere Geldsumme für den Fall unvorhergesehener Ereignisse. Ihr wißt, was zu tun ist und an wen ihr euch wenden müßt, wenn es schiefgeht. Jetzt muß ich gehen. Selbstverständlich darf bis zu der Aktion niemand von euch diese Wohnung verlassen. Wie sind eigentlich eure Nachbarn?"

„Sie kümmern sich nicht um uns und verhalten sich völlig normal."

„Aha! Morgen werde ich euch zusätzliche Informationen liefern. Wie sieht es mit der Ernährung aus?"

„Wir haben noch viele Lebensmittel."

„Ausgezeichnet, Genosse Morchan, bis morgen also." Holske erhob sich, winkte den drei grüßend mit der Hand zu und ging hinaus. Wird wohl klappen, dachte er, dieser Idiot und die beiden Weiber werden die Aktion ausführen. Hoffentlich wird Erna nicht im unpassendsten Moment hysterisch!

*

Bereits seit zwei Stunden saß Fischer in seinem Zimmer im Hotel *Europa* und dachte nach. Als er beim Empfang seinen Namen nannte, erhielt er sofort den Zimmerschlüssel und wurde darauf hingewiesen, daß die Gäste gebeten werden, wenigstens einmal täglich eine Mahlzeit im Hotel einzunehmen, was er auch gleich tat. Nachdem er gegessen hatte, ging er wieder auf sein Zimmer und dachte die vergangenen Ereignisse durch. Ihm war klar, daß er nichts schlechtes getan hatte und diese Meinung schienen auch der Präsident, der ihm irgendwie sehr gefiel, und die Polizei zu teilen. Wer aber war Bodo Sauer und was verbarg sich tatsächlich hinter seinem Auftritt im *Fliederstrauch*? Er war noch nicht zu einem Ergebnis gekommen, als es klopfte und ein junger Polizeibeamter ein Paket anschleppte.

„Hier sind wie versprochen ein weiterer Anzug, eine Mütze, eine dunkle Brille und zweihundert Mark Vorschuß. Ich heiße übrigens Lesche, falls Sie das noch nicht wissen. Einen schönen Gruß vom Herrn Präsidenten und Sprunker. Gehen Sie bitte heute nicht mehr vor die Tür und legen Sie sich früh schlafen. Morgen um neun beginnt Ihr Dienst."

„Ich werde mich um neun bei Ihnen melden."

„Sehr gut!" Lesche nickte freundlich und ging hinaus.

*

Es dämmerte, Aristarch Trofimowitsch hatte auch die zweite Übersetzung beendet und dem Präsidenten gebracht, der sich höflich bedankte und sich sofort in die Lektüre vertiefte. Er hob jedoch rasch wieder seinen Kopf. „Jetzt können Sie sich als dienstfrei betrachten, Herr Jermolow. Ich freue mich sehr, daß Sie so gut und schnell übersetzen. Möchten Sie auf Ihr Zimmer gehen und sich ausruhen?"

„Nein, ich würde gern einen Bekannten besuchen, den ich im Hotel *Der schwarze Graf* getroffen habe. Ich habe mich für acht Uhr mit ihm verabredet."

„Obwohl Sie jetzt frei haben, möchte ich Sie bitten, das Hotel heute nicht mehr zu verlassen. Sie sollen ruhig wissen, ich habe so eine Vorahnung, daß nicht nur mir, sondern auch Ihnen von irgendwoher Gefahren drohen. Es gibt Menschen, die Ihnen wenig verbunden sein dürften. Womöglich sind Sie ihnen gewaltig in die Quere gekommen, indem Sie mich auf die Vorgänge im *Fliederstrauch* aufmerksam gemacht haben."

Jermolow wurde verlegen. „Das war doch alles Zufall!"

„Natürlich war es Zufall, Sie haben mir jedoch sehr geholfen und das wird meinen Feinden mißfallen. Das ist jedoch alles Theorie und in der Praxis befindet sich Ihr Freund im *Schwarzen Graf*. Vielleicht ist es möglich, daß er zu uns kommt?"

„Das ist sicher möglich, daran habe ich noch gar nicht gedacht. Wissen Sie, er hat mir wegen meiner Goldmünze einige gute Tips gegeben."

„Ah, ich erinnere mich! Dann rufen Sie ihn doch an!"

Gersdorf war im Hotel. „Von wo rufen Sie an?" fragte er. „Aus dem Hotel *Europa*? Aber das ist doch furchtbar teuer! Haben Sie Ihre Goldmünze denn schon verkloppt? Da freue ich mich aber für Sie! Es ist nicht weit und ich komme gleich zu Ihnen. Wissen Sie, ich wäre schon heute nach Frankfurt gefahren, aber irgendwie fühle ich mich mies, ich hätte das Krankenhaus doch nicht vorzeitig verlassen sollen. Bei Ihnen werden wir gemeinsam zu Abend essen, bis später also!"

Gersdorf freute sich sehr auf Aristarch Trofimowitsch und drückte ihm lange die Hand, als sie sich im Foyer gegenüberstanden. Er erkundigte sich nach der Goldmünze, und als er hörte, daß sie noch nicht verkauft sei, sagte er lächelnd: „Und ich dachte schon, es wäre so weit! Aber wollen wir etwas essen, dabei erzählen Sie mir Ihre Abenteuer im Krankenhaus und warum Sie den *Schwarzen Graf* so verachten und statt dessen in dieses sündhaft teure Hotel *Europa* gezogen sind. Ich selbst fühle mich, ehrlich gesagt, ziemlich schlecht, ich habe das Krankenhaus zu früh verlassen. Aber was soll ich tun, wenn die Arbeit ruft!"

Gersdorf und Aristarch Trofimowitsch hatten soeben die Vorspeise beendet und gingen zur Suppe über, als das Gesicht Sprunkers in der Glastür des Restaurants auftauchte. Aristarch Trofimowitsch winkte ihm mit der Hand zu. Sprunker trat zu ihnen, Gersdorf und Aristarch Trofimowitsch erhoben sich.

„Herr Sprunker, darf ich Sie mit einem guten Freund bekanntmachen, Herrn Gersdorf. Wir haben uns im *Schwarzen Graf* kennengelernt und sind dann zusammen in das Zugunglück bei Remagen geraten und haben sogar im gleichen Krankenhaus gelegen. Herr Gersdorf fühlt sich noch immer nicht ganz wohl."

Sprunkers Augen wurden ganz rund. „So also stehen die Dinge! Ich freue mich sehr, die Bekanntschaft Ihres Freundes zu machen, Herr Jermolow. Erlauben Sie, daß ich mich zu Ihnen setze? Ich habe noch nichts gegessen. Kennen Sie Herrn Gersdorf schon lange?"

„Seit etwa acht Tagen, wir sind aber gar nicht mal so oft zusammen gewesen. Herr Gersdorf ist von Beruf Maskenbildner und sehr beschäftigt."

„So, Maskenbildner, das ist ein sehr interessanter Beruf. Wollen wir bestellen und dann möchte ich mich ein bißchen mit Ihnen unterhalten."

„Warum nicht?" Gersdorf zeigte gar kein Erstaunen. „Falls ich aber jemanden bearbeiten soll, muß ich Ihnen offen sagen, daß ich dazu im Moment nicht in der Lage bin, da ich mich nach dem Unfall noch nicht wieder wohl fühle. Der Rücken schmerzt, ich muß mich ausruhen."

„Nein, warum soll man denn gleich jemanden schminken! Da kommt das Essen, aber nicht für mich natürlich. Hallo, mein Lieber!" Der Kellner beugte sich halb über den Tisch. „Bitte bringen Sie mir das gleiche wie den beiden Herren, aber nach Möglichkeit sollte sich nicht alles so in die Länge ziehen. Wir sind ein bißchen in Eile."

Sprunker aß schnell. Aristarch Trofimowitsch fühlte sich ungemütlich, es sah aus, als ob hinter Sprunkers breiter Stirn ein Dutzend Gedanken herumtollten, einer unruhiger als der andere. Endlich war das Abendbrot beendet und Sprunker erhob sich. „Wir haben nicht übel gegessen." sagte er. „Hier ist es zwar nicht billig, die Küche ist jedoch erstklassig. Herr Jermolow, Herr Gersdorf, darf ich Sie bitten, mit mir in die oberen Räume zu kommen, das ist sehr wichtig." Bei diesen Worten schielte Sprunker auf die beiden, die zusammen mit ihm den Fahrstuhl betraten, der im dritten Stock stehenblieb. „Bitte, warten Sie einen Augenblick, ich werde Sie nur anmelden." Sprunker drückte auf den Fahrstuhlknopf, der nach unten zeigte. Eine Minute verging, geräuschlos öffnete sich die Tür eines Appartements. „Meine Herren, darf ich bitten!" sagte Sprunker ruhig.

Aristarch Trofimowitsch war das große, gut eingerichtete Zimmer durchaus bekannt, Gersdorf aber machte große Augen. In der gegenüberliegenden Ecke neben dem Diwan stand jemand, der wie Fischer aussah. Es war aber nicht Fischer, sah er sofort und verbeugte sich höflich. Schweigend beobachtete Sprunker diese Szene.

„Guten Tag, ich freue mich sehr, Sie bei mir zu sehen." sagte der Stehende ruhig und freundlich. „Ich freue mich, daß sich nach und nach alle Akteure der vor einigen Tagen hier in Bonn passierten Ereignisse bei mir einfinden. Wissen Sie, wer ich bin?" Diese Frage war zweifellos an Gersdorf gerichtet.

„Sie sind der Präsident der Bundesbank."

„Nehmen wir Platz, ich denke, wir haben einiges zu besprechen." Alle setzten sich, Sprunker in Türnähe. „Herr Gersdorf, da Sie wissen, wer ich bin, kann ich wohl davon ausgehen, daß wir nicht unnötig miteinander verstecken spielen müssen. Zunächst darf ich fragen, woher Sie mich kennen?"

„Ich kenne Sie, wie viele Bürger unseres Landes Sie kennen, aus der Presse und dem Fernsehen, vor allem in letzter Zeit, seitdem die Polemik über eine mögliche Auf- oder Abwertung der Mark entbrannt ist. Vermutlich wird Sie das jedoch wenig interessieren. Ich kann mir schon zusammenreimen, daß Sie sich für etwas ganz anderes interessieren. Vermutlich ist Ihnen bekannt, daß vor einiger Zeit ein Doppelgänger von Ihnen hier in Bonn aktiv gewesen ist."

Stumm nickte der Präsident.

„Sie wollen sicher Einzelheiten wissen? Ich werde Ihnen natürlich alles berichten, was ich weiß, da die Ereignisse der letzten Minuten mir gezeigt haben, daß auch so alles an die Oberfläche gekommen ist. Ich muß Ihnen jedoch im voraus sagen, daß ich sehr wenig weiß. Es hat damit begonnen, daß mich vor etwa vierzehn Tagen jemand aufgesucht hat, der sich als Bodo Sauer vorstellte."

Schnell blickte Sprunker den Präsidenten an.

„Herr Gersdorf, Herr Sprunker gehört zu der Gruppe meiner Sicherheitsbeamten. Ich bitte Sie, nicht falsch zu verstehen, was hier geschieht. Das ist natürlich kein Verhör. Wir möchten jedoch einige Umstände klären, die in einer oder anderer Beziehung uns alle angehen." Der Präsident verbeugte sich leicht vor Sprunker. „Sie sagen, zu Ihnen ist jemand gekommen, der sich Bodo Sauer nannte. Haben Sie ihn schon früher gekannt und wie hat er Sie erreicht?"

„Er ist in meine Frankfurter Wohnung gekommen, wo ich lebe, wenn ich nicht gerade auf Reisen bin. Ich habe ihn früher nie gesehen und nie von ihm gehört, bis vor vierzehn Tagen."

„Woher wußte er von Ihnen? Woher kannte er Ihre Adresse?"

„Meine Anschrift ist vielen bekannt. Ich kann nicht ohne Stolz sagen, daß ich auf meinem Gebiet eine gewisse Berühmtheit genieße. Da kam er zu mir, hat mir Fotos des Herrn Präsidenten gezeigt und mich gefragt, ob ich einen Menschen so zurechtmachen könne, daß er genauso aussieht wie die Fotos. Ich war etwas erstaunt und habe ihn gefragt, wozu das gut sein soll. Herr Sauer antwortete mir, das brauche mich nicht zu kümmern, er würde mich gut bezahlen."

„Wieviel haben Sie erhalten?"

„Tausend Mark für zwei Gesichter."

„Nicht übel! Wir wissen, wer diese Personen gewesen sind, ein Schauspieler namens Fischer, der dem Präsidenten sehr ähnlich ist, und eine Dame namens Beatrice, deren Familiennamen uns leider nicht bekannt ist. Wenn wir richtig informiert sind, sollte Fischer die Rolle des Präsidenten übernehmen und diese Beatrice die seiner Sekretärin. Ist es so?"

„Ja, das stimmt ganz genau."

„Herr Gersdorf, gestatten Sie die Frage, kam Ihnen dieser Auftrag nicht merkwürdig vor? Schließlich weiß ganz Deutschland, wer der Präsident der Bundesbank ist! Sind Ihnen denn keine Zweifel gekommen?"

„Zweifel habe ich durchaus gehabt, ich bin aber nur Techniker in meinem Fach. Ich dachte an ein Varieté oder eine politische Aktion, bei der ein Schauspieler den Herrn Präsidenten in einem komischen Licht darstellen sollte. Ich hoffe, daß meine Kunst nicht einem Verbrecher zugute gekommen ist."

„Das wissen wir noch nicht. Es ist aber leicht möglich, daß diese Aktion den Zweck verfolgt hat, jemanden von etwas zu überzeugen oder, im Gegenteil, abzubringen. Bodo Sauer hat Sie sehr großzügig bezahlt! Wir können Sie nicht anklagen, Herr Gersdorf, wir werfen Ihnen lediglich vor, unbedacht gehandelt zu haben. Wenn jemand eine andere Person darstellen will, kann man davon ausgehen, daß zumindest eine Gaunerei im Gange ist. Das stimmt doch?"

„Ich bin durchaus Ihrer Meinung. Mir passiert es jedoch oft, daß ich jemandem ein anderes Gesicht geben muß, zum Beispiel, wenn eine Schauspielerin eine andere imitieren will."

„Das ist letzten Endes auch nicht so wichtig, Herr Gersdorf." Sprunker winkte mit der Hand ab. „Vorläufig ist ja nichts passiert, vorausgesetzt, daß Sie die Wahrheit gesagt haben und tatsächlich nicht wissen, welchen Hintergrund diese Aktion hatte. Uns interessiert eine andere Frage. In welchen Beziehungen stehen Sie zu Herrn Jermolow und seit wann kennen Sie ihn?"

„Wie ich bereits sagte, habe ich Herrn Jermolow vor acht Tagen, am Mittwoch, kennengelernt, beim Frühstück im Hotel *Schwarzer Graf*, in dem wir beide abgestiegen waren. Er fragte mich, ob ich mich in Bonn auskennen würde und ihm in einer bestimmten Angelegenheit helfen könne. Es ging um eine antike griechische Goldmünze. Soweit ich das beurteilen kann, handelt es sich um ein seltenes Exemplar. Ich habe mich selbst eine Zeitlang mit Numismatik befaßt."

Bei der Erwähnung der Münze lächelte der Präsident. „Von dieser Goldmünze habe ich schon gehört und brenne vor Neugier, sie mir anzuschauen. Herr Sprunker möchte Sie aber noch etwas fragen."

„Herr Gersdorf, können Sie uns versichern, daß alles, was Sie uns sagen, die reine Wahrheit ist? Eine andere Frage, wäre es Ihnen möglich, zum zweiten Mal einem Gesicht die Maske des Herrn Präsidenten aufzulegen? Von uns erhalten Sie für eine Maske fünfhundert Mark."

„Warum denn nicht? Seinerzeit wollte ich Fischer gar nicht abschminken, so gut war er mir gelungen, Herr Präsident."

„Das freut mich für Sie!"

„Wen soll ich denn jetzt bearbeiten?"

„Nun, den gleichen Herrn, den Sie schon einmal behandelt haben, Herrn Fischer, Ihren alten Bekannten."

„Wie, wieso denn schon wieder Fischer? Das ist aber eigenartig! Wo ist er denn? Ist er hier?"

„Er wird bald hier sein. Machen wir es doch so: Wir engagieren Sie ab sofort und Sie werden pro Tag zweihundert Mark erhalten. Als erstes bitten wir Sie, in diesem Hotel zu bleiben. Wo sind Ihre Sachen?"

„Im *Schwarzen Graf.*"

„Können Sie uns einen Zettel schreiben, wonach wir berechtigt sind, Ihre Sachen dort abzuholen? Dann bringen wir sie zu uns. Das geht natürlich auf unsere Kosten."

„Ich soll Ihnen eine Vollmacht ausstellen? Bittesehr, warum nicht! Für wie lange werde ich hier wohnen müssen?"

„Zunächst ein paar Tage, dann werden wir weitersehen. Sie wollten doch zusammen mit Herrn Jermolow nach Frankfurt fahren?"

„Ja, das heißt, wir haben uns zufällig im Zug getroffen und beide ohne größere Schäden das Zugunglück überlebt. Ich sage Ihnen ganz offen und in seiner Gegenwart, ich halte Herrn Jermolow für irgendwie außergewöhnlich, in ihm steckt etwas ganz besonderes. Vielleicht hat das auch von Ihnen jemand bemerkt, ich bin jedenfalls fest davon überzeugt."

Gebe Gott, daß du nicht den beginnenden oder vielleicht zu Ende gehenden Wahnsinn bei mir bemerkt hast, dachte Aristarch Trofimowitsch trübselig. Sprunker erhob sich bereits lächelnd von seinem Stuhl. „Da unsere Sekretärin bereits nach Hause gegangen ist, bitte ich Sie, Herr Gersdorf, sich selbst dieser Schreibmaschine zu bedienen und eine Vollmacht auszustellen, wonach wir Ihre Sachen im Hotel *Schwarzer Graf* abholen können."

„Gern, jedoch unter einer Bedingung, meine Herren! Das Hotel *Europa* ist für mich mindestens drei Kragenweiten zu groß und ich sage Ihnen offen, aus meiner eigenen Tasche werde ich die Hotelrechnung nicht bezahlen."

„Diese Kosten werden selbstverständlich von uns getragen."

„Dann kann ich auch Ihre Bitte erfüllen."

Alle schauten zu, wie sich das ungesund blasse Profil des Buckligen über die Schreibmaschine beugte und seine feinen, nervösen Finger über die Tastatur flitzten. Gersdorf las seinen Zettel durch, unterschrieb ihn und reichte das Papier an Sprunker weiter, der es flüchtig durchsah. „Gleich schicke ich Lesche in das Hotel, Herr Präsident."

Nachdem Sprunker hinausgegangen war, herrschte einige Zeit Schweigen. Endlich faßte sich Gersdorf ein Herz und fragte: „Herr Präsident, wenn ich schon Ihr Gefangener bin, hätte ich gern erfahren, wann ich mit meiner Arbeit an Fischer beginnen soll?"

„Ich bitte Sie, wieso sind Sie mein Gefangener? Wir sind froh, Sie gefunden zu haben und wenn wir Sie bitten, einige Zeit in unserer Nähe zu bleiben, haben wir dafür unsere Gründe. Ich würde es gern sehen, wenn Herr Fischer bereits morgen so aussieht wie ich. Ihnen persönlich drohen gar keine Unannehmlichkeiten, weder von mir, noch von den Behörden. Ich kann niemandem verbieten, einen anderen so zu schminken, daß er aussieht wie ich. Herr Fischer wird Ihnen morgen früh zur Verfügung stehen. Sobald die Herren Sprunker und Lesche zurück sind, werden wir hier gemeinsam zu Abend essen. Herr Jermolow, darf ich Sie bitten, mir Ihre berühmte Goldmünze zu zeigen, von der ich schon so viel gehört habe?" Vertraulich lächelnd trat der Präsident zum Telefon, der geschäftliche Teil des Gesprächs war offenbar beendet.

„Ich bringe Ihnen die Münze sofort!"

Nachdem Aristarch Trofimowitsch hinausgegangen war, wandte der Präsident lächelnd sein Gesicht Gersdorf zu und bestellte im Restaurant das Abendbrot. „Sie trinken doch Wein?" fragte er. „Ja, aber wenig, es wäre gut, wenn auch etwas ohne Alkohol dabei wäre."

„Ja, danke, außerdem schicken Sie noch ein paar Flaschen Cola und verschiedene Säfte, Johannisbeersaft und andere. Vielen Dank, das ist im Moment alles." Der Präsident legte den Hörer auf. Es klopfte an der Tür und Jermolow trat ein. Zwischen zwei Fingern hielt er vorsichtig ein kleines Päckchen. „Da ist mein Schatz, Herr Präsident!"

„Interessant! Das muß ich durch ein Vergrößerungsglas... tatsächlich Gold und altgriechische Buchstaben. Eine Fälschung scheint sie nicht zu sein, das sehe selbst ich. Sie ist wirklich sehr wertvoll, Herr Jermolow. Ich kenne einen guten Fachmann auf diesem Gebiet, könnten Sie mir Ihren Schatz vielleicht für ein paar Tage überlassen?"

„Aber gern, Herr Präsident!"

„Sie können völlig beruhigt sein, ich werde sie Ihnen selbstverständlich zurückgeben."

„Ich bitte Sie, Herr Präsident!"

„Na, na, heutzutage ist es durchaus nicht ratsam, einem Würdenträger zu sehr zu vertrauen! Was ich Sie fragen wollte, Herr Gersdorf, verdienen Sie gut in Ihrem Beruf?"

„Alles in allem nicht schlecht, wenn man ab und zu ein Auge zudrückt, aber man kann jederzeit in eine unangenehme Geschichte geraten. Wer kann schon wissen, wofür ich gebraucht werde, vielleicht für einen Maskenball, vielleicht für einen Bankraub."

Es klopfte erneut, Sprunker und Lesche traten ein. ,,Alles ist geregelt, Herr Präsident. Herr Gersdorf hat ein Zimmer ein Stockwerk tiefer, neben Lesche. Ihre Sachen sind schon dort, hier haben Sie den Zimmerschlüssel."

,,Und hier ist auch das langersehnte Abendbrot." Tatsächlich, jemand hatte an die Tür geklopft. Sprunker schaute den Präsidenten an und rief: ,,Herein!" wobei seine rechte Hand unter das Jackett glitt, Lesche machte dasselbe. Das gefiel Gersdorf nicht, aber er begriff, der Bundesbankpräsident war in genügendem Maße prominent, so daß jederzeit unangenehme Überraschungen befürchtet werden konnten. Warum er jedoch schon wieder Fischer schminken sollte, konnte er sich nicht vorstellen.

,,Meine Herren, ich bitte zu Tisch! Denken Sie bitte nicht, daß es in der Umgebung des Bundesbankpräsidenten nur Unannehmlichkeiten gibt, wenn ich im Laufe der letzten Woche auch genügend erlebt habe", lächelnd blickte er auf Sprunker, Lesche und Jermolow, ,,so daß wir das Recht haben, in Ruhe zu speisen." Bei diesen Worten lächelten alle, aber niemand sagte etwas. ,,Und ich hoffe sehr, daß das uns zustehende Quantum an Unannehmlichkeiten bereits erschöpft ist."

Kaum merklich seufzte Sprunker, während sich Jermolows Gesicht verfinsterte, als ob sie dem Optimismus des Präsidenten nicht recht beipflichten konnten, was übrigens, wie die späteren Ereignisse zeigten, nicht ganz grundlos war.

*

Während der Abend bei dem Präsidenten der Bundesbank unter derart optimistischen Versicherungen ablief, saß Holske in einer kleinen Kneipe in der Nähe des Hotels *Europa.* Er trank bereits die dritte Tasse Kaffee und durchdachte immer wieder die Situation, dennoch entstand kein klares Bild. Er mußte ein Risiko in Kauf nehmen - oder alles abblasen. Vom frühen Morgen bis gegen zwei Uhr hatte er in seinem Auto gesessen, das heißt, in dem Wagen, der ihm von seinem Gesprächspartner im Park für diese Aktion zur Verfügung gestellt worden war, und das Hotel beobachtet. Der Präsident verließ das Hotel nicht. Dann wurde er von Gerda Schmidtmann abgelöst, oder richtiger, er aß nur schnell zu Mittag und trank eine weitere Tasse Kaffee. Jermolow betrat das Hotel, das war wenig bedrohlich. Die Schmidtmann ging fort, es war bereits nach zwanzig Uhr, und dann sah er, was er am wenigsten erwartet hatte: Gersdorf betrat das Hotel. Das konnte Zufall sein, immerhin suchten der Präsident und Sprunker nach ihm. Nein, Zufall war das nicht! Er selbst hatte Gersdorf überredet, nach diesem idiotischen Eisenbahnunglück vorzeitig das Krankenhaus zu verlassen und Gersdorf war in den *Schwarzen Graf* gezogen. Was suchte er jetzt im Hotel *Europa*? Holske konnte nur vermuten, daß sie Gersdorf gefunden hatten und jetzt stand alles unter einem Fragezeichen. Vielleicht hat Gersdorf von sich aus Verdacht geschöpft, bereits alles ausgeplaudert und ihn, Holske, beschrieben? Seinen richtigen Namen kannte er zwar nicht, auf der anderen Seite gab es jedoch auch keine Dummköpfe. Demnach mußte er morgen handeln, denn bei dem geringsten Verdacht würde es hier von Polizisten nur so wimmeln.

Er setzte sich wieder in sein Auto. Sprunker und Lesche verließen das Hotel und bogen um eine Ecke - jetzt war er ohne Bewachung, jetzt hätte man handeln müssen, aber nichts war bereit. Gegen einundzwanzig Uhr wurde er von Morchan abgelöst, der ihm meldete, daß die Mädchen vor Ungeduld kochen.

„Passen Sie solange auf, bis das Hotel für die Nacht abgeschlossen wird, gegen eins." sagte er zu Morchan. „Dann löse ich Sie wieder ab."

Er mußte jetzt zu den Mädchen gehen, in solch einer Situation war es besser, die Teilnehmer der Kampfhandlung nicht aus dem Auge zu lassen. Bei ihnen trank er wieder Kaffee und klamüserte ihnen nochmals umständlich den Plan auseinander. Morgen durfte es keinen Fehler geben! Dieser verfluchte Bucklige, dachte er immer wieder.

DAS TRÜBE WASSER KLÄRT SICH

Der bucklige Gersdorf verschwand auch nicht aus den Gedanken von Bodo Sauer und Beatrice. Sie saßen sich in einem kleinen, schicken Restaurant gegenüber. Beide waren in gehobener Stimmung, die nervliche Anspannung der vergangenen Wochen war überwunden. Aus Chicago von Lancaster & Strasmight war die positive Nachricht gekommen, daß der Vertrag mit dem Kölner Konzern aufgelöst worden war. Und heute, am Donnerstag, kam der Bescheid, wonach die verantwortlichen Herren des Kölner Konzerns ihre Verhandlungen mit Smith & Ferry eingeleitet hatten, das war bereits zu 75% ein Sieg! Es bestand zwar die Gefahr, daß die Mark auf- und nicht abgewertet würde, wie die Herren von Lancaster & Strasmight nach der Komödie im *Fliederstrauch* annehmen mußten und daß der Kölner Konzern nicht daran dachte, Pleite zu gehen. Dann würde denen hinter dem großen Teich klarwerden, daß sie Opfer eines grandiosen Bluffs geworden waren, den er, Bodo Sauer, zusammengeschustert hatte und ihre Enttäuschung und Empörung würden groß sein. Dann würde er von dem versprochenen Honorar nicht einen Pfennig sehen. Das war jedoch unbedeutend, wenn die Herren von Smith & Ferry ihr Versprechen halten. Es wäre zwar besser, seine Nase so schnell nicht wieder in Chicago zu zeigen, aber schwerlich würde der Zorn von Lancaster & Strasmight so groß sein, daß sie ein Verbrechen in Kauf nehmen, um ihn zu bestrafen. Gegen diese Möglichkeit sprach der gute Ruf, den diese Firma genoß. Sich derartige Späße Smith & Ferry gegenüber zu erlauben, wäre jedoch kaum empfehlenswert, die lieben solche Witze nicht! Angestrengt dachte Bodo Sauer nach, was er noch tun könnte, aber ihm blieb nur, abzuwarten, und noch immer war keine Entscheidung über die Mark gefallen.

„Sag, Beatrice!“ fragte er. „Wie steht es mit deinem Mann nach den Offenbarungen Gersdorfs?“

„Die Scheidungsklage ist bereits eingereicht und er hat eine andere Wohnung bezogen. Es ist jedoch schwierig, schon heute zu sagen, wann die Scheidung perfekt sein wird. Da wir jedoch beide mit der Trennung einverstanden sind, nehme ich an, daß es keine Schwierigkeiten gibt."

„Und die Firma und das Geld?"

„Wir haben jeder unser eigenes Barvermögen, etwa eine halbe Million. Die Firma bleibt mir, immerhin ist sie vom Vater meines ersten Mannes gegründet worden, und ich werde ihm seinen Anteil auszahlen. Was er mit dem Geld macht, das er von mir erhält, interessiert mich nicht. Hauptsache, ich bekomme ihn nie mehr zu Gesicht und werde nie wieder etwas von ihm hören."

„Hast du ihm auch nicht zuviel zugestanden?"

„Oh nein, ich habe einen guten Anwalt, er heißt Doktor zu Obernabel und Kapott."

„Den Namen habe ich schon mal gehört, er scheint tüchtig zu sein. Es ist jedoch noch zu früh, darüber zu reden." Für sich aber dachte er, es wird Zeit, Maßnahmen zu ergreifen, und damit werde ich gleich morgen früh anfangen. „Sag, wie bist du zu diesem Obernabel und Kapott gekommen? Ist er überhaupt ein Deutscher?"

„Ja, denke ich. Stell dir vor, als ich aus Bonn zurückkam, hat er mich angerufen und mir gesagt, er kenne meinen Mann und auch die augenblicklichen Schwierigkeiten. Ich habe völlig die Fassung verloren und mich bereiterklärt, ihn zu treffen. Dabei hat er sanft und delikat, aber jeden Widerspruch ausschaltend, erklärt, er wüßte alles über das unkorrekte Verhalten meines Mannes nach Kriegsende und vertrete die Interessen der Geschädigten. Er sei mir jedoch kein Feind und sogar bereit, mir in meinem Prozeß gegen meinen Mann zur Verfügung zu stehen. Auf meine direkte Frage, was er eigentlich von mir wolle, da er sich doch bestimmt nicht aus christlicher Barmherzigkeit an mich wende, antwortete er, von mir wolle er nichts, abgesehen davon, daß ich ihm behilflich bin, damit er von meinem jetzigen Mann, so hat er sich ausgedrückt, Schadenersatz für die zu unrecht einbehaltenen Wertgegenstände erhält. Ich habe Vertrauen zu ihm gefaßt, und du weißt ja selbst, wie schwierig es heutzutage ist, jemanden zu finden, dem man vertrauen kann.

Bodo Sauer beantwortete diese Tirade nicht, er nickte nur zustimmend mit dem Kopf, dachte aber still für sich, wenn du auch klug und hübsch bist und dich in Geschäften zurechtfindest, dennoch bist du nur eine Frau. Ich erwarte nicht, daß du mehr bist als dein Geschlecht, wie dies Don Carlos von der Prinzessin Eboli verlangt hatte. Sofort muß ich mit diesem Kollegen Kontakt aufnehmen. „Ich freue mich für dich. Vielleicht kannst du mir seine Anschrift geben, er interessiert mich."

Nachdem Bodo Sauer die Adresse erhalten hatte, küßte er Beatrice zärtlich und schaute ihr mit einem rätselhaften Blick in die Augen, wobei er sagte, sie solle die weiteren Nachrichten ruhig abwarten. Sowie er im Hotel war, wählte er ohne eine Minute zu verlieren Doktor zu Obernabel und Kapott an. Ein Herr Spitzbaum meldete sich und erklärte, der Herr Doktor sei nach Bonn gefahren und würde vermutlich einige Tage dort bleiben, er sei jedoch befugt, die Telefonnummer weiterzugeben, unter der er zu erreichen sei. Als sich Doktor zu Obernabel und Kapott meldete, erklärte Sauer ihm, er sei ein guter Bekannter von Frau Preis und nannte seinen Namen. Vom anderen Ende der Leitung antwortete ihm helles Lachen.

„Wissen Sie", erklärte der Doktor fröhlich, „ich bin extra nach Bonn gefahren, um mit Ihnen zu reden, aber ohne Erfolg. Von der auch Ihnen bekannten Behörde habe ich erfahren, daß Sie sich für Herrn Preis interessieren. Was schlagen Sie vor, damit wir uns nicht wieder verpassen?"

„Sehr einfach, lieber Doktor, ich fahre nach Bonn zurück und Sie kommen am Abend gegen neun zu mir. Ich habe in Bonn ein Häuschen. Dort werden wir bei einer Flasche Rheinwein alles besprechen, selbstverständlich essen wir auch zu Abend. Sind Sie einverstanden?"

„Und ob! Das bedeutet, ich bin nicht umsonst nach Bonn gefahren. Bis heute abend also!"

Wie gut das geklappt hat, dachte Bodo Sauer, dann fahre ich eben nach Hause. Bei diesem Gedanken wurde ihm seltsam zumute, wo war er denn zu Hause? Vielleicht hatten die Römer recht, als sie sagten, Haus und Vaterland sind dort, wo es dir am besten geht. Wollen wir sehen, was für ein Mensch dieser Kollege mit dem auffälligen Namen ist.

Als es an der Eingangstür klingelte, öffnete die Wirtschafterin und Bodo Sauer trat hinzu, um seinen Gast zu begrüßen. Er war erfreut, einen gut und elegant gekleideten jungen Mann zu sehen, der jedoch alle Effekte vermieden hatte, die unfehlbar auf Mädchen zwischen zwölf und dem Abitur wirken könnten. Er begrüßte ihn herzlich und nahm leicht erstaunt einen großen Blumenstrauß in Empfang.

„Der ist für Ihre Gattin, sofern ich mich nicht irre." erklärte der Gast lächelnd.

„Sie irren sich tatsächlich, ich bin nicht verheiratet."

„Ich auch nicht." Beide lachten.

„Bitte, hier entlang. Gestatten Sie, daß ich Ihnen vor dem Abendbrot ein Gläschen Sherry einschenke?"

„Mit dem größten Vergnügen! Sie haben also in Frankfurt nach mir gesucht und ich in Bonn nach Ihnen. Ein fabelhaftes Häuschen haben Sie, ich habe es bisher nur zu einer guten Wohnung gebracht."

„Auch nicht übel! Gestatten Sie mir bitte eine Frage. Ihre Telefonnummer habe ich von Frau Preis erhalten, einer Mandantin von Ihnen, und als ich bei Ihnen anrief, meldete sich ein Herr Spitzbaum. Seiner Antwort konnte ich entnehmen, daß Sie einer Gesellschaft gegen Alkoholmißbrauch vorstehen."

„Das ist richtig, das ist sozusagen die idealistische Seite, und die praktische - immerhin bin ich Anwalt!"

„Drücken Ihnen denn unsere westdeutschen Säufer, bitte entschuldigen Sie diese Ausdrucksweise, nicht zu sehr auf die Geldbörse und nehmen sie Ihnen nicht zuviel Zeit weg?"

„Sicher, aber es gibt verschiedene Geldquellen. Außerdem befassen wir uns nicht mit irgendwelchen proletarischen Pennern, für diese Sorte gibt es staatliche und private Einrichtungen genug. Wir befassen uns ausschließlich mit bessergestellten Leuten, wobei wir von der einfachen Überlegung ausgehen, je höher jemand auf der gesellschaftlichen Leiter steht, um so gefährlicher ist der Alkoholmißbrauch für ihn und die Gesellschaft. Ein trinkender Minister kann unter Alkohol einen Krieg anzetteln. Man erzählt doch so etwas von Truman im Zusammenhang mit dem Koreakonflikt. Das sind unsere im Grunde recht einfachen Überlegungen."

„Ich bin durchaus Ihrer Meinung und möchte noch hinzufügen, daß wir gewöhnlichen Sterblichen überhaupt nicht wissen, wie es auf unserem westdeutschen Olymp mit dem Alkoholismus aussieht."

„Genau! Daher haben wir angefangen, uns mit solchen Alkoholikern zu befassen, die etwas darstellen, und dabei sind wir auf einen Mann gestoßen, den wir beide kennen, Ernst Wilhelm Heinrich Preis."

„Damit sind wir beim Thema angelangt. Sagen Sie bitte, was interessiert Sie an diesem Herrn?"

„Das Geld."

„Und mich die Liebe!"

„Die Liebe? Herrn Preis werden Sie doch wohl kaum lieben?"

„Nein, ihn liebe ich nicht, wohl aber seine Gattin!"

„Das kann ich mir gut vorstellen. Als ich Frau Preis näher kennenlernte, habe ich mich davon überzeugen können, daß man sich eine charmantere Frau ihres Alters kaum vorstellen könnte. Ich bin sicher, daß sie für ihr weiteres Leben einen würdigeren Partner finden wird, sobald sie von ihrem zwielichtigen Mann geschieden ist." Doktor zu Obernabel und Kapott lächelte, erhob sich aus dem Ledersessel und machte eine halbe Verbeugung.

Bodo Sauer lächelte ebenfalls und sagte: „Mit anderen Worten, wir sind Verbündete. Darf ich Sie noch etwas fragen? Gehören Sie vielleicht zufällig zu den Leuten, die Preis geschädigt hat?"

„Ich persönlich nicht. Sagen Sie bitte, ist Ihnen bekannt, worin die Tätigkeit von Preis während des Krieges bestand?"

„Ja, und vor allem das wichtigste - er hat sich ihm dienstlich anvertraute Kostbarkeiten seiner Kameraden angeeignet, und was kann niederträchtiger sein?"

„Ich freue mich, daß Sie so gut informiert sind. Ich vertrete die Geschädigten."

„Sind viele von ihnen übriggeblieben?"

„Ich kenne zwei."

„Und ich einen, demnach sind es schon drei."

„Ich sage Ihnen ganz offen, ich denke nicht daran, Preis lediglich die Forderungen dieser drei zu präsentieren, ich sehe das Problem breiter. Ich bin offizieller Vertreter der durch ihn zu Schaden Gekommenen und werde dafür sorgen, daß er mir bis auf den letzten Pfennig den gesamten Betrag erstattet, der dem heutigen Wert der Gegenstände entspricht. Ich nehme an, Gold, Schmuck und so weiter sind längst nicht mehr da. Dann werde ich jedem Opfer, das ich ausfindig machen kann, den ihm zustehenden Anteil auszahlen. Immerhin hat Preis bewiesen, daß er selbst dazu nicht fähig ist."

Nicht schlecht ausgedacht, überlegte Bodo Sauer, ich fürchte jedoch, in deinen Händen wird das Geld genauso kleben bleiben wie seinerzeit bei Preis. „Sie haben hundertprozentig recht! Sie sind Anwalt! Frau Preis und ich sind lediglich daran interessiert, daß sie sich so schnell wie möglich als frei betrachten kann. Wir lieben uns. Wenn sie nicht mehr die Frau dieses Gauners und im vollen Besitz des ihr zustehenden Vermögens ist, können Sie von Preis verlangen, was Sie wollen."

„Die Scheidung wird nicht schwierig sein, beide glauben nicht an die Möglichkeit, weiter zusammenzuleben."

Hier wurde das Gespräch von der Wirtschafterin unterbrochen, das Abendbrot sei gerichtet. Bodo Sauer erhob sich und lud charmant lächelnd seinen Gast zu Tisch. Das Abendbrot war tatsächlich ausgezeichnet. Es hätte auch meinen Amerikanern gefallen, dachte Bodo Sauer. Dieser Kollege sieht nicht allzu gefährlich aus, vermutlich wird er

Preis erpressen. Soll er! Eine merkwürdige Einrichtung ist diese Wohltätigkeitsorganisation zur Bekämpfung des Alkohols in höheren Kreisen, aber das geht mich nichts an, vorläufig jedenfalls nicht. Hauptsache, Beatrice ist so schnell wie möglich frei!

„Wo sind Sie abgestiegen?“ fragte er seinen Gast.

„Im Hotel *Europa.*“

„Aha, solch einen Status haben Sie - das ist das teuerste Hotel in ganz Bonn!“

„Das sehe ich an den Rechnungen!“

„Demnach sind wir uns einig? Ich freue mich sehr, daß wir uns kennengelernt haben. Haben Sie hier noch viel zu erledigen?“

„Morgen, spätestens übermorgen fahre ich zurück nach Frankfurt, um die Scheidungsklage von Frau Preis zu fördern. Sie haben mich mit einem königlichen Abendbrot bewirtet, demnächst ist die Reihe an mir.“ Doktor zu Obernabel und Kapott erhob sich.

„Wie? Sie wollen schon gehen? Wir können gern noch eine Flasche entkorken.“

„Vielen Dank, ich bin motorisiert.“

„Was für einen Wagen haben Sie denn?“

„Einen Volvo.“

„Ausgezeichnet! Sie wissen, wie und wo Sie mich erreichen können. Sollte es Schwierigkeiten im Zusammenhang mit der Scheidung von Frau Preis geben, wenden Sie sich ruhig an mich, ich bin ja ein Kollege! Mit Scheidungssachen habe ich mich bisher allerdings wenig befaßt. Ich bin sehr daran interessiert, daß Frau Preis bald frei ist.“

Bodo Sauer begleitete seinen Gast bis zur Gartenpforte und drückte ihm fest die Hand. Sanft rollte der Volvo davon. Ins Haus zurückgekehrt, fing er an, nachzudenken. Schwerlich bist du kein Erpresser, aber wir werden uns Mühe geben, dir zuvorzukommen. Was einem von selbst in die Hände schwimmt, darf man sich nicht entgehen lassen!

*

Doktor zu Obernabel und Kapott hatte sein Zimmer im zweiten Stock des Hotels *Europa* bereits erreicht. Wie sollte er ahnen, daß ein Stockwerk höher Ereignisse reiften, die keineswegs in seine Pläne paßten und auch nicht in die der Hoteldirektion. In dem großen Zimmer seiner Suite saßen sich der Präsident, Sprunker und Lesche gegenüber.

„Jetzt sind Sie zu viert, lieber Sprunker?“ fragte der Präsident.

„Ja, zwei Neue, junge, energische Burschen!“

„Worin besteht ihre Aufgabe?“

„Heute nacht werden sie dieses Appartement beobachten und morgen früh von Lesche und mir abgelöst, das ist geklärt. Jetzt weiter, Fischer ist hier. Er verbringt seine Zeit übrigens mit Jermolow zusammen. Die zwei haben anscheinend Gefallen aneinander gefunden." Fragend schaute Sprunker den Präsidenten an.

„Ich habe nichts dagegen, auch in Zukunft werden sie gut miteinander auskommen müssen."

„Gersdorf ist auf seinem Zimmer. Er ist bereit, morgen früh mit seiner Arbeit anzufangen, um sieben Uhr, so daß Sie ab morgen einen Doppelgänger haben. Morgen wollen Sie doch das Hotel verlassen und nach Frankfurt fahren, und übermorgen nach Brüssel. Stimmt das noch?"

„Ja, genau."

„Da werden wir Fischer gut brauchen können. Er verläßt das Hotel zuerst und fährt weg und Sie folgen ihm unbemerkt."

„Demnach glauben Sie an eine reale Gefahr?"

„Leider - und gebe Gott, daß ich mich irre!"

„Gehen wir jetzt schlafen, mir fallen die Augen zu, und Ihnen ebenfalls, glaube ich."

Sprunker erhob sich, machte eine militärische Halbverbeugung und ging hinaus. Im Korridor, drei Schritte neben der Tür stand ein mittelgroßer, breitschultriger junger Mann mit dunklen, langen Haaren. Fragend sah Sprunker ihn an.

„Nichts neues, Löbe ist von unten gekommen und hat gesagt, daß Fischer von Jermolow weg und in sein Zimmer gegangen ist. Er wolle schlafen, hat er gesagt und ihm eine gute Nacht gewünscht. Fünf Minuten später ist Gersdorf zu diesem Russen gegangen."

Sprunker zog ein unwilliges Gesicht. „Das gefällt mir nicht! Herr Rendel, gehen Sie bitte ebenfalls nach unten und unterstützen Sie Löbe. Geben Sie genau auf alles acht. Wenn Gersdorf in sein Zimmer gegangen ist, setzen Sie mich bitte sofort in Kenntnis. Anscheinend wird diese Nacht ohne Schlaf draufgehen. Achten Sie vor allem darauf, daß keiner der drei das Hotel verläßt. Sagen Sie ihnen, es besteht der Wunsch, daß sie hier bleiben, andernfalls würden sie festgenommen."

Rendel ging eine Etage tiefer. Sprunker setzte sich auf seinen Stuhl. Die Schuldigen an diesem Durcheinander, Gersdorf und Jermolow, ahnten nicht, wieviel Sorgen sie dem energischen Sprunker bescherten. Ruhig saßen sie sich gegenüber und tranken Limonade. Mit gleichgültiger Stimme erzählte Aristarch Trofimowitsch, was in letzter Zeit mit ihm passiert war, seit seinem Vortrag bei Herta Heidel. Die Zeit verging, er übereilte sich nicht und Gersdorf hörte ihm aufmerksam zu. Seine dünne Hand mit den durchsichtigen Fingern stützte er auf den Tisch. Seitlich von ihm brannte eine Tischlampe unter einem lilafarbenen Schirm und beleuchtete den Buckel, der in ihrem Licht noch riesiger erschien. Er saß völlig unbeweglich und hob erst seinen Kopf, als Aristarch Trofimowitsch traurig sagte:

„Jetzt kennen Sie die Geschichte meines Wahnsinns. Wollen wir hoffen, daß alles vorbei ist!"

Vorsichtig legte ihm Gersdorf seine Hand auf den Arm. „Lieber Kollege im Unglück, Sie haben mich mit einem ganz bestimmten Ziel hergerufen. Sie wollen meine Meinung über die Ihnen unverständlich erscheinenden Ereignisse hören, ist es nicht so?" Aristarch Trofimowitsch nickte. „Und wollen Sie sie hören?"

„Ja, bitte."

„Sie sind niemals im Zustand geistiger Umnachtung oder des Wahnsinns gewesen, Sie haben keine Halluzinationen oder ähnliche Musik gehabt, Sie sind völlig normal!"

„Wie erklären Sie sich denn, was mit mir geschehen ist?"

„Ganz einfach, diese unglaublichen Geschehnisse waren real. Auf wunderbare Weise sind Sie tatsächlich in das antike Totenreich geraten. Sie werden oder wurden von der Göttin Artemis protegiert und es ist wirklich alles so geschehen, wie Sie mir erzählt haben. Sie haben tatsächlich mit den Schatten vergangener Größen gesprochen. Wenn Sie mir nicht glauben, so gestatten Sie mir, den Lederbeutel und die in ihm befindlichen Münzen zu inspizieren." Aristarch Trofimowitsch erhob sich und nahm das runde, schwere Säckchen aus dem Schrank. „Darf ich bitten, es aufzubinden? Ja, und jetzt schütten wir den Inhalt auf den Tisch." Ein goldener Strom ergoß sich rollend auf den Tisch. Gersdorf begutachtete eine Münze nach der anderen, gründlich und methodisch.

„Mein Verdacht hat sich bestätigt. Es sind griechische Goldmünzen aus verschiedenen Epochen. Anscheinend ist keine dabei, die älter ist als aus der Zeit Alexanders von Makedonien. Sagen Sie bitte, wenn Ihre Version richtig sein sollte und Sie tatsächlich in einem griechischen Krankenhaus in geistiger Umnachtung gewesen sind, wieso sind Sie auf einmal am Bonner Bahnhof aufgetaucht? Gut, als Kranken hat man Sie nach Deutschland abgeschoben, das kann man sich vorstellen. Aber man hätte Sie doch nach Frankfurt bringen müssen! Ihre Papiere sind doch in Ordnung, Sie haben sie mir ja selbst gezeigt. In Frankfurt hätte man Sie für gesund erklärt und nach Hause entlassen. Was haben Sie denn in Bonn zu tun? Und woher haben Sie dieses Gold? Ich nehme an, kein Mensch auf der ganzen Welt besitzt solch eine Menge antiker Goldmünzen, es sei denn, Sie haben das Britische Museum oder den Vatikan geplündert. Und dann dieses versiegelte Fläschchen! Warum wollen Sie unbedingt, daß das Wahnvorstellungen eines Geisteskranken sind? Gefällt es Ihnen tatsächlich besser, in einer Welt lebender Mittelmäßigkeiten zu sein anstatt in der Welt großer, wenn auch toter Geister? An Ihrer Stelle würde ich dorthin zurückkehren, wohin der Weg Ihnen offen steht, für die ganze Ewigkeit."

„Ich bin aber ein lebendiger Mensch, mein Platz ist hier! Ich will nicht, daß mich dieser Alptraum wieder beherrscht."

„Sie glauben noch immer nicht an die Realität des Erlebten? Gut, machen wir einen Versuch. Ihnen hat die Pythia gesagt, daß Sie auf der Erde niemals wieder in die gleiche Umgebung kommen werden, in der Sie zuvor gelebt haben. Sie haben nicht mal Ihre Hauswirtin anrufen können. Ich hege sogar den Verdacht, daß das Zugunglück kein Zufall war. Wollen wir diese Wirtin nochmals anrufen? Sind Sie damit einverstanden?"

„Ja, sicher."

„Sie brauchen sie nicht mal selbst anzurufen, ich werde versuchen, mit ihr Kontakt aufzunehmen." Gersdorf hob den Hörer ab. „Zimmer 127, darf ich Sie bitten, mich mit Frankfurt zu verbinden, Nummer... wir sollen etwas warten." Die Zeit verging, fünf, zehn Minuten. Ein leises Klopfen an der Tür ertönte. Auf der Schwelle stand ein Mann in mittleren Jahren und verbeugte sich verlegen.

„Aus Ihrem Zimmer wurde eine Telefonverbindung nach Frankfurt gewünscht, hier, diese Nummer. Anscheinend stimmt mit diesem Apparat etwas nicht. Wir haben die Störungsstelle bereits informiert. Von außen kommen die Gespräche an, auch in die Stadt kann man telefonieren, Frankfurt ist jedoch nicht zu erreichen. Das wird sicherlich bald behoben. Wir bitten um Entschuldigung."

Gersdorf blickte Aristarch Trofimowitsch stumm an. Endlich brach er das Schweigen. „Man kann wohl sagen, jetzt werden keine weiteren Beweise mehr benötigt. Die Pythia hat Ihnen die Wahrheit gesagt. Ihre Einwendung, Sie seien ein lebendiger Mensch, ist formell richtig. Ich darf Ihnen jedoch versichern, hier oben gibt es mehr Tote als Sie sich vorstellen können. Unser Wirtschaftswunder mit seinen aufgedonnerten Weibern, für die es nichts heiligeres gibt als modische Lappen und deren geistige Höhe von der Höhe ihrer Schuhe bestimmt wird! Sie hatten, glaube ich, in Rußland einen Mann mit dem Namen Bjelinskij, der erklärt hat, Stiefel stünden höher als Shakespeare. Für diese Madams besteht Kultur lediglich aus den letzten Lieschen-Müller-Sensationen der Bild-Zeitung. Die Weisheiten, mit denen sie abends beim Fernsehen berieselt worden sind, werden munter nachgeplappert und der Wert eines Menschen wird an der Höhe seines Bankkontos gemessen. Sagen Sie bitte, gefällt Ihnen diese Welt?

Sie haben gesagt, derjenige, der sich Solon nannte und es höchstwahrscheinlich auch war, hat Ihnen zusammen mit der Pythia dieses Fläschchen gegeben und erklärt, Sie seien sofort wieder dort unten, sobald Sie daraus trinken. Sie sind ein merkwürdiger Mensch! An Ihrer Stelle würde ich keine Sekunde zaudern! Gehen wir jetzt schlafen, morgen früh muß ich unseren gemeinsamen Freund Fischer bemalen. Schlafen Sie ruhig und träumen Sie vom Hades - und nicht von der hiesigen Welt!“

DER SCHWARZE FREITAG

Als erster wachte Sprunker auf. Er war spät zu Bett gegangen und hatte wie alle gesunden Menschen fest und traumlos geschlafen. Es war etwa sechs Uhr. Sein erster Gedanke war, gottlob, in der Nacht ist nichts passiert! Im Hotel war es noch ganz still. Er kleidete sich an und trat auf Zehenspitzen in den Korridor, wo wie vereinbart Rendel wachte, der jetzt blaß war und ein eingefallenes Gesicht hatte.

„Gibt es Neuigkeiten, Herr Rendel?"

„Nichts, Herr Sprunker, vor zehn Minuten ist Löbe hier gewesen und hat gesagt, daß auch unten alles in Ordnung ist. Anscheinend schlafen die drei noch."

„Sehr gut! Dennoch war es leichtsinnig, den Posten zu verlassen. Ich werde jetzt Lesche wecken, dann Gersdorf und Fischer. Es wird Zeit, an die Arbeit zu gehen. Jermolow soll ruhig noch eine Stunde schlafen." Es erwies sich, daß Lesche bereits wach war. „Wecken wir den Schauspieler und den Maskenbildner, aber leise, hier liegt noch alles in den Federn. Sie gehen zu Fischer und ich zu Gersdorf." Fischer schlief anscheinend weit fester als Gersdorf, der das leise Klopfen schnell beantwortete. „Sofort, sofort!"

Aus der zweiten Tür neben Gersdorfs Zimmer trat ein hagerer Mann in einem auberginenfarbenen Morgenrock. Sein Kopf war kahlrasiert. Wohin geht er, dachte Sprunker, alle Zimmer haben doch Bad und Toilette. Der auberginenfarbene Morgenrock klopfte rücksichtslos an eine Tür hinter der Ecke und wiederholte immer wieder: „Auf, auf, die Sonne scheint! Nur Kapitalisten schlafen noch!" Mit seinem humorvollen morgendlichen Auftritt offenbar sehr zufrieden, schritt er breit lächelnd in sein Zimmer zurück. Es wurde wieder still. Sprunker überlegte, wenn alles gut geht, ist der Präsident mittags in Frankfurt. Fast gleichzeitig traten Fischer und Gersdorf aus ihren Zimmern. Gersdorf trug sein unverwüstliches Köfferchen bei sich, in das Sprunker bereits einen wißbegierigen Blick geworfen hatte.

„Sind Sie fertig, meine Herren? Gehen wir eine Etage höher, Sie werden erwartet. Erst die Arbeit, dann das Frühstück! Diesmal werden Sie sich nicht nach Fotos, sondern nach dem Original richten können."

Gersdorf bat Fischer, auf einem Stuhl Platz zu nehmen und verbeugte sich höflich vor dem eintretenden Präsidenten. ,,Herr Präsident, bitte, nehmen Sie hier Platz. Sie, Herr Sprunker, bitte ich, wenn möglich das Zimmer zu verlassen. Ich kann nicht vor Zeugen arbeiten." Der Präsident und Sprunker sahen sich an. ,,Ich muß sowieso im Korridor sein." erklärte Sprunker und ging hinaus. Gersdorf hatte ihn bereits vergessen und ging völlig in seiner Arbeit auf. Mal sah er Fischer an, dann den Präsidenten, und beide beobachteten ihn verstohlen, ihn und seinen unförmigen Buckel. Gersdorf ist ein wahrer Künstler, dachte der Präsident, Sprunker irrt sich, dieser Mann ist kein Verbrecher oder Verräter. Zum Teil hatte Sprunker das auch bereits anerkannt. Bodo Sauer ist weit gefährlicher, er benutzt anständige Menschen zu verbrecherischen Zwecken.

Sprunker hatte noch weniger fröhliche Gedanken. Er war sich der auf ihn ruhenden Verantwortung voll und ganz bewußt und spürte, daß etwas in der Luft lag. Er war mehr als ein guter Handwerker seines Fachs, er spürte intuitiv, was Wahrheit oder Lüge war. Er fühlte, Fischer, Gersdorf und Jermolow waren anständige Leute, irgendwo in der Nähe gab es jedoch böse oder gar gefährliche Menschen. Rendel und Löbe schickte er schlafen. Die Burschen hatten die ganze Nacht gewacht und im Augenblick der Abfahrt des Präsidenten nach Frankfurt mußten alle wieder auf den Beinen sein.

Die Zeit verging. Interessiert lauschte Sprunker, wie das Hotel auflebte. Weich schlugen die Türen, Menschen erschienen, Lesche und Sprunker lächelten sie fröhlich an und wünschten ihnen einen guten Morgen. Sie wurden erstaunt angeblickt, jedoch ebenso höflich gegrüßt, immerhin wohnte im Hotel *Europa* die Elite. Endlich öffnete sich die Tür und Gersdorf erschien. ,,Herr Sprunker, Herr Präsident läßt bitten!"

Sprunker machte Lesche ein Zeichen, Lesche blickte nach rechts und links und öffnete die Tür. Sie traten ein und blieben nach einem Schritt wie angewurzelt stehen - im Zimmer waren zwei Präsidenten der Bundesbank, einer saß, der andere stand. Ein paar Sekunden lang konnte selbst Sprunker nicht herausfinden, wer der echte war, dann erkannte er ihn, der echte saß auf dem Stuhl.

,,Erstaunlich, nicht wahr?" sagte der Sitzende. ,,Man sollte uns fotografieren. Herr Gersdorf hat ein Recht darauf, daß seine Kunst festgehalten wird. Jetzt wird gefrühstückt und dann die gesamte Karawane nach Frankfurt."

An der Tür klopfte es. „Wer ist da?" „Herr Jermolow." antwortete Lesche, der wieder in den Korridor getreten war. „Soll eintreten!" Wieder setzte sich der Präsident auf den Stuhl. Jermolow trat ein und blieb sofort wieder stehen, genau wie Sprunker und Lesche einige Minuten zuvor.

„Wer ist der Richtige?" fragte Sprunker ironisch.

„Sie natürlich, ja, Sie!" Jermolow zeigte auf den Sitzenden.

„Richtig! Und da Sie so schön geraten haben, lade ich Sie ein, mit uns zu frühstücken. Sie haben doch auch noch nichts gegessen?" fragend schaute der Präsident Sprunker an.

„Ich danke Ihnen, bitte jedoch, mir zu gestatten, mich in den Korridor zurückzuziehen."

„Ihr Wille ist Gesetz für mich, Herr Sprunker!" In komischer Verzweiflung rang der Präsident die Hände. Sprunker ging hinaus. Bald wurde ein glas- und chromblitzendes Tischchen mit Frühstücksgeschirr in das Zimmer gerollt.

*

Zur gleichen Zeit betraten drei sympathische junge Menschen den Empfangsraum des Hotels *Europa,* zwei elegant gekleidete Mädchen und ein junger Mann, der wie ein Student aussah. Höflich fragte eines der Mädchen, ob sie ein Doppelzimmer und für ihren Freund ein Einzelzimmer bekommen könnten, möglichst im zweiten Stock. „Wir sind aus München." erklärte die Kleinere. „Wenn möglich, die Zimmer mit Blick auf die Straße. Wir möchten uns hier alles anschauen, Museen und alles andere."

„Ja, gern!" antwortete der Portier. Er war der gleiche, der sich am Abend zuvor bei Jermolow und Gersdorf dafür entschuldigt hatte, daß es unmöglich war, eine Telefonverbindung nach Frankfurt herzustellen. Er wechselte ein paar Worte mit einer niedlichen jungen Dame am Telefon, die auf den Hotelplan zeigte. Wieder schaute der Angestellte die beiden jungen Mädchen an. „Sie werden wohl nicht die teuerste Suite beanspruchen?"

„Natürlich nicht!" antwortete die Größere. „Wir bleiben höchstens drei Tage, für teure Appartements haben wir auch kein Geld."

„Dann haben wir die passenden Zimmer im zweiten Stock. Bitte, füllen Sie die Anmeldescheine aus." Die jungen Leute bedankten sich höflich und gingen auf ihre Zimmer.

„Anscheinend gibt es auch heute noch höfliche und sympathische Jugendliche." sagte die junge Dame zu ihrem Kollegen. „Ob das Studenten sind?"

„Sieht so aus."

„Studieren wohl Biologie oder Kunst, mit Politik werden die sich kaum befassen!"

Fünfzehn Minuten später verließ eines der Mädchen das Zimmer und trat auf die Straße, nachdem es die Dame am Telefon nett angelächelt hatte. Es bog um die Ecke, dort standen dicht nebeneinander zwei Telefonzellen, ging um die Zellen herum und entdeckte bald Holske in seinem Wagen, der ein böses und finsteres Gesicht zog. „Komm schnell ins Auto, ich fahre hier gleich weg. Sonst brummen sie mir noch einen Strafzettel auf, bevor es überhaupt angefangen hat. Was ist los?"

„Wir wissen nicht, in welchem Zimmer sich dieser Lump befindet."

„Geht doch ein bißchen in den einzelnen Etagen herum. Er wird natürlich bewacht. Könnt ihr denn einen Bullen nicht erkennen? Da ist so einer, dreiunddreißig Jahre alt, mittelgroß, stämmig, rötliches Gesicht, trägt Schuhe mit dicker Sohle. Wenn ihr alles herausbekommen habt, soll wieder jemand aus dem Fenster schauen. Ich komme mit dem Wagen zu der besprochenen Stelle und winke euch mit der Hand zu. Dann fangt ihr an. Wenn ich nicht winke, macht ihr nichts, das bedeutet, etwas stimmt nicht. Ist das klar?"

„Sicher!" Erna knirschte mit den Zähnen und ging ruhig in das Hotel zurück. Nach fünf Minuten machten sie sich auf die Suche. Niemand beachtete sie, im zweiten Stock entdeckten sie nichts und stiegen in den dritten.

*

Aristarch Trofimowitsch fühlte sich unbehaglich. Wie oft war er schon Gast des Präsidenten gewesen! Er wollte bereits erklären, daß er schließlich nicht ewig sein Gast sein könne, als sich der Präsident erhob. „Nun, meine Herren, ich hoffe, jetzt sind wir satt und können nach Frankfurt fahren." Er klopfte an die Tür, Sprunker trat ein und begriff, daß es weitergehen sollte.

„Ich habe die beiden Autos schon hergeholt und über die Reihenfolge nachgedacht. Lesche und ich gehen voran, danach Herr Fischer und Herr Jermolow, Sie, Rendel, zuletzt, als Deckung. Sie aber, Herr Präsident, bleiben ruhig zusammen mit Herrn Gersdorf in diesem Zimmer. Sobald wir abgefahren sind, holt Löbe ein Taxi. Sie wissen, wo wir uns treffen, dort steigen Sie zu uns um und dann in voller Fahrt über die Autobahn nach Frankfurt."

Ruhig lächelte der Präsident. „Einverstanden, lieber Herr Sprunker."

„Wegen der Sachen habe ich mit dem Hotel gesprochen, sie werden von einem extra Wagen mitgenommen. Die Rechnung zahlen wir von Frankfurt aus. Ich bitte Sie, meine Herren, mir zu folgen."

Ruhig betraten Sprunker und Lesche den Korridor, das Zeichen für Jermolow und Fischer erfolgte. Auch sie traten hinaus und bewegten sich auf den Fahrstuhl zu. Hinter ihnen ging Rendel, konzentriert und angespannt. Eine richtige Prozession, dachte Jermolow lächelnd. Sie waren schon zehn Schritte gegangen, als es dort, wo der Korridor um die Ecke bog, leise und scharf krachte. Blitzschnell drehte sich Rendel um seine eigene Achse, in seiner Hand knallte es, dann lehnte er sich bleich an eine Tür. In diesem Augenblick sprang ein Mädchen zusammengekrümmt aus einer Ecke hervor und stürzte ihnen entgegen. Als es auf der Höhe des Appartements war, das sie soeben verlassen hatten, stand dort plötzlich der Bundesbankpräsident und warf das Mädchen mit einem starken Stoß an die Wand. Zwei weitere Gestalten, eine auffallend klein und dünn, rannten von der Treppe in den Korridor. Die größere warf einen Regenmantel ab und hielt einen langen, glatten Gegenstand von unbestimmt düsterer Farbe in der Hand. In Richtung des Fahrstuhls krachten Schüsse. Jermolow und Fischer stürzten auf den Präsidenten zu, schon hob das Mädchen die Hand, ihre hysterisch flimmernden Augen wurden riesengroß.

„Das sind ja zwei, Klaus!" kreischte sie.

Offensichtlich wußte das Mädchen nicht, auf wen es schießen sollte, aber schon kam ein goldigroter dünner Streifen aus ihrer Pistole. Es roch scharf und unverwechselbar nach rauchlosem Pulver. Jermolow war gerade dazugekommen, sich vor Fischer zu stellen, als er einen starken Stoß und Brandschmerzen in der rechten Schulter fühlte. Aus der Tür eines offenen Appartments krachte ein Schuß, dann ein zweiter. Das Mädchen ließ etwas fallen und sackte mit erstauntem Gesichtsausdruck weich auf den Teppichboden. Im Zimmer gegenüber schrie jemand hysterisch ins Telefon. Sprunker beugte sich blaß und böse über das Mädchen und hob ihre Pistole auf. Zwei Schritt entfernt von ihm lag Rendel halb auf der Erde, seine eingefallenen Wangen schimmerten weiß und die Backenknochen stachen scharf hervor. Die von böser Spannung geladene Stille unterbrechend öffneten sich weich die Türen, eine, zwei, drei. Vorsichtig lugten undefinierbare Gesichter in den Korridor, ihr Ausdruck war erschreckt und neugierig, auf jeden Fall anders als sonst. Sanft legte sich eine Hand auf Jermolows Ärmel. Ihm war, als ob die rechte Hälfte seines Körpers tot und furchtbar schwer war, nur die Schulter schmerzte scharf und zuckend. Neben ihm stand Gersdorf, ganz ruhig, sein Gesicht war gelb geworden.

„Sie sind verletzt! Kommen Sie, gehen wir in Ihr Zimmer." Schweigend nickte Jermolow und Gersdorf führte ihn den Korridor entlang zur Treppe. Neben dem Fahrstuhl lag ein junger Mann, unter ihm breitete sich ein dunkler Fleck aus, neben ihm ein hübsches, gutgekleidetes Mädchen in dunkelblauen Hosen. Ihre Füße in den eleganten Schuhen waren merkwürdig verdreht. Anscheinend lebte sie noch, schien jedoch schwer verletzt zu sein. Ein junger Mann, den Jermolow nie zuvor gesehen hatte, beugte sich über sie. Er war gut gekleidet und hielt eine kleine Pistole in der Hand. Ein neuer Polizist, dachte Jermolow und ging weiter, wobei er sich auf Gersdorf stützte. Langsam gingen sie die Treppe herab. Immer stärker brannte die Schulter. Gersdorf führte ihn in sein Zimmer und verschloß die Tür. Dann trat er ans Fenster.

„Der Tanz beginnt, ein paar Polizeiwagen sind schon da. Haben Sie starke Schmerzen?"

„Ja. Warum haben Sie mich in mein Zimmer gebracht, Sie wollen mich doch nicht verstecken? Ich werde wohl wieder in ein Krankenhaus gehen müssen, Zeugenaussagen muß ich auch machen. Was ist in letzter Zeit bloß mit mir los?" Aristarch Trofimowitsch wollte einen Schritt auf Gersdorf zugehen, schwankte jedoch. Sein Körper bedeckte sich mit kaltem Schweiß und das helle Fenster vor ihm kippte nach hinten weg.

„Ich glaube, Sie können alle Unannehmlichkeiten vermeiden, sogar, daß Sie Sprunker verdächtig erscheinen."

„Wieso denn das?"

„Möchten Sie nicht den letzten Versuch machen, um unmißverständlich zu erfahren, was mit Ihnen geschehen ist und warum Sie partout nicht in Ihr heimatliches Frankfurt kommen können? Wollen Sie nicht aus dem Fläschchen trinken?"

„Und wenn es wahr ist und ich wieder dort sein werde?"

„Das heißt, Sie glauben doch daran!"

„Vielleicht, ja, und Sie?"

„Ich glaube fest an die Realität dessen, was Sie als Delirium bezeichnen und beneide Sie sehr. Sie sind an einem Ort gewesen, der besser ist als jeder Platz hier auf dieser Welt. Damit Sie nicht glauben, daß meine

Worte nur leeres Geschwätz sind, bin ich bereit, mit Ihnen zusammen aus dem Fläschchen zu trinken, sogar als erster, wenn Sie wollen. Wir haben wenig Zeit, sie kommen schon!"

Aristarch Trofimowitsch fühlte sich schlecht. War es da unten denn wirklich so furchtbar? Wie ehrenvoll hatten ihn die großen Geister empfangen! Was aber war hier mit ihm geschehen und was steht ihm noch bevor? Wäre es nicht besser, mit den Philosophen zusammen an dem geheimnisvollen Feuer zu sitzen, als für den Präsidenten der Bundesbank zu dolmetschen? Ja, Gersdorf hat recht, außerdem, er war ja noch immer lebendig und wird vielleicht noch einmal die Möglichkeit haben, den geheimnisvollen grauen Ort zu verlassen. Und wenn er an seiner Wunde stirbt? Nach Solons Worten würde er dann augenblicklich wieder unten sein und die Erde niemals wieder betreten. Glitschig, warm und eklig floß etwas seinen Körper entlang, bis zu den Füßen. Womöglich sterbe ich wirklich? Nein, sterben will ich nicht und dann für alle Ewigkeit ein Schatten unter den Schatten sein!

An der Tür klopfte es. ,,Jermolow, machen Sie auf! Warum haben Sie sich eingeschlossen? Die Gefahr ist vorüber. Wo ist Gersdorf?" ertönte die Stimme Sprunkers.

,,Entscheiden Sie sich!" flüsterte Gersdorf. ,,Gleich brechen sie die Tür auf." Aus dem Korridor waren halblaute Stimmen zu hören.

,,Helfen Sie mir, aufzustehen." bat Aristarch Trofimowitsch.

Gersdorf hob ihn aus dem Sessel. ,,Da, nehmen Sie Ihren Koffer, hier ist das Säckchen mit dem Goldschatz und hier das Fläschchen. Trinken Sie!"

,,Jermolow, öffnen Sie sofort! Hier ist die Polizei, sonst müssen wir die Tür aufbrechen."

Sich kaum auf den Beinen haltend zerrte Aristarch Trofimowitsch an dem Korken, er gab nicht nach. ,,Hier haben Sie mein Taschenmesser!" bot Gersdorf an. Er steckte die Klinge in den Flaschenhals, ein weicher Korken sprang heraus. Von der anderen Seite der Tür hörten sie Geräusche. Gersdorf warf den Lederbeutel in den Koffer, klappte den Deckel zu und reichte ihn Jermolow.

,,Viele Grüße von mir an den Präsidenten!" sagte Jermolow ruhig und nahm einen Schluck aus dem Fläschchen, es schmeckte wie herber Wein. Dann reichte er das Fläschchen an Gersdorf weiter.

*

Wieder spielten und rangen die verschiedenfarbenen Schatten miteinander. Von oben, wie die Ewigkeit selbst, regierte graues Halbdunkel und von unten leckte der rote Widerschein empor und versuchte in einem hoffnungslosen Kampf, das Graue zu verschlingen, unzählige Stimmen rasten und tobten. Wieder stand Aristarch Trofimowitsch vor der Vorderwand des Hauses mit den zwei Fenstern und dem Herd, in dem auch jetzt ein kleines Feuer brannte, neben dem die Frau mit den stechenden Augen saß, in einem hellen Umhang über der weißen Tunika, der von einem breiten, mit silbrigen, geometrischen Ornamenten geschmückten Ledergurt zusammengehalten wurde. Neben ihr stand Solon, wie er sich genannt hatte, und Aristarch Trofimowitsch erinnerte sich, daß die Frau Zynthia hieß. Beide betrachteten ihn erstaunt, plötzlich schlug die Frau ihre Hände zusammen.

„Ihr Götter! Wenn ihr auch unwürdig seid, da ihr uns an diesen Platz gebannt habt, aber was ist das? Zum ersten Mal erlebe ich so etwas! Mein Freund Solon, hast du so was schon einmal gesehen oder gehört?"

„Nein, ich bin ebenso erstaunt wie du. Er lebt doch, wenn er auch verletzt ist! Er ist freiwillig zu uns gekommen und hat außerdem einen zweiten Lebenden mitgebracht. Ich wage nicht, meinen Augen zu trauen! Die Lebenden verlassen freiwillig ihr Reich und kommen zu uns, in das Reich der Toten, das für sie gar nicht geschaffen ist!" Solon und Zynthia schwiegen und blickten sie fragend an. Erst jetzt bemerkte Aristarch Trofimowitsch, daß Gersdorf neben ihm stand.

„Ja!" sagte er schlicht. „Ich bin so zurückgekommen wie ich fortgegangen bin. Elf Tage bin ich oben gewesen und habe dort schwer gelitten."

„Ich sehe, Sie sind verletzt. Bitte, ziehen Sie Ihr Oberkleid aus, da steckt etwas in Ihrer Schulter. Wir haben hier ganz ausgezeichnete Chirurgen und werden gleich eine kleine Operation vornehmen."

„Bitte, erschrick unseren Gast nicht! Alle haben vor einer Operation Angst, man kann dabei sterben."

Solon lächelte. „Wieso? Wenn der Chirurg nicht allzu berühmt ist, braucht man nicht unbedingt zu sterben! Wen haben Sie uns mitgebracht?"

„Er heißt Gersdorf und stammt aus derselben Stadt wie ich, aus Frankfurt. Jetzt, nachdem ich diese Stadt wohl niemals mehr betreten werde, weiß ich, sie ist die wundervollste Stadt des ganzen Landes. Er ist Maskenbildner, er schminkt die Gesichter der Schauspieler im Theater und verdient sich damit seinen Lebensunterhalt."

„Das ist ein ehrenwerter Beruf." stellte Zynthia fest. „Warum ist er zu uns gekommen?"

„In letzter Zeit hat es mir da oben überhaupt nicht gefallen, außerdem bin ich bucklig und solche wie ich werden oftmals grausam und ungerecht von ihren Mitmenschen behandelt."

„Das ist uns bekannt."

„Mein Freund, Herr Jermolow, hat mir berichtet, mit welch klugen und hervorragenden Menschen er hier Bekanntschaft geschlossen hat und ich wäre glücklich, wenn auch mir die hohe Ehre erwiesen würde, diese Menschen kennenzulernen."

„Daran brauchen Sie nicht zu zweifeln! Für uns ist vor allem interessant, von denen, die sich länger als wir hier befinden, zu erfahren, ob es früher schon einmal vorgekommen ist, daß zwei Lebende freiwillig unser Reich aufsuchten. Ich denke, nach den Vorstellungen der meisten Menschen ist das kläglichste Leben oben immer noch besser als dieser Platz. Aber anscheinend hat sich das Leben im Laufe der letzten Jahrtausende so sehr verändert, daß auch dieser Punkt unter Frage steht, wenn ich das auch nicht begreifen kann. Daß Sie beide hier sind, bestätigt jedoch diese Theorie. Jetzt führe ich Sie zu einem Arzt." Und Solon zeigte mit der Hand den Weg.

„Ich hoffe, daß es wenigstens hier keine Krankenkassen gibt." Gersdorf war offensichtlich beunruhigt. „Wenn die Ärzte hier so arbeiten wie im Krankenkassensystem, werden sie es selbst im Hades fertigbringen, eine unsterbliche Seele zugrunde zu richten."

Aristarch Trofimowitsch öffnete seinen Koffer. „Hier, das Ledersäckchen mit den Goldmünzen, das ich von Ihnen erhalten habe. Ich hatte keine Zeit, etwas davon zu verbrauchen, bis auf eine Münze, die ich einem Mann gegeben habe, der sich für so etwas interessiert." Er reichte das Gold der Pythia.

Sie lächelte und wies seine Hand zurück. „Dieses Gold gehört in alle Ewigkeit Ihnen, genau wie alle die Dinge, die zusammen mit Ihnen hier eingetreten sind. Sagen Sie, gibt es in diesem Lederkasten vielleicht auch einige weiblichen Kleidungsstücke?"

„Leider nein, ich habe da oben nur für mich ein paar unentbehrliche Kleidungsstücke und Utensilien erstanden, ein paar Hemden..."

„Können Sie sie mal herzeigen?"

Aristarch Trofimowitsch nahm zwei Hemden heraus, die er bei C&A gekauft hatte, und reichte sie der Pythia, die sie kritisch begutachtete. „Merkwürdig, zu meiner Zeit gab es so etwas nicht, interessant!"

„Gestatten Sie mir, Ihnen ein Hemd zu schenken?"

„Das haben Sie bereits getan, aber ich kann es nicht annehmen. Hier kann niemand einem anderen etwas geben außer Gedanken. Das, womit Sie hergekommen sind, bleibt für alle Ewigkeit das Ihrige. Dennoch bin ich Ihnen sehr dankbar. Sie sind ein netter, guter Mann und das bedeutet, auch hier werden Sie es nicht schlecht haben. Jetzt aber schnell zum Arzt, ich sehe, wie das Blut Ihren Körper entlangfließt."

„Seien Sie ihr bitte wegen ihrer Neugier nicht böse." sagte Solon. „Auch eine Frau von riesigem Verstand bleibt immer vor allem eine Frau, selbst wenn sie die Gabe der Prophetie hat. Das gilt sowohl oben als auch hier im Hades. Gehen wir schneller, Sie bluten tatsächlich stark und können kaum auf Ihren Füßen stehen. Keine Sorge, wir werden Sie ausheilen. Niemand stirbt im Reich der Toten! Aber das Blut fließt zur Erde!"

*

„Das ist doch sein Blut! Ich habe selbst gesehen, wie die Terroristin Jermolow angeschossen hat. Er wollte wohl Fischer decken. Sie zauderte ein paar Sekunden, was verständlich ist, denn plötzlich standen zwei Bundesbankpräsidenten vor ihr. Dann hat Gersdorf den blaß gewordenen und verletzten Jermolow gestützt und ist mit ihm eine Etage tiefer gegangen. Sie haben sich in seinem Zimmer eingeschlossen. Wir alle haben doch gehört, wie Jermolow gerufen hat: ‚*Viele Grüße von mir an den Präsidenten!*' Auf dem Fußboden sind Blutflecke, wo aber ist er selbst?" Der Reihe nach blickte Sprunker alle an, Lesche, zwei Polizisten in Uniform und jemanden vom Hotel, dessen Gesicht dauernd nervös zuckte.

„Das Fenster ist von innen verschlossen, durchs Fenster konnten sie nicht verschwinden. Schauen Sie, alles ist umzingelt." Sprunker trat an das Fenster. Tatsächlich, eine Kette Polizeibeamter stand vor der Front des Hotels, weitere Polizisten drängten die Menschenmenge auf die andere Straßenseite zurück. „Aus Bad und Toilette gibt es keinen Ausgang."

„Auch im Garderobenschrank und unter dem Bett ist niemand!"

Plötzlich wurde Sprunker böse. „Wo sollen sie denn sein? Wir sind doch nicht verrückt geworden! Seit zehn Minuten befinden wir uns in diesem Zimmer und wir alle haben gehört, wie Jermolow seine Grüße an den Präsidenten geschrien hat. Ein paar Sekunden später haben wir die Tür geöffnet und niemand war da. Sie haben sich doch nicht in Luft aufgelöst!"

Alle schwiegen, was sollten sie auch sagen? Sprunker wurde wieder ruhig und sachlich. „Lesche, sorgen Sie dafür, daß man eine Blutprobe vom Boden abkratzt. Jetzt möchte ich mit dem jungen Mann reden, der gerade im richtigen Augenblick mit der Pistole in der Hand auf der Treppe erschienen ist. Er hat den Mann mit der Maschinenpistole umgelegt, ohne ihn gäbe es einige von uns nicht mehr."

Als sie wieder in den dritten Stock emporstiegen, wimmelte es in den Korridoren von Polizisten in Uniform und in Zivil. Ein niedliches, dünnes Mädchen lag auf einer Bahre. Zwei stämmige Burschen in weiß, anscheinend vom Rettungswagen, schauten die Polizisten fragend an, sie wußten anscheinend nicht recht, was sie machen sollten. Neben der Bahre kniete gerade dieser so plötzlich aufgetauchte junge Mann. Sprunker wollte ihn ansprechen, warf jedoch nur einen Blick auf ihn und schwieg. Der junge Mann hielt sein Ohr an die Lippen des Mädchens und lauschte.

„Sie sind doch von der Polizei?" flüsterte sie. „Das ist jetzt aber unwichtig. Alles ist so dumm geworden und schwerlich werden Ihre Ärzte mich gesund machen. Sagen Sie, was ist mit dem Präsidenten?"

„Er lebt."

„Dann ist es noch schlimmer, nichts hat geklappt! Und die anderen?"

„Ich glaube, sie sind tot."

„Dem... demnach gibt es uns nicht mehr, andere werden unsere Sache zu Ende bringen müssen. Ich bin Vollwaise, aber ich habe ein kleines Brüderchen von sieben Jahren. Er ist so klein, so hilflos, und ich dachte, er würde vielleicht einmal für die gerechte Sache kämpfen, aber jetzt, wer soll ihn etwas lehren, und Sie, wenn auch ein Polizist..."

„Ich bin kein Polizist, ich bin Rechtsanwalt."

„Das ist viel besser! Er wohnt bei einer entfernten Verwandten, einer Tante in Mönchen-Gladbach, Bert Schmidtmann, Sie werden ihn finden. Die Tante allein kann nicht... sie hat kein Geld. Tun Sie was für den Jungen, soll er lernen... Ich vergebe Ihnen meinen Tod, aber tun Sie was für ihn..." In ihrer Brust pfiff und gluckste es.

„Ich verspreche Ihnen, ich werde Ihren Bruder nicht im Stich lassen."

Auf dem Gesicht der Sterbenden erschien ein leichtes Lächeln. Doktor zu Obernabel und Kapott erhob sich. Das war das Signal. Die Sanitäter hoben den schmächtigen Körper auf, der leicht war wie eine Feder, und traten an den Fahrstuhl.

„Darf ich erfahren, wer Sie sind und was Ihnen die Verletzte gesagt hat?"

„Ich bin Anwalt, aus Frankfurt, Doktor zu Obernabel und Kapott, hier ist mein Paß. Glauben Sie bitte nicht, daß ich irgendwelche Beziehungen zu den Terroristen habe oder einer ihrer Anwälte bin. Zur Politik habe ich gar keine Kontakte, weder zur offiziellen Politik, noch zum politischen Untergrund. Ich stehe an der Spitze einer Gesellschaft, die den Alkoholismus bekämpft, bin geschäftlich in Bonn und wohne in diesem Hotel. Ich habe eine Waffe und war zufällig auf der Treppe, als die beiden auftauchten, der Mann und die Frau. Der Mann trug einen leichten Regenmantel über dem Arm. Sowie sie im dritten Stock waren, zog die Frau eine Pistole und ballerte in den Korridor hinein. Der Mann schleuderte seinen Mantel zu Boden, er hatte eine Maschinenpistole. Dann habe ich ein paar Schüsse auf die beiden abgegeben. Sie stürzten fast gleichzeitig. Das ist alles."

„Haben Sie einen Waffenschein?"

„Nein."

„Dann werden Sie große Unannehmlichkeiten haben."

„Das interessiert mich wenig. Ich habe mehrmals versucht, einen Waffenschein zu bekommen und meine Anträge wurden immer abgelehnt. Und wissen Sie, warum? Weil unsere glorreiche aus Lakaien des Auslands bestehende Regierung in ihrem Herzen vor nichts mehr Angst hat, als daß wir Deutschen wieder lernen, uns zu verteidigen, und dies womöglich mit der Waffe in der Hand."

„Sie haben eine seltsame Logik!" sagte Sprunker finster. „Was gedenken Sie jetzt zu tun?"

„Vorläufig bleibe ich weiter im Hotel wohnen. Ich werde wohl gezwungen sein, Aussagen zu machen und irgendwelche Protokolle zu unterschreiben. Das stimmt doch?"

„Ja, sicher."

„Ich bin auf Zimmer 193." Höflich nickte Doktor zu Obernabel und Kapott mit dem Kopf und ging die Treppe herunter.

Sprunker wollte ihn zurückhalten, überlegte es sich jedoch und winkte hoffnungslos mit der Hand ab. Von Minute zu Minute waren Feinde zu erwarten, die ein bißchen gefährlicher sein dürften, Journalisten, das heißt, menschenähnliche Geschöpfe, die nicht nach dem Ebenbild Gottes, sondern nach dem eines sensationslüsternen Circusclowns geschaffen waren, und hier lag eine Sensation höchsten Ranges vor: Ein mißlungenes Attentat auf den Präsidenten der Bundesbank! Schon vom Fenster aus konnte er sehen, wie einige rührigen und energischen Subjekte beiderlei Geschlechts mit auf- und zuschnappenden Mündern, wie die Hechte, ihre grauen Ausweise vorwiesen und mit ihren gleichermaßen grauen Seelen in das Hotel drängten. Sie fragten schon herum, machten sich Notizen. Er mußte Maßnahmen treffen und vor allem Fischer verstecken. Niemand durfte erfahren, daß der Präsident einen Doppelgänger hat, am wenigsten ein Journalist. Aber ein Mann mit einem silbernen Schmetterling anstelle der Krawatte und einer Krone aus langen, goldenen Haaren hopste ihn bereits an.

„Hauptwachtmeister Malerraum schickt mich zu Ihnen. Sie sind doch für die Sicherheit des Präsidenten verantwortlich. Stimmt es, daß der Präsident schwer verletzt ist? Und daß er selbst einen der Terroristen erschossen hat? Und daß eine der Terroristinnen vor drei Jahren seine Geliebte gewesen ist, die er in flagranti mit seinem Sekretär erwischt hat?"

„Was für ein Quatsch! Erstens bin ich keineswegs allein für die Sicherheit des Herrn Präsidenten zuständig. Zweitens, der Präsident ist nicht verletzt und er hat auf niemanden geschossen. Was die Frauen angeht, kann ich Ihnen sagen, der Präsident hat keine von ihnen gekannt. Vorläufig bitte ich Sie, sich noch ein wenig in Geduld zu fassen, in absehbarer Zeit wird eine Pressekonferenz stattfinden."

Lesche trat ernst heran. „Herr Sprunker, soeben ist durchgegeben worden, Rendel ist tot. Die Ärzte waren außerstande, ihm zu helfen. Auch die Terroristin hat kaum Überlebenschancen."

Sprunker senkte die Augen und schwieg einige Sekunden. „Schade, vielleicht hätte sie uns etwas erzählt. Bitte, begleiten Sie mich zum Präsidenten, wir müssen unser weiteres Vorgehen abstimmen."

Vor der Tür des Appartements standen zwei Sprunker und Lesche unbekannte Polizisten in Uniform. Sie mußten ihre Ausweise zeigen. Nachdenklich und besorgt saß der Präsident in einem Sessel gegenüber der Tür.

„Zum Glück sind Sie nicht verletzt worden, Herr Präsident."

„Ja, Gott sei Dank, ich muß jedoch gestehen, daß ich mich sehr erschreckt habe. So etwas ist mir zum ersten Mal passiert."

„Wir alle haben uns erschreckt!"

„Viele Opfer?"

„Zwei Terroristen sind erschossen, ein Mann und eine Frau, eine zweite Frau befindet sich in hoffnungslosem Zustand. Von unserer Seite wurde Kamerad Rendel erschossen. Darf ich erfahren, wo Fischer ist?"

„Im Nebenzimmer."

„Hat ihn jemand gesehen?"

„Nein. Er und Jermolow haben mir das Leben gerettet. Als die Schießerei losging und ich die Tür öffnete, standen wir plötzlich vier Meter vor der Terroristin. Fischer und Jermolow stürzten gleichzeitig auf mich zu. Für einige Augenblicke hat die Frau die Fassung verloren. Sie wußte nicht, auf wen sie schießen sollte. Sie hielt Fischer für das Original und Jermolow, dem Sie wohl nicht getraut haben, hat Fischer gedeckt. Er dürfte verletzt sein. Was ist mit ihm und wo ist er?"

„Ja, er ist verletzt. Ich weiß aber nicht, wo er ist, niemand weiß das. Als alles vorbei war, hat ihn Gersdorf in sein Zimmer geführt, anstatt an Ort und Stelle auf Hilfe zu warten. Die ersten Rettungswagen waren gerade eingetroffen. Das kam mir merkwürdig vor. Ich habe angeklopft, keine Antwort. Aber sie waren dort und mir wurde klar, daß etwas ungewöhnliches vorging. Ich rief ihnen zu, Jermolow soll die Tür öffnen, die Gefahr sei vorbei. Eine halbe Minute verging, bis jemand von der Direktion mit dem Ersatzschlüssel angerannt kam. Ein paar Sekunden, bevor wir das Zimmer betraten, rief Jermolow, wir sollen Sie grüßen. Im Zimmer war jedoch niemand, nur ein paar Blutflecken auf dem Fußboden."

„Was geschah dann?"

„Wir haben das Zimmer durchsucht, das war nicht schwierig. Durch das Fenster konnten sie nicht entkommen, es war von innen verschlossen. Ich kann nur sagen, daß Jermolow und Gersdorf auf unerklärliche Weise verschwunden sind und daß ich genausowenig weiß wie Sie, wo sie sein könnten."

„Es gibt heutzutage doch keine Wunder!"

„Ich kann jedoch nichts mehr hinzufügen."

„Wie sollen wir uns weiter verhalten? Die erste Aufregung ist ja inzwischen passé."

„Ich erlaube mir zu empfehlen, zunächst Fischer abzuschminken, damit nach Möglichkeit niemand die Wahrheit errät, und zweitens, auf der Pressekonferenz, die Sie wohl bald abhalten müssen, die Ereignisse der letzten Tage mit keinem Wort zu erwähnen, abgesehen von dem Attentat selbst. Ich meine, was passiert ist, seit Jermolow in den *Kölner Stuben* auf Sie zukam. Wir brauchen wenigstens vierundzwanzig Stunden Ruhe, um zur Besinnung zu kommen, vor allem Sie, Herr Präsident. Ich denke hierbei an die Entscheidungen bezüglich unserer Währungspolitik."

„Gehen wir zusammen zu Fischer."

Fischer saß neben dem Fenster. Er erhob sich sofort, als sie eintraten und sah sie fragend an.

„Bitte, setzen Sie sich." sagte der Präsident. „Sie können aber auch stehenbleiben, wenn Sie wollen, das ist nicht wichtig. Sprunker und ich würden es gern sehen, wenn Sie die Schminke so schnell wie möglich von Ihrem Gesicht waschen. Nach den heutigen Ereignissen muß ich Ihnen sagen, daß Sie mich zum ersten und zum letzten Mal vertreten haben. Ich bin Ihnen sehr dankbar, weil Sie mir zur Hilfe gekommen sind, als ich - das muß ich zugeben - etwas unvorsichtig in den Korridor getreten bin. Jermolow hat sich vor Sie gestellt und ohne Sie beide wäre ich jetzt wohl tot. Aber ich sehe, Sie wollen mich etwas fragen?"

„Ich glaube, Jermolow ist verletzt worden. Er wurde bleich und schwankte, und bevor ich wieder mit Ihnen ins Zimmer zurückkehrte, sah ich, daß Gersdorf ihn unter dem Arm hielt und wegführte. Ist er schwer verletzt?"

„Leider können wir das nicht sagen. Jermolow und Gersdorf sind nicht mehr im Hotel und wir wissen nicht, wie sie dieses Gebäude verlassen haben. Ich muß davon ausgehen, daß ich Ihnen mein Leben verdanke und so etwas vergißt man nicht so schnell, aber davon später. Jetzt darf ich Sie bitten, ins Bad zu gehen. Dort stehen unter dem Spiegel alle möglichen Flakons. Probieren Sie aus, was Sie wollen, Hauptsache, Sie hören so schnell wie möglich auf, so zu sein wie ich. Herr Sprunker, unser gemeinsamer Freund, wird wohl damit einverstanden sein, Ihnen einen Anzug aus Ihrem Zimmer zu holen, der ganz anders aussieht als meiner. Falls Sie jemand fragen sollte, wer Sie sind, sagen Sie, daß Sie für einige Tage meinen Sekretär Holske vertreten, der zur Zeit in Urlaub ist."

*

Während sich der Präsident an Holske erinnerte, wurde er sehr nachdenklich, auch Holske dachte an ihn. Er wußte noch nicht, ob das Attentat gelungen war, ahnte jedoch, daß etwas nicht programmgemäß verlief. Nachdem er Erna geraten hatte, die einzelnen Etagen zu inspizieren, ging sie zurück und schaute kurz danach aus dem Fenster - das war das verabredete Zeichen. Er winkte mit der Hand und gab damit grünes Licht. Er selbst brauchte nur noch zu warten.

Plötzlich rasten von allen Seiten Polizeiwagen herbei, Rettungswagen folgten. Er stand mit seinem Auto im Parkverbot, aber niemand kümmerte sich um ihn. Von den drei jungen Leuten erschien niemand, sie kamen weder allein noch mit den Geiseln heraus. Überall schnüffelten Polizisten herum und allmählich sammelte sich das Publikum. Es wurde gefährlich, länger hier zu bleiben, womöglich kontrolliert die Polizei sämtliche Personen in der Umgebung des Hotels oder er wurde trotz der Maske von jemandem erkannt. Was immer im Hotel passiert war, er konnte niemandem mehr helfen. Schnell fuhr er weiter. Holske fühlte, auf seinen Posten konnte er nicht zurückkehren, obwohl nicht der geringste Schatten eines Verdachts auf ihn gefallen war. Demnach mußte er in dem längst vorbereiteten Schlupfloch verschwinden.

Er ließ das Auto stehen und kehrte zu Fuß zurück. In der Menge wurde hin- und herdiskutiert, aber niemand wußte genaueres. Mal wurde von drei Toten, dann von vier Toten und mehreren Verletzten gesprochen. Einer sagte sogar, vier sind verletzt, davon fünf Frauen, worauf heftiges Gekicher begann. Vermutlich sind es meine, dachte Holske. Verhaftete schienen bisher nicht abgeführt zu sein. Er fühlte kein Mitleid mit den drei jungen Menschen. Krieg ist Krieg! Er schätzte die Terroristen nicht, weder ihre geistigen Fähigkeiten noch ihre seelischen Eigenschaften. In Bonn hatte er nichts mehr zu tun, alles wichtige würde er aus den Massenmedien erfahren. Das Auto trug ihn gegen Südosten.

In einem Punkt irrte er sich jedoch. Die Auftraggeber derartiger Aktionen lieben es nicht, wenn etwas schief geht und halten stets den unmittelbaren Organisator für schuldig, und in diesem Fall war er, Joachim Hans Holske, die ausführende Hand.

*

Einige Stunden waren vergangen, noch immer arbeitete angestrengt die Polizei. Die äußere Absperrung des Hotels wurde aufgehoben. Dann kam die Nachricht, daß die Terroristin Gerda Schmidtmann, so wurde sie identifiziert, genau wie ihre Kameraden ihre Rechnungen mit dieser Welt beglichen habe. Unter starkem Polizeischutz war eine improvisierte Pressekonferenz über die Bühne gegangen. Ruhig und sachlich erläuterten der Präsident und Sprunker, worüber sie sprechen konnten, kein Wort zuviel, kein Wort zuwenig. Die Journalisten waren leicht enttäuscht. Es gab jetzt auch viel zuviele Polizisten. Jemand witzelte, auf jeden Journalisten kämen anderthalb Polizisten in Uniform und ein halber in Zivil. Dann wurden die vorläufigen Protokolle unterschrieben und spät am Abend saßen der unverwüstliche Sprunker und Fischer beim Präsidenten. Fischer war abgeschminkt und in einem ganz anderen Anzug. Außerhalb des Zimmers trug er eine Schirmmütze, die ihn stark veränderte.

„Sie erinnern sich an unser Gespräch vor einer Woche, Herr Fischer, als wir bekannt wurden und sich herausstellte, wie glänzend Sie für Herrn Sauer tätig gewesen waren. Seinerzeit hatte ich Ihnen das Angebot gemacht, gelegentlich mit meiner Erlaubnis auch weiterhin meine Rolle zu spielen und Sie haben zugesagt. Sie haben sie heute glänzend gespielt, und Sie standen unter Lebensgefahr. Ich hatte nicht angenommen, daß so schnell ein Attentat auf mich passieren würde, aber es ist passiert und wie ich Ihnen bereits sagte, haben Sie mir vermutlich das Leben gerettet. Die Lage hat sich inzwischen jedoch völlig verändert. Weit effektivere Maßnahmen zu meinem Schutz wurden ergriffen und das erlaubt mir zu sagen, daß ich mich nicht mehr berechtigt fühle, Sie weiteren Gefahren auszusetzen. Ich sage Ihnen ganz offen, daß in diesem Entschluß auch eine gehörige Portion Egoismus enthalten ist. Bei der veränderten Lage wird die Öffentlichkeit unter Umständen sehr schnell erfahren, daß ich einen Doppelgänger habe. Das würde mir sehr schaden und Ihrer Existenz den wesentlichen Effekt rauben. Daher können wir unsere Abmachung als aufgelöst betrachten. Denken Sie aber bitte nicht, daß ich mein Wort brechen werde. Ich hatte Ihnen als Anzahlung zwanzigtausend versprochen und später zehntausend pro Monat, und die werden Sie auch erhalten, obwohl Sie nur ein paar Tage in meinem Dienst gewesen sind."

Fischer wurde verlegen. „Herr Präsident, das ist eine sehr große Summe für mich. Sind Sie wirklich davon überzeugt, daß ich sie verdient habe?"

„Zweifelsohne! Sie sind ein anständiger Mensch und es freut mich sehr, Ihre Bekanntschaft gemacht zu haben. Jetzt werden wir uns verabschieden. Wenn Sie einverstanden sind, wird Herr Sprunker Sie zum Bahnhof begleiten. Ihre vorläufigen Aussagen haben Sie ja schon gemacht. Es ist jedoch nicht ausgeschlossen, daß Sie nochmals befragt werden, aber das hängt nicht von mir ab." Der Präsident und Sprunker erhoben sich gleichzeitig. „Ich kenne Ihre Frankfurter Anschrift, in den nächsten Tagen werden Sie dreißigtausend Mark überwiesen bekommen. Für Ihr weiteres Leben darf ich Ihnen alles Gute wünschen!"

Fischer drückte ruhig die Hand des Präsidenten, dann saß er still zusammen mit Sprunker im Taxi, von dem er sich genauso schweigend verabschiedete. „Hier ist Ihr Fahrschein nach Frankfurt, erster Klasse, und in diesem Umschlag die Marschverpflegung." fügte Sprunker hinzu und lächelte schwach. In dem Umschlag waren hundert Mark.

DIE RÜCKKEHR

Tief in der Nacht erreichte Fischer Frankfurt und ging unbemerkt in seine Wohnung. Um diese späte Stunde war selbst der Hof des Hauses von der unermüdlichen Beobachtung durch Klara Motzberg und ihren Dackel befreit. Im Vergleich zu den Hotels, in denen er gelebt hatte, erschien ihm seine kleine und bescheidene Wohnung noch ärmlicher als sonst und das Fehlen seines Katers von Kluck machte sie leer und trist.

Er legte sich sofort schlafen und erwachte erst spät. Er stand auf, kleidete sich an und erinnerte sich freudig, daß er ganze hundertsechsunddreißig Mark bei sich hatte. Er wollte sich Apfeltaschen kaufen, die er sehr liebte, jedoch für exklusiven Luxus hielt, den er sich nur zu feierlichen Anlässen leisten durfte. Vom Hof her hörte er Stimmen und dachte wieder an seinen Kater - wie einsam und langweilig war es ohne ihn. Heute hole ich ihn zurück, überlegte er, wie er sich freuen wird. Die Stimmen aber hörten nicht auf zu reden. Vorsichtig lugte er zum Fenster hinaus. Unter ihm, an ihrem verbrieften Platz, die Kissen unter die Ellenbogen geschoben, schaute Klara Motzberg aus dem Fenster. Es fehlt nur der Dackel, dachte Fischer. Vor dem Fenster aber stand eine hochgewachsene, elegante und hübsche Frau. Fischer kannte sie, die Enkelin der alten Motzberg. Sie besuchte ihre Großmutter nur selten und einmal, als er sie grüßte, zog sie es vor, ihn nicht zu bemerken. Jetzt aber wirkte sie irgendwie durcheinander. Die Großmutter regte sich fürchterlich auf.

„Du dummes Weib, du Idiotin! Bestehst nur aus Seidenstrümpfen und hast nichts im Kopf!"

„Oma, sei bitte etwas leiser."

„Warum soll ich denn leiser sein, die Wahrheit kann man sowieso nicht totschweigen! Außerdem sind Fischer und sein Tiger nicht zu Hause, so daß man sich auch an der frischen Luft unterhalten kann. Hier, sieh dir das an!" Die Alte zitterte vor Wut und fuchtelte der Enkelin mit einem Stoß Papiere vor der Nase herum. „Deine verstorbene Mutter und ich haben alles für dich getan, die Mutter hat dich allerdings gründlich verzogen, und was ist daraus geworden? Dumm bist du aber niemals gewesen! Wie konntest du auf den Gedanken kommen, solch einen Vertrag zu unterschreiben? Wer hat dir das bloß eingeredet? Weißt du überhaupt, was das bedeutet, fünfundzwanzig Prozent im voraus? Dreißigtausend hast du geborgt und jetzt, ein paar Tage nach der Transaktion, bist du schon verpflichtet, fünfundzwanzig Prozent zurückzuzahlen. Wie hast du solch eine Erklärung überhaupt unterschreiben können? Du hast doch einen Kopf! Fünfundzwanzig Prozent von dreißigtausend sind siebentausendfünfhundert. Das bedeutet, de facto erhältst du lediglich zweiundzwanzigtausendfünfhundert, Zinsen mußt du aber von dreißigtausend bezahlen. Hast du dieses Geld schon bekommen?"

„Nein, ich habe gar nichts erhalten, das Geld hat mein Verlobter."

„Was? Einen Verlobten hast du auch?"

„Ja, Oma, er ist ein russischer Aristokrat, ein Emigrant. Weißt du, solch einen Mann habe ich noch nie erlebt!"

„Na, ist er auch kein Gauner?"

„Wo denkst du hin, Oma? Er liebt mich, er betet mich an! In seinen Augen ist solch eine Engelsreinheit, solch eine Ehrlichkeit! Er hat mir gesagt, die dreißigtausend steckt er in ein Geschäft, damit wir später im Alter versorgt sind."

„Mit anderen Worten, du hast jetzt dreißigtausend Mark Schulden und ein anderer verfügt über dein Geld, während du nur dazu gut bist, die Schulden zu bezahlen und jetzt hast du die siebentausendfünfhundert nicht, die du nach dem Vertrag sofort zurückzahlen mußt. Ist es nicht so?"

Anstelle einer Antwort kroch die junge Frau traurig in sich zusammen.

„Siehst du, deine alte Oma ist gar nicht so dumm! Jetzt sag mir bitte, weshalb bist du zu mir gekommen? Allzu oft beehrst du mich doch nicht mit deinen Besuchen."

„Ich dachte, ich hoffte..."

„Daß ich dir Geld gebe? Ich brauche mein Geld selbst! Ich sage dir, geh augenblicklich zu deinem Verlobten und sag ihm, daß du kein Geld hast, um diese fünfundzwanzig Prozent zurückzuzahlen. So mußt du mit ihm reden! Wenn er dich tatsächlich liebt, wird er dir dieses Geld beschaffen. Interessiere dich auch dafür, in was für ein Geschäft er dein Geld gesteckt hat und frag ihn nach Beweisen. Wenn er dir das Geld nicht besorgt, ist er ein Gauner! Hast du mich verstanden? Wie heißt denn dieser Aristokrat?"

„Von Koschin."

Na, dachte Fischer, ich glaubte, daß sie nur mich dauernd beschimpft, aber anscheinend sind für sie alle Menschen Gauner. Wirklich, das nennt man eine in sich geschlossene Weltanschauung! Koschin, tatsächlich ein russischer Name.

„Und was ist mit deinem Chef, kann er dir das Geld nicht geben?"

„Ich habe Angst, mit ihm darüber zu reden, womöglich schmeißt er mich noch raus."

„Dann sieh zu, wie du aus der Sache rauskommst! Wenn du solche Verträge unterschreibst, mußt du auch dafür geradestehen!"

Das Gespräch war beendet. Die junge Frau zog traurig ihren Rükken krumm und ging vom Hof, ohne ein weiteres Wort zu sagen. Wie kann man ihr bloß helfen, dachte Fischer, eine junge, hübsche Frau, hat eine Dummheit gemacht. Wer macht heutzutage keine Dummheiten? Nach den letzten Tagen habe ich schon gar kein Recht, jemanden zu verurteilen. Werde mal versuchen, Gusarewitsch zu erreichen und den Kater zurückholen. Dabei kann ich ihn auch fragen, ob er schon mal was von dem russischen Aristokraten von Koschin gehört hat.

„Ich freue mich sehr, daß du wieder da bist!" rief Gusarewitsch ins Telefon. „Komm, ich erwarte dich. Von Kluck wird begeistert sein!"

„Wie geht es ihm überhaupt, meinem Kater?"

„Er ist etwas traurig, aber das vergeht, sobald du da bist." Tatsächlich, kaum hatte Gusarewitsch die Tür geöffnet, als sich hinter ihm im Zimmer etwas bewegte. „Schau her, von Kluck, wer uns besucht?" Der Kater erhob sich aus dem Sessel, seine Augen weiteten sich, langgezogen miaute er und sprang auf Fischer zu. Eine Sekunde später drückte Fischer ihn an sich und von Kluck schnurrte so laut, als ob er allen Katzen und Katern der Umgebung ein Konzert gäbe. Zum ersten Mal seit vielen Tagen fühlte Fischer sich glücklich.

„Was stehst du denn? Setz dich doch zusammen mit deinem Kater! Sieh mal an, wie er sich in dir verkrallt und sogar wie ein Tiger mit dem Schweif schlägt. Gleich mach ich uns Kaffee."

„Du hast dich aber stark verändert."

„Das macht meine Arbeit, ich darf nur noch geschäftlich trinken."

„Und wie funktioniert diese Wohltätigkeitsorganisation zur Bekämpfung des Alkoholismus?"

„Nicht schlecht, glaube ich, aber ich treffe dort alle möglichen eigenartigen Typen."

„Ach, bei diesem Wort fällt mir etwas ein. Du weißt doch, daß die alte Motzberg eine Enkelin hat?"

„Ja, das hat sie mir mal gesagt."

„Hast du sie jemals gesehen?"

„Nee, glaube nicht."

„Paß auf! Diese Enkelin ist heute morgen bei uns gewesen, zufällig habe ich ihr Gespräch mit der Motzberg mitgehört. Die dumme Frau hat zu einem sehr hohen Zinssatz dreißigtausend Mark gepumpt und einen völlig unmöglichen Vertrag unterschrieben, nach dem sie so gut wie sofort fünfundzwanzig Prozent dieses Betrags zurückzahlen muß und das ist das runde Sümmchen von siebentausendfünfhundert. Dieses Geld hat sie aber nicht!"

„Moment, Sigmar, ich erinnere mich jetzt! Die alte Motzberg hat mir mal eröffnet, daß ihre Enkelin als Sekretärin schafft und daß sie sie furchtbar liebt, wenn sie auch öfter mit ihr schimpfen muß. Jetzt fällt mir auch ihr Name ein, Karoline, Karoline Löw, Sekretärin." Gusarewitsch schlug sich an die Stirn. „Mein Gott, wie doof ich bin! Wie sieht sie denn aus, diese Karoline? Groß, hübsch, helle Haare, die an den Seiten glatt herunterfallen?"

„Ja, genau."

„Dann kenne ich sie sogar. Sie ist die Sekretärin meines Chefs, des Doktors. Das sind aber Wunderdinge! Mir ist niemals in den Kopf gekommen, die Sekretärin des Chefs und die Enkelin der alten Motzberg könnten ein- und dieselbe Person sein."

„Ich hätte gern ihre Anschrift gewußt."

„Die kann ich dir geben, ich habe sie mir notiert. Hier hast du einen Bleistift. Aber wozu brauchst du sie?"

„Für alle Fälle. Hör zu, diese Karoline hat erzählt, sie habe einen Verlobten, einen Russen, er heißt von Koschin. Hast du von dem schon mal gehört?"

„Wie? Koschin? Ich habe nicht nur von ihm gehört, sondern bin sogar mit ihm zusammen im Restaurant gewesen."

„Weißt du, was er für ein Mensch ist? Die Karoline hat es nicht nur fertiggebracht, dreißigtausend zu verrückten Prozenten zu pumpen, sondern dieses Geld feierlich Koschin gegeben. Die Alte befürchtet, daß er ein Gauner ist."

„Na, ob er ein Gauner ist, das weiß ich nicht. Benehmen tut er sich jedenfalls wie ein Ölscheich. Du mußt wissen, vor Koschin habe ich nicht einen Aristokraten gekannt und als wir uns begegnet sind, habe ich vor Angst nicht mal gewußt, wie ich auf dem Stuhl sitzen soll. Daß er ein Säufer ist, weiß ich jedoch genau, und auch, daß unsere Karoline bis über beide Ohren in ihn verliebt ist."

„Woher weißt du, daß er trinkt?"

„Unsere Organisation befaßt sich doch mit ihm! Durch die Organisation habe ich auch seine Bekanntschaft gemacht und ich sage dir ehrlich, dieser Koschin gefällt mir trotz seines aristokratischen Gebarens gar nicht. Er sieht eher aus wie eine Karrikatur auf einen Aristokraten, aber vielleicht sind sie alle so, woher soll ich das wissen?"

„Mit anderen Worten, du willst mir auf delikate Weise sagen, daß man an die Anständigkeit dieses Herrn von Koschin nicht so recht glauben kann."

„Was soll ich dir sagen? Ich wäre jedenfalls sehr vorsichtig."

„Ja, ein merkwürdiger Verlobter ist er, der als erste Tat der Braut ihr Geld wegnimmt, denn anscheinend ist das Geld futsch. Da sieht man es wieder, die Liebe!"

„Schon gut, Sigmar, genug von ihr. Schließlich haben nicht wir ihr das Geld weggenommen. Sag, wie war es denn in Bonn und hast du gut verdient?"

„Da bin ich in eine ganz verrückte Geschichte geraten, in Worten kann man das überhaupt nicht ausdrücken. Später werde ich dir alles erzählen, jetzt bin ich noch furchtbar müde und abgespannt. Komm, von Kluck, es ist Zeit, nach Hause zu gehen. Vielen Dank für den Kaffee. Es freut mich, daß du eine so gute Position hast."

„Es wäre nicht schlecht, bei Gelegenheit zu erfahren, was für ein Mensch dieser von Koschin ist. Im Restaurant ist mir das Herz bis in die Hosen gerutscht. Trag deinen von Kluck nach Hause, sonst wird ihn dir Koschin noch wegnehmen. Ich bin ein *von*, wird er sagen, und der Kater ist auch ein *von!* Gib ihn nicht her, hörst du!" Gusarewitsch lachte leise.

Fischer ging ohne Eile nach Hause. In einem Korb trug er seinen Kater von Kluck, unterwegs kaufte er ein paar Zeitungen, Milch und Leber. Er gab dem Kater zu essen und legte ihn in sein Körbchen. Lustig miaute von Kluck und rollte sich zu einem Kringel zusammen. Die Leitartikel aller Zeitungen waren dem Attentat auf den Bundesbankpräsidenten gewidmet. Er las sämtliche Artikel durch, vom Anfang bis zum Ende. Er, Jermolow oder Gersdorf wurden nirgends erwähnt, das kam ihm merkwürdig vor.

Dauernd beunruhigte ihn der Gedanke, wie die Gefahr von Karoline abgewendet werden konnte. Vielleicht sollte er mit Gusarewitsch zusammen zu Koschin gehen? Wenn der jedoch wirklich ein Gauner war, war das genauso hoffnungslos wie das Warten auf den Höchstgewinn im Lotto. Am nächsten Tag erlebte Fischer eine angenehme Überraschung - zweitausend Mark von Bodo Sauer trudelten ein. Demnach ist er auf seine Art doch ein ehrlicher Mensch, freute sich Fischer, wenn er mich auch in eine gefährliche Geschichte manövriert hat. Der Gedanke war ihm angenehm, daß der Mensch, dem er sich anvertraut hatte, nicht ganz ein Lump war.

*

Bodo Sauer hatte um diese Zeit jeden Grund, seinen Triumph zu feiern. Per Luftpost war aus New York ein Schreiben von der Leitung des Konzerns Smith & Ferry eingetroffen, wonach vor einigen Tagen die Verhandlungen mit dem Kölner Konzern erfolgreich abgeschlossen werden konnten. Die Direktion sprach ihm ihre Anerkennung aus und hatte den vereinbarten Betrag absprachegemäß bereits auf sein Konto bei einer New Yorker Bank überwiesen. Ein Strom von Höflichkeits- und Dankbarkeitsbezeugungen folgte. Das war also in Ordnung, aber die Mark! Bodo Sauer bezweifelte nicht, daß die Aufwertung in den nächsten Tagen erfolgen würde, wenn nicht heute, dann morgen, alles sprach dafür. Nach dem Attentat auf den Bundesbankpräsidenten kaufte er sich wie vor seinem Flug in die Staaten eine Menge verschiedenster Zeitungen. Das Attentat war mißlungen. Drei Anarchisten und ein Polizeibeamter starben. Bodo Sauer interessierte sich übrigens nicht für die Toten, für ihn war lediglich wichtig, ob das Attentat die Aufwertung der Mark verzögern würde und ob der Präsident tatsächlich keinen Schaden erlitten hatte.

Er rief einige Leute an, alle waren der Meinung, daß die Aufwertung der Mark in den nächsten Tagen über die Bühne gehen müsse. Einer der Honoratoren erklärte sogar: „Diese Entscheidung kann nicht noch weiter hinausgeschoben werden, auch eine rückläufige Bewegung ist unmöglich, sonst werden uns selbst afrikanische Zwergstaaten nicht mehr ernst nehmen."

Nachdem er die ihm zugänglichen Informationsquellen erschöpft hatte, begriff Bodo Sauer, er brauchte nur abzuwarten. Er ging früh schlafen und erwachte spät am nächsten Tag. Er schaltete das Radio ein und hörte in den Nachrichten, daß die Bundesbank die Aufwertung der Mark beschlossen hat. Endlich! Jetzt hatte er die so schwer erworbene Million! Noch im Morgenrock goß er sich mit zittrigen Händen ein Glas Sekt ein. In der letzten Zeit hat er sehr viel Glück gehabt.

Da kam die Offenbarung über ihn, er mußte sofort Lancaster & Strasmight schreiben: Die Aufwertung der Mark sei unter stärkstem Druck äußerer Mächte erfolgt, den Beweis dafür liefere das Attentat auf den Bundesbankpräsidenten. Er wollte auch andeuten, daß dieser Druck eventuell von den USA ausgegangen sein könnte. Er selbst erhebe ihnen gegenüber keine Ansprüche und stünde Ihnen auch weiterhin stets zur Verfügung. Er mußte bereit sein, ein finanzielles Opfer zu bringen. Er setzte sich ans Werk und gegen Mittag war der Brief auf der Post.

Warum sollte er nicht auf der Welle des Glücks weiterschwimmen? Preis war das nächste von ihm anvisierte Ziel. Er hatte Geld, sicherlich nicht weniger als eine Million, vermutlich sogar mehr, wie er von Beatrice erfahren hatte. Demnach kann ich ruhig eine halbe Million von ihm fordern, entschied er. Die Schwierigkeit lag in einem anderen Punkt, noch immer war Beatrice nicht geschieden, obwohl die Aufteilung des Vermögens bereits stattgefunden hatte. Wie würde sie sich verhalten, wenn er Preis seine Bedingungen stellt? Immerhin war sie viele Jahre seine Frau gewesen! Wenn es ihr nicht gefällt, dachte Bodo Sauer, dann werde ich eben ohne Beatrice auskommen müssen. Nachdem die Aktion mit den Amerikanern erfolgreich abgeschlossen war, brauchte er sie nicht mehr. Schwierigkeiten hatte er kaum von ihr zu erwarten. Beatrice gehörte zu jenen Wirtschaftswunderfrauen, die zweifelsohne Prinzipien hatten, diese jedoch von jedem starken Wind hinwegpusten ließen, sofern dieser Wind Profit und Befriedigung zumeist recht alberner Interessen im Intimbereich versprach. Ich fahre nach Frankfurt, entschied er, Beatrice hatte ihm die neue Adresse von Ernst Preis gegeben.

*

Ernst Wilhelm Heinrich Preis, über den Bodo Sauer so intensiv nachdachte, saß in seiner neuen Wohnung. Er hatte nichts zu tun. Das ihm zustehende Geld war ihm ausbezahlt worden. Er war nicht mehr Mitinhaber der Firma und wußte sehr wohl, daß er auch ohne den Betrieb weiterleben konnte. Er hatte sich nur mit der Scheidung zu befassen und in diesem Punkt fühlte er sich unbehaglich. Beatrice war weit stärker in seiner Seele verwurzelt, als er angenommen hatte. Auch über die vermaledeiten Juwelen und sonstigen Wertsachen mußte er nachdenken. Sein Fehltritt war selbstverständlich nicht der Grund, wohl aber der Vorwand für die Scheidung. Der eigentliche Grund lag in diesem Bodo Sauer aus Bonn. Er war es, der ihn aus dem Sattel gehoben hatte! Jetzt war er bereits genau über diesen Mann informiert. Bodo Sauer war zweifelsohne vermögend, vielleicht sogar reich, jedenfalls hatte er mehr Geld als er.

In Wirklichkeit aber betrog er, Ernst Preis, sich selbst. Noch immer liebte er Beatrice und daß sie ihm nicht mehr gehörte, quälte ihn weit mehr als die Geschichte mit den Juwelen. Bodo Sauer aber war der Mann, der sich zwischen ihn und Beatrice gestellt hatte. Er kam nicht dazu, diese unlustigen Gedanken zu Ende zu denken, als das Telefon klingelte. Eine ruhige Stimme fragte: „Ich würde gern Herrn Preis sprechen."

„Am Apparat. Wer ist dort, bitte?"

„Hier spricht Rechtsanwalt Sauer." klang es sachlich aus der Muschel. „Ich würde mich gern mit Ihnen treffen, um einige Punkte zu klären."

Für einige Sekunden setzte sein Atem aus. Welch ein Frechdachs, dachte er, aber das war die Chance, sich von Angesicht zu Angesicht anzusehen, was für ein Mensch sein Todfeind war. Vielleicht schwamm ihm hier etwas von selbst in die Hände, vielleicht konnte er die wirklichen Motive dieses Herrn Sauer feststellen und darin verbarg sich eine Chance. Daher fragte er ebenso ruhig: „Sie kennen meine neue Anschrift?"

„Ja."

„Dann kommen Sie zu mir, das ist das einfachste. Wann kann ich Sie erwarten?"

„In etwa dreißig Minuten."

„Gut, ich bin zu Hause."

Was nun, überlegte Preis, nachdem er den Hörer aufgelegt hatte, was soll ich ihm bloß sagen? Schließlich kann ich ihn nicht bitten, mir meine Frau zurückzugeben! Er fühlte, für ihn war Beatrice der Mittelpunkt seines Lebens. Und was ist sie für diesen Herrn Sauer?

Er öffnete die mittlere Schublade seines Schreibtischs, in der nach dem Umzug noch poetische Unordnung herrschte. Er fand jedoch sofort, was er suchte, eine sorgfältig in einem Samtsäckchen verpackte Walther-Pistole. Er nahm sie heraus, untersuchte sie gründlich, bewegte den Sicherungshebel ein paarmal hin und her und legte sie in die Tasche. Er fühlte, wie etwas Riesiges, Furchterregendes auf ihn zukam, er verspürte jedoch keine Angst. Das Recht war auf seiner Seite! Schmutzige Pfoten hatten sein Leben zerstört und er war der Ansicht, genug gelitten zu haben. Er wußte, niemals würde er die Kraft haben, seine Hand gegen Beatrice zu erheben, sie aber gegen denjenigen zu richten, der sich in sein Leben hineingedrängt hatte, das war etwas ganz anders. Die Türklingel störte seine Überlegungen. „Wer ist dort?" fragte er über die Sprechanlage.

„Hier ist Sauer!" antwortete eine fröhliche Stimme. Bodo Sauer hatte tatsächlich allen Grund, fröhlich zu sein, alles lief wie am Schnürchen! Die Million von Smith & Ferry hatte er bereits in der Tasche und von Lancaster & Strasmight war ein Schreiben gekommen, wonach die Direktion zwar sehr enttäuscht sei, nach reiflicher Überlegung jedoch mit ihm übereinstimme, daß gerade das Attentat auf den Bundesbankpräsidenten der Auslöser gewesen sein dürfte, um der Waagschale zugunsten der Aufwertung der Mark Übergewicht zu verleihen. Für ihn, Bodo Sauer, bedeutete dies, daß seitens Lancaster & Strasmight bedeutende Unannehmlichkeiten nicht zu erwarten waren. Er zweifelte auch nicht daran, mit Preis fertigzuwerden. Für mich reicht eine halbe Million, dachte er, dann muß ich mich ohne Skandal von Beatrice loseisen, um mein Glück komplett zu machen. Überlegen lächelnd betrat er die Wohnung.

Kühl verbeugte sich Preis, ohne ihm die Hand zu reichen, und zeigte auf den Sessel. Beide nahmen Platz und schwiegen etwa eine Minute lang. Schließlich brach Bodo Sauer das Schweigen. „Ich weiß", sagte er, „daß ich es mit einem klugen Mann zu tun habe und nehme an, daß wir unser Geschäft sehr schnell abschließen können. Ich werde Ihnen keine Predigten halten oder Leviten lesen, derartiges ist mir zutiefst verhaßt, ich möchte Ihnen jedoch ins Gedächtnis rufen, daß jede Verfehlung über die Eigenschaft verfügt, Wiedergutmachung zu verlangen."

„Ist das ein Wink wegen der berühmten Wertgegenstände?

„Ja, und nicht nur ein Wink. Ich bin fest entschlossen, dafür Sorge zu tragen, daß jeder der Geschädigten das erhält, was ihm zusteht."

„Haben viele Geschädigten Sie beauftragt, ihre Interessen zu vertreten?"

„Nicht viele, aber auch die anderen werden nicht im Dunkeln bleiben. Von Ihnen möchte ich nichts anderes als das Geld, das nach Veräußerung der Wertsachen in Ihren Händen geblieben ist. Ich habe mich erkundigt, hauptsächlich bei Ihrer Gattin, die von diesem Geld ebenfalls Nutzen gehabt hat, und sie nannte mir einen Betrag von einer halben Million."

„Das ist nicht wenig, und ich bin sogar bereit, zuzugeben, daß dieser Betrag in etwa hinkommt. Wo aber liegt die Garantie, daß diese halbe Million tatsächlich den rechtmäßigen Besitzern der einzelnen Wertsachen zugeleitet wird?"

„Eine Garantie gibt es selbstverständlich nicht, abgesehen davon, daß Ihre Frau und ich dafür sorgen werden, daß eine gerechte Entschädigung erfolgt. Ich denke, daß Sie Ihrer Gattin vertrauen, genauer, Ihrer ehemaligen Gattin."

„Sagen Sie mir bitte noch, welche Garantie habe ich, daß Sie in einem halben Jahr nicht wieder hier erscheinen und eine weitere halbe Million von mir verlangen?"

„Nachdem Sie mir die halbe Million, über die wir uns jetzt unterhalten, ausgezahlt haben, erhalten Sie eine Urkunde, aus der hervorgeht, daß Sie mit all denen abgerechnet haben, die aufgrund der widerrechtlich von Ihnen verkauften Juwelen und sonstigen Wertsachen Forderungen gegen Sie erheben können."

„Wie wird das weitere Schicksal meiner Frau sein?"

„Ich möchte betonen, daß Sie mir eine derartige Frage nicht stellen können. Sie haben keine Frau mehr - zumindest hat Beatrice mir das gesagt. Sie liebt sie nicht mehr und kann Sie auch nicht lieben."

„Ich habe Sie genau verstanden, Herr Sauer, und muß gestehen, daß mich diese halbe Million am wenigsten interessiert. Ich würde es jedoch ungern sehen, daß meine Frau, oder, wenn Sie wollen, meine ehemalige Frau, in Ihre Hände gerät, denn Sie lieben sie doch weit weniger als das Geld."

„Darauf werde ich Ihnen nicht antworten!"

„Wenn es so steht, muß ich Ihnen sagen, daß Sie weder die halbe Million noch meine Frau bekommen werden und dies aus folgenden Gründen: Ich halte Sie für einen Erpresser und bin überzeugt, daß Sie meine Frau nicht lieben, auf jeden Fall, wie ich Ihnen bereits gesagt habe, bedeutet sie Ihnen weit weniger als das Geld. Mein Leben ist zerstört und Sie tragen die Schuld daran!"

Plötzlich hielt Preis einen Sauer gut bekannten Gegenstand in der Hand, auf dem ein roter Punkt leuchtete. Bodo Sauer blickte in die kalten, harten Augen seines Gegenübers und schrie mit unnatürlich hoher Stimme: „Sind Sie wahnsinnig geworden?" Preis schoß zweimal, dreimal. Er schoß in kaltem Haß und ohne jedes Zaudern. Bodo Sauer öffnete den Mund, auf seinem Gesicht zeichnete sich Erstaunen und Schrecken ab, dann sackte er in den Sessel zurück. Ernst Preis blickte ihn an, legte die Pistole auf den Tisch und trat zum Telefon.

*

Während der Fabrikant Ernst Preis die Polizei informierte, daß er soeben einen Menschen erschossen hat, saß Doktor zu Obernabel und Kapott in seinem Zimmer im Hotel *Europa,* nachdem er dem Präsidenten der Bundesbank vermutlich das Leben gerettet hatte. In den vergangenen Tagen waren sämtliche Formalitäten erledigt worden. Jetzt hatte er früher oder später ein Gerichtsverfahren zu erwarten. Inzwischen war er auch mit dem Präsidenten bekannt geworden, der ihm seine Dankbarkeit aussprach und selbst der unangenehme Sprunker war gut auf ihn zu sprechen. Sie waren längst fort. Direktion und das Personal des Hotels verhielten sich ihm gegenüber in ehrfürchtiger Hochachtung. Ihn selbst beschäftigte jedoch etwas anderes.

Er hatte sich die Worte der sterbenden Terroristin notiert und sogar sorgfältig auf der Schreibmaschine abgetippt. Ihn rührte, daß ein sterbender junger Mensch, wenn auch ein Verbrecher, in seiner letzten Minute an seinen kleinen Bruder dachte. Und er selbst, woran dachte er sein Leben lang? Nur an das Geld und er hatte schon viel erreicht. Er hatte bereits ein beachtliches Vermögen, als ihn vor einigen Monaten der geniale Gedanke beschattete, eine verkappte Erpresserorganisation zu schaffen. Preis war bereits fest in seiner Hand, was aber war mit Bodo Sauer? Zu diesem Kollegen verhielt er sich wie Blücher zu Napoleon. Wir werden sehen, dachte er, und dann fiel ihm ein, irgendwo gelesen zu haben:

„Befaß dich, wenn du unbedingt willst, mit Plünderungen, Raub und Mord - aber laß die Finger von Erpressungen! Hinter jeder Erpressung steckt das wahre Antlitz des Satans!"

Wieso erinnere ich mich plötzlich an den Teufel, fragte er sich, aber wenn ich an ihn denke, muß ich auch an Gott denken! Welch ein Quatsch, keiner der beiden existiert! Weshalb aber hat ihn eine sterbende Frau in ihren letzten Minuten gebeten, für ihren kleinen Bruder zu sorgen? Und dies, obwohl sie zweifelsohne ein sehr entschlossener, tapferer und sogar fanatischer Mensch war? Sie hat nicht diejenigen verflucht, die sie bekämpfte und von denen sie ermordet wurde, und auch keinen letzten Gruß an ihre Freunde und Gesinnungsgenossen geschickt und von ihnen verlangt, ihre Pflicht zu tun, so wie sie selbst bis zum bitteren Ende ihre Pflicht getan hat, jedenfalls das, was sie für ihre Pflicht hielt. Nein, in ihren letzten Minuten dachte sie in Liebe und Barmherzigkeit an ein kleines, schutzloses Wesen!

Intensiv dachte Doktor zu Obernabel und Kapott nach. Demnach gibt es im Menschen etwas, das nach außen drängt und sich in den letzten Minuten von jeder irdischen Unrast befreit. Er aber, er mußte für diesen Jungen sorgen und entschloß sich, nach Mönchen-Gladbach zu fahren. Alles andere ist unwichtig, entschied er, es sind ja nicht mal hundert Kilometer von hier. Er zahlte und fuhr davon.

Während der Fahrt ließen ihn die Gedanken an den Jungen nicht los, wie er sein könnte und ob er überhaupt in der Lage sein würde, etwas für ihn zu tun. In Mönchen-Gladbach suchte er das Einwohnermeldeamt auf und erfuhr, daß der siebenjährige Bert Schmidtmann tatsächlich existiert und bei einer Frau Elfriede Wartenberg lebt. Er fuhr zu Frau Wartenberg und wurde von einer kranken Frau empfangen, die sich mühsam in einer armseligen Wohnung fortbewegte, die in einem der ärmsten Stadtteile lag, wie nach den Häusern geurteilt werden konnte, die bereits durch ihren Anblick ein Gefühl der Hoffnungslosigkeit hervorriefen. Selbst ein höchst aktiver und optimistischer Mensch mußte sehen, daß hier alles in Hoffnungs- und Perspektivlosigkeit erstorben war. Doktor zu Obernabel und Kapott kannte derartige Wohnungen gut. Elfriede Wartenberg hatte unter den Augen dicke Tränensäcke, die von einem Ornament aus Krähenfüßen bedeckt waren. Sie schaute ihn in der Tür fragend an und schwankte erschreckt, als er den Namen ihrer Nichte Gerda Schmidtmann nannte.

„Ich weiß von nichts! Hier ist schon einmal ein Herr von der Polizei gewesen. Ich bin eine alte, kranke, einsame Frau, schon lange habe ich keinen Mann mehr. Ich habe gar nicht gewußt, womit Gerda sich befaßt, sie hat mir auch nie etwas erzählt. Ich wußte nur, daß sie furchtbar links ist, diese Unis mit ihren Professoren!"

„Entschuldigen Sie bitte, Sie haben mich falsch verstanden, ich bin nicht von der Polizei. Ich war zufällig in der Nähe Ihrer Nichte, bevor sie starb. Sie sagte mir, daß sie einen kleinen Bruder hat, der bei Ihnen lebt und daß Sie und dieser Bruder sonst niemanden auf der Welt haben. Sie bat mich, wenn möglich, ihrem Bruder zu helfen und sagte mir, daß Sie es in materieller Hinsicht schwer haben."

„Und ob ich es schwer habe! Die Rente, die ich nach meinem verstorbenen Mann erhalte, ist klein. Ein paar Mark bekomme ich auch für den Jungen, aber fragen Sie lieber nicht, wieviel. Hier bei uns in der Stadt haben sich alle möglichen seelenlosen Bürokraten eingenistet, von der SPD und auch von der CDU, das ist ja sowieso egal. Ich kann Ihnen sagen, die sind so gut wie ein Strick um den Hals. Meine arme Gerda, sie ist ein so zartes, empfindsames Kind gewesen! Jede Ungerechtigkeit hat ihr Tränen entlockt. Sie konnte es eher dulden, wenn man ihr selbst etwas antat als einem anderen. Und was sollen solche Menschen bei uns in Deutschland tun? Jeder trampelt dich nieder, jeder trachtet danach, dem anderen das Stück Brot selbst noch aus dem Munde zu reißen. Und da soll man mit ihnen kämpfen? Sie haben alles, Geld, die Gesetze, die

Presse, das Fernsehen. Jeden Menschen kann man kaufen, wenn man nur richtig zahlt und so war meine Gerda plötzlich bei den Anarchisten. Habe ich denn etwas davon gewußt? Ich habe erst in der Zeitung gelesen, daß sie an einem Attentat beteiligt gewesen ist und dabei erschossen wurde. Was soll ich jetzt mit ihrem Bruder tun? Der Junge ist genau wie die Gerda, so nervös und sensibel, sehr klug und die Lehrer sind mit ihm zufrieden. Kaum kommt er nach Hause, fängt er an: ,*Tante, kauf mir eine Wildlederjacke, die halbe Klasse hat eine, bloß ich nicht. Hans Wuhlmann und Stefan Gutleut, sie alle haben Süßigkeiten von ihren Eltern und verteilen sie in der Klasse und ich habe bloß ein bißchen Lakritz in der Tasche.*' Und ich weiß, daß er recht hat! Entschuldigen Sie bitte, wie ist denn Ihr Name? Ich bin so aufgeregt und habe ihn vergessen."

„Ich bin Rechtsanwalt Doktor zu Obernabel und Kapott."

„Na, wenn Sie ein Doktor sind, brauche ich Ihnen ja nicht viel zu erzählen! In der Schule bilden sich immer Cliquen. Wer besser gekleidet ist und mehr Geld hat, freundet sich mit genau solchen an, und wer ärmer ist, mit ebenso armen. Mein Bert aber hat sich mit niemandem angefreundet, ist ja verständlich."

„Entschuldigen Sie, daß ich Sie unterbreche, Frau Wartenberg, meine materielle Lage ist nicht schlecht. Jetzt sind doch gerade Schulferien, soll er zwei oder gar vier Wochen bei mir verbringen und vielleicht wird er sogar sein Wildlederjäckchen bekommen." Er schwieg, die Augen von Frau Wartenberg wurden ganz rund.

„Wie? Sie wollen mir meinen Bert wegnehmen?" Was würde denn Gerda dazu sagen, wollte sie hinzufügen, erinnerte sich jedoch rechtzeitig, daß Gerda nicht mehr lebte und sie sich daher nicht auf sie berufen konnte. Dann fragte sie stockend: „Wie ist denn das? Da muß doch auch Bert gefragt werden, er ist fast acht und versteht alles." Bei diesen Worten wurden ihre angeschwollenen Augen ganz ängstlich. „Er muß jeden Augenblick kommen, er ist zu einem Freund gegangen, hier in der Straße, Herr Doktor. Er weiß noch nichts von der Katastrophe in Bonn. Er hat Gerda sehr geliebt und sie ihn. Sie ist immer so gut zu ihm gewesen. Um Gotteswillen, wenn er es erfahren muß, dann nicht so plötzlich."

„Gerade deshalb schlage ich ja vor, Frau Wartenberg, daß er einen Ortswechsel vornehmen sollte."

Ein kurzes, scharfes Klingelzeichen ertönte. Frau Wartenberg legte einen Finger an die Lippen, erhob sich schwerfällig und ging zur Tür.

Einige Sekunden später stand ein dünner, hellhaariger, ärmlich gekleideter Junge im Zimmer.

„Hier!" sagte Frau Wartenberg verlegen. „Das ist mein Neffe Bert und das ist der Doktor. Entschuldigen Sie, Ihren Namen habe ich schon wieder vergessen. Der Doktor interessiert sich dafür, was du in den Ferien machst."

Ein paar Sekunden schwiegen alle drei und schauten sich an. „Sind Sie Lehrer?" fragte Bert schließlich schüchtern.

„Oh nein!" der Besucher lachte fröhlich. „Ich verteidige andere Leute bei Gericht. Warst du schon einmal auf einem Gericht, Bert?"

„Nein. Was wird da gemacht, im Gericht?"

„Paß auf! Wenn dir jemand etwas maust und die Polizei ihn schnappt, muß er bestraft werden. Wie hoch diese Strafe sein soll, das entscheidet das Gericht."

„Bei uns in der Klasse ist mal ein Malkasten verschwunden, da ist die Polizei aber nicht gekommen und wir wissen bis heute nicht, wer ihn weggenommen hat."

„So, ein ganzer Malkasten? Was für ein Unglück! Hättest du vielleicht Lust, dir solch ein Gericht anzusehen?"

In Berts graublauen Augen flammte ein begehrliches Fünkchen auf. „Wie kann man das machen?"

„Sehr einfach, Bert, vielleicht erlaubt dir deine Tante, mit mir nach Frankfurt zu fahren und ich zeige dir alles, was dort interessant ist, und da gibt es viel zu sehen."

„Ist das weit?"

„Nein, nur einige Stunden mit dem Auto."

„Fahren wir denn mit dem Auto?"

„Ja, und sogar auf der Autobahn."

Erschreckt wandten sich Berts Augen von dem Gast ab und schauten fragend die Tante an, die ihrerseits verständnislos den unerwarteten Gast anstarrte.

„Frau Wartenberg, Sie können unbesorgt sein. Darf ich Ihnen meinen Personalausweis zeigen? Bitte, lehnen Sie nicht ab und notieren Sie sich ganz genau meinen Namen, die Anschrift und auch die Telefonnummer." Nachdem Frau Wartenberg sich alles aufgeschrieben hatte, schaute sie ihn unschlüssig an. Doktor zu Obernabel und Kapott erhob sich und sagte fröhlich: „Sie sind einverstanden? Dann brauchen wir auch keine Zeit mehr zu verlieren. Bert, such mal deine Sachen zusammen!"

Aufgescheucht keuchte Frau Wartenberg hin und her, soweit dies ihr Zustand zuließ, und begann sogar zu stöhnen. „Vielleicht sollten wir noch etwas warten und eine Tasse Kaffee trinken oder alles auf morgen verschieben?“

„Weshalb denn? Eisen muß man schmieden, solange es heiß ist! Bert, hilf deiner Tante packen!“

Es stellte sich heraus, daß Bert keineswegs viele Sachen hatte und demnach nicht als verbürgerlicht gelten konnte. Sein größter Schatz war ein umfangreiches Schloß mit einer Armee Plastikritter. „Das hat mir meine Schwester Gerda geschenkt.“

„Was du für schöne Ritter hast! Du nimmst die Ritter und ich die Burg, wir werden sie im Gepäckraum unterbringen.“ Schnell waren Schloß und Ritter verstaut.

„Wird Gerda mich besuchen?“

Doktor zu Obernabel und Kapott spürte, wie seine Kehle sich zusammenzog, ihm wurde unbehaglich zumute. „Erst müssen wir nach Frankfurt kommen, dann werden wir sehen. Nein, bitte, begleiten Sie uns nicht nach unten, Sie müssen Ihre Gesundheit schonen.“ sagte er zu Tante Wartenberg, die Bert küßte und unsicher über den Kopf streichelte. Als sie abfuhren, sah er ihr verloren wirkendes Gesicht am Fenster.

Erst saß Bert im Auto wie begossen. Der Tag war jedoch so hell und alles war so interessant! Als sie auf die Autobahn fuhren, fragte er den Doktor schon ununterbrochen aus und Frankfurt näherten sie sich bereits als Freunde. Merkwürdig, dachte Doktor zu Obernabel und Kapott, was passiert in letzter Zeit mit mir! Erstaunt stellte er fest, ich glaube, jetzt bin ich zum ersten Male glücklich!

Hier kehrten seine Gedanken zu Karoline zurück. Ihm war klar, daß er sie nicht wirklich liebt, wenn er sich unter diesem Begriff auch nicht viel vorstellen konnte. Karoline war hübsch, eine gute Sekretärin, sie verfügte über praktischen Geschäftssinn und verstand es, sich in der Gesellschaft ins rechte Licht zu setzen. Aber sie war prinzipienlos und er zweifelte nicht daran, daß sie ihn sofort verläßt, wenn sich ein Mann mit größerem finanziellen Hintergrund einfinden sollte. Solche Männer liegen aber nicht auf der Straße, dachte er, erinnerte sich jedoch sogleich an den russischen Fürsten, von dem Karoline so geschwärmt hatte. Noch vor wenigen Tagen wäre er bereit gewesen, mit Zähnen und Klauen um sie zu kämpfen, jetzt aber blickte er von der Seite auf das Profil eines achtjährigen Knaben, den er erst seit ein paar Stunden kannte, und mußte sich eingestehen, daß Karoline ihn eigentlich sehr wenig interessierte.

Nun der andere Punkt, seine Organisation, auf die er so stolz war. Wie sollte er sich weiter verhalten? Er hatte Menschen gemordet. Das Gesetz stand zwar auf seiner Seite. Sprunker und der Präsident der Bundesbank hatten ihm erklärt, daß er ihnen höchstwahrscheinlich das Leben gerettet habe und es schwerlich zu größeren Komplikationen kommen würde. Der Tod dieser jungen Frau hatte ihn jedoch völlig verändert. Vielleicht, weil diese Terroristin ganz anders war als Karoline, die nur einen Gott kannte, das Geld, und der naiven Meinung war, daß jemand, der Geld hat, alles habe. Er sah voraus, daß sie eines Tages von ihrer eigenen Geldgier zugrunde gerichtet würde. Aus all seinen Überlegungen kristallisierte sich lediglich ein Punkt klar heraus: Er konnte und durfte sich nicht weiterhin mit Erpressungen befassen, nachdem er diesen Jungen bei sich hatte.

Nicht weit von seiner Wohnung ging er mit Bert in eine Eisdiele, bestellte zwei riesige Portionen Eis mit Schlagsahne und kaufte sich die Abendzeitung. Gleich auf der ersten Seite stand in Fettschrift:

„Frankfurter Kaufmann tötet Geliebten seiner Frau!“

Bereits nach der zweiten Zeile wurde ihm klar, daß der Mörder kein anderer war als sein Patient Ernst Preis und das Opfer sein Kollege Bodo Sauer. Ein paar Sekunden vergaß er Bert und das Eis, sein fester Geist und exakt arbeitender Kopf versuchten, die möglichen Folgen abzuwägen. Preis, der bereits verhaftet war, wußte nichts von ihm. Spitzbaum und Scholzmann werden schweigen. Er verstand es, sich seine Mitarbeiter auszusuchen! Kwjatkowskij war vermutlich noch gar nicht dahintergekommen, was gespielt wurde. Wenn bloß die Karoline ihrem Fürst nichts ausschwatzt! Und wenn Sauer vor seinem Tode Preis erzählt hatte, daß er, Doktor zu Obernabel und Kapott, danach trachtete, ihn ein bißchen zu melken? Nein, das dürfte Sauer kaum getan haben, vermutlich wollte er ihm zuvorkommen und Preis nicht nur die Frau, sondern auch das Geld wegnehmen. Sicherlich wird es eine Gerichtsverhandlung geben, die Gefahr für ihn war jedoch nicht groß. Dennoch mußte er die Ohren steifhalten! Zweimal las er den Bericht über den Mord durch. Demnach hatte Preis selbst die Polizei gerufen und nichts zu verheimlichen versucht. Wollen wir sehen, wie sich Frau Preis jetzt verhält, überlegte er für sich.

Ihm wurde klar, dies war ein Fingerzeig, ihm wurde gezeigt, wie gefährlich und schmutzig seine Pläne waren. Ja, jetzt mußte er Schluß damit machen und eine andere Richtung einschlagen!

Er ging mit dem müde gewordenen Bert ins Badezimmer, zeigte ihm, wie die Dusche funktionierte und machte ihm in dem gleichen Zimmer ein Bett zurecht, in dem seinerzeit Spitzbaum und Scholzmann gesessen und mit Hilfe der so kunstreich erdachten Vorrichtung Nikolaj Genrichowitsch Kwjatkowskij beobachtet hatten. In Zukunft wird dieses geheimnisvolle Auge nicht mehr benutzt, entschied er, lediglich Bert würde es gelegentlich Spaß machen, hindurchzuschauen. Gleich morgen werde ich mit den fünf reden, sie alle sind aber so geldgierig und werden nichts preisgeben wollen. Ich will mich aber mit solchen Dingen nicht mehr befassen und werde das auch nicht tun. Jetzt hat mein Leben so etwas wie einen Sinn, und dieser Sinn ist ein bißchen nobler, als sich mit Karoline zu befassen. Vielleicht werden wir später auch eine Mutter für Bert finden.

Doktor zu Obernabel und Kapott war überzeugt, daß Bert für immer bei ihm bleiben würde und mit diesem Gedanken schlief er ein.

FISCHER HAT WIEDER PECH

Ein paar Tage vergingen und an einem glücklichen Morgen erhielt Fischer Nachricht, wonach der Bundesbankpräsident Wort gehalten und ihm dreißigtausend Mark überwiesen hatte - jetzt hatte er bereits zweiunddreißigtausend Mark! Bisher hat er von derartigen Beträgen kaum zu träumen gewagt, aber Tatsache blieb Tatsache! Wenn Fischer jeden Grund hatte, froh zu sein, so war dies eine Etage tiefer bei Klara Motzberg durchaus nicht der Fall. Jedenfalls war Fischer nach dem dritten Besuch der Enkelin zu diesem Schluß gekommen. Die weiteren Gespräche hatte er zwar nicht belauschen können. Sobald die Alte ihn entdeckt hatte, verschwand jede Offenherzigkeit auf dem Hof, aber ihm reichte, was er seinerzeit mitgehört hatte. Nach dem letzten Besuch verließ Karoline Löw ihre Großmutter sogar mit verweintem Gesicht, so daß er fehlerfrei kalkulieren konnte, der aristokratische Bräutigam dachte nicht daran, das Geld zurückzugeben. Welch eine Situation, dachte Fischer.

„Was meinst du, von Kluck?" fragte er seinen Kater, der plötzlich seinen Kopf unter dem Tisch hervorstreckte. Das Tier antwortete nicht, als Fischer es zärtlich hochhob, schaute ihm jedoch mit seinen gütigen, grünlichen Augen voll ins Gesicht und begann zu schnurren, wobei es eine leicht spöttische Miene zog. „Was du nicht sagst? Ja, ich verstehe dich! Du willst sagen, daß ich jetzt im Besitz eines großen, ehrlich verdienten Vermögens bin. Dieser Sauer hat mich zwar um den Finger gewickelt, aber das macht nichts, die Sünden der Vergangenheit lassen sich immer geradebiegen, fragt sich bloß, wie? Diese Karoline Löw braucht Geld. Was meinst du, von Kluck, wollen wir ihr diese dreißigtausend überweisen? Ihre Anschrift kenne ich. Ja? Also, dann wollen wir mal!"

Hier begannen jedoch die Schwierigkeiten. Nie zuvor hatte Fischer an jemanden Geld überwiesen, weder große noch kleine Beträge. Er kannte nur Karolines Adresse. Endlich entschloß er sich, zu einer Bank zu gehen. Dort wurde er liebenswürdig empfangen. Als er sein Problem darlegte, wunderte man sich, weil er kein Postscheck- oder Bankkonto des Empfängers kannte. Er sagte der jungen Dame am Schalter, daß er von diesen Geschäften nichts verstünde und erwarb damit sogleich ihre Sympathie. In zwei Minuten war alles erledigt.

Fischer war genau drei Tage lang im Besitz der dreißigtausend Mark gewesen!

Sehr glücklich kehrte er nach Hause zurück, begrüßte heiter die alte Motzberg, die seinen Gruß jedoch nicht erwiderte und statt dessen ihren Dackel streichelte, was ihn aber gar nicht kränkte. Ihn beunruhigte etwas anderes, schon seit Tagen fühlte er sich nicht recht wohl, in Bonn war es besonders schlimm gewesen. Beim Atmen störte ihn ein schweres Druckgefühl in der Brust, sehr bedeutend erschien es ihm jedoch nicht. Wichtig war eine andere Frage für ihn: Hatte er richtig gehandelt und dieser jungen, hübschen und in den Geschäften des Lebens wenig erfahrenen Frau tatsächlich geholfen? Er entschloß sich, in den nächsten Tagen Gusarewitsch genauer über Koschin auszufragen.

Während sich Sigmar Fischer glücklich und ruhig fühlte, war seiner Nachbarin in der Wohnung unter ihm weniger froh zumute. Immer schlimmer wurde es mit Karoline, die zweimal täglich angelaufen kam und alle möglichen Finten anwandte, um der Großmutter irgendwelche Gelder zu entreißen. Klara Motzberg entwickelte jedoch eine große Willensstärke, wenn es darum ging, kein Geld zu geben. Viel schlimmer als Karolines Bettelei war die Tatsache, daß der russische Aristokrat eine basaltähnliche Härte zeigte und die der Karoline weggeschnappten dreißigtausend Mark nicht zurückgab. Sie ist blöd und er ist ein Gauner, knirschte die Alte mit den Zähnen und vergaß in solchen Augenblicken sogar, ihre Polly zu streicheln. Damit das Maß voll wurde, erschienen plötzlich Fischer in einem neuen Anzug und sein Kater wieder in der Wohnung. Die alte Motzberg erstickte vor Wut - ein strahlender Fischer gefiel ihr überhaupt nicht! Sie fütterte Polly und bettete sie auf die Kissen.

„Schlaf, liebe Polly, und träum nicht von Fischers Kater! Ich gehe ein bißchen an die frische Luft und später gehen wir zusammen spazieren."

Nach diesen Worten passierte sie das Tor. Fischer und sein Kater waren glücklicherweise nirgends zu erblicken. Sie ging die Straße entlang und betrat einen kleinen, schlecht erleuchteten Park. Es dämmerte bereits und ihr fiel ein, daß der Park in schlechtem Ruf stand. Als sie genau in seiner Mitte war, erhoben sich zwei Männer von einer von dunklen Sträuchern umrahmten Bank. Die alte Motzberg spürte ihr Herz klopfen, als die beiden auf sie zu schlenderten.

„Tantchen, hast du eine Zigarette für uns?"

Eine Sekunde lang schwankte sie, wie sie sich verhalten sollte, ob sie sie anzischen und fortjagen könnte, die Gesichter der zwei waren jedoch so beschaffen, daß die Alte sich entschloß, lieber nicht zu zischen. Einer war groß und breitschultrig, sein Gesicht war flach, die langen Haare hatte er in vier Strähnen gekämmt, von denen zwei auf die Schultern und zwei auf die Brust fielen. Der andere war etwas kleiner, furchtbar zappelig und flink, und schüttelte andauernd seine langen, hellen Haare zurück, wie ein Mädchen. Plötzlich kam der alten Motzberg ein Gedanke. Sie war keine böse Frau, jedoch verbittert und gehörte zu jenen Menschen, die ihre Verbitterung stets auf jemanden konzentrieren müssen, und zwar nicht wie radikale Politiker auf eine Klasse, einen Stand, eine Gesellschaftsschicht oder eine bestimmte Gruppe von Menschen, sondern auf eine ganz konkrete Person - in ihrem Fall waren es zwei Personen, Fischer und sein Kater.

„Ich gebe euch Zigaretten." sagte sie und sprach die Wahrheit, denn sie paffte tatsächlich ein bißchen, und fügte hinzu. „Sagt mir, Jungens, wann habt ihr zuletzt was gegessen?"

„Heute morgen, Oma, aber nicht viel. Wir haben uns beim Metzger Brötchen mit Gehacktem gekauft und er..." der Große zeigte auf den Kleinen, „hat anstelle des ‚h' ein ‚k' gesagt. Das war alles."

„Geld haben wir nicht zu fett!" ergänzte der Kleine und zwinkerte dem Großen zu.

Die alte Motzberg war eine entschlossene Frau. „Gleich werde ich euch sattmachen. Da, auf der anderen Seite, ist doch eine Gaststätte?"

„Ja." bestätigten die beiden.

„Da gehen wir hin, da kriegt man bestimmt etwas zu essen!" Als sie die Kneipe betraten, schaute der Wirt sie erstaunt an. Frau Motzberg hatte ein durchaus würdevolles Aussehen, die beiden jungen Männer in ihrer Begleitung machten jedoch einen ganz anderen Eindruck.

„Was haben Sie zum Abendbrot?" fragte sie eine magere Kellnerin in einem weißen Kittel.

„Bitte, nehmen Sie hier Platz. Hier ist die Speisekarte. Heute abend haben wir ganz besonders guten Fisch und die Kartoffeln schmelzen wie Butter im Mund." Die alte Motzberg sah die beiden jungen Leute an, lächelte und bestellte für die beiden Schweineschnitzel und Bier und für sich selbst den Fisch.

„Sie sind ein guter Mensch!" stellte der Große fest. „Sie kennen uns doch gar nicht, wir könnten Gott weiß wer sein."

„Ich bin immer für die Jugend, unter jungen Leuten habe ich noch nie zu leiden gehabt, wohl aber unter älteren, so um die fünfzig, die haben mir viel angetan. Was soll ich da lange nach einem Beispiel suchen. In der Wohnung über mir lebt ein sogenannter Nachbar, ein heruntergekommener Schauspieler, und wissen Sie, warum ich mich an ihn erinnere? Ich esse Fisch und er heißt Fischer und mir ist, als ob mir eine Gräte quer im Hals stecken bliebe."

„Ist er denn solch ein Ekel? Mein Paps hat auch so einen fiesen Nachbarn gehabt."

„Nicht allein er ist fies, er hat einen Kater, ein abscheuliches Tier, das alles schmutzig macht. Wie oft habe ich seinen Dreck wegmachen müssen und Fischer selbst, wieviel Blut hat er mir in den letzten beiden Jahren vergiftet! Wenn ihn bloß jemand ein bißchen zur Ordnung rufen könnte."

Die beiden lächelten und sahen sich an. „Wie alt ist er denn, Oma?"

„Weit über fünfzig."

„Dann ist das gar kein Problem, diesem Schuft kann man einen Maßanzug anpassen. Das kostet aber ein paar Penunzen, Oma, so einen halben Hunderter für jeden, und das auch nur, weil Sie eine so patente Oma sind. Für uns bitte noch ein Bier!"

Klara Motzberg bestellte das Bier und fragte vorsichtig, wobei sie innerlich vor wollustiger Begeisterung bebte: „Können Sie diesen Lumpen tatsächlich ein bißchen zur Ordnung rufen, so daß er sich für den Rest seines Lebens daran erinnert, daß man alte Damen nicht ungestraft ärgern kann?"

„Eisern, Oma, das ist ja gewissermaßen unser Beruf. Wie sieht er denn aus, dieser Fischer?"

„Mittelgroß, schmal in den Schultern, braune Halbschuhe. Er trägt die Haare kurz geschoren, so wie das vor dem Krieg üblich war, und lächelt viel."

„Oh, diese Kurzhaarigen können wir besonders gut leiden! Das Problem besteht nur noch in dem Hunderter für uns zwei."

„Vielleicht bleibt ihr einen Moment hier, ich gehe inzwischen nach Hause, um ihn zu holen. Ich wohne ganz in der Nähe. Zuerst bezahle ich selbstverständlich unser Essen. Hallo, Fräulein!"

„Vielen Dank für Ihre Einladung, jetzt sind wir satt. Wir gehen aber doch lieber mit Ihnen zusammen, das gehört dazu. Wir bringen Sie nach Hause, jetzt am Abend treibt sich hier so viel lichtscheues Gesindel herum!"

Schweigend gingen sie zu dem alten Haus. „Hier wohne ich, und dort..." sie zeigte durch das Tor auf den zweiten Stock, „dort wohnt dieser Lump mit seinem ekelhaften Kater."

„Kapiert! Wir warten hier, Oma, hier sieht man uns nicht und Sie schleppen das Geld her. Alles andere ist unsere Sache. In den nächsten Tagen wird Fischer zur Schnecke gemacht. Wann geht er denn auf die Straße?"

„Das ist ganz unterschiedlich, er schafft ja nicht! Oft geht er noch am Abend spazieren."

Klara Motzberg ging ihr Geld holen, noch immer schlief Polly ihren unschuldigen Schlaf. Aus einer versteckten Ecke eines kleinen Schränkchens zog sie zwei Fünfzigmarkscheine hervor, legte sie in einen gefütterten Briefumschlag und ging wieder nach draußen. Ihre beiden neuen Bekannten standen in der Tiefe des Torbogens und rauchten. Der Kleine kniff ein Auge zusammen und fischte sich einen Fünfziger aus dem Umschlag, den er dann an den Großen weitergab. „Gut, Oma, jetzt werden Sie uns nicht mehr sehen. Nochmals vielen Dank, nicht umsonst haben wir das Geld erhalten." Und beide gingen die Straße hinab.

Wie dumm ich bin, schoß es ihr plötzlich durch den Kopf, als sie bereits zu Hause war, da haben sie mich übers Ohr gehauen! Als ob mein Gehirn ausgeschaltet gewesen wäre, und alles wegen dieses verdammten Fischers. Er wird mir aber dafür geradestehen müssen! Meine hundert Mark sind futsch, die Jungens haben das Geld ergattert und warum sollen sie sich jetzt noch mit ihm herumprügeln! Wenn ich ihnen wenigstens erst die Hälfte gegeben hätte und den Rest später!

Fischer war sehr glücklich. Er hatte sich davon überzeugt, daß es richtig gewesen war, Karoline Löw die dreißigtausend Mark zu überweisen. Auf zweifelhafte Weise hatte er dieses Geld erhalten und hätte es von Rechts wegen gar nicht annehmen dürfen, Karoline aber, die sich in einer undurchsichtigen Affaire verfangen hatte, konnte dieses Geld gut gebrauchen. Jetzt, nachdem er das Geld nicht mehr hatte, fühlte er sich auch nicht mehr schuldig.

All das durchdachte er wie schon so oft, als er gegen neun Uhr von einem Abendspaziergang heimkehrte. Er ging im Park einen lehmigen, vom Regen aufgeweichten Weg entlang und die Frage, wie sein Kater ihn empfangen würde - ob er miaut oder schnurrt - beschäftigte ihn stark. Langsam schritt er aus, er brauchte ja nicht zu hetzen. Von hinten näherten sich die Schritte zweier Leute, Spaziergänger, die ihn überholen wollten. Er machte Platz, als ihn plötzlich ein harter Schlag auf den

Kopf zu Boden warf, nochmals stürzte etwas auf seinen Kopf, so daß sein ganzes Wesen erschüttert wurde, dann bohrte sich unter unbegreiflichem Schmerz ein scharfer Gegenstand in seinen Magen und von zwanzig verschiedenen Seiten fielen schmerzhafte Steine auf ihn herab. Er wollte schreien, aufstehen, wurde wieder auf die Seite geworfen und dann war ihm, als ob er in einen bodenlosen Abgrund fiele, und dann, als ob er wieder emporschwebe.

Der große Breitschultrige beugte sich über den mit weit ausgebreiteten Armen im Lehm liegenden Fischer, der Kleine hatte sich in seinem Ärmel verkrallt. „Hör auf, er atmet ja kaum noch! Wann wirst du Idiot begreifen, daß man mit dem Gummiknüppel nicht einfach drauflosschlagen darf. Erst mußt du hingucken, wen du schlägst! Vielleicht steht er überhaupt nicht mehr auf. Hauen wir ab, sonst kommst du noch für fünfzig Mark in den Knast! Da lang, von hinten kommt jemand!"

Schnell verschwanden der kleine Flinke und der große Breitschultrige, dessen vier Haarsträhnen im Wind flatterten, hinter einer Biegung. Tatsächlich, von der anderen Seite näherten sich ein hochgewachsener, hagerer Herr von mittleren Jahren und eine ebenso große, hagere Dame, deren Gesicht stark gepudert war. Der Herr blickte himmelwärts und gab anscheinend gewichtige Erklärungen ab. Plötzlich blieb die Dame wie angewurzelt stehen. „Sieh mal, da liegt jemand!"

„Gehen wir zurück. Sicher ein Penner oder er hat sich mit Drogen vollgepumpt und unsere liebe Polizei..."

„Nein, guck mal, das Gesicht ist ganz blutig!" Die Dame beugte sich über Fischer. „Wir müssen einen Krankenwagen und die Polizei holen. Du wartest hier, Hermann, ich laufe schnell in die Bierstube dort drüben." Sie zeigte auf die Kneipe, in der vor einigen Tagen Klara Motzberg den beiden Burschen das Abendbrot bezahlt hatte.

„Entschuldige, allein werde ich dich nicht dorthinlaufen lassen, immerhin bin ich für meine Frau verantwortlich. Gehen wir zusammen."

Polizei und Rettungswagen kamen schnell. Der ohnmächtige Fischer wurde ins Krankenhaus transportiert, wo festgestellt wurde, daß er grausam verprügelt worden war: Zwei Rippen waren gebrochen, Gehirnerschütterung, mehrere schwere Blutergüsse, ein gebrochener Finger. Fast vierundzwanzig Stunden war er bewußtlos. Seine Papiere waren in Ordnung. Man bekam heraus, wo er wohnte, und erfuhr sehr schnell, daß er in keiner Krankenkasse war. Die Polizei interessierte sich für den Vorfall. Der kleine Park, in dem Fischer überfallen worden war, galt ohnehin als unsicher. Sie nahm Kontakt mit dem Hausbesitzer auf, der nicht viel über Fischer wußte, jedoch die Namen von zwei Männern nannte, die bis vor kurzem im gleichen Haus gewohnt hatten und mit ihm befreundet waren. Ihre neuen Anschriften waren ihm bekannt.

Kwjatkowskij war konsterniert und erklärte auf der Stelle, er könne über Fischer nichts aussagen. Obwohl sie eine Zeitlang Seite an Seite gewohnt hatten, seien sie nicht miteinander befreundet gewesen.

Ganz anders reagierte Gusarewitsch. Er drückte bereits am Telefon sein Entsetzen aus, erklärte, Fischer sei sein bester Freund und er könne sich keinen besseren Menschen als ihn vorstellen. Erschreckt fragte er die Polizisten, in welchem Krankenhaus Fischer liege und ob er ihn besuchen könne. Er erwähnte auch den unglücklichen Kater von Kluck, der jetzt ohne seinen Freund und Beschützer allein in der Wohnung eingesperrt war. Die letzte Bemerkung rief bei den Beamten lächelnde Mienen hervor. Gusarewitsch erhielt den Namen des Krankenhauses und rief dort an. Er wurde gebeten, herzukommen.

Gusarewitsch lief los und wurde von einem jungen, sympathischen Arzt empfangen. Er war groß und blond, sein breiter Brustkorb zeigte, daß er ein sehr guter Schwimmer sein mußte und sein offenes Gesicht, daß er sicherlich ein guter Kamerad war. Er sagte, Fischer sei soeben erst zu Bewußtsein gekommen, er sei sehr schwach und könne kaum reden. Er sei gerade vom Röntgen zurückgebracht worden. Offensichtlich habe er bereits seit langem einen verkappten, aber weit fortgeschrittenen Tuberkelherd in der Lunge. Um diesen Punkt zu klären, seien jedoch noch weitere Untersuchungen erforderlich.

Als sich Gusarewitsch über den Kranken beugte, wunderte er sich über den Ausdruck seiner Augen, die ruhig und viel größer als sonst waren und einen nachdenklich-gütigen, sogar schalkhaften Ausdruck hatten. Fischer lächelte schwach und bewegte die Lippen, Gusarewitsch verstand, Fischer war in Sorge um von Kluck.

„Reg dich nicht auf, Sigmar!“ sagte er und streichelte Fischers Hand. „Ich werde mich um deinen Kater kümmern.“

Fischer schloß die Augen. Die Schwester machte Gusarewitsch ein Zeichen, er verstand, es war Zeit zu gehen. Er kam am nächsten Tag und auch am übernächsten und am vierten Tag konnte sich Fischer zu seinem großen Erstaunen bereits wieder bewegen, wenn auch nur ganz langsam.

„Ich bereite mich darauf vor, nach Hause zu gehen.“ sagte er zu Gusarewitsch, und tatsächlich hatte er dieses Thema bereits gegenüber den Ärzten angeschnitten, die zunächst abwinkten. Dann aber schaute sich der Stationsarzt Fischer genauer an. Der Gesichtsausdruck dieses schwer mitgenommenen Patienten war irgendwie eigenartig, als ob er genau wüßte, daß seine Bitte erfüllt würde, die Bitte, ihn zur weiteren Ausheilung nach Hause gehen zu lassen.

„Ich kann die Verantwortung nicht übernehmen und Sie in diesem Zustand entlassen." erklärte der Arzt resolut.

„Warum nicht? Wovor haben Sie Angst, Doktor?"

„Nun, mit Ihnen könnte etwas passieren."

„Sie befürchten zum Beispiel, daß ich sterben könnte?"

„Warum soll man das so deutlich aussprechen?"

„Ich bitte Sie ja gerade deswegen, mich zu entlassen, damit ich zu Hause sterben kann." Hier stockte Fischer, viele, winzige Schweißtropfen traten auf seine Stirn. Das Sprechen war noch immer recht beschwerlich für ihn.

„Sie sehen doch, in welch einem Zustand Sie sind! Sie müssen liegenbleiben und sich nicht mit mir herumstreiten. In diesem Zustand können Sie nicht entlassen werden. Weshalb wollen Sie unbedingt ohne medizinische Betreuung allein zu Hause liegen?"

„Bei mir zu Hause ist das Wesen, das mir am nächsten steht."

„Sie sind doch nicht verheiratet? Wenn Sie eine Freundin haben, so kann sie jederzeit zu uns kommen, und überhaupt, wer immer das sein mag, das verbieten wir nicht."

„Ich habe keine Freundin, ich habe nur einen Freund, Gusarewitsch. Ich spreche von meinem Kater. Für ihn ist es ohne mich in der leeren Wohnung sehr schwer, wenn ihm Gusarewitsch auch zu fressen gibt. Wir würden gern in der schweren Stunde zusammen sein."

Nachdem Fischer so viel gesprochen hatte, verstummte er und atmete schwer, die lange Rede hatte ihn offensichtlich sehr geschwächt. Die beiden Ärzte und die Schwester schwiegen ebenfalls. In diesem Augenblick wurde vorsichtig an der Tür geklopft. „Herein!" rief der große, blonde Arzt und Gusarewitsch schaute aufgeschreckt durch die Tür. „Kommen Sie nur herein!" sagte der andere Arzt. „Hören Sie, was sich Ihr kranker Freund ausgedacht hat! Er will entlassen werden und nach Hause gehen, dabei kann er kaum auf seinen eigenen Beinen stehen, und wissen Sie, warum? Er will mit seinem Kater zusammen sein! So etwas haben wir hier noch nie gehört."

Gusarewitsch wurde verlegen. „Herr Fischer ist ein sehr einsamer Mensch, er hat tatsächlich niemanden außer mir und diesem Tier."

„Dann schlage ich folgendes vor", lächelte der blonde Doktor, „entlassen können wir Ihren Freund nicht, aber Sie können seinen Kater, dieses Wundertier, herbringen. Wir werden Herrn Fischer in ein Einzelzimmer mit einem kleinen Balkon verlegen, dort könnte der Kasten für das Tier stehen. Das ließe sich arrangieren. Also, rennen Sie los!"

Gusarewitsch verbeugte sich, wollte Fischer noch etwas sagen, schaute ihn jedoch nur an. Fischer saß mit geschlossenen Augen da und registrierte anscheinend nichts, was um ihn herum passierte. Nach einer halben Stunde wurde von Kluck gut getarnt in einem Korb in die Klinik gebracht, wobei er erschreckt durch die Ritzen des Geflechts schaute. Fischer lag bereits in dem Einzelzimmer. Er schien zu schlafen. Neben einem neuen Schrank, der so gut wie leer war, lag ein Gott weiß woher gekommenes Kissen.

„So weit sind wir schon gekommen!" maulte eine attraktive dunkelhaarige Schwester. „Jetzt bringt man schon Katzen in die Klinik! Hast du so was schon mal gehört? Das liegt nur an diesem schönen Blonden, dem Meisterschwimmer. Uns hetzt er dauernd herum und plötzlich entflammt er in Liebe zu einem Patienten und seinem Kater. Jetzt wundere ich mich über gar nichts mehr. Auch über ein Krokodil in der Intensivstation würde ich mich nicht wundern und auch nicht, wenn man uns zwingt, es zu pflegen. Ich habe mal meinen Pudel mitgebracht, das war vielleicht ein Theater! Wenn er aber glaubt, daß ich den Kasten dieses Tieres saubermache, ist er gewaltig auf dem Holzweg!"

Die Schwester regte sich umsonst auf, diese Pflicht nahm Gusarewitsch auf sich. Von Kluck führte sich wie ein Gentleman auf, er miaute nicht und machte auch nicht die geringsten Anstalten, seine Umgebung zu erforschen, er lag nicht mal auf dem Kissen. Mit großen Augen schaute er ständig auf das Bett seines Herrn. Mit Fischer aber ging wenig Gutes vor. Er wurde ständig schwächer und lächelte alle, die sein Zimmer betraten, traurig an. Auch ein berühmter Professor kam zu ihm, befragte umständlich die zuständigen Ärzte und für einige Sekunden trafen seine Augen auf Fischers Blick. Von Kluck war prophylaktisch im Pförtnerhäuschen versteckt worden, wo er kläglich miaute, als ob er sagen wollte, so viele klugen Leute und keiner kann helfen. Der Professor sprach außerordentlich komplizierte Sätze, wie es sich seit Arminius' Zeiten für deutsche Professoren geziemt, die so klug waren, daß allen klar wurde, wie hoffnungslos Fischers Zustand ist. Allen wurde traurig zumute, denn sie hatten Fischer liebgewonnen, wenn sie den Grund dafür auch nicht recht kannten. Vielleicht lag die Ursache in Fischers großen, gütigen Augen.

Niemand wußte, daß Fischer die ganze Zeit über betete. Um ehrlich zu sein, er konnte gar nicht beten und wiederholte lediglich immer wieder das Vaterunser. Er bat Gott, ihm seine große Sünde zu verzeihen, daß er sich aus Geldgier für einige Stunden in den Bundesbankpräsidenten verwandelt hatte. Am nächsten Morgen bat er die Schwester, zweitausend Mark von seinem Konto an Gusarewitsch zu überweisen, das war das letzte, was er hatte. Er war so schwach geworden, daß er nur unter äußerster Anstrengung den Beleg unterschreiben konnte. Als er sich am Abend von Gusarewitsch verabschiedete, bat er ihn, Kwjatkowskij zu grüßen und trug ihm auch auf, Frau Motzberg wegen all der Ungelegenheiten, die er ihr bereitet hatte, um Verzeihung zu bitten. Er lächelte und bedankte sich kaum vernehmlich bei den Schwestern. Bevor die Schwester hinausging, brachte sie die Klingel so an, daß er sie mit der leisesten Handbewegung drücken konnte. Dabei schärfte sie ihm ein, sich nicht zu genieren und zu jeder Zeit zu rufen, wann immer er sie brauche, auch in der Nacht. Kaum war die Schwester hinausgegangen, als von Kluck auf das Bett sprang, als ob er darauf gewartet hatte. Mit größter Mühe befreite Fischer seine Hand von der Decke und streichelte ihn. Was er für wunderschöne Augen hat, dachte er, viel schönere als ein Mensch und von Kluck sah ihn auch an wie ein Mensch.

Plötzlich hob der Kater seinen Kopf, auch Fischer hob die Augen. Es geht los, dachte er, so was nennt man Halluzinationen, das wird das Ende sein. Wieso ist mir aber so leicht und heiter zumute? Wer hat bloß gesagt, daß ein Mensch vor dem Tode sieht, was es nicht gibt! Ich weiß doch sehr gut, daß über mir die weiße Decke des Zimmers ist. Meine Sehkraft scheint zu erlöschen, daher erscheint mir die Decke als bodenloser schwarzer Abgrund und in der unendlichen Tiefe kochen und brodeln, schweben und weben zahllose winzigen Kinderköpfe. Sie alle lächeln mir zu, so gütig und lustig.

Weshalb miaust du, von Kluck, du siehst wohl auch diese Köpfe. Ja, mein lieber Kater, beide sind wir in einen bejammernswerten Zustand geraten. Jetzt haben meine Halluzinationen auch dich angesteckt, aber du brauchst nicht unruhig zu werden - selbst vor dem Tode kann ein Fischer so etwas nicht sehen! Eher du, du weißt ja nicht, was Sünde ist und Gott liebt die Tiere. Mit mir steht es aber ganz anders. Mein Leben lang bin ich ein Pechvogel gewesen, als Schauspieler ein Versager, ein schlechter Gatte, weshalb hätte mich die Frau sonst verlassen? Nichts ist bemerkenswert an mir, gar nichts, abgesehen davon, daß ich so aussehe wie der Bundesbankpräsident, und da habe ich auch eine Schweinerei gemacht.

Dich liebe ich sehr, von Kluck, du stehst mir am nächsten. Verzeih mir, daß ich dich so selten mit Leber gefüttert habe und Sahne gab es auch nicht allzu oft. Du mußt wissen, Leber ist recht teuer! Beim Herrgott werde ich nur um zwei Dinge bitten, daß er mir meine Sünden verzeiht und du ein gutes neues Herrchen bekommst, mein armer von Kluck. Plötzlich schrie von Kluck laut auf und sprang vom Bett. Die Tür öffnete sich und die Schwester trat ein.

„Brauchen Sie etwas, Herr Fischer?" Verneinend bewegte Fischer den Kopf. „Ich verstehe, Ihr Kater will einen Spaziergang machen. Seien Sie unbesorgt, ich lasse die Balkontür halb offen, damit er zurückkehren kann."

Noch immer blickte Fischer nach oben und stellte fest, daß die Kinderköpfe heller waren als der weiße Kittel der Schwester. Etwas Schweres sprang auf sein Bett, von Kluck war zurückgekehrt und bewegte mühsam den Kopf. Er saß zwanzig Zentimenter von Fischer entfernt und hielt eine tote Maus im Maul. Dann sah er ihn fragend an und legte die Beute auf die Decke. Welch wunderbarer Kater, dachte Fischer, leise und deutlich sagte er: „Vielen Dank, von Kluck, ich esse keine Mäuse. Wo hast du hier bloß eine Maus gefunden? Anscheinend willst du mir zum letzten Mal gutes erweisen!"

Er schaute wieder empor, von allen Seiten kam die Dunkelheit auf ihn zu. Jetzt konnte er die flügelumschatteten Kindergesichter schon besser erkennen. Kläglich und laut miaute von Kluck. Sigmar Fischer streckte sich unter der Decke aus.

Gusarewitsch kam am nächsten Morgen wie verabredet. Er wollte Fischer bitten, auf sich zu achten, aber es gab keinen Sigmar Fischer mehr.

„Wir nehmen an, daß Sie die Beerdigung übernehmen?" wurde Gusarewitsch gefragt.

„Ja, sicher." antwortete er und verschluckte sich dabei. Er wußte nicht, wie man so etwas macht und hatte den schrecklichen Verdacht, daß eine anständige Beerdigung sehr viel Geld kostet. Kaum war er verschreckt nach Hause gekommen, als Doktor zu Obernabel und Kapott ihn zu sich rief.

„Herr Gusarewitsch", begann er ohne Umschweife. „ich habe Sie hergebeten, um eine heikle Angelegenheit mit Ihnen zu besprechen. Ich gebe die Leitung der Organisation in andere Hände, Herr Scholzmann wird sie übernehmen. Er ist ein energischer Mann und hat eine gute Schule durchgemacht. Mit Ihrem Kameraden Kwjatkowskij habe ich bereits gesprochen, er bleibt weiter im Betrieb, genau wie Herr Spitzbaum und Frau Löw. Ihnen persönlich würde ich jedoch abraten, weiterhin in unserer Organisation zu bleiben. Bitte, verstehen Sie mich nicht falsch, ich bin sehr zufrieden mit Ihnen. Sie haben sich gegenüber Koschin sehr gut präsentiert, ich sage Ihnen noch mehr, Sie haben sich zu gut präsentiert. Sie wissen ja, wir alle sind ein bißchen Psychologen und ich habe mich davon überzeugt, daß Sie ein anständiger Mensch sind, trotz der gelegentlich in fremden Stühlen reingeschlagenen Nägeln, was den Gepflogenheiten der Schreinermeister bekanntlich nicht ganz entspricht. In unserer Zeit hat jedoch auch das Handwerk seinen Nimbus verloren.

Aber nicht damit wollen wir uns befassen. Ich selbst habe nichts dagegen, wenn Sie sich gelegentlich ein Gläschen zuviel hinter die Binde gießen. Das ist unvermeidlich, wenn Sie auf geschäftlicher Ebene mit Menschen wie Koschin verkehren müssen. Der Haken liegt jedoch darin, daß Sie nicht die volle Wahrheit kennen. Unsere Organisation hat sich keineswegs zum Ziel gesetzt, Menschen vor dem Teufel Alkohol zu retten. Wir sind lediglich brenzlig daran interessiert, was ein Mann in alkoholisiertem Zustand ausplaudert, um eventuell später Forderungen an den betrunkenen Schwätzer stellen zu können.

Ich sehe auf Ihrem Gesicht ein Gemisch aus Erstaunen und Zweifeln, selbst Schrecken. Ja, die Sache ist schlecht und gerade, weil ich das jetzt begriffen habe, sehe ich mich gezwungen, zurückzutreten. Ich sehe, diese Entwicklung enttäuscht Sie und Sie sind verlegen. Ich selbst habe Ihnen ja seinerzeit etwas ganz anderes erzählt, als Sie zu uns aufgenommen wurden. Seitdem sind jedoch einige unvorhergesehenen Ereignisse eingetreten. Der von Ihrem Freund Kwjatkowskij bearbeitete Patient ist zum Mörder geworden und sitzt im Gefängnis. Ich kann nicht mal eine Garantie abgeben, daß ich dafür keine Verantwortung trage. Vor meinen Augen ist in diesen Tagen ein junger, von Wahnideen besessener Mensch gestorben und ich habe begriffen, daß ich aufhören muß, die Summe des Bösen in der Welt zu vergrößern. Aus diesem Grund will ich von dieser Sache Abstand nehmen und ich rate Ihnen, das gleiche zu tun. Selbst, wenn Sie sich gezwungen sehen sollten, wieder Stühle zu reparieren, wäre das besser als Ihre augenblickliche Tätigkeit. Was Koschin angeht, so werden sich andere finden, die sich mit ihm befassen.

Nun das wichtigste - das Geld. Sie leben in einer guten Wohnung und niemand wird Sie von heute auf morgen auf die Straße setzen. Die

Wohnung gehört mir. Ich werde auch Arbeit für Sie finden, und zwar solch eine, bei der Sie es nicht nötig haben zu trinken. Ihretwegen habe ich schon mit Scholzmann gesprochen. Er hat nichts dagegen, wenn Sie sich zurückziehen." Doktor zu Obernabel und Kapott schwieg.

Er hat sich stark verändert, dachte Gusarewitsch, er redet ganz anders als früher. Kaum habe ich mich irgendwo eingerichtet, schon versinkt alles wieder im Nichts! Dennoch hat er recht, mit solchen Dingen darf ich mich nicht befassen. Wie entsetzt wäre Fischer, wenn er noch leben würde. Da erinnerte er sich wieder an die Beerdigung.

„Sie erhalten Ihr Gehalt noch drei Monate weiter. Ich hoffe, das werden Sie nicht bezweifeln."

„Nein, und gerade jetzt brauche ich das Geld dringend. Ein guter Freund von mir ist gestorben. Wir haben die ganze Zeit Seite an Seite gewohnt, bis Kwjatkowskij und ich in die neuen Wohnungen umgezogen sind. Vor ein paar Tagen ist ihm ein Unglück zugestoßen, er ist auf der Straße zusammengeschlagen worden. Außerdem litt er schon lange an der Brust. Jetzt muß ich ihn anständig beerdigen lassen. Sagen Sie, kostet das viel Geld?"

Doktor zu Obernabel und Kapott lächelte. „Stand Ihnen dieser Mann sehr nahe?"

„Ja, wir sind Freunde gewesen. Er war ein sehr guter Mensch, wenn auch arm und einsam. Er hat auch ein bißchen getrunken. Seinem Beruf nach war er Schauspieler, aber er hat schon lange nicht mehr gespielt. Vor einigen Tagen hat ihn jemand nach Bonn geholt und ich hatte mich schon so für ihn gefreut. Ich dachte, jetzt würde für ihn etwas neues beginnen. Aber Gott hat es anscheinend anders gewollt."

„Glauben Sie denn an Gott?"

„Ja, aber schlecht, und in meinem Glauben liegt nicht viel Nutzen, bei Fischer war das aber ganz anders. Wir haben uns ein paarmal darüber unterhalten und er hat mir immer gesagt, nicht an Gott zu glauben, sei Sache der Großen und Starken, wir kleinen Männekens müssen an ihn glauben. Wer sonst soll uns beschützen? Dem Fischer am nächsten stand sein Kater, den er von Kluck genannt hat, zu Ehren eines Generals aus dem ersten Weltkrieg."

„Ich werde Ihnen behilflich sein und auch die Kosten der Beerdigung vorstrecken. Wann soll sie denn sein?"

„Das weiß ich noch nicht."

„Dann gehen wir und stellen das fest."

Erstaunt betrachtete Gusarewitsch seinen ehemaligen Chef, als sie die

Wohnung verließen, in die sich seinerzeit Kwjatkowskij nach Entdekkung der faulen Ananasfrüchte geflüchtet hatte. Er stellte fest, welch hervorragender Organisator der Doktor war. Er rief ein Beerdigungsinstitut an, bat Gusarewitsch um alle Einzelheiten und erkundigte sich, ob der Totenschein bereits ausgeschrieben war. Dann gingen sie, um gemeinsam den Sarg auszusuchen.

Gusarewitsch rief Kwjatkowskij an, der sofort ein großes Gejammer erhob, wie leid ihm Fischer tue und was das für ein furchtbares Unglück ist. Er selbst sei jedoch mit unaufschiebbaren Geschäften so sehr überlastet, daß er nicht zur Beerdigung kommen könne, er würde jedoch einen Kranz schicken. Am zweiten Tag der Rennerei in Verbindung mit der Beerdigung stieß Gusarewitsch mit der Nase auf Klara Motzberg, die wie immer zusammen mit ihrem unverwüstlichen Dakkel auf ihrem Stammplatz saß. Nachdem er sie kalt begrüßt hatte, sagte er ihr, daß Fischer nicht mehr unter den Lebenden weile, ihn als seinen besten Freund jedoch beauftragt habe, sie, Frau Motzberg, um Verzeihung zu bitten für alles, was er ihr bewußt oder unbewußt an Unannehmlichkeiten zugefügt habe. Das hatte die alte Motzberg nicht erwartet. Sie verfärbte sich und verlor offensichtlich die Fassung. Schließlich platzte sie heraus: „Fischer ist gestorben? Wieso denn? Er ist doch erst vor ein paar Tagen aus Bonn zurückgekehrt. Ich habe ihn selbst gesehen!“

„Sein Leben lang hat er Pech gehabt. Er wurde im Park von Rowdies überfallen, außerdem war schon seit langem seine Lunge nicht ganz in Ordnung. Die Ärzte konnten nichts mehr für ihn tun und jetzt ist er nicht mehr da. Morgen findet die Beisetzung statt.“

Die alte Motzberg erwiderte nichts, sie presste ihre Lippen zusammen und verschwand mit Polly in ihrer Wohnung. Gusarewitsch sammelte Fischers Hinterlassenschaft zusammen, darunter einige Bücher über Katzen, eines davon war rührend-kindlich. Er entsann sich des Wortes: *„Wenn ihr nicht werdet wie die Kinder, so werdet ihr nicht in das Himmelreich kommen!“*

Der Tag der Beerdigung kam heran und wie sehr Gusarewitsch sich auch bemühte, es war ihm nicht gelungen, Verwandte von Fischer aufzutreiben. Nur vier Personen kamen zur Beerdigung, er selbst, Doktor zu Obernabel und Kapott, der Hauswirt in einem dunklen Anzug und mit Kranz - damit hatte Gusarewitsch nie gerechnet - und die Besitzerin des Kolonialwarenladens auf der anderen Straßenseite, schräg gegenüber. Als fünfter war ein betagter lutherischer Pastor anwesend.

Gusarewitsch trug den abgemagerten und erschreckt nach allen Seiten Ausschau haltenden Kater von Kluck.

Es war ein wundervoller, heller Sommertag, so jubelnd und strahlend, daß es schwer fiel, sich vorzustellen, daß an solch einem Tage jemand beerdigt werden sollte. Immer wieder und keineswegs besonders freundlich blickte der Pastor auf von Kluck. Gusarewitsch sagte ihm, der Verstorbene habe die Tiere sehr geliebt und dieser Kater sei sein ein und alles gewesen. Der Pastor seufzte, sagte jedoch nichts. Die hellen Augen des Katers redeten eine deutliche Sprache: ,,Willst du mich wirklich fortjagen?"

Die Zeremonie verlief ruhig, traurig und wenig feierlich. Als man begann, das Grab zuzuschütten, spiegelten sich in den Augen des Katers fast menschliche Verzweiflung und Leid wider. Doktor zu Obernabel und Kapott brachte Gusarewitsch in seinem Volvo nach Hause und verabschiedete sich freundlich von ihm. Gusarewitsch streichelte von Kluck, setzte ihn neben der Tür auf den Boden und kramte nach seinen Schlüsseln. Nur für eine Sekunde hatte sein Blick den Kater verlassen, und das war genug - er war verschwunden. Gusarewitsch rief nach ihm, schaute nach rechts und links, von Kluck war nirgends zu sehen. Dann ging er die Straßen in allen Himmelsrichtungen ab, ohne Resultat. Das Tier war fort! Schließlich kam ihm der Gedanke, daß Katzen sich an das Haus gewöhnen, womöglich war er zu Fischers Wohnung gerannt. Gusarewitsch fuhr dorthin und begann, den Hof und die Umgebung abzusuchen. Die alte Motzberg schaute seinem Treiben mißtrauisch zu, endlich hielt sie es nicht mehr aus und fragte: ,,Haben Sie etwas verloren, Herr Gusarewitsch?"

,,Nein, verloren habe ich nichts. Ich war auf Fischers Beerdigung und jetzt ist mir sein Kater entlaufen, ich wollte ihn zu mir nehmen. Da dachte ich, ob er womöglich hierher gelaufen ist. Er sah so komisch aus, immer wieder öffnete er sein Maul, als ob er jemandem die Kehle durchbeißen wollte."

Das Gesicht der Alten verlor plötzlich jede Farbe und wurde grünlich. ,,Was Sie da für merkwürdige Sachen reden, Herr Gusarewitsch, da werde ich lieber hineingehen."

In Gedanken lächelte Gusarewitsch. Jetzt bin ich ganz einsam, stellte er fest, welch eine Schwere auf mir lastet. Für heute gehe ich schlafen und morgen fange ich wieder an, nach von Kluck zu suchen. Als er am nächsten Tag erwachte, dachte er lange über Fischer nach und über sein eigenes, wieder unsicher gewordenes Schicksal. Wo ist von Kluck geblieben? Der Gedanke an den verschwundenen Kater berührte ihn schmerzlich und machte ihn schwermütig. Wer kann mir bloß helfen, dachte er, ich kann so was doch nicht der Polizei melden? Nein, aber Doktor zu Obernabel und Kapott! Nachdem Gusarewitsch ihm von dem verschwundenen Kater berichtet hatte, schwieg der Doktor so lange, daß er ihn sogar fragte, ob er noch am Telefon sei.

,,Ich kann erraten, wo Ihr Kater ist und komme gleich zu Ihnen."

Gusarewitsch ertappte sich bei dem Gedanken, daß ihn das so eigenartige Verhalten seines ehemaligen Chefs überhaupt nicht erstaunte. Viel, sehr viel hatte sich seit Fischers Tod verändert, nicht nur in ihm selbst, sondern rund um ihn. Auf dem Friedhof gingen sie zu Fischers Grab. In wunderbaren smaragdenen Farben grünte der triumphierende Sommer, der noch nicht an den Herbst zu denken brauchte, so wie ein Jüngling sich den Luxus erlauben kann, nicht an den Tod zu denken.

Da sahen sie ihn, lehmverschmiert und abgemagert lag der Kater von Kluck auf dem Grab. Als er den Doktor und Gusarewitsch sah, miaute er kläglich und verzweifelt, rührte sich jedoch nicht vom Fleck. Lange streichelte ihn Gusarewisch, von Kluck zitterte wie im Schüttelfrost. Der Doktor beugte sich, hob das Tier vorsichtig hoch und drückte es an sich. Wie ein Kind umfing von Kluck seinen Hals mit den Pfoten und miaute verzweifelt.

,,Dieses Tier gehört Ihnen, sofern ein Tier überhaupt jemandem gehören kann. Dennoch möchte ich Sie bitten, es mir zu überlassen. Ich habe zu Hause jemanden, der den Kater sehr lieben und für ihn sorgen wird. Vor ein paar Tagen habe ich einen Jungen in Pflege genommen, er ist Vollwaise und wird es bei mir sicherlich besser haben als bei seiner Tante. Er wird gut zu dem Kater sein. Das ist natürlich nur eine Bitte."

,,Werden Sie mir erlauben, ihn in Erinnerung an meinen toten Freund ab und zu zu besuchen?"

,,Sie können kommen, wann immer Sie wollen! Einem Kwjatkowskij hätte ich das übrigens niemals angeboten. Fahren wir jetzt zu mir, ich werde Sie mit meinem Zögling bekannt machen. Sie brauchen sich wirklich um Ihre Zukunft nicht zu sorgen, ich werde sie in meine Hand nehmen. Sie wissen, daß ich mein Wort immer halte, im Schlechten wie im Guten. Ich möchte nur noch ein Foto vom Grab Ihres toten Freundes machen."

DIE LETZTEN EREIGNISSE

Es war am Abend des gleichen Tages, an dem sich der Kater von Kluck plötzlich in der luxuriösen Wohnung des Doktors befand und unter Anleitung von Bert Schmidtmann vorsichtig und unter Vorbehalt seinen neuen Lebensbereich zu untersuchen begann. In dem berühmten chinesischen Restaurant saßen in einer versteckten Ecke Karoline Löw und Leonid Petrowitsch Koschin. Diesmal wurde ihre Begegnung von einer dramatisch-romantischen Szene eingeleitet. Koschin fühlte sich nicht ganz ruhig, obwohl er entsprechend seiner langjährigen Praxis alle Mädchen dieser Kategorie in verschiedene Gruppen eingeteilt und Karoline Löw der primitivsten zugeordnet hatte. Dennoch war es in seiner aristokratischen slawischen Seele nicht ganz ruhig. Er hatte sogar mehrere Varianten ausgearbeitet, falls die blöde Karoline ihre Unzufriedenheit durch hysterischen Anfall oder Flehen und Beschwörungen äußern sollte, so daß er sich genau im klaren war, wie er in dem einen oder anderen Fall zu reagieren hatte. Eines aber wußte er ganz genau, wie sie sich auch verhalten würde, ihre dreißigtausend Mark würde sie ebensowenig wiedersehen wie ihre eigenen Ohren!

Nachdem er sie in der kleinen Bar aufstöberte, passierte jedoch eine Variante, die er nicht vorhergesehen hatte. Kaum hatten sie in der versteckten Ecke Platz genommen und eine derart chinesische Speise gewählt, wie sie sicherlich von keinem einzigen Chinesen jemals gegessen wird, als sich Karoline an seinen Hals hängte und ihn mit ihren Küssen fast erstickte.

„Mein Liebster, Teuerster, Goldiger, Göttlicher, Unübertroffener, ich bereue so sehr, ich verfluche mich! Welch niederträchtige, böse und charakterlose Frau bin ich! Ein Ungeheuer im Rock bin ich und nicht die Frau, auf die das göttliche Glück gefallen ist, von einem russischen Fürsten geliebt zu werden. Du in deinem Edelmut ahnst nicht, was ich gedacht habe! Es hat einen Augenblick gegeben, in dem ich an dir gezweifelt habe. Weißt du, welch ein Gedanke wie eine schwarze Viper durch meinen Kopf gehuscht ist? Ich habe gedacht, du hast mit meinem

Geld nicht so verfahren, wie es hätte sein sollen. Solch eine Verdüsterung des Gemüts hat mich befallen! Ich hatte dich doch gebeten, mir das Geld zurückzugeben. Und weißt du, wer mich auf diesen Gedanken gebracht hat? Oh, wie niederträchtig ich gewesen bin! Meine eigene Großmutter, diese alte Hexe, beneidet mich um mein Glück und trachtet danach, uns auseinanderzubringen. Du aber hast alles vorausgesehen, alles begriffen, alles gewußt und deine genialen Maßnahmen getroffen!"

Diese Tirade wurde von Umarmungen, Freudentränen und Küssen umrahmt, so daß es Koschin selbst in der lauschigen, dunklen Barecke peinlich wurde. Zu alledem begriff er überhaupt nichts und ihm schwindelte von Karolines Vulkanausbruch. Er fühlte jedoch, dies zu zeigen, war gefährlich. So hob er nach langerprobter Methode seine Augen in die Höhe und ließ die Tränen spielen, wie er sich ausdrückte, er trumpfte mit der unschuldigen, heiligen Träne auf, und entschloß sich, das weitere abzuwarten. Da platzte Karoline los und er erfuhr, was er am wenigstens zu hören erwartet hatte.

„Mein Liebster, wie konntest du mein Schwatzen überhaupt ernst nehmen und mir die dreißigtausend Mark zurückgeben! Du kriegst sie natürlich wieder, du hast nicht nur wie ein heiliger Russe, sondern wie ein Gentleman gehandelt, und ich, ich..." Karoline warf sich wieder Koschin an den Hals, der jetzt begriff, daß jemand der Karoline dreißigtausend Mark geschickt hatte. Was hatte das zu bedeuten? Plötzlich erleuchtete ihn ein neuer Gedanke - Karoline hat einen geheimnisvollen Beschützer und der sitzt zweifelsohne auf dem Geldsack, denn nur ein sehr reicher Mann konnte sich erlauben, mit derartigen Beträgen herumzuwerfen. Und wenn er Karoline mit solch einer Leichtfertigkeit dreißigtausend schenkt, werden sich wohl Mittel und Wege finden, ihn auch in Zukunft auszumelken. Von allein gab sich ihm solch ein Schatz in die Hände! Hallo, Leonid Petrowitsch, aufgepaßt, du sollst mit den Ohren schlackern, zeterte es in seinem Inneren.

Koschin richtete sich in seinem Sessel auf, dann beugte er sich zu Karoline herab und besiegelte seinen Entschluß durch einen Kuß auf ihre Hand. Anschließend verkündete er mit feierlicher, leicht knorriger Stimme: „Meine wundervolle, meine teure Karoline, ich bitte Sie, meine Frau zu werden."

Karoline erblaßte und stürzte sich erneut in eine Attacke auf Koschin. Daß bloß keine Sauerei dabei rauskommt, meldete sich ganz tief in Koschin eine Stimme. Macht nichts, beruhigte er sich sofort, erstens ist ein Heiratsantrag noch keine Hochzeit und zweitens könnte auch eine

Scheidung von Nutzen sein, sobald ich mich an deinen generösen Beschützer rangemacht habe. Jetzt mußte er Champagner bestellen. Es war noch immer Zeit, Karoline an dem für sie bestimmten Arbeitsplatz unterzubringen.

Was aus der Ehe zwischen Karoline Löw und Leonid Petrowitsch Koschin wurde, gehört nicht mehr zum Thema dieser Erzählung, erwähnenswert ist lediglich, daß Karoline ihren Bräutigam bis ins Detail darüber informierte, was sich hinter der edelmütigen Gesellschaft zur Errettung der Alkoholiker verbarg, die Doktor zu Obernabel und Kapott gegründet hatte. Koschin küßte Karoline die Hand und erklärte, ihr alles zu verzeihen, für sich dachte er jedoch mit einem unangenehmen Gefühl, daß die Sache an einem Haar hing und er bereits auf dem Angelhaken saß.

Als Scholzmann, der die Organisation übernommen hatte, von Karolines Verrat und ihrer Verlobung mit Fürst Koschin erfuhr, lächelte er verächtlich und sagte zu Kwjatkowskij: „Die richtige Ehe, eine Prostituierte und ein russischer Fürst!“ und fügte hinzu. „Das ist bereits der zweite Verlust. Preis ist im Gefängnis, der ist also blank, und Koschin wird heiraten, was noch schlimmer ist. Aber Gott sei Dank gibt es noch weitere Patienten.“

Was weder Kwjatkowskij, noch Spitzbaum oder Scholzmann je begriffen, war, welche Motive Doktor zu Obernabel und Kapott gezwungen hatten, sich plötzlich zurückzuziehen, nachdem er die Organisation zunächst so erfolgreich aufgezogen hatte, und ihnen sogar ohne Entschädigung sämtliche Rechte einzuräumen, verbunden mit dem nicht ernstzunehmenden Rat, lieber ebenfalls aufzuhören so wie er, einen Rat, den sie selbstverständlich nicht befolgen werden. Da sie jedoch nichts begreifen, brauchen wir uns nicht mehr über das eigenartige Verhalten des Doktors den Kopf zu zerbrechen, zumal dieser sich noch auffälliger benimmt.

Gelegentlich besucht er den Friedhof, auf dem Fischer beerdigt ist, und nimmt stets Bert Schmidtmann mit, der für immer bei ihm geblieben ist, und den Kater von Kluck. In völligem Schweigen stehen die drei am Grabe Fischers, dem es vom Schicksal nur einmal beschieden war, eine große Rolle zu spielen und dies erst kurz vor seinem Tode. Es ist jedoch anzunehmen, daß der arme Fischer dort, wo er sich jetzt befindet, einen weit wichtigeren Posten bekleidet als den, den er hier bei uns ausgefüllt hat. An Fischers Grab zeigt der Doktor Bert völlig ernsthaft, wie man betet, was heutzutage schon gänzlich komisch anmutet.

*

Der Präsident der Bundesbank wird nach wie vor sorgfältig bewacht und für seine Gesundheit und sein Leben ist noch immer der energische Sprunker verantwortlich, der sich großen Lobes seitens seiner Vorgesetzten erfreut und den Gerüchten nach in den nächsten Dienstrang befördert worden ist. An einem hellen Morgen versetzte ihn eine Bemerkung des Präsidenten in Erstaunen.

„Sie sollen wissen, daß der arme Fischer nicht mehr lebt."

„Wieso das?" fragte Sprunker. „Ich war fest überzeugt, daß nach der großzügigen Abfindung, die Sie ihm gegeben haben, für ihn ein neues Leben beginnen würde."

„So habe ich auch gedacht und mir tun diese dreißigtausend Mark nicht leid. Doch hier..." der Präsident zeigte auf sein Herz, „hier bin ich immer ein bißchen unruhig gewesen. Wie schön Sie das gesagt haben - Ihre großzügige Abfindung! Hieß das nichts anderes als, hier hast du genug Geld und jetzt verschwinde! Fischer ist kein schlechter Kerl. Ich habe ihm geschrieben und nochmals meinen Dank ausgesprochen und ihn gebeten, sich nicht zu genieren, wenn ihm etwas am Herzen liegt und sich ruhig an mich zu wenden, im Rahmen meiner Möglichkeiten sei ich immer gern bereit, ihm zu helfen. Dieser Brief ist mit dem Vermerk ‚*Empfänger verstorben*' zurückgekehrt. Ist das nicht schrecklich traurig und wissen Sie, mir wurde sogar unheimlich zumute. Die Okkultisten sagen, wenn man das Bild eines Menschen beschädigt, wird auch mit dem Orginal Böses passieren, und mir wurde kalt und traurig, als ich erfuhr, daß der Mann, der mir so ähnlich war, sein irdisches Dasein abgeschlossen hat."

„Vielleicht hat das auch eine gute Seite, Herr Präsident, vielleicht hat sich jemand geirrt und die Kopie anstelle des Originals zu sich geholt, so daß Sie da oben bereits als Toter registriert sind und Ihnen jetzt nichts mehr passieren kann? Was kann schon einem Menschen passieren, der nicht mehr unter den Lebenden weilt?" Hier bemerkte Sprunker, daß Humor niemals seine starke Seite gewesen ist und er sich mit dem Präsidenten der Bundesbank eigenartige Späße erlaubte. Der Präsident äußerte sein Mißfallen jedoch nicht. Schnell wechselte Sprunker das Thema und begann, von einem anderen Beteiligten zu sprechen, von Jermolow.

„Herr Präsident, seinerzeit hatten Sie mich gebeten, die Umstände des Verschwindens von Jermolow und Gersdorf aufzuklären. Es ist mir nicht gelungen, festzustellen, wie sie verschwunden sind, Jermolow habe ich jedoch gefunden. Er ist eine Woche später an seinem ständigen Wohnort Frankfurt wieder aufgetaucht, dort, wohin zu fahren ihm von Bonn aus nicht gelungen war. Ich habe meine Erkundigungen durch die Polizei eingezogen, er ist tatsächlich unser Aristarch Jermolow, alle Daten stimmen überein. Es ist mir sogar gelungen zu erreichen, daß er unter einem Vorwand zum Revier gerufen wurde und dort hat er gesagt, er habe eine Woche in Griechenland geweilt, in der Nähe des Olymp. Er wurde nach seiner Wunde gefragt und antwortete, er sei völlig gesund, lachte und zog sein Jackett aus. Nach dem, was wir gesehen hatten, muß er jedoch recht schwer verletzt gewesen sein. Legen Sie Wert auf seine Anschrift?"

Einen Augenblick saß der Präsident in tiefem Nachdenken versunken, dann schüttelte er den Kopf und sah Sprunker an. „Nein, unternehmen Sie nichts. Dieser Russe ist eine sehr geheimnisvolle Gestalt. Wissen Sie, als Sie mir sagten, der verletzte Jermolow sei zusammen mit dem buckligen Maskenbildner auf unerklärliche Weise verschwunden, habe ich zunächst gedacht, daß sich eine natürliche Erklärung wohl finden würde. Das ist jedoch nicht geschehen. Eine Sekunde lang habe ich mich sogar gefragt, ob es Jermolow überhaupt gegeben hat und wir nicht Opfer einer besonderen Form der Halluzination geworden sind, dagegen sprach das da..." Der Präsident holte seine Geldbörse hervor und entnahm ihr eine in Seidenpapier eingewickelte goldene Münze. „Erkennen Sie sie?" Sprunker nickte. „Ich hatte Jermolow versprochen, ihm sein Eigentum zurückzugeben. Inzwischen habe ich mit einigen Fachleuten gesprochen, es handelt sich tatsächlich um ein Original von großem Wert. Ich erinnere mich sehr wohl, wie ihm nicht gelungen ist, nach Frankfurt zu kommen und jetzt spüre ich, daß ich aus einem mir unbekannten Grund nicht mit ihm in Kontakt treten kann und dies werde ich auch nicht tun. Er kann ja mit mir Kontakt aufnehmen, wenn er das möchte. Haben wir etwas über Gersdorf erfahren?"

„Nein, er ist spurlos verschwunden. Er stammt auch aus Frankfurt, ist aber nicht dort."

„Dann wollen wir die Angelegenheit als erledigt betrachten. Außerdem brauchen Sie und ich dringend Erholung. Inzwischen haben sich auch die Wogen geglättet. Eine trübe Wolke bleibt jedoch, wohin ist mein Holske verschwunden, ich habe ein ungutes Gefühl."

„Das habe ich schon lange." Sprunker zog seine Augenbrauen zusammen. „Vorläufig ist es noch zu früh, darüber zu reden."

*

Ernst Wilhelm Heinrich Preis wurde vor Gericht gestellt. Er wiederholte seine Aussagen vom ersten Verhör: Nach wie vor liebe er seine Frau, der von ihm ermordete Rechtsanwalt Bodo Sauer wollte ihn erpressen und er bereue nichts. Er berichtete auch von den unterschlagenen Juwelen, wobei er erzählte, wie es wirklich gewesen war und versicherte, selbst aus dem Gefängnis heraus zu versuchen, die Geschädigten ausfindig zu machen.

Beatrice verhielt sich während der Gerichtsverhandlung kühl und zurückhaltend. In den letzten Wochen war sie stark gealtert. Sie erklärte, die unehrliche Handlungsweise ihres Gatten habe sie mit einem Schlage von ihm fortgestoßen und in die Arme eines anderen geschleudert. Dabei blickte sie ihren Mann haßerfüllt an, von dem sie bereits geschieden war. Den Scheidungsprozeß hatte ein anderer Anwalt beendet, nachdem Doktor zu Obernabel und Kapott aus ihr unverständlichen Gründen das Mandat niedergelegt hatte. Auf die Frage des Richters, weshalb sie überzeugt gewesen sei, daß ihr Mann den Wert der verkauften Gegenstände niemals ersetzen wollte und ihm nicht geglaubt habe, daß es ihm einfach nicht gelungen war, auch nur einen der Geschädigten aufzufinden, erklärte sie, sie selbst sei zufällig auf solch einen Mann gestoßen und habe ihm dies auch gesagt, er aber habe nichts unternommen. Auf die Frage des Richters fiel der Name Gersdorf. Man entschloß sich, ihn als Zeugen vorzuladen, konnte ihn jedoch nicht ausfindig machen, was die Aussagen von Beatrice Preis stark ins Zwielicht brachte. Die Verhandlung nahm ihren Lauf und kein Richter oder Geschworener erfuhr, was Beatrice in Bonn getan hatte und was dort geschehen war. Preis erhielt acht Jahre. Sein Verteidiger bezeichnete das Urteil als viel zu hart, er hielt ein glänzendes Plädoyer und erklärte, daß er in die Berufung gehen würde.

An dem Abend, als der Prozeß zu Ende gegangen war, saß die geschiedene Frau Preis in der gleichen Wohnung, in der sie so viele Jahre zusammen mit ihrem Mann glücklich gewesen war, mit ihm, der jetzt wegen Mord an ihrem Liebhaber im Gefängnis saß. Beatrice wußte genau, daß Bodo viel Geld hinterlassen hatte, etwa zwei Millionen, überschlug sie, aber wie sollte sie an dieses Geld herankommen? Vom Standpunkt des Gesetzes hatte sie keinen Anspruch. Jetzt war sie allein, sie war in den gleichen Zustand zurückgekehrt, in dem sie vor ihrer Heirat mit Ernst gewesen war. Sie ärgerte sich, als sie sich dabei ertappte, daß sie ihn beim Vornamen nannte, wie war das möglich, er existierte doch nicht mehr für sie!

Er hatte zwar in der Gerichtsverhandlung erklärt, daß er sie noch immer liebe, aber das änderte nichts. Er war im Gefängnis und sie trug wenigstens zum Teil die Schuld daran. Nein, sie war nicht schuldig! Sie hatte aufgehört, ihn zu lieben, nachdem sie erfuhr, daß er eine unehrenhafte Handlung begangen hatte. Sie liebte einen anderen und hatte ein Recht dazu. Jede moderne Frau würde so handeln! Wenn du liebst, so ohne Vorbehalte und Rückblick. So hatte sie Bodo geliebt! Preis aber hat ihn umgebracht und was blieb ihr jetzt - Geld, eine gutgehende Fabrik, und was noch? Sie war nicht mehr jung, sie war bereits einundfünfzig, wenn auch noch immer attraktiv, dennoch würde kaum jemand eine Frau ihres Alters aus Liebe heiraten. Es gibt zwar auch so etwas und sicherlich wird man ihr den Hof machen, aber nur wegen des Geldes und der Fabrik und das war auch normal.

Hatte sie Preis nicht seinerzeit aus genau den gleichen Gründen geheiratet? Hat sie ihn nicht hauptsächlich deswegen geliebt, weil er ein so tüchtiger Geschäftsmann war und ihre Fabrik schnell hochgebracht hatte? Obwohl sie sich von Bodos Vermögen nicht geblendet fühlte, hatte sie einen Augenblick zuvor gedacht, wie schade, daß dieses Geld an ihrer Nase vorbeischwimmt. Wenn sie es nur geschafft hätte, ihn vorher zu heiraten!

Die große, luxuriöse Wohnung, in der sie jetzt ganz allein war, erschien ihr traurig, finster, sogar bedrohlich - da, sitz und schau dir die Wände an! Und wie sehr du auch schauen wirst, niemals wirst du herausfinden, wer dir ein wirklicher Freund sein wird und wer nur auf dein Geld scharf ist. Der zukünftige Mann, ja, das war ein Problem! Beatrice schauderte vor Kälte zusammen, obwohl es in der Wohnung warm war. Sie konnte sich diesen zukünftigen Mann überhaupt nicht vorstellen und auch nicht, ob sie nach allem, was passiert war, fähig sein würde, jemanden zu lieben. Nach und nach kristallisierte sich deutlich heraus, daß sie einen unverbesserlichen Fehler in ihrem Leben begangen hatte, vielleicht war dieser Fehler schon sehr alt, aber worin er bestand, konnte sie nicht erkennen. Wieder kehrten ihre Gedanken zu einem potentiellen künftigen Ehemann zurück. In Gedanken ging sie alle ihr bekannten Männer durch, selbst jene, mit denen sie nur auf geschäftlicher Ebene verkehrte. Keiner von ihnen erschien ihr als Ehekandidat möglich, alle wurden in den Hintergrund gedrängt. Nach vorn aber schob sich immer deutlicher Fischers Gestalt.

Beatrice verscheuchte diesen Gedanken wie eine lästige Fliege, dennoch mußte sie an diesen Schauspieler denken, mit dem zusammen sie den Bundesbankpräsidenten und seine Sekretärin gespielt hatte und der von ihr sofort in die Kategorie der Gauner und Hochstapler eingereiht wurde, obwohl er, jetzt wußte sie das genau, ganz anders war. Wie aber war er? Das konnte sie nicht beantworten. Dann mußte sie das in Erfahrung bringen. Weshalb ist ihr Fischer von der ersten Sekunde an so unsympathisch gewesen? Er hatte sie dagegen stets mit ruhiger und zurückhaltender Höflichkeit behandelt. Sie nahm das Telefonbuch zur Hand, ein Sigmar Fischer war nicht verzeichnet, demnach hat er kein Telefon. Sie rief das Einwohnermeldeamt an und erhielt den Bescheid, daß sie persönlich vorsprechen müsse. Sie bedankte sich und ging zum Römer, ohne eigentlich zu wissen, weshalb. Dort wurde sie höflich an das Zimmer verwiesen, in dem der Buchstabe *F* bearbeitet wurde, im zweiten Stock. Eine junge, sympathische Dame bat um Ausfüllung eines Formulars. Sie schaute in einer Kartei nach und erklärte dann: „Ich muß Ihnen leider sagen, daß der Schauspieler Sigmar Fischer, wohnhaft Leipziger Strasse, verstorben ist." dann fragte sie teilnahmsvoll: „Stand er Ihnen sehr nahe?"

Beatrice erbleichte, schon der dritte Mensch verschwand für immer aus ihrem Leben. Ihr wurde traurig zumute, weil Fischer schon so lange tot war. Weshalb war er ihr so unsympathisch vorgekommen? Wenn er jetzt plötzlich vor ihr stünde, würde sie sagen: „Herr Fischer, verzeihen Sie mir, daß ich so schlecht von Ihnen gedacht habe."

Sie bedankte sich und ging. Bodo Sauer war tot, und Fischer, den er für so genial gehalten hatte, ebenfalls, ihr geschiedener Mann aber saß im Gefängnis. Ich bin in genau der gleichen Lage wie damals, als ich die Nachricht vom Tode meines Oskars erhalten habe. Sie konnte sich nicht vorstellen, wie es weitergehen sollte. Sie wird weiterhin ihren Betrieb leiten, aber darüber hinaus... Eine endgültige Antwort gab es noch nicht, und wird es überhaupt jemals eine Antwort geben?

Wenn diese Antwort aber sehr einfach war und ihr längst erteilt worden ist? Schlecht und niederträchtig hatte sie an ihrem Mann gehandelt - er aber hat selbst bei der Gerichtsverhandlung betont, daß er sie noch immer liebe. Wer weiß, vielleicht hatte Bodo sie gar nicht geliebt und lediglich ihr Geld anvisiert, vielleicht drohte sogar ihr selbst Gefahr von ihm? Ernst aber hatte das begriffen und der Mord an Bodo war nichts anderes als ein Akt zu ihrer Verteidigung? Auch diese Variante war möglich! Was wußte sie überhaupt, verblendet von ihren Ideen und Vorstellungen? Einen Fehltritt in den Sumpf hat sie gemacht, hat den Falschen geheiratet. Wie bedeutungslos hatte sich ihr zweiter Mann gegenüber dem ersten erwiesen! Und sie selbst? Was würde ihr der aus seinem Grab auferstandene Oskar von Zungenwher sagen?

Ganz gleich, was er sagen würde, Beatrice wußte, niemals war sie so einsam wie jetzt.

*

Über den Theateragenten Karl Albert Renz, der indirekt eine wesentliche Rolle im Leben von Fischer, Sauer und Kwjatkowskij gespielt hat, sind auch einige Worte zu verlieren. Er war jenes wenig bemerkbares Rädchen, ohne dessen Existenz die Ereignisse einen ganz anderen Verlauf genommen hätten. Nach einigen Tagen erfuhr er ebenfalls vom Tode Fischers, und zwar von Kwjatkowskij, der trotz der Wirren, die infolge der Veränderungen in der Leitung der Wohltätigkeitsorganisation den von Koschin erteilten Auftrag nicht vergessen hatte, zumal der Scheck über tausend Mark gedeckt gewesen war, was er zunächst angezweifelt hatte. Längst hatte sich Kwjatkowskij von allen möglichen Sentimentalitäten befreit, sein Leben war nicht danach, sich diesen Luxus zu gestatten. Ein Mensch, der faule Ananas verkauft, kann sich keinen seelischen Luxus leisten und dies war bei Kwjatkowskij der Fall. Dennoch tat ihm Fischer leid, zumal er jetzt, wo es ihn nicht mehr gab, fühlte, daß in diesem stillen, vom Leben geschlagenen Menschen, einem Pechvogel, der sich durch nichts auszeichnete, etwas Unerklärliches steckte. Wie alle anderen fühlte auch Kwjatkowskij, daß in dem einsamen, trinkenden Fischer ein kleines Feuerchen brannte, daß es etwas Frohes, Lichtes in ihm gab, was übrigens auch der Präsident der Bundesbank und der Polizeibeamte Sprunker gespürt hatten. Nach Fischers Tod kam Kwjatkowskij merkwürdigerweise niemals der Gedanke, daß er jetzt kein weiteres Geld von dem russischen Aristokraten Koschin erhalten würde, der ihm aufgetragen hatte, Fischer zu bespitzeln. Kwjatkowskij faßte den Entschluß, seinen alten Wohnort nie mehr aufzusuchen. Als er der alten Motzberg zufällig auf der Straße begegnete, fand auch diese streitbare alte Dame keine Worte, um Schlechtes über Fischer zu sagen und schwieg sich sogar über seinen Kater aus.

Als Kwjatkowskij Renz berichtete, daß sein Schützling nicht mehr unter den Lebenden weilte, zog Renz seine Karteikarte, schaute sie lange eindringlich an, machte einen Vermerk und legte sie zurück. Ihn beschäftigte die Frage, ob er sich korrekt gegenüber dem unglücklichen Fischer verhalten hatte und nicht vielleicht doch mehr hätte für ihn tun können. Er hatte ihn völlig vergessen und niemals an ihn gedacht bis zu dem Tag, an dem ein Kunde mit dem Foto eines seriösen Herrn erschien und später ein zweiter, der Einkäufer selbst. Er vermittelte Fischer, genau wie seine Kollegen das getan hätten, und freute sich sogar. Dann aber verspürte er Unruhe, fuhr zu seiner Wohnung und damit hatte alles begonnen. Er entschloß sich, in Zukunft etwas intensiver die menschliche Seite seiner Schützlinge zu beachten. Vermutlich hatte er in seiner Kartei noch viele wie Fischer, unscheinbare, unglückliche und gute Menschen.

*

Wir müssen auch Klara Motzberg erwähnen. Dieser wehrhaften Alten war klar, daß sie an Fischers Untergang zumindest mitschuldig war. Ihrer Natur nach gehörte sie jedoch zu jenen Wesen, die in ihren eigenen Augen stets eine Rechtfertigung finden. In einem Punkt hatte sie jedoch nicht richtig kalkuliert. Kurz nach Fischers Tod kam die Nachricht, daß ihre Enkelin den russischen Aristokraten Koschin heiratet, der ihr aus Edelmut die zunächst von ihm vereinnahmten dreißigtausend Mark zurückgegeben hatte. Das hatte sie nicht erwartet. Als die Enkelin bei einem offiziellen Besuch ihren Bräutigam präsentierte, geriet die keineswegs gütige, aber scharfblickende Greisin in völliges Entsetzen. Sie beschwor Karoline, diesen Herrn von Koschin lieber doch nicht zu heiraten und ihm die zurückgegebenen dreißigtausend Mark nicht noch einmal auszuhändigen, worauf Karoline schnippisch entgegnete, jetzt sei bewiesen und besiegelt, daß ihr Bräutigam ein vollendeter Gentleman sei, sie habe überhaupt keine Furcht um ihr Geld. Diese Logik war für die alte Dame ein furchtbarer Schlag. Sie schrumpfte zusammen, begann, stark nachzulassen und einzutrocknen und folgte Sigmar Fischer drei Monate später.

Als sich Gusarewitsch und Kwjatkowskij zufällig auf der Straße trafen, fragten sie: „Was hat die alte Schrulle eigentlich am Leben gehalten? Nur ihr Haß auf Fischer und seinen Kater! Wozu sollte sie noch weiterleben, nachdem beide nicht mehr da waren? Da ist sie eingegangen wie ein Blumentopf!“

Hier aber müssen wir unsere Erzählung beenden, weil es nichts mehr zu berichten gibt.

Anmerkungen

ACHILLES, griechischer Held aus der *Ilias* von Homer, göttlicher Abstammung, unverwundbar bis auf eine Stelle an der Ferse, brachte den Griechen die Wende zum Sieg im Trojanischen Krieg (1293-1184 v. Chr.).

AIDOS, Ehre, Ehrbarkeit, Ehrerbietung, Rücksicht, Würde, die Verpflichtung, ohne Fehl und Tadel zu sein.

AISA, das dem Menschen von den Göttern geschenkte Los seines Lebens, seine Eigenart, die ihm bei seiner Geburt zugesponnen worden ist.

ALEXANDER DER GROSSE (356-323 v. Chr.), Kaiser des makedonischen Reiches, gründete eines der umfassendsten Weltreiche aller Zeiten durch Eroberung fremder Länder von Europa bis zum Indus und Nil, förderte die Verschmelzung der Kulturen des Abend- und des Morgenlandes.

ALKIBIADES (456-404 v. Chr.), griechischer Politiker, suchte als Feldherr Athens vergeblich, durch einen gewagten Angriff auf Sizilien Sparta entscheidend zu schwächen. In Athen zum Tode verurteilt, floh er nach Sparta und führte mit persischer Hilfe den Kampf gegen seine Heimatstadt. Innere Umwälzungen führten ihn für kurze Zeit nach Athen zurück, nach der Niederlage gegen Lysander verbannt.

ANANKE, mechanische Kausalität, mechanische Ursächlichkeit.

ANAXIMANDER (ca. 610-564 v. Chr.) aus Milet, schrieb das leider untergegangene Prosawerk *Die Natur*, in dem er als Prinzip der Welt das Unbegrenzte bezeichnete. Dieses umfasse und beherrsche alles und sei als das Unvergängliche und Unzerstörbare wesensgleich mit dem Göttlichen.

APEIRON, das nie an eine Grenze Kommende, das Unendliche, der ungeformte Urstoff.

ARCHILOCHOS (ca. 705-637 v. Chr.), bedeutende Erscheinung der griechischen Musikgeschichte, Erfinder des Jambus, erhalten sind lediglich einige Gedichtfetzen. Verfügte über eine alles überrennende Gewalt der Rede, den genialen Blitz des Einfalls sowie Farbigkeit seiner Bilder. Ihm wurde der Platz neben Homer zugewiesen. Seine dialektischen Pfeile waren oftmals mit ätzendem Zynismus und sogar Obszönitäten versehen. Sein Spott soll so furchtbar gewesen sein, daß er die Opfer in den Tod trieb. Die attische Komödie ist stark von ihm beeinflußt worden.

ARES, Kriegsgott der Griechen, die ein streitsüchtiges, aber keineswegs kriegerisches Volk waren, wurde daher nicht besonders verehrt.

ARETE, ethische und physische Vollkommenheit, Tauglichkeit der Seele zu Weisheit und Gerechtigkeit, umfaßt alle Eigenschaften, die den mächtigen Leib des Kämpen beseelen und ihn menschlich wertvoll machen.

ARISTOTELES (384-322 v. Chr.), griechischer Philosoph und Naturforscher, Begründer der Spezialwissenschaften: Logik, Ethik, Ästhetik, Poetik, Staatslehre, Rhetorik, Psychologie und Zoologie, verstand die ganze Wirklichkeit als organische Einheit und brachte sie in Einklang mit dem natürlichen Empfinden und Denken des Menschen.

ARTEMIS, jungfräuliche Göttin der Jagd und der Natur.

ATE, griechische Göttin des Unheils, wilde Leidenschaft, die Wirklichkeit leugnende Verblendung.

BJELINSKIJ, W. (1814-1848), russischer Literaturkritiker und Publizist, vertrat liberale und revolutionäre Ansichten.

DELPHI, berühmtes Orakel Griechenlands, das sich weniger auf Vorhersage der Zukunft konzentrierte, als Ratschläge für erfolgsversprechendes Verhalten gab, galt auch als eine Art Völkergerichtshof. Die durch die Ausdünstungen der dampfenden Erdspalte berauschte Pythia verkündete *mit rasendem Munde,* was ihr der Gott Apoll kundtat. In der Erdspalte ruhte nach griechischer Überlieferung der Körper der von Apoll erschlagenen Schlange Python.

DEMOKRIT (ca. 455-370 v. Chr.), Schöpfer eines Weltbilds der exakten Naturwissenschaften, in dem lediglich die Ananke herrscht, die mechanische Kausalität. Die Materie aber besteht aus unspaltbaren Atomen, den *unzerschneidbaren* letzten Einheiten.

ELYSION, Land der Seligen im Jenseits, in dem Heroen und die durch ihr göttergefälliges Leben Auserwählten in Freude und Glück leben, wobei sie ihre körperlichen Eigenschaften beibehalten.

EMPEDOKLES (ca. 490-430 v. Chr.), griechischer Philosoph, Naturwissenschaftler und Dichter, forderte, daß der Mensch die Natur nicht nur erforschen und erkennen, sondern auch beherrschen müsse.

Begründete die Lehre von den vier Elementen Feuer, Wasser, Luft und Erde, behauptete, Gewalt über Wind und Wetter zu haben, verbreitete den Seelenwanderungsglauben und ließ sich als unsterblicher Gott verehren.

EMPIRIE, Erfahrung, Erfahrungswissen.

GRABAR, Igor, russischer Maler und Ikonenforscher.

HEGEMON, Fürst und Herrscher über andere Fürsten.

HEIMARMENE, das unausweichliche Verhängnis, Schicksal.

HEKATAIOS von Milet (ca. 550-490 v. Ch.), Historiker, Vater der Geographie. Sein Hauptwerk begann mit den stolzen Worten: „*Also spricht Hekataios von Milet, das schreibe ich, wie es mir wahr scheint, denn die Reden der Griechen sind meines Erachtens lang und lächerlich.*"

HERAKLIT (544-484 v. Chr.), galt als der tiefste Geist, den Griechenland je hervorgebracht hatte, stammte aus dem Königsgeschlecht der Kodriden, verachtete die Massen.

HERODOT (ca. 482-429 v. Chr.), Vater der Geschichtsschreibung, suchte in ihr nach Analogien und begründete damit die vergleichende Geschichte, sagte von sich: „*Ich fühle mich verpflichtet, die Sage wiederzusagen!*"

HESIOD (ca. 753-680 v. Chr.), ein schwerlebiger Grübler, meinte, die Welt sei nicht nur zum schauen da. „*Zeus ist das Recht und alle Tugend liegt in der Gerechtigkeit!*" verkündete er inbrünstig.

HIPPIAS, Tyrann von Athen, 510 v. Chr. vertrieben, damit Ende der Tyrannis in Athen.

HOMER (809-724 v. Chr.), faßte die Sagen und Berichte um den Trojanischen Krieg für alle Zeiten gültig zusammen in den beiden großen Dichtungen *Ilias* von der Wendung des Kriegsglücks beim Kampf um Troja durch Eingreifen des Achilles und *Odyssee* von den Irrfahrten des Odysseus. Seinem Volk gab er mit diesen Schilderungen griechischen Heldentums das Bewußtsein einer gemeinsamen ruhmreichen Vergangenheit und das Gefühl der nationalen Zusammengehörigkeit. Auf die Entwicklung von Dichtung, Kunst, Philosophie und Religion wirkte seine Darstellung tatenfrohen Menschentums in Griechenland und im ganzen Abendland nachhaltig ein.

HYPERBOREISCH, hoch im Norden.

HYPERMORON, ein sich dem Schicksal Widersetzender, was großartig und furchtbar zugleich ist, denn dadurch wird die gesamte Weltordnung durcheinandergebracht.

ISOKRATES (ca. 435-338 v. Chr.), Politiker, vertrat die Idee des Panhellenismus und kämpfte für die Union Griechenlands.

ISTER, die Donau.

KLEISTHENES (ca. 572-485 v. Chr.) aus dem Geschlecht der Alkmeoniden, griechischer Politiker, ursprünglich Führer der Adelspartei, nahm später jedoch an dem siegreichen Kampf um die Errichtung der Demokratie in Athen teil, führte tiefgreifende Reformen durch, die zur Brechung der Adelsvorherrschaft führten.

KONDAKOW, N. P. (1844-1925), bedeutender russischer Ikonenforscher.

KRÖSUS (595-525 v. Chr.), König von Lydien, galt als immens reich, ein großzügiger Verehrer der griechischen Kultur und der griechischen Götter, denen er herrliche Tempel stiftete. Unterlag im Jahr 546 v. Chr. dem Angriff der Perser, die sein Leben jedoch schonten.

KYDOS, die Fülle der Freude und Lebenskraft. Kydos offenbart sich in Ruhm, Ehre, Ansehen, Glanz und erhabenem Schicksal. Ein Mann hat nicht mehr Recht, als sein Kydos ihm verschafft und seine Time dauert nicht länger, als sein Kydos sich als lebenskräftig erweist.

LEUKIPP (489-428 v. Chr.), griechischer Philosoph und Naturforscher, bereitete durch seine Forschungen die Atomlehre seines Schülers Demokrit vor, erkannte zuerst, daß nicht Urstoffe, sondern kleinste Teilchen die Bestandteile unserer Welt bilden, erklärte alle Stoffe als Mischung des einander durchdringenden vollen und des leeren Raumes. Schuf die Bezeichnungen: *Atom, Weltenleere, Verflechtung, Wirbel* und andere in der Atomlehre gebräuchlichen Worte.

LOGOS, menschliche Rede, sinnvolles Wort, richtiges Urteil, menschliche und göttliche Vernunft, Weltvernunft.

LYSANDER (446-395 v. Chr.), spartanischer Feldherr und Politiker, beendete den Peloponnesischen Krieg durch Eroberung der Stadt Athen und sicherte so die Vorherrschaft Spartas in Griechenland. Seine grausame Härte über das Kriegsende hinaus machte ihn aber auch in Sparta verhaßt. Fiel nach zeitweiliger Verbannung zu Beginn des wesentlich durch seine Politik verschuldeten Korinthischen Krieges.

MAKEDONIEN, nördlich an Griechenland angrenzendes Land mit strenger monarchistischer Tradition, Philipp II, König von Makedonien, eroberte Griechenland 338 v. Chr.

MEDONTIDEN, ein altes Athener Königsgeschlecht (Solon).

MOIRA, das über Göttern und Menschen stehende Schicksal.

NEMESIS, schätzt jemand seine Aidos gering, erregt er bei seinen

Nächsten eine Entrüstung, die voller Verachtung und Abscheu ist. Ein Mensch, der durch Grausamkeit, Untreue, Gesetzlosigkeit, Feigheit oder Unanständigkeit unter sein Kydos gesunken ist, begegnet überall dem kalten Hauch der Nemesis.

NOOS, Denkweise, Vernunft des Menschen, die ihn von den Tieren unterscheidet. Von einem vielversprechenden jungen Mann könnte man sagen, sein Noos geht über seine Jahre hinaus. Noos ist stets individuell und fällt dem Mann bei seiner Geburt zu.

ODYSSEUS, Held der Dichtung Homers, listenreicher König von Ithaka, der am Feldzug gegen die Trojaner teilnahm und bei seiner Rückkehr lange Irrfahrten und viele Abenteuer erleben mußte, da er einige Götter gegen sich aufgebracht hatte.

PAIONIDEN, Athener Adelsgeschlecht.

PALLAS ATHENE, Lieblingstochter des Zeus, ist seinem göttlichen Haupt in voller Rüstung entstiegen, Göttin der mit Kraft und Mut vereinten Weisheit.

PARMENIDES (540-457 v. Chr.), erkannte, daß die von unseren Sinnen wahrgenommene Welt nur scheinbar ist und erklärte die dahinterliegende, nur denkend erfaßbare Wirklichkeit als Sein. Dieses Sein ist unveränderlich und unvergänglich und stellt die einzige Grundlage unserer Welt dar. Im Gegensatz zur stofflichen Welt ist das Denken für ihn Wirklichkeit und mit dem Sein wesensgleich. Lehrte, daß es weder Vergangenheit noch Zukunft gibt, weil nur die Gegenwart wirklich ist. Indem er die hinter der Natur liegende Erkenntnis suchte, begründete er die Metaphysik. Verfaßte die grundlegende Schrift *Von der Natur*.

PEISISTRATOS (602-527 v. Chr.), Tyrann von Athen, benutzte seine Macht zu Maßnahmen, die dem Aufstieg Athens dienten, befestigte die Vormacht Athens zur See. Weil er die Kosten hauptsächlich den Reichen auferlegte, wurde er von den herrschenden Bürgern Athens bekämpft.

PERSES, Bruder des Hesiod.

PHILIPP II (382-336 v. Chr.), König von Makedonien, baute aus einem innerlich zerrissenen Kleinstaat ein starkes Balkanreich auf, eroberte schrittweise ganz Griechenland und gründete in Korinth den Hellenischen Bund, dem alle griechischen Stadtstaaten außer Sparta angehörten. Nachdem dieser Bund ihn zum Feldherrn eines Rachekrieges gegen Persien gewählt hatte, wurde er ermordet.

PYTHAGORAS (ca. 572-493 v. Chr.), Führer und Vorbild für Sucher nach einer höheren Daseinsform. Stiftete in Unteritalien, in Kroton, eine streng aristokratische Genossenschaft halb religiösen, halb politischen Charakters. Er schrieb nichts nieder, seine Sprüche wurden jedoch von seinen Jüngern sorgfältig im Gedächtnis bewahrt. Von seiner wissenschaftlichen Tätigkeit sagte Heraklit, er habe sich unter allen Menschen am meisten mit Forschung befaßt, wobei er die Mathematik bevorzugte. Alle Musik sei Harmonie und Zahl, das Ungerade sei das Begrenzte, das Gerade das Unbegrenzte, da es ins Unendliche teilbar ist. Sein Grundgedanke war, alles ist Zahl, das Buch des Universums sei in mathematischen Lettern geschrieben.

PYTHIA, Priesterin des Orakels von Delphi.

SOLON (640-559 v. Chr.), griechischer Politiker, Gesetzgeber Athens und Poet, schuf durch einen allgemeinen Schuldenerlaß die Grundlage für die Blüte Athens. Nachdem er die notwendigen Reformen durchgeführt hatte, legte er freiwillig seine außerordentlichen Vollmachten nieder und verließ die Stätte seines Wirkens, womit er bewies, daß er von den Alten mit Recht unter die sieben Weisen gezählt wurde.

THYMOS, das Selbst des Mannes, der Mannessinn.

TIME, gibt die Stellung eines Mannes in der Gesellschaft und seine Rechte in der Sippe an, umfaßt die Ehre und Achtung, die man der Persönlichkeit eines hervorragenden Mannes zollt und die Ehrfurcht, die seinen Worten, Ratschlägen und Befehlen entgegengebracht wird.

XENOPHANES (ca. 575-483 v. Chr.), erklärte, höher als alle Kraft der Männer und Rosse stehe die Weisheit. Trat der überlieferten Götterlehre entgegen, für ihn gab es nur einen einzigen Gott, der weder an Gestalt noch im Denken den Sterblichen ähnlich sei. „*Ganz Auge, ganz Ohr, ganz Verstand!*“ Diese Gottheit sei identisch mit dem Weltganzen. Xenophanes war der erste uns bekannte hellenische Pantheist.

ZEUS, Gottvater in der griechischen Götterlehre.

So beurteilt die Presse Romane von J. A. Treguboff

DER VAMPIR

Welt am Sonntag: Kaum von ungefähr tragen zwei Kinder die Handlung des Romans. Der Autor hat nicht nur eigene Jugenderlebnisse in dieses Buch hineingewoben, auch seine Mentalität stimmt mit dieser Anima-candida-Perspektive der Weltbetrachtung gut überein. Ein spannender Roman.

BERLIN

Stuttgarter Zeitung: Der aus früheren Romanen bereits bekannte Held erlebt den Zweiten Weltkrieg in Berlin, lernt verschiedene antikommunistische und antisemitische russische Exilgruppen kennen, arbeitet im Reichsministerium für die besetzten Ostgebiete, schließt sich der Wlassow-Armee an, um aus dem Zusammenbruch heil herauszukommen und den Blick in eine glücklichere Zukunft werfen zu können.

DER LETZTE ATAMAN

Reutlinger Generalanzeiger: Der Roman beschäftigt sich mit den Tagen zwischen Krieg und Frieden 1945 in Österreich. Treguboff erzählt frisch und lebendig, knapp, doch herzhaft im Volkston.

GESPENSTER IN FRANKFURT

Domino, Schweizer Bücherzeitung: Der Motivreichtum auch dieses Romans entspricht den zutage tretenden Wirklichkeiten. Diesmal steht der ,,Heimkehrer" Jewgenij Kreiton im Mittelpunkt des vielgestaltigen Geschehens, das sich, bestückt mit einer ebensolchen Personnage, so ziemlich über den Hauptteil des europäischen Kontinents ausbreitet und an wichtigen geschichtlichen, politischen, gesellschaftlichen, menschlichen und unmenschlichen Ereignissen teilhat.

WLADIMIRSCHINA

Bücherbord, Graz: Der Roman behandelt die Zeit unmittelbar nach der russischen Revolution und führt den Leser anhand zweier ,,Studenten" in eine aus den Fugen geratene, verunsicherte Welt, an der er einerseits die Schwächen des zaristischen Rußlands erahnen kann, andererseits deutlich erkennt, wie grausam und beängstigend die neuen Machthaber im Namen der Befreiung des Proletariats agieren.

GELD

Neue Presse am Sonntag, Frankfurt: Getreu russischer Erzählmanier verwebt dieser Roman eine Vielzahl Schicksale miteinander, er verknüpft Mystisches und Reales und beschreibt die Welt der Emigration ebenso wie das moderne Frankfurt. Die Handlung ist vielschichtig und farbig, die Personen zeigen soviel Eigenart, wie man sie in moderner Literatur selten findet.

NOTIZEN EINES PECHVOGELS

Esslinger Zeitung: Erzählt wird aus dem Leben eines russischen Adeligen, der sich das Deutschland vor, während und nach dem Zweiten Weltkrieg als Exil ausgesucht hat. Die Titelfigur wird mit viel Einfühlungsvermögen und lebendig in- und auswendig sichtbar gemacht. Der Roman eines Könners.

HAUPTWACHE

Heidenheimer Zeitung: Die Hauptwache, das vielgeschmähte und vielbewunderte Herz Frankfurts hat, wie jedes Herz, neben seinen materiellen Funktionen auch ein geistiges Leben, und die Dynamik der Handlung dieses Romans ist untrennbar mit Frankfurts sündigem, aber kräftig schlagendem Herzen verbunden.

DIE WUNDERSAMEN ERLEBNISSE
DES ARISTARCH TROFIMOWITSCH JERMOLOW:

Frankfurter Allgemeine Zeitung: Die unsterblichen Götter Griechenlands leben weiter, allerdings im Verborgenen, weil beleidigt „von der Entwicklung der letzten zweitausend Jahre". Wer sie heute um Bekanntschaft und Schutz ersucht, hat vielleicht eine Chance, den verbitterten Göttern milde Zuwendung zu entlocken. Mancher gerät dabei versehentlich in den Hades. Treguboffs Romane sind autobiographisch geprägt, allerdings verpackt er seine Erinnerungen in verzwickte Kriminal- und Schicksalsgeschichten. Es sind Bücher, die beanspruchen, in der Tradition der russischen Fabulier- und Erzählkunst zu stehen.

*

FÜNF WOCHEN AUS DEM LEBEN
VON SONJA, OLJA UND MARUSJA

von Fjodor R. von der Osten-Sacken, aus dem Russischen übertragen von Jurij und Anita Treguboff. *Rußland und Wir, Bad Homburg v. d. Höhe:* Eine bibliophile Delikatesse, private Aufzeichnungen dieses bekannten Staatsmannes, der seine drei Nichten bei sich aufnahm und mit viel psychologischem und pädagogischem Geschick, das heute noch beispielgebend sein kann, betreute.